有爱的青春陪伴者

偏要

上

赵十余 著

江苏凤凰文艺出版社

图书在版编目（CIP）数据

偏要：全2册 / 赵十余著. -- 南京：江苏凤凰文艺出版社，2023.12
　　ISBN 978-7-5594-7864-1

Ⅰ.①偏… Ⅱ.①赵… Ⅲ.①长篇小说 - 中国 - 当代 Ⅳ.①I247.5

中国国家版本馆CIP数据核字(2023)第130867号

偏要：全2册
赵十余 著

责任编辑	王昕宁
特约编辑	年　年
责任校对	言　一
出版发行	江苏凤凰文艺出版社
	南京市中央路165号，邮编：210009
网　　址	http://www.jswenyi.com
印　　刷	长沙鸿发印务实业有限公司
开　　本	880mm×1230mm 1/32
印　　张	19
字　　数	497千字
版　　次	2023年12月第1版
印　　次	2023年12月第1次印刷
书　　号	ISBN 978-7-5594-7864-1
定　　价	65.80元

江苏凤凰文艺版图书凡印刷、装订错误，可向出版社调换，联系电话025-83280257

目录 MULU

第一章　/001/
归来

第二章　/056/
苏弥是 Mi Su

第三章　/144/
过去，再见

第四章　/195/
我们是一伙的

第五章　/241/
学妹 & 学长

第六章　/299/
从我和你，变成我们

第七章　/355/
程靳的女朋友苏弥

目 录
MULU

第八章　　/412/
我来了

第九章　　/477/
苏弥的身世

第十章　　/530/
原来有的梦，真的可以成真

番外一　　/579/
程礼

番外二　　/586/
毕业典礼

番外三　　/590/
怀孕

番外四　　/593/
养娃日记（上）

番外五　　/595/
养娃日记（下）

第一章
归来

苏弥做了一个很长很长的梦。

梦的一开始,是她小时候发烧的场景。

那时候爸爸妈妈还爱得如胶似漆,她作为两个人爱的结晶,得到的自然也是最完整的爱和最好的照顾。

她躺在自己的小床上,浑身滚烫,身体像是被重物压着一样,非常难受。

爸爸妈妈围在她床边,一个红着眼眶握住她的小手陪着她,另一个在旁边拿着退烧药,想哄她吃下去。

爸爸苏凡程摸着她的脸蛋,柔声细语地安抚她:"牙牙乖,赶紧闭上眼睛睡一觉,等醒过来病就全好啦。爸爸妈妈会一直在旁边陪着你的。"

梦的上半段大概就定格在了这里,场景越拉越远,慢慢地,她在梦里长大了。

那一年,妈妈走了,而苏凡程也从只疼爱她一个人变成了别人的爸爸。

梦里面,她站在角落里,像是做错了什么事情被惩罚一样。

而苏凡程就在不远处,蹲下身子抱着另一个小女孩。

那个小女孩只是手背磕红了一小块,苏凡程就心疼得要命,哄着小女孩的神情,和当年哄着苏弥时一模一样。

"小时乖,不哭了啊,爸爸待会儿帮你打姐姐,让她再不敢欺负你。"

苏弥睁开眼的时候,看着自己房间里的那些老家具和墙上的稚嫩涂鸦,恍惚间还有一种不真实感。

她睡前将窗帘拉得还算严实,此时阳光顺着帘子缝隙往屋内挤,黑暗中还是透了些光进来，原本黑漆漆的屋子此刻显得混混沌沌。

她昨天刚从M国飞回北城，登机前她就没怎么吃东西，下了飞机回来后，又直接倒头就睡。

算下来，肚子空了差不多二十几个小时了。

她原本懒得起床，但这会儿胃里实在空得难受，没办法，她只能抻抻腰，慢吞吞地直起身子下了床。

她住的地方是北城老城区的一套独栋别墅，算是苏家的老宅，苏家在北城立足的时候，全家都住在这里。

苏弥的爷爷苏国群能力强、手腕硬，来北城只有几年就让苏家彻底扎了根。

后来，这老房子他自然瞧不上了，在南边的富人区买了更大的别墅，这里渐渐就空了下来。

苏弥小时候在这里住过很长一段时间，所以重回故地，她心里有种说不上来的复杂劲儿。

不过现在没空追忆从前，她实在是太饿了，再不出去找点吃的东西，她都怀疑自己会不会抠两块墙皮塞嘴里。

苏弥从国外回来时，只背了一个双肩包。

包里面的东西更简单，除了些洗漱用品，就只有一些证件、银行卡，以及几张美金和一些她从机场换的零钱。

从老房子出来，她按着记忆一路向西走，没记错的话，那边应该有家小超市。

六月正午的太阳是真的毒，苏弥本身皮肤就很娇嫩，没走多久，后脖连着背的那一块就被晒红了。

她热得想骂人，脚下的步子不自觉加快。

大概走了两分多钟，她要找的那家超市终于出现了。

超市里面空调开得很足，门一拉开，里面的冷气迎面一吹，苏弥舒服得呼了口气。

她原本是想买点能充饥的东西先垫垫，可走了这一圈后，她觉得降温比填饱肚子重要多了。

于是她目标明确，直奔冰柜。

超市老板趁着打游戏复活的时间，抽空抬头看了一眼。

眼前的女孩子衣着非常热辣，是超出他们这片拥有陈旧保守观念的老城区那种"辣"。

她上身穿了件吊带背心，黑色的，长度刚到肚脐上方，下身则更简单，只有一条纯白热裤。

远远看过去，无论是纤细紧实的手臂和长腿，还是那薄得像纸片的蛮腰，抑或是背后突起的蝴蝶骨，都透着热辣和小性感。

不过最吸引人目光的，还是她白皙手臂上文着的图腾花纹。

花纹从上至下，像是蔓延生长一般，几处交错的位置都点缀着不知名的、妖冶漂亮的花。

一般女生都不敢文这种花臂，就算文了，也没有几个会像她这般好看。

超市老板的目光像是黏在了苏弥身上一样，直白毫不遮掩。

苏弥能感觉得到，却没理会。

冰柜里面从上到下整整齐齐地码了几十种雪糕和冰棍，最显眼的位置那里，摆着"红星礼拜天"。

这是苏弥小时候经常吃的一种雪糕，那时候苏凡程经常给她买。

她看见的时候愣了愣，片刻后，拿手扒了几下，从冰柜底部抽了根冰棒出来。

从超市出来，外头依旧热得不行。

苏弥没着急走，杵在超市的屋檐下，一边吃着冰棒，一边想待会儿再吃点什么。

这会儿路边有一个熊孩子和一只流浪狗，熊孩子手里拿着根烤肠，蹲在那儿喂食，嘴里还一直念念有词——

"别的流浪猫狗都会报恩的，你也要学学啊！不过我不喜欢死老鼠，你给我叼回来几个洋娃娃吧！"

苏弥听笑了，正想着再好好听听呢，就听见熊孩子忽然喊了声："哎，小灰你别往那边跑，马路上车多！"

她边说边追着流浪狗往马路中央跑。

苏弥叼着半截冰棒，看得皱眉。

熊孩子跑到一半，忽然感觉衣领被人拽住，硬生生地被拽退两步后，一辆货车从她身前急速开过。

她被吓到了，跌坐在地上，呆呆地抬头望向苏弥。

苏弥蹲了下去，拿着冰棒敲了下熊孩子的脑袋瓜："你怎么回事？大马路是你随便跑的地方啊？"

熊孩子知道错了，委屈巴巴地撇着小嘴，不敢说话。

苏弥讨厌麻烦，不想再管了，就顺嘴说了句："家哪儿的啊？你赶紧回家吧，别一个人乱跑。"

"我没钱回去了……坐公交车的硬币给小灰买烤肠了……"

苏弥有些意外，这熊孩子看起来也就六七岁的样子，怎么还自己坐公交车呢？

"你家不是这附近的？"

熊孩子摇摇头："不是。"

"那你到这边干什么来了？"

"找程靳哥哥玩。"熊孩子想了想，撇撇嘴，"但是他们没在家。"

苏弥想到了以前的一些事情，沉默片刻，重新蹲下身。

路口拐角处，一辆五座的 SUV 正匀速朝前方行驶着。

车上坐着两个年轻男生，看上去年纪都不大，应该都是二十出头的样子。

"姓方的是真好意思啊，你被人阴了一次，他这个千年老二捡漏终于拿了回第一，要是我啊，就老老实实捧着那奖杯当传家宝得了，毕竟不知道下次得猴年马月才能再拿到第一了。"

"可他呢，都不知道怎么嘚瑟了，拿着这次的破事四处炫耀，居然还好意思说什么你以前赢他都是靠运气。运气个头！"

说话的是坐在驾驶位上的郑林，外号"红毛"，一个挑染了红头发的大嗓门。

旁边副驾驶位上坐着的人像是被他吵得有些不耐烦,黑色帽檐遮挡着的眉毛轻皱了下,嫌弃地侧了侧脑袋。

"你再跟我提他,我就和他说你喜欢他。"

红毛直接爹毛了:"你少瞎说!"

"那你就闭嘴。"

副驾驶位这边的阳光特别强,男生说完话又把帽檐向下压了压,只把嘴和下巴露在外头。

红毛气得鼻孔都快冒烟了,刚想再说点什么,视线不经意朝侧边一看,瞬间变了副表情。

"丫丫怎么跑这边来了?"

一听见"丫丫"这两个字,副驾驶位上的男生直接伸手把帽檐向上一顶,抬眼看过去。

苏弥那头还在顶着烈日给熊孩子"上课",并时不时用手里的冰棒敲敲她的脑袋瓜。

"我刚刚可不是吓唬你,山沟沟里面想娶媳妇的穷人太多了,你再这么随便乱跑,小心被疯老头儿拐过去当童养媳。"

熊孩子被吓得想哭又不敢哭,样子委屈极了。

"干什么呢你!欺负小孩儿啊!"

红毛这一嗓子吼得太突然了,苏弥吓了一跳。

她顶着火辣的阳光,艰难地睁着眼回过头——

她身后站着两个年轻男人,左边这个看上去有点非主流,一头红辫子特别扎眼。

右边这个倒是挺低调,黑色短袖T恤、黑长裤,头上扣了顶帽子,身高肯定是一米八以上,两条腿出奇的匀称修长。

苏弥往上瞄了一眼,碰巧和对方的目光对上。

男生一双眼眸深邃漆黑,看着她的时候不带任何波澜,可两人四目相对时,她还是从他的眼神里看出了"不太好惹"这四个字。

苏弥不知道怎么形容，只是单纯地从他沉静内敛的外表下，感觉出了一股子痞劲儿和匪气。

啧。

男生只和她对视了片刻，目光便偏移过去。

他低声朝熊孩子说了句："丫丫，过来。"

熊孩子像是终于找到了靠山，拖着小身子嗒嗒嗒地跑了过去，过程中还喊了声："程靳哥哥。"

男生在熊孩子扑过来的时候，很精准地一把抱起了她，并且好似安抚一样，揉了揉她的小脑袋。

苏弥起身走了过去，上下看他们一眼，问："这孩子是你们家的？"

"是我们家的！怎么了？"红毛话说得急，语气无意间变得有点凶。

苏弥懒得搭理他，又向前两步，走到熊孩子那边。

"我刚刚可没骗你哦，你如果再一个人乱跑，真的会被疯老头儿抓到山沟沟里去的。"

丫丫本来都快忘记这事儿了，经苏弥这么一提，又被吓得眼眶含泪。

"呜呜呜，程靳哥哥，丫丫不要被疯老头儿抓走……"

苏弥看见她哭了，得逞似的笑了笑，样子有点儿坏。

她无意间抬起头，发现这个叫程靳的男生正在看她，薄薄的眼皮微垂，视线中带着股冷冷的警告味道。

苏弥倒也没怕，只是不想惹什么麻烦。

于是她耸耸肩，双手微微举起，倒退了两步，做出了明显认怂的动作。

随后，她没再多说什么，绕过他们离开了。

红毛忍了半天，终于憋不住了："这女生……"

"行了，"程靳打断他的话，眉宇间有些不耐烦，"天太热了，先带丫丫回去。"

上车前，男生不经意地朝苏弥那边看了一眼。

苏弥这会儿差不多走到了快路口的位置，离远了看，她的身影比刚刚显得还要纤细瘦弱。

而她露在外面的那两条长腿，在毒辣的日光下白得发光。

苏弥又走了将近五分钟才拦到一辆出租车。

她让师傅就近找一家大商场，能买衣服能吃饭的那种。

但这边是老城区，普普通通的小店不少，大商场还真没有。

所以后来司机还是把她送去了市中心。

老城区离市中心挺远的，苏弥眼睁睁看着计价器上的数字一直往上涨，心里却没太多概念。

后来到了地方，司机拿出二维码："是微信支付还是支付宝？"

苏弥想了想，问："师傅，我零钱不够，刷卡行吗？"

司机像看怪物似的看她一眼："你咋不问问我美金行不行呢？"

苏弥压根没听出来司机在阴阳怪气，还以为他是认真的呢，挺乐和地从兜里掏出一张纸币："美金我也有的。"

司机后来把苏弥拉到了商场附近的一个ATM机前面，监督她取了钱。

司机："你这是刚从国外回来？不知道咱们国内发展多快？出门居然不带手机。"

苏弥笑了笑："确实挺快的，我刚出国的时候还能刷卡呢，现在都到处扫二维码了。"

司机明显有一颗爱国之心，看见苏弥称赞国内的发展，骄傲之感油然而生，对她的印象也好了许多。

后来拿到车费后，他又跟苏弥絮叨了一句："赶紧买个手机吧，虽然现在还能付现金，但到底是不方便啊。而且你这一个人出来，万一家里人找不着你怎么办？得多着急啊！"

苏弥把剩下的钱往兜里一揣，笑了笑，随口回了句："没事儿，我没家人，也不会有人找我。"

司机意外地看了她一眼，没再出声。

商场里人很多，苏弥穿着热辣惹眼，吸引了无数目光。

苏弥其实不太在意别人的看法，一丁点不自然的表情也没有，路过一家手机店的时候，她甚至还挺友好地接过了导购员的传单。

导购员是个年轻男生，看见苏弥的瞬间就被惊艳到了，看她拿了自己的传单，更是大着胆子追了上去。

"美女，要不要看看我们新出的情侣手机？你如果带着男朋友过来，两个人一起买可以打折。"

他边说边朝店内指了指，那边悬挂着一幅巨型海报，海报上印着的就是他说的那款情侣手机。

苏弥下意识朝那边看了一眼。

导购员像是得到肯定了似的，更加卖力推销。

"你看有不少小情侣都过来我们店里订购了，机会真的难得。"

他边说边朝里面最扎眼的一对情侣身上指，但苏弥没什么兴趣。

"不用了，我用不着。"

店内，一对年轻男女正亲密地挽着手，挑着最新款的情侣手机。

导购员很热情地介绍着，女生听得专注，男生在旁边却兴致缺缺。

他有些分神地朝外看过去，忽然目光一滞。

"怀楚，你说我们是买白色的还是绿色的？"女生问了句。

等了会儿，见旁边的男朋友迟迟没有回应，她抬头看了一眼。

"怀楚，"她察觉到了男朋友在愣神，拽着他的胳膊撒娇，"你在看什么呀？"

季怀楚心头微微一惊，回过头，脸上又恢复了往日那般的温柔浅笑。

"没事，随便看看。"

苏弥在商场只逛了不到两个小时。

简单逛了几家店，买了点当季的衣服和鞋子，又去负一层的超市买了两套床单被罩和日用品，以及一兜子零食和冰激凌。

出来等车的时候，她蹲在路边休息，顺手开了盒冰激凌吃。

但打死她也没想到，这边的出租车会这么难等。

大半个小时了！

逗她玩呢啊！

正烦闷暴躁的时候，她面前忽然停了一辆车。

苏弥下意识地抬头，发现车上坐着的是她的老熟人——

季怀楚。

这人是苏弥那个便宜妹妹的表姐的男朋友，以前和苏弥同校。

苏弥上初一的时候他上高一，两个人还曾经在一个美术社待过，甚至还传过一段莫名其妙的绯闻。

当时不知道哪个瞎了"钛合金眼"的人说苏弥暗恋他，还闹得沸沸扬扬，满城风雨。

而最搞笑的是，别人相信也就算了，季怀楚居然也相信了。

"这边车比较难打，你要去哪儿？我送你吧。"

季怀楚说话的同时，眼神也在默默打量苏弥。

刚刚在商场的时候，他只是看了个侧影，时间太短，苏弥又变化太大，所以他还以为是自己眼花了。

但是回去之后他越想越不对劲，心里翻腾得厉害，思来想去，又开车回来，想试试看能不能再遇见她。

没想到车还没开进地下车库呢，就在公交站这边瞧见苏弥了。

她的变化真的太大了，在季怀楚印象里，苏弥是个穿着白裙子的小女孩，有一头黑亮柔顺的长发，笑起来甜甜的。

可是现在……

他看了眼她手臂上的文身，还有露在外头的两条又细又直的长腿，心里有种说不清道不明的感觉。

苏弥看了季怀楚一眼，挺真心实意地问了句："你不怕秦雨误会了啊？"

秦雨是季怀楚的女朋友，也就是苏弥那个便宜妹妹的表姐。

苏弥的话让季怀楚想到了一些以前的事。

苏弥在上中学后没多久就申请加入了美术社，而季怀楚恰好是美术社的社长，久而久之，两个人的交集就多了。

后来秦雨忽然和他说，苏弥是她小姨父和前妻生的女儿，又说她妹妹因为苏弥在家里吃了很多苦，受了很多委屈，所以不想让他和苏弥走得太近。

秦雨算是季怀楚的青梅竹马、白月光，她那时说的每一句话，于他而言，都像圣旨一样。

所以他当时想都没想，就站在了秦雨那边。

后来不知怎的，学校忽然传出了苏弥暗恋他的绯闻。

当时他和秦雨的关系算是学校里公认的，所以传闻出来之后，苏弥就受到了很多站在秦雨这边的同学的排挤和攻击。

季怀楚听到消息赶过去的时候，她哆哆嗦嗦地靠坐在角落里，身上的校服都湿透了，脸色也极为苍白。

看到他出现，苏弥咬着牙没让眼泪掉下来，只小声问他："能不能把外套借我穿一下？"

季怀楚到现在都还记得苏弥当时的样子，弱小、无助，却又装作镇定坚强。

"你放心，我就算弄脏了也会给你洗干净的……"

季怀楚那个时候有些愧疚和心疼，毫不犹豫地把衣服借给了她。

只不过那天之后，苏弥没再去过学校，再后来，就等到了她被苏家赶出去，孤身一人被送到国外的消息。

她离开前，还托人把校服还给季怀楚。

如她所言，那件校服外套被洗得干干净净，隐约间还有她身上常有的那股香气。

后来这股香气，一直萦绕在季怀楚心里，迟迟没消散。

就好像苏弥这个人一样。

想到这里，季怀楚心里重卷起当年的愧疚疼惜，看着她，说："小弥，我知道你可能还在怪我，也知道你当初多喜欢我，但是……"

苏弥听到这儿，赶紧开口阻止他："我当时在校服里面放了张字条，你没看见？"

"看见了，你写了'谢谢'两个字给我，怎么了吗？"

"背面还有呢！我还写了让你修修镜子！"

季怀楚愣了下："什么？"

苏弥没马上回答，古怪地看了他两眼，随即道："看来你们家镜子还没修好啊。"

说完,正巧后方来了辆空出租车,苏弥没再给他废话的机会,两步跑过去拦下,钻进了车里。

程靳回到车队的时候,大概是晚上八点。

外头天色已经彻底暗下去了,月明星稀。

他停下车后,不知道想到什么,又安静地坐了一会儿才下车往里面走。

红毛应该在屋顶上烤肉,院子里飘着肉香。

程靳顺着外面的楼梯一级一级走上去,中途偏头点了支烟。

火苗从银灰色的火机里窜起来,他薄薄的眼皮低垂着,侧脸的线条轮廓看起来更加清晰立体。

红毛原本正忙活着手里面的牛肉,见程靳回来,赶紧问了句:"把丫丫送回去了?"

他说完也不知道是想到了什么,再开口时语气还有些委屈。

"也不知道你哪儿比我好,那小丫头整天程靳哥哥长程靳哥哥短的,回家也只让你送。"

程靳没搭理他的小情绪,嘴里叼着烟,随手把车钥匙往桌上一扔,用脚钩出了一张放在桌下的塑料凳子,坐了下去。

他朝一个装垃圾的破箱子里面弹了弹烟灰,说:"她回去的时候还念叨不想被疯老头儿抓走呢。"

红毛一听,立刻想到了下午的事儿。

"那女生也太奇怪了,你说她坏吧,丫丫还说被她救了;你说她是好人吧,她还那么吓唬小孩子!什么人啊,真是!"

程靳瞬间也想到了中午的那个女孩子。

但很奇怪,他的记忆点和红毛有些不一样。他想到那个女孩子时,满脑子都是她最后吓唬丫丫时,脸上的那抹坏笑。

有计划得逞的感觉,也有幸灾乐祸。

可挺奇怪的,居然不怎么讨厌。

他思绪慢慢回笼,不再多想她,视线落在烤锅上方的烟雾上面。

"嫂子看起来又严重了,今天我过去,她一直躺床上没起来。"

红毛"啊"了一声,情绪有些低落。

程靳又抽了口烟,低声开口:"嫂子喜欢的那个作者联系到了吗?"

他们说的嫂子就是丫丫的妈妈,去年年末确诊了癌症晚期。

前段时间她在刷微博的时候,无意刷到了一组风格独特的人像画,她特别喜欢,也很想要一幅。

她当时说:"这画的风格还挺特别的,如果这个作者能给我画一幅,当成我葬礼上的遗像,你们估计也不会哭得太惨了吧。"

她说的时候无意,但听到的人却留了心。

红毛听了程靳的话,马上掏出手机打开邮箱瞧了瞧。

下一秒,他"啊"了一声。

"这怎么全是英文,我也看不懂啊!"

程靳没出声,直接将手机拿了过来,垂眼扫过屏幕。

那个作者是国外的一位大师,那边的人回复过来的邮件也全是英文。

过了几秒,也不知道程靳看见了什么,表情忽然沉了沉。

红毛见他情绪不对,赶紧问:"怎么了?"

"那边的人说,画那些画的大师上个月刚去世。"

程靳说完有些烦躁,刚想把邮件关掉,忽然又看见了什么,不由得动作一顿。

红毛看不懂,只能干着急:"又怎么了?是不是有什么转机啊?"

程靳没搭理他,只是又确认了一遍邮件后面的内容——

不过亲爱的,有件幸运的事,你们所说的那些画并不是LI所作,作者是他的小徒弟。她是中国人,前几天忙完LI的葬礼后,就因为签证问题回到了中国。

她性情古怪,很少与人深交,所以我们并没有她的联系方式,目前只能提供给你她回国的航班信息和姓名,其余的,只能靠你们自己努力争取了。

祝你们好运。

邮件的最后，附着那位小徒弟的航班信息以及姓名。

S市，M国（1：03am）——北城，中国（2：12pm）

程靳视线下滑，最后落在了那个人的姓名上面。

Mi Su

苏弥回到老宅后，又蒙头睡了个昏天暗地。

醒过来之后，她翻来覆去的，却再也睡不着了，她想了想，决定抓把零钱出门找点好吃的。

出了老宅，她先绕了一圈，最后挑了一家烧烤店钻进去。

店里生意相当不错，大堂内几乎坐满了人，满屋子都是孜然和辣椒面的香味。

她在吧台找老板要了份菜单，把想吃的东西都点了一份，最后又添了两罐啤酒。

见店里人有点多，点好之后她叫老板打了包。

外头晚风凉爽，她一路看看停停，挑了个顺眼的路边台阶坐下。

坐好后她腿一盘，把包着烧烤的塑料袋一层一层拆开，随意从里面抽出了根串儿。

她一边吃，一边四下看了看，这附近也是居民区，她身后的房子和苏家老宅差不多，也是独栋小别墅。

别墅院子里面停了几辆重型摩托车，苏弥对这方面没啥研究，但也看得出来这几辆摩托车应该都不便宜。

她对新鲜事物没有太大的好奇心，看了两眼便转过头，开始专注地吃串儿。

这家烧烤的味道确实正，苏弥连吃了好几串烤五花肉，又迫不及待地抽出来些别的，接着她又开了罐啤酒，"咕咚咕咚"一口气喝了大半罐。

远处有辆电动车缓缓朝这边开过来,是一个爸爸载着一个小孩子。

"你们老师今天又给你妈妈打电话告状了,我看你回家怎么整!"

"啊?我也没淘气呀,为什么又说我呀?"小孩子的声音稚嫩,听起来像是刚上小学的年纪。

"你还好意思提!你整天数学、语文不好好学,都想些什么乱七八糟的呢?你是不是问老师,二郎神是怎么做眼保健操的?"

小孩子一点没有犯错的样子,还理直气壮地反驳:"那不是你们告诉我有不懂的问题就找老师吗?"

"行,你就知道跟我胡搅蛮缠,你等着看回家你妈收不收拾你!"

载着父子俩的电动车从苏弥身边经过,画面看着平凡又温馨。

她的目光追着他们走了好远,直到电动车的影子消失不见,她才默默把眼神收了回来。

她又拿出根烤串儿继续吃,耳边一直回响着刚刚父子俩的话,莫名笑了下。

她看着自己眼前因昏黄路灯折射出来的影子,忽然起了表演欲。

手里原本有一根烤串,她又从袋子里抽出了几根,对着地上晃了晃。

"好,老师的课今天就上到这里,谁还有问题需要问的吗?"她边说边晃着右手握着的鸡翅,好似那根鸡翅真的会说话一样。

隔了两秒,她又自言自语道:"哦,我的上帝,小明同学举手了!你说吧!"

她捏着嗓子,装出稚嫩的童声:"老师,二郎神是怎么做眼保健操的啊?"

"这个问题等我联系到他的班主任之后再回答你。下一个!"

"老师,我打了自己一拳,打得很疼,这代表我很强还是很弱呀?"

"自残是一种心理疾病,老师建议你去看医生。"

"老师……"

"丁零丁零!"

"真可惜,下课铃响了呢!同学们如果还有什么问题,就留到下节课再问吧!"

苏弥说完，将拿着鸡翅的那只手一点一点向后移动，嘴里还模仿着高跟鞋踩在地板上的声音。

"嗒嗒嗒……"

声音由近及远，从大变小，到最后彻底消失。

苏弥哨了口刚刚的"小明同学"，像是松了口气："天哪，这届熊孩子太难带了！"

她身后的别墅院子，靠近大门的角落里，程靳正侧着身子，倚在围栏上抽烟。

他这个位置正好在阴影处，苏弥在路灯下压根看不见他。而她刚刚的那场表演，他在暗处倒是看得一清二楚。

本来程靳因为丫丫妈妈的事情，心情一直有些低落，他出来抽支烟也是想喘口气好好想想怎么解决，却没想过会看见苏弥的这场"演出"。

他还挺意外的，毕竟中午遇见她的时候，她那个样子完完全全和现在搭不上边。

至少他中午从她身上联想不到她是个会自己和自己玩，并且还玩得挺嗨的人……

他有点想笑，脸上沉重的表情有几秒钟的松懈。

而就在这时，他口袋里的手机忽然响了起来。

苏弥和程靳的距离说近不近，说远也不是很远，所以这边有动静，她在那头第一时间就听见了。

她倒是没被吓倒，但也挺意外的。

毕竟刚刚她是看了一圈，确定这周围没人，她才瞎玩了一会儿的。

她顺着声音的方向转头看过去，那样子似乎想让躲在暗处的人能要点儿脸，赶紧给她站出来。

程靳不是故意偷听，也没什么好藏着掖着的，他捏着烟头吸了最后一口，迈开长腿缓步朝外头走过去。

苏弥显然没有想到，偷听的鳖孙会是中午遇见的那个"不太好惹"的帅哥。

她吃惊得愣了两秒。

程靳的手机还在响着,他掏出来看了一眼,很自然地当着苏弥的面儿接通了。

"嗯,在外头抽支烟,你收拾吧,我不吃了,马上。"

他说话的时候苏弥一直盯着他,试图让他尴尬到死。

然而她还是低估了这男生的脸皮厚度——都这样了,他居然还能坦然地当着她的面接电话!

还顺便走到路边的垃圾桶旁边,按灭了烟头!

苏弥不怎么客气地看着他,等到他把电话挂断,问道:"你站那儿多久了?"

"没多久。"

苏弥才暗暗松了口气,程靳在那头忽然又来了一句:"刚好看你上完一堂课。"

"你姓郝吧?"苏弥问。

程靳沉默着没说话,眼神淡淡地看着她。

"我认识个叫'郝贱'的人,和你挺像的。"

"他也看过你上课?"

程靳看得出来自己快把小姑娘惹动气了,在她发火前说了一句:"不好意思,刚刚是我的不对。"他向后指了下那栋老别墅,"这房子是我的,我吃饭的时候想出来抽支烟,没想到你会来这儿……"

他说到这儿明显迟疑了下,接着对上苏弥的眼睛说:"吃烧烤。"

苏弥白了他一眼,没去深究他话里的真伪,但也没再摆出一副想吃人的模样。

她不再说话,也没再看他,默默地起身拍了拍自己屁股后面的灰,弯腰拿起剩下的烤串儿和啤酒就准备走。

她转身之前,身旁的人忽然又开口了——

"我有个事有点好奇。"

苏弥疑惑地转过身:"啊?"

程靳这会儿站在路灯下,还是那副淡淡的模样,但是眼神里却莫名多了点儿痞里痞气的漫不经心。

"就是刚刚小明问的,二郎神到底怎么做眼保健操的?"

苏弥觉得她这辈子都没这么无语过。

苏弥拎着烤串往回走的时候,她名义上的父亲和爷爷,正开着车经过这条她回老宅的必经之路。

她回国的事情,两个人似乎没一个上心的。

这会儿看见她在前方,苏国群还有些意外。

"这孩子已经回来了?"

苏凡程闻声朝窗外看了一眼。

苏弥身上还穿着白天那套吊带和热裤,一手拎着烤串和啤酒,一手拿着一串鸡翅往嘴里送着。

苏凡程看着她的这副模样,沉着脸皱了皱眉。

司机顺着后视镜向后排瞄了一眼,见两个人都没有让他停车的意思,就目不斜视地将车子从苏弥身边开过。

自己的儿子手把手按在身边这么多年,什么脾气秉性,苏国群最了解。

这会儿他只随便看了苏凡程一眼,便知道对方心里在想着什么。

"是不是越来越觉得,当初没听我和你妈的话,是错误的?"

苏凡程没说话,但是表情也不是太好。

苏国群意味不明地笑了笑,顺着旁边的倒车镜又看了看苏弥。

"你说她现在和咱们家小时还能比吗?就好像当初你非要要的那个楚晓一样,她在你身边待的时间也不短吧,可最后不还是依旧上不了台面?

"出身这个事情,从出生那一刻就是注定了的。哪怕有的麻雀一朝辉煌飞进了凤凰窝,它还是比不上真正的凤凰。"

外面的灯影随着车速规律闪过,照得苏凡程的脸忽明忽暗,表情更显晦暗不明。

苏国群知道,就算苏凡程现在一句话没说,他也把自己的话听进去了。

苏国群收回视线,注意力又都放在了手里的文件上面。

隔了几秒钟,他像是想起了一件不太重要的事情一样,语气极为随意地问:"她这次回来,你准备怎么安排她啊?"

苏凡程在倒车镜内看着苏弥越来越远的身影,半晌后回了句:"自生自灭吧。"

苏弥回国后没什么事儿,更没有人找她,所以后面几天她一直闲在老宅里面没出去,每天困了就睡,饿了就吃东西,把自己当头小猪在养。

这天起床的时候,外面已经是黄昏,她把窗帘拉开之后,大片橙红的夕阳从天际落下,打在这一片老房子的房顶上面。

苏弥闲着没事儿,打算下楼透透气。

这老房子里面,除了苏弥,还住着一对老夫妻。

老夫妻年轻的时候分别是苏家的司机和保姆,长辈们都叫他们赵叔和王婶。

他们在苏家待了将近三十年,现在年纪大了,苏国群就将他们安置在这栋老房子里面养老,顺便让他们看家护院。

苏弥回来的这些日子,他们对她挺客气的。

但也仅仅停留在客气的阶段,多余的事情他们不听不问也不说,特别精明。

苏弥从来也不奢求任何人对她关心,不找碴添堵,她就觉得对方是特别好的大好人了,所以她对这老两口的印象还是相当不错的。

她下楼的时候,碰巧赶上他们买菜回来。

几天没打过照面,老两口再看见苏弥的时候,脸上都闪过一丝不自然。

苏弥倒是挺自在的,喊了句"赵爷爷王奶奶",随后直奔外头的院子。

夕阳这会儿瞧着比刚刚更红了,满院子都笼着一层血橙色,怪好看的。

苏弥蹲在台阶上,兴致不错地看着远处的夕阳,心里头盘算着待会儿是继续睡还是出门遛遛。

这时,老宅大门口忽然停下了一辆私家车。车门打开后,先跳下来了一条金毛狗。

"Lucky!你慢点儿!"

这一嗓子喊得苏弥有点意外。

这声音……

怎么有点像她那个便宜妹妹的？

车上下来的确实是苏时时，她才上初中，是苏弥同父异母的妹妹，比苏弥小了六岁。

苏时时看上去才像是个正经的富家千金，穿着公主裙、小皮鞋，下车的时候，还有司机给她撑伞遮阳。

她往院子里走的时候，车上又下来了两个人——

秦雨和季怀楚。

他们跟着苏时时一块儿往院子里走，在看见苏弥的时候，又同时愣了一下。

片刻后，苏时时指着苏弥，有些气急败坏地问旁边的司机："她为什么会在这里？"

司机也挺意外的，一时语塞，不知道说什么好。

老两口这会儿闻声跑出来了，看见苏时时的时候，他们意外的表情中又带了些不安。

苏时时看他们出来了，把同样的问题又问了一遍："她为什么会在这里？"

王婶有些害怕，生怕自己说错话似的，吞吞吐吐半天，不知道该说什么。

苏弥蹲在旁边像看戏似的，还有那么点想笑的意思。

苏时时见她这副模样，快气炸了。

她穿着小皮鞋，嗒嗒嗒地走到苏弥跟前，抱着双臂，居高临下地看着苏弥，问："你不是应该直接死在国外吗？回来干什么？"

一直在旁边沉默的季怀楚实在看不下去了，忍不住出声："小时，别闹了！"

一旁的秦雨听见自己的男朋友替苏弥出头，忍不住皱了皱眉，抬眼看向他。

然而季怀楚丝毫没察觉到秦雨的目光，满心满眼都在替苏弥担心。

秦雨心下一沉，再看向苏弥的时候，眼神里也多了丝阴沉。

苏弥在这头倒没什么感觉，随口回道："签证到期，不回来也要被遣送。"

"那你为什么要回这里住？"苏时时马上问道。

"不回这儿去哪儿？去洞湖那边吗？"

洞湖是一个小区的名字，是北城有名的富人区，苏家现在住着的别墅就在那里。

"不太好吧？"苏弥看了苏时时一眼，"咱俩天天对着，不是给对方添堵吗？"

"什么回洞湖？我的意思是你就不该回我们家！"苏时时到底是小孩子，苏弥几句话就让她气急了，"不管是洞湖还是老宅这里，你都不许住！"

苏弥有些惊了，因为这话苏时时很小的时候就经常说。

她以为自己出国这么久，这个便宜妹妹能有点什么长进呢，没想到翻来覆去的居然还是这些。

苏弥有些索然无味，懒得再搭理苏时时，起身和老两口打了个招呼便想上楼。

苏时时感觉自己被无视了，几步上前，不由分说地推了苏弥一把。

"我跟你说话呢！"

她这一下推得很重，苏弥一个没防备，直接一屁股坐在了地上。

旁边的司机和老两口都吓了一跳，下意识想去扶苏弥，可又都顾虑着旁边的苏时时。

倒是季怀楚，满脸的于心不忍，准备去拉一下，却又被秦雨阻止了。

"小时正在气头上呢，你现在做什么都是火上浇油，帮不了她什么。"

她说话的表情很真情实意，像是真的在替苏弥考虑一般。

季怀楚听完，手停在半空，犹豫片刻后，又缓缓放了下来。

苏弥不痛不痒的，但是也不想再继续和这个便宜妹妹纠缠下去，她撑着水泥台阶起身，拍拍屁股，转身就准备上楼。

苏时时见自己被她无视了个彻底，在她身后又喊道："你什么意思？装可怜还是博同情？你给我回来！"

苏弥自始至终没再转身。

季怀楚实在看不下去了，低声说了一句："小时，你还要闹到什么时候！你……"

他具体说了什么苏弥懒得听,她上了二楼后像没事人似的,直接钻进洗手间洗漱。

等她再从洗手间出来的时候,发现阴魂不散的苏时时也跟上来了。

苏弥这回彻底有点烦了,一边擦头发,一边冷眼瞧苏时时。

苏时时毫不客气地在苏弥房间转着,像领导巡查一样:"你这房间还是跟以前一样啊,到处都是晦气的味道。"

她一步一步地往里走,走到墙边时,看见上面不知什么时候画上去的稚嫩涂鸦,像是被触动了什么开关似的,表情变了变。

"前段时间我陪爸爸来这边看赵爷爷、王奶奶的时候,来过你这房间一趟,我当时带着 Lucky 来的,它相中了你屋子里不少没用的小玩意儿。爸爸当时就叫我都拿回去,说给 Lucky 玩。"

Lucky 是苏时时养的一条金毛狗,苏弥走的时候,那狗才三个月大,还挺可爱的。

苏弥知道苏时时想说什么,无非就是跟小时候一样,炫耀她们那位父亲对她有多好,然后再衬托一下自己有多可怜。

苏弥小时候确实伤心过一段时间,后来渐渐就麻木了,最后彻底没了感觉。这次要不是苏时时过来特意炫耀一下,苏弥还真没发现自己屋里少了什么东西。

不过没感觉是没感觉,但苏时时一直像苍蝇似的在她耳边叨叨叨,太烦了。

苏弥用仅存不多的耐心等着苏时时接下来的话。

苏时时还一步一步地往里面走,走到床边,看见床头柜上摆着的水杯时,直接拿了起来。

"这水杯你新买的?不如爸爸小时候给你买的漂亮啊。"

话说完,她直接当着苏弥的面儿,松开了拿着杯子的手——

"啪"的一声,水杯应声落地,里面还有半杯凉白开,这会儿都溅洒在了地板上。

"啊……"苏时时一副可惜了的模样,"质量也没有爸爸买的那个好哎,那个 Lucky 怎么玩都没摔坏呢。"

苏弥仅剩的一点耐心也被苏时时消磨没了，实在受不了了，她将擦头发的毛巾往床上一扔，直接朝苏时时逼近。

她比苏时时高了半个脑袋，这会儿脸上什么表情也没有，看着冷艳无比，压迫感顿时就上来了。

苏时时像是后知后觉地想起了什么一样，后退两步。

"你……你干什么？"

苏弥一把抓起苏时时的一撮头发，在对方还没反应过来时，"哐"的一下，连人带脑袋一起撞向了墙面。

苏时时疼得倒吸一口凉气，头上还有头皮被拉扯的痛感，她难受得眼泪都快流出来了。

"你……"

苏弥没再给她说废话的机会，冷着眼，面无表情地贴近："我什么样你应该比谁都清楚。当年外人都以为你受伤是因为我，但实际上是什么情况，你应该没忘吧？"

她短短几句话，就让苏时时的眼底出现了些许恐惧。

"不想再看我发疯，就给我……"苏弥看着苏时时的眼睛，一字一顿道，"滚、远、点。"

到底是小孩子，苏时时被她吓得眼底都是恐惧。

"我……我要告诉爸爸你欺负我！"

"行，快去，赶紧让司机带着你去，"苏弥冷笑了下，"我等着。"

苏时时腿都有些软了，见威胁也不起作用，一时不知道该怎么办才好。

苏弥实在懒得再搭理她，指了指门口，冷眼瞧着她："你是自己滚，还是等着我把你扔出去？"

初夏夜里的晚风凉爽又舒服，吹一吹，倒是能带走一些负面情绪。

苏弥心头隐隐有些不舒服，不知道是被苏时时烦的，还是因为她的话，想到了一些以前的事情。

老城区晚上极为热闹，路边的小商户一家挨着一家，宽敞点的地方，还有一些大爷大妈正放着老年 DJ 跳广场舞。

再往前一点是条小吃街，空气中时不时飘来一些不同小吃的香味儿，苏弥闻着闻着忽然就感觉有点饿了。

她看了一圈，最后还是没忍住，去了那条小吃街。

苏弥先买了份炸鸡柳，又在旁边的摊位上要了份臭豆腐和花甲粉丝。

这三个摊位人都不少，等待的过程里，苏弥又四下看了看，想着再买点什么别的。

忽然，她感觉眼前有一个小小的影子冲了过来，还没看清呢，自己的一条腿就被紧紧地抱住。

苏弥向下看去，发现抱住自己的是那天的那个熊孩子——丫丫。

丫丫见到她像是很高兴，仰着小脑袋，笑眯眯地喊了声："姐姐！"

苏弥挑了下眉，问："你又自己偷偷跑出来了？"

丫丫像是害怕苏弥继续说什么似的，赶紧摇头："没有没有，我是和程靳哥哥一起出来的！"

说着，她朝身后指了指。

对面四五米远的地方，程靳拿着支粉蓝色的棉花糖，闲适地站在那里。

他身形修长高大，穿着一身休闲有型的黑色衣裤，再加上一张清俊的脸，整个人站在人群中异常突出。

有路过的小姐姐想找他要微信，他神色冷淡，一副清冷男神的模样，礼貌地拒绝。

像是察觉到了苏弥的视线，他再望过来时，稍显意外地微挑了挑眉。

苏弥眼睁睁地看着他一步一步朝这边走了过来。

"巧啊。"程靳看着她，嘴角淡淡地勾了下，"小明同学的班主任。"

苏弥和程靳两个人都属于扎在人堆里面也特别惹眼的那种类型，他们无论是身材还是长相，都超出普通人很大一截。

所以这会儿两人站在一起，有不少路人都不由自主地往他们身上看。

但苏弥什么感觉也没有，她看着程靳，皮笑肉不笑地回了句："是挺巧的。"

接着，苏弥转头看向烧烤摊老板，催了句："老板，我那份臭豆腐麻烦快点。"

　　隔了几秒钟，苏弥忽然感觉自己的手被底下的小东西拽了拽。

　　"姐姐，你如果想吃烧烤就跟我们走吧，不要买这里的，不干净！"这边环境嘈杂，但丫丫的声音也不小。

　　她这头话音才落，烧烤摊的老板就抬头瞅了他们一眼。

　　苏弥有点尴尬，干巴巴地笑了笑。

　　丫丫看她不搭话，还以为她不相信自己说的，又很认真地补充道："真的真的，我妈妈说了，这边的小吃都是用地沟油……唔……"

　　苏弥赶在老板发火前捂住了丫丫的嘴。

　　她顺道还给站在一旁看戏的程靳使了个眼色，想让他说句话管管丫丫。

　　程靳淡淡的眼神和苏弥的碰了一下，伸手摸了摸丫丫的小脑袋。

　　"丫丫说得对，外面的东西确实不干净，不能乱吃。"

　　苏弥火速离开了小吃街，甚至连那份马上要烤好的臭豆腐都不要了。

　　手里就只剩下一盒花甲粉丝了，她瘪着肚子边走边嗦，吃得又急又香。

　　她能感觉到丫丫和那个男生一直跟在自己身后，但她没管，就自顾自地吃着。

　　丫丫略显担忧的声音从身后传来——

　　"姐姐怎么现在就开始吃东西了呀？她待会儿还能和咱们一块儿回去，吃爸爸做的烧烤吗？"

　　"能吧。"

　　"可她像是要吃饱了呀……"

　　"没事，她胃口大，吃得下去。"

　　苏弥一脑袋问号，停下脚步，回头看了过去。

　　她看着程靳和丫丫走近，问："我什么时候说过要和你们一起回去吃东西了？"

　　丫丫眨巴了一下大眼睛，很稚嫩天真的模样。

　　"程靳哥哥说你答应了呀！"丫丫扯了扯程靳的手，"哥哥，你刚刚不是说姐姐答应了吗？"

　　"嗯，她答应了。"

苏弥看他:"我,答应了?"

程靳目光淡淡的:"你答应了。"

她刚想再回一句,就见旁边的人忽然身子一倾。

程靳拍了拍苏弥的脑袋,像是她头上有脏东西似的,俊脸朝她耳边贴近——

"帮个忙。"

他说话时视线一直放在她头顶,手上的动作没停。

苏弥视线瞥过去,隐隐约约能看见他突起的喉结和线条分明的下颌线。

"她挺喜欢你的,如果你待会儿有空的话,就麻烦你陪她待一会儿。"

苏弥转过头,视线与他对上。

"这是求我呢?"

程靳应答自然:"对,求你。"

"那来给姐姐撒个娇。"

闻言,程靳眼皮抬了抬,目光有点淡,还有点凉。

隔了两三秒,他直起身来,没再搭理苏弥。

"走吧,该回去了。"

他话是冲丫丫说的,说完直接将孩子抱了起来,起身继续向前走去。

丫丫眼睛眨巴了两下,还没太反应过来。

"姐姐不跟我们一起回去吗?"

"姐姐突然有事,不能陪你了。"

"啊……"丫丫撇着小嘴,一副很失落的样子,"可是我刚刚都拿电话手表给妈妈发短信了,说要带姐姐回去吃东西,还叫爸爸多烤几个蜂蜜鸡翅呢……我爸爸烤的鸡翅可好吃了,又甜又香,外面的皮油滋滋的,我一顿能吃四五个呢!"

苏弥忽然出声:"蜂蜜刷得很厚的那种?"

丫丫狠狠点头,说:"嗯嗯嗯!很甜很香的那种!"

"那走吧,姐姐忽然又没事儿了。"

程靳抬了抬眼皮,看了她一下。

"不是你刚刚求我的吗?"苏弥横了他一眼,"我答应了。"

苏弥还记得之前吃烧烤的位置，跟过去的时候还算轻车熟路。

隔着大门，她远远就闻到了里面的烤串香，时不时还有对话声传出来，听着就很热闹的样子。

苏弥刚刚的那冲动劲儿此时消散了不少，她感觉人多就有些犹豫了，旁边的一大一小倒是一丁点退缩的机会都没给她留——

"妈妈！我把那天救我的那个姐姐带回来啦！"

丫丫率先跑进院子，程靳紧随其后。

他走了两步，见苏弥没跟着，转身："又反悔了？"

苏弥也不知道怎么回事儿，看见程靳那副有点儿拽的表情，就莫名有了逆反心，想和他对着干。

所以她心里那点犹豫瞬间没了，她白了他一眼，越过他直接朝里面走去。

这附近的老房子结构都差不多，院子和房子的占地面积也一般大，刚走进去的时候，苏弥还有种回了苏家老宅的熟悉感。

越往里面走，烧烤的香气越浓，但奇怪的是，她并没在院子里瞧见人。

像是察觉到了她的疑惑，程靳在旁边随意开口道："都在房顶呢。"

他的话让苏弥下意识抬头——

老房子上，原本黑漆漆的屋顶此刻格外明亮。

屋顶外围围了一圈铁艺栅栏，栅栏上面挂了不少线灯，暗黄的星星点点的光一闪一闪的，氛围感十足。

别的苏弥在下面也看不太清，但单这些已经够让她意外的了。

这男生看着不食人间烟火的样子，但还挺会的？

上去的时候，程靳难得绅士地让苏弥走在了前面。

楼梯是铁板铺的，建在别墅外围，而且角度一点也不陡，走在上面没有任何登高的微恐感。

苏弥走上去的时候，丫丫已经跑上去好久了。

小孩子这会儿正在妈妈怀里撒着娇，看起来特别开心的样子。

屋顶上除了丫丫，还有三个大人。

红毛之前见过苏弥，看见她后，率先开了口："真是你啊！怎么这么巧呢！"

红毛惊讶的时候，嗓门大得离谱。

丫丫在旁边被震得直捂耳朵，可怜巴巴地喊了一句："郑林哥哥……"

红毛连连道歉，声调压低了不少："错了错了，哥哥错了。"

丫丫满意了，从妈妈怀里直起身子，指了指苏弥的方向。

"妈妈，这个就是那天救了我的姐姐！"

说着，她朝苏弥跑过去，拉过苏弥的手："姐姐，那是我妈妈！"

苏弥对母亲的固有印象还停留在楚晓身上，所以之前丫丫提起来的时候，苏弥以为她口中的"妈妈"也会是一个温温柔柔、看着很居家的女人。

但恰恰相反，丫丫的妈妈是个看起来很酷很异类的女生，而且瞧着年纪不大，应该没过三十岁的样子。

她剃了光头，右耳郭上扎了一排耳洞，人很瘦，眼睛大大的，脸色看起来不太好。

她坐在轮椅上，和苏弥对视的时候，也没有起身，只笑着冲苏弥打了声招呼："你好。"

苏弥淡淡地点头回应，不算热情，但也很礼貌。

原本一直在旁边忙活着烤串的人，应该就是丫丫的爸爸，此刻也朝这边走了过来。

"你就是之前救了丫丫的那个小姑娘吧？孩子回来把事情的经过都和我们说了，我和她妈妈非常感激你。"

苏弥笑了笑："没事儿，以后照顾孩子的时候用点心就行了。"

她这话让两个大人都有些尴尬，程靳碰巧这会儿也过来了，他主动拉了苏弥一把，把她安置在一把椅子前面。

"先坐下吧。"

"哎？你俩怎么看起来挺熟了啊？"红毛挺自来熟地扯了把椅子，大刺刺地坐到了苏弥旁边。

他说完，贴近看了眼苏弥手臂上的文身。

"我之前就好奇来着，你这是文身贴的吧？"

"不是，文上去的。"

"啊？"红毛看她一眼，下意识感叹，"可以啊！你家里面也让你一个小姑娘搞这些？"

"没人管我。"苏弥斜了他一眼，"再说小姑娘怎么了？你是觉得我们女生和你们差哪儿吗？"

"啊……那倒不是。"红毛怪尴尬的，没再问。

丫丫的爸爸动作很快，不一会儿就烤完了一大盘肉串和鸡翅，桌上原本就有一盘烤好的青菜，还有些花生、毛豆之类的下酒菜，满满当当的，看得人食欲大开。

头顶的天黑得彻底，只有一轮半满的月亮，没有星星。

凉爽的微风吹过，配上四周昏暗的光线，苏弥莫名感觉很舒服。

是很久没有过的那种舒服，能彻底放松的那种感觉。

她心头之前蒙着的那层烦躁这会儿淡了许多，表情也比进来之前好看了不少。

她挺不客气的，也不用别人招呼，自己就拿起了一串烤鸡翅。

丫丫一直看着苏弥，见她吃了第一口，连忙探过小脑袋，问："怎么样，姐姐？是不是很好吃？我没骗你吧！"

确实好吃，鸡翅表面有蜂蜜的香甜，外面那层皮烤得微焦，里面的肉又特别嫩，咬下去还会溢出汁水。

苏弥腾出手掐了下丫丫的小脸蛋，眯着眼冲她笑笑："你最乖了，没骗我。"

旁边的红毛感觉有点奇怪，说："这小丫头跟你还挺合得来的，你之前那么吓唬她，她居然还这么喜欢你。"

听到这话，丫丫的爸爸有些尴尬，看了苏弥一眼。

"人家那也是为了丫丫好，不叫吓唬。"

红毛不以为然，拿着筷子夹了粒花生米，边嚼边说："那就是吓唬。不过吓唬的结果还挺好的，之前咱们怎么说这小丫头都不听，老是自己偷跑出去，这回好了，怕疯老头儿把她抓走，连自己出门都不干了。"

他说完像是想到什么似的，转头看了苏弥一眼。

"哎？你怎么想到这个的呀？拐小孩给疯老头儿当媳妇儿的事情，我好像只有小时候听我奶奶提过。"

"不用想啊，"苏弥认真地啃着手上的鸡翅，语气随意，"我的亲身经历。"

这话一出，周围瞬间安静了。

坐在苏弥右侧的程靳，转头看向她，沉黑的眸子里面带了些意味不明的光。

这会儿大家的目光都投到了苏弥身上，就连刚刚还咋咋呼呼的红毛也难得没再开口。

直到鸡翅吃完，苏弥才感觉到气氛不对劲。

她抬头看过去，目光和程靳擦过，最后又毫不在意地垂下眼。

她重新拿起一串鸡翅，抽出上面一只来啃，神态随意地说："不用惊讶，我确实曾被拐到大山沟里面，还跟个疯老头儿一个屋子待了两天。不过我后来跑出来了，没出什么大事。"

"我的天啊！"红毛忍不住惊了一声，"那你当时怎么逃出来的啊？"

"时间太久了，"也不知道是真忘了，还是不想再提，苏弥没正面回应，"早忘了。"

程靳看出了苏弥的态度，语气淡淡地将话题扯开："嫂子之前说喜欢的那几幅系列画，我们在国外找到作者了。"

丫丫妈妈很惊喜，之前有些病态的神情，这会儿都精神了一些："那他接私活儿吗？"

"什么呀，嫂子你不知道？"

红毛把话接了过去，并且把之前了解到的所有情况都和丫丫妈妈说了一遍。

过程中，丫丫妈妈的表情很明显地从惊喜变成微微失落。

程靳察觉到了，开口安慰："嫂子，你放心，只要人还在北城，我一定能把他找出来。"

"可是不是连电话都没有吗？北城这么大，你们上哪儿去找啊？"

"这个没事儿！"红毛道，"我和程靳准备先私下托关系打听打听，实在不行我俩去 M 国一趟。我们问到那个人在 M 国的居住地址了，看看到了那边，房东能不能提供点别的信息！"

程靳在这边附和着点头："对，那边的人给了我们地址，说那位大师的徒弟住在 M 国艾伦尔大街。"

原本一直在旁边努力干饭的苏弥，在听见程靳的话后，朝他那边看了一眼。

"艾伦尔大街？那边不是出了名的廉租街吗？"

程靳没想到苏弥会忽然插话，也转过头看她："廉租街？"

"对，那片地方的房租很低，所以去那边的基本都是无业游民，隔三岔五就会有犯罪事件发生，普通人很少会住那儿。"

红毛有点意外，问："真的假的啊？你怎么知道这么清楚？"

程靳像是和红毛有同样的疑惑，依旧静静地看着她，问道："消息可靠吗？你去过那里？"

苏弥差点一个冲动就说出"当然可靠啦，因为我刚开始就住那儿啊"，但是想了想，她还是觉得今晚和这些人说了太多自己的事情了，没必要，于是要说出口的话在嘴边一转，变成了："我没去过，但是我有认识的朋友之前就住在那儿。我觉得消息是特别可靠的，但是信不信随便你们。"

丫丫妈妈一直在旁边默默听着，这会儿像是自言自语一样念叨了句："如果真是那样，那他们给的地址是错的吧……一个搞艺术的人，怎么可能住环境那么脏乱的地方……"

苏弥很赞同地点点头，确实，她要不是刚过去的时候没钱，也不可能住那儿。

红毛和程靳都看出了丫丫妈妈的失落，互相看了一眼。

"嫂子，你别急！咱们这个计划行不通，还有下一个呢！"红毛道，"程靳早就说了，实在不行他就回家找程大哥去，江边那栋大楼不是他们家的吗？平时也是给别人打打广告，咱们可以投放一个寻人启事，到时候给点悬赏金，肯定很多人能提供线索的！"

他这话让苏弥心头微微一惊，苏弥朝旁边瞥了一眼。

还真是没想到啊，程靳这男人看起来不显山不露水的，家里居然这么有钱？

找人的方法也挺暴发户的。

她边想边笑，又伸手拿了根肉串。

后来大家没再把话题往苏弥身上扯，她乐得自在，一直闷头吃东西。

从他们聊天的话题可以看出，他们应该都是一个车队的成员，看样子相处得挺融洽的，关系都非常亲近。

苏弥想到了之前在院子里看到的那些摩托车，忽然就脑补了很多这些人骑摩托车的画面——

红毛估计是最搞笑的，丫丫父母应该比较稳，至于程靳……

苏弥下意识往桌子下看过去，只见两条被黑色裤子包裹着的长腿支在那儿。

她脑海中瞬间就出现了程靳单腿支着摩托车摘掉头盔的画面。

唔，应该挺帅的吧。

一顿烧烤苏弥吃得特别满足，烦闷的心情也彻底一扫而空。

她临走前还有些依依不舍地看着盘子里剩下的食物，一副没吃够的模样。

丫丫爸爸看出了她的心思，连忙找了个打包袋给她装了起来，让她拿回去吃。

苏弥一点都没客套，笑眯眯的，十分真诚地说了句"谢谢"，然后就坦然收下了。

她和丫丫的父母告了别，不算正式，但也默默多看了他们几眼。因为她知道今天这是他们第一次见面，估计也是最后一次见了。

人生还挺奇妙的，每天都有相遇和告别，只不过苏弥没想过自己的人生会从某一天开始变得有些丰富起来。

她下去之后没多久，身后就传来了脚步声。

她回头看了一眼，发现那隐形富二代跟出来了。

起初苏弥没太在意，依旧自己走自己的，但后来她察觉到身后的人一直不远不近地跟在她后面时，忍不住回头问了句："你干什么？"

"前面两条街的路灯坏了，嫂子怕你一个人走太危险。"

"送我啊？"苏弥有点意外，"你送我一直跟在后面干吗呀？"

程靳淡淡睨了她一眼："怕你不好意思。"

苏弥没再搭理他，但她也能感觉身后的人渐渐追上来了，最后走到了自己旁边。

过了马路，光线确实越来越暗，越往前走越黑，头顶一盏路灯都没亮。

这时，旁边的人忽然开了口——

"你刚刚说的是真的？"

"什么？"

"被拐去山里的话。"

苏弥看他一眼："你问这个干吗？"

"没事，单纯好奇。"

"哦，那你别好奇了，没用，我不想说。"

她的话音落下后，旁边的人没再出声。

走着走着，她倒是想起来一件事。

"江边那栋大楼真是你家的啊？"

"你也别好奇了，没用，"昏暗中，程靳淡淡的视线落在了她脸上，平静中带了点坏，"我也不想说。"

苏弥这次回国，其实还带了个不算太重要的任务回来——

帮老头儿跑腿还个人情。

老头儿是她在国外时被迫认下的一个师父，在她回国前去世了。

他临走时，在病床上千叮咛万嘱咐，叫苏弥回到中国后要替自己去一趟某大学的美术系，找里面的一位教授还个人情。

至于人情是什么，怎么还，需要她做什么，老头儿一概没说。

这事儿要放在别人身上，苏弥绝对不会搭理。

但这人是老头儿，哪怕她多不想做、多嫌烦，也要去给办了。

毕竟在国外最难的那两年，她在廉租街被街头的小混混扇嘴巴差点扇到晕厥的时候，是老头儿出手帮了她。

当然了，老头儿也不是白白帮忙。

用他的话说就是，他当时看到过苏弥在河岸旁卖画，瞧上了她的绘画天赋，觉得这个还不错的东方小孩儿就这么毁了太可惜，所以才出钱出力，把她带到自己身边的。

苏弥在他手底下当学徒的时候，也没少吃苦。

老头儿脾气古怪，有时候说不清因为什么，他就突然发起火来。

苏弥刚开始很害怕，但后来渐渐习惯了也就好了。

那几年她和老头儿算是"相爱相杀"的状态，没有真正做到像别的师徒那样交心亲密，但也有一种很微妙的感情在。

所以老头儿临终前的这一个要求，苏弥想都没想就答应了。

但苏弥其实挺怕麻烦的，回来之后她几乎是选择性忘记。

这几天时差倒得差不多了，她每天除了吃吃喝喝睡觉再没别的事儿，终于想起来自己还有个任务在身呢。

苏弥原本想第二天起个早出去的，但是这天当她醒过来睁开眼睛时，墙上的挂钟显示已经中午十二点多了。

她简单地收拾一下便出了门。

外头依旧酷热难耐，苏弥上了出租车后，直接跟司机报了那个大学的校名。

"重华大学？那可是国内重点大学啊，小姑娘学习这么好啊？"司机挺热情地和她搭话。

苏弥点点头，十分不谦虚地回道："嗯，我脑袋确实挺好使的。"

后面的几十分钟车程里，司机都很安静，没再说话。

出租车直接开到了重华大学的东校门，也是学校的正门口。

下车之后，苏弥直奔校内，一路连猜带打听找到了教师办公楼。

办公楼不算太高，只有七层，可她要找的那位杜教授的办公室就在顶楼，并且没有电梯。

苏弥爬上去的时候，T恤后面都透出了些汗渍。

她朝走廊尽头的办公室走去，那间办公室的门没关严，留着一条不算宽的缝隙。

苏弥抬手敲了三下门板。

隔了大概两秒，里面传出来一道声音——

"门没锁，进来吧。"

声音听起来很年轻，跟苏弥想象中的老学者完全不一样，她下意识地挑了下眉，心想：这位杜教授难道不是跟老头儿年龄相仿？

推开门，苏弥先向里面瞄了一眼。

办公室不算大，但很明亮。斜对着门的是一张漆红色的办公桌，后面是一把看着就特别贵的办公椅。

椅子上坐着一个年轻男人，他此刻正低头拿着笔不知道在修改什么文稿，看不清脸，但能瞧得出来，这教授年龄绝对没有超过三十岁。

老头儿跟他难道是忘年交？不然他岁数再小点，老头儿都能当他爷爷了。

苏弥边想边朝里面走，走到办公桌前面，她试探着叫了声："杜教授？"

"杜教授"应声抬起头。

四目相对的瞬间，苏弥看见了一张清俊帅气的脸，并且，有点眼熟。

"怎么是你啊？"

程靳也有些意外地挑了挑眉："这话应该我问你吧？"

他今天换了件干净透亮的白T恤，戴了副细银边的眼镜，整个人看起来还是有点冷漠内敛，却又和第一次见面给人的感觉非常不同。

就好像是坏学生突然变成了阳光帅气的优等生一样。

苏弥没有了一开始的拘束紧张感，语气也没有刚刚客气了。

"你不是搞摩托车队的吗？还是个家里在江边有栋楼的有钱人，这怎么又成教授了？"

程靳淡淡睨着她，语气有点不着调，说："你不知道我们从小就要德智体美劳全面发展吗？身份多点很正常。"

"呵呵。"

程靳看出了她想翻白眼的意思，直接问："你来这儿什么事啊？"

"你是不是在M国有个年纪比你大的朋友？"苏弥问得一本正经，"叫李白。"

程靳眉梢微挑："年纪比我大一千多岁的朋友？"

"不是，是M国人，一个画家。"苏弥想了想，添了句解释，"他说没用真实姓名和你交流，因为知道你是中国人，就用'李白'这个名字和你联系的，还说只要一提，你肯定就能知道。"

程靳点点头，也不知道在想什么。

片刻后，他问："然后呢？"

"然后？然后就是老头儿上个月去世了，他临终前跟我说还欠你一个人情，他没办法还了，让我替他还。"

"你替他还？"

"嗯。"

"做什么都可以？"

"差不多吧……"苏弥想了想，又补充了句，"但是太奇怪的不行。"

程靳漫不经心地回道："你这替别人还人情，还带条件的呢？"

"那肯定啊。"苏弥斜了他一眼，"你如果还问我二郎神怎么做眼保健操，我肯定掉头就走。"

程靳笑了，发自内心的那种笑。

苏弥有些惊奇，不自觉地朝他那边贴近："我发现你笑起来还挺好看的啊，比你平时冷着脸的时候强多了。"

两个人距离很近，近到他们都能在对方的眼睛里看到自己的倒影。

苏弥毫无察觉，呼吸还十分自然。

程靳眼皮微垂，视线不自觉向下。

"谢谢？"

他说话的时候，温热的鼻息轻轻打在了苏弥的脸上，她这才察觉两个人现在距离有多近，一时尴尬极了。

她动作不自然地向后退了退，嘴上却没有一点服输的意思："嗯，不客气。"

"咳咳……"

门口突然传来了一阵假咳声，苏弥回过头，发现那边不知道什么时候出现了一位老人。

老爷子头发花白，但很精神，看起来依旧硬朗健硕，除去脸上的皱纹，一点没有上了年纪的感觉。

他手里拿着个深蓝色的保温杯，笑意盈盈地看着苏弥。

"小姑娘，你是不是瞧上他了啊？瞧上了的话，可以深入了解一下。"

他说完又上下看了看苏弥，像是挺满意的模样。

"我看你们两个挺合适的，拿手机加个微信吧，方便以后沟通联系。"

程靳脸上难得露出无奈的表情："外公……"

"叫我干吗？"

老爷子对着程靳完全没有对着苏弥时那么和颜悦色，瞪了他一眼后，瞬间变脸，又看向苏弥。

"听话，你们两个都拿手机加个微信好好聊聊，这爱情经不起等待，好对象不常在啊！"

苏弥实在不知道该回什么，只能有些尴尬地实话实说："老爷爷，不好意思，我没有手机。"

她这话其实说得一点毛病都没有，但听在别人耳朵里，就成了不太高明的婉拒。

老爷子表情古怪地看了看她，然后绕过她走到程靳身边，旁若无人似的说了句："这个不行，撒谎都不会，估计脑袋不太好使。"

他过去之后，程靳立马起身把椅子让给了他。

老爷子坐下，将保温杯放在了办公桌上，又抬手整理了一下刚刚程靳在修改的文稿。

"你是哪个班的？这个时间来找我，是也想要一个'青泉杯'的参赛名额？"

"啊？"苏弥有点蒙，"我是来找杜教授的。"

老爷子抬头瞄了她一眼，说："怎么，我看起来不像教授？"

苏弥一瞬间就反应过来自己刚刚被骗了，立刻朝程靳瞪了一眼。

但程靳这会儿背对着她斜倚着桌子，单手插着裤子口袋，另一只手拿着钢笔，有一下没一下地敲着桌面，一点朝她这边看的意思也没有。

她暗骂了一句"神经病"，然后又重新对杜教授说了一遍之前说过的话。

"大概就是这样，老头儿让我来找您还个人情，您看看您需要什么，只要在我能力范围内的，我绝对都帮您完成。"

"我在M国有不少好朋友呢，你说的老头儿是哪个啊？叫什么？"

"他叫李白。"

"哦，"杜教授点点头，"我叫杜甫。"

这位杜教授说话的时候一本正经的，苏弥根本分辨不出来他到底是什么态度。

想了想，她还是解释了句："老头儿很喜欢咱们中国的文化，也特别喜欢李白的诗，所以才给自己起了这个名字，我并不是在开玩笑。"

杜教授看了苏弥一眼，淡淡地问道："我看起来像是在开玩笑的样子吗？"

苏弥蒙了，瞬间看向程靳，莫名对他有种依赖感，眼神也带了丝求助的意味。

程靳还背对着苏弥倚在桌旁，感觉到苏弥在看他，微微侧了侧脑袋。

两个人四目相对。

片刻后，他倾过身子，把桌上朝里面放着的职称牌转了过去。

瞬间，苏弥就瞧见了上面的字——

美术系教授
杜甫

苏弥一时之间什么话都说不出来了，只能看着那位杜教授，尴尬地笑了笑。

隔了会儿，她感觉气氛实在太尴尬了点，说了句："那您二老还挺有缘分的。"

可不是有缘嘛，这诗仙诗圣的，普通人想碰都碰不到一块儿去，这两位老人家居然还能认识又成了不错的朋友。

杜教授没理苏弥的话，喝了口保温杯里的水，接着上下打量了她两眼，问道："你就是那老头儿最拿得出手的小徒弟？"

"也不是很拿得出手……"

杜教授看她一眼："我跟你随便客气客气，看不出来？"

"看出来了。"

苏弥感觉再这么聊下去要窒息，趁着他还没来得及说下一句的时候，赶紧开门见山道："那个，杜教授，老头儿跟我说之前欠了您一个天大的人情，他没办法还您了，临走前就把这件事嘱咐给我了。"

"什么欠我啊？他可精明着呢！要真欠我人情还能还？早就人没债清了！"杜教授十分利落地翻了个白眼，"他是让我还他人情！"

苏弥有点蒙。

杜教授意味深长地看了她一眼，说："那老家伙好像早就猜到他死了之后你会回国，所以他人还在的时候，就给我打了几个电话，千叮咛万嘱咐的，要把你托付给我。"

苏弥很意外，但没出声。

"我知道你在国外把高中都读完了，但国内跟国外教育制度不一样，你如果想进重华，那只能先当个旁听生，后面再找机会参加高考入学籍。当然了，想在重华做个旁听生也不是一件容易的事情，你需要先进行考试，考试结果合格了，我们再给你发旁听证。"

"不过你别担心，我看过你的作品，对你还是挺有信心的。这几天如果有时间的话，你再过来一趟，到时候我帮你申请考试时间。"

杜教授看苏弥一直没说话，还以为她在担心考试的事儿，难得摆出了长辈对晚辈的关心姿态，语气也温和了些："你不用担心，我看过你的作品，你现在的水平……"

"不用了。"苏弥忽然出声，打断他的话。

杜教授没太明白她的意思，"啊"了一声："什么不用了？"

"我说不用麻烦您了，我不会来这边上学的。"

杜教授显然没想到她会说这个，一脸的吃惊意外表情。

就连刚刚一直默默在旁边听他们讲话的程靳，这时也缓缓抬头看了她一眼。

"您的意思我听明白了,是我师父在临终之前与您通了电话,想拜托您照顾我,继续带我学画,对吧?"

杜教授点头。

苏弥看着他,神态没什么太大的变化,眼底还带了点松散的笑意:"真的不用了,我现在这样挺好的,不麻烦您了。"

毕竟被人照顾这种事,习惯了之后再被放弃,那感觉可太糟糕了。

重华大学面积特别大,小路也多,苏弥走着走着,就感觉眼前的路似曾相识一样。

前方是个分岔路口,两边绿荫环绕,阳光直射在柏油路面上,闷热的空气中,还夹杂着蝉鸣声。

苏弥站在路的右侧,纠结了好一会儿,最后还是顺应了之前"抄离自己最近的路"的规律,选择往右边拐。

只不过她这回才走了没两步,就感觉有人在身后拽住了自己的衣领。

"出口在左边。"

身后的人语气很淡,声音是紧贴着苏弥头顶上方传来的。

她回过头,那张熟悉的清俊脸庞出现在她眼前。

程靳眼皮微垂着,视线淡淡的,眸子一动不动地盯着她,拎着她衣领的手也没松开。

"谁说我想出去了?我要去操场。"她动了动脖子,白了程靳一眼,"把你的'爪子'拿开。"

程靳松开她,视线依旧落在她脸上:"去操场是直走。"

苏弥不想再和他多说一句,冷着张脸,面无表情地往前走。

程靳跟在她后头,两步就追到了她身边。

"真去操场?"

"你好烦哪,我突然想看人打篮球行不行?"

"现在?"程靳看了眼苏弥有些被晒红的脸蛋,以及鼻尖上冒出来的一层薄汗,"这个温度?"

"怎么了？我就是喜欢顶着三十几度的高温，看运动健儿在操场上挥洒汗水，不行？"

程靳似笑非笑地瞥她，没再说话。

自分岔路口到操场的那条路十分远，苏弥感觉走了快十分钟还没走到头。

她有点后悔了，可旁边那人像影子似的，一路跟着自己，阴魂不散。

又走了两步，苏弥实在忍不住了，转身瞪他一眼："你一直跟着我干吗？"

"没事，只是我也碰巧喜欢顶着三十几摄氏度的高温，看运动健儿挥洒汗水而已。"程靳漫不经心地笑了笑，"和你一起。"

大概又过了三分钟，重华大学的篮球场终于到了。

现在苏弥眼里只有阴凉处的那几把观众椅，她一点没犹豫，提着步子就朝那边走了过去。

椅子之前应该一直被太阳直射着，苏弥坐下后，感觉椅面还有点烫。

不过这情况已经比刚刚好很多了，苏弥特别知足，甚至还舒坦得长呼了一口气。

程靳紧随其后，坐在了她旁边的位置上。

他腿长，这排属于观众席中间的位置，间距不如第一排，他坐下后，两个膝盖直接抵到了前排椅背后面。

这个姿势怎么看怎么不舒服，苏弥有点幸灾乐祸地斜了他一眼："舒服吗？"

程靳动了动腿，换了个姿势，不太在意："还行。"

这会儿篮球场上有一个小姑娘正捧着半箱冰镇矿泉水在卖，看了一圈，发现了这边的苏弥和程靳，一瞬间找到了商机。

"学长学姐，天气太热啦，要不要买瓶矿泉水啊？冰镇的！"

小姑娘的脸庞瞧着稚嫩，表情和语气都特别真诚能打动人，别说这会儿天气这么热，感觉就算是大雪天她卖冰镇的东西，都没有人会拒绝。

苏弥直接掏了两块钱，拿了箱子最底部的一瓶水出来。

程靳也掏出手机，准备扫码。

小姑娘有点不好意思，尴尬地笑了笑："学长，我没手机，扫不了二维码，能直接给我现金吗？"

程靳闻言，挑了下眉。

接着他看向旁边的苏弥，说："借我两块钱。"

苏弥乐了："管我借钱利息可挺高的，你确定？"

"没事儿，大不了把江边那栋楼卖了还你这瓶水钱。"

苏弥在心里都快把白眼翻到天上了，又从口袋里掏出两块钱递给小姑娘，说："麻烦你赶紧把水给他吧，不然我看他再热下去，脑袋都要被烧坏了。"

小姑娘甜甜地笑了，接过钱后，直接递给了程靳一瓶水。

她走后，程靳很不客气地直接拧开瓶盖，灌了一大口冰水。随着吞咽动作，他凸起的喉结一滚而过。

苏弥眼神不太客气地横了他一眼："你那天晚上在小吃街的骨气呢？"

等着他回应的时候，她瞧着他又喝了一大口，小半瓶水已经没了。

他倒是丝毫没有偶像包袱，喝完了水把瓶盖拧上，又扯着衣领拽了几下，用胸口的衣料大大方方地扇了几下风。

"没办法，"程靳十分坦然的模样，"再这么下去，我也要在这儿和那些运动健儿一起挥洒汗水了。"

无语。

苏弥没再搭理他，自顾自地往篮球场上看。

她原本以为这个时间这个温度，篮球场上不可能有人，却没想到，还真有那么几个不怕热的"勇士"，在那儿不停地快攻投篮，乐此不疲。

苏弥把矿泉水瓶身往脸上贴了贴，冰冰凉凉的，有点舒服。

不知道隔了几秒钟，旁边的男人忽然又出声了："外公没有任何冒犯的心思，你不用太在意。"

苏弥一开始还没反应过来呢，以为程靳在自言自语。

她往旁边看了一眼，发现他正在看着自己时，一时又有点没明白他的意思。

她想了好一会儿，才明白他说的是刚刚杜教授的事情。

她一脸茫然："杜教授冒犯我什么了？"

程斩视线没移开，依旧那么盯着她，回道："你没觉得就行。"

"其实外公很好相处，虽然一开始会觉得他是个有点凶、有点奇怪的老人家，但是相处久了你就知道了，他……"

苏弥不知想到了什么，忽然打断他的话："不用了，我不想和谁长久地相处，也不想再让谁走进我的生活了。"

她看向远方，目光不知道定格在了哪里，神色很淡。

片刻后，她没回头，只轻声说了句："反正到最后，都是要走的。"

隔了将近一个小时，程斩才又回到教师办公楼那边。

他推开门时，杜教授正在那边作画。

桌子上原本的文件都被整齐地码放在旁边，正中央铺了一张画纸，杜教授戴着副老花镜，提着毛笔，很专注地站在那里勾勒。

听见响动，他抽空抬眼看了一下。

"怎么送个人送了这么久啊？"

程斩将手里的半瓶矿泉水随手一放，侧着身子看了眼外公刚刚作的画，答得随意："她迷路了，带她绕了一会儿。"

杜教授没多问，像是想起了什么似的，自言自语："那老神经病以前事儿比我还多，真是没想到老了居然收了个这样的学生。"

程斩没太明白，问："她怎么了？"

"你看不出来吗？那孩子眼里一点光都没有，心里头不知道装了多少事儿呢。"

外公的话让程斩瞬间想起了之前遇到苏弥时的场景。

这几次见面，她好像确实没有过特别开心的时候，神色永远都是淡淡的。她做过的最生动的表情，应该是……冲他翻白眼？

想到刚刚买水时她付钱的样子，程斩不禁又无声地勾了勾唇。

杜教授碰巧收笔换墨，所以将他瞬间的小动作尽收眼底。

老人家多精明的人啊，说话也直接，张嘴就来了一句："你们两个什么关系？"

"没什么关系，就见过几面。"

"哦，那你喜欢人家？"

程靳奇怪地看了外公一眼："说什么呢？"

杜教授也别有深意地看了看他，最后撇撇嘴，一副"我其实看破了，但是我给你留点面子，现在就不说了"的表情。

程靳无奈得很，直接转移话题："外公你现在还保持两天一幅画的习惯呢？"

说着，他的目光又落在了外公的画上。

上面勾勒的是水墨画，山雾缭绕，竹筏置在群山之间，虽然还未画完，但是那股远离喧嚣的静谧已经隐隐体现出来了。

杜教授将画笔洗净，随口回了一句："那不然呢？我也没个关门弟子，最有天赋的外孙还有自己的梦想，每天抱着个摩托车比跟我还亲。我不就得趁活着的时候，多画点嘛！"

程靳笑了笑，没再出声。

重华大学临山靠江，校内校外处处都是风景。

被程靳送出大门之后，苏弭也没急着走。闲着没事儿，她沿着路旁的树荫一路向前瞎晃。

这会儿正是暑假，校外的学生虽然不如平时多，但留校的也不少。苏弭几乎每走几步，就能瞧见拎着打包盒或者冰水、饮料的学生。

他们像是没有任何烦心事儿一样，三两结伴，每个人脸上都带着笑意和年轻该有的光芒。

路边有一片小草坡，草坡下面是立着围栏的江边栈道，此刻有学生立着画板坐在那里写生。

江面这会儿波光粼粼，学生的画纸上描绘着相应的景象，画工略显稚嫩，但能看得出来是下了功夫的。

苏弭又想到自己离开前，杜教授最后和自己说的话——

"没事，这种事情不能强求。不过，你如果什么时候想通了，随时来找我。"

这话其实她听听就过了，可不知道为什么，看到那个写生的学生，就莫名其妙地又回响在了耳边。

前方是一排小商店，都是卖小饰品或者文具的。苏弥路过的时候，看到其中一家店门口立着打折的牌子。

今日店庆，本店商品一律八折！

牌子旁边摞了不少画画的工具，最外面是画板和一摞洗笔筒。

苏弥瞧着瞧着，下意识走了进去。

店员是个特别热情的女孩子，店内这会儿都是三三两两结伴过来的人，不怎么需要她，她的注意力就全都放在了独自进来的苏弥身上了。

"小姐姐，我们今天店庆，全场八折哦！有什么需要的学习文具可以多囤点，过了今天就没有折扣了！"

苏弥实在不适应别人太热情，尤其是她现在根本不知道自己进来干吗的，看见店员亮晶晶的眼睛，她觉得自己不买点什么东西，简直罪孽深重。

她瞄了一圈，实在是不知道买什么，最后没有办法，只能指了指门口的画具："那些现在也打折吗？"

"是的是的！全场都打折！"

"哦。"苏弥将视线放到了别处，没再看那些画具，"那帮我选一套吧。"

苏凡程去国外出差将近半个月，期间助理告诉他苏时时给他打过无数通电话，一直在询问他什么时候回来。

她后来见联系不到苏凡程，就又托助理转达了一些话，大致意思就是：苏弥为什么会回来？她很讨厌苏弥。还有之前某天她被苏弥欺负了，吓得她做了一晚的噩梦。

这些事儿助理都趁着苏凡程不太忙的时候转达了，只不过苏凡程反应淡淡的，也不知道是什么想法。

苏凡程下了飞机后，苏时时的电话又立马打过来，助理有些为难地看了眼苏凡程。

苏凡程原本一直在那边闭目养神，助理的视线投过来时，他也没睁开眼睛。

隔了一会儿，他才出声。

助理以为他会先回去哄那位小公主呢，没想到却是吩咐司机，去老房子那头。

这是要直接去给小公主出气吗？

助理收回视线，没敢再出声。

那套画具买回来后，倒是让苏弥有了点事情做。

她每天除了吃吃喝喝，就是窝在房间里头勾勾画画的。

她本身的画风几乎自成一派，老头儿在教她的时候没过多矫正，更多的是告诉她随心画，跟着灵感走。

所以这也导致了她经常画着画着就跑偏，比如原本可能想画个水杯，但是上面突然长出个红狐狸。

不过，她画人还算规矩，就是风格比较偏讨喜点，没那么跳脱。

这会儿她又闲着无聊，穿着睡衣随便扎了个丸子头趴在床上瞎描。

苏弥的房门是关着的，平时赵叔王婶他们从来不会上二楼找她，所以当敲门声响起来的时候，她还诧异了一下。

"门没锁，直接开就行。"

她说话的时候也没抬头，注意力还放在画纸上。

门应声打开，她依旧趴在那儿，眼神扫过去，发现来的人是王婶。

"王奶奶，怎么啦？"

"小弥啊，那个，苏总来了……"

苏弥一时有些没反应过来，边抬头边"啊"了一声。

下一秒，她就看清了来人，愣住了。

苏凡程看着苏弥邋里邋遢不修边幅的样子，眉头不自觉皱了皱："王婶，你先出去吧。"

王婶原本一脸紧张尴尬，听到这话连忙点头。

她刚要转身，却又像是忽然想起来什么一样，问："那苏总，需要给您准备晚饭吗？"

"不用，我待几分钟就走。"

"哎，好，那我先出去了。"

王婶走的时候，直接把苏弥房间的门带上了，关门的时候很小心，几乎没发出什么声音。

房间内的气氛一时之间变得压抑紧绷。

苏弥没有动，手里画画的动作也停了。她能感觉苏凡程在看着自己，但她不想抬头看过去。

"十八岁了，还学不会站有站相坐有坐相？现在这样像什么样子？给我坐好！"

听到这话，苏弥有点烦，但还是慢吞吞地动了动，坐直了身子。

倒也不是她怕苏凡程，主要是她这个睡裙挺短的，她刚刚忽然担心自己之前的动作会不会走光。一个人在屋子里还好，这会儿突然多了个人，苏弥担心得就多了……

她起来之后也没有规规矩矩地坐着，而是找了个最舒服的位置，盘起了腿。

苏凡程看着她的动作，眉头皱得更深了。

"我叫你坐好。"

苏弥不耐烦了，抬眼看过去，表情有点凉。

"你有事儿说事儿，要是没什么事儿单纯来骂我一通，我就找个耳塞把耳朵堵住，免得过会儿我听得不耐烦了顶你两句，你又像之前一样再给我来一巴掌。"

苏凡程深深地看着自己的这个大女儿，眼底说不出是什么情绪。

隔了好一会儿，他才缓缓开口："小时前几天来找你了？"

"不是来找我，只是来这边玩碰见了我而已。"

"你回国前几天我就跟你说过吧？回来之后不要惹她，知道她过来了，为什么不避开？"

苏弥觉得苏凡程这话说得怪恶心的，抬头看过去。

"苏总，你就是想替你的宝贝打抱不平，也请搞清楚状况。"

她神色更冷了，看着苏凡程的时候，压根不像是在看自己的父亲。

"当初我回国之前就说过，你把我的户口迁出去，我一辈子都不会再出现在你们苏家，更不会再碍你们的眼，可是你并没有。现在是你卡着我的户口，不让我滚，并不是我故意想来给你们添堵。"

苏弥回国之前，苏凡程确实给她打过一通电话，电话内容跟以前没出国时经常和她说的话差不多。

不要惹事。

不要惹小时。

不要给苏家丢人。

太多要求了，苏弥根本懒得听。

后来她直接打断他，说了自己的要求，并且也说了自己这次回国并没打算回苏家，也不准备和他们一起继续生活了。

之所以还没断了联系，完全是因为自己的身份证还有两个月到期，更换的话需要户口本。

但苏凡程那时候直接忽视了她的想法，还说她只要不惹事，可以在老房子里面住着。

那话那语气，处处都像施舍似的。

苏弥当时直接把电话挂了，事后也没再和他联系过。

直到今天。

此时苏凡程站在床边，居高临下地睨着她。

好半晌，他才又开口说了句："还是那句话，想在苏家待得安稳，就不要惹事。"

他说完转身想走，目光无意间向下，看到了苏弥画的东西。

他不知道在想什么，片刻后来了一句："以后这种上不了台面的东西，少弄。"

苏凡程走后，苏弥的房间再次陷入安静。

她发了会儿呆，接着看了眼自己刚刚还没画完的那幅画。

莫名其妙的，她就觉得挺没意思的——

故意装得不在意,把那个老教授的话当真挺没意思的。

还有,她忽然期待着未来能不能比现在好点,也挺没意思的。

近期北城几乎人人都看过江边的楼体广告。

大家都知道,江边那栋楼算是北城的网红地标建筑,平时来这儿旅游打卡的游客非常多。

晚上除了灯光秀,大概率还会在这边看到些霸总向小娇妻求婚啦,或者哪位女富豪给自己闺蜜送生日祝福之类的。

更奇葩的也不是没见过,不过像这几天这样连续无间断的,只登一条寻人启事的,他们还真是头一回见。

重金寻M国画家LI的小徒弟,急事相求。

如有提供线索者,赏金十万元起。

联系方式:333××××/186×××××××。

这几条信息其实谁看了都会特别迷茫,觉得又遇到哪个高调的神经病了。

但是,金额后面的那个"起"字,又让他们深深感受到了金钱的力量。

所以这几天,程靳和红毛几乎什么事儿都没干,每天就待在车队不停地接电话。

程靳住的那栋老房子,里面的装修不怎么好,当初从家里把这栋别墅要过来时他也没打算在这边住,所以大部分还是几十年前爷爷奶奶用过的老物件。

这会儿红毛半躺在客厅的红皮沙发上,听着旁边不停作响的座机铃声,心累得连抬手的欲望都没有。

程靳原本在窗子那头一边接电话一边抽烟,颀长身影在夕阳的映射下,浓黑一片,落在地板上:"嗯,抱歉,你认识的这个画手并不是我们要找的那位……"

他听着座机铃声不停响,皱着眉回过头。

"好，你再有线索可以再联系我，这个手机二十四小时开机，随时联系都行。"

撂了电话后，他又吸了一口手里的烟，然后抬手把烟蒂按灭在窗台的烟灰缸里面。

他走过去，先照着红毛的脑袋狠狠拍了下："电话响多久了？不接？"

红毛像是累得话都说不出来似的，摆摆手，意思是他不行了。

程靳没再多看他，身子随意地向沙发一侧一倚，抬手把座机的听筒拿了起来。

"喂。"

那边传来了抽抽搭搭的稚嫩声音，是丫丫的。

"程靳哥哥，怎么办呀？妈妈又被关进那个谁也不让进的屋子里面啦！"

程靳握着座机话筒的手一紧。

按照以前丫丫说过的话，"谁也不让进的屋子"，应该是医院的ICU。

"呜呜呜，爸爸去缴住院费了，我看他一直在偷偷抹眼泪。怎么办呀？程靳哥哥，妈妈这次进去了是不是就再也出不来了？呜呜呜，我今天在幼儿园还得了小红花，还没来得及给她看呢。"

小孩儿的世界看着简单稚嫩，但其实有的时候，他们什么都知道。

丫丫以前看着懵懵懂懂的，没事儿还问妈妈为什么不留好看的长头发。可是真到这种时候，她比谁都明白，妈妈可能会随时离开她。

程靳感觉丫丫在那头掉的眼泪仿佛都砸在他脑袋上了，让他整个人都莫名发沉，情绪一直下坠。

红毛看他表情不对，赶紧把电话抢了过来。

"喂？"

"啊，丫丫啊，我是郑林哥哥……"

"等等等等，你先别哭！你妈妈不会有事的！"

"好好，我和你程靳哥哥现在就过去，你别着急！"

挂了电话后,红毛急急忙忙起身穿衣服。他忙活了半天,见程靳没动,赶紧推了程靳一把。

"想什么呢?走哇!"

程靳没看红毛,从衣兜里又掏出了烟盒,抽出一支烟。

"你去吧,我留下接电话。"

红毛没多想,以为程靳害怕错失重要电话,就没再多说什么,独自出门了。

夜晚月色很浓,整片天空像一张巨大的墨蓝色幕布似的,月亮高高悬挂在中间,旁边稀稀拉拉有几颗星星。

苏弥吃完晚饭后,没什么事儿,就直接回了老宅,窝进房间没再出去。

其实她心情不好的时候不能干待着,以前在国外,只要感觉不对劲,或者心里太闷了,她就会把廉租房里面的床单被罩什么的通通拆下来洗一遍。

但是回国住这边之后,这些事情赵叔王婶他们都会悄悄帮她做了。

苏弥说了几次她可以自己来,但是老两口每次都是嘴上笑着答应,下次还是该怎么做依旧怎么做。

其实苏弥知道他们的想法,他们虽然主张明哲保身,但是自己到底还是苏凡程的女儿,就算是"发配"到这里,他们还是该照顾就得照顾。

不过这样也导致了苏弥经常找不到事情干。

就例如现在,她想找个脏东西洗洗刷刷放空脑子都找不到。

在房间里闷了半天,她最后决定放过自己,慢悠悠地爬上窗台,准备像小时候一样,坐在窗台上吹吹晚风看看月亮。

窗台边还放着她之前画的那些被苏凡程说上不了台面的画,和一些剩下的画纸跟画笔。

她没多看,挪开了那堆东西,利落地坐了上去。

苏弥现在的动作其实挺危险的,上半身虽然坐得稳稳当当的,但是双腿几乎全部悬在外头。

怎么说呢,对于这些危险的事情,苏弥是一点都不会害怕的,甚至,还觉得有那么一丢丢刺激。

这种有点上头的感觉让苏弥出现了短暂的兴奋感,她抬头看了看头顶的月亮,莫名其妙地觉得这圆溜溜亮白亮白的东西,瞧着比刚刚还好看呢。

不远处飘来了一阵烟草味儿。

苏弥原本双手拄着窗台在那儿晃悠着两条腿呢,烟味儿传过来后,她往那边瞧了瞧。

哪想到,那边抽烟的,居然还是个……熟人?

程靳这会儿也坐在二楼窗台上,侧着身,一条腿支在窗台外侧,夹着烟的手搭在上面,另一条腿悬在屋内。

怎么这么巧啊?

苏弥在心里念叨了一句,忽然又想到了之前在他家房顶吃烧烤的事情。

现在回想起来,他家房子好像就在临街?

他家的房子和苏家的老房子正对着,还是挺让苏弥意外的。

这男人今天看着和以前不太一样。

苏弥又晃了晃脚上的拖鞋,目光随意地看了他一会儿。

片刻后,她直接出声:"你怎么老抽烟啊?"

程靳一直沉浸在自己的情绪和思维里面,冷不丁的一声从对面传来,他还真有些被吓到。

他朝那边看过去,发现对面的人是苏弥时,也有些意外。

"你说什么?"

苏弥的脚丫还在晃晃悠悠,就那么看着他,又重复了一遍自己刚刚的话:"我说,你怎么老抽烟啊?"

程靳眸色淡淡的,偏头朝楼下花园里弹了弹烟灰:"你管这个的?"

苏弥听出了他语气里的烦躁和火药味儿,觉得还挺新鲜,她一点不怵,继续抬杠:"你不知道抽烟会污染环境?保护环境,人人有责。"

程靳斜睨了她一眼,接着目光向下瞥了瞥,片刻后又挪开:"保护环境之前,先保护保护你自己吧。"

程靳修长的手指夹着烟,又吸了一口,视线看着远处夜幕,没瞧她:

"裙子走光了。"

苏弥听完下意识低头看了一眼。

确实走光了,而且走得还挺彻底,除了两条大腿完完全全露在外面,就连内裤边边也露出来了大半。

苏弥无语得很,原本还想继续当"杠精"呢,结果被人家一句话就给反杀了。

她默默地一点点地把睡裙往下面拽了拽,遮到了大腿根下面一点的位置。

过程中,她动作幅度有点大,挂在脚丫上的一只拖鞋掉了。

她下意识"哎"了一声,身子也朝下弯了弯。

那姿势瞧着特危险,程靳在这头看得直皱眉:"别乱动了,待会儿下去捡。"

苏弥抬头看了他一眼,说:"我也没准备为了只拖鞋,现在就跳下去啊。"

程靳今天没什么心情和她杠,听了她的话,没再出声。

苏弥看着他那副模样,越看越觉得新奇,问道:"你也遇着事儿了?在这儿自己排解呢?"

程靳抬了抬眉,反问:"也?"

苏弥挺坦然地耸了耸肩,像是默认了他话里暗藏的意思一样。

不过她没打算继续说下去。

气氛有片刻的沉默,月亮悬挂在二人头顶,同一片月光分别洒在他们身上。

也不知道想起了什么,苏弥忽然抬手拿起了旁边的画纸和画笔。

她把画纸放在自己的双腿上,在上面勾了点什么东西,过了一会儿,她又慢条斯理地把画纸折成了一只纸飞机,朝程靳那边扔了过去。

她以前没怎么玩过这玩意儿,不知道这东西到底能飞多远。她原本只是抱着试试的态度,却没想到,那只纸飞机还挺给她争气的,特别安稳地落在了程靳家的窗台上面。

程靳没动,眸子浅浅抬起,看了她一眼。

但苏弥在那头已经不再看他，双手扒着窗台，仰着脑袋，挺专注地去看月亮了。

程斩将最后一口烟抽完，按灭了烟头后，才缓缓把苏弥扔过来的纸飞机打开。

上面是简单勾勒了几笔的简笔画，能看出来画的是什么东西，但无论从笔力还是元素上看，都不难看出是出自有功底的人之手。

视线慢慢向下，程斩在末尾处看见了署名和几个字。

署名是一串英文，他没太在意，重点全放在了她写的那些字上面。

"祝我开心？"程斩语气有些淡，"挺实在的祝福。那你开心吗？"

苏弥在那头愣了愣，也不知道想到了些什么。

过了好久，她才隔着夜色回了句："开心可太难了，我不哭就行。"

晚风徐徐，夜色笼罩大地。

苏弥说那句话的时候，表情淡淡地看着夜空。

倒没有什么忧郁的四十五度角，但也不是很开心的样子。

程斩瞬间又想起了外公之前说的那句话——

"那孩子眼里一点光都没有，心里头不知道装了多少事儿呢。"

他默了默，语气随意地问了句："你和家里人住这儿？"

其实程斩完全没有别的意思，之前听外公和她说话的时候，侧面了解到她应该年纪不大。

估计还不到二十岁。

这个年纪的女孩应该都还是在家里当小公主的吧？即便她可能身世复杂点，但应该也是有家里人照顾的吧，不然不可能住在这边。

这老城区旧是旧，但房价依旧只涨不跌，一般能住在这边的人，家里条件都不会太差。

但苏弥刚刚被苏凡程说教了一回，心气儿本来就不是很顺，听了程斩这话，心里那根刺儿又窜出来了，横冲直撞的，就想扎人。

"为什么一定要和家里人住一起？我没家人不行？"

她对这个话题这么敏感，是程斩万万没想到的。

他看了她一眼，不着痕迹地转移话题："你真不想去我外公那儿上学？看你好像有点闲，不无聊？"

苏弥斜了他一眼，问："你知道小明的爷爷为什么能活到一百岁吗？"

"知道，"程靳挺坦然地看过去，"因为他不多管闲事。"

苏弥撇撇嘴，他这么直白地面对自己的阴阳怪气，她倒有些不好意思继续了。

想了想，她又回道："那你知道现在全世界有多少人的梦想是躺着当咸鱼吗？我年纪轻轻的就完成了他们的梦想，你说我无不无聊？"

"那这也是你的梦想？"

这话让苏弥一下子沉默了。

她隔了好久好久，才又回了一句："成年人正儿八经地谈梦想可就没意思了。"

她这话说完，对面很久都没有动静。

苏弥瞧过去，发现那边窗台上的人不知道什么时候已经不在了。

黑漆漆空落落的，只剩下一个易拉罐做的简易烟灰缸。

苏弥低下头，定定地看了自己悬在半空中的双腿一会儿，没再瞧过去。

不多时，对面忽然飞过来一个纸团，正好砸在了苏弥两条白腿上。

她有点意外地抬起头，看到刚刚悄无声息消失的人忽然又出现在了对面："干吗？"

程靳这会儿正在那边偏头点烟。

四周光线很暗，红蓝色的火苗蹿起来的那一刻，他的半张侧脸被照亮，帅中带了点痞劲儿。

苏弥莫名其妙就想到了小时候看的那些关于古惑仔的港剧。

他现在这样子还有点那个味儿呢！

"我有个朋友，过段时间要办一场私人的摩托车比赛。赛车场选好了，最近在找画手，想把场地改一改，弄点涂鸦增加氛围。你如果闲着没事儿可以联系他试试，赚点烧烤钱。"

他这话说得漫不经心，但是苏弥能感觉到，他在向自己散发善意。

这感觉太陌生了，苏弥反应了好一阵儿，都不知道该回应点什么。

"你看我像缺钱的人？"

"你不缺？"程靳看了她一眼，慵懒地笑了下，"那正好我缺，你借我点儿吧。"

苏弥看他一眼，隔了会儿又看他一眼。

最后两人四目相对，眼神撞到了一块儿，都笑了。

"无聊。"她说。

程靳没在意，抬头又抽了口烟。

"别老窝着了，没事儿就出去走走，干点喜欢的事儿。"

苏弥晃了晃双腿，余光又瞧见了旁边的那些画纸，片刻后才回了句："再说吧。"

第二章
/ 苏弥是 Mi Su

季怀楚最近经常能梦到苏弥。

梦里的女孩子孤零零的,被苏时时欺负着,就像那天在老宅一样,没有一个人帮她,弱小又可怜。

每次醒过来后,季怀楚就会陷入长时间的失神,脑子里也会不停回忆起从前。

包括那时候在学校,苏弥被全校人欺负的事情。

他忽然觉得自己挺浑蛋的,人家小姑娘当年好像也没做错什么,只是因为喜欢上了自己,就要承担那么多欺凌。

他越想心里的愧疚越多,平时自然而然地想起苏弥的次数也更多了。

这天午睡醒来,他再一次因为苏弥失神。

他怀中的秦雨也悠悠转醒,看见男朋友已经醒了,睡眼蒙眬间献上了一个香吻。

"怀楚,你想什么呢?"

季怀楚如梦初醒,看着怀里的女朋友,心里头有种说不清道不明的滋味。

但他特别擅长伪装,即便他抱着秦雨时早已像抱个布娃娃一样毫无感觉,他也能装得极为深情。

他亲了下秦雨的额头,说:"在想待会儿去哪家酒店给你买下午茶。"

闻言,秦雨笑得更甜了,一边收紧搂着他的双臂,一边心里想着:苏弥再会装可怜又有什么用?她做了他这么多年的白月光,到头来这个男人不还是最喜欢我吗?即便是在一起很久了,他也待我如初。

单凭这点，秦雨就有自信能和小时一起，把那个晦气的女人永远踩在脚下。

苏弥这两天无聊得厉害。

买的那些画具画纸都已经被她扔到柜子里面了，她几次想拿出来再画点东西，想想又没动。

除了画画，她没有别的兴趣爱好了，所以这两天她几乎又变成了刚回国时的状态，每天吃了又睡，睡了又吃。

偶尔睡醒之后她也有点迷茫，总感觉这么待下去她整个人都要待废了。可是该干些什么，她又不知道。

这天她吃了饭后又无聊没事做，想着去浴室冲个澡然后再睡一觉。

她从浴室出来后，碰巧有人敲门。

她以为是王婶，想也没想就喊道："门没锁，进来吧。"

可没想到的是，进来的人竟然是季怀楚。

季怀楚原本是要出来给秦雨买下午茶的，可是不知道怎么，他不知不觉就将车开到了老宅这里。

他现在算是秦雨的未婚夫，贸然来这边找苏弥估计会被人做文章。但好在他了解老宅这边的老两口特别会做人做事，该说什么不该说什么，他们比谁都门儿清。

想了想，季怀楚还是决定下车找苏弥聊聊。

老两口听见他的来意后，果然一句话没有多说，只告诉他苏弥在楼上，之后就各自忙去了。

季怀楚敲完门听见苏弥的声音后，心跳加快，推开门的时候，他还莫名有点紧张。

苏弥这会儿正歪着脑袋擦头发。

她的脸庞看着比平时还要水嫩白皙，配着手臂上的花藤文身，有种纯欲和热辣碰撞到一起的感觉。

季怀楚有些看呆了。

苏弥完全没想到进来的人会是他，不由得皱了皱眉头，问："你来干什么？"

季怀楚稳了稳心绪，沉默片刻，把这几天自己心里的担忧说了出来。

"小时应该已经找苏叔叔告状了吧？你有没有受什么委屈？"

苏弥一脸"这人是不是有什么大病"的神色，看了他一眼："你来就是为了说这个？"

"我是担心你。"季怀楚向前两步，眼神专注地看着苏弥的脸，"除了之前的事情，这次来我也是想给你提个醒。小时也要走画画这条路了，你如果想在北城安稳度日，最好不要再有画画的念头。你们两个如果在一个圈子里面，她是不会放过你的。"

苏弥脸色渐渐转冷，盯着季怀楚。

"她学画画了关我什么事？"

季怀楚察觉到了苏弥的情绪，连忙道："小弥，我没有任何瞧不起你的意思，我只是担心你……你也看到小时现在有多任性了，苏叔叔又偏心她，你如果再和她对着干……到时候吃亏的一定会是你！"

苏弥冷笑了下："什么叫我和她对着干？我做自己喜欢的事情就是和她对着干了？"

季怀楚不知道应该再说些什么，想了想，决定讲些实际的："小弥，我是为了你好。你如果缺钱就和我说，我可以每个月给你账户里打钱，就算不多，也能保证你衣食无忧……但是你听我的劝，不要再碰画画那个圈子的事情了……"

"你算老几啊，要我听你的劝？"苏弥这下真火了，把手里擦头发的毛巾一甩，眼神冷冰冰地看着他。

"要拿起画笔还是放下画笔都是我的事情，我喜欢画一天就画一天，喜欢画一年就画一年。你们现在一个个都想对我喜欢的事情指手画脚？

"不好意思，你们不配。"

苏弥从老宅出来的时候，已经是傍晚六点多了。

晚霞赤红，天际飘着大片大片的火烧云，是个好天气。

她漫无目的地走着，也不知道自己该干什么去。

恍惚间，她好像看见程靳抱着丫丫走在前面。有点不确定，她又仔细看了两眼。

她原本想"喂"一声的，又觉得这么叫好像有点不礼貌，于是快走了两步上前，直接追到他们身边。

丫丫先看见苏弥，在程靳怀里挺开心地喊了声："姐姐！"

苏弥笑着扯了扯她的小脸蛋，接着抬头看了程靳一眼："你们要去哪儿啊？"

程靳挺意外的，没想到会遇见苏弥，更没想到她会主动上来打招呼。

"闲着没事儿，带丫丫去看看之前和你说的那个赛场。"

"啊……"苏弥尾音拖长，"就是需要涂鸦的那个？"

程靳"嗯"了一声，点点头。

"没劲。"

远处斜阳一片，大地被昏暗的橙红色笼罩着。两个大人和一个孩子的身影斜斜地打在地上，远处有小贩推车叫卖的声音。

苏弥不知在想什么，踢了踢脚下的石子，忽然来了一句："带我一个？"

程靳意外地挑了挑眉，隔了两秒，笑了。

"行啊，一起走吧。"

他们开了之前的那辆白色SUV，红毛不在，程靳只能自己当司机。

丫丫在后排有自己的安全座椅，苏弥直接被程靳安排在了前面的副驾驶位。

起初一直是丫丫在叽叽喳喳，她好像真的很喜欢苏弥，见到苏弥之后一直很主动地说话。

她一会儿提起妈妈这几天精神状态很好，陪她玩了好多游戏；一会儿又说幼儿园的老师因为她热心帮助同学，发给她好几朵小红花。

苏弥其实没什么精神陪她闲聊，搭话全靠硬撑。

到赛场还有挺远的路，好在后来小孩子说累了，说着说着就自己睡着了。

"小孩儿精神头可真足。"苏弥说。

"嗯，最近她经常能把我和红毛都说到困。"程靳回道。

外头温度不算高，程靳没开空调。

苏弥把车窗全部降了下去，傍晚的风夹杂着街边绿植的青草味儿，一同拂过，吹得心情倒没那么沉闷了。

她趴在车窗边缘，眯眼看着将落的晚霞，随意又说了句："你和那个红毛不还得找人吗？怎么还有时间照顾小孩儿啊？人找着了？"

"没有，还在找，只不过丫丫爸爸今天要陪嫂子去做化疗，实在没空才把孩子扔过来的。"

听见"化疗"两个字，苏弥"啊"了一声，转头看过去。

"那你们找人的事有什么进展吗？不是说要在江边大楼上面打广告吗？打了吗？"

程靳有些诧异，侧头看了她一眼："你没看见？"

"我门儿都不出，江边也没去过，看见什么啊？"

"但是网上已经刷爆了，抖音和微博上面全是热搜，你也没看见？"

苏弥后知后觉，又"啊"了一声。

"我没手机，不玩那些。"

前面碰巧遇上红灯，程靳踩了脚刹车。车子停稳后，他挑着眉毛朝苏弥看过去。

"真的假的？"

"什么真的假的？"

"没手机这事儿。"程靳说道，"我以为你当时和外公说的，是忽悠他呢。"

苏弥白了他一眼，回道："有就有没有就没有呗，我犯得着忽悠一个老人吗？"

程靳单手扶着方向盘，另一只手撑着头。

"那也不考虑买一部？"

"不买，没什么想联系的人，也没什么人找我。"

这想法其实特别极端、幼稚，苏弥都做好了被对方怼回来，然后她趁机找碴的准备。

可是哪料到程靳只是看了她几秒钟，然后默默转过头，说："行，那就再等等。"

苏弥想问，等什么啊？

但碰巧这会儿绿灯亮起，程靳那边松开了刹车。

她撇撇嘴，没再出声。

这次比赛的赛场在北城郊外。

苏弥一开始还以为会是一个挺像样的地方，结果到了目的地一看，兴趣顿时少了一半儿。

和她在电视上看到的完全不一样，场地破破烂烂的，瞅着还有点荒凉。

要不是现场的安全设备布置得还算到位的话，苏弥都担心在这里举办比赛会不会有人直接举报。

"你之前说让我涂鸦的地方，真就是这儿？"

程靳看她一眼："怎么了？"

"这地儿……"

苏弥原本想脱口而出一句"这地儿太破了"，但想了想，还是委婉了一些："有点……环保。"

程靳被她逗笑了，也看出了她眼底的嫌弃，说："这地儿是临时找的，租金不多。"

"嗯，看得出来。"苏弥又四下扫视了一圈，"这地儿愿意多给钱的话，除非脑袋有什么大病。"

程靳张了张嘴，刚想再说点什么，迎面忽然来了一个女人，看起来三四十岁的模样。

她见到程靳的时候很开心，走近后，直接拍了他的肩膀一下："你怎么这个时间过来了？"

"丫丫待得没意思，想来看看赛场。我也正好想着这几天来看看你和袁哥有没有需要帮忙的地方，就带她来了。"

"还有，嫂子，前几天你不是喊我帮你找个画手吗？"

说着，程靳往苏弥那边使了个眼神："人我给你带来了。"

苏弥其实在看完这场地之后，心里已经完全没有画涂鸦的欲望了。这会儿听了程靳的话，她只能尴尬地冲对面那个女人笑了笑。

"我可算是把人盼来了啊！这画手找了快半个月了，愣是没有合适的！"女人很热情地拉住了苏弥的手，"妹子，你知道国外现在很流行的那个什么风的画吗？我感觉那个风格特别适合咱们这场地，就是……"

女人太积极了，提要求的样子像极了一般合作项目里面的甲方。最关键的是，她说的全都是外行话。

苏弥心里头有点不耐烦，强忍着听了一会儿。

不多时，那边忽然有人喊了女人一声，她赶紧跑了过去。

人走之后，苏弥顿时轻松了不少。

"你答应的事儿你解决，我可不画啊。"她对程靳说。

程靳看了她一眼："这么嫌弃？"

"你不知道我们搞艺术的脾气都很怪吗？"

程靳上下瞄了她一圈，点点头："看出来了。"

苏弥在心里翻了个白眼，又说："反正我对这儿没什么感觉，画不出来东西。"

程靳没正面回应她的话，目光淡淡地望向远方。

"这比赛是袁哥两口子办的，袁哥以前是我们车队的车手，五年前遇到嫂子，为了给她稳定的生活退了圈子，之后就去开饭店做厨师了。"

这事儿当时在圈子里极为轰动，即便劝老袁的人不少，可是仍然没能改变他的决定。

有人选择继续踏向宇宙星河，有人选择陪爱人享人间烟火。

这世间的选择从来不只有一种，对错也没有绝对。

"袁哥这几年和嫂子一起忙进忙出，平时很少有空再来赛场了，车更是再没摸过。"

苏弥听完这些话，挑了下眉，问道："那他办这次比赛又是怎么回事儿？"

程靳往旁边的一台机车上倚过去，长腿斜着伸直，双臂抱在胸前，目光依旧淡淡地看着前方。

"比赛是嫂子给他张罗的,知道他心里想着赛车的劲儿一直没过,就赶着他四十岁生日,筹备了这场比赛,送给他当生日礼物,纪念一下他过往的职业生涯。"

夕阳这会儿彻底落了下去,天边只留下一点儿还没散透的淡红云彩,以及迫不及待要爬出来的昏暗夜色。

赛场亮起了临时挂着的照明灯,赶工加班的那股子紧急劲儿瞬间出来了。

苏弥听了程靳的话有点儿意外,还没来得及发表什么意见,在那边忙活完的老袁扔下他媳妇儿先过来了。

老袁和程靳特别熟,见了面也没打招呼,直接说:"可算解决完了!可累死我了!都怪你嫂子,不声不响整这么一出!"

老袁拿了张纸巾擦汗,嘴上说着责怪,但说话时,眼角的褶子都快笑出来了。

不多时,他注意到了苏弥,客气地笑了笑。

"这妹子就是你帮我们找的画手吧?你嫂子刚刚都和我说了。她是不是也和你们说了一堆要求?妹子,你不用听她瞎指挥啊,她要求多,你按自己的想法画就行!"

这时,远处的老袁媳妇儿忽然喊了一嗓子:"老袁,你快过来!帮我把这些喷漆、颜料什么的拿过去!"

老袁连忙"哎"了一声,往那头跑去。

程靳看着他们的身影,对苏弥说:"嫂子平时做事儿就挺仔细的,这回花了这么多钱,肯定要求会更多点儿。你别介意,听听就过,就像袁哥说的,真要画的话,最后还是看你的想法。"

"什么花了这么多钱?这破地儿不是租金不贵吗?"

"租金是不贵,但是全部费用算下来,也几乎把他们两口子这几年的积蓄都掏空了。"

苏弥有点意外:"就为了这破地儿?"

"嗯。"程靳目光淡淡的,"所以咱们看着破破烂烂的地方,其实是他们能做到的最好的了。"

苏弥心里头说不上来是什么感觉，沉默地看着那两口子慢慢朝这边走近，没出声。

程靳看她这样，还以为是自己的话让她为难了，想了想，问："还是觉得没灵感吗？"

苏弥条件反射般地嘴硬："对着这地儿一般人都不会有什么灵感吧？"

"你是一般人？"

苏弥结结实实地翻了个白眼："有病。"

程靳笑了下，没再说话。

那边，老袁两口子已经带着一大包彩喷工具回来了。

老袁说："妹子，你看看，这是我之前买的喷漆和颜料，那画室老板说这些都是最好的牌子，出画效果一流，你看看咋样！"

老袁媳妇儿把袋子里的东西一样样折腾出来，苏弥在旁边挨个看了一眼，确实都是最好的牌子，价格也都不便宜。

她心情更复杂了。

按照苏弥之前的反应，程靳以为她肯定会向自己求助或者拒绝。

可是后来她没再和他多说一句话，就只是安静地听着，没再出声。

和老袁两口子分开之后，苏弥一直没说话。

丫丫好像已经醒了，程靳准备去车那边把她接出来玩会儿。

苏弥跟在旁边，一直在往赛场场地和旁边的围墙上看，神色专注。

其实程靳说出那些话的时候，就有百分之五十的把握觉得苏弥会改变想法。

现在看她这个样子，他已经百分之百确定她想来画画了。

不过，他莫名其妙就想逗逗她："我看你怎么挺为难的表情？不然我和老袁他们提提，算了吧？"

苏弥一直沉浸在构思当中，程靳冷不丁的开口说话，把她吓了一跳，哪想到他说的还是这个。

她难得有些心急，赶紧抬头想说点什么，就见那个男人这会儿正懒洋洋地看着她笑。

苏弥无语，看着他说："我发现你这人挺欠儿啊。"

程靳笑着挑了挑眉："那你发现得有点晚啊。"

她不想再搭理他了，闷头吭哧吭哧地往前面走。

一辆卸了东西的厢式货车这会儿正巧从前面开过去，天色太暗，程靳和苏弥走的又是倒车视线死角，所以司机这会儿并没看见他们。

程靳原本悠闲地走在她后面，货车倒车的时候他也没太在意。

可没想到，车子已经快开到跟前了，苏弥还没有一点抬头看路的意思。

他皱着眉毛，加快了两步，在车子要撞到苏弥的那一瞬间，赶紧拽了她一把。

苏弥一个防备不及，直接被拽进了他怀里。

货车的轰鸣声由近到远，她耳边渐渐没了别的声响。

她整个人抵在程靳的胸前，鼻尖周围萦绕着他的味道——

淡淡的烟草味和洗衣液的清香混在一起，竟然还挺好闻的。

苏弥百年难得一见的有些尴尬紧张，她安静了两秒钟，接着抬起头看向他。

她动了动自己仍被他握着的手腕，说："再不松开，我就喊'非礼'了。"

程靳低垂着双眸，见苏弥这会儿趴在自己的胸前，两只白皙纤长的手因为紧张而紧紧贴在他胸前。

他淡淡地看了眼自己胸前，又看向苏弥："到底谁非礼谁？"

可能是太久没干正经事儿，苏弥第二天难得早早就醒了过来。

外头的天气不如前两天，有点阴，但是温度依旧居高不下，空气潮湿闷热。

苏弥想了想今天要干的事儿，随便穿了套之前没洗过的衣服就出了门。

老两口正在楼下打扫，可能是习惯了苏弥晚睡晚起的作息，这会儿看见她精神十足地从楼上下来，都有点意外。

苏弥挺热情地和老两口打招呼："赵爷爷，王奶奶。"

"哎哎！"

两人都应了一声，接着互看一眼。

"这是要出门吗？"

苏弥点了点头："走啦，拜拜。"

老两口有点意外，看着她推门离开的背影，王婶先出了声："这孩子今天怎么了？好像还挺开心的呢？"

"可不嘛……"

开不开心苏弥没什么感觉，但她确实是感觉整个情绪比前几天明朗了一点。

她正盘算着待会儿是直接打车还是坐公交车呢，不想一推开老宅的大门，就瞧见了那位不知名富二代。

程靳今天一改往常的风格，穿了套紧身的赛车服。

黑白色的，样式挺普通的，但是穿在他身上莫名的帅气好看。

他开了辆摩托车出来，这会儿侧着身子半倚在车座上，一手抱着头盔，一手拿着手机低头玩。

苏弥看着他，挑了挑眉："你什么情况啊？"

程靳见她出来了，把手机往兜里一收："我今天要去老袁那边练练车，你不也要过去吗？顺路捎你。"

说着，他把双手抱在胸前，看着她，语气淡淡地问："你昨晚跑什么？"

本来老袁两口子说想请苏弥吃个饭的，但是程靳后来和他们聊完天再一回头，就发现人已经找不到了。

程靳说到这儿，嘴角勾了勾，笑得有点儿欠。

"怎么，昨天非礼不成功，恼羞成怒了？"

苏弥一听来了气，心想：这人怎么还没完没了了呢？

她两步上前，一把抓住他赛车服的领口，狠狠往自己面前一拽。

两个人的距离一瞬间变得很近，呼吸交错，两人的唇相距只有大概不到三厘米的距离。

四周微风轻拂，旁边的树叶隐约发出沙沙的声响，苏弥紧紧盯着程靳，试图在气势上碾压他。

"别再提昨天的事儿了,真要论起来,这才叫非礼。"

闻言,程靳的眼神微微暗了一些,片刻后,他淡淡地看着她黑亮的双眸:"有能耐你再近一点,我算你赢。"

苏弥翻了个白眼:"不要脸这事儿我是真比不过你。"

她边说边放开手。

程靳见她连看都不敢再看自己的小模样,忍不住笑得更欢:"还行吧。"

他说着,从摩托车前面挂着的袋子里取出个小一号的头盔送给她:"走吧,一块儿过去。"

苏弥没拒绝,大大方方地接过头盔,扣在了脑袋上。

程靳的摩托车很高,苏弥上去的时候有些吃力。

他在前头侧着身子目睹了全过程,忍不住又逗了逗她:"平时看着腿不短啊,怎么现在这么费劲儿了?"

苏弥隔着头盔的护目镜斜了他一眼:"你别逼我向你展示一下什么叫暴力美学。"

程靳笑了笑,转过去压低腰身,发动车子上路了。

程靳的车骑得挺稳,一路红灯不少,但是他每次刹车的时候,苏弥都没有很明显的前倾感。她甚至觉得自己手里要是有杯奶茶,这会儿都能挺安稳地喝完。

摩托车开到赛场大概是一个多小时之后了。

苏弥顶着高温戴了一路头盔,脑袋上冒了不少汗出来。

她跳下车之后,立马把头盔摘了,说:"这玩意儿戴着也太热了,你们平时训练得一直戴着?"

"当然,安全第一。"

"那也太辛苦了。"

"还成吧,是自己喜欢的事儿,辛苦点也感觉不出来。"

程靳边说边摘下头盔,他也出了不少汗,鬓角的头发湿成一绺一绺的,睫毛上都感觉挂了层热气。

他摸出支烟，偏头想点燃。

就在这时，不远处忽然响起了一阵口哨声。

"哟，这不是我们燃队的继任队长吗？怎么的，老袁这次也请了你们车队来参赛了？"

那边走过来几个人，看样子都是车手，苏弥抬眼瞧了下。

怎么感觉都不像什么好人呢？

程靳脸上的表情渐渐淡了下去，单腿支着摩托车，把烟叼在嘴边，没抬手点燃。

那边的人见他没说话，又笑嘻嘻地出言挑衅："不对呀，你们车队的人不都快走光了吗？我记得当初强弟来我们这儿的时候，就说你们那儿没几个人了来着。"

那人说着话，忽然抬手搂过旁边一个唯唯诺诺的男生，勒着他的脖子，反手扇了扇他的脸。

那人动作幅度和力道都不算大，但是看着有点羞辱的意味。

被扇的男生缩了缩肩膀，一直没出声，抬头看了看程靳这边。

苏弥以为照这老哥的性格，他得管管闲事儿呢，哪想到他连个动静也没有，头一歪，准备点烟。

热闹看不着了，她感觉没什么意思，顺手把头盔往程靳的车座上一放，开口："我先走了啊，进去看一圈场地。"

"走什么啊，妹妹，跟我们聊会儿呗！是不是想学摩托车啊？哥哥们也能教你。"那人说着与身后那些人互相对了个眼色，不怀好意地哄笑。

"手把手地教你！"

苏弥没听清这话是谁说的，只觉得怪恶心的。

她轻飘飘地朝那边看了一眼，没把那些人当正常人看，话依旧是冲着程靳说的："走了。"

这回她也不等他给什么回应了，转身就走。

后面那些人还在叫嚷，其中一个叫得最欢的甚至还朝她这边追过来两步。

程靳这会儿终于有点反应了。

他抬手直接抓住了那人的脖领,叼着烟,目光冷痞,带了点儿让人害怕的狠劲儿:"我最近是不是太给你们脸了?"

苏弥的心情没怎么受那些人影响,进了赛场后,她直接找到了老袁媳妇儿,与对方对接一些设计上的东西。

场地涂鸦她以前在国外的时候就做过,在没认识老头儿之前,她在圈子里一点痕迹也没有。为了生活,她除了每天在街头给人画像,也会接一些给钱少的散活儿。

其中就包括这种室外涂鸦。

所以画这个,苏弥还算经验丰富。

袁哥媳妇儿和苏弥讨论的时候,还像昨天那么积极,几乎每一处都想和苏弥碰一碰想法。

她说话的时候也在默默观察着苏弥,按理说这种看着又艳又美,还挺年轻的小姑娘,她是考虑都不会考虑的。毕竟这是她家老袁一段梦想的终点了,她不想留任何遗憾。

但是这人是程靳介绍来的,程靳是什么人她比老袁看得还清楚,所以她又对苏弥有了信任。

后来该说的事情说完,见苏弥一直没出声,也没什么反驳意见,袁哥媳妇儿心里更满意了,笑容也更加真诚。

"行了,知道你们搞艺术的最讨厌别人絮叨,我也不再多说了,咱们谈谈稿酬吧,你看什么价格合适?"

这几分钟时间里,苏弥听了无数次"你们搞艺术"的了,她都快听出逆反心了,所以这会儿脱口而出就来了一句:"没事儿,我们搞艺术的都视金钱如粪土,你看着给就行。"

袁哥媳妇儿笑得更加爽朗:"成!我就喜欢你这种爽快人!"

她拉住苏弥的手,又说:"妹子,这件事儿我就交给你了啊,我们相信你。"

这一句"我们相信你"轻飘飘地砸在苏弥的心里头,她没过多回应什么,只不过她这一整天都没怎么休息过。

她昨天晚上其实已经简单构思过了，这个比赛场地其实不算小，四周围挡不需要立赞助商的广告牌，那她就可以画点连续的、带剧情的东西，不用担心位置不够。

她选了个拟人的摩托车做画里面的主人公，第一幅的内容是小摩托车冒着大雨在赛道里跑步的场景。

傍晚的时候，天空放了晴。

这天气很奇怪，阴了一整天，也没下雨，却在晚上忽然冒出了太阳。

苏弥拎着颜料桶和刷子在墙边勾勾勒勒了一整天，画好了两面墙。

她画画的时候特别忘我，几乎是什么也看不到听不到感觉不到的状态，这会儿差不多画完可以休息了，疲惫感才慢慢涌了上来。

她没管太多，直接扔了颜料桶和刷子，往旁边一躺，看着天空，深深地吁了口气。

太累了，但也太爽了。

这种能全身心投入一件事情里面的感觉，她真的太久太久没有体验过了。

那边，摩托车发动机的阵阵轰鸣声一直没停，有点吵，但是苏弥听着却莫名舒服。

她不太能形容心底是什么感觉，明明是放空的状态，却又感觉有点踏实。

正当她闭着眼准备享受会儿的时候，眼前忽然来了个不速之客。

"哟，这不是我们程冠军的那个妍头吗？"

苏弥皱了皱眉，缓缓睁开眼，发现过来的人是早上那个带头挑衅程靳的神经病之一。

"神经病一号"身上还穿着赛车服，领口吊儿郎当地扯开一大块，指尖夹着烟。

苏弥看见他这德行就觉得恶心，早上也见识了这些人有多像狗皮膏药，倒不是怕，就是硌硬。

所以她一点也不想和他废话，想着今天也差不多了，该收工了，就起身准备收拾收拾画具走人。

"神经病一号"显然没什么自觉,见她起来弯腰收拾画具,还贱兮兮地凑了上去。

"小妞儿,你和程靳什么关系啊?"

苏弥懒得搭理他,继续默默地捡画具。

那"神经病一号"见状,直接抬脚踩在了苏弥要捡的颜料瓶上。

苏弥的手顿了一下,抬头看了他一眼。

"你踩着我东西了。"

"神经病一号"油腻腻地笑着:"你说什么?我没听清,再给哥哥说一遍。"

说着,他把脸往苏弥嘴边一凑。

"来,贴着这儿说。"

苏弥看着他,眼神暗了暗。

休息室里,大家都说着话,哄哄闹闹的。

程靳才从赛道上下来,看到手机上红毛给他打了好几通电话,以为有什么急事儿,就直接回了过去。

红毛接通电话的时候,程靳刚好咽下一口矿泉水,额角有汗珠慢慢向下滚落,发梢已经湿透了,贴着鬓角。

"有事儿?"

红毛在那头声音依旧大大咧咧的:"我没事儿啊!我就是看那些人在群里说,李强和那群狗东西也过去了,想问问你见着没!"

"见着了。"

"李强也见着了?"

"嗯。"程靳语气没什么波澜,"你有事儿没事儿?没事儿,我挂了。"

"不是!你也太淡定了吧,李强他……"

程靳像是一点也不想提这个话题,有点不耐烦地打断他:"没事儿,我挂了。"

"哎,等等等等!"红毛在那头急了,赶紧又道,"我今天可又接了一整天的电话,嘴皮子都快磨破了,你就这么对我?"

"那明天换你过来练车,我回去接电话。"

"不是,我不是那个意思……"红毛顿了下,"我是觉得咱们这么等下去不太行,这打电话过来的根本没靠谱的……不然咱们还是有空去趟M国吧,也不能因为那个小姑娘一句话,就把另一条路堵死了吧?"

这个说法程靳赞同,他说:"我知道,等老袁这边的比赛完事儿,我就飞过去。"

"那行!"

后来红毛又絮叨了两句才把电话挂断。

程靳看了看时间,也找了个位置,准备换衣服回去了。

老袁两口子这会儿正和别的车手说话,也没太注意到程靳。

忽然,门外传来了一阵叫嚷声。

"袁哥!嫂子!你们快出去看看吧!帮你们画画的那个小姑娘,好像被黑雾的人欺负了!"

现场的人都吓了一跳,而在这边的程靳听完,连外套都没来得及换,直接第一个冲了出去。

赛场很大,休息区在最后方,程靳一路快步跑过去,也用了将近一分钟的时间。

这会儿那边围了很多人,他喘着粗气向前,拨开人群,朝里面走了过去。

其实他心里头已经做好了苏弥被欺负的准备了,脸色也越来越沉。

然而,人群最中央,苏弥正居高临下地站在那儿。

刚刚还腻腻歪歪硌硬人的"神经病一号",这会儿像条狗似的趴在地上,一边脸颊牢牢地被苏弥踩在脚下。

他脸上全是颜料和泥土的混合物,身上也脏兮兮的,看上去狼狈极了。

黑雾车队的人没一个在附近,所以周围也没有人帮他,大家都眼睁睁看着他被一个小姑娘按地摩擦。

只见苏弥垂眼轻飘飘地看着他,不紧不慢地说:"我说,你……踩着我东西了。"

片刻后,她蹲下身,一把薅住那人的头发,拽着往上一扯,淡淡地看着他的眼睛,问道:"这回听清了吗?"

展示暴力美学这个事儿,苏弥真的不是随便说着玩玩的。

她刚到 M 国的时候,身上只有几千块钱。

那边房租、物价都高得离谱,她又人生地不熟,第一天晚上为了省钱,找了个小旅馆,却不想进的是一家黑店,被坑了一大笔钱不说,当晚还被那个店主连人带行李一起赶了出去。

她尝试过报警,但是敢在那一片开黑店的人都有自己的门路,她在这头才说了地址,那头就直接沉默,然后挂断电话。

那一晚,她是在公园长椅上睡的。

那里很危险她知道,但是她太累了,手里的钱根本支付不起大酒店一晚上的房费,那附近又没有其他便宜的落脚点。

她当时枕着胳膊,看着异国的夜空,心想:要是这么睡过去,一觉不醒应该也挺好的。

只不过她的人生一直都是事与愿违的。

那次也是如此。

后来她费力找去了廉租街,那边的房租确实便宜,手里剩下的钱正好够租一个月的单间。

二房东是个化着烟熏妆的外国女人,脸上有着满满的风尘味儿。

她当时倚在门框边,点好苏弥给的租金之后,抬眼上下看了一眼苏弥身上的白裙子,说:"你这个样子不行,你这样在这条街上会被吃得连骨头都不剩。"

苏弥当时还不太懂,直到几天后,她在傍晚去超市买了吃的回来时,碰见了几个拦着她路的小混混。

那些人和在赛场外遇到的狗东西们差不多,吊儿郎当的,猥琐,眼神里面充满了油腻腻的东西。

他们拦着苏弥,笑着起哄说要带她去玩玩。

苏弥还记得那些人摸着她手臂时的感觉——

脏,恶心,让人不由自主地反胃想吐。

然后才是后知后觉的害怕、恐惧、头皮发麻。

她忘了那时自己和他们是怎么周旋交涉的了,只记得后来自己似乎惹怒了他们,然后被他们连拖带拽拉去了旁边的一条巷子里。

领口被撕扯开的时候,她发了疯似的尖叫。

她能感觉周围有脚步声,但是没一个人帮她。

她咬着牙,挣扎着拿起角落里的一块石头,趁着他们哄笑间,砸到了其中那个正扒她衣服的男人头上。

她砸得很用力,那男人头顶瞬间有赤红的血流出来。

耳边响起了阵阵的怒骂声,接着苏弥就感觉头发被人狠狠地拽住,又被迫仰起了脸。

一个巴掌一个巴掌地朝她的双颊扇过来,那个人似乎想找回些面子,手上的力道一下比一下大。

一个,两个,三个……

苏弥一开始还会在心里默默数着,但是后来她被扇得耳鸣恶心,脑袋也有些不灵光了。

再后来,警察来了。

她和那些小混混一起被带去了警局,做笔录时说了什么她忘记了,只记得最后警察叫她给家人打电话,让他们过来接她。

苏弥听见"家人"两个字的时候愣了下,脑子里闪过苏凡程的脸,可是片刻后她却低下头,说自己没有家人。

后来警察联系到了那个二房东,喊她来警局接苏弥。

二房东见到苏弥的时候没多说什么,只是回去之后,又说了一句:"我说过了,你这个样子在这里是活不下去的。"

苏弥当时嘴角流着血,头发凌乱,抬起头看她,小声问道:"那我该怎么做?"

二房东深深地看了她一眼,片刻后,又对她说:"我们这里不接受异类,你如果想在这里生存,那就先变成我们。"

就是这么一句话,让苏弥剪了头发,扔了裙子,甚至还咬着牙忍着痛,在手臂上文了文身。

那会儿染着颜料的针头刺破她的皮肤,她疼得一直打战,但脑子却格外清醒。

她那时候想，算了，就这么继续活着吧。

就这么有一天算一天地……

继续活着吧。

苏弥打人的事儿动静闹得不小。

黑雾的人后来都找了上来，他们一个个都有流氓特质，脑子里更没什么男女之分。甚至连那"神经病一号"为什么挨打，做了什么欠揍的事儿，他们都不问，就一窝蜂地找苏弥要说法。

苏弥当时气儿还不顺，看着那些狗皮膏药似的狗东西，一点儿没客气："你们要什么说法？是想让我展开说说，我是怎么把他按地上揍的，还是想让我向大家描述一下，你们兄弟有多弱？"

黑雾的人瞧着她这个气焰，都气得不行，一个个既不管是不是还在外头，也不管旁边是不是还有别的车队的人，都撸起袖子朝苏弥走了过去，看样子是想再教训教训她。

不过那些人身后的程靳没再给他们机会，直接上前，挡在了苏弥前面。

"嫂子，这里我处理，你先帮我把她带回去。"

他说话时语气淡淡的，带着冷意，话是对老袁媳妇儿说的，但是视线一直放在黑雾那些人身上。

"哎哎！"老袁媳妇儿忙不迭地上前，一把拽住苏弥的手臂，"妹子，你先跟我走。"

说完，她又冲老袁使了个眼神，意思是他别光杵着了，赶紧上去帮忙说点什么。

后来苏弥被老袁媳妇儿拉去了休息室。

这屋刚刚从赛道上练完车的大老爷们儿待过，赛车服脱了一堆又一堆，屋子里全是汗味儿。

老袁媳妇儿还在担心外头的情况，进来之后也不停地向外头望，像是生怕他们打起来似的。

苏弥这会儿消停了，情绪稳定了不少。

她难得地善解人意，找了个舒服的地方坐好后，对老袁媳妇儿说："嫂子，我没什么事，你要是真担心就出去看看吧。"

老袁媳妇儿闻声朝苏弥看过去，脑子里又想起她刚刚打人的场景。

说实话，她真的特意外，这小姑娘看着柔柔弱弱的，胳膊腿儿还那么细，完全不像是拳头那么硬的人啊。

她这会儿心里也确实惦记着外头，见苏弥都这么说了，赶紧回道："行，那我出去看看，你先自己待会儿啊。"

她出去后，休息室一瞬间变得安静下来。

苏弥一个人待在这儿，原本想着缓一会儿就先走的，可是后来不知道怎的就睡着了。

她再醒过来的时候，休息室里还是静悄悄的。她原本以为自己只是打了个盹儿，但是睁开眼看见墙上的挂钟后，她吓了一跳。

晚上八点半了，她睡了整整两个半小时。

她身上盖了件赛车服，坐起来后，发现程靳正坐在她对面玩手机。

"你怎么不叫醒我呢？"

程靳视线专注地看着屏幕，轮廓分明的侧脸被微光照亮："你睡得挺香的，叫你干吗？"

苏弥没说话，缓了会儿神，看了眼外头的天色。

"黑透了啊……"她小声嘟囔，"现在才回去是不是得算加班了？打车钱给报销吗？"

程靳抬头看了她一眼："你什么时候加班了？"

说着，他把手机往面前的桌子上一扔，起身朝苏弥身后走去。

片刻后，他手里多了点东西，再次走到苏弥身边。

"手伸过来。"

"干吗？"

"破了，消消毒，再包一下。"

苏弥这才后知后觉地抬手看了一眼。

啊，右手食指和中指的骨节确实破了，可能是之前打黑雾的那个神经病时太激动，连疼都不知道了。

"没事儿，也不流血了，用不着包。"

程靳像没听见似的，一屁股坐在苏弥旁边的沙发上，直接把她的手拽到眼前。

他动作迅速，且不给苏弥任何反应机会，甚至还有点强硬意味。

苏弥愣了愣，瞪着他的侧脸："你能不能有点男女之别？女孩子的手是可以随便碰的吗？"

"那你能不能先像个女孩子？"程靳挺认真地帮她清理着伤处，头也不抬，"至少装也装得像一点。"

苏弥心想：怎么感觉被侮辱了呢？

伤口清洗干净之后，程靳从医药箱里拿出了一沓创可贴。

这东西应该是女孩子准备的，不是普通的那种，每个创可贴上面都带着粉粉嫩嫩的图案。

程靳抽出来的这张上面印着一排小兔子。

"换一个。"

闻言，他看了苏弥一眼。

"这个看着，有点……娘。"

他没搭理她，直接把创可贴贴在了她的骨节处。

苏弥看着，撇撇嘴，到底没再出声说什么。

回去的时候，程靳依旧骑摩托车载苏弥。

中途加速时，苏弥下意识拽了下他的衣服，手指的骨节处隐隐有点疼。

后来等红灯的时候，程靳回头对她说："实在疼就搂着我，手指别用力。"

"然后再被你揪着喊非礼？"苏弥隔着护目镜冲他翻了个白眼，"你想得倒挺美。"

程靳笑了笑，没再出声。

回到老宅的时候，差不多已经十点了。

苏弥下了摩托车，直接把头盔一摘，放到他的车座上面。

"走了啊。"

"等会儿。"

程靳不知道什么时候揣了支笔在兜里面，这会儿拿了出来，又从兜里掏出烟盒撕了一块儿。

他在上面写了串数字，递给苏弥。

她看了一眼，应该是手机号码。

"干吗？"

"黑雾那帮人不是省油的灯，回头他们要是找你麻烦，你马上给我打电话，我帮你解决。"

"用不着你帮。"苏弥也没接那张写着手机号码的纸，直接转身，"走了。"

但哪想到还不到三秒钟，刚刚才洒脱离开的人，忽然一个转身大迈步又回来了。

与此同时，苏家老宅门口，季怀楚正满脸焦急地在那儿徘徊。

他像是知道苏弥不在家似的，一直等在那儿，还时不时地望向楼上她房间的窗户。

苏弥看见季怀楚就想到这男人那天说的话了，用脚指头猜也能猜到他这次肯定又是来找自己，想啰唆些有的没的。

她今儿太累了，实在没心思听他絮絮叨叨，所以看见季怀楚之后立马转了身。

这些事儿程靳不知道，他只朝苏家老宅门口看了一眼，然后挑了下眉："前男友？"

苏弥一脸震惊，问："你搁这儿侮辱谁呢？"

这话把程靳逗笑了，他还没来得及回应，季怀楚在那头像是听见了动静，往这边看了一眼。

外头有点黑，苏弥又是背对着老宅，季怀楚只看到一个背影，感觉有点像她，但又因为她身边还站着个男人而有点不确定。

"小弥？"

他边说边往这头挪了两步。

苏弥有点烦躁，语气也不太好："怎么跟狗皮膏药似的，怎么办啊？"

程靳又看了看那头，问："不想见他？"

"嗯。帮个忙，看看怎么帮我把人哄走。"

程靳漫不经心地又挑了下眉："不是用不着我帮吗？"

她在心里骂了一万句，正想着回头自己面对算了，忽然感觉手臂被狠狠一拽。

瞬间，她整个人都跌进了程靳怀里。

这次和上一次完全不一样，她的上半身被他结结实实地搂着，他的手甚至还放在了她腰间。

"你……"

她挣扎着出声，程靳立马按住她，低声道："别动。"

那边的季怀楚眼睁睁地看着苏弥被人抱进怀里，心里说不上是什么滋味。

他又上前一步，试探地问了句："小弥吗？"

程靳这会儿终于拿正眼瞧了瞧季怀楚。

他眼皮微掀，眸色淡淡的，看着莫名让人觉得不太好惹。

"有事儿？"

闻言，季怀楚脚步顿住，片刻后又斯文地笑了笑："不好意思，认错人了。"

转身的时候，季怀楚心里还想着：这男人一看就不正经，怀里抱着的看上去应该是他女朋友。

苏弥才回国没多久，不可能这么快就和谁交往，就算是交往也不可能选这种人。

毕竟她小时候那么喜欢自己，自己和那个男人完全是两种类型的人。

想到这儿，季怀楚又莫名放心，重新退回到老宅门外。

苏弥听见那头脚步声渐渐远了，才在程靳怀里闷闷地问了句："走了吗？"

"没有，去车里坐着等了。"

"有病吧，他这是打算等到明天天亮吗！"

她说话的时候还老老实实地趴在程靳怀里不敢动。

从上面看下去，她睫毛微翘，脸颊也白嫩嫩软乎乎的，瞧着带了点平时没有的乖。

程靳低垂着眸子，看了她一会儿，接着，忽然出声道："不然……去我那儿？"

老城区这边的路并不是四通八达的那种，虽然瞧着程靳的那个老房子和苏家老宅是房对着房，窗对着窗，但是真要过去，其实要绕一段路。

两个人走过去的时候，差不多用了五分钟。

院子里面一片漆黑，房子里头也没亮灯，看来是没人。

苏弥到了地方，原本都把手放在大门的把手上准备开门了，忽然在这时后知后觉有了点安全意识。

"你这儿晚上没别人了？"

程靳这会儿就站在她身后，听见她的话，眉梢挑了挑，莫名其妙多了丝想逗逗她的心思。

这样想着，他身子缓缓前倾，胸膛几乎要贴上她的脊背。

夏装都挺薄的，他靠近的那一刹，苏弥就感觉到了。

她顿时有点蒙，还没反应过来，程靳的手臂就从她身后伸到了前面。

"你干吗？"

程靳淡淡的声音从她头顶压下来，不知道是不是距离太近，还带了丝平时没有的压迫感："现在知道怕了？"

他伸手将大门打开，老式门锁哐当一声落下。

"晚了。"

大门应声打开，程靳越过苏弥往里面走。

走了几步，见她还没跟过来，他转身看了一眼。

"真害怕了？"

他看着她，唇边带了点笑意，看着有点欠，有点坏。

"有病。"苏弥白了他一眼，直接朝里面走。

进了别墅后，苏弥摸着黑找灯的开关。

她一边在墙壁边缘摸索，一边问："你那非主流小跟班呢？"

"我也想知道。"

程靳直接拿出手机拨通了红毛的电话。

红毛不知道在干吗,嘟嘟声快响没了他才接起来。

"你回来啦?"

"嗯。你人呢?"

红毛应该是躲在什么地方接的电话,声音听着偷偷摸摸的:"快别提了,我爸妈不知道又抽哪门子的风,非要让我回去相亲,不然就要和我断绝关系。"

程靳听得直乐,老房子的大门打开后,他抬手朝苏弥比画了一下,示意她先进去,然后回了红毛一句:"然后呢?相得怎么样?"

"你说呢?"红毛叹了口气,"那姑娘问我是干啥的,有房有车没,彩礼能给多少,工作稳不稳定。本来我是想一样一样回的,但是她听完我是玩赛车的之后,就立马没动静了。"

程靳听到这事儿,神色变了变。

红毛在那头忽然又说:"你说我是不是……"

他话还没说完,就忽然想起了什么一样,一顿:"算了,没事儿。"

电话两头的人这回都沉默了。

红毛知道自己又说错了话,在那边抓耳挠腮的,不知道怎么办才好。

过了几秒钟,他像是想起了什么来,连忙说:"啊!对了,老房子的电闸又坏了,还没来得及喊人来修,你回去应该啥也用不了了!"

程靳看了一眼正在屋里按着吊灯开关,却一直打不开灯的苏弥,回道:"行,我知道了,你相亲吧,先挂了。"

苏弥又按了下墙上的开关,有点不解:"我是找错开关了吗?这灯怎么打不开啊?"

"你没找错,电闸坏了,没电。"

苏弥"啊"了一声,抬头看了他一眼,问他:"你怎么了?怎么接了一个电话你就萎靡了呢?"

"没事。"程靳不想多说,"晚饭想吃什么?"

"这都停电了,还能吃啥啊,就泡面得了!"

程靳没反驳，沉默地从柜子里拿出两桶泡面，又从隔壁借了壶开水回来。

两个人最后是在房顶吃的泡面。

苏弥嫌屋里黑漆漆的，怕面条杵着鼻子，就捧着面碗上了楼。

程靳后上去的，手里除了面碗，还多了几罐啤酒。

苏弥看着挺开心的，说："我正想问你有没有酒呢，累了一天了，喝点酒睡得香。"

"这酒我是打算自己喝的。"程靳抬眼看了她一下，"你现在又不记得自己是个小姑娘了？"

苏弥白了他一眼，没搭理他，丝毫不客气，自己拿了罐啤酒拉开拉环。

头顶被夜色笼罩，苏弥和程靳并排坐在一张长椅上。四周很静，两个人都自己喝自己的，谁都没先开口。

隔了一会儿，苏弥像是想到了什么一样，忽然出声："同学们，刚刚进行的是'比比谁先憋死'大赛，程同学的超常发挥，碾压无数对手，取得了此次比赛的冠军。下面，让我们有请程同学发表获奖感言！"

说着，她直接将手里的啤酒罐举到了程靳嘴边，像是拿着个话筒一样。

程靳眼神淡淡地睨了她一眼，说："无数对手？哪儿呢？"

苏弥眼神冷冷地看着他，语气也冷："我劝你看见台阶就下，不要得寸进尺。"

程靳这回倒是被她逗笑了，抬手推了推那个啤酒罐。

"行了，别闹了。"

"笑了啊？"苏弥看了他一眼，"笑了就行，不然我要以为那通电话是告诉你，你家要破产了呢。"

她说完这话就感觉不对，又赶紧转移话题："我今早听那些神经病说你是什么继任队长，这车队一开始不是你建的？"

程靳原本想抬手喝口啤酒的，听了她的话，啤酒罐直接顿在了嘴边，转头看她。

"你说黑雾那些人？"

"不然呢？"

程靳笑了下，没多问，转而回应她刚刚的问题。

"燃车队初期是我哥建的，我也是跟着他混的。"

"那你哥呢？"

"回去继承家业了。"

"哦……"苏弥撇撇嘴，"富二代真好，想干什么干什么。"

程靳瞥了她一眼："想干什么就干什么？"

他抬手又灌了口啤酒："你想多了。"

苏弥没在意他的话，也没再继续问。

这会儿酒劲有点上头，她晕乎乎地吃了两口方便面，接着把面碗往地上一放，倒头就躺在了长椅上。

程靳看着她这动作，皱了下眉。

"干什么？困了下去睡。"

"别吵，我先睡会儿。"说着，她还像赶苍蝇似的，抬手对着程靳的方向扇了一下。

她看来是真的累了，很快睡着。

她侧躺在长椅上，两腿蜷缩着，把一只胳膊当枕头，脸颊压在上头。

睡着的小姑娘有着难得的乖巧和柔软。

程靳这会儿看着，还是有点不敢相信她和之前在赛场打人的是同一个人。

他等了几分钟，看她越睡越熟没有醒的意思，便起身把长椅的另一半也让给了她。

夜晚的风微凉，吹散了一些闷热。

程靳收拾了一下啤酒罐和苏弥吃剩下的泡面碗，直接靠着长椅坐在了地上。

他心里头一直闷闷的，不太痛快，今天发生了挺多事儿，脑子里一会儿想起黑雾那些人和李强，一会儿又想起红毛的话，后来又有一瞬间，莫名其妙想起了还没找到的那个画家 Mi Su。

后来苏弥出声逗他开心，说实话，他还挺意外的。

他说不出心里是什么感觉，有点惊讶，也有点被逗到，后来也确实开心了点儿。

想到这里,他回头看了看苏弥。

她应该是睡得有些冷了,程靳回头时,看见她身子蜷缩得比刚刚还厉害。

他皱了皱眉,然后脱了外套罩在她身上。

也不知道苏弥是不是做梦了,他给她盖好衣服之后,她忽然皱了皱眉,接着就抓住了他的手。

准确地说是手指,左手的食指,抓的面积不大,但是很用力。

程靳愣了下,看了她一会儿,最后没出声。

他将自己的左手暂时借给了苏弥,重新转过身去,用另一只手拿起了那半罐没喝完的啤酒。

远处夜色浓浓,薄如轻纱的月光笼罩着这一排老房子的屋顶。

感觉,明天应该会是个好天气。

老袁的赛场筹备得很快,各种手续和安全措施都陆陆续续弄好了。

比赛的前一天,苏弥的现场涂鸦也全部完工。

这几天天气还挺给面子的,除了第一天有点阴,后面几天几乎每天都是艳阳高照。

颜料喷到墙上,干得很快。

全部画完的那一刻,苏弥坐在赛场上放松了好一会儿。

她遥遥看了看四周,现在的赛场和当初她刚看到的样子已经有了很大不同,破旧感减轻了,那种让人觉得极其不靠谱的感觉也几乎没有了。

这对比实在太强烈,苏弥不知道怎么形容,感觉就是从无到有,从零到一切。

程靳从赛道上练车下来,就瞧见苏弥向后撑着双臂仰着头坐在那儿发呆。

他手里拿了两瓶水,扔了一瓶到她怀里。

"发什么呆呢?"

苏弥回过神,直起身子把水拧开。

"在想现在这情况,到底该说是爱情太伟大了,还是梦想太伟大了?"

程斩看了她一眼,没搭话,在她旁边坐下,向前望了望。

赛场四周的涂鸦几乎全部完工了。

苏弥画的那个摩托车小人,也从雨中平地,一路跑去了星空宇宙。

最后在终点时,它摘了一兜子星星。

那些星星都闪闪发着光,就好像每个人追求的梦一样。

程斩将目光收了回来,灌了口水进肚,也没看苏弥,说:"嫂子特别满意你画的,私底下跟我夸了你无数次了。"

"是吗?应该的。"

闻言,程斩转头看她一眼。

苏弥狡黠地笑了笑,耸耸肩:"哦,抱歉,口误,是夸张了。"

程斩看她这小模样,也忍不住勾了勾唇,抬手又喝了口水。

不远处,老袁媳妇儿喊了他们一嗓子,然后朝这边跑过来。

"你俩都还没走,太好了!晚上我和老袁安排大家吃饭,感谢你们这些日子的帮忙,都别走啊!"

程斩无所谓。

苏弥想了想,回去也没什么事儿,又不知道晚上吃什么,于是也答应了。

老袁媳妇儿像是还有什么事儿一样,在原地想了半天,最后神秘兮兮地对程斩使了个眼色。

"程斩,你来一下,我问你点事儿。"

苏弥向来最会看人脸色,知道老袁媳妇儿有私事要说,就主动起身,说去看看有没有哪块地方需要补补漆和颜料什么的。

她走了没多远,老袁媳妇儿就开了口:"这么多天了,我还不知道这姑娘叫啥呢?"

这问题让程斩愣了一下。

两个人认识到现在,他也确实还没问过苏弥叫什么。似乎他们每次见面、说话、交流,都是顺其自然的。

更多时候就好像认识了很久的老友一样,很多东西不用问,感觉时间到了就自然而然都知道了。

所以他也没主动问过她叫什么，甚至连这问题都没想过。

想了想，他也没明说，只问道："怎么了？"

"什么怎么了？认识这么多天了，问个名字能怎么了啊？"

老袁媳妇儿瞪了他一眼，片刻后，忽然又神神秘秘地笑了笑。

"不过，确实有点事儿。这不这几天我表弟一直在这儿帮着忙进忙出吗？他注意到她了，就跟我说想拜托咱们搭个线，介绍他们认识一下。年轻人的事儿，你懂的。"

程靳听完这话不知道在想什么，好半晌没出声。

不久后，只见他眼底的神色淡了淡，看向远处的苏弥："不清楚，你自己问吧。"

聚会的地儿就定在了老袁自己家的烧烤店。

当晚店里没接待任何客人，老袁和他媳妇儿亲自掌勺烤串，就为了答谢这期间每一位帮过他们的人。

酒过三巡，老袁有点激动，脸色通红，端着酒杯站起身。

"我真不知道该说点什么了。这事儿放几个月前，我可能连梦都不敢这么做，但是现在它居然真的发生了……我得先感谢我媳妇儿，从认识到现在，我什么惊喜和感动都没给过她，但她还是这么全心全意地为我想为我做……"

他说到这儿眼眶泛红，当着大伙儿的面，亲了他媳妇儿一口。

"谢谢你，老婆！"

老袁媳妇儿一脸的不好意思，连连推他。

在座的其他人都拍桌子起哄，就连一直闷头撸串的苏弥也忍不住笑了。

程靳坐在她旁边，情绪不如别人高。

苏弥跟着起哄完，转头看他，有点意外地挑了下眉。

"你怎么这个表情啊？干什么？你喜欢老袁媳妇儿啊？看不了人家两口子秀恩爱？"

程靳淡淡地看了她一眼，接着顺手拿起桌上的烟盒，抽出一支烟偏头点燃。

苏弥"喊"了一声，小声嘟囔："有毛病。"

老袁后来又感谢了一圈大伙儿，可能是酒劲上头，他说的话比平时多多了，前前后后差不多二十来分钟，才被他媳妇儿按着重新坐下。

"各位见笑了啊！他一高兴就这德行！"老袁媳妇儿尴尬地冲着大家笑了笑。

片刻后，她看见那头的表弟正在朝她使着眼色，瞬间想起了什么。

她看向苏弥，问道："啊！对了，妹子，认识这么多天了，我还没问过你呢！你叫什么呀？"

现场很嘈杂，听见老袁媳妇儿话的人其实不多，但一旁的程靳却听得一清二楚。

他咬着烟的动作一顿，接着缓缓抬起头来，朝着苏弥那边看去。

老袁媳妇儿这话问出来的时候，坐在她旁边的表弟目光悄悄地往苏弥那头看了过去。

女孩子的存在感太强了。

长相是那种特别有侵略性的娇艳，但是气质又与长相不同，更偏清冷一些。

他太喜欢这样的女孩子了，他在学校是公认的校草，往他身边前仆后继的女孩子不计其数。

但苏弥比她们任何一个都特别。

所以他放下矜持，放下那点小自尊，求着表姐给自己搭个线。

苏弥在那边鸡翅吃了一半，听见老袁媳妇儿这话，微微抬了下头。

其实这问题，换成以前她理都不会理。

以后不会接触到的人，她从来不会给他们太多个人信息。就算在国外老头儿帮她接商稿，她一直报的也都是自己的英文名。

但这场合，说英文名也太怪了吧？

想了想，她冲老袁媳妇儿笑了笑，只说了一句："我姓苏。"

一直在旁边沉默着的程靳，听见苏弥这话，转头看了她一眼。

老袁媳妇儿也不是真的想问她叫什么，所以也没太在意她没说全名这事儿。

隔了片刻，她挺委婉地把话题转向自家表弟。

"小苏啊，你和我家这臭小子之前见过了！他其实也是学美术的，在重华大学读大二。我看你俩一个专业，平时应该有挺多话题聊的，不然加个微信怎么样？以后没事儿聊聊天，讨论一下画画的事儿。"

她边说边拍了拍旁边的表弟，一脸红娘笑。

"这傻小子这几天没少在我跟前念叨你厉害，说想向你学习学习呢！"

苏弥看着老袁媳妇儿脸上那个笑，后知后觉地眨了眨眼。

她这是年纪轻轻就被动相亲了？

苏弥还没来得及回应，老袁媳妇儿突然来了个电话。应该是挺重要的事儿，她一点没敢耽搁，拿起手机就起身去外面接了。

她走后，那位表弟的目光还没从苏弥身上移开。

虽然他看上去有些腼腆，但是直白。

苏弥眼神和他碰了一下，连理都没理他，直接转过头问程靳："什么情况？这嫂子还热衷给别人相亲？"

程靳神色淡淡的，看不出什么情绪，斜睨了她一眼，说："可能小苏魅力大。"

苏弥满面无语，但也没再多说什么。

大概五分钟不到，老袁媳妇儿重新回到了位置上。

她没忘自己出去前说的话，坐好后，抬手拿了个鸡翅给苏弥，又把话题往那上面引。

"小苏啊，嫂子刚刚说的话你是不是都听清了啊？你看看，给嫂子个面子，跟我家这臭小子加个微信，回头有啥学术上面的事儿，你俩也好沟通。"

苏弥实在不知道回什么，想了半天才说了一句："嫂子，不好意思啊，我在画画上面的能力其实就那样儿，表弟要是想问专业问题还是别找我了，别被误导了。"

老袁媳妇儿压根没想过苏弥会拒绝，在她的印象里，现在小年轻之间加个微信太正常了。

就是因为表弟没提别的什么要求，只说帮忙要到微信就行，别的发展顺其自然,他自己看着办,所以苏弥这回应,着实让她有点意外。

老袁媳妇儿看了表弟一眼,哪想到这小子有点急了,都没等她再说什么,先自己开了口。

他看着苏弥,脸有点红。

"没事儿的,就算不讨论专业的东西,我们也可以交个朋友。"

说完这些,他像是怕苏弥觉得自己奇怪似的,连忙又补充了句:"我家里不是北城本地的,才来这边上大学不久,在这边也没什么朋友,平时休息的时候去外面写生也是一个人。你如果不介意的话,以后我们可以结伴。"

苏弥以为自己刚刚拒绝得已经很委婉又彻底了,没想到这位小表弟居然还这么锲而不舍。

她已经没多少耐心了,连看都没看他一眼,也没再管礼貌不礼貌,拿了串儿往碟子里放,随口敷衍:"我不交朋友,而且马上要离开北城了,没空写生。"

这话一出,老袁媳妇儿和那位表弟还没来得及反应,程靳倒是先看了她一眼。

"要去哪儿?"

苏弥还记得他刚刚那样儿呢,一点也不想和他好好说话,暗暗翻了个白眼,回道:"小苏魅力无边,想去哪儿去哪儿,你管我呢。"

程靳瞄着她,没再出声。

当晚的"要微信计划",最终还是以失败告终了。

老袁媳妇儿做生意这么久,也算是个八面玲珑的人儿,一开始听了苏弥委婉的拒绝,差不多就明白怎么回事儿了。

但奈何她家那臭小子不死心,她后来也只能豁出脸皮又说了说。

哪想到说到最后,直接把人说得要离开北城了。

其实苏弥说要离开北城这事儿吧,也不完全是在敷衍撒谎。

老头儿知道她是中国人,生前一直就念叨着国内的一些地方,还老说有机会一定要去那些地方看看。

但是后来没多久他就生病了,很长一段时间都是在床上度过的。临终前他虽然没要求苏弥做什么,却也老和她念叨这事。

苏弥那会儿就想,回国之后有时间的话,就替这老头儿走走。他画不了的风景,她都替他画了,然后回头找个机会去 M 国烧给他。

当天在老袁两口子的烧烤店,大家吃到了晚上十点多。

大部分车手都喝多了,程靳却滴酒未沾。

出来的时候,外头的夜色已经很深了。

苏弥还记得刚刚被程靳阴阳怪气的仇呢,不想搭理他,自顾自地往前走着。

老袁的烧烤店不在赛场那边,论起来离老城区也不算远,苏弥到了路边一点没犹豫,抬手拦了一辆出租车。

这个时间不是打车的高峰期,空车很多。

苏弥上车之后直接报了老宅那边的位置,然后顺手关了车门。

哪想到司机刚要起步,另一边的车门忽然开了。

程靳一点不客气地上了车,他个子高,后排座椅与前排座椅椅背的空隙不算宽敞,他膝盖顶在那儿,车厢后排一下子就变得狭窄了。

苏弥看了他一眼,说:"这是我打的车。"

"我知道。"

程靳边说边关上车门,顺便还喊司机开车。

见苏弥一直没动,他转头看了她一眼,问道:"怎么,你打的车不能坐?"

苏弥翻了个白眼:"不想给烦人精坐。"

程靳看她:"说谁烦人精呢?"

"你。"

"我怎么了?"

"烦人。"

"谁烦人?"

苏弥无语地瞪向程靳。

他却像没事儿人似的，依旧眸色淡淡地和她对视。

前排司机实在忍不住了，憨厚地笑了笑："现在的小情侣可真有意思，吵架都这么逗。"

苏弥还瞪着程靳，语气凶巴巴的："师傅，你什么眼神儿啊？我俩不是情侣，是仇人！"

前排的司机抿嘴笑，显然没太把她的话当真。

车子一路都四平八稳地匀速向前，后来开到一个十字路口时，旁边的车忽然加速并道，司机一个不防，急急踩了脚刹车。

苏弥那会儿正巧在整理衣服，低着头，车子急停的时候，她瞬间就向旁边倒了过去，脑袋也直直地朝车窗磕了上去。

然而意料之中的痛感没出现，她倒是听见了旁边的男人莫名其妙闷哼了一声。

苏弥抬起头来，发现自己刚刚撞向的车窗玻璃上，忽然多出了一只手。

手背朝上，骨节和经络都很明显，手指修长，而原本白皙的皮肤上，这会儿泛起了一块淡淡的红。

苏弥转头看了程靳一眼，没出声。

他也不在意，自然地把手收了回去，用另一只手的拇指揉了揉刚刚被苏弥脑门砸过的地方。

司机这会儿在前面连忙道歉："对不起啊，对不起啊！那车并道并得太突然了！实在不行了，我才踩了脚急刹！"

"没事儿，你继续开吧，没磕着。"苏弥说。

后面几乎是一路绿灯，司机像是怕再发生之前的事儿，将车子开得更稳了。

到了老城区那边，他开到了一个十字路口，速度稍稍降下去了一点："小姑娘，到这边了，该怎么走？"

苏弥朝窗外看了一眼，这里离苏家老宅已经不远了，下车走两段路就能到。

她没让司机再继续向前，刚想从兜里掏钱给司机，就听那边响起叮的一声，程靳已经扫码付款了。

苏弥见状,也没客气,直接下了车。

这个时间街边已经没什么人了,四周很安静,身后关车门的声音和车子启动开远的声音都非常清晰。

隔了几秒,她旁边就多了一道影子。

苏弥撇撇嘴,低着头,踢了踢脚边的石子,也没搭理他。

旁边的男人先忍不住了,转头垂眼看她。

"真要走?"

苏弥有点奇怪地看向他:"干吗?你有什么事儿啊?"

"没事儿不能问问?"程靳目光淡淡的,"我以为我们算是熟人了。"

他这开始好好说话了的样子,倒让苏弥不好意思再杠下去了。

她回道:"真要走。"

"还回来吗?"

"回来吧……"

苏弥语气中带了点不确定,从主观上来说,她一万个不想回北城了。但是身份证快到期了,苏凡程还一直卡着她的户口本,她不回来也哪里都去不了。

程靳不知想到了什么,隔了会儿,忽然说:"你还记得你从来没告诉过我,你叫什么名字的事儿吗?"

苏弥奇怪地瞧了他一下:"你也没问啊。"

片刻,她说:"干吗?想知道呀?想知道就告诉你。"

"先欠着吧,等你回来的时候再说。"

夜色浓郁,巷子里被月色笼罩着,地上有拉长的影子。

半晌,程靳又说:"欠我东西这事儿记得点儿,在外头晃悠够了就早点回来。

"我等着。"

第二天天气不错,老袁早早就给程靳和红毛打了电话,喊他们再过去跑一圈,检查车子有没有什么故障。

红毛出发的时候还哈欠连天,一副完全没睡醒的样子:"这老袁是不是害怕你又像去年似的被人阴了啊？这一大早还没到六点就打电话，困死我了。"

程靳也有点困，靠在副驾驶位的椅背上，双臂抱在胸前，帽檐压得很低。

他一开始没搭理红毛，听见发动机的轰鸣声后，像忽然想到了什么似的，开口道："绕一圈去隔壁街看看。"

"啊？干吗啊？"

隔壁街看着近，但有一面路是不通的。本来他们出去就是大道，可以直接走，去隔壁街的话还得绕个环岛，挺麻烦的。

"有啥事儿吗？不急的话回来再去呗。"

车载机器人正巧在这会儿报时："主人，现在是早上六点钟，室外温度29℃，天气晴朗……"

程靳看了下液晶屏上的时间，沉默片刻，接着语气淡淡地开口："行，走吧。"

老袁两口子因为长期开店，习惯了起早。

这天心里装着事儿，他们更睡不着了，早上天还没亮透呢，两人就精神了。

他们到赛场时才早上五点多，空旷的场地上一个人也没有。

两人昨天晚上已经把该做的事情都做完了，一时之间还真不知道该干点啥。

他们正在那儿大眼瞪小眼的时候，赛场大门外忽然出现了一个身影。

老袁媳妇儿定睛看了看，居然是苏弥。

她意外得很，赶紧迎了过去。

"妹子啊，咋来这么早呢？"

老袁媳妇儿现在有点焦虑，一丁点风吹草动她都害怕是不是出什么意外了，在苏弥还没开口前，她又连忙问了句："是不是有什么地方的涂鸦不对啊？来改来了？"

苏弥也没太睡醒呢，看上去不太精神："没事儿，就是想起来有块地方需要补补。"

老袁媳妇儿听了她的话，原本提起的心落下了，神色也松了点儿："成，那你弄，有啥需要我们的地方就说！"

后来老袁两口子去忙别的了，留苏弥一个人在这头忙活。

也不知道过了多久，老袁两口子抱着一堆东西又往她这边走来，两人嘴里还在嘟嘟囔囔。

"你这给程靳他们打电话打得也太早了，估计人家还没起呢，就被你吵醒了！"

"睡什么睡！上午就比赛了，下午他有的是时间睡觉！赶紧起来再跑两圈试试车比啥都强！"

"就你事儿多，人家自己都没那么担心呢……"

"他就是心大啊！不然能出之前李强那事儿吗？"

他们路过苏弥身边的时候，苏弥恰巧弄好了手里的东西，准备起身打个招呼就走。

老袁媳妇儿见她起身，笑着主动说："妹子，你这儿整好了啊？"

老袁媳妇儿边说边朝那边看了一眼，发现涂鸦右下角多出来一排英文字母。

"哎？这英文之前没有吧？"

"嗯。"苏弥答得自然，"这是我的署名，刚刚补漆的时候发现没署名，顺手就喷上了。"

"啊！那应该的，应该的！"老袁媳妇儿笑着对苏弥说，"是不是都弄完了呀？留下来和我跟你袁哥一起吃个早饭吧！忙活一早上怪累的！程靳他们估计也快来了。"

苏弥微微有点意外："程靳他们要过来了？这么早？"

"对呀，你袁哥也不知道咋想的，半个多小时前就打电话把人家揪起来了！他们的车要是开快点儿，估计马上就要到了。也不知道让人来这么早干吗？也不怕人家烦！"

"烦我也得说呀！"老袁一副老大哥的样子，"之前李强那事儿，就是因为没人在他跟前提醒才会发生的。那事儿过去也快半年了，程靳那人还不记仇，我不再提醒提醒他，我怕他又没记性！"

苏弥难得有些好奇，问："李强和黑雾那些人是一起的吗？程靳和他们有过什么事儿啊？"

老袁在这边刚要开口，就听赛场大门口有汽车喇叭的嘀嘀声。

"你看看，你看看！到底让人家大清早就赶过来了！"老袁媳妇儿白了老袁一眼。

老袁两口子一路小跑过去开门。白色 SUV 开进来之后，程靳先从副驾驶位迈出长腿下了车。

他今天的穿着和苏弥第一次见他时很像，上面一件简单的 T 恤，下面是一条黑色工装裤。

他下车的时候背着光，身材修长挺拔，后面朝阳初洒，金灿灿的一大片，头顶的发丝都被染了一层颜色。

苏弥眯着眼瞧了瞧，啧，这么看还挺朝气蓬勃的一帅哥。

程靳和老袁两口子说了几句话，后来老袁媳妇儿往苏弥这边指了指，程靳看过去时，有点意外。

他迈着长腿走过去，低头看着苏弥："不是今天要走吗？"

"对啊，待会儿回去就收拾东西，然后去车站买票。"

程靳不知道想到了什么，垂着眸子，目光淡淡的："不着急的话，可以看完比赛再走。"

苏弥摇摇头："不了，你们加油吧。"

程靳听完她的话，没再出声。

清晨的阳光挺晃眼的，还有点晒。

苏弥等了半天没等到他开口，拿手遮着阳光，吃力地眨了下眼睛，说道："那我走啦？"

程靳依旧看着她，又隔了一会儿才说："一路顺风。"

苏弥有点奇怪地看他一眼，思考片刻后，才开口道。

"金榜题名？"

程靳这回彻底被她逗笑了，抬手拍了拍她的脑袋。

"行了，走吧。"

苏弥一脸嫌弃，躲了一下："要是把我拍傻了，你这个富二代就等着被讹钱吧。"

程靳懒洋洋地勾了勾唇:"行啊,我等着。"

上午的时间过得飞快,老袁这次办的比赛虽然说不是圈子里都认可的那种,但是来参赛的人也不少。

所以开赛之前,赛道上就密密麻麻的,有不少提前来练车的车手。

就连黑雾那帮人在赛场上也收起了平日里吊儿郎当的德行,很积极地做着赛前准备。

程靳从赛道上下来时满头的汗,红毛正和其他队的一个车手嘻嘻哈哈,貌似在讨论着苏弥的涂鸦。

"你又跑了一圈了?"红毛也穿了一身赛车服,没个正行地倚在墙边,"哎?听说画这涂鸦的人是你给找的?画得还挺好的呢。"

前段时间老袁筹备赛场时,红毛白天没怎么过来,一般就晚上来一会儿瞧瞧,所以他和苏弥没打过照面,也不知道画涂鸦的是她。

程靳顺手从补给箱里面拿了瓶矿泉水出来,也没搭理红毛,拧开瓶盖咕咚咕咚灌了两口。

"不过你知不知道这每幅涂鸦下面那串字母是啥意思啊?我刚刚和岳儿猜了半天,也没猜出来是啥意思。"

岳儿就是红毛身边那个车手,他挺崇拜程靳的,和程靳车队的许多成员关系都不错。

闻言,程靳抬眼瞥了他们一眼。

"你俩那英文水平能猜出来什么?"

"你埋汰谁呢!岳儿查了百度的!都没搜出来啥东西!"

"就是,程哥你自己看看,真的没有翻译明白啊!"

那个叫岳儿的男生也是个大大咧咧的人,这会儿感觉到程靳的质疑,直接把手机往他跟前一摆。

"程哥,你自己看!"

程靳没太当回事儿,仰头喝水的工夫抽空瞥了手机屏幕一眼,中途不知道看见了什么,目光一滞。

他直接把那个男生的手机抢了过来，神色变得莫名清冷专注。

"你们说的那串英文，在哪儿？"

红毛看着程靳这个反应，有点愣，指了指旁边的围墙，还问道："怎么啦？"

程靳没搭理他，快步迈到围墙那边。

这面围墙上的涂鸦，是摩托车小人穿越了热带雨林的部分。画面色彩丰富又清新，看着极其舒服。

程靳目光从上至下，最后定在了涂鸦右下方的署名上面。

qazwsxedcrfv.

毫无逻辑可言的一串英文字母，如果是程靳第一次看估计也不会注意到，但是他看见了百度上面的一条搜索——国外青年画家qazwsxedcrfv的全新人像系列画作。

点开搜索链接，里面缓冲出来的图片，和当初丫丫妈妈喜欢的那个系列……

一模一样。

程靳扯了扯赛车服的领子，迈开长腿急急地往休息区走去。

"替我和老袁说一声，我先出去一趟。"

红毛意外得不行："你干什么去啊？离比赛只有不到两个小时了！"

老袁两口子这比赛虽然不是业内最专业的，但也是走了正规程序的，比赛时会有专业的裁判和管理现场流程的人过来。

参赛名单早就交上去了，如果弃赛或者迟到，除非有伤病原因，不然会影响后面的发展。

这些事情程靳都知道，他看着红毛，说："我会回来的。"

他看上去比任何时候都要急，眼神却也比任何时候都要坚定。

"比赛之前，我一定回来。"

苏弥原本是打算坐上午的火车离开北城的。

她从赛场那边回来的时候，路过超市，买了一堆零食和充饥的东西。回到苏家老宅后，她又把自己之前带的双肩包收拾了一下，塞了两套换洗衣服。

收拾好一切的时候，她还回头看了一眼房间，貌似她回来的时候什么样子，现在还是什么样子，没什么大的变化，也没有哪处地方因为她变了样子。

苏弥没太在意，拎着东西下楼，碰巧遇见老两口买菜回来。

她背上的双肩包太明显了，老两口都知道这是她从国外背回来的，这会儿再看见，两人都吓了一跳。

"小弥啊！你这是要干什么去啊？"

说话的是王婶，苏弥看她那紧张的样儿，忍不住笑了下："没事儿，王奶奶，我就是待得闷了，想出去逛逛，逛完就回来了。"

"啊，那苏总知道吗？"

"他？不知道啊。"苏弥挑了眉，"你如果怕难办，也可以和他汇报，但是我估计电话打了也是白打。"

苏弥没心思多讲和苏凡程有关的事儿，她现在心情还不错，更不想因为他坏了情绪。

出了苏家老宅的大门之后，苏弥直接就上了出租车。

过了大概半个多小时，出租车开到了火车站。

往售票处走的时候，苏弥就开始掏身份证。她记得上次用完直接把它揣在裤子口袋里面了，最近一直在画涂鸦，这条裤子不耐脏，她没记错的话，上次穿还是刚见老袁两口子那天呢。

她一只手拎着袋子，另一只手伸进口袋里掏了掏。

她顿了下，把手里的袋子放到了地上，又伸手去另一个口袋翻了一下。

怎么会没有呢？

苏弥一脸蒙，又来来回回地翻了几遍裤子口袋。

远处窗口上有办临时身份证的字样，苏弥纠结了一会儿，还是决定回老宅找找。倒也不是不能走，只是去了外地应该到处都会有需要用到身份证的地方,她拿个临时身份证也不行啊。

想到这儿,她不再犹豫,又回到路边抬手拦车。

老两口还在老宅里头纠结要不要给苏凡程打电话呢,看着苏弥风风火火地冲回来,又直接去了楼上,两个人不明所以地对视了一眼。

楼上房间的东西不多,苏弥用了几分钟就差不多翻了个遍,可连身份证的影子都没有看到。

她还不算慌,坐在床边仔细回忆了下那天的事情——

那天是先见了老袁两口子,然后从赛场回来被程靳送回老宅,之后在老宅门口看见了季怀楚,之后又去了程靳那儿……

想到这里,苏弥眼睛不自觉睁大。

不会是那天睡在他家屋顶的时候,掉那儿了吧!

苏弥一秒钟都没耽搁,直接把背包一放,跑下了楼。

她知道这个时间程靳估计都已经开始比赛了,但是她记得,他那个老房子的院子大门好像不怎么锁,如果没锁的话,她可以自己去屋顶找找。

毕竟那天她除了屋顶,哪儿都没久待。

她是一路小跑过去的,到了那边气都有些喘不匀。

但好巧不巧,这院子今天偏偏就锁了门。

苏弥看着门上的那个老式大锁头,心里一阵阵无语。

今天是所有事儿都和她作对吗?

她正有点烦的时候,身后忽然传来了一阵摩托车的轰鸣声。

苏弥回头看过去,那辆摩托车直接停在了路边。

她一脸惊喜地看着从上面下来的人。

"什么情况?你不是要参加比赛吗?不过,正好你回来了,我……"

程靳笔直地朝苏弥走过去,像是跑过了很多个地方一样,风尘仆仆的。

他走到她身前,根本没心思听她的话,直接握住了她纤细的手臂,有些用力。

"你叫什么?"

苏弥有点蒙:"啊?"

"我说,你叫什么?"

程靳牢牢地盯着她，眸子漆黑深邃，接着一字一顿道："苏 Mi？"

他那声"苏 Mi"说出口后，苏弥又有点蒙地"啊"了一声。

他的手劲儿有点大，握得她胳膊有些疼，她后知后觉地想挣脱："你干吗呀？先松开我。"

程靳依旧紧紧地盯着她，紧握着她的手掌慢慢松开。他戴着头盔，气息还有些没喘匀。

他又重复了一遍："苏 Mi？"

苏弥皱着眉，揉了揉自己的胳膊，有点嫌弃地斜了他一眼，语气凶巴巴的："干什么！"

片刻后，她像想起来什么似的，又对他说："哎？不对啊，你不是不知道我叫什么吗？"

程靳看着她，答非所问："你之前一直提的老头儿，是国外那位画家 Li？你是他的小徒弟？"

"啊？"苏弥有点奇怪地看了他一眼，心里正嘀咕他怎么知道的，脑子里忽然有件事儿一闪而过。

"等会儿！"

她眼睛睁得比刚刚大了一点，一脸的不确定和意外神色。

"你不会要说，你们一直要找的那个国外画家，是我吧？"

"不出意外的话，就是你。"

程靳一秒钟都没再耽误，从衣兜里掏出手机，指尖在屏幕上划了两下，也不知道翻出了什么东西，直接递到了苏弥跟前。

"这个人像系列，是你画的吗？"

苏弥看了一眼，还真是她画的。

不过，这个系列是她当初随手勾出来的，没太用心，后来老头儿说帮她发到他们工作室旗下的网站上，她也没怎么留意。

这怎么国内都能看见了？

她有点不确定，迟疑着开口："丫丫妈妈不会就是喜欢这个人像系列的风格吧？"

"对，她就是喜欢这个。"

苏弥意外得都不知道说什么好了。

"所以，你们大张旗鼓的，还去江边大楼弄什么寻人启事，其实找的是我？"

程靳还是深深地看着她，"嗯"了一声。

苏弥不出声了，还维持着微微张着嘴的样子。

程靳猜不透她在想什么。

"你怎么想的？"程靳没给她太多消化的时间，直接问道。

"什么怎么想的？"

"就是丫丫妈妈那件事，她想要……"

话未说完，程靳的手机忽然响了起来。

来电的是红毛，程靳知道他打电话过来想说什么，直接挂断。

他没时间耽误了，拿出钥匙，拉起苏弥的手，直接将其交到她手里。

苏弥还有点蒙，不知道他是什么意思。

下一秒，就听他在那边开了口："我不知道你离开北城到底有什么事情，也不知道这件事对你来说有多急多重要，但是我希望你能等等我……至少能等我比赛回来再做决定，决定要继续走，还是留下来帮他们这个忙。"

"他们"指的是谁，不言而喻。

程靳的话直白却也坦诚，苏弥没直接出声。

这时他的手机又响起来了，铃声聒噪而急切，几乎都能透过铃声想象得到红毛在那头急成了什么样子。

程靳再次挂断电话，接着，他看向苏弥，眼底带着沉沉的情绪，一字一顿地说："这件事算是我求你。"

"等等我。"

程靳重新回到赛场的时候，距离比赛开始只剩下五分钟了。

现场气氛很热烈，每支车队都有自己的粉丝和助威团，看台那边人声鼎沸，几乎全是尖叫声和口哨声。

程靳走的是后门，这是专门为车手和工作人员开通的通道。

他一路沉着脸快步走到了休息室，进去的时候，就看见红毛还在那里打电话。

"别打了！人回来了！"

也不知道是谁喊了一嗓子。

红毛瞬间抬起头，看见程靳确实回来了之后，明显松了口气。

精神松弛下去之后，他就只剩下了愤怒。

他拿着之前程靳匆匆忙忙脱下的赛车服，走过去狠狠地砸在了程靳身上——

"你要是不想好了就直说！"

赛车服直接滑到了地上，旁边几个车手见状都纷纷上前劝阻，老袁也在旁边当着和事佬。

程靳倒是一点没在意，弯腰捞起赛车服迅速换上，然后拿起桌上那个他只有在比赛时才会戴的头盔。

"走了，出去准备了。"

他这话是冲红毛说的。

听到这话，红毛脸上的怒意没怎么消减，却也没再冲程靳发火。

而且难得的，他一副生气的小公主模样，捧着头盔走在前面，没搭理程靳。

程靳也没在意，和老袁打了声招呼。

"先走了，袁哥。"

赛前两分钟。

程靳整理好自己的赛车服和头盔，又仔细检查了一遍摩托车。

红毛在旁边看着他，本来什么也不想说的，最后又没忍住，干巴巴地来了一句："我劝你好好跑，姓方那孙子刚刚放话了，这次也会超过你拿第一。"

红毛说着往那头看了一眼，和他们隔了大概五六个人的位置上，一个年轻的车手正吊儿郎当地笑看着他们这头。

那人嘴里嚼着口香糖，跨坐在自己的摩托车上，身上严严实实地捂着赛车服，戴着头盔，看不出来具体长什么模样。

程靳听了红毛的话，理都没理，在倒计时一分钟时，跨上了自己的摩托车。

红毛这会儿心里还带着气儿呢，看程靳还是这副样子，低声朝他喊了一嗓子。

"你听见我说话没？"

程靳弯腰，双手握住摩托车把手，做好了预备动作，回道："行了，认真跑吧。"

程靳和红毛只报了三千米的竞技赛，冲过终点时，程靳用时排名第三，红毛第四。

其他人都在为冠军队欢呼雀跃，燃车队这边也有粉丝大喊程靳和红毛的名字，他们并没有因为程靳的成绩和之前有差距而泄气沮丧，气氛还算热烈。

相比之下，红毛就没那么高兴了。

这次拿冠军的又是之前挑衅程靳那小子，他本来心里头就不服那人说的，想着这次程靳能碾压那人狠狠出口气。

却不承想，不只是碾压不成，程靳连第二都没有了。

"你到底怎么回事儿？"红毛问程靳，"姓方的现在那么得意，你真的不在意？"

程靳没太在意，表情平静又坦然。

他说道："这次算是意料之中的成绩，赛前他们准备了多久，我准备了多久？"

很多事情都是这样，努力一分就能看见一分结果，时间用在哪儿，自己也都清楚。

程靳一向了解自己的天赋，但是他也没自信到觉得自己完全不需要努力，就能轻轻松松拿冠军的程度。

"嫂子的事儿解决完，我会把精力完全放在赛车上的，你不用担心。"

两个人抱着头盔往里面走，前面不远的地方，是刚刚拿冠军的那个车手和他的队友们。

他们都在开开心心地给那位冠军车手祝贺，也不知道是谁，忽然提了一嘴："不过程二少怎么了？他不该是这个实力啊，赛前我还替方燃捏了把汗呢，没想到居然赢得这么轻松。"

程二少是圈子里的人给程靳起的外号，当初他哥程礼组建燃车队的时候，并没有避讳两个人的身份。大家都调侃他们一个是大少爷，一个是二少爷。

"谁知道呢？当初程礼走的时候，大家私底下不都说燃车队估计也要散，程靳年纪太小，撑不起一个车队。现在我看他们队陆陆续续走了那么多人，确实也有要散的势头。估计程靳也挺不住了，不想再跑下去了，所以开始糊弄了吧！"

程礼是程靳的大哥，也是燃车队的创办人。

一行人脚步悠闲缓慢，边聊边走，到了拐弯处，他们直接拐进了休息室。红毛和程靳在后面把他们的话听得一清二楚。

也不知道是想到了什么，红毛声音很轻地说了一句："希望真的不用担心吧。"

程靳心里还装着苏弥的事儿，所以后来上去领了奖之后，就匆匆离开了赛场。

红毛难得地没跟着他，甚至在他走的时候连招呼都没打，看上去还在赌气。

程靳没时间理会红毛的小情绪，红毛在气什么程靳都懂，可是现在他有更重要的事情要做，实在没工夫再多说什么。

他这次没骑摩托车出去，出门就拦了辆出租车。

上车报了地址后，他又加了一句："师傅，麻烦快点儿，我有急事。"

出租车一路疾驰，比平时大概少用了十分钟到老城区这边。

可是，还是晚了。

苏弥走了。

别墅大门静悄悄地锁着，和刚刚离开时一样，铁门上的锁头安静地挂在那儿，像从来没人碰过它似的。

程靳形容不出来自己现在是什么心情，有种无力的沮丧感，还有一丝不能形容的疲惫感。

他直接坐到了路边的台阶上，支着两条长腿。片刻，他从兜里掏出烟盒和打火机，偏头点了支烟。

这会儿差不多是下午两点左右，火辣辣的阳光从他身后晒过来，他的影子映在地上。

他看着眼前那团黑影，有些走神。

后来还是手机在衣兜里响起来，他才微微精神了些。

是丫丫爸爸的电话，程靳将指尖夹着的烟深深吸了一口之后，按了接通键。

"刘哥。"

丫丫的爸爸叫刘旭，算是燃车队还剩下的车手里年纪最长的一位，平时大家都喊他刘哥。

"恭喜你啊，听老袁说你刚刚跑了第三名！"

程靳浅浅地勾了下唇："别埋汰我了，你还不如直接损我两句呢。"

"没有！我说认真的呢！你最近这段日子一直在帮我和你嫂子忙前忙后的，练车时间也不多，能跑成这样很不错了！"

刘旭在那头笑了笑，又道："你嫂子想给你庆祝庆祝，但她这两天身体啥状况你也知道。我寻思着，要不然待会儿我买点菜，你和红毛来病房简单吃一口？"

程靳现在其实什么心情也没有，心里头又闷又沉，也吃不下东西。

他正想着该如何拒绝，就听到听筒那边忽然传来一个熟悉的声音。

"姐姐吃什么都行，好吃的都可以。"

程靳愣了愣，片刻后急切地问了句："刘哥，苏弥在你那儿？"

说完这话，他又忽然想起来，他们应该不知道苏弥是谁，赶紧又解释："就是之前救了丫丫，又在车队屋顶吃过一顿烧烤的那个女生。"

"哦，对！我刚刚忘说了，我和丫丫去车队找点东西，碰巧看见她在那儿，她……"

程靳一点听完他说话的心思也没有，直接站了起来："你们等等我！我马上过去！"

程靳迅速去了医院，他下了出租车后便一路狂奔，没两分钟就跑到了丫丫妈妈所在的病房楼层。

住院部比别的地方都要安静，走廊里都静悄悄的。他不自觉放轻了脚步，但速度依旧很快。

丫丫妈妈住的病房这会儿半开着门，护士正笑着给她换药打针。

丫丫和苏弥坐在正对着门口的沙发上说着话。

"姐姐，你真的是妈妈喜欢的那个画家吗？"

苏弥此时跷着二郎腿，一手抚在膝盖上撑着下巴，看上去有点无聊的样子。

听见丫丫的话，她看过去一眼。

"对呀。"

丫丫满眼的期待，又问："那你可以给妈妈画好看的画像吗？"

苏弥听完，挑了挑眉。

"可以是可以，但是姐姐画画的报酬很高哦。"

"这个不怕！我有压岁钱！"

说完，丫丫翻出旁边的小书包，从里面掏出一个小小的玩具密码箱。

小孩子煞有介事地按了几下上面的密码锁，密码箱应声打开，一沓有零有整的纸币从里面掉了出来。

"一百，两百，三百，三十二块，三十三块……"

"姐姐！我有六百三十三块钱！这些钱够吗？"

病房内阳光充足，程靳站在门外，看着苏弥悠悠闲闲地撑着下巴坐在那儿，微微低着头。

"真就这些了？"

丫丫眼巴巴地看着她："嗯，我只有这些钱了。"

苏弥晃了晃叠在上面的那条腿，有点勉强的模样。

"行吧。"

是丫丫先发现程靳的。

小孩子听完苏弥的话，特别兴奋，一个劲儿地在原地拍手欢呼。

过程中，她无意地看了门口一眼，发现程靳站在那儿，高兴劲儿更足了，直接嗒嗒嗒地跑过去，往程靳怀里一扑。

"程靳哥哥！原来姐姐就是妈妈喜欢的那个画家！她刚刚还答应给妈妈画画了！"

程靳揉了揉丫丫的小脑袋："嗯，哥哥听见了。"

丫丫仰起小脸，一副很骄傲的小表情。

"哥哥，那你知道姐姐给妈妈画画的报酬也是我给的吗？是我攒的压岁钱哦！"

程靳其实刚才听得明明白白的，但这会儿还是表现出很惊讶的样子："是吗？丫丫真棒！"

苏弥在旁边一副有点嫌弃的样子，撇撇嘴，轻轻嘀咕了一声："虚伪。"

程靳领着丫丫进去，走到苏弥跟前的时候，看着她问："不是叫你在车队那边等我吗？"

苏弥挑了下眉，反问："那我走？"

最后苏弥走是不可能走的，因为丫丫爸爸买了不少饭菜送来病房，大家以庆功的名义，一起简单吃了一顿。

吃饭的时候，丫丫一直叽叽喳喳个不停。能看得出来，丫丫妈妈也很高兴，饭吃得都比平时多了几口。

后来时间久了，她有些困倦。

程靳见也到了苏弥该休息的时间了，就拉着她离开了。

走廊依旧那么静，偶尔有护士推着小车从病房走出来，从两个人身边路过。

苏弥起了个大早，也有点困了，冲着空气打了个哈欠："你回哪儿啊？回车队的话捎我一段吧，我回去睡个觉。"

苏弥以为程靳是开车过来的。

程靳也没多说别的，直接答应："行。"

他说完，不知道想起来了什么，看向她："我没想到你会答应得这么痛快。"

"什么答应得痛快？"

"给丫丫妈妈画画的事儿。"

毕竟前一天她才说要离开北城，什么时候回来也不一定。

"这有什么不答应的，又不是不给钱。"

说到这儿，苏弥突然转头看向程靳，哈欠也不打了，直接问道："不是，你该不会以为丫丫那点钱真是酬金吧？我糊弄小孩儿的话，你听得出来吧？"

程靳眉梢微微挑了挑，像是故意逗她："什么叫糊弄小孩儿？你答应了又想反悔？"

苏弥斜眼看向他："你别逼我向你展示一下大中华骂人语言的博大精深。"

程靳笑得更欢了，看上去还有点儿坏。

"那你给我展示展示。"

苏弥一点再搭理他的欲望也没有了，转头就走。

不远处，电梯叮的一声响，一阵小跑的动静瞬间从里面传了出来。

"小姐！您慢点！"

苏弥闻声下意识朝那边看了过去，就见一个穿着公主裙的小姑娘朝这边跑了过来，后面还跟着一个穿着一身黑西装的大人。

那小姑娘看着有点着急的样子，脸上也全是担忧的神情。

苏弥又仔细看了看，有些意外地挑了挑眉。

这不是自己那个便宜妹妹吗？

苏时时跑到一半的时候，也看见了苏弥。

她表情一瞬间就变了，是苏弥最熟悉的凶巴巴和敌视。

"你来医院干什么？来向爸爸献殷勤？"

苏时时看着苏弥的时候，眼神比看着敌人还要恶劣。

苏弥早习惯了，倒没什么感觉，只是有些意外她刚刚说的话，问："苏凡程生病了？"

"你少在这里假惺惺了！不要以为我不知道你在想什么！你不就是想

重回我们苏家,重新得到爸爸的宠爱吗?现在看见爸爸生病了,直接就巴巴地过来了!你别做梦了,你什么样子爸爸看得清清楚楚,绝对不会因为你几句好话就心软的!"

苏时时说话的时候声音不自觉放大,完全没有了平时在名流宴会上,苏家小姐的名媛样子。

苏弥被震得耳膜都有点难受,皱了皱眉,也不想搭理苏时时,想直接从旁边绕过去离开。

哪承想苏时时根本没有放过苏弥的打算,直接两步上前,推了她一把。

这小孩子看着瘦,但力气还是挺大的。苏弥被推得后退两步,幸好程靳在旁边扶住了她。

程靳原本觉得自己身为外人,不应该参与苏弥的私事,可他看苏时时一副不依不饶的样子,推完人还想再上前,他实在忍不住了。

程靳直接拉着苏弥的手腕,把她护在了身后,接着,他眉眼冰冷地看了苏时时一眼,又看了眼苏时时身后的穿黑西装的男人。

"这里是医院,你就这么放任她发疯?"

苏时时身后的男人也很为难,他其实也觉得挺丢脸的,但是苏时时的脾气他太了解了,如果这个时候他不帮忙,还反过来阻止她的话,那未来的一段日子,他绝对不会好过。

所以就算听见了程靳的话,他也沉默地低着头,装成没听见。

程靳眉头皱得更深了,还没来得及说什么,苏时时那边倒是把炮火瞄准了他。

"之前表姐说你从国外回来大变样了,感觉在男女关系上面肯定特别混乱,我还没怎么当回事儿呢,现在看还真是这样呀!"

苏时时脸上还有些稚嫩,可是说的话却一点不像个小孩儿。

"这是你回国就勾搭上的男人?"

闻言,苏弥也没生气,轻飘飘地看了她一眼:"怎么,你羡慕啊?"

"我羡慕什么?"从小到大,苏时时最受不了苏弥这个态度,好像发疯不懂事的永远是她似的。

她扯着嗓子又对苏弥喊了一句:"我羡慕你被爸爸抛弃?羡慕你没人

要吗？"

苏弥翻了个白眼，心想：这个便宜妹妹真是十几年如一日，台词都差不多。

苏弥本来就困，没那个心情再和苏时时耗着，下意识用手肘碰了碰程靳，对他说："走了。"

"你凭什么就这么走了啊？你还没回答我呢！你是不是又来找爸爸献殷勤了？"

苏弥不想听她废话了，脚下步子加快。

苏时时不依不饶地追上去，从后面伸手要拉苏弥。

程靳直接截住了她的手腕，冷着脸往回一折。

他连看都不想看苏时时，目光凉凉地看向那个男人："你再不过来，我可能就要欺负小孩儿了。"

说完，他的手一用力，苏时时一个不防，直接摔倒在地。

这回苏弥没有开口，程靳主动拉着她就走。

苏时时什么时候被这么对待过，又耍起了大小姐脾气，坐在地上乱吼乱叫："啊！气死我了！你为什么不帮我？我要告诉爸爸，把你辞掉！"

出了医院后，程靳带着苏弥直奔路边打车。

这会儿温度上来了，苏弥被晒得拿手遮脸。

程靳一直在旁边默默瞧着她，片刻后，忽然开口："富二代？"

苏弥在那头回道："小白菜。"

看她这么坦然地说出这三个字，程靳不自觉皱皱眉。

"你是真没事儿，还是装没事儿？"

"啥？"

苏弥听了他的问题，第一时间还有点蒙，后来反应过来，"啊"了一声："你说那小疯子啊？"

程靳垂眼看着她，没出声。

"怎么说呢？你如果从小到大一直看见这种事儿，也不会有什么感觉了。"

从难受到无语再到麻木，苏弥想不起来她用了多久，但是她知道，在她很小的时候，她就开始不在意了。

毕竟只有被宠爱的孩子才有资格委屈流泪。

显然她并不是。

看见苏弥的表情突然沉下去，程靳的眼神也深了点。

燥热的风刮过，路边榕树的树叶沙沙作响，程靳就那么转头看着苏弥，说："难受就说出来，身边又不是没有人。"

他说完，下意识抬了抬手，安抚似的想揉揉苏弥的脑袋。

"啊？难受……"苏弥话没说完，抬头正好看见程靳的手伸过来。

苏弥紧盯着他的手："你不要告诉我，你想摸我的头。"

程靳的手明显在半空中一滞，空气里瞬间涌动起一丝尴尬。

顿了顿，他就当着苏弥的面，直接把手掌放了上去。

小姑娘的头发松松软软的，发丝又软又细，手感还挺好的。

他有些舍不得把手拿下来，装作故意的模样，在她脑袋上又揉了两下。

"就摸了，怎么了？"

苏弥有点气，上下看了看他，把目光落在他的鞋上面。

程靳今天穿了双黑白色的运动鞋，还比较干净。

苏弥抬起脚，狠狠地朝他的左脚踩了过去。

程靳早就看出了她的意图，直接向后一躲，一脸坏笑，说："脾气这么差？"

苏弥一副像被气到了的样子，立刻凑近直接狠狠拽住了程靳的衣领。

程靳一个躲闪不及，俊脸直接凑到了她跟前。

两个人这会儿离得特别近，也不知道是不是天气太热的缘故，程靳能很明显地感觉到苏弥的体温和气息。

她好像是吃了水果糖，一呼一吸间，全是西瓜味，清爽的甜香。

程靳有片刻愣怔。

苏弥直勾勾地盯着他，说："我不光脾气差……"

下一秒，程靳就感觉到左脚突然一阵疼，他还来不及反应，苏弥在那边又说："脚劲儿还大呢！"

说完，她立马就跑，表情也瞬间变了。

是小计谋得逞的那种笑，古灵精怪的，她的眉眼在阳光下看上去比平时还要漂亮。

她边跑边回头，像是提防着程靳会追上她一样。

程靳看着她的背影，眸色深了深。

病房内。

苏凡程半靠在床头，身上穿着病号服，脸色看上去有些憔悴，但是发型依旧像往常一样，一丝不苟。

他原本在很认真地看着文件，旁边的助理大气都不敢喘一下，静悄悄地站在一旁等待吩咐。

这时，外头突然传来了吵闹声。

苏凡程皱了皱眉，头也没抬地说："去看看怎么回事儿。"

助理听了立马出去，大概只用了不到一分钟时间，他就又回来了，表情看上去十分为难尴尬的样子。

苏凡程等着他主动汇报，等了会儿，见他没声音，皱着眉抬头："怎么了？"

"那个……"助理支支吾吾的，好半晌才说，"外头好像是小时小姐在吵闹。"

苏凡程的眉头皱得更厉害了，他放下手中的文件，有些疲累地揉了揉眉心，语气很无可奈何："去把她给我叫进来！"

没出一分钟，苏时时就来到了病房。

她有些后知后觉地害怕，完全没了刚刚的跋扈劲儿。

"爸爸。"

苏凡程冷眼看着她，问："你刚刚在走廊吵什么？"

"我……我遇到苏弥了。"

提起苏弥，苏时时就止不住委屈，小脸一皱，眼眶一下子就红了："爸爸，是不是你叫她来看你的？你是不是也想她了？"

苏凡程明显不知道苏弥过来，愣了一下。

他看向旁边的助理。

"小弥来过?"

助理立马摇头,说:"没有,绝对没有。"

苏凡程也不知想到了什么,眼神晦暗了些。

片刻后,他又看向苏时时。

"都听见了?你姐姐没来过。"

"可是……"

"没有什么可是!"苏凡程看着她,一副严父的模样,"你看看你现在什么样子!还像一个小女生吗?你爷爷之前还跟我夸你,说你特别有大家闺秀的模样。如果让他看见你现在的样子,他会怎么想!"

苏时时撇撇嘴,像是受了天大的委屈似的,喊道:"我就是不想她来看你!也不想她出现在我们身边!"

说完,她就哭着跑了出去。

苏凡程像是被气到了似的,咳了两声。

"咳咳,去看看!"

助理安抚好苏时时后重新回到病房,差不多已经过去半个小时了。

苏凡程难得有些疲倦的模样,半靠在病床上闭眼休息。

听见响动,他缓缓睁开眼。

"人送走了?"

"嗯……"助理吞吞吐吐的,"小时小姐看着挺伤心的,哭了好久呢。"

苏凡程也不知道听没听进去,反正最后也没搭理助理这话,反而问了句:"让你找的学校找到了吗?"

"给小弥小姐找的那个吗?"助理说,"找到了找到了,那个学校是寄宿制的,虽然不是什么正规大学,但是毕业之后也会给毕业证的!"

苏凡程几天前突然叫助理给苏弥找个学校,最好是那种寄宿制的,不允许学生出来的那种。助理大概能猜出来什么原因,苏凡程肯定是怕两个女儿再像刚刚那样吵起来闹起来。

不过助理不明白,明明以苏弥的水平,在国内完全可以找一所好一点的大学读,为什么苏凡程要把她送去那种野鸡学校?

说是为了宠着苏时时,想替苏时时治理治理苏弥,确实有可能。

可是私底下看苏凡程和苏时时的相处,也不像是外界传闻的那么宠溺啊。

助理一头雾水,却也不敢再深想了。

豪门的水一向很深,和他没关系的事儿,他只听吩咐照办就行了。

苏凡程听见助理的话之后,眼神有些晦暗,回道:"毕业证那些都无所谓,只要她能老老实实地在那里面待几年,别再出现就行。"

第二天,苏弥是被一阵手机铃声吵醒的。

起初铃声响起来时,她还有点蒙。

她差不多有五六年没拿过手机了,那时在老头儿那边的画室,师哥师姐们的手机也都是静音的状态。

这会儿听见铃声响起,她迷迷糊糊的,还以为自己身处国外,她趴在床上,脸埋在被子里,不耐烦地用英文喊了句:"谁的电话啊?能不能接了!"

喊完之后她又拿枕头盖上头顶,想继续睡。

但是那手机依旧响个不停,她隐隐约约感觉那头的人断了又打,打了又断,反反复复好几次。

后来,她实在没耐心了,有些暴躁地掀开被子坐了起来。

四周事物渐渐变得清晰,她后知后觉地反应过来自己是在苏家老宅这边。

响铃的手机就在枕边,苏弥拿起来看了看,渐渐想起来是怎么回事了。

这手机是程靳的,是昨天他硬塞给她的。

昨天他把她送回来之后,又问了一遍她的联系方式。

苏弥确实没有手机,她连老宅的电话都没记,所以压根没法给。

当时也不知道那男人在想什么呢,后来直接把自己的手机往她怀里一扔。

她愣了愣,问:"干吗?"

程靳垂眼看着她，说："我们现在算是甲方乙方的关系吧？"

"然后？"

"甲方要个乙方的联系方式，正常吧？"

"正常是正常，可是我没有啊……"

程靳看着她，语气淡淡的："那现在我让你有了。"

苏弥太无语了，但是后来想到如果程靳每天因为要给丫丫妈妈画画的事情来老宅找她的话，确实也不太方便。

楼下的老两口倒没什么，她就怕再遇到苏家别的什么人，那些人一个个都跟精神不太正常似的。

所以后来这手机她就拿着了。

手机屏幕上显示来电的备注是"红毛"，她正犹豫着要不要接呢，铃声又响了一遍。

实在是响了太多遍了，苏弥感觉再不接电话手机估计就要没电了，她便没再犹豫，拿起来按了通话键。

她试探性地开口："喂？"

那边的人隔了一秒才出声："你这是才醒？"

苏弥听出了电话那边的人是程靳，一瞬间没了拘束："你打这么多遍电话就是为了说这个？"

程靳在那头低低地笑了笑，说："没有，就是提醒你快下午两点了，咱们不是和刘哥与嫂子约了两点半碰面说一下画儿的事情吗？"

苏弥看了看墙上的挂钟，已经下午一点十分了。

她有点心虚，但表面还强装镇定："知道啊，早起了，你待会儿就来接我吧，挂了！"

说完，她直接把电话一挂，一点反应的机会都没给那边留，然后急匆匆地跳下床，连鞋都没穿就跑向了浴室。

好在她不需要化妆，简单冲个澡洗个头发就行了，速度还算快。

她出来吹头发的时候，就裹了条浴巾，拿着吹风筒的那只手臂上的花纹图腾的文身一直在镜子里面晃。

她看了一会儿，突然觉得有些别扭——这东西怎么这会儿看这么丑了呢？刚开始文的时候好像看着还可以啊！

苏弥放下吹风筒，又仔细看了看。

要不然，哪天有空，去把它洗掉？

反正回到国内了，好像也不太需要它了。

苏弥乱七八糟想了一堆，后来看了看时间，发现差不多到点了，也就没再纠结，换好衣服出了门。

程靳这会儿已经等在外头了，他今天没骑摩托车，开了辆私家车。

不是之前一直开的SUV，这次换了辆黑色越野车，外观大气，又带了点酷。

程靳就倚靠在车身侧面，上半身白T恤，下半身灰色休闲裤，干净利落，身影修长。

苏弥挑了挑眉："你这是要开始向我展示富二代身份了？怎么还换车了？"

"之前那车是红毛的，这辆才是我的。"说着，程靳顺手把车门打开，"走吧。"

上车之后，苏弥没太客气地自己调整了下座位。

程靳在那边打着了火，看她一直鼓捣也没系安全带，下意识就俯过身。

苏弥碰巧这会儿回了头，两人脸对着脸，相距不到五厘米，离得特近。

车厢内空间狭小，距离拉近之后的感觉比平时要强烈得多。

苏弥看着程靳，莫名其妙有点紧张，下意识出声："你这是打算非礼乙方？"

程靳眸色淡淡地瞧了她一眼，手臂向后伸了伸，将安全带扯了过来："我怕你再不系安全带，罚单就要'非礼'甲方了。"

苏弥看着他把安全带给自己系好，又脸红地想给自己找回来点面子。

"我是开玩笑的，你看出来了吧？"

"是吗？"程靳看了她一眼，漫不经心地勾了勾唇，"那挺巧的，我也是。"

他这话让苏弥气到了，后来她一路都没再搭理他，直到进了医院上了电梯，她也一副拒绝沟通的模样。

程靳看着她那副样子就忍不住想笑。

电梯缓缓向上升,他碰了她一下,说:"手机给我一下,我给丫丫爸爸打个电话。"

苏弥随手把口袋里的手机扔给他,问:"你没别的手机了?"

"嗯,没来得及拿。"

"那这手机你拿走吧。"

程靳将手机举到耳边,看了她一眼。

"那你买个新的?"

苏弥转头没再看他,下意识轻踢了下地面:"不买。"

"那还是你先拿着吧。"

那头电话一直没人接,程靳皱了皱眉。

此时电梯叮一声响,他快步先迈了出去。

苏弥有点疑惑,不知道他在急什么。

"你怎么了?"

"刘哥的电话一般不会打不通的,"程靳走在前面,头也没回,"除非是嫂子出什么事儿了。"

他这话让苏弥的心也悬了一下,步伐不自觉也跟着加快。

真的出事了。

丫丫妈妈血压突然骤降,心脏骤停。苏弥他们过去的时候,医生正拿着除颤仪做抢救。

这是苏弥第一次这么直观地面对生死,场面极其混乱。

医生护士焦急的喊叫声、脚步声。

病房外围观人群的窃窃私语声。

还有早已控制不住情绪的丫丫爸爸,在撕心裂肺地喊着丫丫妈妈的名字。

丫丫妈妈安静地躺在那儿,没有一点要醒过来的征兆。

后来医生一边做着抢救,一边朝旁边的小护士大喊:"准备手术室,快!"

苏弥有点愣，她一时之间感受到太多情绪，有点消化不过来。

后来丫丫妈妈被推出去的时候，程靳才去到丫丫爸爸的跟前。

原本看着顶天立地的男人，这会儿已经泣不成声，腿软地想跟医生护士走。

走了两步，他差点摔跤，好在程靳扶了他一把。

丫丫爸爸看见程靳之后，眼泪更是止不住了，他不停摆手，像是想对程靳说些什么，可是就是说不出来。

程靳脸色看上去很平静，可是扶着丫丫爸爸手臂的那只手，不自觉越捏越紧。

"丫丫……丫丫还在家等着我和她妈妈带她去游乐园。"丫丫爸爸哭得气都喘不匀了，一句话说得断断续续，"你们要是有时间，帮我们陪陪她好吗？今天……是她生日。"

从医院出来的时候，苏弥和程靳都很沉默。

苏弥一直以为自己忘性挺大，很多事儿她真的是想忘记就能忘记，可是刚刚医生抢救丫丫妈妈那一幕，以及丫丫爸爸哭到站都站不稳的画面，一直在她脑子里打转。

后来程靳将车子开去了丫丫家里，上楼的时候，他还肃着一张脸，一直沉默着。

苏弥看着他，很直接地说了句："你这个样子，丫丫就是再没心没肺也会瞎想的。"

程靳还没反应过来呢，就见苏弥忽然走到他前面，踮起脚，拿手顶了顶他两边嘴角。

"笑，就是装也得给我装得开心点儿。"

程靳沉默地看了她一会儿，片刻，拿下她的手臂。

"嗯。"

丫丫开门的时候表情还挺兴奋的，以为是爸爸妈妈回来了。看见是程靳和苏弥时，她的小脸透出了<u>一丝失望</u>。

"程靳哥哥，苏姐姐，怎么是你们呀？"

苏弥难得地对小孩子表现出热情，俯身抱起她，刮了刮她的鼻子："怎么了？我和你程靳哥哥来，你不开心了？"

"开心，可是我还是想要爸爸妈妈。"丫丫失落地看向程靳，情绪异常敏感，"程靳哥哥，爸爸妈妈答应我今天要陪我去游乐园玩的，他们没来是不是因为妈妈的病又严重了？"

程靳看着丫丫，所有的话都像卡在了喉咙里似的。

苏弥瞄了他一眼，直接把话接过来："你还记得姐姐要给你妈妈画画的事情吗？"

丫丫睁着一双大眼睛，点点头。

"今天呢，姐姐去医院啦，你妈妈一切都好，就是有点累了，所以就拜托姐姐和你程靳哥哥来陪你去游乐园玩，顺便让你给我找点画画的灵感。"

苏弥又捏了下丫丫的小脸蛋儿："这个任务你能完成吗？"

丫丫将信将疑的，回头看了程靳一眼。

苏弥赶紧瞪过去，就差用眼神威胁那边的男人了。

好在只隔了两秒，程靳就点点头，也揉了揉丫丫的小脑袋："嗯，你妈妈确实这么说了。"

一听这话，小孩子突然来了精神，狠狠地点点头："可以的！我可以完成任务的！"

下楼的时候，丫丫兴奋地跑在前面。

苏弥看着她小小的身影，偷偷地长吁一口气："小孩儿看着好哄，但也挺难骗的啊。"

程靳情绪一直提不上去，想抽支烟，又看有孩子在旁边，所以只拿出烟来咬在嘴里含着，没点燃。

听见苏弥的话，他转头看了她一眼。

"难骗吗？我看你骗得挺自然的。"

苏弥白了他一眼："那不然呢？跟你一样丧着张脸，然后让小孩儿陪着一起哭？"

程靳眉眼低垂:"我没觉得你会跟着哭,但是你刚刚的反应也确实挺让我意外的。"

苏弥看向前方,耸耸肩:"这不叫意外,这叫随机应变,经历多了自然就会了。"

她说完这话就直接快步向丫丫的方向走去。

程靳看着她的背影,没再出声。

游乐园人很多,进大门口买票的时候,是苏弥掏的钱。

后来她趁着丫丫不注意的时候,悄悄地往程靳那边靠了靠,小声说:"票钱回头你得给我报了啊。"

程靳斜眼看了她一下:"咱们不都是富二代吗?你还差这点钱?"

"都说了我是小白菜!"苏弥瞪着他,"你休想赖账啊,不给钱我找车队要去。"

程靳被她逗笑了,嘴角弯了弯,眉眼也松散了点儿。

苏弥见他这样,心情也轻快了点儿:"你牵着丫丫啊,我去前面看看有没有什么好吃的,再给她买点儿。"

她边朝前面走,边小声嘀咕:"他们的彩虹棉花糖哪儿买的啊,还挺好看的。"

程靳牵着丫丫走在后头,他心里还装着事儿,注意力不怎么集中。

也不知道过了多久,丫丫忽然拉了拉他的手,说:"程靳哥哥!程靳哥哥!苏姐姐的裤子上种'小草莓'啦!"

程靳愣了愣,没太明白丫丫在说什么,目光倒是顺着她的小手往前面看了一眼。

卖气球的摊位上,苏弥正在那里和商贩说着买哪个样式的气球。

她穿了条白色热裤,背对着这边,大腿上方的位置,雪白的布料上出现了一小团血红。

程靳迅速朝四周看了一眼,发现已经有人在对着苏弥的裤子指指点点小声议论了。

他皱着眉,迈开长腿快步上前,接着拉住苏弥,一下子将她拽进自己怀里。

苏弥有点蒙,回头看了一眼,发现拽自己的人是程靳,满脸的莫名其妙:"你干吗?"

她边说边挣扎。

程靳勒着她的手臂,拽得更紧。

"别动。"

程靳说完,顿了两秒:"你身后……"

他不知道该怎么提醒她,想了想,木着一张脸,说:"你身后种'小草莓'了。"

苏弥在国外的时候,经常是凉的冰的随便吃,饮食习惯完全照着外国人那套来,算得上入乡随俗,所以这也就导致她的大姨妈早两年前就开始不那么规律了。

不过她运气挺好,基本上每次刚来都是在家里,没闹出过什么笑话。

像今天这样,确实是第一次。

游乐园人很多,两个人现在的姿势过度亲密,又都长得不差,所以许多来来往往的人都往他们身上瞄。

苏弥起初还有点蒙,听见程靳说的"小草莓"之后,瞬间就明白怎么回事儿了。

"现在怎么办?"

苏弥说话的同时回过头,表情似有些无助。

两个人现在离得非常近,近到程靳几乎能看清她每一根睫毛的程度,她脸颊白嫩嫩的,一双鹿眼带了点平时很难看见的稚气。

也不知道是不是天气太热了,程靳感觉心跳莫名有些快。

他看了看四周,后来不知道是瞧见了什么,对苏弥说了一句:"你带着丫丫在这儿等会儿。"

他说完,把苏弥和丫丫带到了相对人少的角落。

苏弥站在那儿感觉怪尴尬的,坐也不是,站也不是。

丫丫倒是挺看得开,一直宽慰着苏弥:"没事的,苏姐姐,种'小草莓'一点也不丢人！妈妈以前也经常种的！"

苏弥本来头就有些大，听了丫丫的话，双颊更热了。

"你妈要是听见你的话，还能当位慈母的话，我也是由衷佩服了。"

丫丫不明白苏弥说的是什么意思，只能干瞪着大眼睛仰头看她。

程靳回来得很快，他手里多了件防晒服，还有一包包装花花绿绿的姨妈巾。

他一帅哥，冷冷清清的，还带着点酷，这会儿手里忽然多了这些东西，说实话，违和感还挺强的。

也不知道他此刻是什么心情，就面无表情地往这头走。

苏弥在这头莫名其妙有些想笑。

程靳这会儿已经走近了，看见她那个表情，皱了皱眉，问道："你笑什么？"

"没笑什么，就是在想你那些粉丝如果看见自己迷恋的车手，在游乐园拿着包……那什么东西走，会是啥想法？"

程靳斜眼看了下她那副没良心的样子，说："我为了谁？"

苏弥有点理亏，讪讪地闭了嘴。

程靳没管她，拿着防晒服，俯身替她把下半身围了起来。

防晒服是深蓝色的，单穿的话估计有点透，但是这样叠着系在腰间，遮挡效果挺好的。

"去厕所吧。"程靳把手里的姨妈巾交给她，"我和丫丫在这儿等你。"

苏弥速度很快，几乎没到三分钟就从厕所里面出来了。

她出来的时候，刚洗完的手还没干，一边甩着手上的水，一边晃晃悠悠地往外走。

程靳带着丫丫还等在原地，只不过他们面前多了个漂亮的女孩子。

女孩子娇娇小小的，穿着一身浅色连衣裙，看不出牌子，但是从材质上看绝对不是便宜货。她的气质也温温婉婉的，不像是普通人家的孩子。

她这会儿仰头看着程靳，脸上神色腼腆，但能看出来她很高兴。

苏弥一脸新奇地朝那边走，差不多只有几步距离的时候，终于听见女孩子的声音了。

"学长,你昨天的比赛我去现场看了……很帅!也很棒!"

程靳睐色淡淡地看着那个女孩子:"我昨天只拿了第三名。"

言下之意,哪儿帅了?哪儿棒了?

苏弥差点乐出声,停下向前的脚步,饶有兴趣地往原地一站,准备不这么快回去打扰他们,多听一会儿戏。

女孩子显然很习惯程靳这个语言风格,一点儿被打击气馁的感觉也没有,笑容更灿烂了。

"可是在我眼里,你就是拿了倒数第三名,也是最棒的呀!"

女孩子眼睛亮晶晶的,眯起来像个月牙儿似的。

"可能我这样的,才是真正的粉丝吧?"

这也太会撩了吧?

她说的话简单翻译一下,是不是就是"就算全世界都觉得你坏掉了,可是在我眼里,你依旧是最璀璨的那颗星"?

苏弥一个女人都快心动了。

可哪想到程靳忽然来了句:"你觉得我还会拿倒数第三名?"

女孩子听后,连连摇头:"没有没有,我知道学长以你的实力绝对不会再失误了!昨天肯定只是个意外!"

程靳有点不耐烦了,听了这个女孩子的话也没理,转头想朝厕所那边看看苏弥出来没,然后就看到苏弥正一脸兴致勃勃的样子,站在不远处看戏。

程靳有点无语。

"你杵那儿干什么呢?"他问苏弥。

苏弥干巴巴地回道:"我说我刚出来,你信吗?"

程靳冷着张俊脸:"你觉得呢?"

苏弥撇撇嘴,小声嘀咕:"我这不是怕打扰你的好事吗?"

她声音太小,程靳没听清,也没多问,直接对她说:"走了。"

对面的女孩子有些急了,原本还有些纠结苏弥和程靳的关系,这会儿也不多想了,连连又道:"学长,你是要带小朋友在游乐园玩吗?这里我经常来，很熟的，我可以和你一起的！"

"不用了。"

程靳一点余地没留，拒绝得斩钉截铁。

他见苏弥还是一动不动，又轻皱了下眉心。

"快点，该走了。"

离开的时候，苏弥还三步一回头呢。

那个女孩子依旧站在原地，依依不舍地看着程靳的背影。

苏弥在心里"啧啧"两声，又转头看了看程靳："学长，你这么冷冰冰地对个小姑娘，良心不会痛吗？"

这声"学长"苏弥叫得太自然了，程靳听着都有点意外。

他转头看了看她，没出声。

苏弥再接再厉，又有些欠揍地来了句："学长，刚刚那个女孩子看起来挺不错的呀！

"学长，你是不是眼光太高了啊？

"学长……"

苏弥不停念叨，程靳头都有点大了。

后来路过儿童区时，丫丫闹着要去玩滑梯和蹦蹦床。程靳把小孩子送进去之后，就和苏弥等在外头。

苏弥觉得"学长"这两个字挺好玩的，所以闲下来之后，又开始逗他："学长，你怎么不说话了呢？学长，你到底喜欢什么样的啊？"

程靳有些烦躁，反手直接撑住了苏弥身后的那张钢丝网。

儿童区里面叽叽喳喳的，都是孩童玩闹嬉笑的声音，外头也喧嚣嘈杂。可程靳横在苏弥耳边的手臂，却像一堵隔音墙一样，把所有的声音都隔在了外边。

苏弥吓了一跳，往后仰了仰，有些紧张地看着他。

只见男人眼皮微微垂着，漆黑的眸子紧紧盯着苏弥那张小脸。

"你猜呢？

"学长喜欢什么样的。"

苏弥有点蒙。

这是她第一次在程靳身上察觉到了异性特有的侵略感。

之前他们无论怎么玩闹，在她的潜意识里，根本没有真正把他当成一个异性看待，最多就是个好好老大哥，和国外那些师哥差不多。

但这次她真真切切地感觉到，程靳不一样。

程靳这会儿撑着一只手臂，低垂着头，眼神很淡，但一点要避开的意思也没有。

"嗯？你猜猜，学长喜欢什么样的？"

苏弥又下意识向后缩了缩，难得露出些小女生才会有的神情。

"学长，你再这样，小心我告你非礼。"

程靳眉眼淡淡的，瞧不出什么情绪，回道："你再惹我，我就把这个罪名落实。"

"行了行了行了，我不闹你了，行了吧？"

苏弥撇撇嘴，小声嘀咕："多大人了，还这么小心眼儿。"

程靳直起身，接她的话："多大人也这么小心眼儿。"

后来的游乐园之旅，苏弥都是单方面和程靳维持冷战的状态。

唔，"冷战"这个形容词好像也不太对，应该是单方面不和他说话了。

程靳问她什么问题，她要么装没听见，要么借丫丫的嘴去回答。

程靳问她要不要去玩游乐项目，她不出声。

后来程靳又问她吃不吃棉花糖，她想了想，跟丫丫说："告诉你程靳哥哥，苏姐姐要粉蓝色的那个。"

丫丫有点迷惑，但还是乖乖地拽了拽程靳的手，把话传达到了："苏姐姐说她要吃粉蓝色的那个。"

程靳刚刚的情绪早没了，这会儿看着苏弥只觉得好笑。

"哦，那你告诉她，想要那个，"他忍不住逗她，"自己买。"

苏弥一点儿再搭理他的欲望都没有了，憋着气往前走。

丫丫倒是还在叽叽喳喳，一会儿说要玩这个，一会儿说要吃那个，在家里信誓旦旦说要完成的任务，这会儿也全都抛在脑后了。

不过，苏弥也没指望她能帮上什么忙，况且自己差不多已经想好要给丫丫妈妈画什么样的东西了。

一想到这里，苏弥一瞬间又想起了刚刚丫丫妈妈被抢救的事情。

现在也不知道怎么样了。

苏弥东想西想的，在前面走着，程靳抱着丫丫跟在后头。

后来也不知道他看见了谁，忽然喊了苏弥一声："等会儿。"

苏弥不太耐烦地转头看他，刚想问"干什么"，就见他面前忽然多出来一堆人。

对，就是一堆。

至少有十几个，为首的像是位年轻的老板，还带着助理。

程靳放下丫丫，挺自然地问道："爷爷真要买这块地了？这是派你来巡察？"

他的话是对为首的男人说的，那男人西装革履，头发被发胶定型得一丝不苟，看上去十分矜贵严肃。

他冲着程靳点点头，语气倒是温和，问："你自己带丫丫来玩儿？"

"没有，还有个朋友。"

说着，程靳往苏弥那边指了指，先对苏弥介绍："这是我哥，程礼。那是苏弥。"

他想了想，添了两个字："朋友。"

苏弥其实一点也不想接触新的……陌生人，可是程靳话都说了，也这么介绍过了，她不过去打个招呼，好像有点说不过去。

想到这儿，她上前几步，还算礼貌地冲着程靳的那位总裁大哥点了点头："您好，我是苏弥。"

程礼脸上多出了些笑意，看着没了刚刚那副生人勿近的架子。

"难得看我这弟弟和女孩子出来，我还有工作要做，不打扰你们了，你们先玩吧。"

他说完，还拍了拍程靳的肩膀，准备带人走。

程靳原本没想说什么，后来不知道想起了什么，忽然说："马上月末了，车队聚餐你来吗？"

程礼还没回什么呢，旁边的助理倒先提醒起来："小程总，月底您要出国出差，行程半个月前就定下来了，改不了。"

程礼眼里映出无奈，对着程靳笑了笑。

"你听见了吧，不是我不想去。"

说完，他又拍了下程靳的肩膀。

"走了。"

程礼走后，程靳不知在想什么，一直没说话。

苏弥在旁边倒是有点忍不住了，问了一句："这就是你那个创建车队的哥哥？"

"嗯。"

"不怎么像啊……"

程靳抬眼瞧了她一下，问："什么不像？"

"我说你这位大哥，不怎么像那种热血青年啊，看着挺……"苏弥想了想措辞，"商务的。"

"不是，是我大哥适应能力强，他没去公司之前，跑车比我跑得都疯。"

程靳说话的时候，带了一丝他自己都没察觉的维护和崇拜，能看得出来，他和他大哥的关系非常好。

丫丫一直在旁边挠着小脑袋，这时忽然出声："啊！我想起来啦！想起来这叫什么啦！"

程靳重新将她抱起来，抬手刮刮她的小鼻子。

"丫丫想起来什么了？"

"我想起来刚刚是怎么回事儿了呀！"丫丫一副很懂的小大人模样，"程靳哥哥，你这算带苏姐姐见家长了吧？我知道，这个就是见家长！"

这回苏弥和程靳很默契，都一脸无语，没有再出声。

丫丫妈妈那天被抢救回来了，但事后医生给丫丫爸爸说了做好心理准备的话，情况依旧不容乐观。

苏弥没再耽搁，后来的几天里，她几乎都窝在房间里画画。

她这次比以往任何一次都要认真，画纸画废了一张又一张，好在后来终于有一幅满意的了。

那幅画她用了一天时间描底，又花了两三天上色，眼看着终于要完工了，她才暗暗松了口气。

要画完的那天，苏弥差不多已经熬了两个通宵，视线有些模糊。她原本打算休息几个小时再给背景上色，不料老宅这边忽然来了不速之客。

是苏凡程的助理，特意开车来老宅这边，说是接苏弥出去。

苏弥下楼听见那助理的话之后，没给什么好脸色，直接问："找我干什么？"

助理连连讪笑，回道："苏总只说让我接小弥小姐去公司，应该是有话想对你说。至于要讲什么内容，我还真不知道。"

苏弥知道苏凡程培养出来的人嘴绝对紧，她就是再问估计也问不出什么东西。

"是不是我今天不和你走，你还会再来？"

助理依旧笑着，点点头，说："对，我接到的命令就是要把小弥小姐你带过去，所以你别难为我了，和我走一趟吧。"

苏弥懒得再废话，也没再犹豫，转头和王婶说了句："王奶奶，我房间门没锁，你待会儿要是上去就帮我把门带上，里面的东西都别碰，尤其我画板上的画，那个很重要。"

王婶连连点头："你放心吧，你走了我就去帮你关门。"

助理开的是辆商务车，出来之后，他挺客气地给苏弥开了车门。

苏弥上去之后，直接靠在椅背上紧闭双眼，准备利用这几十分钟的时间补补觉。

车子一路向市区开，路过临街路口的时候，碰巧红灯亮起。

程靳这会儿骑着摩托车停在对面，摩托车车把上挂着一袋子烧烤，一大捆竹扦朝上。

他这个方向看着就是往苏弥那块儿去的，最近几天，他几乎每天都给苏弥送吃的，知道她画起画儿来估计没有节制，也没什么饭点儿了，所以他做完自己的事，就顺道买些东西给她吃。

今天这烧烤是老袁两口子给烤的，他们知道苏弥给丫丫妈妈画画的事儿后，一时之间对苏弥的好感度又升起不少。

后来程靳回来的时候，他们死活要烤点东西给苏弥，说是算再请她吃顿饭。

前方绿灯亮起,程靳扣下头盔的护目镜,踩了油门继续往苏弥住的老房子那边去。

碰巧,有辆黑色商务车和他擦身而过,他随意朝里面瞥了一眼,眼底浮出意外。

苏弥看上去很累的样子,闭着眼睛靠在那儿。她身边开车的是个西装革履的年轻男人,两个人没有任何交流。

车子从程靳身边开走后,他迟疑了两秒,片刻后,他直接在原地掉了头。

苏凡程最近很忙,每天睁开眼睛就处理文件,去公司后有无数的会要开,晚上又要参加应酬。

他其实好几天前就想找苏弥谈谈了,但是一直抽不出时间。

今天好不容易有半个小时午休,他就提前让助理去接苏弥,想趁着这半个小时好好和她聊聊。

助理办事还算有效率,接人接得很快。

办公室门被敲响的时候,苏凡程也才进办公室不久。

他一边整理衬衫袖口,一边喊了声:"进来。"

开门的是助理,他很恭敬地把苏弥让了进去,接着看了苏凡程一眼,说:"那苏总,我先去忙了。"

苏凡程点点头。

助理走后,办公室里只剩下苏弥和她那位名义上的父亲。

四周静悄悄的,她不想多浪费时间,直接开门见山地说:"有什么事儿你直接说吧,完了我还要忙。"

苏凡程显然不相信她的话,皱起了眉头:"你连学都没上,有什么可忙的?"

苏弥一句废话都不想和他多说,又问道:"到底什么事儿?"

"这就是你和你父亲说话的态度?还有点礼貌没有?"

苏弥有点不耐烦地深吸一口气:"所以,您……到底找我有什么事情?"

苏凡程其实也不想和这个女儿吵，他深深地看了看她，也不知道想到了什么，隔了好一会儿才说："我给你找了个学校，你过几天收拾收拾就去报到吧。"

苏弥还以为自己听错了："什么？"

"我说你准备准备，收拾点东西，过几天去学校报到。"

苏凡程说完又补充了一句："这个学校虽然没什么名气，但是管理上还可以，你进去读几年书再出来，到时候想换别的专业我再帮你想办法。"

没什么名气？

苏弥轻哼了声："这话你不觉得挺耳熟的吗？像不像当初你们把我送出国时说的话？"

什么没什么名气。

压根就是野鸡大学吧！

苏弥眼底的神色渐渐变冷。

"我不管你是看我不顺眼也好，还是给你的小女儿出气也罢，反正这次可能要让你失望了。我不需要上什么学，就算想上学，也不会去你说的那种学校！"

她说完转身就想走。

苏凡程有些急了，站起来指了指她："你给我回来！我话还没说完呢，你急着走什么！"

"是你的话没说完，不是我的。我该说的都说明白了，至于你怎么想，那是你的事情。"

顿了顿，苏弥回头看着他，语气冰冷："别再拿你那个所谓的父亲名义压我了，现在你管不了我。"

苏凡程被气得呼吸都有些急促了，咳了两声。

"咳咳……你还想不想要户口本了？你这次不听我的，户口本我是不会给你的！"

苏弥冷笑了声，又回头看了苏凡程一眼。

"随便。"

程靳一路跟着那辆商务车来了苏氏办公大楼。

苏氏集团在北城的存在感不低，程靳对苏家的事儿也略有耳闻。

只不过他完全没想过，苏弥会是苏家的人。

他直接把摩托车停在了办公大楼的门口，来往的人里，有不少苏氏企业的职工，看见他倚着摩托车站在那儿，不由自主就多瞧了两眼。

程靳的摩托车很少见，一般懂行的也都是爱看比赛的那些人，但是普通人瞧着也都知道，他那辆车绝对价格不菲。

苏弥从楼上坐电梯下来的时候，就瞧见身边不少人都朝着门口议论纷纷。

但是她此刻心情有点低落，没了听热闹的兴趣。

她低着头一直向前走，没太注意外面。

直到走到门口，看见程靳的身影时，她才后知后觉地顿住脚步。

程靳抱着双臂倚坐着他那辆摩托车，身影修长，发丝上有细碎的阳光洒落，染了光的眉眼也出奇地好看。

地上，一人一车的影子被拉得老长，车把上挂着一大捆用白色食品袋包裹着的烧烤。

两个人隔了大概几米的距离，四目相对。

苏弥脸上还没来得及藏好的情绪，被程靳尽收眼底。

片刻后，他什么多余的废话都没说，直起身子站了起来："走了，回家吃烧烤。"

程靳没送苏弥回苏家老房子那儿，而是直接带她去了车队。

红毛还在医院，原本程靳把烧烤送过来后也要去医院看看的，没想到会遇见这事儿。

苏弥下了摩托车之后一直挺沉默的，率先进了院子，程靳拿着那捆烧烤沉默地跟在后面。

还没走到大门口呢，她忽然停下了脚步，转头看了程靳一眼，问道："有啤酒吗？"

顿了下，她又补充一句："要冰镇的。"

车队老房子的厨房里面有一台大冰箱，以前程礼在的时候，像个大家长似的管着车队成员的饮食，营养合理搭配，所以那时候冰箱里面基本都是肉、蛋、蔬菜之类的东西。

后来程礼走了，大家跟没家长管的熊孩子似的，冰箱里再没放过那些健康食材，而是变成了满满当当的乱七八糟的啤酒、饮料。

尤其是夏天，每个人都喜欢回了车队打开冰箱来一瓶喝的。

程靳也是如此，所以冰啤酒肯定有。

只不过……

他看了一眼苏弥，说："大白天就喝酒？"

苏弥也看了他一眼："怎么，你这儿规定大白天不能喝酒？要真有这规定，我就自己出去买。"

出去买是不可能的，程靳后来还是把她拽进了别墅里头，从冰箱里拿了啤酒给她。

外头阳光太足，两人没法上房顶。苏弥直接坐在了茶几旁边的地毯上，两条腿一盘，很随性自在地开了一罐冰啤酒。

她穿的还是热裤，坐下之后裤腿儿就不受控地向上卷，大腿白花花的，几乎全露了出来。

程靳看了一眼，原本想在她旁边坐下的，他迟疑了一下，后来默默坐到了对面的沙发上。

苏弥已经喝了小半罐啤酒了，她一直沉默着，眼睛也没往上瞧，能看出来情绪很低落。

一般人在这时候，肯定要问问她发生了什么，顺便再开导两句。

但是程靳只是默默地把那捆烧烤拆开，从里面拿了根肉串给她，问道："你什么时候学会喝酒的？"

苏弥把烧烤接过来，看了他一眼："喝酒还用学吗？"

程靳没反驳她，换了个问法。

"那什么时候开始喝酒的？"

"在国外的时候。"

"搞艺术的都要学喝酒？"

"不知道,但老头儿身边的那些师哥师姐确实都会喝酒。"

"然后呢?"

"什么然后呢?"

程靳也开了一罐啤酒:"体会到了酒精带给人的快乐?"

苏弥难得地笑了下,点了点头。

"嗯,确实挺快乐的。"

说完,她忽然想起了刚刚在苏氏大楼门口就该问的问题:"你怎么知道我在那儿啊?"

其实苏弥不想这么自信地以为程靳就是专门等着她,可是她也想不出来,他骑个摩托车还挂着捆烧烤……去苏氏能有什么别的事儿?

程靳也没什么好瞒着的,照实说了。

苏弥听完,有点自嘲地笑了下:"完了,我富二代的身份是不是也瞒不住了?以后还能跟着你蹭吃蹭喝吗?"

"你不是小白菜吗?"

"名义,名义上的富二代。"

程靳也笑了,没再出声。

苏弥后来一个劲儿地喝啤酒,烧烤都没吃两串。

酒劲儿有点上头的时候,她忽然问了程靳一句:"你怎么什么都不问我啊?"

"你想说不就说了,问什么?"

顿了顿,程靳看她一眼:"怎么,现在想说了?"

"不想。"

"这不得了?"

苏弥脑子有点晕乎乎的,也不知道想起了什么,忽然来了句:"还挺难的。"

程靳看她有些坐不住了,赶紧从对面挪到她旁边。

他也没夺下她的酒,只是在旁边扶住了离她最近的桌角,又抬手替她理了理额前的碎发。

"什么挺难的?"

也不知道苏弥是没听见还是怎么，没再回应程靳的话。

又隔了一会儿，她单手撑着下巴，有点睁不开眼的样子，说："这酒，后劲儿有点大啊，怎么几罐就把我喝困了？"

程靳看着茶几上堆成小山似的空易拉罐，没反驳她。

"嗯，确实后劲儿大。"

说着，他抬手揽过她的脑袋，让她靠着自己的肩膀。

"困就睡吧。"他语气低沉，带着一丝他自己都没察觉的柔软温和。

苏弥还想反抗挣扎一下，似乎不想就这么睡着。

程靳的手掌用了力，没给她抬起头来的机会。

接着，他迟疑了一下，神色有点别扭，像哄小孩子一样，轻轻拍了拍她的头。

"乖，睡吧。"

程靳后来也睡着了。

他这几天几乎每天都和红毛医院车队两头跑，也累得不行。

他和苏弥喝了两罐啤酒，虽然不如他喝得多，但是也有点微醺。让她靠着自己睡着之后，他的困意也渐渐浮上来。

等他再醒过来的时候，外头已经天黑了。

身边早已经没了人，就连茶几上那些空掉的易拉罐也不见了踪影。

程靳揉了揉脑袋，起身想拿起座机给苏弥打个电话。自己的手机还放在她那儿，现在找她不像以前那样费劲了。

哪承想他还没来得及把话筒拿起来，座机忽然响了起来。

来电话的是红毛，他的声音有点急："你快来医院吧！嫂子又被送去抢救室了！"

程靳表情一沉，立马回道："我马上来。"

苏弥那一觉睡到了将近晚上七点。

她醒过来的时候，整个人是躺在地毯上的，脑袋枕着程靳的大腿。

她侧过头，看见程靳也闭着眼睛坐在那儿睡着了。

她脑袋有点晕,其实还想继续睡,但是又不想再这么枕着个男人的腿。

虽然他看起来没把她当女人,可……这怎么说都挺尴尬的。

临走的时候,她小心翼翼地把桌上的空易拉罐都收拾了,后来看了看旁边的毯子,又很有良心地给程靳盖上了。

苏弥回到苏家老宅的时候,老两口不知道在说什么,看上去都有点紧张担忧。

看苏弥回来,王婶像触电了似的,立马站了起来。

"小弥啊……"

苏弥察觉到了老两口的不对劲,问道:"王奶奶,怎么了?"

老两口对视一眼。

王婶有些为难又有些紧张的样子,对着苏弥说:"刚刚……刚刚小时小姐来找你了,我们说你不在,她就说去你房间里面等。我听你说过你房间里有一幅很重要的画嘛,我和你赵爷爷就阻止了一下,也说了画的事儿,但是小时小姐还是上去了……"

话说到这儿,苏弥大概已经明白怎么回事儿了。她脸上的表情立马冷了下去,没再说什么,沉着脸上了楼。

楼上房间的门是半开着的,苏弥进去后,一眼就瞧见了地上的狼藉。

画板此刻安安静静地躺在地上,上面的画稿已经完全花掉了,全都是胡乱泼上去的颜料。破坏它的人像不解气似的,最后还拿美术刀划了好几道口子。

已经快完稿的画,这会儿被破坏得面目全非。

苏弥站在原地,看着地上已经不成型的画,一瞬间有些耳鸣,耳边响起了嗡嗡声。

她很久没有被气成这样了,呼吸不自觉加重,脑袋有些发麻。

墙上的挂钟一秒一秒地走着,秒针嘀嗒嘀嗒的声音在此刻都被无限放大。

苏弥忍不了了,她想也没想就转身下了楼。

老两口还在原地担惊受怕着,很显然,他们已经猜到苏时时在楼上做了什么。

这会儿瞧见苏弥，他们都急忙上前。

"小弥啊，你这是要去哪儿啊？"

苏弥冷着一张脸，没理他们，脚下的步子也没停。

老两口知道他们拦不住她，只能眼睁睁看着她走。

等她彻底离开之后，他们互相看了一眼，就急匆匆地跑到座机旁边，拿起电话拨了个号。

洞湖，苏家别墅。

秦湘怡正在客厅里插花，她身边站着新来的年轻用人，看着很紧张的样子，在旁边替她递修剪工具。

秦湘怡整个人看上去很温婉，但常年陪伴在身居高位的人旁边，身上多多少少也带了些镇人的气场。

她看了眼旁边的小姑娘，笑了下。

"多大了？"

这新来的用人是家里老管家聘的，秦湘怡只见了一面，具体信息她一概不知道。

这会儿看小姑娘太紧张了，她出于好心，想缓解一下对方的情绪。

老管家这会儿碰巧过来，她是跟着秦湘怡一起到苏家来的，秦湘怡嫁给苏凡程多少年，她就在苏家陪了多少年，忠心耿耿的，平时秦湘怡都叫她孟姨。

孟姨看上去特别不好惹，她一脸严肃地看了眼这个新来的小姑娘，质问："夫人问你话呢，你没听见？"

小姑娘吓了一跳，这下更是紧张得连手脚都不知道往哪里放了，一直支支吾吾："我……我……"

秦湘怡无奈地笑了笑，对着孟姨说："好啦，你别吓着她。"

孟姨表情未变，斜眼横了小姑娘一下："厨房里需要帮手，你先过去那边。"

小姑娘如蒙大赦，赶紧放下东西走了。

等她走远后，秦湘怡的神色变了变，表情比刚刚冷了点儿。

"下午赶紧把人给我辞了,唯唯诺诺的,看着心烦。"

孟姨没说话,像是默认了。

片刻后,她对秦湘怡说:"刚刚老宅那边打来电话,好像是那个丧门星要过来。"

秦湘怡有些意外,手里裁剪枝叶的动作即刻停下。

她眼神冷了冷,脸上浮起了嘲讽:"怎么,自己在老宅过不下去了,想来这里住?"

孟姨摇摇头:"不是,听王婶那意思,好像是咱们家小时把她什么东西弄坏了。"

秦湘怡脸上的嘲讽更浓了,轻呵了声:"东西弄坏了就急了?果然是上不了台面的东西。"

孟姨还想再说些什么,这时,门外忽然传来一阵汽车轰鸣声。

秦湘怡很意外,片刻后又有点开心。

"今天也不是周末啊,怎么回来这么早?"

她边说边整理身上的旗袍和头发,往门口迎了过去。

回来的是苏国群和苏凡程,父子俩平时都挺忙的,难得一起提前回家。

秦湘怡看见苏凡程时,就像普通人家的妻子看见心爱的丈夫一样,眼底的爱慕之情很明显。

"爸。"她先和苏国群打了招呼,接着,眼神再也没离开苏凡程,"上午打电话的时候不还说晚上要忙吗?怎么回来这么早?"

苏凡程没出声,沉默地把身上的西装脱下来交给用人。

一旁的苏国群倒是笑了笑,看了眼夫妻俩。

"他都连轴转多久了,今天下班的时候我正好路过他办公室,就把人拽回来陪陪你们母女。"他说着往周围看了看,"我们家小宝贝呢?"

小宝贝指的是苏时时。

"小时在楼上睡觉呢,今天补习任务多,她才从补习班回来没一会儿。说是累了,想睡会儿。"

苏国群点点头:"嗯,今天还挺乖。"

秦湘怡笑了笑,没说话,看着苏凡程时,眼神里的爱意更浓了。

苏家父子都没急着上楼，换好衣服后便都去了客厅，一边喝茶，一边继续聊公司的事情。

秦湘怡在旁边削着苹果，脸上的笑意也一直没停。

不知隔了多久，苏国群像是忽然想起了什么，话锋一转。

"你今天叫苏弥那孩子去公司了？"

秦湘怡听到后，心里忽然沉了一下，看向苏凡程。

苏凡程倒是没有太大的反应，很自然地点点头："我想着那孩子回国了，老窝在老宅里也不是个办法，回头传出去，别人还以为我苛待前妻留下的孩子。"

苏国群闻声笑了笑，一边抬手给自己续了杯茶，一边不经意地问："那你想怎么安排？"

"我叫助理在郊区找了所学校，封闭式管理，感觉挺适合她的，想安排她过去。"

秦湘怡心里已经要硌硬死了，但脸上依旧挂着微微笑意，迟疑了一下，问："郊区那边有什么好的大学吗？我怎么不知道呢？"

"那边能有什么好大学啊？"苏国群朗声笑了笑，"凡程是怕她回来影响你和小时，随便找了个地方把她送走。我说得对吧，凡程？"

苏凡程谁也没看，一手执着茶杯递到嘴边，吹了一口气，垂眸"嗯"了一声。

秦湘怡平时挺有心思的一个女人，但只要一遇见苏凡程，几乎立马就会变成恋爱脑，所以只要是他说的话，她每次都深信不疑。

这次也一样。

她看着苏凡程，笑意渐浓。

这时，别墅院子里传来一阵吵嚷声，像是用人在阻止着谁进来。

屋内的人还未来得及反应，别墅一直未关紧的大门就被人从外面拽开了。

刚刚才被他们讨论过的苏弥，此刻忽然出现。

她眼神淡淡地看了眼客厅，没有一般晚辈见到长辈时的假客气，四下环顾一圈，问："苏时时呢？"

苏凡程在看见苏弥时，心底有些微微惊讶。

片刻后，他皱起眉头，语气有些严厉："出了趟国，你的礼貌和规矩都被狗吃了？见到长辈不知道喊人？"

苏弥现在整个人都处于濒临爆发的状态，她脸色更冷了，一句废话都不想说。

她一字一顿，又问了一遍："苏时时在哪儿？"

孟姨是从外面追着苏弥进来的，她看出了苏弥状态不对，又想到了之前老宅那边打来的电话，心里头既烦又怕，赶紧上前："小弥小姐，我们小姐上完课外班就上楼休息了，你有什么事情和我说，或者和夫人说也是一样的，回头我们会……"

苏弥懒得听她把话说完，知道苏时时在二楼之后，直接转身上了楼。

这边苏弥住过几年，所以楼上的格局她基本熟悉。

苏时时住在二楼采光最好的那间屋子，楼梯左边第二间。她上去之后也没敲门，直接一按门把，将门踹开了。

苏时时看上去心情不错，穿着居家服趴在床上玩手机。

瞧见苏弥忽然出现，她吓了一跳，心有些慌。

"你……你怎么进来了？孟姨！孟姨！"

孟姨早在苏弥上楼的时候就赶紧跟在后面跑了上来，这会儿刚到楼梯口，听见自家小姐的喊声，脚步更急了。

"哎！小姐，我在呢！你别怕！"说着，她又朝苏弥喊，"小弥小姐，你有什么话好好说，我们小姐还小呢，你这气冲冲的，容易吓着她！"

苏弥根本懒得和她废话，趁她还未到门口的时候，快速冲进房间，把房门反锁住。

孟姨心底"咯噔"了一下，然后连忙朝楼下喊："快！快找找小姐的房门钥匙！"

苏弥没管屋外的情况，直逼苏时时床前，眼底泛着冷意，垂眼看着她。

"我房间里的画，你毁的？"

此刻，苏时时心里害怕极了，但是她一想到现在是在自己家里，屋外还有极其宠她的长辈们，便又壮起了胆子。

她好像料定苏弥不敢在这儿对自己怎么样似的,坐起身子,伸直脖子,冲苏弥喊:"是我弄坏的又怎么样?你画的那种垃圾,根本就是在浪费颜料,我替你处理了你应该感谢我才对!"

人在盛怒之下,其实也是极其冷静的。

苏弥看着苏时时那张漂亮却歹毒的小脸,眼底的神色特别沉,就那么一直盯着她,半晌没说话。

苏时时渐渐地有些害怕,她蹭了蹭来到床边,一边穿拖鞋,一边朝门外喊:"孟姨!孟姨!"

孟姨这会儿正和别的用人一起找撬锁工具,因为之前苏时时觉得留着房间的备用钥匙会没有隐私,便把仅有的两把钥匙都藏起来了。这会儿再从外面开门,就只有撬锁这一个办法了。

秦湘怡这会儿守在门外,听见自己女儿的喊声,心揪了一下:"小弥啊,你……你别伤害小时,秦姨就这么一个女儿,她犯了什么错你和我说,我来补偿你!你别折磨她啊!"

秦湘怡话虽然这么喊,但她却一丝一毫也不担心苏弥会真的对苏时时怎么样。

一来,她仍觉得苏弥还是几年前那个任她磋磨的小姑娘,没有真正的手腕能力,没有胆子,也没有那个勇气真的伤害苏时时;

二来,她也不觉得苏弥会蠢到真的在这里就对苏时时动手。在她印象里,苏弥还是有些在意苏凡程的看法,如果这会儿真对自己妹妹动了手,日后无论怎么解释,苏凡程估计都不会轻饶了苏弥。

所以她这话虽然喊出去了,但除了有些急,其实还挺有恃无恐的。

可她没猜到的是,苏弥这次是真的生气了,而且也是真的不想再忍下去了。

苏弥看了一圈苏时时的房间,最后将目光落在了角落里的画具和颜料上面。

苏弥径直走过去,随便拎起几管颜料和画笔,扬手扔在了苏时时床边。

苏时时吓了一跳,不知道她要干什么,下意识往后退了退:"你要干什么?"

苏弥没说话,而是直接用动作回答了她。

她将那些颜料全部挤出来涂到床单上,红的白的黄的,几乎什么颜色都有。

片刻后,她拿起画笔,像平日调颜料盘一样,开始调颜料。

苏时时像是预料到了苏弥想做什么,情绪瞬间变得紧张。

她急匆匆地穿好鞋子,想跑出去,但下一秒,直接被苏弥拽住了头发,跌坐在了地板上!

她惊叫了一声,瞬间感觉头皮传来一阵撕扯的疼痛。

门外的秦湘怡闻声,这才真的有些慌张,也顾不上什么话术,赶紧问:"宝贝!你怎么了?"

苏时时一边挣扎着想摆脱苏弥的手,一边大喊,痛得声音都有些变调:"妈妈,快救救我!她疯了!丧门星疯了!"

苏弥像是没听见那对母女的声音似的,依旧冷着一张脸在那边调颜料。

片刻后,她感觉差不多了,拿起笔,蹲下身子。

苏时时感觉头皮又是一阵撕扯的疼痛,忍不住又尖叫了一声。接着,她就感觉苏弥扯着她的头发,向上一拉。

她的头控制不住向上,仰视此刻的苏弥时,心头的恐惧更添几分。

苏时时眼睁睁地看着苏弥拿着画笔,冷着一张脸,一点点朝自己逼近。

门外响起秦湘怡焦急的敲门声,苏弥恍若未闻。

眼看着画笔笔尖马上就要落在自己脸上时,苏时时又哆哆嗦嗦地开口威胁:"我警告你,你如果真的敢画我的脸,爸爸妈妈和爷爷都不会放过你的!"

苏弥哼笑了声,眼底的神色冷得更让苏时时害怕。

她凉凉地吐出两个字:"随便。"

下一秒,苏时时感觉到笔尖搭在了自己脸上,不痛不痒,却屈辱感十足。

她崩溃得"啊啊"大叫几声,外头的拍门声因此变得更急更狠了。

但苏弥依旧恍若未闻,照着自己心里想的,一笔两笔……就像苏时时毁坏她的画一般,笔笔用力。

没过多久,苏时时的脸就被画得面目全非,她早已吓得哭出来,泪水混合着未干的颜料,看上去更加狼狈。

但苏弥心底却没有丝毫波澜,也没有收手的意思。

她紧盯着苏时时,像是忽然想起了什么,不经意地说了句:"啊,你是不是还拿刀把我的画划破了?"

苏时时一听到这句,吓得连呼吸都差点停下。她抽搭着看着苏弥,觉得自己从小欺负到大的这个姐姐,忽然变得陌生又可怕。

她心里此时只有一个想法——

逃!

赶紧逃!

赶紧离开苏弥!离她越远越好!

不然她真的可能像自己划花她的画那样,拿刀划花自己的脸!

苏时时使出了浑身的力气往门口挣,头皮上撕扯的痛感剧烈又钻心,但她害怕得似乎感觉不到了。

她现在只想赶紧爬到门口,打开反锁的房门,然后让妈妈爸爸带她离开这里!

她不想再看见苏弥!

太可怕了!

这个人现在太可怕了!

但无论苏时时怎么用力,她的力气还是没有苏弥大。她刚挣脱,就又被苏弥狠狠拽了回去。

苏弥甚至还扯着她的头发,像拉什么物件似的,一路将她拖到了墙边的书桌前。

苏时时的书桌上摆着各种各样的可爱文具,笔筒里插着不少圆珠笔,还有一把水蓝色的美术刀。

苏弥想也没想,直接将那把美术刀抽了出来。

苏时时眼睁睁地看着苏弥的动作,吓得手脚冰凉。

她一边哭着挣扎,一边大喊:"你敢动我,爸爸妈妈不会放过你的!他们不会放过你的……呜呜!"

苏弥居高临下地看着苏时时,重新蹲到她旁边,拿起美术刀,轻拍了两下她早已花掉的小脸。

"你现在知道害怕了?"

此刻苏时时能感觉到苏弥身上的狠劲儿,跟几年前那个软柿子完全不一样。

她呜呜地哭着,吓得再也说不出一句话。

门口此时传来了撬锁的声音,苏弥没有一丝惊慌,慢条斯理地把美术刀的刀片一点点推出来。

冰冷的刀片一寸寸朝苏时时接近,苏时时吓得快窒息了,全身控制不住地不停发抖。

而就在刀片碰到苏时时的脸颊时,房间的门锁被撬开了!

苏凡程、秦湘怡、苏国群,以及苏家的一众用人,此刻都出现在了门外。

所有人都眼睁睁地看着苏弥拿着美术刀准备发疯。

苏时时见到几个长辈,像是终于找到了救命的稻草一样,发了疯似的大喊着:"爸爸妈妈救我!爷爷!救救我!她疯了!呜呜……这个丧门星疯了!"

苏凡程脸色微沉,看着苏弥,率先喊了一声:"苏弥!你干什么!把刀放下!"

苏弥像是没听见一样,连看都没看门外一眼,注意力依旧在苏时时的脸上。

在苏时时的哭声中,她拿着刀狠狠一划!

众人的心立马提到了嗓子眼,秦湘怡更是吓得差点晕过去。

但让人意外的是,苏弥那一刀并没有让苏时时的小脸立刻见血,只是脸上的颜料被划出了一道深深的痕迹。

苏弥在众人都未反应过来的时候,啪的一声,将美术刀扔在了苏时时脸边,然后站起来,面向门外。

"人在无畏无惧的时候,做事是可以没有上限和下限的。你们也知道我是什么情况,我没有可失去的了,所以,你们最好不要让她再招惹我。"

苏弥冷冷地看着他们,那一刻,她眼底有着超乎年龄的狠劲儿。

"不然,下次划上去的,就不是刀背了。"

第三章
/过去，再见

：
：

程靳从医院出来的时候，脑子里还回想着刚刚医生说的话。

"癌细胞已经扩散到全身，心肺功能都逐渐衰竭……差不多该准备病人的身后事了。"

外头这会儿下起了雨，车窗上挂起了模糊的雨帘，雨水滴落滑下，再滴落再滑下，夜色都变得模模糊糊。

红毛开着车，情绪也不高。

隔了不知道多久，他先开口打破了车里的沉默。

"那个谁给嫂子画的画，这几天能画好吗？"

程靳抱着双臂看着外头，随口回了句："能吧。"

"啊，那就行……"

车子里又陷入了新一轮的沉默。

车子又安静地向前行驶了好长一段路，快到车队附近时，红毛忽然出了声："哎？那个人是不是那小姑娘啊？"他边说边抬手扒拉了下程靳，"你看看，好像真是那个叫苏什么的小姑娘。"

程靳原本在听见第一声"小姑娘"的时候并未在意，但后来听到"苏"字时，他立马回过了头。

大雨滂沱的街边，苏弥正蹲在一处房檐下避雨。

她的鞋和额前的一些碎发已经被雨水打湿了，但她像是浑然不知一样，依旧蹲在那儿，看着地上的水坑发呆。

"停一下。"程靳说。

红毛赶忙踩了脚刹车。

车子停稳后,程靳解开安全带,从后座拿了把伞,下了车。

苏弥对周围的情况毫不在意。

她在这块儿待了一个多小时了,从苏家出来后,她直接就拦了辆出租车。但因为从老宅出来得匆忙,她没带太多现金,回来的时候她一直盯着出租车上的计价器,感觉差不多了就叫司机停了车。

她下车的位置离老城区那片也不远了,但哪想到她走着走着就下起了雨。

原本苏弥还想冒雨赶紧回去的,但奈何雨越下越大,她只好找了个地方躲一躲。

这人一旦静下来,很多情绪就容易上头。

尤其现在这环境还挺应景的,大雨、身无分文、黑漆漆的夜色,和有血缘关系却不算家人的家人决裂。

苏弥想了想,觉得自己确实有点儿惨。

她脑子有点儿空,眼睛一动不动地盯着前面的积水,片刻后,视线里突然多出了一双黑色白边的帆布鞋。

苏弥缓缓抬起头,看到程靳撑着一把黑色的雨伞,出现在了她面前。

那把伞很大,程靳伸着手,微微把伞朝她的方向倾了倾。一时间,周围再没有一滴雨能落在她身上。

苏弥心情有点复杂,仰着小脸看着他。

"你在我身上安监控了?怎么我一落难就能遇见你呢?"

程靳眼眸微垂,看着她。

"受欺负了?"

苏弥摇摇头,说:"没有,我欺负别人来着。"

"然后把自己欺负落难了?"

"对呀,神奇吧?我们搞艺术的就是这样,事事都要标新立异。"

程靳沉默着,没再说话,只是打着伞站在原地看着她。

苏弥难得被瞧得有点不自在,她看了眼后面的车,说:"这大晚上的,你冒着这么大的雨干吗去了啊?"

她话音刚落下,还未等程靳回应,红毛就在那头先摇下了驾驶位上的车窗,喊了一声:"我说,这雨越下越大了,你俩有什么话不能上了车再说啊?"

苏弥这才知道车上还坐着个红毛呢,反应了一秒钟,她又看向程靳。

"丫丫妈妈出事了?"

程靳不想站在这里多说什么,撑着伞弯下腰扶了她一把,语气很淡:"先回去。"

苏弥后来没回苏家老宅,而是和程靳他们一起去了车队。

进了别墅之后,程靳领着苏弥直接上了二楼。

他推开了二楼一间屋子的房门,苏弥看了一眼屋子里的摆设,盲猜这应该是程靳的房间。

"楼下的卫生间只有淋浴,没有浴缸,你身上都湿了,泡个澡,明天不容易感冒。"

程靳边说边往里面走。

苏弥也没客气,跟在他身后一同走了进去。

这个房间确实是程靳住的,只不过屋内陈设还是他上学时的那些。

家具和楼下差不多,看着老旧又值钱。床单被褥铺得还算整齐,床头柜上摆着台灯、烟盒跟烟灰缸,烟灰缸里面有几个烟蒂。

除此之外,靠房门这头还有一面墙的书柜。苏弥走近看了看,书柜里头的书没几本,奖杯奖状倒是一大堆。

她挺新奇地挨个看了一眼,发现这些奖杯不只是摩托车比赛的,还有与美术相关的。

不一会儿,程靳就替苏弥放好了洗澡水,出来的时候,看她兴致勃勃地凑在书柜前看着上面的奖杯和奖状,也没多在意,直接开口:"洗澡水放好了,去洗吧。"

他边说边往衣柜那边走,从里面选了一件长款黑T恤出来。

"我这儿没有女孩子的东西,待会儿你把身上的衣服扔洗衣机里甩一圈,晾晾明天就能穿。"

苏弥点点头,没在意,反手指了指书柜里面的一个奖杯:"这什么美术比赛少儿组冠军,你拿的?"

程斳不太在意地朝那边看了一眼,"嗯"了一声:"小时候被外公压着学过几年画。"

"那这个'重华第36届七彩杯'三等奖呢?"苏弥像是忽然反应过来了一样,转头,有些不可思议地看着他,"你别告诉我,你大学就是在重华念的!"

"是在重华,但不是美术系。"

程斳的外公特别想让程斳继承自己的衣钵,程斳又在美术方面极其有天赋,但程家却想让程斳学金融和管理,以便未来和程礼一起继承家业。

所以程斳大学时和他哥程礼一样,都是学的金融。

"啊……"苏弥后知后觉,片刻后,小声说,"当初我要是真去重华读书了,你不是真成我学长了?"

程斳挑了下眉,不置可否。

"别看了,先去洗澡。"

苏弥这回没反驳,接过他手里的黑T恤之后就朝浴室走,没走两步,她又忽然回头。

"我之前在外头问的问题你还没回答呢。你们这么晚还在外头,是丫丫妈妈出什么事儿了吗?"

程斳刚刚短暂忽略掉的低沉情绪再次浮了上来,他的声音沉了些许,"嗯"了一声之后,把今天医生说的话复述给了苏弥听。

他说话的时候表情很平静,但眼皮始终微垂着,让人看不清他漆黑的眸底到底涌着何种情绪。

苏弥能感受到他的悲伤。

其实不只是他,回国之后接触了他们车队这些人,苏弥感觉自己比以前有人气儿了。

虽然有了心理准备,但这会儿真的听见这些话,她心里还是会有些难受。

房间内有短暂的沉默,不多时,程斳再次开口:"嫂子的画这两天能完成吗?"

苏弥在心里暗骂了一声,说:"我今天还是下手轻了!"

她和程靳说了画被毁的事情,但也承诺了,这两天会赶紧重新再画一幅出来,不会让丫丫妈妈带着任何遗憾离开。

"我看你书柜底下有画具啊,不然我这几天就留在你这儿画得了,我怕回老宅那边再出点什么意外。"

毕竟苏时时一向都不太正常,这次她又闹得这么凶,难保苏家人不对付她。

她倒不怕别的,但是最近时间宝贵,一分一秒都耽搁不起。

"可以,房间里面的东西你随便用。"

苏弥闻声,顺手就把程靳给她的T恤放在一旁,开了书柜,把画板从里面扯出来。

她边扯还边嘟囔:"你说是我倒霉,还是生活本身就不容易啊,怎么我想干点什么就这么难呢?"

程靳回她:"确实不容易。"

"那咱们干脆一起毁灭算了!"

程靳眼神淡淡地瞥了她一下,说:"你把我的画板放下再说这种话。"

"啊?你这画板不是可以用吗?"

"是可以用,但你一边要毁灭,一边要用它?"

"那怎么了?我就是明天想自杀,也不妨碍我今天把想干的事情干完啊。"

苏弥迎着程靳的目光,两边的碎发半干,打着卷,眼底映着房间内的白炽灯灯光,又黑又亮,又说:"人生不就是这个样子吗?一边喊着要放弃,一边又咬牙坚持好久。大家都一个样儿,有什么好大惊小怪的?"

苏弥走后,苏家陷入了前所未有的混乱之中。

苏时时被吓得发起了高烧。

秦湘怡没有了平日里端庄大方的仪态,守在苏时时的床前,看着自己的女儿被吓得睡梦中还在说胡话,心疼得不停落泪。

苏凡程也站在旁边,医生给苏时时打过点滴之后,他又询问了几句,确定苏时时没有大的问题，便叫用人送医生出门了。

他看着还在不停落泪的秦湘怡，上前拍了拍她的肩膀，安慰道："你不必太担心，刚刚医生的话你也听见了，小时打了针，休息几天就会好的。"

秦湘怡哭得妆都有些花了，脸上全是泪痕。

也分不清是真的无力，还是这么多年养成的习惯，她握住苏凡程的手，顺势就靠进了他怀里。

"凡程，都是我的错，是我太自以为是了，我以为小弥还跟小时候一样，和咱们家小时只是小打小闹，如果我早知道她这么生气，早知道……呜呜……"

能看得出来她很难受，估计是真的心疼自己这个女儿，泣不成声。

苏凡程垂眼看着她，也不知在想着什么，眼底的神色没有太大的变化。

片刻后，他伸手给怀里的女人擦了擦泪。

"好了，都过去了。"

他又安慰了她两句，就转身准备出去。

秦湘怡看着他的背影，下意识又喊了他一声："凡程！"

苏凡程回头，没出声，等着她的下文。

秦湘怡欲言又止："小弥那儿……"

她顿了几秒，最后还是抿了抿唇，说："算了，没事，你去忙吧。"

苏凡程看了她一眼，接着沉默地点点头，彻底转身出了房门。

秦湘怡看着开了又关上的房门，沉着脸，咬了咬牙。

苏凡程下楼之后，就被苏国群叫去了书房。

他进去的时候，苏国群正面色凝重地喝着茶。见他进来，苏国群直接将茶杯重重一放，杯底和桌面相碰，发出挺大的声响。

"你就打算继续放任那孩子这样下去？"

苏凡程面色依旧沉稳，回道："小时要是不招惹她，不会闹出今天的事情。"

苏国群脸上一下子又添了几分怒气。

"你的意思，今天的事情，是小时的错？"

"我还不清楚事情的原委,但是那孩子不是一个主动招惹是非的人,况且今天我才和她闹过不愉快,要不是气极,晚上这出闹剧绝对不可能发生。"

苏国群听完儿子的话,不知想到了什么,眼神忽然变得有些高深莫测。

"前几天董家派人联系我了,问咱们这边什么时候兑现承诺,他们已经等不及了。"

苏凡程像是很意外,表情有些微微失控。

"爸,那孩子才十八岁!"

"然后呢?"苏国群瞪着自己的儿子,顶着一张苍老却依旧精明的脸,沉声道,"你别忘了当初我为什么答应让你把她带回苏家。如果不是因为这件事,你以为我会允许一个不知道从哪儿来的野种跑来当我苏国群的孙女?"

苏凡程站在原地,没再出声。

苏国群做了一辈子生意,最擅长的就是软硬兼施,他见自己该提的都提了,想要的效果也达到了,态度便渐渐软化下去。

"我知道你心软,也还顾念着和那孩子妈妈的旧情,但是凡程啊,你得为咱们苏家考虑考虑了。小时才是你的亲女儿,你哪能放着自己的血脉不管,去心疼别人的孩子啊?

"话,今天我就说到这里,董家那边派人来催也是事实,当初咱们家在北城能那么顺利地起来,多亏了董家的人脉和投资。做人可不能背信弃义,答应了的事情,咱们就得办到!"

说到这里,苏国群看向苏凡程,语气中不自觉地多带了一层威慑力。

"还有,那孩子今天的话说得很有骨气,既然如此,她的生活从今天开始就由她自己负责吧,老宅那边,也不必给她住了!"

去了程靳他们车队后,苏弥几乎大门不出二门不迈,每天都待在二楼的房间里埋头画画。

丫丫倒是天天都会来看苏弥,像是小大人一样,每天认认真真地问她画画的进度,也会偶尔说一下自己妈妈的病情。

"妈妈今天又睡了一天，我看她戴着那个透明的罩子好难受，想给她拿下来透透气，但是爸爸不允许……"

"苏姐姐，妈妈今天睁开眼睛冲我笑啦！你的画是不是也快画完啦？我什么时候能拿过去给她看一看呀？"

……

第四天的时候，丫丫没有再来。

程靳从医院回来的时候，一脸沉重地告诉苏弥："嫂子去世了。"

苏弥差不多在给画收尾了，听见这个消息后，她握着笔的手指不自觉收紧。

她从小经历的离别不算多，因为真正留在她身边的人也没有几个。

小时候，妈妈算一个。后来到国外了，老头儿算一个。

现在，又多了一个丫丫妈妈。

要说那种夸张的极度悲伤，苏弥是没有的。

但是她会控制不住地去想，丫丫没有了妈妈以后，该怎么办？

之前那个因为妻子进了ICU就哭到站不稳的男人，又该怎么办？

心不自觉地下沉，外头这会儿又下起了雨，苏弥沉默着，自始至终没说一句话。

丫丫妈妈的葬礼，完全按照她自己的意愿，办得简单又低调。

甚至到缅怀环节，她早早录好的离别影像出现在大屏幕上时，还带动气氛似的，开起了玩笑。

现场气氛因为人们再见到她那张脸而变得轻松，很多人眼角还挂着泪时，又被她逗笑。

只不过和外人相比，丫丫父女的情绪要悲伤许多。

无论丫丫妈妈在录像里面说了什么话，丫丫都像听不见一样，只顾着往大屏幕上扑，一边扑，一边哭着叫妈妈。

而丫丫爸爸更甚，他连看录像的勇气都没有，捂着脸蹲在遗像那边的角落里，肩膀不停耸动，眼泪也一直未停。

父女两个都这样，根本顾不上葬礼是不是还在继续，所以最后安排事情的人，就又变成了程靳。

苏弥找了个人少的角落坐下，一直看他进进出出、忙前忙后，好几个小时都没停歇。

后来她出去上了厕所出来时，碰巧看见他在外头点烟。

程靳今天穿着苏弥头一次见的黑衬衫，下身也配了一条笔直的黑西裤，侧身倚在大理石墙面上，身影修长单薄。

他头微垂着，发丝顺着一起垂落，眉眼看上去比之前要冷厉深沉了不少。

苏弥其实能体会到他此时此刻的心情，难得地没有开玩笑，而是安静地上前，从兜里拿出了一块不记得是从哪里顺来的巧克力，递给他。

"吃吗？"

程靳嘴边咬着还未点燃的烟，闻言抬起头。

女孩子仰着头看他，表情有些别扭，碰上他的目光时，眼神又下意识想躲闪。

可是下一秒，她像是又觉得很没面子一样，硬生生将视线移了回来。

程靳心里说不上是什么感觉，目光缓缓向下，看向她朝上的白软手心，今天第一次有了想歇一歇的冲动。

他拿起苏弥递过来的那块巧克力，随手又拿掉嘴边的烟。

就在苏弥以为他准备弃烟吃甜食的时候，他忽然向前倒了倒，将脑袋埋在了她的肩窝里。

第一次有异性对苏弥做这么亲密的举动，不对，应该说是第一次有人和苏弥这么亲密，她先是有些愣怔，片刻之后反应过来，摇了摇肩，想推开他。

"干什么呢，干什么呢！我给你巧克力，可不附带别的业务啊！"

程靳没动，反而埋得更低。

"别动，让我歇会儿。"

女孩子的颈窝很香，不知道是洗发水还是沐浴露的味道。程靳靠在那儿，感觉鼻息都染上了那股子香气。

也不知道是自己的语气太低迷了，还是苏弥忽然起了同情心，后来的一段时间里，苏弥真的很乖地没再动弹，任由他靠着。

但迟迟看他没有要起身的意思，苏弥最终还是忍不住了："差不多得了啊，再靠下去我就喊'非礼'了。"

程靳难得地被她逗笑，直起了身。

"喊就喊吧，你又不是没喊过。"

两个人四目相对，像是都回忆起了之前的一些事情，不约而同地笑了起来。

其实人生大部分时间，都在面临相遇和离别。

苏弥从很小的时候就看清楚了这点，她偶尔会陷入离别的忧伤里面，可是也不停地提醒自己，再伤心，人生也要继续。

丫丫妈妈葬礼结束后的第二天，苏弥就准备回老宅了。

她其实已经预料到了，自己之前那么一闹，苏家人不会轻易放过她。

但是她没想过，他们会突然来这么一手。

看着大门紧闭的苏家老宅，苏弥经历了近期最令人无语事件。

程靳陪她一块儿回来的，原本想去他哥那儿聊点事情，听她要走，就开了车，顺路把她送回来。

苏家老宅此刻大门紧闭，原本白天不关的院门，这会儿却上了一把大锁。

程靳显然也发现了问题，从车上下来，走到苏弥的身边，问道："什么情况？"

苏弥表情还算轻松："惹着他们了，开始对我'制裁'了呗。"

"什么意思？不让你住这儿了？"

苏弥点点头："预料之内的。"

片刻后，她忽然想起来一些事情，眉头皱了下。

"但是这样的话，我的银行卡和身份证不也拿不出来了吗？我上次出来得匆匆忙忙的，什么都没带！"

程靳瞥了她一眼，心里像是在想些什么，隔了会儿问她："你还想回苏家吗?"

苏弥一副看神经病的神情,反问他:"你看我像精神不太好的样子吗?上次都闹成那样了,我还回什么回?"

她敢在洞湖那边闹,就有了承担后果的准备。这次回来,其实她只是打算短暂住几天,找到房子就搬走的,只不过没想到苏家人会把事情做得这么绝。

"你如果真的准备好和苏家撇清关系,那你想拿回来的东西,我有办法帮你。"

苏弥略微有些意外,挑眉看他一眼:"嗯?"

两分钟后,当程靳开车载她来到苏家后院的街道,她站在高墙外仰望别墅二楼时,心里头有些无语。

"你说的办法,就是带我翻墙?"

"你还可以给苏家人打电话,让他们来给你送钥匙开门。"说完,程靳率先爬上车顶,他今天穿的牛仔裤和帆布鞋,还算方便。

优于常人的腿长此时也发挥了作用,爬车顶时的动作没有丝毫狼狈,举手投足间,甚至还有种利落的帅气。

到了车顶后,他再一次观察了一遍四周的环境。

"好在这会儿已经快中午了,来这边的人也不多,咱们速战速决应该不会被人发现。"他边说边直起身,低头看了苏弥一眼,"你确定院子里有梯子?"

这问题他问了两三次了,苏弥有点不耐烦地点头。

"确定确定,赵爷爷没事儿就拿那个梯子修理修理灯泡、电路什么的,我看见过,他用完就放在后院。"

"那就行。"

程靳这话说完,连反应的机会都没给苏弥留,单手扒着围墙上方,一个矫健利落的翻身,整个人轻轻松松就跳了进去。

好在这苏家老宅已经荒废很久了,周围的安保设施早就形同虚设,所以这次的"翻墙行动"也没冒什么大风险。

苏弥在墙这边清楚地听见了程靳落地的动静,隔了一两秒,又听见他起身朝里面走的声音。

"看见梯子了吗？"

"嗯。"

没多久，程靳就在里面搭好梯子，爬上了别墅二楼的窗户。

别看这里都是老房子，但是门窗都很结实，程靳不想浪费时间，爬上去的时候，手里拿了块砖头。

他本来想直接抬手砸上去的，可是忽然想到外头等着的苏弥，不自觉犹豫了一下。

"你……"

程靳隔着一堵高墙，在梯子上面转身，看了一眼外头的苏弥。

"你想不想自己来？"

苏弥没明白他的意思，有点蒙。

"啊？"

"我说，这窗户，你要不要自己来砸？"

苏弥还是没有立刻明白，但是片刻之后就忽然想通了程靳在说什么。

她没有马上回应，直接用行动表明了选择——

她四下找了找，还真在车子对面找到了一块砖头。

回来的时候，她仰头朝程靳摆摆手。

"你往旁边靠靠，砸到你，我赔不起。"

程靳很配合，支着腿，一只手把住阳台栏杆，向外侧了侧身子。

头顶的太阳很大，但是光线没有盛夏时那么强烈，苏弥仰着头看上面，也不知道在想着什么。

程靳就在这边安静地等，大概过了一分多钟，苏弥忽然举起手，然后大喊了一句："去他的过去！老娘不要了！"

她喊完，毫不犹豫地将手里的砖头扔了出去。

苏弥坐在程靳的车上摆弄着自己的证件和银行卡，从表情上不难看出她心情还不错。

程靳一直握着方向盘，认真开车，后来趁着等红灯的间隙，转头看了她一眼。

"之后你有什么打算？"

"当然是先找房子啦！"

程靳表情顿了下，想了想，用试探的语气开口："你如果不介意，可以跟我们一起住在车队。"

其实程靳也知道这个提议有点不妥当，车队里毕竟全是大男人，苏弥就算信任他们这帮人，可一个小姑娘住在他们中间，传出去也不太好。

可是他想帮她，也想就近保护她。

程靳还没搞清楚，出于什么心理会有这些想法，可他就是想先把她留在自己身边。

不过，苏弥想也没想就拒绝了。

"不不不，知道你想帮我，但是我从小到大在哪儿都像借住似的，可不想再来一次了。"

无论是苏家，还是在国外跟老头儿混的时候，她自始至终都没有过真正的归属感。

想到这里，苏弥闹着玩似的忽然哼起了一首没词的歌。

"啦啦，啦啦啦……"

程靳看着她，眸色深深，没再出声。

车载音响里播着广播电台的天气预报，气象员甜美的声音顺势传了出来。

"据气象局报道，今明两天，本市空气指数良好，晴，最高温度26℃，最低温度18℃，是个难得的好天气，各位司机朋友可以合理安排时间，陪家人出行。"

苏弥这会儿趴在车窗边缘，微风拂起她两侧的几绺发丝。

她也没回头，忽然问了句："你听见她刚刚说什么了吗？"

程靳问："什么？"

"她说，明天是个难得的好天气。"

头顶的天空碧蓝如洗，云朵大块大块的，苏弥抬头望过去，感觉干净得都有些刺眼。

仿佛也不需要程靳给什么回应，她又弯着眼睛，小声嘟囔了一句："明天，肯定是个好天气。"

苏弥找房子的速度很快。

她不想找不熟悉的地段，也不想找太贵的片区，两者结合，那目标就直接锁定在老城区这片了。

而且这头的生活气息也比别的地方浓郁，换句话说，就是人情味儿比别的地方足。

苏弥买三个包子都能被包子铺的老爷爷拉着扯会儿家常，这种氛围是很难在繁华的市区出现的。

既然目标区域定了，那房子就好找了。

老城区这片其实出租出售的房子还挺多，程靳开车载着她逛了一圈后，她就迅速定下了一套一室一厅的房子。

房子不大，但装修是去年才翻新的，还比较干净。

而且这边离别墅区也不算远，开车的话也就五分钟。就算她回头真的有什么事情了，想找程靳他们帮忙，也挺方便。

后来苏弥准备和房东签合同的时候，程靳又看了一眼屋内，问她："真的就定这个了？"

"对呀，这房子挺好的，我需要的东西都有。"

冰箱、电视、洗衣机等家电全都有，而且几乎是全新，房东大爷大妈看着也挺热心肠，要求也不多。总体来说，她很满意了，当然要抓紧把房子定下来啦。

"你觉得哪儿不行吗？"苏弥问程靳。

"没有，就是有点小。"

"小什么啊？这样正好，就我一个人住，再大一点就显得空空落落了。"

程靳看了苏弥一眼，见女孩子在说这话的时候，没有任何异样情绪，很自然。

片刻后，他点点头："行，你相中了就行。"

合同签得很顺利，老两口在收了押金和半年房租后，直接将钥匙交给了苏弥。

"这房子租出去了，我和老伴没啥事就准备去四处旅游了。平时如果有个什么东西坏了需要维修，你直接给我们打电话，修理费用到时候我们在网上转给你。这钥匙我给你两把，你自己拿一把，放你男朋友那儿一把，你一旦有点什么事儿，他也不至于进不来屋子。"

老两口显然误会了苏弥和程靳的关系，但是苏弥没反应过来。

"啊？男朋……"

她话未说完，旁边的男人直接截住她："好，麻烦您二位了。"

程靳说话的时候，很自然地把钥匙接了过来，眉眼间神色自然，倒真让人有种他就是苏弥的男朋友的错觉。

趁着老两口没注意的时候，苏弥往程靳身边靠了靠。

"搞什么？"

程靳也没看她，慢条斯理地将那把钥匙拴在了自己的钥匙串上面，低着头，小声说："老两口是个热心肠，但是你难保他们不像其他老人那样爱扯闲话，如果他们回头和街坊邻居说家里的房子租给了一个单身的小姑娘，万一传出去有人起了什么想法呢？再有……"

程靳转过头，垂眼看向她。

"备用钥匙，除了我这里，你还有地方放吗？"

"那倒没有。"

"所以，这钥匙怎么看，我都该直接接过来。"

"那我是不是还应该谢谢你？"

程靳扯了扯唇，漫不经心地来了一句："不客气。"

苏弥选了个还算吉利的日子搬家。

她其实没想买多少东西，但也算是第一次有了真正属于自己的地方，还挺兴奋。

去超市的时候，她感觉这个也有用，那个也好看，不知不觉就满满当当装了两辆购物车。

红毛知道苏弥搬家之后，一直说要帮她弄一个乔迁宴。这事儿苏弥一开始听着觉得新鲜，倒也没拒绝。

搬家当天，她先自己拿着东西去了楼上。

她的新家在三楼，没有电梯。

上去之后，她先把从超市买回来的生活用品和一些新衣服摆放好，之后又开了冰箱，把买的零食、饮料放了进去。

这些事儿都做完了之后，差不多是下午两点多了。苏弥后知后觉有点累，躺在沙发上就睡着了。

这是她这段时间难得睡的一个好觉，从下午两点睡到将近晚上七点左右。

她睁开眼睛的时候，外头的夕阳都只剩下余晖，暗蓝色的天空映着一点橙色的光。

屋内静悄悄的，一点多余的声音也没有。

不知道是不是刚睡醒的缘故，这会儿苏弥心里有一种说不出来的难受。她打开电视机，想让房子里有点声响热闹起来，却发现有线网络还没来得及缴费。

苏弥拿着遥控器，蹲在电视机旁边发呆，好像也没想什么，好像又什么都开始想。

忽然，门口响起了咚咚咚的敲门声。

她恍了下神，没立刻起身。

敲门声没有停，外头的人仿佛笃定她就在家里似的，每隔两秒钟就敲几下。

苏弥喊了声"来了"，起身后几步就走到门口，将门打开。

门打开的刹那，苏弥被外头的人数吓了一跳。

以红毛为首，然后是老袁两口子、丫丫父女俩和两个没见过的年轻男女，最后面是程靳。

他们每个人手里都拎着点东西，见到苏弥之后，都一脸喜气洋洋的模样。

他们甚至没问苏弥的意见，一个个很自来熟，都往屋里钻。

第一个进来的是红毛，他手里拿了几张钞票，嗓门很大地喊了一句：

"财源滚滚！"

第二个是老袁媳妇儿，她手里拿着两个通红的大苹果，冲着苏弥也喊了句："平平安安！"

后面的老袁进门时拿着两个火龙果，说："红红火火！"

再后面还有——

两个橙子，代表"称心如意"。

两条鲤鱼，代表"年年有余"。

两瓶红酒，代表"长长久久"。

水壶和小风扇，代表"风生水起"。

最后是程靳，他手里拎着一桶油和一小袋大米，表情看着没其他人喜庆，但也挺自然地说出了吉利话。

"衣食无忧。"

苏弥能很明显地感觉到，自己刚睡醒时的失落感被一点点驱散掉了。她看着那些东西，甚至还有些想笑。

尤其是程靳手里的油桶和米袋，她怎么看怎么都觉得这些东西和这位冷感大帅哥有些不搭。

见苏弥久久没出声，那个苏弥之前没见过的女孩子率先开了口："我就说这什么乔迁语录太非主流了吧！你们瞧瞧把人家吓的！"

说话的人是施施，她旁边站着的是她的双胞胎哥哥施展，施展和程靳算发小，也是车队的成员。前阶段他之所以没在国内，完全是因为被家里的事情困在在国外回不来。

丫丫妈妈病重的事情他们也知道，在国外也特别忧心着急。兄妹俩紧赶慢赶就是想快点回国探望，但最后还是晚了一步，在丫丫妈妈葬礼的第二天，才登上回国的飞机。

施施生前和丫丫妈妈关系不错，这次听红毛说苏弥一直在帮丫丫妈妈完成遗愿的事情，发自内心地感激苏弥。

施施说完话，就主动来到苏弥跟前，很热情地拉住苏弥的手。

"你就是他们一直提的那位超厉害的画家苏弥吧？我是施施，"说着，她又指了指那边的男生，"那是我哥，施展。"

施展很温和地对着苏弥笑了笑，算是打了招呼。

苏弥虽然平时社交不多，但是也不太怕生。

人家主动热情地打了招呼，她也就大大方方地回应。

"你们好，我是苏弥。"

小房子里面突然变得热闹起来，苏弥是头一次以主人的身份招待客人，一时有些混乱摸不清门路，她一会儿从冰箱里拿点水果出来，一会儿又说要烧水给他们喝。

施施作为除了丫丫，全屋的两个女孩子之一，她主动起身去厨房帮忙了。

"你这烧水壶还是新的呢，得好好刷刷。"

"嗯，我来吧。"

"没事儿，你刷杯子吧！"

施家一向崇尚自理节俭，所以施施虽说是个大小姐，但是干起活来也相当麻利。

刷东西的间隙，施施忍不住和苏弥搭话。

"我一开始以为你得是个喝露水的仙女儿模样呢，没想到你看着还挺接地气的。"

苏弥一脸茫然，手里刷杯子的动作顿住："啊？"

"就是因为程靳哥啊！"说到程靳，施施像是兴致高涨，往苏弥跟前贴了贴，"我跟你说啊，我和我哥在国外听红毛说起程靳哥身边多了个小姑娘的时候，别提有多意外了。"

程靳打小就特别有异性缘，尤其是上学那会儿，每天出完早操再回教室，书桌里都会多出两封情书。

那时候的程靳瘦瘦高高的，眼睛好看狭长，不太爱笑，整个人看起来特别高冷。

"他那时候还有个外号，估计你听了都惊讶。"

苏弥来了兴致，主动问："什么？"

"四中冰山王子。"

"啊？"

这么非主流的吗?

"对对对,就是这个表情!所有人听完都是这个表情,哈哈哈!但真就是这个!"

施施提起程靳以前的事情,几乎变成了滔滔不绝的状态。

"他就是因为太冷了,所以才得了这么个外号!小时候围在他身边的异性特别多,因为他跟我哥是发小嘛,所以我上学的时候就经常像个跟屁虫似的跟在他们后面。后来有的女孩子见他都不看信,就转换策略,直接拿东西来贿赂我!"

女孩子之间一般都是惺惺相惜的,碰巧那会儿施施还处于暗恋的状态,所以太理解那些小姑娘的心情了。

所以有一次,她没忍住,把程靳的电话透露给了一个同年级的女同学。

"你是不知道那个暑假我怎么过来的,家里人也不知道听程靳哥说啥了,给我报了一堆补习班!那一整个假期,别说出门玩了,我就是想跟他们去车队混两天都没空,更没时间去操心别人的少女心事了。"

苏弥听着觉得好笑,问:"你怎么就确定这事儿和程靳有关呢?"

"肯定就是他!因为他前一天刚来我家,第二天我的生活就暗无天日了!"

苏弥被施施逗得眼底笑意更浓。

"那个时候我就知道这男人心有多狠了,也知道他是完完全全不懂怜香惜玉,所以那时候我们就猜,能让他一直上心还留在身边的女孩子,肯定是不简单的!"

说完,她神神秘秘地凑到苏弥跟前。

"而且,我从刚刚他对你的态度里,闻到了一丝不同寻常的味道。"

这话苏弥倒没在意,回应得十分坦然:"那肯定不同寻常了,我可是他花了几个月的时间才找到的画手。"

"不是,不是!我不是这个意思!"

施施看着苏弥一脸坦荡,一点也没往歪处想,便又自言自语地小声嘀咕:"算了,也可能是我太'恋爱脑'了……"

后来两个女孩子端着水出去时，就听他们在热火朝天地讨论着什么。

"这天气也不算热吧，我感觉行！"

"我知道城东新开的一家店，贼好，应该可以送外卖，要是定了我就打电话让他们送来！"

在座的人苏弥大多数都还算熟，也没客气，走过去的时候直接插话："你们说什么呢？送什么啊？"

程靳起身，一把接过她手里的水壶和杯子，一边极其自然地代苏弥替这一群不算客人的客人倒水，一边说："他们准备待会儿吃火锅。"

施施直接反对："不行不行，我要吃烧烤！在国外的这几个月，我一顿正儿八经的烧烤都没吃过！我不要吃火锅，我要吃烧烤！"

老袁媳妇儿笑了笑："妹子，你饶了我和你袁哥吧！我俩天天烤串，现在听见'烧烤'两个字都反胃了。"

施施一副她不听的样子，撇了撇嘴，把目光投向了这个家的主人苏弥身上。

苏弥看得出来施施是什么意思，两人刚刚又因为八卦了程靳的事儿，建立了难得的革命友谊，这会儿瞧着施施这样，很难拒绝。

想了想，苏弥也有些为难的样子："不然……我烧烤、火锅都点一些？"

丫丫像个小大人似的，这会儿忽然发言："要不哥哥姐姐你们石头剪刀布吧，分成烧烤队和火锅队，谁赢了就听谁的！"

"行行行！"施施挺积极的，推了苏弥一把，"我们烧烤队派出苏弥选手参赛！"

在场的，除了程靳，谁和苏弥都是半熟不熟的，所以火锅队的代表，大家齐刷刷地选了他。

见状，程靳挑了挑眉。

他微微垂下头，贴着苏弥的耳边，用只有两个人能听见的声音，问道："想输想赢？"

他的气息淡淡的，顺着她耳郭一路刮进耳道。

苏弥有点不自在，也没抬头看他，随口回道："当然想赢了。"

三局两胜，第一把苏弥出了石头，程靳出了布。

火锅队得一分。

第二把苏弥还是出石头，程靳出了剪刀，烧烤队得一分。

最后一把，苏弥的石头终于变了，在所有人的目光下，她直接出了剪刀，而那边，程靳出了石头。

身后响起了红毛和老袁两口子的起哄欢呼声，苏弥有点无语，心想胜负已定，刚想收回手，就见程靳原本握成拳头的手掌慢慢舒展开。

最后，骨节分明的五根手指全出现在苏弥眼前。

她意外地抬起头，就见程靳站在那儿，神情慵慵懒懒的，低垂着眼看她。

"你赢了。"

二十平方米不到的客厅里，瞬间变得落针可闻。

大家几乎在同一时间都陷入了短暂的沉默里面，甚至有的人还有些没反应过来怎么回事儿。

这其中就包括苏弥。

她看着程靳张开的手掌，下意识地眨了眨眼，抬头。

两人用眼神交流——

怎么？

你干吗呢？

不是你说想吃烧烤吗？

我是想吃烧烤，但是我也不想赢得这么……莫名其妙啊！

程靳一直低垂着眸子看苏弥，表情悠闲，像是一点也不觉得自己放水放得明显，甚至唇部还带了一丝令人难以发现的笑意。

一旁的施施率先出了声，还很有底气的模样："我就觉得不可能是我太'恋爱脑'了吧！真的有鬼！"

苏弥这会儿已经被这场景弄得不知道怎么办好了，"恋爱脑"三个字在她耳边响起的时候，她只觉得有点耳熟，但是具体是啥时候听见的，在哪儿听见的，她已经来不及细想了。

她正纠结怎么能缓解些尴尬的时候，对面那位大少爷忽然先转了过去。

他冲着火锅队的那些人，很自然地来了一句："三局两胜，人家赢了，吃烧烤吧。"

△要点脸行吗？

△你说这话真的好意思吗？

大家心里头的弹幕都快刷屏了，就差当着面骂人了。

但好在苏弥的神经有点粗，她又特别能为别人找理由。她猜对面这少爷估计是觉得今天是她的小家乔迁，又是她请客，不好意思不让着她。

想到这些，她便觉得有些理所当然了，后面也没太在意，直接先反应过来。

"那就吃烧烤吧！我去买！大家是不是都吃辣？也没什么特别忌口的对吧？"

在场的人你看看我我看看你，眼神都往程靳身上瞄，隔了几秒，又都冲苏弥摇摇头。

"没有就成！那你们吃点水果喝点水，我出去买回来。"

见苏弥要出门，程靳即刻跟在她后面也准备出去，临走前还和屋子里的大伙儿来了句："我去帮她拎点东西，你们自己待着，想吃什么喝什么不用客气，尽管拿。"

他这一副男主人的姿态是怎么回事？

大家都一副活见鬼的表情，但是程靳一点也不在意，扔下一屋子的客人就出去追苏弥了。

他下去的时候，苏弥正准备出楼门口，见他出来，有些意外。

"干吗？"

程靳瞎话编得脸不红心不跳："他们怕你一个人拎不动，叫我出来帮你。"

"哦，我刚刚想了想，确实挺多的，那走吧。"

之前的事程靳没提，苏弥也没往歪处想，两人这一路都还挺自然的。

他们买完烧烤回来的时候，大伙儿已经差不多都忘了之前的事情，正在热火朝天地讨论着待会儿吃饭时来点什么活动。

"行了，主人回来了，咱们听她想干什么吧！"

老袁媳妇儿看他们几个大男人一会儿猜酒拳一会儿看比赛的就头疼，寻思着让苏弥找点别的活动。

苏弥正往外拿烤串，听了老袁媳妇儿的话，又见大家都瞧着她，一时不知道该怎么提议。

憋了半天，她才憋出一句："不然，看恐怖片？"

虽然看恐怖片这个提议很复古，但是大家最后都选择了客随主便，听了苏弥的意见。

他们选了一部相对而言恐怖不血腥的片子，当初这片子刚上映的时候，全球票房都是领跑状态。

在场的成年人胆子都挺大的，丫丫有点害怕不敢看，一直窝在爸爸怀里捂着眼睛。

电影一开始是一片漆黑神秘的森林，镜头慢慢推近，里面有一座阴森的古堡。

主人公是一名写恐怖小说的作者，他出现了创作瓶颈，便通过网上的资料找到了这栋凶宅。

他慢慢朝古堡那边走，一个披着长发的幽白人影在他身后一闪而过，他立马转身看了眼，没有人。

下一秒，一只惨白的手，慢慢攀上主人公的肩头……

苏弥这会儿已经看得心里有些打鼓了，她刚刚这个提议只是随口一说，其实她平时很少看这些。

就在这时，旁边的男人忽然往她这边靠了靠。

苏弥看了程靳一眼，趁着别人不注意，小声问了一句："干什么？"

"你不害怕？"程靳不答反问。

苏弥习惯逞强，脱口而出："这有什么好怕的，以前我都是拿这些下饭的。"

说完，她像是想证明自己不害怕似的，顺手从旁边拿了根烤串往嘴边送。

"不害怕就行，我挺怕的，你正好照顾照顾我。"

"哦，那你闭上眼睛吧，我给你讲。"

两人说话声音很小，旁边的人大部分都沉浸在片子里面，没怎么注意他们这头。

程斩心安理得地把眼睛闭上，甚至还在阴森的鬼乐响起来后，握住了苏弥的一根手指。

女孩子没在意，权当他是真的害怕。她硬着头皮边看边说，到最恐怖的镜头时，吓得下意识也反握住程斩的手。

女孩子的手又软又小，手心温温热热的，舒服得程斩下意识就想握紧。

两个人的小动作持续了差不多一个半小时，后来电影接近尾声时，苏弥回头看了程斩一眼，冷不防的，两人目光忽然就对上了。

她的脑袋往他那头靠了靠，小声问："不是害怕吗？"

"嗯。"

"那你的眼睛还睁这么大干吗？"

而且还是盯着她！

程斩回得很坦然："闭上眼睛他们不都知道我怕鬼了？我还要不要面子了？"

"喊，偶像包袱还挺重。"

苏弥说完，目光很自然地瞧见了两人握在一起的手。她只顿了一秒钟，接着又极其自然地松开。

程斩一整部电影的时间几乎都没怎么动过，半边手臂早就麻了。

他抬起手臂活动活动手腕，不经意往旁边一瞥，正巧看见红毛目瞪口呆的神情。

他没太在意，手腕活动得差不多了之后，拿起桌子上的烤串，也跟着大家一起吃吃喝喝起来。

乔迁宴热热闹闹的，持续了三个小时左右，快深夜十二点的时候，大家伙儿才算吃够了玩够了，准备撤走。

施施离开的时候，说最近还会来找苏弥玩。老袁媳妇儿则小声叮嘱苏弥，自己一个人在家时一定要把门窗关好。

后来大家陆续往外头走,程靳走在最后,故意放慢脚步,跟他们拉开了一段距离。

快要迈出门槛的时候,他忽然回过头。

"我们的乔迁礼给你放卧室床上了,待会儿记得看看。"

苏弥有点意外:"乔迁礼?"

"不然呢?有人参加乔迁宴会空着手去?"

"我没参加过也没办过,不知道还有礼物可以收这事儿。"

程靳深深看了苏弥一眼,抬手拍了拍她的头:"你锁门吧,我走了。"

苏弥从很小的时候开始,就没再收过礼物了。

礼物和惊喜对她而言是很陌生的词,她的家人和朋友约等于零。在国外时,和老头儿或是师哥师姐们大多数时间也是合作关系,很少有互送礼物的契机。

所以程靳的话对她而言,意外又新鲜,中间还夹杂了一丝类似感动的情绪。

把门锁好后,她不自觉加快了去往卧室的脚步,甚至连刚刚看恐怖片残留的阴影都暂时忘记了,直奔房门。

卧室的灯没开,房门打开后漆黑一片,她抬手按了下墙边的开关,昏黄的暖光瞬间洒满房间。

水蓝色的卡通床单上面,此刻正安安静静躺着一个手机盒,从外面的标识来看,是某水果品牌。

苏弥知道这个牌子,更新换代很快,价格也不菲。

盒子拿在手里很有分量。

苏弥直接把盒盖打开,和想的一样,一台全屏手机躺在里面。

手机背后是全玻璃制的,白色,三个摄像头,机身不大不小,女孩子用很合适。

手机底下压着几张便利贴,苏弥简单翻了翻,发现每张纸上面的字迹都不太一样。

妹子，我和你袁哥都是粗人，也不知道你搬新家缺啥，正好程靳说想送你一部手机，就凑了五百块钱，当乔迁随份子了（你袁哥和你嫂子）！
我随了三百块！

这字条应该是红毛写的，他一开始写了个"郑"，似乎想写本名，但是又怕苏弥不知道是谁，就涂了涂，又写了"红毛"两个字。

苏姐姐，我叫爸爸把我的小猪猪砸开啦！里面的钱都给你买手机，以后你要多给我打电话呀！

后面还有施施兄妹和丫丫爸爸的。
最后一张，是程靳的。
男生的字很好看，笔迹强劲有力，能看出来小时候下过功夫。

搬家快乐！还有，手机密码六个0，随时联系。

简简单单几个字，是最没有新意和心意的，但是苏弥看着却也莫名觉得舒服。
她把手机开了机，屏幕亮起，被咬了一口的水果图标出现在了手机屏幕上，隔了一会儿，手机出现输入密码的界面。
苏弥很认真地按下了六个0。
画面即刻跳转，系统自带的深蓝色的星空背景出现在她眼前。
手机没有SIM卡，苏弥也没有马上连上Wi-Fi，所以这会儿手机就像个没什么用的只能发光的机器。
她来回划动页面，最后停在了通讯录那里。
通讯录里已经存好了几个号码，程靳、红毛、丫丫、老袁两口子……
苏弥说不清自己现在是什么心情，看着那排通讯录，她有些愣怔，满脑子只剩下了一个想法——

啊，有可以随时联系的人了。

撸串的时候，大伙儿几乎都喝了酒，所以出去后大家都是招手打车。

程斩和红毛准备回车队，就没急着走，他们把其他人都送上车后，便开始往回走。

回去的路上，红毛几次三番看程斩，像是有话要说，又不知道怎么说似的。

程斩其实猜到了他想说什么，也没点破，就那么不紧不慢地走着，没出声。

红毛后来还是没忍住，说："程二，你不对劲。"

今晚程斩明显心情挺好，脸上是散漫闲适的表情，听了红毛的话没质疑，直接开口："想说什么直说。"

"我想说什么你早猜到了吧？你刚刚和苏弥那小姑娘什么情况？平时我带个车模去车队参观一下，你那脸都能黑成墨，但刚刚……反正我都看见了！"

程斩在圈子里是出了名的小冰山，倒也不是他不好接近，就是在男女关系上，他从来都有一套自己的原则。

好多妹子为了靠近他都花了不少心思，但是他一次机会都没给过她们。

那时候车队的人还都调侃，说他"四中冰山王子"的外号真是名不虚传，冻花小能手，大家也都猜测未来是什么样的姑娘能把他这狗东西给收了。

所以今天这事儿，红毛是完全没想到，而且要不是亲眼所见，别人和他说他都不可能相信！

想到这里，红毛又重复了一遍："反正我都看见了，你不想承认也不好使，我都看见了！"

程斩说："看见又怎么了？"

"不是怎么了，是你……"

程斩打断他的话："你猜得对。"

红毛满脸吃惊，看了程斩两秒，又说道："不是，我那意思是，你是不是……"

程靳再次打断他："嗯，我是。"

红毛显然是震惊得有些没缓过神，又重复了一次："我是想说，你……"

这次程靳没给他再一次质疑的机会，不仅又把话接了过来，还直接说道："我喜欢她。"

这四个字太过震撼，没有应该，没有好像，没有普通人都有的游移不定，也没有些许怀疑，就是很直接很肯定的四个字。

我喜欢她。

其实从什么时候开始的程靳也分不清，他只知道一开始自己对苏弥就是单纯的好奇，然后是同情和可怜，最近，慢慢变成了在意、心疼，她有什么事情，他看得比自己的事还重要。

程靳没喜欢过谁，也不知道怎么接触像苏弥这样特殊的女孩子。

但是他清楚地知道，不出意外的话，他跑不掉了。

第二天一大早，苏弥就拿着身份证去通信公司大厅办了手机 SIM 卡。

早上排队的人不算多，苏弥根据营业员小姐姐的推荐，选了自助开卡机。

她先选了号段，看了个尾号 6929 的号码蛮顺眼，直接确定开这张。

填写信息，确定号码，重复核对，签字。

全部流程没超过五分钟就都搞定了，那张卡片拿到手里之后，苏弥又找附近的工作人员借了根卡针，开了卡槽把手机卡装了进去。

通信公司的位置临商业街，出去左拐就是一排手机店，苏弥路过的时候，好几次被拉着询问要不要买手机。

其实人家推销员就是象征性地随便问问，每个路人他们几乎都会拉着问一嘴。

但她好脾气地直接来了一句："我有手机了。"

一整条街，十几家手机店，五六个推销员，别人见到都绕着走，就苏弥还挺开心的，一直回应他们。

她顺路买了些好吃的回家，到家之后直接往沙发上一躺，开始捣鼓新手机。

之前那些年,她虽然一直没买过手机,但是经常能看见别人用,所以一些常用的软件她基本都知道。

微博、QQ、微信……所有熟悉的软件她都没放过。

下载完成后,她又依次注册登录。

微信是直接拿手机号注册的,注册成功后,系统自动推送了手机通讯录里面的好友。

苏弥没犹豫,挨个加了一遍,每个她都认认真真写了自己的名字备注。轮到程靳时,她稍顿了下,看了眼他的微信昵称和头像。

男生的昵称很简单粗暴,孤孤单单的一个字母"C",连个标点符号都没有,头像则是一个深蓝色的头盔,拍的时候貌似举到上方的角度,背景里面有蓝天和白云。

这头盔苏弥之前见程靳戴过,应该就是他自己的。

她想了想,点开之前打的添加好友备注消息,将自己的名字换成了两个字:乙方。

程靳收到微信添加好友申请的时候,正在重华帮外公整理画稿。

他每周都会来探望外公,而杜教授也不客气,每次赶着他来的时候,都会安排一大堆事情让他做。

申请消息没设提醒,程靳并没立刻看见。

杜教授刚骂跑了一个学生,正气呼呼地拿着茶杯喝茶,看见自己那个倒霉外孙还跟没事人似的在那儿偷笑,气就不打一处来。

"你说说你说说,当初你要是跟着我好好学画,我至于现在为了找个称心如意的徒弟被气成这样?"

程靳知道老爷子只是随便说说,笑意更深了:"我刚刚不是跟你推荐了一个合适的人选吗?我看她比刚刚那个小男生强,至少你布置什么作业,她肯定都会按时完成。"

今天程靳刚到的时候,就和外公重提了让苏弥来重华的事情。

虽然当初这事儿没成是苏弥的原因,但是他知道外公也有自己的小脾气,上次苏弥话说得那么不留余地,真要是有变动,他也得先哄哄老爷子这边。

杜教授听了自己家那臭小子的话,别有深意地看了看他,也不知道在想些什么,片刻后道:"你在这儿费心费力地给人家铺路,人家也要领情才行。"说完,又一脸嫌弃地上下看了他一眼。

"我看你爸爸年轻时候挺会骗小姑娘的,你妈妈都被他骗得非他不嫁,怎么那么个情场高手生出个你这种蠢蛋啊?距上次小姑娘来到现在已经过去一个多月了吧?这么久了,人还没追到手呢?"

程靳有些无奈:"外公,我那时候真对她没什么……"

"你算了吧,你……"

杜教授像是忽然意识到了什么,揪了个字眼。

"那时候?"

程靳笑了下,没再出声。

见他这副样子,杜教授已经差不多明白怎么回事儿了,一下子就有些兴奋,手里的茶杯也放下了,兴致勃勃地往程靳那头看过去。

"怎么,你真的不准备抱着你那摩托车过一辈子了?想通了准备给我找外孙媳妇了?"

"这不正努力呢吗?"

"好好好!"能看出来杜教授是真的开心,连说了好几个好字,之后赶紧指了指程靳,"你别整了,快给她打个电话让她过来,我再和她好好谈谈!"

之前那只是人情,他答应了就得做,权当任务。

但这次就是私事了,他家这臭小子二十来年终于开窍一次,他又看那个小丫头挺顺眼的,肯定要好好把这个外孙媳妇留下了!

程靳给苏弥回复的时候,她正在和施施聊天。

施施虽然比苏弥大不少,但是心理年龄其实和苏弥差不多,两个女孩子聊天的时候没什么代沟。

知道苏弥用新手机又注册了新微信,施施给她发了不少东西,其中就包括很多张手机壁纸,以及很多帅哥的微信。

施施:要按我的性格,我是不可能和他们一起凑钱只送你个手机的。不过我哥说我自己搞特殊的话也不太好,我想一想也是。

施施:不过礼物再送一遍也可以,看看上面的大礼包,都是我平时攒下来的帅哥!高矮胖瘦,搞金融的、搞IT的,有腹肌的、会做饭的,反正你想要啥样的都应有尽有。

施施:别和我客气!以后姐妹有的你也都有!

苏弥:微信就不用了……但你发的壁纸有我喜欢的,谢谢,我马上就换上。

这话苏弥倒没撒谎,施施发的那些壁纸里面真有张她看中的。

换好之后,她原本想截个图给施施发过去的,但是她不知道这手机怎么截图,刚要百度,系统就弹出个"C 已添加您为好友"的对话框。

苏弥知道这是程靳,随手就写了个备注:甲方。

程靳:速度还挺快,一上午手机卡就买回来了?

苏弥:瞧不起谁呢?一上午我还弄好了 QQ、微信、抖音、微博呢。

程靳这会儿正好出来抽烟,他倚着墙,咬着烟,单手拿着手机,远远瞧着,有股子说不出来的痞劲儿。

看见苏弥的回复,他忍不住勾了勾唇。

他还没来得及回复,女孩子在那头又发来了一条。

苏弥:这手机咋截图啊?

程靳把嘴边的烟拿了下来夹在指间,单手敲了几个字过去。

程靳:扩音键和锁屏键一起按。

隔了大概十几秒,苏弥又发了条消息回复。

是一张图片。

苏弥:我的天啊,我终于学会了。

程靳顺手点开了那张图,图片就是刚刚自己和苏弥的聊天记录,原本也没什么,但是他下一秒忽然注意到了她给他的备注。

程靳:甲方?

苏弥:不喜欢?那你想要啥样的?直接叫大名?程靳?

程斩：我比你大五岁。

苏弥：你不会要让我备注个程斩……哥……吧？

程斩已经想象到女孩子现在会是什么表情了，忍不住又笑了下。

他没再给她回复，而是直接看了眼微信账号上面的电话，打了过去。

铃声只响了两下，女孩子的声音就从听筒里面传了出来。

"你别告诉我，我猜对了。"

闻言，程斩的笑意更浓，低头弹了弹烟灰，故意逗她："那为什么不行呢？"

"你说呢？"女孩子一副受不了了的样子，憋了老半天后，又憋出一句，"反正哥是不可能叫的！这辈子都不可能叫！"

程斩闻声眉毛一挑，说："那要不要打个赌？"

"赌什么？"苏弥问。

"赌你一分钟之内主动叫我哥哥，我赢了，你就答应我一件事。"程斩回道。

"那你要是输了呢？"

"也一样答应你一件事。"

"等着输死吧你！"

苏弥说完这句之后就率先挂断电话。

程斩也不急，慢条斯理的，也不知道在手机里设置了些什么，隔了大概几十秒之后，他又给苏弥发了条微信。

程斩：你双击一下我的头像。

苏弥：不是让我叫哥吗？

程斩：先双击一下。

苏弥有些摸不着头脑，但是出于好奇，她还是照做了。然而下一秒，她和程斩的对话框里面，突然弹出来一行小字——*我拍了拍甲方的肩膀叫了声"程斩哥哥"*。

这个"拍一拍"出来之后，微信对话框里，有短暂的沉默。

程斩在这边笑而不语，一直等着，想看看苏弥会怎么回他。

良久后，女孩子才在那头憋出一句回复。

苏弥：我劝你要点脸。

程靳笑得更厉害了，眉眼间都染上了一抹平时少见的散漫笑意。

程靳：待会儿来重华？外公想再找你聊聊。

苏弥：聊什么？上学的事儿啊？

程靳：嗯。

苏弥：改天吧，刚刚施施喊我陪她去逛街，我答应了。

看到这回复程靳有些意外，不禁顿了片刻。

程靳：那几点回来？晚上一起吃饭？

苏弥：再说吧。

程靳重回办公室时，杜教授又在提笔画画。

他这两天一幅画的习惯从任教开始一直坚持到现在，这份坚持和毅力连程靳都觉得厉害。

杜教授见他进来，一边提笔蘸颜料，一边透过老花镜的边缘看他一眼。

"我不是让你去把那小姑娘给我找来吗？你怎么又回来了？"

刚刚程靳和杜教授说了苏弥还没办手机卡，电话联系不上，只能去家里找，所以杜教授就直接把外孙赶跑，让他去找人。

"人联系上了，但是施施要找她逛街，说改天。"

"这两个孩子以前认识？"

"没有，昨天才见面。"

"那就好到要一起逛街了？"杜教授的语气中带着意外。

隔了会儿，他又道："不过那孩子有个朋友也挺好的，希望她不会像以前那样没啥生气的样儿咯。"

程靳笑了笑，没再说话。

他重新回到桌子前帮外公整理画稿。

这会儿办公桌被杜教授占了一大半，原本在桌子那边的文件也都堆到了这头。老爷子随性惯了，很少会把文件整理装订，平时这些事情都是程靳有空来帮他弄。

杜教授这会儿像想起来一件事，忽然顿住笔。

"对了，你爷爷前几天给我送来份资料，说是合作对象家里的孩子想到我门下学画画。我看了眼那小孩儿的资料，又规矩又死板，不太想收。你回头看见人的时候帮我回绝了吧，资料也带回去，免得我也不知道怎么说。"说完，他直接从抽屉里拿出了几张 A4 纸。

程靳看了眼上面的照片，眉毛不自觉地挑了下。

他没记错的话，这资料上面的人就是之前在医院对苏弥大吼大叫的小孩儿。

程靳的视线向旁边一瞥，看见了她的名字：苏时时。

下午程靳抽空去了趟程氏总部办公大楼。

他平时很少来这里，父亲还在世的时候，他偶尔会来这边玩。后来父母出意外离开后，他就不太愿意过来了。

总部的人少有认识这位程家二少爷的，保安还要他刷工作证或者找前台核对预约，不然没办法让他进去。

后来他没办法，只能给爷爷的特助打了通电话。

特助姓于，年纪比程靳大两轮，现在应该有四十多岁了。从程靳能记事开始，这位于特助就一直跟在爷爷身边，很受爷爷信任和器重。

接到程靳电话的时候，于特助很意外，没说两句就匆匆忙忙从楼上下来了，亲自来接他。

"于叔。"

于特助连着"哎"了两声，之后指了指保安，说："这是咱们程氏的二少爷，赶紧把闸门打开！"

保安哪里知道事情会这么发展，不仅意外紧张，开门的时候还有些后怕，生怕程靳和电视上那种纨绔少爷一样，因为刚刚的事情直接把自己炒了鱿鱼。

好在程靳没当回事儿，还和于特助说了句："没事儿，于叔，我不怎么来这边，他不认识我很正常。"

于特助跟着说了两句，后来二人没再揪着这件事，相伴上了楼。

进了电梯后，于特助叹了口气，一副心事重重的样子。

"你来得正好,待会儿看看能不能救救小程总吧。你爷爷因为一个项目把他叫去办公室,骂了快有半个小时了,我出来的时候还没停呢。"

程靳有些意外,看向于特助。

"爷爷总这样吗?"

"算是吧……你爷爷脾气急,然后你大伯又担不起事儿,压力和担子自然都压在你哥身上了。咱们程氏太大了,产业又错综复杂,你爷爷就怕他教得不够多,你哥学得不够透彻,以后真要是他出了什么意外……所以现在你哥出一点错,他都会严厉地批评。"

程靳默了默,没再出声。

上楼的时候,正巧碰见程礼从程老爷子的办公室出来。

程靳很少看见大哥一身疲惫没有精力的样子,这会儿瞧见了,心里头不由得有些难受。

"哥。"

程礼闻声抬起头,脚步顿住。

"你怎么来了?"

"替我外公给爷爷送点东西。"

说完,他转手把文件交给了旁边的于特助。

"于叔,这文件你先帮我拿给爷爷,我和我哥说两句话再进去。"

于特助没拒绝,点点头,接过文件:"那你们哥俩儿好好聊聊,也挺久没见了。"

两兄弟后来去了旁边的楼梯间。

程靳从兜里掏出烟递过去,程礼低头看了一眼,像是有些犹豫,隔了两三秒才抬手接过。

程靳给自己也点了一支,看着哥哥低头抽烟的样子,想了想,先开了口:"最近很忙?"

"嗯,昨天才从国外回来,去谈了个合同。"程礼吸了口烟,片刻后,又语带自嘲,"不过谈崩了。"

程靳能听出来哥哥语气里带着情绪,刚想细问怎么回事儿,程礼似乎已经意识到自己刚刚的话不对。

"不说这个了，你怎么样？我忙得都没空给你打电话，最近比赛了吗？"

"没有，就之前参加了一次老袁自己搞的比赛。不过，这个月底M市有场城市赛，我准备带着车队的人去报名。"

程礼点点头："嗯，城市赛也挺好的，虽然规模小，但是能积累比赛经验。明年过完春节就是X方程式的报名时间了吧？三年一次，之前那次我错过了，明年你可别再错过了。"

X方程式是国外最受官方认可的摩托车比赛，每三年举办一次，几乎所有赛车手都想参加，希望能在那里一战成名，站上顶峰。

"嗯，你放心吧，我会好好准备的。"

程礼点点头，像是又想起了什么事情，说："之前在游乐园碰见的小姑娘，是你女朋友？"

"暂时还不是。"

程礼神色意外地看了程靳一眼，忽然又莫名地笑了笑："行，咱们兄弟俩，有一个能过自己想要的人生就挺好的。"

这话他说得轻松，程靳听着却有点难受。

程靳刚想说些什么，程礼的手机忽然响了起来。他从口袋里掏手机出来时，不经意带出来一板药掉在了地上。

程靳弯腰帮他捡了起来，看了眼那板药后面的字，全英文，不是常见的单词，应该是专业的医药名称。

见程靳动作迟疑，程礼一把将药拿了过去，重新放回口袋里。

"普通的感冒药，没事儿。"程礼说完，匆匆把烟按灭在楼道口的垃圾桶上，"助理给我打电话，应该是说合同的事情。你去找爷爷吧，我先走了，有事打电话。"

他刚转身，程靳忽然喊了他一声："哥。"

程礼回头。

程靳看着他："开心点儿。"

程礼像是听见了什么好笑的事情，难得地笑了下。

"跟屁虫长大了，都知道关心哥哥的情绪了。"程礼重新转过身去，这回没再回头,"行了,走了。"

女孩子的约会项目其实挺多的。

施施先带着苏弥做了头发和美甲,又到了一个美妆店给她试了点护肤品和彩妆。

苏弥一开始还以为自己会很排斥这些事情,但是意外的,她还挺享受这个过程的。

后来逛到服装区时,施施领着苏弥进了一家男装店。

"我哥每年换季的衣服都是我给挑的,前几天这家店给我打电话说上了秋装,正好你陪我逛逛,给他挑两件。"

苏弥没有意见,跟着她一起进了店内。

进去之后,她默默观察了一下,发现这家店的服装风格都挺年轻休闲的,感觉确实挺适合施施哥哥和程靳那个年纪的男生穿。

进门的地方摆放着一个人形模特,身高体形和程靳都很相似。

模特身上穿的是这个牌子这季度的主打款——白色的T恤和灰白色的裤子,裤子一侧印着一排白色字母,整体看着干净惹眼。

莫名其妙的,苏弥一眼就看中了这套衣服,而且更莫名其妙的是,她脑子里已经自动带入了这套衣服穿在程靳身上时的样子。

其实苏弥早就想送份礼物给程靳了,毕竟这段时间人家帮了她挺多的。只不过她一直懒懒散散的,想法从脑子里出来之后,再落实到行动上就很难了。

今天碰巧看见合适的,不然……给他买一套?

苏弥正犹豫着呢,男装店后面的门忽然又被人推开了,苏弥站的位置离门口不远,她怕自己挡路,特意往旁边让了让。

下一秒,身后的人试探地叫了声:"小弥?"

苏弥和施施同时回头。

很不巧,来的人是苏弥一点也不想看见的季怀楚。

这家店是季怀楚常来的,平时都是秦雨陪他一起来,但最近两人吵架了,所以这次取换季衣服他就自己过来了。

他显然也没想到,能在这里看见苏弥,意外之后便是满脸的惊喜。

"小弥!"

他边说边往前走,像是生怕苏弥再消失似的,特别急。

施施一眼就感觉出来不对劲,小声问旁边的苏弥:"你哥?"

"不是。"

"前男友?"

"也不是。"

施施还没来得及继续猜,季怀楚就已经站到了她们跟前。

"小弥,我终于又见到你了!你都不知道我听说……"

苏弥有点不耐烦,打断他:"出去说吧,别在这里面打扰别人。"

苏弥转头看了眼施施:"你先挑,我和他出去说。"

"啊,行……"

施施眼看着苏弥和一个陌生男人出了男装店,隔着一大块落地玻璃,两人就在那儿面对面说话。

从苏弥的态度来看,这男人应该不是什么重要的人物。但是从男人那边看,这事儿就绝对不简单了。

施施想了想,掏出手机,悄悄地拍了外头的那个男人的侧影,然后打开微信。

施施:这男人你见过吗?

这条微信她是发给程靳的,那头隔了半天才回过来一条。

程靳:眼熟。

程靳:怎么?

施施在心里啧啧两声,四中"冰山小王子"果然还是一如既往啊,回个微信都是论字的。要不是看在他和哥哥是发小的份儿上,她绝对懒得管他的事情了。

施施:那应该是你的情敌了,人家刚把小苏弥拉出去说话,不知道要说什么呢!

她看了眼外头,隔了两秒,又发了条微信。

施施:哦!要抱住了!

片刻后,程靳那边再次回复,这次只有两个字:地址。

这些天季怀楚真的急坏了。

苏弥大闹苏家的事情,他第二天就听说了。秦雨当时和苏时时打了视频电话,他以前在这种时候都有意避开的,但是那天他一动没动。

视频电话那边的苏时时还在挂水,看脸色还有些虚弱,显然是真的被吓到了。

秦雨简单安慰了几句之后,就隐晦地问苏家人想怎么处理苏弥。

苏时时语气愤愤的,说爷爷和爸爸没有和她说什么,但是妈妈偷听到爷爷已经把老宅锁起来了,应该是把那个丧门星赶出去了。

秦雨那会儿没有太强烈的反应,目光倒是一直往季怀楚这边瞥。

季怀楚那会儿心里其实已经乱了,但是又不敢表现得过于明显。

后面的几天,他都是私底下找信得过的人帮忙打探苏弥的下落,可是一直一无所获。

他几乎要放弃了,但是没想到今天会忽然在这里巧遇。

"小弥,这些天你都去哪儿了?我很担心你!"

苏弥看他一眼,没客气:"和你有关系?"

季怀楚一哽,但是一想到她这些天可能受到的委屈,心里头又瞬间理解了她。

"我知道你心里头还有气,觉得我们这一帮人都……可是小弥,你得相信我,我是真心想帮你!"

他边说边拉过苏弥的手腕,语气更加情真意切:"我在市中心有套房子,现在空着,那里交通很方便,周围什么大型商场、餐厅都有,你如果有需要,可以搬到那里去住!"

苏弥心里头烦得厉害,这男人怎么说着说着还开始动手动脚了呢?

她甩了甩手腕,想把季怀楚甩开。

"不用,我有住的地方。"

"你不用和我逞强!我知道你不想麻烦别人,可这次是特殊情况!苏家那边真的很生气,小时那孩子肯定也一直在你爸爸和你爷爷跟前煽风点火。你刚从国外回来不可能有什么钱的，哪儿来的钱找住的地方？小弥，你就听我的吧！搬到我那里……"

苏弥这会儿真的不耐烦了，甚至心里头隐隐有想发火的念头。

她又甩了甩季怀楚还握在她手腕上的手，看着他，语气变冷："我说了，不用。"

"你不要闹脾气啊，现在不是你……啊！"

季怀楚的话还没说完，苏弥就看到上方突然多出一只大掌，狠狠地捏住了季怀楚的手腕。

那只手修长白皙，手指骨节分明，看着莫名有点眼熟。

也不知道这人是用了什么巧劲儿，她隐隐听见了一丝不太明显的咔吧声，之后季怀楚就马上叫起来了。

苏弥立马回头，虽然心里头有了猜测和预感，可当看见程靳的脸时，她还是有些意外。

程靳站在她身旁，比季怀楚高出了半个脑袋，看向他时，带着点居高临下的味道。

"听不见她说话？"

程靳眼神很凉，硬生生地把季怀楚的手从苏弥手腕上扒开，接着，一字一顿地道："她说不用。"

说完，他根本不给对方任何反应的机会，拉着苏弥就往店里面走。

进去之后，苏弥小声问了程靳一句："你怎么来了？"

程靳依旧拉着她往前走，像是没听到似的。

苏弥能感觉到这男人的低气压，撇撇嘴，想把被他牵着的手腕挣开，但是没成功。

施施一直在观察着外头的一举一动，看见他们进来，赶紧跑过去，问道："什么情况？怎么感觉那男人对你有点意思呢？"

苏弥没立马回她这个问题，而是反问："旁边这人又是什么情况？你告诉他我们来这里的？"

施施没瞒着，点点头，说："找个男生来好解决问题。"

苏弥控制不住小声嘀咕："关他什么事。"

来了就开始摆臭脸，无语！

"你还没说那男人怎么回事儿呢？"

苏弥随口回了句："吃着碗里的看着锅里的，反正跟狗皮膏药似的，一直甩不开，烦死了。"

原本一直板着一张脸沉默的程靳，这会儿忽然侧过头看苏弥："想彻底让他死心？"

苏弥随便瞥了他一眼，然后随意翻了个白眼，说："怎么，你有办法？"

程靳没再出声，下一秒直接行动，抬起手臂，一把将人揽进自己怀里。

苏弥吓了一跳，一时之间没反应过来怎么回事儿。

施施也有点愣，心说：我虽然想当个助攻，但是完全没想过剧情会发展得这么快啊！

"干什么呢你？"苏弥反应过来之后瞪向程靳。

程靳偏头看向她："不是想彻底甩掉狗皮膏药？"

他们身后的店门在这时再次被打开，刚刚一直愣在外头的季怀楚重新走了进来。

施施跟个小间谍似的，看了一眼那头之后，立马小声来了句："来了，来了！那男人来了！"

程靳眼神随便往身后瞥了一下，跟着又说了句："想甩掉他，你就听我的。"

他说完，手臂搂得更紧。

这会儿苏弥其实已经反应过来这老哥想干什么了，她靠在他怀里，小声说了一句："那也不能用这么狗血俗套的烂法子吧！"

程靳垂着眼，看向她："那你有别的清新脱俗的办法？"

"没有。"

"没有就忍着。"

程靳搂着苏弥自然地向前走了两步，声音恢复成平时聊天的音量："你之前打电话说给我挑的衣服，是哪套？"

苏弥愣了愣，瞄了他一眼。

这男人还挺会自导自演的……
她迟疑了一下，最终还是选择配合他演这出戏。
顺着他的话，她直接抬手指了指之前很喜欢的那套主打款："就模特身上那套，我觉得你穿上一定很帅。"
程靳以为她会随便指一件了事，没想到她会说这个。
他低头看她一眼，片刻后喊了销售员来："麻烦找下模特身上那套衣服我的码。"
销售员动作很快，递来衣服的时候还不忘习惯性地赞美。
"这套是我们品牌秋季主打款，美女眼光真好，很适合你男朋友穿。"
苏弥讪讪地笑了下，没回，心想：这男人长成这副身材和脸蛋，就算挂个麻袋在他身上都挺合适的吧。
不过，这话苏弥是不可能说出来的！她不可能给程靳骄傲的机会！
不可能！
程靳道谢后，接过衣服，旁若无人地揉了揉苏弥的脑袋。
"走吧，陪我去试试。"
苏弥有点没反应过来："啊？试什么？"
"试衣服。"
苏弥脸上的神情几乎可以用惊恐来形容："用不着玩这么大吧？"
程靳没给她拒绝的机会，揽着她的肩膀就朝试衣间那边走过去。
"走。"
施施目睹了全部过程，颇有一种局外人看透一切的感觉。
她掏出手机，给她哥发了条微信。
施施：你以后可别说你哥们儿太闷了，后面添个字还有点说服力！
施展：添啥字？
施施看了眼试衣间，在程靳和苏弥消失的身影时，她迅速打了一个字：骚。

这家品牌店的试衣间面积不算太小，可不知道为什么，苏弥进来之后，就感觉四面八方全都是压迫感。

这种压迫感当中，还夹杂着一丝她不知道眼神该定在哪里好的……不自在。

她左看看，右看看，但这试衣间四周全是白墙板，也没什么值得看的。

相较于苏弥，程靳倒是挺自然的。

他进来之后，随手把那套新衣服往旁边一放，然后大大方方地拽起衣角，准备脱衣服。

他的动作太自然了，导致苏弥一开始还没反应过来，直到她看见了程靳的小半块腹肌时，她才意识到事情的不对。

"你干吗呢？"

程靳动作没停，只是淡淡看了她一眼，就继续向上脱衣服。

苏弥坚持不住了，下一秒她直接快速转过身，甚至还下意识地紧紧闭上双眼。

她感觉这是自己最窝囊的一回了，以前基本上都是她让人无所适从，完全没想到自己还有这么一天。

闭上眼睛之后，听觉变得更加敏感，身后窸窸窣窣的声音一直没停，苏弥控制不住在想某人换衣服的流程……细节。

过了大概一分钟左右，身后的声响终于没了。苏弥悄悄睁眼，回头看了下，恰巧撞见程靳的胸膛。

她下意识往后退了一步，可是后面已经是墙板了，退无可退。

她紧贴在墙板上，感受到对面的男人突然靠近的气息就莫名有些紧张。

"你突然靠这么近干什么？"

程靳表情淡淡的，垂眼看了她一下："想看看这边有什么好东西，值得你一直面壁思过。"

苏弥被哽了一下，有些无语。

程靳没再浪费时间，重新拉着她的手腕，走出试衣间。

外头等着的人还不少，除了营业员和施施，还有一直不死心等在等候区的季怀楚。

苏弥说程靳是衣服架子这事儿一点不假，他出来之后，店里其他准备试衣服的顾客，目光都不自觉往他身上瞥。

那套衣服是很阳光运动的风格，程靳常年一身黑，冷不丁穿上这灰白色的休闲套装，小冰山一下子就成了惹眼小酷哥。

尤其是那双长腿，裤线本身不是很明显，却硬生生被撑成了一条笔直的直线，无论从前后还是从左右，都特别好看。

苏弥虽然还对刚刚的事情有些无语，不想搭理这男人，但是看见他穿上这套衣服时，心里也还是默默感叹：自己果然是搞艺术的，眼光真好。

程靳不知道女孩子这会儿还在心里自夸呢，他将注意力分了点给季怀楚。

看季怀楚一直有意无意地往他和苏弥身上瞧，程靳就简单照了照镜子，片刻后对女孩子说："去结账。"

这次苏弥倒是挺乖，一是本来也想送这套衣服给他，二是她也发现了季怀楚还没走这件事。

所以她一点没犹豫，拿着手机去了收银台。

一旁的施施实在看不下去了，趁着苏弥离开的间隙，小声对程靳说："你就算老房子点火也不用这么明显吧？不怕把人吓跑了啊？"

程靳没太在意，冲着镜子理了理腰间的抽绳，声音淡淡的："吓跑了就追，但是……"

他淡淡地扫了一眼那边的季怀楚："无论如何，人都得是我的。"

几人离开那家品牌店的时候，季怀楚已经不见了。

程靳说开车送她们回去，但是被苏弥和施施一块儿拒绝了。

"'闺蜜时间'懂吗？送什么送！待会儿我和小苏弥一块儿去她家住！用不着你操心了！"

苏弥在旁边点头，片刻后又像想起了什么，忽然说："衣服钱……"

其实她是想说衣服钱程靳不用给了，但是对方一听她这话，直接挑了挑眉："想找我要钱？"

"啊？不是，就……"苏弥说完这话，下意识又觉得不对劲，"不对啊，我不该找你要钱吗？"

好几千块钱呢！刷卡的时候她都心疼了！

"不给，"程靳说，"劳务费。"

苏弥转过脸，翻了个大白眼，接着拉着施施，像赶苍蝇似的朝程靳挥了两下手："快起开吧。"

程靳看着她这副模样，忍不住浅浅地勾了勾唇。

回车队之后，程靳找了个衣架把那套新衣服挂好。

片刻后，他拿出手机，冲着衣服拍了张照片，发给了红毛。

红毛：嗯？

程靳：好看吗？

红毛：好看啊！你新买的啊？

程靳：别人送的。

红毛在这边正莫名其妙呢，不知道还能回啥，就见程靳那头又发来几个字：羡慕吗？

红毛直接一脑袋问号，心想：这大哥今天到底抽什么风？

所谓的"闺蜜时间"这种事儿，苏弥真是第一次经历。

所以从那家男装店和程靳分开后，她也没太多想，马不停蹄地和施施投入下一个项目中。

倒是施施挺好奇的，一直拉着苏弥问东问西，想了解之前在试衣间里面的细节。

"能有什么细节？他换衣服，我对着墙罚站呗。"

当然了，罚站的时候脑补的东西，她就没必要说了。

施施听完果然一脸失望，心里头有点不信，但是看着苏弥这坦然的样子，又感觉没什么不对……

"怎么了？我感觉挺正常的啊。"苏弥说。

施施叹了口气："就是因为太正常了才不正常呢。"

"啊？"

施施反应过来自己说错了话，赶紧拽着苏弥的胳膊，岔开话题："没事了！走吧，我们去逛超市，然后买点好吃的回你那里。"

两个小姑娘去超市买了不少零食和速食，什么螺蛳粉啊、冰皮小蛋糕啊,这些东西苏弥以前都没买过。

回到家之后,两人谁都没矜持,一开始很不客气地抢东西吃,吃到后来实在吃不下了,又互相数着哪样是对方买的,必须要对方吃完。

这气氛和感觉是苏弥从未体验过,不得不承认,她对这种相处模式很享受。

只不过,在她吃饱喝足等着下一个项目的时候,施施却忽然"熄火"了。

也不知道"熄火"这个形容对不对,总之,她以为施施还会带着自己干点别的事儿,但是没想到,对方吃完东西后直接往沙发上一瘫,悠闲地玩起手机来。

不仅如此,她每隔几分钟,还给苏弥发条微信推送,顺便头也不抬地说一句:"你看看我刚刚给你发的视频啊,特别搞笑!"

苏弥觉得她们现在也挺搞笑的,明明就在一块儿呢,干吗拿手机沟通啊。

她有些无聊地等了半个多小时,见施施还没有停下的意思,实在忍不住了,开口问道:"今天不是'闺蜜时间'吗?你不带我再干点别的事情了?"

施施终于把眼神从手机屏幕上挪开了,有点诧异地看着苏弥:"你不知道吗?'闺蜜时间'大多是买买买、吃吃吃,然后躺在一间房间里面,各玩各的手机啊……"

什么玩意儿?

施施看着苏弥那副小模样,终究还是不想打击她的积极性,试探地问了句:"那不然……咱们看个电影?"

后来,两个女孩子找了一部国外经典电影看。

苏弥以前都在忙于画画和生计,很少有时间和闲工夫看电影。施施呢,倒是看过,只不过好多年了,很多细节早就忘了,所以再看一遍也没什么不行。

电影讲的是男主人公被诬陷入狱,后面又凭着自己的能力,在一个风雨交加的夜晚出逃的故事。

经典就是经典,虽然画面老旧年代也很久远,可是两个女孩子看得却十分投入。

片尾的时候,施施看着男主人公仰面迎着风雨时,有些震撼。片刻后,她忽然开口问了句:"你说他之后……会干什么呢?"

"什么之后?"

"就是以后的人生。"

苏弥撑着下巴,视线放在电视机上面,想了一会儿,说:"就继续上班赚钱过日子吧,像以前一样。"

"啊?经历了这么多惊心动魄的事情,还过普通人的人生……那也太简单平淡了。"

施施的话不知道让苏弥想起了什么,她隔了好久,才回了一句:"简单吗?但对于一部分人来说,能体面平凡地过一辈子,已经很难了。"

她说完这些,转头又问了施施一句:"那你呢?你想过的人生是怎样的?或者想长久做的事情?"

施施一愣,仔细想了想之后,摇摇头。

"我不知道,没想过。你呢?"

苏弥重新把视线挪到电视上,她看着屏幕上面一直没停的瓢泼大雨,低声回道:"我也不知道。"

她以前是有一天过一天,因为不稳定,还因为身后牵连着一个苏家,很多事她不去想,也不敢想,怕想来想去最后都变成空谈。

但是现在突然暂时摆脱苏家了,再让她看未来,她又有些不确定了。

当天晚上,苏弥在施施走之后,没忍住给程靳打了通电话。

她很久没有这种茫然的情绪了,她觉得自己该找人说点什么,想来想去,她好像只能给程靳打电话。

毕竟自己的事情,现在只有他最了解,估计也只有他能明白她到底在茫然什么。

程靳电话接得很快,他应该是在外头,声音有些嘈杂。接起电话时,他没立刻和苏弥说,而是喊了一句"你们先跑,我接个电话",然后又找了个安静的角落。

"'闺蜜时间'结束了？"

"啊……"苏弥打电话的时候挺冲动的，可真听见程靳的动静时，又忽然有些语塞，不知怎么开口。

"有话想说？"

"嗯……"

程靳听完，也没急着追问，回身往自己的车上一靠，低头点了支烟，就那么默默地等着苏弥。

听筒里有微弱的电波声，片刻后，苏弥听见嗒的一声响。她猜得出来程靳在干什么，脑海中渐渐出现了他此时此刻正倚着车，在夜空下抽烟的画面，莫名其妙地，她的心忽然定下去不少。

两个人都没立刻说话，不知道隔了多久，苏弥才来了一句："你有计划好的未来吗？"

程靳眼神一顿："怎么忽然问这个？"

"没什么，就是想问，你要是不想说也没事。"

"拿到X方程式的国际组冠军，好好办车队，把大家的赛车梦都延续下去。"程靳在那边像是很认真地回答，"暂时就这些。"

"挺好……"苏弥趴在床上，声音听着有点闷，"有目标挺好的。"

程靳听出来她有些不对劲，直接问道："你怎么了？"

苏弥觉得自己既然已经打了这通电话，就没必要再藏着掖着了，虽然有些矫情，有些难以启齿，但她还是在犹豫过后，把想说的都说了。

"就是我突然有点迷茫，你也知道我家什么情况，冷不丁没了苏家的牵制，我还不知道自己未来该做什么了。"

她从小就活在苏家给的阴影里，很早的时候，她的目标是赶紧到十八岁，脱离苏凡程的掌控。等到了十八岁，她又希望赶紧拿回自己的户口，彻底脱离苏家。

虽然现在还差那么一步，但是她已经算是脱离了，以前等着盼着的事情实现了之后，现在就忽然茫然了。

之前得过且过地混日子，因为有牵绊，还说得过去。现在她身边什么阻碍都消失了，她再像以前那样，总感觉说不过去。

她喜欢画画，也想继续画画，可就算是画画也该有个目标吧？

以前她在国外的时候，是画一幅老头儿给张罗卖一幅，她没想过继续上学或是参加什么比赛，她那会儿满脑子就只有维持生计。

可现在呢？

程靳能感觉出她此时此刻的情绪，想了想，出声道："不知道未来怎么走的话，你可以先去上学，把你这个年纪能做的事情先做了，再慢慢找未来。"

苏弥趴在那儿，眼皮向下垂着，半晌回了句："再说吧。"

程靳没再继续这个话题，话锋一转："过几天我们会有训练赛，有时间的话你可以来看，晚上顺便和我们聚个餐。"

"啊？你们训练赛是内部的吧？我一个外人能去吗？"

"施施每次都来，你觉得呢？"

"啊，那行吧……"

挂断电话后，程靳没立刻关掉手机。

他刷了下后台的浏览器，重新打开之前搜索过的界面。

追女生的方法，第一步，约她出门。

程靳扫了一眼，接着修长的手指划着屏幕，向下……

程靳他们车队内部的训练赛，定在了周末下午。

那天苏弥睡到很晚才起，起床之后又悠闲地吃了个外卖。

苏弥才把外卖盒连带之前的垃圾一起扔下楼，施施就给她打了通电话。电话里，施施的语气听着挺开心的，她叫苏弥准备准备，她待会儿开车来接苏弥。

苏弥有点意外，想了想，还是说道："不麻烦你了，我自己可以打车过去。"

"打什么车呀？我顺路去接你，咱俩搭个伴一起去，而且好几天没见了,挺多'瓜'我还想和你一起吃呢!"

"吃瓜"这词也是之前施施科普的,苏弥感觉认识她之后多出了挺多的新鲜事儿,听她这么说,也没再拒绝。

等待的时候,苏弥难得地刷起朋友圈。

她有了手机后第一次看这个,实在也是因为微信里的人太少了,朋友圈感觉没什么可看,就一直没点开过。

翻开朋友圈,第一条是红毛发的,他发了张自己和摩托车的合影,拍摄角度挺"死亡"的,配文也很中二:干就完了!

再往下,是老袁媳妇儿发的一条广告,然后就是施施的朋友圈了。

施施貌似很爱在朋友圈里面发东西,底下一堆都是她不同时间发的,有单纯的文字吐槽,也有图片分享生活的。

而最上面一条,是她五分钟前才发出来的。

上面是张奶茶配图,文案是很简单的一句话:秋天的第一杯奶茶。

苏弥想了想,点开评论写了条留言:什么是秋天的第一杯奶茶?

施施应该在开车,没立刻回复。

后来两个姑娘见面,施施噼里啪啦的,感觉攒了很多话想和苏弥说。听着听着,苏弥倒是忘了之前想问的事儿了。

她们到赛场那边时,车队的人都在做赛前最后的准备工作。

距离比赛还有一个多小时,整个赛场一天有很多车队来来回回,这会儿赛道就被别的车队占着,车队的人只能在休息时说说话聊聊天。

施施经常来参加他们车队的活动,所以那几个大男人早就习惯了,但是见苏弥过来他们还真有些意外。

不过好在大伙儿都是熟人,苏弥也不是扭捏的性子,说说闹闹几句就又笑成一片了。

丫丫爸爸今天也来了,苏弥第一次看见他穿上赛车服,多少有些意外。从神情上来看,他还是没有从伤痛中走出来,但是好在说话聊天倒正常。

"丫丫前几天还念叨着想和你学画画呢,还说想你了。"

"我也挺想丫丫的,回头有时间你可以带她去我那儿,我教她。"

丫丫爸爸"哎"了一声,刚想再开口,就听红毛在那头突然吼了一嗓子:"我说刚吃完饭你取什么外卖呢?原来是整了这么一堆奶茶啊!"

苏弥闻声回头,发现进来的人是程靳。

他身上的赛车服没脱,头发有些凌乱,应该是刚把头盔摘掉,还没来得及整理。

苏弥又向下看了看,发现他手里这会儿拎了两大袋奶茶。

"不买怕堵不上你的嘴。"

程靳边说边把奶茶都放在红毛面前的茶几上。

红毛弯下身一通乱翻,嘴也没闲着。

"我早上就开始嘟囔了,嘟囔到中午你都没什么反应,现在快比赛了你倒是想起来买了。"

大伙儿都乐了,见状也都纷纷上去拿自己的那份,一时间,所有人都围到了茶几边。

苏弥心里头也痒痒的,想去拿,又不好意思。

哪想到下一秒,不知道程靳从哪儿又变出来一杯独立包装的,直接递到她跟前。

茶几那边很热闹,大家忙着挑选奶茶,没人注意他们这边。

程靳站在苏弥面前,阻挡了她的视线。

片刻后,他在站在那儿,垂着眼看她,还戴着赛车手套的手握着奶茶,递到她眼前。

"这就是秋天的第一杯奶茶。"

第四章
/ 我们是一伙的

八月七日，星期六，农历六月二十九，立秋。

所谓秋天的第一杯奶茶，其实就是立秋这天买杯奶茶喝。

大家多了个喝奶茶的借口。

上一个车队很快就跑完了，轮到了燃车队。

程靳他们结伴往赛道那边走。他们的车这会儿都统一停在了存车处，离休息区不近。

走过去的时候，程靳一反常态，一直拿着手机刷，红毛正纳闷呢，就见程靳的动作忽然停了。

他手机界面停在了微信朋友圈最新一条动态上面，是苏弥刚刚发的，也是苏弥的第一条朋友圈：蹭到的秋天的第一杯奶茶。

照片上是苏弥一只手握着一杯奶茶，构图很满，放大后不仅奶茶里面的珍珠颗颗分明，就连苏弥露出来的指甲边缘，都能看得一清二楚。

红毛凑过去又看了看，片刻后，就明白怎么回事儿了。

"闹了半天你这是借着我们的由头，给人家大画家送奶茶啊？"

"有问题？"程靳头也不抬。

"没问题，没问题，奶茶是你买的，钱是你花的，我能有什么问题？"红毛贱兮兮地笑了笑，"不过话说回来，苏弥现在真的比一开始有人气儿了。"

程靳一顿，看了红毛一眼。

"哪儿看出来的？"

"就这朋友圈啊。"红毛说，"她一个月前可是连个手机都没有的人，现在连朋友圈都会发了,这不就是越来越接地气儿了,活得像个普通人了嘛!"

程靳像是默认,没再说话。

两人后来一直默默往前走,快到取车点的时候,红毛不知道想起来了什么,忽然叹了口气。

"昨天我妈又给我打视频了,她说我爸最近一碰上阴天下雨膝盖就疼,自己也不舍得买药,就拿热毛巾敷敷硬挺着。我看视频里头,她也多了不少白头发……忽然就觉得自己挺不是东西的。"

程靳转头看向他,没出声。

"晚上睡不着觉的时候,我就一直想这么多年经历的事儿。你说我啊,没你有天赋,也没有施展和大哥他们那么努力,感觉好像和你们比,我真的就像是在车队混日子似的。但是转头一想,我也熬过了不少艰难的时候,挺多我以为我不行的比赛,后面也取得了点不大不小的成绩,算下来也不是太废物……"

红毛说完,就感觉自己好像把气氛弄得太沉重了,赶紧笑了笑。

"我就是随便唠叨唠叨,你听听就过了。赛车这条路我还想继续走呢,不可能随便放弃的!"

程靳也不知道在想什么,又沉默了几秒钟,然后才说道:"走了,去取车。"

程靳他们今天进行训练赛的赛场是按时租赁的,今儿一整天基本全是各个车队为过两天的城市联赛搞的训练赛,所以观众席上几乎没人。

赛场上没有裁判,只有两个安保人员象征性地往休息区一站,其余地方都没什么人管。

观众席前排有一圈栏杆,施施一开始就领着苏弥坐到了上面,说:"这个位置离赛道最近,看得也清楚,但如果你怕有危险的话,我们也可以回观众席。"

"没事儿,我胆子大。"

施施见苏弥确实没怎么在意,便放了心。

不多时，她不知道是看见了谁，脸色忽然变了变。

"那个，小弥，你先在这里坐着，我过去一趟。"

苏弥回头看了一眼，此时施施已经翻下栏杆往观众席上方走，过道最上面，一个戴着帽子和黑色口罩的男人站在那儿。

施施一路小跑过去，像是有点紧张的模样，到了那个男人身边后，她直接拽着他的手腕往外走。

相比之下，那个男人看上去很放松自然，不紧不慢的，浑身都透着散漫劲儿。

这两人一看就是有故事的样子，但至于到底是什么故事，苏弥暂时没兴趣了解。

她的注意力重新放回了赛道上面，燃车队现有成员四名：程靳、红毛、丫丫爸爸和施施的龙凤胎哥哥施展。

四个大男人这会儿都穿好了赛车服戴好了头盔，远看几乎都差不多，但是苏弥还是一眼就认出了哪一个是程靳。

男生这会儿一身黑白相间的赛车服，优越的身材比例让他不管穿得多厚都不显难看。

苏弥心想，幸好这男人这会儿头盔戴得严严实实的，不然那张脸要是露出来，很难不被别人误会成男车模。

不过话又说回来，这次应该算是她第一次看程靳在赛道上正儿八经的比赛，之前不是他自己练车，就是有比赛她没在现场。

想到这里，她莫名还有些期待。

赛场这会儿除了燃车队的四个人，还有些别的车队的成员没走。平时正式场合时，会有女粉丝和车模，今天全是内部训练赛，现场几乎没几个女孩子。

所以独自坐在围栏上的苏弥，此时此刻就成了大伙儿注目的对象。

女孩子今天难得没穿吊带和热裤，而是把之前一时兴起买回新家的一套百褶裙和 T 恤穿在了身上。

T 恤是白色的，左胸上有一行极小的字母。下身是浅紫色的百褶裙，裙子不算太长，裙摆到膝盖上方几厘米。

开跑前，红毛往那头瞥了一眼，接着就"哦吼"了一声。

"程二，你看那头。"

程靳闻声朝那边看了看，苏弥正坐在栏杆上。

她短裙下是两条又长又直的腿，此时正不断轻晃，就算这会儿是阴天，看着却也有些白得晃眼。

而不远处，明明已经结束比赛的一些其他车队成员，不知道为什么又都出现在了观众席。他们有的看得很明目张胆，有的则时不时地往苏弥那边瞟一眼。

"啧啧，仙女接地气了，狼崽子们也快盯上了。"红毛对程靳说，"我劝你加快速度啊，不然咱这圈子狼多肉少，回头苏弥来几次估计就被人叼走了，到时候我可不陪你喝闷酒。"

程靳隐在头盔下的表情有点冷，也不知道在想什么。

赛道和观众席隔得不算远，苏弥看见程靳往这边看，就下意识挥了挥手，另一只手里还握着程靳给她买的那杯奶茶。

程靳不知怎么的，下意识就想到了他和大学室友打篮球时，对方说过的一句话——

"真的兄弟，听我一句劝，在上学的时候谈个恋爱吧，不为别的，就单说咱们在这头打球，喜欢的人在旁边看着加油，这画面，想想多美啊！"

程靳看着苏弥，眼底神色又深了些许。

片刻，他回过头，目视前方。

"别废话了，专心比赛。"

这头，苏弥还在专心致志地等着比赛，压根没想到自己这会儿已经成了整个赛场的焦点。

不多时，赛场枪声响起，四辆摩托车载着它们的主人急速冲出了起点。

他们的训练赛定的是绕场四圈，赛道分直行与弯道，一开始的时候，四个人咬得特别紧，可到了弯道时，各自的实力差不多就都显现出来了。

程靳跑在最前面，也是过弯道时最快的，他车身压得很低，苏弥看着心都悬了起来，害怕他会直接摔车。

但显然她的担心是多余的，程靳轻而易举就过了弯道，继续向前跑。

差距拉开后，苏弥忽然就体会到了体育项目的魅力之处，她的眼神和心思这会儿几乎全拴在了程靳和他的摩托车上面，潜意识里一直期盼着他能赢。

"一个内部训练赛而已，跑成第一也是垃圾，小妹妹，你犯得着看得这么认真吗？"

突然出现的声音打断了苏弥紧绷着的情绪，她回过头，发现自己旁边不知道什么时候多出了一个不速之客。

苏弥还记得这人，就是上次在老袁那里画画时，挑衅她又被她按地摩擦的那个人。

苏弥不想在他身上浪费时间，跳下栏杆，往旁边挪了挪。

但那人跟狗皮膏药似的，也跟着过来了。

"其实我还挺喜欢你的，不然你换个人跟吧，燃车队这几年成员越来越少了，剩下的这三个程靳留不留得住都说不准，他在这圈子没啥未来了。你如果想找赛车手当老公，我可以考虑考虑让你当我女朋友。"

那人长相油腻，语气更油腻，说完这话，还贱兮兮地凑到苏弥跟前："没事儿，哥哥不嫌弃你不是雏……"

苏弥有些被恶心到了，她冷冷地瞧着那个人，说："怎么，我上次打你打得不够狠？"

那人像是想起了之前的事，瞬间尿了。

"反正我可是好心，你跟着程靳是没有出路的，而且，你等着吧……"他说着话，眼神里忽然多出一丝阴冷，目光朝向赛道，"就是今天的比赛，他都说不定会出什么意外呢。"

苏弥听出了他话里有话，而就在这时，赛道上响起了一声口哨音，也代表着比赛进行到了最后一圈。

苏弥因为那个人的话，心里头忽然有些打鼓。她现在已经没什么期待程靳拿第一的心思了，她只想他能好好跑完最后一圈，安全刹车就行。

最后半圈，三百米，一百米，五十米……

直到程靳率先到达终点，苏弥担心的意外都没到来。

可是没过多久，当其他成员纷纷到达终点拧了刹车时，红毛却有些不对劲。

明明已经离终点没有多远了，但是他还没有拧刹车的意思。不仅如此，他好像还喊了几声，苏弥离得太远，听不太清。

不过同在赛道上的人，却听得一清二楚。

"躲开！躲开！我刹车失灵了！快躲开！"

程靳他们来不及反应，都忘了往两侧避让。

红毛那辆摩托车像箭似的，直接冲出了终点，并且仍然速度很快地冲向了西侧观众席。

下一秒，一声剧烈的撞击声在赛场上响起。

程靳那帮人见状，都焦急地喊了一声："红毛！"

出事后，赛场的工作人员第一时间叫了救护车。

救护车赶到后，医护人员先把红毛抬了上去，接着，跟车的医生说只允许一名亲友跟着。

当时程靳没给其他人机会，沉默地跟着医生、护士上了车。

施施是随后赶到现场的，她问了苏弥情况之后，也急得不得了。

时间不早了，丫丫没人接，丫丫爸爸只能先回去安顿好孩子再去医院。而施家也急着叫施展回去，说有急事需要他去处理。

两个姑娘没办法，只好先结伴赶去了医院。

医院走廊很安静，苏弥跟施施过去的时候，外头只有程靳一个人站在那儿。

苏弥能看出男人此时此刻的低沉，她脚下的步子不由得加快，走到他跟前。

施施跟在苏弥旁边，率先焦急地开口："红毛怎么样了？"

"器官没有问题，但是腿摔断了，要打钢板。"

"现在就在里头打着呢？"

"嗯。"

程靳说完话，目光缓缓从手术室那边挪了回来，碰巧和一直在看着他的苏弥四目相对。

两个人谁都没说话，但又像是都明白此时此刻对方心里在想着什么。

这时，走廊的另一头忽然又响起了一阵脚步声，一对中年夫妻往这头一路小跑而来。

程靳看了一眼就立马直起身，迎了过去。

"叔叔，阿姨。"

来人是红毛的父母，两位老人看着不年轻了，也不知是不是被这次的事情吓到，精气神儿瞧着都不太好。

"郑林，他怎么样了啊……"先说话的是红毛的爸爸，他不知道车队的人都喊红毛的外号，还叫着他的大名。

程靳显然对红毛的父母很尊重，回话时语气很认真："大夫说他摔得不是很严重，现在在里面打钢板，您二老不用担心。"

"怎么可能不担心啊，里面受苦的是我儿子！"红毛的妈妈态度很差，冲着程靳大吼，"当初郑林认识你就是个错儿，我让他跟着你玩什么摩托车更是个错儿，以前不管有钱没钱，至少人是平安的，现在呢！"

红毛妈妈越说情绪越激动，声音也越来越大。

这时手术室的门忽然被人推开，一名护士探出身喊了一声："喊什么喊，里面正手术呢！有什么话去外面说！"

程靳说了句"抱歉"，然后又压低声音对红毛的妈妈说道："阿姨，有什么话咱们去楼梯间说，在这边可能会影响到郑林的手术。"

红毛的妈妈瞪了他一眼，然后甩开自己老伴的手，气冲冲地先朝楼梯间那边走过去。

红毛的爸爸叹了口气，和程靳一道，也跟了上去。

楼梯间的门开了又合上，红毛妈妈的声音在这边听着确实小了不少。

施施靠在墙边，叹了口气。

"其实程靳哥这两年也不容易。"施施慢慢说道，"程礼哥回去接管家业之后，车队不得不由他这个当弟弟的接手。那时候燃车队还是鼎盛时期，车队成员比现在多很多。但是你也知道的，人多的地方，算计也多，大部分人看见程礼哥不在了，都想拿住程靳哥，让他给他们涨签约金，不然就集体解约。

"但你不知道,其实程家一直很反对他们兄弟搞这个车队,所以车队里面的开销基本都是兄弟俩自己掏钱。程礼哥一走,程靳哥这头更拮据了,没有条件满足他们,他们就跳槽的跳槽,转行的转行,反正那会儿走了不少人。

"后来我哥和我说,说程靳哥有一次喝醉了,拉着他和红毛的手一直重复着,说他要让燃车队一直走下去,这是他和他哥的心血,他哥走了,他不能再掉队。所以这也是我家逼得那么紧,我哥还坚持留在车队的原因。唉,不过挺可惜的,后面发生不少意外,老袁先为了生计走了,丫丫妈妈又生病了,然后就是李强……"

这个名字苏弥不是第一次听见,她看向施施,插了一句:"李强原本也是燃车队的成员?"

"嗯,还是个叛徒!"施施提到这个人,变得很愤恨,"当初他说家里人生病,程靳哥给他提前预支了三年的签约金,结果一转头,他就被黑雾的人收买。他不仅跑假赛,当时还把程靳哥逼停摔车了!本来那次比赛在业内就很知名,之前圈里面都在猜程靳哥会不会是那次比赛的冠军,结果预选赛的时候就被淘汰了!"

苏弥听见"黑雾"两个字的时候,突然想起来之前在赛场上碰见的那个人。她心里头有些预感,但又不知道对不对。

她试探着问了施施一句:"燃和黑雾一直是竞争关系?"

"不是,"施施目光有点沉,"是死敌,水火不容的死敌。"

红毛的手术很成功,红毛妈妈闻讯直接赶去病房,停了对程靳的教训。

苏弥先跟着大部队去病房看了红毛一眼,红毛除了情绪有点蔫儿,整个人看着还行。

红毛妈妈见着他就哭,说他就是不听话,就是不听他们的话。

苏弥看不得这种场面,想了想,最后还是默默先出去了。

她在外头等了程靳一会儿,原以为他去给红毛办理完住院手续就会马上回来的,可是等到现在也不见人影。

她坐不住了,乘电梯下楼,找了一圈之后,在医院后门看见了程靳。

夜色很深了,前方只亮着一两盏不太亮的路灯,他坐在路边的台阶上,脚底下攒了六七个烟头,指间还燃着一支。

苏弥默默走了过去,一声不吭地坐在他旁边。

程靳转头看了一眼,见来人是苏弥,没多说话,又咬着烟吸了一口。

"红毛的车,应该是黑雾的人做的手脚。"

程靳看了她一眼:"你怎么知道的?"

"你也知道?"

程靳点点头,片刻后又问她:"你怎么知道的?"

"猜的。"苏弥跟他说了一遍之前在观众席那边的事儿,"你呢?你怎么也知道?"

程靳沉默地咬着烟,从兜里掏出手机按了两下,不知道从哪里找出了一条视频。

苏弥点开一看,正是黑雾的人在给红毛的车做手脚时,别人偷偷录下来的经过。

录视频的应该是黑雾内部的人,并且胆子不算大,录的时候手一直在抖。

"刹车线折了,就算程靳那个杂种跑了第一,估计他也没运气参加过几天的比赛了!"

远处夜色很浓,程靳的目光落在黑暗里,一半脸颊也隐在了阴影当中,苏弥看不出他现在什么表情。

他再开口时,声音很淡。

"刚刚有人匿名把这个传到我邮箱里面了。"

苏弥莫名想到了什么,试探着问了一句:"李强发给你的?"

"不知道。"

苏弥转头看着他,又问:"你打算怎么办?"

她这个问题问出来后,两个人都陷入了一阵短暂的沉默当中。

程靳没表态,也没出声。

苏弥忍不住了,又开口问:"你打算忍下去?"

程靳依旧没回应,继续沉默。

苏弥有点气，一下站起身，低头看他。

"我听施施说，黑雾的人以前就阴过你？现在又来一次，如果这次还就这么算了，那他们只会更放肆！你也听见了，他们的目标从始至终只有你，今天是红毛帮你挡了灾，回头他们再想对你做点什么，后果可能就不是这样了！"

苏弥也不知道自己是怎么了，其实这些事本和她没什么关系，按照以往她的处事风格，她提醒过了，那就是过了，别人怎么选择，与她无关。

可是她现在很急，她不想程靳一直这么随便处理别人捅的暗刀子，她甚至担心他未来会不会受到更严重的迫害。

程靳默默抬起头，看着这会儿气得像一头小狮子的苏弥，没来由地忽然笑了下。

"谁说我要忍了？"

说完话，他将烟头一扔，抬脚朝地上踩了两下，然后站起身。

"待会儿让施施送你回去吧，我可能送不了你了。"

苏弥还没反应过来，眨了眨眼。

"你干什么去？"

"不是你让我别忍了吗？"程靳站在苏弥身侧，朝远处的黑暗看了一眼，"不忍的话，当然是去找他们算算总账了。"

其实苏弥是想说让程靳带着她一起去的，可是看着他那副样子，到嘴边的话又咽了下去。

不过她也没打算真的走，简单和施施扯了两句谎，说她先回去了之后，就一路打车跟着程靳。

程靳坐车去了城南的酒吧一条街，那条街上全都是酒吧、迪厅，苏弥眼睁睁看着程靳进了其中一家，连忙付了车费也跟着进去了。

她今天穿得太稚嫩，进去之后还没等走到卡座区呢，就被保安拦下要身份证。

"不好意思，我来找朋友，着急没带身份证，你先让我进去，我保证自己是成年人。"

保安大叔显然对这套说辞已经免疫了，一副公事公办的模样："未成年人谢绝进入本店消费，你要是找朋友可以打电话叫他出来，进是肯定进不去了。"

苏弥有些无语，有点后悔自己今天怎么没穿平时的衣服出来，要是吊带、短裤再加上她手臂上的文身，估计这保安怎么也不会再误会她是未成年了吧。

她没打算放弃，抻着脖子往里面看了看，恰巧，她一眼就看见了程靳。

他像是已经找到了要找的人，拎着男人的衣领就往后头走。四周舞曲劲爆，气氛火热，几乎没人察觉那人是不情愿被程靳拖着走的。

苏弥看了眼他们离开的方向，猜测那人应该是被程靳带去了后门。

算了，赌一把。

苏弥没再和保安纠缠，出了酒吧正门就一路绕到了后面那条街。

城南片区有些年头了，酒吧一条街的后面是一条破旧小巷子，一家挨着一家都放了半人高的垃圾桶，地上也四处可见醉酒后的呕吐物。

房檐上，几乎每家都挂着LED灯牌，彩色的霓虹灯光在黑暗中交错闪烁。

苏弥见识过比这里还脏乱的环境，所以过来的时候没有任何嫌弃。她凭着记忆往里头走，感觉快要到那家酒吧的后门时，忽然听见前面的巷子里传来了一阵痛苦的闷哼声。

她顺着声音小心地走了过去，巷子那头，正是程靳和那个黑雾车队的人。

传给程靳的视频里面，对红毛摩托车做手脚的人也正是他。

他这会儿被程靳打了几拳，已经倒在地上不敢动弹。

隔着一段距离，苏弥看不清程靳脸上的表情，但是瞧着那人一直害怕地向后蹭，不难猜出程靳这会儿有多吓人。

"你知道郑林为了过几天的城市赛准备了多久吗？"程靳语气淡淡地发问。

那人害怕得咽了咽口水，撑着手肘还在往后蹭，但嘴上还是说着犯贱的话。

"他准备了多久关我什么事！更何况我一开始也没想害他，他是替你受罪！你要是怨，就怨你自己！"

他越说越觉得有理，说到后面，甚至还点点头："对！是你！是你害了他！他要是不认识你，就不会有今天的事儿！"

这话别说程靳了，就是苏弥听着都想给他两拳。

程靳不知道从哪里抽出一根棒球棍，也没理那狗东西的话，反问一句："你知道郑林伤的是哪条腿吗？"

不等那人回应，他就拿着棒球棍顶了下对方的左腿。

"这条。

"一块钢板，需要卧床三个月，一加三等于多少？"

程靳淡淡地看着那人，脸上没有任何表情，别人看不出他是愤怒还是难受。

可越是这样，越让人觉得深不可测，让人更加惧怕。

那个狗东西已经吓得脸都白了，他极其后悔今天来这个酒吧约妹子，要不是甩开了车队成员的聚会，自己这会儿也不至于落到这个疯子手里。

"四。"

程靳像是不准备一直等，替他回答了。

而顷刻间，他忽然站起身，猛地挥起棒球棍，狠狠地朝地上那个男人的膝盖砸去。

一下，两下，三下……

躲在这头的苏弥第一次看见程靳这么狠厉的一面，红绿交错的霓虹灯光映在他脸上，莫名的，苏弥觉得他的侧脸看着比平时还要沉静。

沉静得可怕。

她的心跳不自觉加速，听着远处街边一直有人来来往往，又下意识替程靳悬起了心。

程靳砸最后一下时，地上的人已经疼到快叫不出声音了。他表情痛苦，想抱住自己的膝盖，可是腿疼到抬都抬不起来。

程靳像是看不见这些一样，居高临下地看着他，像看着一只蝼蚁一般，片刻后，他挥着棒球棍，砸了最后一下。

程斩把想做的事情做完之后，也没急着走。

他站在原地，偏头点了支烟，抽了几口，烟燃一大半时，他看了一眼还在旁边痛苦哼唧的人。

"我知道你们为什么一直死揪着我不放，也知道你们还在耿耿于怀当年我哥和你们老大那件事儿。

"但是你得明白，我一直给你们脸，不是因为怕你们，而是懒得计较。但如果今天的事情再来一次……"说着，他蹲下身，慢条斯理地把燃着的半支烟按在了那人的手背上。

在对方痛苦的喊叫声中，他缓缓吐出几个字："你试试。"

那个人最后是被黑雾的队员接走的。

黑雾的人听他打电话说这边出了点事，需要人去接，还以为他又约了哪个妹子出了岔子，所以大家都没太在意，就喊了一个和他要好的成员过来了。

那个车手来了之后才发现他被打了，还看见打人的是程斩。

那个车手见自己兄弟被修理得这么狠，腿可能都已经折了，不由得有些怒了。

"你给我等着！我现在就报警！"

程斩见黑雾的人来了，也不准备多留，扔下一句"随便"后，转身便走。

身后的两个人一个叫嚣着要报警，另一个却怎么也不让。僵持之间，苏弥好像听见他们提起了"视频"二字，至于具体说了什么，她就听不太清了。

眼看着程斩要走到这边来了，她四处看了一眼，最后实在没处躲了，只能直挺挺地、有些傻气地贴在墙边。

程斩路过她时，目不斜视地朝前走。

就在苏弥以为她要混过去的时候，程斩忽然停下了。

他侧过身，目光直接落在苏弥身上。

"不走？"

两个人一前一后地走出小巷，到了街口时，程斩渐渐停下了脚步。

他选了个还算亮堂的地方，带着苏弥等出租车。

这会儿时间不早了，出租车很少，他们两个像是都不急，站在路牙上，安静地等着。

不多时，程斳先开了口。

"其实我哥走了之后，很多次我都有些挺不过去了。李强拿钱跑假赛，老袁转行……好像每次有人离开，都像是告诉我，燃车队要不行了。

"红毛的父母其实私底下也找过我几次，我知道他们二老的意思，我侧面也了解了红毛的想法，但我还是把他一直留到现在。

"下一次……也不知道还有没有下一次了。"

程斳的话有些混乱，别人听见肯定会问一句他到底想说什么。

可是不知为何，苏弥却明白了他的意思。

背后是来来往往的车流，那边，是酒吧街不停闪烁的霓虹。

两个人站在街边的路灯下。

忽然，苏弥走到程斳面前，抬起了手，踮起脚。

她动作有些生疏，像是第一次做这种事情一样，一下一下，轻拍了拍程斳的脑袋。

"你是对的。

"你坚持的，是对的。"

程斳静静地看着她，不多时，莫名笑了下。

"你居然懂。"

苏弥看着他，难得认真地一字一顿——

"嗯，我懂。"

出租车内十分安静。

司机开了空调，车窗关得严严实实。封闭狭小的空间里，只有司机偶尔的咳嗽声。

好在司机是见过大风大浪的，他通过后视镜往后面瞥了几眼，便再没多余的反应。

苏弥这会儿其实有些困了，今天的情绪真的是大起大落，先是看比赛想等结果，接着红毛出事，然后她又偷偷跟了一路到了酒吧街那边。

桩桩事情合在一起，她感觉自己的神经已经紧绷到了一定程度，现在忽然轻松下来，她就特别想睡觉。

她看了眼旁边的人，对方这会儿正偏头望着窗外，一直没出声，侧脸规律地映着外头的灯光和树木的剪影。

她用手肘碰了程靳一下，见他没反应，又碰了一下。

程靳这才回过头，和她对视。

"想什么呢？事情都过去了。"

程靳眼眸深深，重新看向窗外，声音很淡："没事。"

片刻后，他不知想起来了什么事情，忽然将视线转向前面的司机。

"师傅，麻烦你先去老城区那边，再掉头去一趟市中心医院。"

苏弥听到他这话，有点诧异："这么晚了，你还要去找红毛？"

"嗯，有些事，我还是想今天就和他说。"

苏弥大概猜到了他想说什么，心里头的情绪有些复杂，想开口阻止，可又觉得他确实该去。

所以到最后，她什么都没说，而是转头也朝司机师傅来了一句："师傅，先去市中心医院吧，然后再往老城区那边走，这样顺路。"

程靳闻声看了苏弥一眼。

苏弥知道他什么意思，没等他开口，先出声："你是不是忘了之前在老袁赛场那边，我怎么把那个狗东西按地摩擦了？虽然我不如你狠，但还是能保护好自己的，你少操没用的心。"

程靳听了她的话，沉默之后，反问："吓到了？"

"吓到倒是不至于，但确实吓了一跳。"

苏弥不自觉又想起了刚刚程靳狠狠挥下棒球棍的画面，又说："你不知道，咱俩第一次碰见的时候，我见到你的第一眼，就觉得这男人肯定不好惹。现在一看，你确实挺不好惹的。"

说着，她悄悄地往程靳那边靠了靠，贴近他说："得罪我顶多就是破个皮留下几块瘀青，得罪你，得废一个膝盖骨呢。"

程靳原本心里头沉甸甸的，但听了她这话，莫名就想笑。

还有一个路口就要到红毛住的医院了,司机在等红灯的时候小声提醒了一下。原本气氛刚轻松一点的车厢,因为这一声,又忽然变得安静下去。

红灯没过多久变绿,司机一脚油门踩下去,十几秒之后,车子便停到了医院大门口。

"到啦,小伙子。"

程靳和苏弥都没有立刻动作,很默契地,他们都看了对方一眼。

片刻后,程靳张嘴像是想说点什么,却最终什么也没说。

"走了。"他没再浪费时间,推开车门,头也没回地走了。

时间很晚了,住院部的大部分楼层都熄了灯。

红毛因为才打完钢板,麻药劲儿过了就一直吵吵着喊疼,想找大夫打一针镇痛剂,又觉得一个大男人这么做实在是不够爷们儿。

于是他就一直叫着忍着再叫再忍,来来回回无限循环。

护士都来提醒他好多回了,但他还是睡不着。

程靳进去的时候,发现病房里只有红毛的爸爸在陪床,红毛叫唤得厉害,老人就算躺下了也不能休息,所以索性就直接坐在床边,陪他唠嗑。

看见程靳来了,老人立马就站起身。

"这么晚了,你怎么又过来了呢?"相比红毛的妈妈,红毛的爸爸态度更温和一些,"之前我和郑林他妈妈去交住院费,大夫说你已经给他预存了不少钱,这个太不好意思了,回头这钱我和他妈妈补给你。"

还没等程靳说什么,红毛在那头先大大咧咧地开了口:"得了啊,爸,这事儿你跟我念叨就行了,怎么还和他说上了?我俩关系这么铁,提什么钱不钱的,太见外了!"

红毛这会儿正平躺在病床上,手里还拿着个苹果,来来回回地上下抛接,精神看上去还不错,就是脸色没有平时好。

程靳默默看了他一会儿,接着对红毛的爸爸说:"对,叔叔,您别见外,都是我应该做的。"

"什么应该做的呀,你可别这么说!"红毛的爸爸有些欲言又止的模样,看着程靳时,目光里带了些为难,"之前郑林妈妈的话你别放在心上,她年纪大了,又只有郑林这一个儿子,平时对着我家这臭小子都是大吵大闹的,遇见事儿了,难免心急。她说的话,你都别往心里去,别当回事儿啊!"

老人老实憨厚,和程靳说话时,语气也是带着小心。

那一刻,程靳发自内心地有些难受,甚至有点难受得喘不上气,心里头像压着东西。

他站在原地,沉默了几秒钟,迎着红毛爸爸的脸,出声:"郑爸爸,其实这次的事,责任……"

他是想当着红毛爸爸的面,把这次事情的经过完完整整说清楚的,可是哪想到红毛像是察觉了什么,根本不给他往下说的机会。

"哎!爸!我才想起来,晚上你还没给我洗脸呢!你先去水房打点水吧,回来给我洗个脸。"

红毛爸爸当然听得出来自己儿子这是想支开他,也没多想,顺势就应了下来,然后拿着脸盆出去了。

临走前,他还交代了程靳一声:"别客气,自己坐。"

红毛看着爸爸出去的背影,不自觉嘟囔:"他会客气个啥。"

说完,他用下巴指了指床边。

"坐这儿吧。"

程靳走了过去,侧身坐下,刚挨到床边,红毛就先叫唤起来:"我说你能不能别整事情了啊!你是不是又想把责任往你身上揽?我自己的刹车出问题了,和你有什么关系啊?你……"

"有关系,"程靳忽然打断红毛的话,眸色又深又沉,"这件事和我有关系。"

他说完,就把手机递到红毛面前,给红毛看了邮箱里的视频。

红毛一开始还觉得程靳神经病,后来越看越沉默,一脸想宰了对他摩托车做手脚的人的表情,然后在听见那句"程靳那个杂种"时,又后知后觉地"啊"了一声。

程靳坐在床边,没看红毛,低垂着眼。

"其实你们所有人的为难我都一清二楚,可是我自私,我害怕你们走了我一个人更撑不下去了,所以我一直装成看不见。"程靳说着说着,自嘲地提了提嘴角,"是不是想骂我不是东西?骂吧,你今天骂什么我都不还嘴。"

他的话说完,红毛罕见地沉默了。

后面一段时间,病房里陷入了沉默当中,静得有些吓人。

程靳抬头看了看窗外,再次开口:"我知道这些年你是因为我才留下的,你如果有更好的选择……"

"我真听不下去了!"

红毛突然出声,打断了程靳的话,那样子激动得像是如果不是起不来,他都想坐起来揍程靳一拳了。

"你也太高看自己了吧?我一直留在赛场上,完全是因为赛车是我的梦想,我想追求!我要追求!我必须追求!和你有半毛钱关系啊?还有留在燃……"

红毛说到这里,面带犹豫,想了想,又一副理直气壮的样子。

"我留在燃也是因为现在人少啊,人少机会多,不然你以为我还留下啊!

"反正我是不会走的,我们都不会走的,未来一年、两年、五年、十年……我们都不会走的!你不要想这种事情了!"

程靳没出声,只是看着红毛。

但是红毛能从他的眼神里,看出一丝……

感动?

红毛心里头挺诧异的,这在程二身上太难得了,要不是手边没手机,他真想把程二这模样拍下来。

片刻后,他语气轻松地对程靳说:"我要是你,现在直接就伸出手,然后来一句'未来几十年合作愉快'。"

说着,他先伸出了手:"来,我给你打个样儿,程大队长,以后合作愉快啊!"

程靳眼底有情绪在涌动,他缓缓伸出手,和红毛的手交握——

"未来几十年,合作愉快。"

医院外，圆月高悬，夜色静谧。

程靳又绕到了后门那儿，再次坐在那个台阶上。

不过，这会儿心情和之前完全不一样了，他空前的轻松，感觉心口堵着的东西完全被疏通了。

坐下后，他先给自己点了支烟，然后又掏出手机。

之前在病房里，他的手机隔一会儿就响一次，他当时完全没心情拿出来看。

锁屏上面提醒，是有人给他发了几条微信，点开一看，发消息的竟然是苏弥。

这倒是挺意外的。

程靳下意识挑了下眉，一条一条看起来苏弥给他发的微信——

专家指出，长期情绪低落会导致肥胖、脱发。

有专家称，有以下习惯的人更易得抑郁症。

专家……

这几条微信之后，又是几条早就流行过的笑话，程靳几乎每个都听过。

他顿了顿，发了个问号过去。

苏弥在那边回得很快。

苏弥：怕你去一趟医院之后，出来得抑郁症。

程靳不禁笑了，想了想，他直接打了电话过去。

电话只响了一声，苏弥那边就接通了。

"怎么，抑郁患者寻求帮助？"

程靳低笑："不至于。"

苏弥在那头听见他的声音和这个语气，默默松了口气。

她想了想，挺认真地对程靳说："开心点。"

"谢谢？"

"不客气？"

这两句话下来，电话两边的人很默契地一块儿沉默了几秒钟，然后又都笑了起来。

时间过得很快，转眼就到了要去参加城市赛的日子。

登机那天，程靳、施展以及丫丫爸爸，很早就去了机场候机。

三个人一直看着这次比赛其他车手近期的赛事视频，在做最后的研究，每个人都很认真。

离登机还有半个小时时，施展说要去趟卫生间，丫丫爸爸也跟着一起，独留程靳在原处看着行李。

碰巧这时，苏弥的微信发了过来，还有一张照片。

苏弥：你让我给红毛带的猪蹄我带到了，但是他能不能有命吃就不一定了……

程靳临走的时候，拜托了苏弥有空去看看红毛，因为红毛的爸妈都在，而且很严格地控制他的饮食，所以导致他每天都在群里哀号现在的日子不是人过的。

程靳心里头过意不去，自己又没办法过去，只能求苏弥去看他。

她发来的图片是在红毛病房里头拍的，应该是红毛偷吃了她买的猪蹄，然后被红毛的妈妈抓了个正着。

照片上，红毛被他妈妈狠狠地揪着耳朵，但手里的猪蹄却还被护得死死的，一副人不死猪蹄在的顽强模样。

程靳刚看完图片，还没来得及回呢，苏弥在那头忽然又发了一条微信过来。

苏弥：你确定你让我偷偷给他送吃的东西……是为他好？

随后苏弥又发过来一张照片，应该是红毛挨打的画面，像是进攻方和躲闪方都很敏捷，她抓拍时只拍到了模糊的两个影子。

但大致能看出来，红毛确实在挨揍。

程靳忍不住笑，明知故问地回了句：为什么这么问？

苏弥：因为从红毛挨揍的程度上来看，我感觉你在借刀杀人。

苏弥：你和我说实话，你是不是看他不顺眼很久了？

程靳笑意更浓，黑色帽檐都遮不住他不断上扬的嘴角。

施展和丫丫爸爸从洗手间回来之后，就看见他们车队的小冰山坐在那儿笑，一时之间觉得画面极其诡异。

他俩很默契地对视一眼，然后一起悄悄凑到程靳跟前瞧了瞧他的手机。当看见微信是苏弥发来的时候，他们倒有些意料之中了。

程靳马上就察觉到两个人的靠近，下意识将手机一收，抬头看了他们一眼。

两个人倒是挺自然的，一块儿直起身，又一块儿到旁边坐好。

他们什么也没问，甚至都没再看程靳一眼。

但没多久，两人就唱起了双簧。

"我记得我早恋那会儿，也害怕家长看见我和对象聊天。"施展说。

"嗯，一看见家长就瞬间把手机收起来了，动作敏捷迅速不拖沓。"丫丫爸爸接话。

"你说初恋是什么味道的来着？"施展问。

"猪蹄味儿的吧。"丫丫爸爸回答。

程靳都快被两人气笑了，转头看过去。

"你俩想说什么就直说，这么来来回回的有意思？"

"没意思，没意思，没有笑着和女生聊天有意思。"施展其实私底下也是个杠精，经常用软刀子捅人捅到哑口无言。

程靳刚想再说句话，机场广播忽然提醒他们所坐的航班开始登机了。

三个人都不闹了，起来认真收拾东西准备登机。

临起飞的时候，程靳又回了一条微信给苏弥。

程靳：到登机时间了。

苏弥：啊，朋友再见！

程靳挑了挑眉。

程靳：我要去比赛，你不准备对我说点什么？

苏弥：呃，金榜题名？

程靳：然后呢？

苏弥：独占鳌头？

程靳：…………

苏弥：名垂千古？

苏弥：再往下可就过分了啊！

程斩在这边已经能想象到苏弥说这话时是个什么表情了，笑意忍不住又从眼角溢了出来。

片刻后，他手指重新搭在手机屏幕上，打了几个字。

程斩：等我回家。

苏时时在家休养了大半个月，才从之前被苏弥吓到的阴影里面走出来。

她养病的这段期间，表姐秦雨经常过来陪她，私底下，也跟着她一起骂苏弥。

这天，两人又聚到了一起。

本来她们在电话里约好一块儿出门逛街的，可是秦雨过来苏家时，表情却不太对劲。

苏时时很喜欢这个表姐，虽然爸爸私底下说过秦雨心术不正，不让她与其多来往，可是她仍觉得那是爸爸的偏见，毕竟表姐一直以来，无论大事小事，都是完全站在她这边的。

所以看见表姐心情不好，苏时时马上上前关心。

"表姐，你怎么啦？"

秦雨一副强颜欢笑的模样，摇摇头："没事，就是出来前和你姐夫吵了一架。"

秦雨和季怀楚已经交往很多年了，从挺早开始，苏时时就管他叫姐夫，一开始秦雨还觉得不好意思，听着听着，倒也听习惯了。

"啊？因为什么啊？"

秦雨看上去情绪有些低落，看了苏时时一眼之后，又低下头。

"算了，我的事还是不让你烦心了，你生病才好没几天，别操心我的事情了。"

"表姐，你说什么呢？"苏时时是真的关心秦雨，一听这话，都有些急了，"哎呀，你快说，你是不是想急死我！"

秦雨的头垂得更低了，像是纠结了一会儿，然后才闷声说了句："我们这次吵架是因为苏弥。"

"啊？因为那个丧门星？"

苏时时现在听见苏弥的名字都感觉有些头皮发麻，当时那把美术刀逼近自己时的画面，她到现在还记得。

"她又怎么了？"

秦雨能感觉到苏时时在听见苏弥的名字之后，态度的退缩，但是她没太在意，继续道："你姐夫之前好像碰到她了，不知道她怎么跟你姐夫哭惨呢，导致你姐夫现在觉得是咱们把苏弥逼到绝境了。我维护了你两句，他就冲我大喊大叫的。"

"啊？姐夫怎么这样啊！"苏时时说，"姐夫是不是对那个丧门星有什么别的想法了？"

秦雨摇摇头："我不知道。"

她看似犹豫了一下，又说："时时，你说按理说……你爷爷是在她不在家的时候就叫人把老宅锁上了，她身上没钱又没身份证，应该会回来求你们啊，为什么现在她连人影都看不见了？"

苏时时也不太确定："我也不知道，其实妈妈也和我说她肯定会回来求我们的，但是不知道为什么一直没回来。"

其实秦雨来之前已经去过老城区那边的苏家老宅了，苏弥那间房间的窗户被砸，她也看得一清二楚。

她这次来，就是想借着苏时时的手，不让苏弥好过！

自打苏弥回来之后，季怀楚不止一次出言袒护，两个人感情本来就到了平淡期，她太害怕这个时候出什么意外了。

她虽然是秦家的姑娘，却是最不受重视的那个，上面有大哥大姐，他们个个都很优秀，下面还有弟弟妹妹，老人也都很喜欢。她在家族里面夹在这群孩子中间，每次逢年过节就跟背景板一样，根本没人重视。

所以她太在意季怀楚这块跳板了，她必须抓得牢牢的。

想到这里，她又一点点挖坑，等着苏时时往里头跳。

"你说她会不会已经回过老宅，把她的东西都拿走了啊？"秦雨像是不经意地开口，"要真是那样，那她岂不是什么惩罚都没受了？有了身份证，她哪里都可以住吧？"

果然，苏时时一听到这个，火气就来了。

"不可能！"她一下站了起来，想了想，拉着秦雨，"不行，表姐，你得陪我去一趟老宅。"

她虽然想让苏弥彻底滚出苏家，可是她也不想苏弥太舒服地离开。

之前听说苏弥所有的东西都被锁在老宅的时候，她很多次暗暗幸灾乐祸，她还幻想了苏弥没钱没身份证在街头流浪要饭的画面。

想到这里，她语气更重了。

"走，表姐，我们去老宅！"

临市的城市赛赛程为期三天。

程靳他们几个提前了一天去到那边，过去后先是办理了入住手续，住进了主办方统一安排的酒店内。

酒店是临市比较大的四星级酒店，几个人提供了身份信息后，前台就直接微笑着为他们办理了入住，还有专人为他们运送行李。

礼仪小姐本想亲自带他们去房间的，不过程靳他们几个拒绝了。

进了电梯后，施展忍不住开口了。

"终于遇见一个不小气的主办方了，这回咱们房间门缝底下，应该没有小卡片了吧？"

其余两个人听完都笑了笑，脑海里已经有了之前住酒店的那些画面。

几个人一路说说笑笑到了房间，因为他们是三个人，且都是男生，所以主办方直接替他们订了套间。

出电梯的时候，他们迎面碰见了一个长发女生，女生很漂亮，穿着性感，身材凹凸有致，并且还有那么一点眼熟。

施展和丫丫爸爸正回忆着这女生是谁呢，对方倒先打起了招呼。

"嗨，好久不见。"

虽然女孩子没特定叫谁的名字与其打招呼，可是明眼人都看得出来她是在和程靳说话。

后面的两人互相看了一眼，都不约而同想起来这女生到底是谁。

他们没记错的话，她叫丁晴，是个车模女郎，貌似在圈子里挺有名气的，认识不少顶尖车手，且也被不少车手喜欢。

这次她会在这儿出现,估计也是受主办方邀请去赛场上做车模。

不过她对他们而言,不只是这些记忆点,最重要的是,她貌似对程二挺有好感的。

就是程二每次都不怎么搭理人家。

程靳一如往常,只是点头回应,甚至连多余的眼神都没给过,径直朝前走。

身后的两个男人以为丁晴不会轻易离开的,但是没想到她微微笑了下,就错过身上了电梯。

回到房间的时候,施展还和丫丫爸爸讨论着,说这女生这次怎么这么容易就放程靳走了,是不是已经换目标了。

他们讨论得有模有样,甚至后来还说起了喜欢的保鲜期。

程靳一开始不在意,但后来实在觉得他们这样是在浪费时间,便出声说:"行了,和我们没关系的人和事,就别浪费时间了。订个外卖吧,吃完了我们去熟悉熟悉场地。"

所有人都以为这只是个小插曲,却没想到,还没过一个小时呢,他们的房门就被丁晴敲响了。

去开门的是丫丫爸爸,丁晴披着半湿不干的头发,身上穿了件酒店提供的白色浴袍,看样子像是洗澡洗了一半的模样。

"不好意思,我房间的花洒坏了,能借你们的浴室用一下吗?"

丫丫爸爸向来是个老好人,别人提的请求他很难拒绝。他为难地回头朝施展看了一眼,想用眼神问问怎么办。哪想到那小子遇到真格的事儿上就含糊了,一个眼神又把他支到了程靳那头。

程靳这会儿正在收拾桌子上的外卖盒,听见丫丫爸爸叫自己,随意抬头朝那边看了一眼。

丁晴微笑着看程靳,一头乌黑长发侧拢在右边,浴袍领口拉得不算高,能微微看见锁骨下方的雪白皮肤。

他随口说了句"随便",接着就提着外卖盒子往门口走。

"走吧,该去赛场看看了。"

他全程都没理会丁晴,权当不认得一样。

丁晴也不恼,看见丫丫爸爸侧身给她让位置时,还礼貌地说了句:"谢谢。"

三个人出了房间后,施展忍不住拿手肘撞了程靳一下。

"一看她就是对你还没死心啊!"

程靳反应平静,继续稳步向前走:"与我无关。"

施展"啧啧"两声,心想:无论多主动的女生,到这小冰山跟前估计都是白搭。

这事儿转瞬就被几个人忘在脑后了,他们出了酒店,直接打车去了比赛场地,一路上遇到了不少别的车队的熟人,也看见了黑雾的成员。

施展已经知道了红毛出事是他们搞的鬼,这次看见他们车队的人,浑身上下像长了刺似的,见到他们就想扎。

对方也不甘示弱,尤其之前在酒吧街后巷扬言要报警的那个人,看见程靳他们之后,表情阴冷得可怕。

程靳怕施展在这些人身上浪费时间,就提前和他说了一句:"别在没用的人身上浪费时间。"

黑雾的人本就记着自己兄弟被程靳打断一条腿的仇呢,听了他这话,一个个眼神都变得不善。

"干什么呢,干什么呢?"

后面忽然传来了一道低沉的男声。

程靳他们向后看了一眼,发现过来的人是好久不见的黑雾老板兼车队队长,张麟。

张麟拄着拐杖,一步一步走到了人群中间。在场的黑雾成员显然都很尊敬他,主动给他让开了位置。

他比程靳矮了半个头,站在程靳跟前时,要微微抬着脑袋说话。

"小程队长别介意,底下的小孩儿不懂事。"

张麟看上去很和善,穿着打扮都是很普通的样子,但是程靳他们几个都知道,黑雾最阴最毒的,其实就是这个笑面虎。

程靳不想和这种人多纠缠,随口扔了句"是吗"之后,就带着施展他们准备走。

哪想到他们刚一转身，张麟在身后又出了声："小程队长，你大哥最近还好吗？"

程靳脚步一顿，面无表情地转身看了他一眼。

张麟依旧笑得和善，说道："这几天这边一直是阴天，我这腿老是疼，一疼呢，我就想起来你大哥了。啊，我不是埋怨他啊，就是忽然挺想他的。"

他一边说，像是一边回忆一样，末了，又对程靳说道："你大哥走了之后，你的日子不好过了吧？要我说，你还不如回家做你的二少爷呢，还留着这个破车队干什么，入不敷出的，我都替你头疼。

"不过，这次比赛不会就你们三个人参加吧？"

施展听得青筋都快暴起来了，但程靳依旧很平静。他深深看了张麟一眼，接着带着施展他们头也不回地往前走。

身后，又传来了张麟的声音。

"咱们小程队长都多难了，天天带着只有三个人的车队东奔西跑的，你们一个个有点眼力见儿，别老给人家找麻烦！"

黑雾的成员听完都大笑起来，有好事者还高喊了一声："是啊！只有三个人的车队还有脸来参加比赛呢，多不容易啊！我们得可怜可怜他们！"

施展有些听不下去了，回头想去找那些狗东西算账。程靳似乎猜到他要干什么，提前按住了他。

"你拦着我干什么？我要回去骂他们两句！"

程靳出奇地冷静，回道："赛车手比的是速度，不是嘴。几条狗，不值得我们浪费时间。"

旁边的丫丫爸爸也劝说多一事不如少一事，施展却还是一副气不过的样子。

程靳见状，很认真地对施展说了一句："看不惯他们，也不能成为他们。"

施展一听，抬头看了程靳一眼。

他没再多说什么，几人沉默地走了。

这个小插曲其实对他们影响不大，甚至还成了施展试车时的动力，他带着气儿一直加速，弯道压车时，甚至还比自己的最好成绩快了一秒。

后来结束回酒店时，他们心里头早就不想这事儿了。尤其是施展，他对于自己弯道突破这件事，极其兴奋。

"明天先是团体赛，等着咱们三个虐死黑雾那帮人！"

程靳也被他感染了情绪，心里头像是有团火一样，特别希望快一点到明天。

回去的路上，红毛在群里问了他们准备的情况。

施展不是能藏着事儿的主儿，噼里啪啦把遇到黑雾的事和后面试车时破纪录的事情都和红毛说了。

显然红毛在那头也很兴奋，一直叫唤着让他们血虐黑雾。

后来，也不知道施展怎么想起来了之前的事儿，忽然又在群聊里面来了一句。

施展：除了这些，程二还有一桩桃色新闻事件。

施展：还记得那个辣妹车模丁晴吗？这次城市赛她也受邀过来了，刚刚在酒店不仅和程二打了招呼，后来还去我们的房间借了浴室，说自己房间的花洒坏了。啧啧啧，司马昭之心啊。

红毛：程二，你是个快要有家的人了！你这样下去是不守"男德"！

红毛：待会儿小苏过来我要跟她告状！

程靳一直默默看着他们聊天，看见红毛这话时，他凉凉地看了施展一眼。

可施展一点也不惧，笑嘻嘻地说："干什么？我也没说假话啊！"

片刻后，程靳低头看着手机，回了一句。

程靳：用不着你说。

红毛心想：他什么意思？用不着我说？那他是想自己说？

几个人再次回到酒店，本以为丁晴早就离开了，可哪想到他们刷了房卡进去之后，她居然还在，并且躺在程靳的床上睡着了。

施展和丫丫爸爸都很震惊，就程靳还算反应自然。

他像是没看见床上的女人一样，走到房间的座机旁边，拿起座机听筒，拨了酒店前台的号码。

丁晴在他们进屋之后,缓缓"转醒",她先是看见站在那边打电话的程斩,又看了眼床尾站着的两个人。

"啊,不好意思,洗完澡太累了,见你们没回来就迷迷糊糊睡着了。真的很抱歉!"

这话鬼都不敢相信。

施展和丫丫爸爸互相看了一眼,然后都不约而同有些尴尬地冲丁晴笑了笑,接着,他们又看向程斩,谁都没敢出声。

打电话的时候,程斩还顺手掏出手机,像是给谁发了条消息。

前台有人接听了,程斩简明扼要,直接说需要保洁人员过来换床单。

"先生,这边显示您的套房中午才刚刚办理了入住,请问是入住前就对床单卫生不满意吗?如果是这样,我们酒店会派专人为您清理并表示歉意。"

程斩手里发消息的动作没停,听了前台的话,也没顾及什么,直接开口说道:"不是,刚刚被人弄脏的。"

按理说,丁晴这会儿要么是尴尬得无地自容,要么是被程斩气到半死,但她一副很平静的样子,甚至还一直微笑着看着程斩。

施展和丫丫爸爸都不禁在心里感叹:这段位,高啊!

见程斩挂了电话,丁晴忽然站起身。

"其实你没必要麻烦清洁人员的,我可以帮你换,毕竟是我的过失。"丁晴走到程斩身边,略带歉意地和他说。

程斩头也没抬,直接回道:"不用。"

丁晴一直在看着程斩,这个男人她第一次见是两年前了,那时候她在圈子里刚刚小有名气,每天都有许多男车手跑来要她的微信。她唯一一次主动去要别人的,对方就是程斩。

而那也是她唯一一次碰了壁。

那之后这个男人就像个魔咒一样,一直存在她脑海里。她几乎每次看见他都会主动搭话,然后再要一次他的微信。

可是没什么意外的,她基本上也是次次碰壁。

这个男人总是冷冷清清的,也不和她正面交流,无论拒绝与否,他似乎连看都不想多看她一眼。

丁晴也算是阅人无数，可程靳越是这样，她越想去征服。

想到这里，她又往程靳身边凑了凑，头发间散发着若有似无的香味，搅得周围的空气都开始暧昧。

"这次你也不打算给我微信吗？"

程靳发消息的动作忽然顿了顿，破天荒地，他抬头看了她一眼。

"你确定还想要？"

丁晴先是一愣，接着及时反应，媚眼如丝。

"你猜呢？"

男女之间的暧昧来来回回，但显然程靳并不是想和她暧昧。

他的视线重回自己手机上，此时上面显示的是他和苏弥的聊天记录。

程靳：待会儿可能要你帮个忙。

苏弥：干啥？

他修长干净的手指重新往屏幕上一搭，片刻后，他又打出来几个字。

程靳：待会儿别人会拿我的手机给你打电话，然后……

苏弥：然后？

程靳：然后你假扮一下我女朋友。

屏幕那边有短暂的沉寂，显然对面的人被吓到了。

程靳也不急，就在这边不慌不忙地等着。大概过了十几秒，他果然等到了苏弥的再次回复。

苏弥：你在说什么玩意儿呢？

程靳：来不及解释了，准备接电话。

后来，无论苏弥再说什么，他都没再看。他打开通讯录，直接找到她的号码拨了过去，然后把手机递给了丁晴。

"你如果真的还想要，那就问问对面的人同不同意。"

丁晴有点蒙，接过手机缓缓放到自己耳边，听筒里一直响着拨通电话的嘟嘟声，过了很久，久到她都以为无人接听的时候，那边忽然接通了。

苏弥先发制人，没等丁晴出声，就先来了一句："喂，程靳……"

是个女孩子，声音很甜，年纪应该也不大，喊了程靳的名字之后，隔了两秒,她又加了两个字:"哥哥。"

丁晴大概明白怎么回事儿了,她看了程靳一眼,故意说:"小妹妹,我现在和你哥在一起呢,想要他的微信,你让他给吗?"

她这话说得有技巧,单方面误会了苏弥和程靳的关系,不管后面结果如何,她都不会尴尬。

但显然对面的苏弥并没有这个心思,也不知道她在那头说了什么,丁晴的脸色越来越差,最后甚至有些愤怒。

没隔多久,丁晴就把手机重新递给了程靳。

"你女朋友喊你听电话。"

程靳挑了挑眉,接过手机,"喂"了一声。

"你怎么回事?神经病啊?突然来这么一下子!我差点没反应过来!"

程靳默默按着手机边缘的调音键,悄无声息地把手机音量调到最低,然后开始了答非所问。

"嗯,我不会加的,你放心。"

"什么玩意儿?谁说这个了?"

"快回去了。"

"不是,你说什么呢?"

听筒那边沉默了,程靳没忍住勾了勾唇,接着,又吐出几个字:"我也想你。"

挂断电话之后,程靳对丁晴的态度明显缓和了一些,甚至还破天荒地对她笑了笑。

"你也看见了,家里小朋友管得太紧。

"所以这微信,我真不能加。"

苏弥收到程靳短信的时候,正在家里换衣服,准备去医院看红毛。

他那几条莫名其妙的短信和像有什么大病的那通电话,让她在原地无语了好久。

后来没忍住,她又噼里啪啦给他连发好几条微信。

苏弥:奥斯卡最佳导演奖?

苏弥：你不拿小金人简直屈才了啊！

苏弥：你的家人、朋友知道你脸皮有点厚这件事吗？

最后，她想了想，发过去最后一条。

苏弥：女朋友不能白演！给钱！

她打完这几个字之后，自己都忍不住笑了下，回忆起刚刚那句"程靳哥哥"。

咦，不能想。

她见时间差不多了，拿起手机和钥匙准备出门。

就在这时，她家的大门忽然被人敲响。

苏弥愣了一下，平时能来找她的人现在也不在本市，谁还会来找她啊？

她心里头起了点警惕，脚步也开始放轻，缓缓走到门口。

门外的人又敲了两下门板，她试探性地出声："哪位？"

"老城区派出所民警。"

苏弥很意外，开了门之后，看过去，门外果然站着两位民警。

他们似乎猜到苏弥一个女孩子会害怕被骗，主动拿出了各自的证件。

"你好，你是苏弥吧？我们是老城区片区的民警，今天接到报案，有人说家里窗子被人砸了，并且有财产损失。我们调取了监控，在报案人员家附近，我们看见了你砸窗的视频。现在麻烦你跟我们走一趟，配合调查。"

老城区砸窗？

应该是苏家人报的警吧？

苏弥已经猜出来大概什么情况了，她脸上的神色渐渐淡了下去，但是也没慌，回身拿起鞋柜上的钥匙。

"走吧。"

第二天，红毛一大早就在燃车队的微信群里面叫唤。

程靳他们在酒店还睡得迷迷糊糊没醒的时候，就感觉到手机一直在振动或是响铃。

几个人都被吵醒了，纷纷拿出手机看了一眼，都看见了红毛发的消息。

红毛：我刚刚陪我爹看早间新闻，说临市今天晚上会有暴雨啊！你们的比赛不会取消了吧？

红毛：你们那儿现在下雨了吗？

红毛：你们不会还没起床吧？

红毛：希望这天气预报不准，你们赶紧比赛赶紧回来。你们不在的日子我可太难熬了。昨天苏弥也没来，我都两天没吃上一口肉了！

程靳原本不想搭理他，但是看到他提起苏弥，困意稍稍消散了一些。

程靳：她昨天没过去？

红毛回得很快。

红毛：没有。她肯定也和我似的，干什么都爱三天打鱼，两天晒网！我昨天馋排骨馋得啊，求着我妈吃一口，她都没给我。

程靳撑着身子坐起来，酒店的窗帘昨晚没有拉严，一道光柱照进来，恰巧照在他的腰腹上。

他上身什么也没穿，线条分明，身材劲瘦。

他缓了缓神，彻底清醒之后，又回了一条过去。

程靳：打过电话了吗？

红毛：没啊，保不齐人家有事呢，她又不欠我的，哪有一天不来就催的。

程靳看到这儿，想也没想就拨通了苏弥的电话。

一般来讲，苏弥如果有事去不了医院的话，应该会给他或者红毛打个电话说一声的，以往她都是如此，所以现在这个情况不太对劲。

听筒里一直响着嘟嘟声，可是苏弥一直没有接电话。

程靳看了眼墙上的挂钟，上午九点多了，还没醒？

想了想，他暂时按了挂断键。

老城区派出所。

苏弥在这里坐了一晚上，民警几次三番让她给家里人打个电话，但她就是没有动作。

派出所的民警都有些看不下去了，毕竟看身份证苏弥还是个才十八岁的小姑娘。

负责她的老民警一大早就出去买早餐了，回来的时候还特意给她带了一份。

"来，先吃点东西，干坐了一晚上，肚子早饿了吧？"

苏弥确实饿了，但现在这个情况她也确实吃不下什么东西，谢过之后就拒绝了。

老民警是个实在人，他看苏弥还是那么轴，又开始语重心长地劝她。

"我们差不多已经明白你说的情况了，你说那个别墅的房间里，全部是你自己的东西，砸窗户也完全是因为联系不上屋主……我是不知道你和屋主到底什么关系，但是这种状况，其实只要对方肯出面和解，那你基本就不会有事了。但是我也和你说了，现在需要有人帮你去求求屋主，或是先和他们联系。就算是你要从我们这儿出去，也得有担保人给你签字啊。"

"所以你这个小孩儿就别犟了，赶紧给家里打个电话。"

其实老民警是一片好心，苏弥知道，但就是莫名其妙地……觉得有点讽刺。

给家里人打个电话？

他应该不知道，现在报警的屋主，其实就是她所谓的家人之一吧。

想到这里，苏弥摇摇头："不了，我没什么家人。"

这时候手机在她衣兜里面响起，老民警一听，顿时来了希望。

"快接快接，估计是你家人打来的电话。"

像苏弥这种情况他们干民警的见多了，他们潜意识里已经认定苏弥就是处在叛逆期离家出走的少女，只要她肯和家里人联系，那就万事大吉了。

苏弥知道不可能，所以掏出手机之后看见来电的是程靳时，她也没太意外。

她知道他今天应该是有第一场比赛，现在这种情况，接了电话就是给他找麻烦。

所以，她索性重新把手机往口袋里一塞，没接。

老民警见状，有点急了。

"我说你这个丫头怎么这么轴呢？你搁这儿坐一晚上了，你不累啊？"

"累。"苏弥挺诚恳地看向老民警，"但是确实没有可以打电话的家人。我知道您是为我好，不过您还是走正规流程吧……对方如果想提条件和解，那直接跟我说，如果不想和解走法律程序……"

苏弥顿了下，眼神不见一丝退让或者软弱。

"我也都接受。"

城市赛赛期三天，今天先进行的是团体接力赛。

比赛时晴空万里，天气预报像是确实不准一样，赛场上方的天空，连朵灰色的云都没看见。

报名接力赛的一共有十个车队，每组先抽签进入预选赛，最后会选出三个车队参加决赛。

预选赛时，燃车队的三个人以绝对碾压的优势进入了半预选赛，后来又在半预选赛上，取得了B组第二的好成绩，成功进入决赛。

决赛时他们发挥还算正常，取得了季军。

这次比赛各车队实力都不弱，丫丫爸爸和施展还都有各自的项目短板，所以能拿个第三的好成绩，已经是出乎了他们的意料。

晚上回酒店时，天气开始转阴，大片大片的乌云压在头顶，像是兜不住东西马上要漏下来了似的。

不过这完全影响不了他们的好心情，点餐的时候，他们甚至还一人要了一罐啤酒，打算小酌一些庆祝一下。

"我是真没想到咱们能这么容易就挤进决赛，每年接力赛咱们车队都是陪跑选手呢！这次太意外了！"

说话的是丫丫爸爸，他看上去极其激动，因为丫丫妈妈生病，他已经快半年没有跑比赛了。这次城市赛，算是他时隔这么久以来的第一场比赛，现在能取得这个成绩，他比谁都开心。

程靳脸上也有平日里少见的喜悦，对他而言，车队的集体荣誉比他的个人荣誉更重要。

等餐的时候，他趁着去洗手间，又给苏弥打了通电话。

一天过去了，苏弥没给他回过电话，而他再打过去，也依旧没人接。

程靳眉头不禁皱了皱，迟疑片刻，他拨通了红毛的手机。

红毛那头接得很快，还没等他说话，先噼里啪啦说了一堆。

"你也牛啊！我以为这次咱们车队顶多能挤进半决赛，没想到你们还捧了个季军奖杯！"

程靳简单回应了两句，然后便问："苏弥今天和你联系了吗？"

"没啊，估计有事去了吧。"

程靳顿了顿，心里头总有不好的念头闪过，片刻后，又问红毛："叔叔阿姨都在干什么呢？"

"啊？我爸我妈啊，"红毛往爸妈那边看了看，"一个在看新闻，一个在给我削苹果。怎么了？"

程靳有点不知道怎么开口，他总觉得自己的担心在别人看来是有些多余的。

可是他沉默两秒钟后，还是出了声。

"我早上给苏弥打了通电话，她没接，也一直没回。刚刚回酒店的时候我又打了一通，还是没人接。我担心她出什么事……如果叔叔阿姨有空，能帮我去她家看看吗？"

"啊？一整天没回电话也没接？"红毛也有些意外，"我就说嘛，前几天她来给我送吃的东西都挺准时的，昨天没来，今天也没来……"

他说着说着也感觉出了不对劲，赶紧正了正脸色。

"行，这事儿我帮你办，你放心吧，待会儿有什么消息我第一时间联系你。"

"辛苦了。"

"说什么屁话呢！"

红毛不想再耽搁时间，扔下句"挂了"后就直接挂断了电话。

后面程靳吃饭有些心不在焉，他隔一会儿就看看手机。

施展他们不知道怎么回事儿，还调侃他是不是等他家小孩儿电话呢。

程靳没理会他俩，依旧沉默地等着红毛的消息。

时间大概过了一个半小时的时候，他没忍住，又给红毛打了通电话。

红毛接通很快，语气也变得很焦急。

"我刚要给你打过去！刚刚我爸去苏弥家敲门了，没人开门，问了邻居,他们说昨天苏弥就被两个民警带走了!到现在还没回来!"

程靳下意识就从椅子上站了起来,他想也没想,先给哥哥打了通电话。

电话是助理接的,他知道这边是程靳,语气很亲近。

"小靳,你找你哥吗?他来国外谈项目了,现在正在开会,你有什么事情先跟我说,我回头帮你转达。"

程靳听完,到了嘴边的话又咽了回去。

他简单回应了两句后,就挂断了电话。

旁边的施展见他脸色不对,赶紧问:"怎么了?"

程靳看着他,忽然想到施施还留在北城,又赶紧道:"你给施施打个电话!快!"

"啊?什么事啊?"

"先别问,先打电话!"

施展看得出来程靳现在很着急,也没再耽搁,直接拨通了妹妹的电话。

电话响了将近一分钟,一直没人接。

施展挂断电话,还想继续打,可程靳却在这时拦住了他。

"算了,别打了,我回去吧。"

对面的两个人都吓了一跳:"回哪儿?"

"北城。"程靳声音很沉地吐出了几个字,"我要回北城。"

程靳简单地和他们复述了一下事情的经过。

外面此时疾风骤雨,酒店的玻璃窗啪啪作响,明明才是傍晚的时间,可是天色却已经很黑了,偶尔有闪电亮起,伴随着骇人的雷鸣。

施展听完他的话,满脸的惊诧:"你疯了?现在外面这么大的雨,飞机肯定全部停飞了!你怎么走啊?"

程靳一刻没耽搁,决定了要回去后,他就起身找自己的证件。

"坐车,走高速。"

"这么大的雨,有没有车能载你去北城都说不准!就算有人去,那高速口肯定也都封了啊!"

"那就走其他路!"程靳抬高声音大喊了一句,样子完全和平时的冷静沉稳不一样。

他还准备再回来的，所以行李箱和带来的换洗衣物他都没拿。

收拾好证件、钥匙和手机，他就大步往门口走去。

施展和丫丫爸爸见状，都上前拦在了他面前。

"程二，你知道你现在在干什么吗？"

程靳答得很认真："我很清楚。"

"那你知道你这么做的后果吗？"施展咬着牙看他，"这场城市赛你等了多久？为了燃能被更多人看见，你又准备了多久？明天就是个人赛了，你如果缺席，不只是没有名次这么简单，你还可能被车联罚赛！到时候很有可能……"

"我知道，我都知道。"

程靳的情绪比刚刚平静了不少，他眸色沉沉地看着施展，语气极为认真："我会回来的，我保证会按时回来。"

"你能保证个什么！"施展气得不行，语气越来越恶劣，他抓着程靳的肩膀，试图让他清醒，"再说了，苏弥没别的家人朋友了吗？怎么就非要你折腾这么一趟呢？"

"她没有。"程靳一字一顿地说，"她现在除了我，除了我们，什么都没有。"

他比任何人都看重这场比赛，可是他也比任何人都知道，苏弥现在的状况。

她就像是一直躲在阴暗角落里的动物，很多年了，一直形单影只，只有她自己。

现在他们走进了她的生活，一点点给她的生活带去了温度，她才试探着伸出小爪子，想试着重新迈出来。

如果这个时候，她又是自己一个人面对所有的事，后面会变成什么样，程靳根本不敢深想。

想到这里，他看着他们，眼底有着很深沉的情绪。

"我不想再让她失望了。"

现在已经是晚上九点多了。

北城好像受临市的影响，这会儿外头淅淅沥沥下起了小雨，雨势不大，却一直没有停的意思。

派出所今晚没接到什么报案，气氛还算融洽平静，唯一棘手的，就是在这里坐了两天一夜的苏弥。

再过一晚上就四十八小时了，如果到时候苏弥还没有家人或朋友过来帮她担保以及走后续和解程序的话，她可能就会被押去看守所了。

老民警拿着茶杯，嘴皮子都要磨破了，还是没能让苏弥有所松动。

他实在没了办法，就坐在她对面，跟她扯扯闲话。

"我闺女和你差不多大，前几年她也叛逆啊，经常去KTV、酒吧什么的，我那时候被她气得不行，但是每次她离家出走，最着急的也还是我。"

苏弥听着有些羡慕，不自觉地笑了下。

"那她挺幸福的。"

可以作可以闹，回头还有人管。

老民警唉声叹气，听她回了这么一句，又不知道该说什么了。

入了秋，北方还没有供暖。苏弥穿得有些少，又恰巧坐在窗边，外头的风夹着细雨，透过窗子缝隙刮进来，她冷得打了个寒战。

不知道为什么，她忽然想起来刚到国外时，被抓去警察局的情景。

那会儿好像也是夏末初秋，她在满是外国人的警察局里坐了几十个小时。她那时很无助，心里也很慌，每隔一会儿，眼泪就不自觉往下掉。

她现在的样子，好像和那时候也没什么不同。

想了想，她轻轻叹了一口气，换了个姿势，继续枯坐。

忽然，派出所的大门被人从外面推开，紧接着，一道男声传来："不好意思，请问苏弥是被扣留在这里吗？"

这声音……

苏弥以为自己幻听了，猛地抬起了头。

那边，正是浑身都是雨水的程靳，他站在那儿，湿漉漉的头发贴在头皮上，衣服裤子都在不停滴水，他的脸色也像是被冷得比平时要白。

老民警见状，喜出望外，立马起了身。

"这边，这边！"

程靳闻声望过去，视线直接与苏弥相交。

那一刻，苏弥清楚地感觉到自己的胸膛里有一股说不清道不明的暖流在慢慢涌动。

而在这一刻之前，她从未想过，有朝一日，会有一个人冒着风雨，为她而来。

一瞬间，派出所四下安静无声。

程靳全身都在往下滴水，看起来狼狈极了。

老民警见他年纪也不算大，又听见他来找苏弥，还以为他是她的哥哥，一下子激动得不得了。

"是小苏同学的家里人吧？我可算是把你盼来了。这孩子太犟了，我怎么叫她给家里打电话，她都不打！幸好你现在过来了，再晚点就要去看守所保她了！"

老民警絮絮叨叨，但是听着却挺亲切的。

程靳稍稍放下了一直悬着的心，几步走到了苏弥身边。

他没多说什么，只悄无声息地抬手握住了她的肩。

很奇怪，他整个人已经被浇透了，按理说全身上下应该哪儿哪儿都冷才对，但是他的手很温热。

她能很明显地感觉到，肩上被他握着的那块皮肤渐渐地变得温暖。

她不由自主地抬头看了他一眼。

程靳站到苏弥身边后，也没过多询问她发生了什么事，眼神还是看向老民警。

"给您添麻烦了，她具体是出了什么事呢？"

老民警把苏家老宅那边有人报案的事情简单地和程靳复述了一遍。

程靳听着，面无表情，末了，看着苏弥，问道："你没说窗子是我要你砸的？"

苏弥诧异了一下，不明白他想干什么。

下一秒，她就听程靳丝毫没犹豫地出声："苏弥名义上的家人就是苏家老宅的屋主，我们当时砸窗也是想拿回属于她自己的个人物品。如果那位屋主因为这个控告，那就来告我吧。"

说完，他抽了把椅子，坐在了苏弥旁边。

"您放心，我绝对配合工作，您也可以马上给我家里打电话。我爷爷叫程泊渊，电话13……"

程斩做完笔录时，已经将近晚上十一点多了。

外头的雨终于有了停下的架势，湿漉漉的风刮进来，还是很凉。

程斩重新坐到苏弥侧后方，见女孩子依旧一动不动，也不回头看他，就猜到她肯定还在生闷气。

他知道她在气什么，有些好笑。

程斩拿脚踢了踢她的椅子腿，说："现在该生气的是我吧？我刚刚做笔录的时候，可听说了你不接我电话的事了。怎么，给你买这个手机的时候，我说了什么你都忘了？"

苏弥看了眼被他踢过的椅子腿，也没搭理他，抬手挪了挪椅子，往旁边坐了些。

程斩都快被她气笑了："我没记错的话，你刚刚说我幼稚，你现在这样，不幼稚？"

苏弥听见这话，很难再沉默了。

她抬头看了眼四周，见没人注意他们后，看向程斩。

"我比你知道苏家人有多难缠，他们不会轻易放过我的，你掺和进来完全没有必要。现在距离明天中午还有十二个小时，你有想过如果这边的事情解决不完，你的比赛怎么办吗？"

苏弥的话说得认真，程斩也听得认真。

"临市到北城走高速是两个小时左右，走城市快线的话，大概是三个半小时。现在是晚上十一点，只要我能在明天早上九点之前把事情解决完毕，回去临市也绰绰有余。当然，这是比赛顺利进行的情况，另一种可能，就是临市今晚下了特大暴雨，主办方会根据雨量估测明天赛道的湿滑程度，百分之九十九的可能，比赛会向后推迟一至两天。"

程斩很平静地把这些话说完，末了，看着苏弥。

"你还有什么想说的，都可以现在说。"

她还需要说什么？她说什么他都能怼回来什么，关键她还没有任何反驳的机会。

苏弥感觉自己有点憋屈，又回过身，不再理他。

程靳看着女孩子的背影，不知道想到了什么，片刻后，他再次开口："既然你说完了，那就轮到我了。"

他说着话，身子向前倾了倾，尽量离苏弥近一点。

"我记得当初送你手机的时候，我在上面清清楚楚写着有事可以联系我。为什么这次遇到这种事情，你还是选择自己面对呢？

"苏弥，我知道你之前的人生都是靠自己。可是现在我们认识了，你完全可以相信我，甚至紧急的时候，把我当成你的依靠。"

苏弥垂着脑袋，程靳看不见她的表情，可是她在听完程靳的话之后，能明显感觉自己的心揪紧了。

程靳就那么看着她，一字一顿的，又和她说："任何时候你都可以信任我，因为……

"我们是一伙的。"

苏、程两家的人，几乎是同一时间赶到了派出所。

早两天苏凡程被苏国群派去了国外，所以这一趟，是苏国群带着人过来的。

和苏家比，城东程家算是北城的"土著"。

前几年苏国群一直在寻求和他们合作，到前阵子才有了点进展。这个项目现在是苏氏最看重的，对程氏提出的条件几乎是一让再让，哪怕是没有利润，也想保住这次合作的机会。

为了拉近和这位程老爷子的距离，苏国群在听说了程老爷子和重华那位德高望重的杜教授是亲家后，更是带着苏时时上门求学。

其实对方答不答应不重要，苏时时能不能拜到杜教授门下也不重要，重要的是，他能多一次由头私底下去拜访一下那位老程董，拉近一下苏、程两家的距离。

而这次因为苏弥的事情，惊动了程家，是苏国群万万没想到的。

来的路上，他就想了各种可能会发生的事情，但是他万万没想到，这位老程董会在晚上十二点多亲自跑一趟派出所。

苏国群只听过程家有位一表人才的大公子，可什么时候又冒出来个程家二少爷呢？

而且还和苏弥认识？

苏国群越想越觉得不可思议，心里头也开始有了自己的算计。

下了车，见到程靳的爷爷时，他十分热情又客气地主动上前打招呼。

"程董，真没想到大晚上的把您也惊动了。"

程靳的爷爷在商场上是位杀伐果决的主儿，私底下也不苟言笑，这会儿还生着气，表情更为严肃。

"先进去吧。"他连看都没看苏国群一眼，抬脚就跨上台阶。

派出所的民警们什么阵仗都见识过，但这大半夜的……同时迎来了市里的两位明星企业家，多多少少还是有点意外的。

老民警主要负责苏弥的案子，这会儿被派到了前头。

"您二位是苏弥和程靳的家属吗？"

老程董看了眼自己的孙子，点点头：“我是程靳的爷爷。"说着，他很是客气地率先伸出手和老民警握了握，"我家这个不省心的，给你们添麻烦了。"

老民警很受宠若惊，没想到这位大名鼎鼎的企业家，私底下竟然一点架子也没有。

"没有没有，程靳挺配合我们工作的。"

老程董点点头，接着又询问："我家老二犯的是什么错误？"

老民警又简单叙述了一遍事情经过，苏国群也一直在旁边听着，末了，他赶紧道："都是误会，都是误会。"

他凑到前面，拽着一直跟在他身后的苏时时。

"我和她爸爸最近没在家，这孩子前几天回老宅看她姐姐那个房间的窗户被敲开，情急之下就报了警。这不，我今天出差刚回来，知道这事儿了，赶紧带着这孩子过来了。"

苏国群向来懂得见人说人话，见鬼说鬼话，如今看苏弥和那位不知道从哪儿冒出来的程家二少爷有关系，比平时和颜悦色多了。

他甚至还瞧了眼苏弥，笑着说："苏弥这孩子也是犟，我听说前几天她和她爸爸闹了点矛盾，家人也不联系了。这要不是出了这档子事儿，我都不知道她还住在外头呢。"

老程董不想听废话，听懂了对方的言下之意，便说："既然是误会，那我是不是能带人走了？"

说着，他看了程靳一眼。

"过来吧。"

程靳闻声起身，拉了苏弥一把，带着她一块儿走了过去。

他过去之后没理会苏国群的笑脸，先和自己爷爷说了句话："爷爷，先等等。"

说完，他转向苏国群，又看了眼苏国群旁边的苏时时。

"苏弥在派出所已经待了快四十八小时了，如果您觉得这是误会，那是不是也该让制造误会的人，给她道个歉？"

苏国群显然没想到对方还会提这么个请求，说实话，他今天能来完全是看老程董的面子，会带着苏时时，也是想给自己找个推脱的理由。

但这会儿，对方借着梯子就想往上爬，多少让他有些没面子。

苏国群冲着程靳笑了笑："小程少爷，您言重了，这就是小孩子的事，而且确实是误会，你……"

"误会，"程靳眸色沉沉地看着他，一字一顿的，"也需要道歉。"

老程董本来没怎么在意，但这会儿听见自己孙子这话，抬头看了苏国群一眼。

片刻后，他像是赞同，也像是施压，说："孩子说得也没有错，不管是不是误会，做错了就是做错了，错了，就得道歉。"

苏国群明显一噎，想了想，最后还是把苏时时推到了前面。

"去，给你姐姐说对不起。"

苏时时愣住了，她不可思议地望向自己的爷爷。她真的不敢相信，平时对自己疼爱有加的爷爷，现在会要求自己去和那个丧门星说对不起。

"爷爷！"

苏国群少见地在苏时时面前黑脸，他紧盯着苏时时，说："我叫你去和姐姐说对不起！"

苏时时吓得一哆嗦，眼底涌现出一丝恨意。她环顾四周，最后将视线落在了苏弥身上。

她咬着牙，看了苏弥好久，才从牙缝里挤出来一句："对不起。"

苏弥连看都没看她一眼，也没回应她这句道歉。

苏时时见状，心里头的委屈瞬间更浓了："喂！我在跟你道歉！你聋了吗？"

她这一嗓子喊出来，别说在场的民警们了，就连老程董都淡淡地看了她一眼。

苏国群更是吓了一跳。

这回他是真的有些生气了，这个孙女平时怎么胡闹他都是惯着宠着的，但是到了这种时候，她居然还是这么任性！

"你怎么和你姐姐说话呢！"

苏时时还不服气："爷爷！你……"

"好了！闭嘴！"

老程董没时间听个小丫头在这儿闹脾气，他看了眼时间，再次询问老民警："既然现在已经知道是误会了，那我是不是能带我家孩子走了？"

"可以的，双方签了和解书就都可以走了。"

苏、程两家后来都签了和解书，出派出所大门时，时间已经差不多快凌晨一点了。

老程董平时也不和程靳住一起，这会儿见自己的孙子已经没事了，他简单嘱咐了两句，就先上车离开了。

老程董走后，苏国群也准备带着苏时时走了，临走前，他虚情假意地问了苏弥一句，要不要和他一起回家。

苏弥淡淡地看了他一眼，又看了眼他旁边的苏时时，语气中带了点嘲讽："您确定要我跟你们回家？"

苏国群其实心里头对苏弥的态度很不满，可是程靳还在，他也不好多说什么，只能尴尬地笑了笑，然后和程靳打了声招呼后，就带着苏时时离开了。

走的时候，苏时时一直恨恨地看着苏弥，苏弥却没多瞧她一眼。

后来苏弥去到了程靳跟前。

程靳回来得急，没借到车，只找到了一辆摩托车。这会儿见苏弥过来，他直接把头盔罩到了她脑袋上。

"先送你回家，然后我再回临市。"

虽然明天推迟比赛的可能性很大，但是既然事情已经解决了，他还是不能多耽搁，能赶在天亮之前回去，施展他们也安心些。

听见他的话，苏弥抬起头，冲他摇了摇脑袋。

"我现在不想一个人待着。"

程靳顿了下，低头看她。

夜色浓浓，派出所外的路灯在二人头顶亮着，苏弥戴着头盔的脑袋微微仰起。

"带着我，一起走吧。"

第五章
/ 学妹 & 学长

……
…

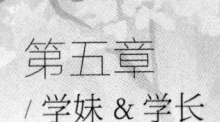

程靳带着苏弥重新回到临市的时候，天已经快亮了。

和来时不同，他回去的时候摩托车开得很慢，甚至连回来时的速度一半都没有。

他其实想过回车队开辆车，可是这样又要耽误一个多小时，并且借来的摩托车回头也不好和人家交代。

想来想去，他们最后还是决定骑摩托车。

苏弥倒是不在意，这种经历对她而言还有些新奇。

摩托车匀速向前行驶，她说不清心里头现在是什么感觉，有点轻盈，又有点轻松，还有一点……她以前从来没有过的情绪，太乱太复杂了，但总归都是好的。

回到酒店时，天已经快要亮起来了。

这个时间段，就算是熬大夜的人一般也都休息了，所以无论是酒店大堂还是走廊电梯，都很安静。

苏弥站在程靳身后，一起等着电梯，脑袋不经意地低了低，视线恰巧落在了程靳的裤腿上面。

男生的裤腿上沾了不少污泥，斑斑点点的，看着脏极了。

苏弥低着头站在那儿，心里头有点不是滋味，顿了顿，有点别扭地闷声说："谢谢。"

她声音不大，程靳又恰巧在想别的事情，有些没听清。

他回头看了她一眼，问道："你说什么？"

苏弥本来就有些别扭，这会儿被人直接一问，那两个字更说不出来了。

"我说你裤腿好脏。"

程靳斜了她一眼:"年纪不大,良心没得倒挺早。"

叮的一声响,电梯门在这时打开,程靳反手敲了苏弥脑袋一下,又说道:"走了,小没良心。"

程靳他们的房间在酒店十六楼,到了门口,程靳发现没带房卡,便直接敲的门。

里面的人开门很快,像是一直没有睡,在等着他一样。

"天啊,你们居然真的回来了!"

让人意外的是,来开门的人竟然是施施。

她说完,根本没给两个人反应的机会,推开程靳就去拉他身后的苏弥。

"我后来才看见我哥给我打的电话,回拨过去,他们和我说了你的事儿,你怎么样啊?没什么事吧?"

苏弥没想到施施也在,程靳也没想到,他看了眼施施,又看了眼她身后的施展。

"你叫来的?"

施展显然还在生之前的气,淡淡地看了他一眼,又看了一眼他身后的苏弥,语气有点嘲讽:"不是你让我打的电话?"

"对对,我是看见我哥给我打电话了,才回了电话,听说了苏弥的事情后,我又碰巧也在临市,就赶紧赶过来了。"

说完,施施感觉出来气氛不对,暗暗碰了她哥一下,然后赶紧拉着苏弥走到外头。

"我带着苏弥走啦,你们几个大男人住一间,人家小姑娘在这儿也不方便。"

生怕她哥赌气再说什么废话,也没管苏弥什么反应,施施拉着苏弥转身就走。

施施在这家酒店订的房间在二十楼,两个人上了电梯后,施施才松了一口气。

"我哥那人就这样,看别人不顺眼,他就阴阳怪气的,但是他脾气来得快去得也快，他今天就是在气程靳哥冒着大雨也要回去的事儿，其实和你没多大关系，你别介意。"

苏弥后知后觉地"啊"了一声，问道："程靳去找我之前……他们吵架了？"

"算不上吵架吧，但我哥挺生气的。不过他也是真的担心程靳哥才会这样，要是换成其他人，他估计都不会放在心上。"

这个苏弥倒是能理解，点点头，说："这个我知道。"

虽然接触不深，但是燃车队的这几个成员，她还是了解一点。

两个姑娘一路说着话就到了房间，施施拿着房卡开门的时候，像是自言自语似的，嘴里一直在嘟囔："不过程靳哥对你是真的挺好挺照顾的啊，我和他认识这么久了，从来没见他像今天这样这么冲动。就算小时候程爷爷那么训他阻止他，他也一直把赛车放在第一位。"

她边说边往房间里面走，苏弥跟在她后头，还没把她的话听进心里去呢，就见她像是想起了什么似的，忽然一转身。

"你不会到现在还以为……程靳哥对你这么好，是因为嫂子生前那个愿望的事儿吧？"

苏弥蒙了："啊？"

施施诧异地上下看了她一眼："你真看不出来吗？虽然我不能乱猜程靳哥到底是什么想法，可是你对他而言，肯定是很特别的！"

苏弥被施施说得心有点乱，她其实也隐约感觉出了一些东西，但是她又不敢笃定。

尤其是自己在这方面任何经验也没有，她没办法只凭借一些感觉或是别人的话，就胡乱猜测或是确定。

想了想，她还是决定先转移话题。

"对了，我之前听说你这次没跟过来，怎么今天又忽然出现了？而且还是和他们住在一个酒店？"

施施一听，眼神闪躲了一下。

随即，她很不自然地咳了一声："就临时有点事啊……那个，快进来吧，天都亮了，再不睡，连酒店的午餐都赶不上了。"

苏弥看得出来施施的不对劲,但是她也没心思多问。

后来两个姑娘洗漱完一块儿上了床,临睡前,天已经大亮了,朝阳顺着天际线慵懒地升起。

苏弥靠在窗边,看了好一会儿日出才将窗帘拉好。

她回过头的时候,施施还在玩着手机。

"刚刚不就说要睡了吗?怎么还玩呢?"

"没玩,没玩,换个头像,换好就睡!"

苏弥其实对这事儿挺疑惑的,自己微信里面人很少,就是程靳车队的那些人,外加施施。

所以一般谁的微信有了变化,她能很快就看出来。

其他人还好,但是施施几乎三天两头就换一次头像,而且风格好像也差不多。

苏弥顺手拿起手机,看了眼施施新换的头像,问了句:"你换头像是爱好?"

"不是啊,我换头像是根据心情来定的,心情好的时候是一种,难受的时候是一种……谁要惹我生气了,我也喜欢换头像来表达!刚刚就是,某个烦人精快把我气炸了,所以我决定他发的微信二十四小时之内我都不回了!"

苏弥有点无语,这理由怎么听着有点幼稚。

但想归想,她后来还是忍不住点开了施施的新头像。

图片上是一个噘嘴的小女孩,像是闹脾气一样,旁边还配着一个卡通版的"哼"字。

"你确定你这是在生气?"

"对啊,怎么了?"施施原本都想关灯了,听了苏弥的话,赶紧往她那边靠了下,"是不是生气的程度不够严重?"

"我没感觉这像生气,倒有点像是在撒娇。"

施施显然不想再沟通了,转身把灯一关,蒙上被子:"睡觉,睡觉!"

房间瞬间陷入安静,苏弥也不知道是累到极致了太难受,还是因为被施施刚刚的那些话影响到了,她闭上眼睛却没有太多睡意。

莫名其妙的，她脑海里总是想起之前施施的那句话——"你对程靳哥而言，肯定是特别的。"

特别吗？

那为什么特别呢？

苏弥脑子有点乱，翻了两次身之后，她悄悄地从枕头下面拿出了手机。

她点开自己的微信主页，又放大了自己的头像。

她原本的头像是一张很简单的风景照，是当时她拿到手机时，随手拍的第一张照片。光线挺好的，缩小了当成头像还挺有意境。

也不知道怎么回事，她稀里糊涂地就点开了头像右上方的三个点，然后又点开了"从手机相册选择"。

她手机里面存了不少聊天时别人发给她的图片，其中施施给她发得最多，搞笑的、可爱的……几乎什么风格都有一些。

她从上翻到下，最后目光落在了一只卡通兔子上面。

那只兔子是粉白色的，眼睛很大，呆呆地看着前方，像是很疑惑的样子，脑袋旁边还画了一个问号。

苏弥第一次看就觉得这兔子可爱，随手就存上了。

可是她没想过，自己有一天会再次点开它，并且还鬼使神差地拿它当了头像。

头像换了好一会儿之后，苏弥才反应过来自己干了什么。

她刚要把头像再换回来，程靳突然给她发了条微信。

程靳：还不睡？

苏弥像是做了坏事被抓包似的，莫名心虚，她也没回复，胡乱地把手机重新塞到枕头下面，再也没拿出来。

苏弥再醒过来时，时间已经接近中午。

施施比苏弥醒得早，苏弥睁开眼睛时，施施已经在那头玩起手机了。

听见这边有动静，施施赶紧回过头。

"我的天哪，刚刚我还在群里和他们说，你要是再不醒我就得喊你了，再晚一会儿真的赶不上酒店的午餐了。"

她的话说完，苏弥就感觉枕头下面的手机在不停振动，好像一直有消息进来一样。

苏弥迷迷糊糊地拿起手机来一看，发现是群聊消息，再点进去仔细看看，居然是燃车队的微信群。

"我什么时候被拉进这个群里面了？"

"上午我醒来的时候把你拉进去的。"

施施随口一答，然后重新点开群聊，按着语音键喊了一句："好了！苏弥起来了！你们也赶紧收拾收拾，待会儿我俩洗漱完一块儿去吃饭吧！饿死了！"

苏弥看着手机里面新跳出来的那条消息，还有些没反应过来。

"这个群可以加外人进去吗？"

施施原本已经掀开被子准备下床了，一听她这话，回头看了她一眼。

"你算哪门子外人呀？好啦，快点清醒清醒起来洗漱，然后出去吃饭！"

后来，两个姑娘出门时，程靳他们已经等在外头了。

施展的情绪像是已经好转，神色和状态已经变得和以前一样，说说笑笑的，脸上还挂着些轻松的笑意。

几个男人见她们出来了，没再耽搁，都纷纷转身往电梯那头走。

程靳不知不觉走到了苏弥旁边，也没看她，随口就问了一句："换头像了？"

也不知道怎么的，苏弥听见这句话之后，瞬间有些心虚。

"怎么了？我换头像不行？"

程靳没想到她反应会这么大，诧异地转头看了她一眼。

苏弥也装成毫不示弱的样子看向程靳，她那副小模样在程靳眼里，倒有点像随时准备战斗的兔子。

他虽然不明白她反应为什么这么大，但是看她这个反应还挺好玩儿的。

片刻后，电梯门在他们前方叮的一声打开。

程靳一边随着前面的人朝里面走，一边像是不经意地来了一句："没说不行，就是觉得挺可爱的。"

城市赛因为突如其来的暴雨而延迟了两天，酒店里的餐厅也因此比平时还要爆满。

苏弥他们来得晚，这会儿到达餐厅的时候，已经没剩下多少位置了。

他们也没太挑剔，随便挑了个六人桌坐好。

周围基本上都是参加城市赛的车手，有好几个隔着人群还跟程靳他们打招呼。

后来自然而然的，有的人把目光放到了苏弥身上。

施施经常跟在施展屁股后面，在场的大多数人都见过她。

但苏弥，是生面孔。

更重要的是，苏弥是挨着程靳坐着的。

燃车队的队长可是出了名的不近女色，现在又是什么情况？

程靳他们倒是不知道周围人在乱七八糟想着些什么，点好菜后很自然地等着餐厅服务员上餐。

等待的过程里，他们迎来了一位不速之客——丁晴。

自打上次从程靳他们房间出来后，丁晴一直都记得当初和她打电话的那个女孩子。她说不上什么感觉，要说对程靳的喜欢，那肯定还有，可是更多的，好像是不甘心。

而恰巧，她今天又碰见了他们。

想了想，她还是起身来了他们这桌，并且在看见苏弥后，又大大方方地打了招呼。

"嗨。"

施展和丫丫爸爸都是知道那天的事情的，这会儿莫名其妙就感觉有些尴尬。

施施凭借女生的第六感，也察觉出来了丁晴的来者不善。

丁晴倒是表现得很自然，打过招呼之后，也不管程靳有没有理她，看着苏弥，又说了一句："这位就是家里的小朋友？"

苏弥有点蒙，不明白这话题怎么突然扯到自己身上了，而且"家里的小朋友"又是什么情况啊？

程靳倒是反应自然，只看了丁晴一眼，就朝苏弥侧过头。

"这个就是之前和你打电话的姐姐。"

说着，他也不给苏弥反应的机会，抬手拍了拍她的脑袋。

"乖，打个招呼。"

周围的气氛一瞬间变得诡异起来。

旁边好几桌人都是认识程靳的，在他们眼里，程靳一直都是异性绝缘体，这么多年了，这个圈子就从来没有一个人像他一样，一件桃色新闻都没有。

所以久而久之，大家就把程靳也是普通男生，也会交女友谈恋爱这点给忽略掉了。

现在冷不丁搞出这么大的动静，还真让人有些吃惊。

而且他旁边的小姑娘又是谁啊？

难道也是他们圈子里的人？

可是为什么没一点印象呢？如果以前见过的话，按女孩子那个长相，应该不至于不记得啊。

苏弥显然是不可能知道旁边那些人此时此刻在想什么的，她的脑袋被程靳拍得还有些蒙呢，后来听见他那句"乖，打个招呼"之后，她不仅更蒙了，还很无语。

这男人怎么回事儿？

戏演得这么浑然天成，都不需要准备的吗？

要不是她之前被他吓过一次，她现在估摸都得坐在这儿愣个几分钟。

旁边的施施显然明白现在是什么情况，她怕苏弥应付不来，暗暗给她发了好几条微信。

施施：姐妹，咱们要站起来呀！这种时刻必须宣告主权！

施施：不过，你是不是没有这方面的经验？没事儿，我告诉你，你可以这样……

桌上的手机一直在嗡嗡嗡的，旁边的施施也一直在悄悄地给苏弥使眼色，苏弥大概猜得出来施施想干什么，但是她没看，反而直接把手机向下一翻，直接扣了过去。

片刻后,她抬起头,直接看向丁晴。

这是两个女孩子第一次对视,虽然她们看起来都礼貌和气,但是大家总觉得周围的气氛已经莫名其妙开始紧绷起来了。

苏弥看了一眼丁晴之后,没立刻和她说话,反而转过头,看向程靳。

"这个就是之前一直问你要微信的姐姐吗?"

最后一个"吗"字,苏弥稍稍拖长了些尾音,听在别人耳朵里,就像小姑娘撒娇似的。

外人不知道苏弥到底是什么样的性格,听见她这个语气倒没什么意外。可是施施他们听见的时候,着实吓了一跳。

就连程靳都下意识微微抬了下眉。

不过他反应很快,很配合地又抬手揉了揉苏弥的脑袋,说:"对,就是那个姐姐。"

苏弥点点头,然后转头冲着丁晴笑了笑。

"姐姐好,我是上次和你打电话的那个女生,我叫苏弥,是……"苏弥说到这儿,明显顿了一下,"程靳哥哥的女朋友。"

嚯!

一句话,直接把餐厅现场的气氛推到了最高点。

圈里出了名的小冰山,原来已经有女朋友了?

这消息也太突然了吧!

而站在一边的丁晴,这会儿面子已经有些挂不住了。

她今天之所以会过来,完全是因为苏弥看上去就是个年纪不大的小姑娘。

她过往的桃色事件数不胜数,像这种年轻的小丫头她也接触过很多,对方要么是软弱得不敢和她正面交流,要么就是急躁火暴地和身边的男人发脾气。

反正几乎每一次的结果,都是对方在她的手底下节节败退。

但是这一次,丁晴明显感觉不一样了。

苏弥表面上看着好像懵懵懂懂很软乎的样子,但是她说的话,都隐隐带了深意。

例如一开始那句"一直问你要微信的姐姐"。

丁晴在圈子里有不少追求者,这会儿也有两三个在这个餐厅吃饭。刚刚她还挺游刃有余地在他们中间穿梭,甚至还能摆出高高在上的被追求的姿态。可是苏弥那句话一出,丁晴再也没有了刚刚的态度,她将脸上的笑意收起来了一些,深深看了一眼苏弥之后,又冲着程靳笑了下。

"程大队长,你这就挺不地道了。之前我们一直以为你没女朋友呢,我姐妹就托我管你要个微信,你不给就不给吧,这怎么还在几天里真的变出来个小女友啊?"

丁晴一副玩笑姿态,先把自己撇干净了,又像调侃似的,说:"不过,我看你们这相处状态也不像是刚刚谈的样子啊,怎么,之前你是忘了吗?为什么一直没见你带这个小朋友出来见见人呢?"

丁晴这话说完,施施都在心里咒骂了一声。

果然是最毒妇人心啊!这女人看似随随便便说了几句话,但是字里行间都在挑拨离间啊。

幸好苏弥和程靳只是装模作样地演戏,要真是男女朋友的话,待会儿小姑娘不得委屈死。

程靳显然也听出了丁晴的意思,目光淡淡地朝她看了一眼,没有立刻出声。

倒是苏弥,也不知道她是真没听懂还是装没听懂,丁晴的话说完,她就有点呆呆地看向程靳。

"你们赛车圈,谈恋爱还要跟大家报告吗?"

旁边有不少人听了这句话都忍不住笑了。

施施笑得最夸张,她放在桌子底下的手更是悄悄地给苏弥竖了个大拇指。

这波反讽真的高,虽然话没明说,但是听见的人几乎都明白她话里什么意思。

就四个字——关你屁事。

程靳也没忍住笑了笑,没再搭理丁晴,抬手剥了只虾,放到了苏弥碗里:"好了,赶紧吃东西。"

丁晴的脸已经快黑了，要不是现在周围人太多，她都想立马翻脸。

片刻后，她勉强冲着这边笑了笑。

"既然你们要吃饭了，那我就不打扰了。"

说完，她朝程靳深深看了一眼，可是对方却连头都没抬一下。

丁晴眼底有明显的失望，没再等他们回应，自己转身就走了。

丁晴从他们这桌离开之后，周围有不少人还在往程靳他们这桌看。

苏弥一向不在意别人的目光，也没多想什么。只不过她再一低头，忽然发现自己碗里多了好几只剥好的虾。

她下意识朝丁晴离开的方向看了一眼，然后往程靳那边凑近，小声说道："别演了，人都走了。"

程靳头也不抬，垂着眼，手里剥虾的动作也没停。

"演对手戏的走了，但观众还在呢。"

他说完，手里那只虾碰巧也剥好了，他直接一抬手，喂到了苏弥嘴边。

"来，陪你程靳哥哥再继续演一会儿。"

苏弥一言难尽地看了眼程靳，又看了眼递到嘴边的虾，最后还是选择配合张嘴。

旁边的几个人简直没眼看了，施施更是有些看不下去，往她哥那边凑了凑。

"你兄弟这老房子点火点得有点过分油腻了吧？"

施展虽然因为昨晚的事儿生过程靳的气，但是这种时候还是会力挺自己兄弟的。

"你都知道他老房子点火了，烧的劲儿不大点，还算老房子吗？"

施施简直无语，不想聊下去了，起身准备去上个洗手间。

苏弥见状，连忙也跟着站起身。

"那个！我跟着施施去洗手间！"她正要往外走的时候，还像有些不放心似的，又回头凶巴巴地小声来了句，"别剥虾了！我吃不了那么多！"

苏弥跟施施往厕所走的时候，一直在听她念叨。

"程靳哥真的是不鸣则已，一鸣惊人！

"真的，打死我都没想过，他有一天会给女孩子喂虾吃。

"还是亲手剥的！"

苏弥其实在这事儿上也有点尴尬，小声说道："他是想把戏演得逼真点吧……"

施施略微诧异地看了她一眼，也不知道在想些什么，末了，抬手敲了敲她的脑袋。

"我现在都不知道该说你机灵，还是说你迟钝了，刚刚嘲讽那个女人的时候看你反应挺快的啊，怎么现在又这样了？"

苏弥其实隐隐能明白施施在说什么，但是她不知道该怎么回应。

就在这时，她们前面不远处的拐角忽然出现了一个男人，她们恰巧和他迎面相对。

施施显然和他认识，看见他之后，一下子就变得很紧张："你怎么在这儿？你不是不住主办方给安排的酒店吗？"

男人一身T恤长裤，身材修长，皮肤很白，五官也格外精致。

他没回应施施的话，直接走到她跟前，握着她的手腕就想带她走。

施施考虑到旁边还有苏弥，挣扎了两下。

男人也不强迫她，神色散漫，垂着眼看她："在这儿说？"

"说什么？"

"昨晚的事。"

施施下意识就抬起手捂住了男人的嘴。

对方一点不在意，依旧懒洋洋地垂眼瞧着她。

没办法，施施只好回头冲苏弥说："那个……小弥，我先和他说点事，待会儿你回去就说我碰见熟人了，要聊两句。"

说完，她立马又想到了什么似的，赶紧补充："别说是男的！尤其别跟我哥说！"

苏弥点点头，迟疑了一下，才说了个"好"字。

施施走后，苏弥自己去了洗手间。

洗手台前，刚刚在餐厅败北的丁晴这会儿正对着镜子补妆。

苏弥和她在镜子里对视了一眼，谁都没先说话。

苏弥懒得搭理丁晴，直接去里面上了厕所，后来出来洗手时，发现丁晴还在。

丁晴这会儿又涂了一层口红，深红的色号，配着她那张脸，确实有些性感高级。

她像是已经调整好状态了，看见苏弥时，从镜子里斜了苏弥一眼。

"看不出来，你年纪不大，手段倒是挺高的。"

苏弥正在洗手，听见丁晴这话，朝她看了一眼。

"不过小妹妹，我劝你还是不要高兴得太早。男人是这个世界上最善变的生物，他今天喜欢你这种清纯年轻的，明天就可能会喜欢我这种火辣性感的了。而且男人都是视觉动物，你觉得你这……"

丁晴边说，边意有所指地看了眼苏弥胸前，然后嘲讽似的勾了勾唇。

"你觉得你这种小的，他会一直喜欢？"

苏弥有些无语，虽然她没真正喜欢过谁，可是也知道，好的感情从来不是用外在的东西去牵绊住的。

所以她懒得搭理这种人，想也没想，扯了一张纸巾擦擦手。

接着，她淡淡地回应了一句："那你真猜错了，程靳，就喜欢小的。"

其实她说这话时压根没多想，就是单纯地想赶紧摆脱这个女人，可没想到，从洗手间出来后，居然看见了程靳。

程靳这会儿正倚在墙边抽烟，他站的位置离洗手池只有一面墙的距离。

苏弥想到自己刚刚说的话，莫名有些心虚。

里面的丁晴这会儿也气冲冲地出来了，她看见程靳也在显然也很意外。可片刻后，她又想到刚刚的事情，以为他是陪着苏弥一起过来的，瞬间脸色更加不好了。

她没再多留，直接越过二人就走。

一时之间，走廊里只剩下程靳和苏弥二人。

苏弥心里头乱得很，尴尬地出声："你刚刚听到我们说什么了吗？"

"我就是来这儿抽支烟，没太注意。"

苏弥松了口气，表情也轻松了不少。

哪想到下一秒，男人忽然又开了口："不过，你说我'喜欢小的'这件事，我倒是听见了。"

苏弥以前就经常想，有些人背后说了别人坏话，又被人当场抓包，得多笨多蠢啊，场面肯定也是尴尬到极点。

但是打死她也没想过，自己有一天会有这种神奇的体验，而且体验得还这么猝不及防！

程靳这句话说完之后，苏弥消化了大概半分钟。她清楚地感觉到自己双颊的温度越来越高，心里头想赶紧消失的念头也越来越强烈。

走廊里此刻安静无声，他们停在原地。程靳看样子像是也不急，眉眼淡淡的，含着笑，轻睨着苏弥。

女孩子很少有这样的时候，她僵硬地站在那儿，原本和他对视着的双眼这会儿已经转到了别的地方。头还扭着，像是被什么东西封印了似的，一动也不敢动。

程靳莫名觉得好笑，平时战斗力那么足的一个人，这会儿忽然变成了连声都不敢出的尿兔子。

想想还挺稀罕。

片刻后，他看着她，慢悠悠地来了一句："不过，我没听清你说我喜欢小的什么，你们是在讨论年纪吗？"

苏弥听见他的话，如蒙大赦，脑袋狠狠点了几下："对！就是在讨论你喜欢年纪小的！就是这个！"

"啊……"程靳拉了长音，一副后知后觉的模样。

接着，他朝垃圾桶那边点了点指尖烟蒂上的烟灰，挺随意地又说了句："那估计之前确实是我听错了，我还以为你们讨论的是身材。"

你不是没听清吗？

这一刻，苏弥要是还没明白这男人在逗自己，那她就是真蠢了。

她不想再理这个男人了，气呼呼地加快了脚下的步子，一直往前走。

程靳像是料到她会这样似的，也不急，把烟按灭在垃圾桶上，双手插着长裤口袋，慢悠悠地跟在她后头。

两个人保持着不远不近的距离，前面的女孩子像气鼓鼓的河豚似的，而后面那位,则有些像在岸上等待收网的悠闲猎人。

不过有点遗憾的是,两人这个状态在他们走到走廊尽头拐角的地方,被打破了。

苏弥率先停下脚步,也不知道是看见了什么,她脸上浮现出些许吃惊。

程靳看见她这个反应,稍稍挑了下眉,脚下的步子也下意识加快。

他几步走到苏弥的旁边,顺着她的视线,也朝拐弯的地方看了过去,结果下一秒,他的眉梢挑得更厉害了。

走廊拐角的右侧,大概七八米开外的地方,那边没有窗户,只有几盏光亮微弱的壁灯,环境相对幽暗许多。

而现在,那里正站着一对男女。

男生高女生半个头,此时,他一条手臂正狠狠揽着女孩子的腰,将她困在怀里,另一只手则捏着她的下巴,迫使她抬头。

光线很暗,看不清两个人现在的神情,但是他们接吻的动作,苏弥倒是看得一清二楚。

她站在原地,依旧有些吃惊,也没回头,就那么继续看着那边,说:"我没看错吧?那个是施施吧?"

"是她。"程靳语气淡淡地回道。

苏弥转头看了眼程靳:"我是想回餐厅的,他们是把回去的必经之路堵上了吗?"

"没有,你走过了,刚刚第一个拐弯的地方就该拐出去。"

苏弥一副想喊却又不敢大声说话的样子,问:"那你怎么不提醒我一下啊?"

"我刚刚说话你会听?"

苏弥气得想打人,但这会儿又不敢发出任何声音,像是生怕那边的人发现似的。

她转身无声地朝程靳摆摆手,像是示意他转过身回去。

可就在这时,那边的两个人像是听见了这头的响动,眼见着施施从男人怀里睁开了眼睛,转过头准备朝这边看过来了。

下一秒,苏弥就感觉自己的手腕被人狠狠一拽,再反应过来时,自己已经被拉进了一旁的门后。

门后位置不大，两个人紧贴在一起靠着墙，才勉强藏好。

而刚刚拽着苏弥手腕的那只大掌，此刻正牢牢地扣在她的腰间。

苏弥瞬间觉得四周的空气都变得有些稀薄，她一下子又感觉到了之前在洗手间外那种莫名其妙的气氛，她甚至连眼睛都不敢抬一下，视线就那么对着前方，落在了某人穿着黑T恤的胸膛上。

那头的施施像是小声说了句什么，声音太小了，苏弥只隐约听见了"有人"两个字。

施施对面的男人倒是挺无所谓的，用平常说话的音量，回了句："有人就有人呗，估计跟我们一样，来这儿偷情的。"

"滚啊，你瞎说什么鬼话呢！"

苏弥心绪有点乱，还是没抬头，悄悄伸手推了下程靳的手臂。

"有点紧。"

闻言，程靳只是换了个角度，但是手依旧扣在那儿，力道一点没变。

"先忍忍，他们还没走。"

她难道不知道他们没走？他们要是走了，她还至于在这儿连大气都不敢喘地忍着吗？

苏弥不想说话了，也没再搭理程靳。

哪想到没过一会儿，头顶又传来了男人的声音。

"你知道抱着施施的那个人是谁吗？"

"谁？"

"重星的方燃。"

苏弥有点没听明白，想了想，试探着问了句："别的车队的车手？"

"对。"程靳说，"用施展的话说，他是我们燃车队的劲敌。"

这答案苏弥确实有些意外，她下意识抬起头，对上了程靳的双眼。

"所以现在施施是在和你们的死对头谈恋爱？"

程靳看着她，点了点头。

"所以，这件事你看见了就看见了，回去别提，不然我怕施展把他妹妹的腿打断。"

确实有点尴尬，和自己哥哥的死对头谈恋爱，这事儿怎么听怎么都觉得挺刺激。

那边的两个人似乎觉得时间差不多了，准备回去。

他们往这头走的时候，苏弥能感觉到他们离自己越来越近。下意识的，她将脸往程靳怀里缩了缩。

而程靳也很配合，抬手按住了她的脑袋。

距离瞬间再次拉近，苏弥的鼻子贴在程靳的胸膛前，温热的体温透过T恤缓缓传过来。

隐约间，她还闻到了一股淡淡的柠檬加海盐的香气，不知道是洗衣液还是沐浴露的味道。

她其实很难受，手和脚都不知道该怎么放了，想站直身，但是又怕被施施看见。

脚步声越来越近，越来越近，直到从他们身边经过时，刚刚那个方燃，忽然出了声："你瞧，我说得没错吧，确实也是来这儿偷情的。"

"少废话吧你！"施施像是不想多留，也不知道有没有朝这头看，语气有些急躁，"赶紧走，赶紧走！"

苏弥听得心惊肉跳的，趴在程靳怀里一动不敢动。

后来，脚步声渐渐远了些，苏弥仔细听了听，然后问程靳："他们走远了吗？"

程靳回头看了看，望着已经没有人的酒店走廊，不动声色地回了句："没有，刚走到洗手间那儿。"

苏弥虽然不知道那两人为什么这么慢，但是听了这话之后，她依旧不敢动一下。

不过她这次敢出声了，一想到刚刚那男生的话，她忍不住就抬起头，问了句："他们刚刚是不是看见我们了？"

"应该是吧。"

苏弥眼睛不自觉瞪大："那怎么办啊？我们这不是被发现了吗？"

"发现怎么了？"

程靳漫不经心地垂着眼，视线淡淡地落在苏弥脸上。

"你刚刚不是听见了吗?我们和他们一样,就是简简单单来这里偷个情而已。"

临市的城市赛在那个雨夜的两天后才再继续进行。

不过好在大家都准备充足,没有被这件事影响到,比赛时,也都差不多发挥出了以往的水平。

而程靳,更是时隔小半年,再一次代表燃车队拿到了个人赛的冠军。

当天晚上,他们那伙人拿着团体赛的奖杯和程靳个人赛冠军奖杯一起回了北城。

到达北城之后,他们又第一时间去了红毛的病房。

红毛早早就得了消息,也猜到他们回来肯定会来找自己,所以也不顾爸妈的反对,直接拄着拐杖在病房外头翘首以盼。

看见大部队的时候,红毛开心得差点忘了自己还是个病号这件事,拄着拐走得比普通人还要快,瘸着一只腿一跳一跳地蹦了过去。

"之前不知道怎么回事儿,医院里信号贼差!颁奖的时候,直播页面一直加载加载的,气得我想把手机砸了!"

程靳他们听着都笑了。

施展更是笑着调侃:"砸了你有钱买新的啊?这次你比赛都没参加,奖金可没你的份儿!"

"你也太俗了,兴奋起来谁还管钱的事儿啊!"

哪想到红毛这话一出,就被刚从病房追出来的妈妈朝着后脑勺打了一下。

"你有钱怎么没见你给我买个房子啊!一天天的,就知道在那儿瞎大方!"

车队的人都知道红毛爸妈的情况,这会儿,几个大男人脸上的表情都收敛了点。

程靳主动打招呼,喊了声:"阿姨。"

红毛妈妈这会儿还算客气,但对着程靳也没什么笑脸,表情相对而言挺平静的。

"我都听郑林说了,恭喜你。不过,这次你们的比赛奖金有不少吧?你们车队是怎么规定的,像郑林这种情况,他能分到一些奖金吗?"

她这话一说出来,红毛差点没尴尬死。

"妈,你说什么呢!"红毛很少有像现在这种不知道怎么办才好的时候,他看了看程靳他们这边,又道,"我都没参赛,奖金和我有什么关系啊!"

"有的。"程靳没管他的话,直接回应了红毛妈妈,"这次团体赛原本我是不参加的,作为郑林的替补,拿到了成绩和他也有关系。所以团体赛我的那份奖金,回头我都会转给郑林。"

红毛妈妈的表情这才缓和了一些,也没管红毛说什么,直接说:"那谢谢你了。"

苏弥和施施一直默默跟在他们身后,刚刚红毛妈妈的话她们也听得一清二楚。

施施悄悄靠到苏弥身边,小声和她说:"程靳哥这次估计又要自掏腰包,多拿出来十几万块了。"

苏弥没太明白,转过头。

"为什么?"

"每次都这样啊,车队如果取得名次,除了主办方给的奖金,他还会个人给每个参赛的车队成员添点,说算是车队给的奖励。红毛这次又这样了,他肯定给得更多。"

苏弥听着施施的话,目光不由自主地朝程靳那边看过去。

施施还在那头小声念叨:"程爷爷根本不喜欢晚辈搞这些乱七八糟的事,尤其还是这种有危险的极限运动,所以平时程爷爷根本不会给程靳哥多余的钱,他给大伙儿发奖金的钱,还是从自己手里头一点点攒出来扣出来的呢。"

苏弥默默看着程靳的背影,回道:"燃已经是他全部心血了吧!"

"对,差不多就是他现在的全部了。"

时间、金钱,甚至他这个人,他对未来的憧憬和梦想,几乎都是和燃车队拴在一起的。

苏弥目光落在程靳的背上,他这会儿已经主动上前,和红毛妈妈一起扶着红毛回病房。

他的背影又高又瘦，松松垮垮的一件T恤加长裤，就像每一个走在大街上的普通男生似的。

这一刻，似乎没人看得出来，这样一个普通男生，他的肩膀上，到底背负着什么。

当天，大伙儿在红毛的病房里待到很晚。

因为大家都很开心，所以他们直接叫了外卖到病房，然后像每次比赛完一样，为这次的城市赛复盘，又顺便聊了下未来。

等到要走的时候，已经差不多晚上八九点钟了。

离开的时候，红毛一副没尽兴的样子，喊他们再待会儿，结果直接换来了他妈妈响亮的巴掌。

大伙儿笑笑闹闹地出了医院。

施展和施施叫了家里的车来接，顺便送了丫丫爸爸一趟。

苏弥和程靳都住老城区，理所当然地上了同一辆出租车。

其实苏弥现在对程靳的感觉挺复杂的，之前在酒店那些事儿想想就觉得尴尬，可是见过他在赛场上专注认真的模样，又想到之前见过的、听过的他对燃车队的付出与坚持，苏弥又真的佩服和不由自主地想靠近他，想再多了解他一点。

所以一路上，苏弥一直都是欲言又止的状态。

后来，她下车往她家那边走的时候，程靳终于没忍住，开了口："想说什么就说，犹豫什么呢，拿出你之前怼我的劲儿。"

这会儿苏弥突然觉得自己有点蠢，跟这男生在这儿瞎客气什么呢。

"施施说你每次都拿自己的钱给车队的人发奖金？"

程靳没反驳，还转头看向她，反问："怎么了？"

"啊？没什么啊，就是……"苏弥聊到这儿，又不知道该怎么把话说下去了。

程靳看见她这状态，差不多猜到了她想说什么，眉梢微微一挑，含笑道："怎么，想夸我？"

"差不多吧。"苏弥觉得既然话都说到这里了，也没什么再别扭的必要，索性把心里头想的都一股脑儿说了出来，"就是觉得挺难得的，你能为了一件事，坚持得这么难，又坚持得这么久。"

程靳没猜到苏弥会说这个话题，眉眼间的情绪渐渐变得认真了起来。

"你也可以。"

其实程靳早就想再和她聊聊关于未来的话题了。

之前他建议她重新回到校园，她还犹豫说再考虑。他不想影响她的判断，所以一直没再提起，可是也一直没忘记过。

今天她主动提起来这方面的事情，他索性就顺着话题往下聊。

"之前我建议你重新去上学这件事，你考虑得怎么样了？"

苏弥闻言，顿了一下。

也不知道她想了些什么，一直都没再说话。

这时，不远处忽然有人叫了苏弥一声，她和程靳都下意识抬起头看过去。

苏弥住的小区门口，此刻正停着一辆价格不菲的商务车。车子旁边站着两个穿西装的男人，其中一个远远瞧着就能看得出来是久居高位的掌权者。

程靳大概猜到了来人是谁，转头看了一眼苏弥，果然见她的脸色比刚刚差了许多。

来人正是苏凡程，他身后跟着助理。

这会儿看见苏弥回来，助理殷勤地率先上前。

"小弥小姐，你可算回来了。你爸爸今天刚回国，听说了你的事情之后连公司都没去，直接让我把车开到这边等你，从六点多一直等到现在呢！"

苏弥听得想笑："是吗？那我挺荣幸的。"

片刻后，她又看向苏凡程，说："有事？"

她的态度有点冷硬，苏凡程听得直皱眉，可是一想到她之前被抓去派出所的经历，他把到了嘴边的说教，又咽了下去。

他看了眼旁边的程靳，意有所指地说道："爸爸有些事想单独和你说，你的朋友既然已经把你送回来了，就不能再耽误人家的时间了，让他先走吧，待会儿我送你上楼。"

苏凡程这话虽然是对苏弥说的，但其实也是说给程靳听的。

普通人听到这里，估计早就自己主动离开了，可是程靳却依旧像没听见似的，站在苏弥旁边，一动不动。

苏凡程眉头慢慢皱起："你……"

这时苏弥忽然截住了他的话，语气中没一点客气："他走不走和你没关系，你想说什么就说。"

苏凡程见苏弥这个态度，顿时又摆出了平时教育她的那副样子。

"我知道前几天因为小时的冲动，你受了不少苦。可是你也应该想想自己的问题，我早就说过让你听我的话，你未来的路我已经帮你铺好了，你到底还在闹什么？现在家里不能住了，你又没有经济来源，你想过以后怎么生活吗？"

苏凡程这话说得倒是情真意切，但是苏弥听着却越来越无语，甚至还有些想笑。

"你帮我铺好了路？"苏弥冷笑了一声，"也包括把我送去国外的那几年？"

苏凡程一噎，隔了几秒才道："那是意外，但有些经历也是一种历练，对你来说不一定就是坏事，你不能……"

"不好意思，我打断一下。"

一直沉默地站在旁边的程靳，在听见苏凡程刚刚那番话时，终于还是忍不住了。

"如果我没记错的话，您还有一个小女儿吧？您对苏弥说有些经历是历练，那您怎么不安排您的小女儿也去历练一遍呢？"

程靳这话说得客客气气的，但也像软刀子似的把人怼得哑口无言。

苏弥直接乐了，甚至还像是旁观者似的，在一旁幸灾乐祸，等着苏凡程回答。

苏凡程听说了程家的二小子和苏弥关系不浅，刚刚见到程靳的时候，也猜到了程靳的身份。他以为身处望门的公子哥儿至少会有基本的谦逊和礼貌，深知无论什么情况都不应该插手别人的家事。

所以当他听见程靳这番话时，是有点震惊的，而震惊过后，就是被冒犯的愤怒。

"你是程家的二公子吧？我之前就听说过我女儿身边出现了一些乱七八糟的人，现在想来应该就是你吧？你应该知道我女儿才成年没多久，相对你来说，心智还不够成熟，你们如果是单纯交朋友，我不反对，可是……"

"行了！你烦不烦！"

苏弥听不下去了，她觉得苏凡程怎么说她都无所谓，但是他拿着教育自己的嘴脸去说教程靳，她怎么听怎么烦。

"我再小也成年了，心智也早就成熟了，至少谁对我好谁对我假惺惺的，我都看得出来。就像他刚刚说的，你如果真觉得那些事是历练，你怎么不安排苏时时也去经历一遍呢？有些事儿我不说不代表不懂，你在这儿一番虚情假意的，有意思？

"你也看见了，我已经从老宅搬出来了，现在除了户口本上还和你是父女关系，咱们也没什么别的关系了。我平时也没那个时间听你说些废话，下次你如果想通了想给我迁户口，那我欢迎，不然你最好离我远点儿。上次在洞湖那件事，我敢做第一次，就敢做第二次！"

她说完就主动拉起程靳的手腕，想往小区里面走。

路过苏凡程身边时，她停了一下。

"还有，不要用你的心思去揣测别人，我自己有判断力，谁对我是不是真心的，我心里头有数。这世界上并不是所有人都像你们苏家的人一样那么恶心。"

能看得出来，苏弥有些被气到了，走到楼下时，她似乎都还在想着苏凡程的事情，连程靳的手腕都忘了松开。

女孩子的掌心温暖细腻，程靳挺享受的，一路都漫不经心地笑着，也没提醒她。

苏弥后来也不知道想到了什么，忽然转过身。

"我刚刚是不是骂得太轻了？他像有病似的，说我就算了，还连带着说你。我还想再去骂他两句怎么办？"

她说着，真的有往回走的意思。

"我去看看他走没走，没走的话，我再说两句。"

程靳一看她说真的，赶紧反扣住她的手腕。

"该说的你都说了，没必要再回去一趟。"

"可我觉得说得不够啊！"苏弥抬头看了程靳一下，抿抿唇，开口道歉，"对不起，刚刚让你平白无故受牵连了。"

"没事儿，我觉得挺有意思的。"程靳说完笑了下。

苏弥觉得莫名其妙，直接问："你笑什么呢？"

"没笑什么，"程靳低头看她，眼皮微微垂着，答得有些散漫，"就是觉得你骂人的时候，挺好看的。"

"你神经病吧？"突然被"夸"，苏弥反应有些不自然，"他要是只说我也没什么，我都习惯了，但是他说你，我就不能忍了。"

"其实我也挺意外的，你会替我说话。"程靳说。

之所以这样说倒不是他觉得苏弥有什么问题，只是他以为以苏弥的性格，肯定是能少说一句就少说一句，不会搞出什么别的麻烦。

没想到她会为了他，忽然炸出火药味儿。

不过他心里想什么苏弥不知道，只是听完他的话，苏弥略微奇怪地看向他。

"不是你说的吗？我们是一伙儿的。"

这话让程靳微微一顿，片刻后，他抬起手，放到了苏弥的头顶。

月色如薄纱般笼罩着，夜色浓烈。

他的手轻轻揉着她的头顶，脸上带着漫不经心的笑意。

"你说得对，我们是一伙儿的。"

片刻后，他又补充了一句。

"永远都是一伙儿的。"

夜里的风很静，程靳说完那句话之后，两个人安静地对视良久。

也不知道到底是谁先忍不住了，看着看着，两人就都不由自主地笑了起来。

"真幼稚。"苏弥说。

他们好像小学生,老将"一伙儿的一伙儿的"挂在嘴边。

程斩也没反驳,脸上依旧挂着笑意:"幼稚就幼稚了,也没有别人。"

后来,两个人又朝前面走了一段路,苏弥似乎想起了之前程斩说的话,忽然说了一句:"要是方便的话,最近就带我去见见杜教授吧。"

程斩看了她一眼:"你想好了?"

苏弥摇摇头:"不想了。之前就是想太多,才干什么都犹犹豫豫的。"

她以前总是觉得,不论做什么,她的人生似乎都不会变得更好,所以她对任何事情都不抱有期待。

但是她现在忽然发现,如果一直停滞着什么都不做,她好像不仅不会变好,可能还会变糟。

她不想变得更糟了。

当晚回家后,苏弥泡了个暖和的热水澡。

这几天的经历起起伏伏,泡澡时,她脑子里来回闪过不少画面。

而且大多数时间,她都是笑着的,连自己都没察觉的那种。

从浴缸里出来后,她对着镜子擦头发,无意间又瞧见了自己手臂上的那片文身。

想了想,她顺手拿起手机,打开网页搜索。

她先是在搜索栏里打了个"文身店",刚要按确定键,又忽然想起来没加地址,于是又在后头加了"北城"两个字。

搜索栏很快加载出了不少词条,苏弥挨个点进去之后,找到了老城区这片的一家文身店。

网页上的图片只有一个小门面,看着不大,但是牌匾瞧着挺酷的。

苏弥默默在手机里存下了电话,接着又点开微信,找出和程斩聊天的对话框。

苏弥:明天我们大概什么时候去找杜教授?

程斩那头回得很快。

程靳：看你的时间。

苏弥：那明天下午？我明天上午想干点别的事情。

程靳：可以。

程靳：上午你要去哪儿？需要我陪你吗？

苏弥：不用了，你忙你的事情吧。

后来程靳回了个"好"字，两人就没再继续聊下去。

其实现在苏弥还是觉得两个人之间的气氛有点奇奇怪怪，可能平时感觉不那么强烈，可一旦两个人单独相处，或者她自己私底下想到些以前的画面时，她就还是别扭。

倒也不是想开始躲着他，就是觉得尽量减少点单独相处吧。

不然她真怕自己哪一天忍不住，做出点什么或者说出点什么。

到时候真要那样，也太尴尬了！

苏弥当晚做了个梦。

梦里面的她已经去重华报到了，在班上做自我介绍时，有人发现了她手臂上的文身。

当时班上不少同学都说她好酷啊，文身也好酷。她不记得自己在梦里是什么心情，只知道自己被那么多同龄人围着的时候，心情有一丝微妙。

这个梦没给她留下太大的影响，不过起床的时候，她还是下意识举起手臂，看了一眼上面的文身。

不知名的花藤图案，大片暗黑的底色上面点缀了几个暗红色的图腾。

时间太久了，文身已经没了一开始那么鲜明，看着乌突突的。

苏弥想到了梦里面那些同学的话，下意识吐出了一句："酷个屁。"

昨晚苏弥和程靳定的见面时间是下午，大概是一点左右。

因为最近苏弥有些失眠，所以她压根没想到自己会睡过头。从床上起来，看见墙上的挂钟已经指向中午十一点，她还有些意外。

等反应过来后，她便匆匆忙忙地去洗手间洗漱、换衣服。

出门时，她又查了下文身店的位置，在脑海里大致规划了一下路线。

那家文身店离她住的地方还算近，拐了几条巷子之后，就在一个狭小的胡同里面找到了。

门头牌匾和之前在网页上看到的一模一样,苏弥没怎么犹豫就走了进去。

店里面还挺清静的,进门是一个简单的招待室和收银台,往里一点有一块一米来长的帘子,帘子是墨蓝色的,看样子里头应该就是工作区。

苏弥听见里面有轻微的钻声传来,下意识往里头走了走,同时开口:"有人吗?我想洗个文身。"

"哎!里屋呢,里屋呢!"

苏弥闻声掀开帘子进去了,发现里面确实像她猜的那样,是工作区。

这会儿文身台上正躺着一名顾客,是个看着不怎么和善的男人,而他侧边站着一个手拿文身枪的中年男人。

这人显然就是文身师了。

这会儿看见苏弥进来,他上下打量了她一眼。

"自己来的?"

"啊。"

"文身挺疼的啊,你想好了吗?"文身师显然见识过不少场面,看着苏弥的样子,心里头似乎已经有了自己的猜测,"一时为爱情冲昏头脑的时候谁都有,但是无论是文情侣文身还是文对象名字的,一般都是两人一起来的。你这自己过来,还是再想想吧。这玩意儿挺疼的,到时候洗更疼,别真摊上个渣男,来来回回折腾自己。"

苏弥心想:我难道看起来挺蠢挺好骗的吗?不然怎么会让这大叔有这种莫名其妙的想法啊?

她想了想,还是没多解释,直接说道:"不是,我来洗文身。"

说着,她撸了撸袖子,把手臂上的图腾露了出来。

"胳膊上这些,我想都洗掉。"

她手臂上的文身面积太大太惹眼了,现在连男人都很少会文成这样。

那个文身师看见,一时之间又对她好奇不少。

"为什么要洗掉啊?你这个褪色还不算严重,还没文几年吧,怎么就想洗了呢?"

苏弥下意识皱了皱眉，印象里，开文身店的不都是酷哥、酷姐之类的吗？这大叔怎么跟个话痨似的？

她懒得解释，就随口编了一句："遇见渣男了，当初为了他文的，现在想洗掉。"

文身师一听，立马激动地说："那得洗，必须洗！"

说完，他又想到什么似的，看了眼床上还躺着的顾客："但妹子你得等等，我把他这个弄好了就给你洗。"

"大概多久？"

"两个小时左右吧。"

苏弥看了眼时间，心里默默算了下，又道："那不然我留个电话吧，你这边好了给我打电话，我先出去办点别的事情。"

文身大叔连忙点头说好，掏出手机存了苏弥的电话。

后来苏弥掀开帘子出去后，还隐隐听见了帘子后头文身师的声音。

"渣男是这个世上最该灭种的生物！他们怎么不集体去死！"

苏弥打车去了重华大学。

到那边的时候，程靳已经在校门口等她了。

"你这是早就来了？"苏弥问。

"没有，也是刚到。"程靳回了句，然后带着她一块儿转身，"走吧，外公应该已经等着了。"

苏弥不知道"近乡情更怯"这句话用来形容现在的心情到底对不对，反正她越往重华里头走，心里面就越忐忑。

程靳看出了她的不自在，转过身子倒着走，边走边看向她。

"你瞎想什么呢？"

苏弥不知道该怎么说，就随口乱扯了一句："杜教授会不会用上次的事儿羞辱我啊？"

这话一说出口苏弥就后悔了，人家那么德高望重的一位教授怎么可能记得她这号人物啊，就算记得住，也不一定把那天的事情放心上吧。

她现在说这话，显得自己有些小肚鸡肠、斤斤计较了。

她正想说点什么解释解释呢，程靳突然出了声。

"有可能，"程靳闲闲地看着她，"所以你做好被他刁难的准备吧。"

苏弥很无语，她就是客气客气！这怎么还来真的了呢！

后来，苏弥被程靳说得还挺忐忑的。

进杜教授的办公室时，她比第一次来客气礼貌多了。

杜教授依旧挺精神矍铄的，苏弥看着老人家，难得有些怯场，微微弯腰，叫了声："杜教授。"

苏弥原本心里头已经做好了被冷嘲热讽的准备，毕竟艺术家的脾气都挺古怪的，她都能理解。

但是万万没想到，这位老人家上来就直接拉住她的手腕，满面笑容的，看上去特别热情。

"程靳那臭小子本来说让你自己过来的，我刚刚一听就生气了！然后就把他赶出去接你了！你别介意啊，这臭小子天生就是个大直男，什么都不懂。"

苏弥有点蒙，下意识看向程靳。

哪想到，对方就跟看戏似的，直接抱着双臂倚靠在他外公的办公桌前，脸上带着笑，有点欠揍的那种。

杜教授丝毫没察觉到自己热情过头，拉着苏弥又说了好几句之后，才慢慢聊起正事来。

"你的意思，程靳已经跟我说过了。其实我之前就一直挺着急你的事儿的，毕竟我们学校每年旁听生的名额是有限制的，并且都需要考试。原本报名的人就多，眼看着连一个月的时间都没有了，你才想起来报名，确实有点晚了。"

这种话苏弥以前听过太多了，基本上就默认对方是在拒绝，心里头瞬间像落下了什么东西一样，心情忽然变得有些低沉。

"我知道您的意思了，我……"

程靳比杜教授要了解苏弥，这会儿看见她的状态，就知道她心里在想些什么。

"你先等会儿，听外公把话说完。"

苏弥要说的话瞬间被他截住，卡在那儿不上不下的，有点难受。

她不明白程靳还想让她听什么，杜教授的意思还不够清楚明白吗？

杜教授却没有程靳那么细的心思，他不紧不慢地把自己想说的话说了出来。

"不过，我说这些的意思呢，是告诉你，你如果选择了重华，那对于现在的你绝非简单的事情。你可能要在一个月不到的时间里，去学习准备别人可能已经准备了很久的东西，你有这个信心能准备好吗？"

苏弥愣了愣，反应了一会儿才确定杜教授不是在开玩笑。

"您的意思，是我还有资格来这里学习，对吗？"

"当然！"杜教授对着苏弥慈祥地笑了笑，"所以，你对入学考试有信心吗？"

苏弥这才渐渐抓到了杜教授的重点，她"啊"了一声之后，挺老实地来了句："没有。"

杜教授还以为自己听错了，看了看苏弥脸上的表情才渐渐确定。一瞬间他就火气上头，完全没有了之前和蔼慈祥的模样。

他狠狠地拍了苏弥的手臂一下："你这女娃怎么回事儿？怎么一点上进心都没有呢？"

老人家虽然搞艺术的，但手劲儿却挺大。

苏弥被打得有点疼，下意识抬手捂住自己那条胳膊。

"有有有，上进心绝对有！但就是……"

她不知道该怎么说，顿了顿，声音低下去不少："就是信心没多少。"

杜教授听完表情缓和了许多，他冲着苏弥笑了笑，说道："你这个傻孩子，外公既然已经让你过来了，自然是会给你画些重点的。这个你不用担心，考题范围和练习册、书本什么的，我待会儿都给你，你拿回家直接看就好了。"

这话让苏弥还挺意外的，她想了想，小声问了句："那您这算不算帮我作弊啊？"

杜教授先是一愣，接着转过头，冲着程靳哈哈大笑。

程靳也忍不住弯了弯唇。

直到后来拿到那些习题和练习册，苏弥才明白这祖孙俩刚刚在笑什么。

"所以你外公说的帮我画重点，就是把整本书都圈起来，告诉我这些都是重点？"

程靳忍不住又笑了笑，睨了她一眼："有问题吗？上学的时候老师不都是这么画重点的？"

苏弥彻底无言以对了，又掂了掂手里能有十斤重的复习材料，说："我现在后悔还来得及吗？"

程靳抬手敲了敲她的脑门："晚了。"

苏弥没再说话，拎着东西默默向前走。

程靳在后面想帮她拿一下，被她侧身躲开了。

"算了，我得提前感受一下知识的力量，所以还是我自己来吧。"

她说完，也不知道想到了什么事情，忽然又笑了笑："我都成年了，还说什么知识的力量，是不是有点太土了？"

女孩子说话的时候，嘴角微微上扬，不难看出她这会儿心情不错。

程靳跟在旁边，看着她这样，莫名也很愉悦。

两个人又走了一段路，苏弥兜里的手机忽然响了起来。

她拿出手机的时候，顺手就把手里面的袋子放到地上夹在了两条腿中间。

"喂。"

"啊，妹妹呀，我是文身店的大哥啊！给你打电话告诉你一声，我这头忙完了，你随时可以过来！"

"好的，那我待会儿就过去。"

程靳离她不远，能听见听筒里是个男人在说话，但是具体是谁、说了什么，他一概没有听清。

见苏弥挂断电话，他不动声色地问了句："待会儿有事？"

"嗯，和文身店的老板约好了，待会儿去洗文身。"

这答案倒让程靳有点意外，他看了看她，说："重华没有限制学生文身这一条校规，你不用太难为自己。"

苏弥摇摇头："不是难为自己啊，跟这些都没关系，我就是……"

有些话苏弥实在难以启齿，想了想，她还是随便应付了两句："反正我就是想把文身洗掉。"

程靳看得出来她的想法，也没再追问，只点点头，说："好，那我陪你去。"

文身师送走了之前那位顾客后，就挺悠闲地在店里听起了摇滚乐。

收银台那边有个图册，上面都是一些他随手画的图案，有的血腥暴力，有的唯美神秘。这会儿他一边等着苏弥，一边又拿出画册想再给之前设计的图案添些元素。

没隔多久，店里的大门再次被人推开。

他抬头一看，发现来的人正是苏弥。

"你这速度还挺快呢，我还以为得等你一阵儿呢！"

他笑呵呵的，末了，突然看见了苏弥身后的男生。

男生又瘦又高，一张标准的帅气渣男脸，这会儿跟在苏弥后头，很难不让他误会。

文身师也不知道想到了什么，贴到苏弥耳边，小声问："这个就是'绿'了你的渣男啊？"

文身师说出那句话的时候，是贴着苏弥的耳边，只不过他和红毛差不多，都是天生大嗓门，声音再小，也足以让程靳听得清清楚楚。

而程靳在后头听见"渣男"两个字之后，眉梢微微挑了挑。

不得不说，他听见这两个字时，还挺意外的。

苏弥这会儿既尴尬又无语，压着嗓子回了句："谁说他'绿'我了？"

其实这句话理解上面挺有争议的，正常情况下，别人听见都会以为她是回应并且默认了文身师的问题，先是表达"他不是绿我的人"，再潜台词里说"绿我的是别人"。

苏弥说完之后，也感觉到有些不对劲，刚想改口，文身师根本不给她机会，直接把话又接了过来。

"不是'绿'你的那个啊？"他一脸的八卦，接着又意味深长地说，"那小丫头你挺不简单啊！"

苏弥一丁点被赞美的喜悦都没有，她也懒得再解释，直接说："我身上这文身是现在就能洗吗？"

文身师回过神，说："对，现在就能跟我进屋了。"

他边说边往帘子后的工作室那边走。

苏弥回头看了程靳一眼。

"不然你还是先走吧，我这儿估计得挺久的呢，你一个人留外头也没什么意思。待会儿弄完我就直接回家了，这边离我家还挺近的。"

苏弥这话说完，还没等程靳回应，那位文身师倒先开口否定了。

"走什么走啊，你身上的文身我看了，材料应该是最难洗的那种，说不定要多长时间呢，万一弄完天黑了，你一个小姑娘走夜路多危险！而且我可没说过里面不让他进啊，好几个小时呢，多个人陪你聊天，我也能省省嘴皮子！"

说着，他还冲程靳喊了句："别听她的啊。"

程靳忍不住勾了勾唇，笑了下："行，我不听她的。"

说完，程靳直接越过苏弥，跟在文身师后面，一起进了工作室。

两个男人看样子还挺聊得来，苏弥进去的时候，两人已经有说有笑了。

"要我说啊，就是你们这些'三好男人'太矜持了，才会给那些渣男可乘之机。你要是真喜欢人家小姑娘，就得大大方方地赶紧表白，不然说不定隔几天，她又遇着下一个渣男了。"

苏弥原以为程靳不会搭理对方这个话题，但让人没想到的是，他竟然还回应了！

"嗯，我在等机会。"

"表个白还需要等机会？你说说你，长了一副渣男脸，咋到动真格的时候这么没用呢！"

苏弥实在听不下去了，她故意把手里的复习资料往旁边的一把椅子上一扔，弄出了些声响。

文身师见她进来，几乎瞬间切换了角色。

"来这头吧，我先给你敷麻药。"他指了指面前铺着白色床单的单人床，"坐边上。"

苏弥看了他们一眼，没多说什么，径直走了过去。

"你这面积有点大，我得一块一块地给你洗。如果麻药统一敷上的话，我怕到时候洗到下面的时候药劲儿过了，所以我先给你敷肩膀附近的。"

他边说边拿镊子取出来早已浸泡好的棉片，指了指苏弥的衣服。

"外套脱了。"

苏弥照做，挺配合地把手臂上要洗的那些文身全露了出来。

很惹眼很艳丽的图案，程靳第一次这么仔细地看。片刻后，他的视线不由自主地向苏弥脸上瞥，小姑娘这会儿正偏头看着自己手臂，也不知道在想什么。

"这些今天能一次性彻底洗掉吗？"

文身师原本正拿着镊子给她贴麻药棉片，听了她这话，看了她一眼。

"你做什么梦呢？你这一整条胳膊呢，文的时候也不可能是一次性文好的吧？"

文身其实挺疼的，尤其这种大面积的图案。一般的大男人文都需要好几次，更何况这种娇滴滴的小姑娘了。

文身师在说的时候，就排除了苏弥会一次文好的可能性。

但让他没想到的是，苏弥竟然回了句："啊？但我确实是一次性文好的啊……"

一整条胳膊。

一半面积的图腾图案。

一次性文好。

一个看起来也就八九十斤的小姑娘。

文身师脸上全是吃惊，隔了几秒钟，才下意识问了句："那得多疼啊？"

也不知道是隔得太久了，还是当时苏弥确实没什么大的反应，她回得更加轻描淡写。

"好像还行。"

她那个时候在国外正是最水深火热的时候，疼啊、难受啊，这些词只有活得舒服的人才有资格喊。

她那时候，想的只是怎么能顺利地好好活到明天。

所以文身疼不疼这种事儿，她那时候好像一点都没察觉到。

文身师回头看了一眼程靳，男生就站在他们对面，倚在工作台旁边，双臂随意抱在胸前，眼眸深深地看着小姑娘。

文身师的"恋爱脑"又发作了，想了想，决定先把空间让给这两个年轻人。

"我先去准备药水和工具，你就在这儿等着麻药药劲儿上来就行。然后我得和你说一下，我不管你是不是真的一次性文好的，反正我是不可能一次性给你洗掉的。我这人心软，看不得别人受罪，所以你就麻烦点儿，多跑几趟我这儿吧。"

他说完就准备往外撤，临走前还不忘给程靳使使眼色，想让程靳抓紧机会。

但可惜，对方的眼神一直放在小姑娘身上，压根都没往他这边看一眼。

文身师走了之后，苏弥捂着胳膊，往那头望了望，然后往前微微倾了倾身，朝程靳小声问了句："你说我是不是进黑店了？他不给我一次性洗完，是不是想多收点钱啊？"

程靳没回她，依旧半倚在那儿看着她。

苏弥见他半天不出声，抬脚虚踢了踢他一下。

"嘿！想什么呢你？"

程靳眸色有些深，不答反问："你这个文身，是在国外的时候文的？"

苏弥瞬间就明白了程靳刚刚看着她的时候在想什么。

她故意装作轻松的样子，点点头："对啊！酷吧？"

成年人的世界，很多事情大家都是心照不宣的，可能就只是一个眼神或者一句话，大家就猜得出来对方想表达什么。

而此时此刻，程靳也听出了藏在苏弥回应里面的另一句话——

对啊，所以你别再问了。

他默了默，没再出声。

工作间里面瞬间安静了下去。

隔了一会儿，苏弥可能是敷得有些累了，动了动手臂，想把棉片拿下去。

一直站在她对面的程靳，这会儿有了动作。

他直接直起身子，一步跨到苏弥面前，也没看她，修长的手掌直接覆在了她的手上。

苏弥微微有些意外，抬头看了他一眼。

只见程靳的目光依旧落在她的胳膊上，说："挺疼的，再敷一会儿吧。"

他掌心的温度让苏弥有些不自在，她往旁边挪了挪。

大概隔了五分钟左右，文身师拿着准备好的东西重新走进工作间。

他见两人还像自己走时那样，挺客气的，一个坐着一个站着，心里不免有些失望。

他嫌弃地看了程靳一眼，接着走到苏弥面前。

"行了，咱开始吧。"

这家店开了很多年了，文身师也是个老手。虽然一开始苏弥瞧着他有些八卦不着调，但是他真正工作起来之后，她能感觉出来，他的手法很娴熟，也极为认真。

应该是怕苏弥疼，文身师在拿着工具洗文身的时候，嘴里还不停找着话题和她聊天。

他能感觉到苏弥不太想聊之前"渣男"的话题，所以干脆换了别的。

"我刚瞄了一眼你拿的那兜子书，我看都是关于美术专业的啊，你是学美术的？"

"嗯。"

"哦哟，未来的小画家呀！准备考哪儿啊？"

苏弥有些犹豫，不太想说得过于详细，她还没想好怎么回答呢，文身师又开了口。

"我妹妹也是大学生，现在都读博了，而且还是留在他们学校本部读！厉害吧！

"啊，忘了说，我妹妹读的是重华大学，就咱们北城最有名的那所大学！"

苏弥也不知道是不是回国之后这段日子过得太舒服，让她都变得有些娇气了。电针枪沾着药水一针一针扎进皮肤的时候，她有一瞬间确实疼得想打寒战。所以刚刚文身师的话说完之后，她没第一时间回应。

文身师见状，一副见怪不怪的样子："疼了吧？"

苏弥下意识嘴硬，说："没事儿，还行。"

她紧咬牙关，想再说点什么转移注意力："重华确实是国内的重点学校，你妹妹能在那儿读博，学习肯定很好。那你呢？你在哪里上的大学啊？"

她说话时，声音中带了些自己都没发觉的颤音。尖锐的针尖一下一下扎下去的时候，她疼得下意识捏紧指尖。

不多时，她眼前突然出现了一只手。

苏弥趴在那儿，抬眼朝上面看过去。

"疼就咬着吧。"程靳说。

这会儿苏弥已经疼得有些冒汗，但她还是嘴硬道："谁说我疼了？唔唔唔……"

她开口说话的时候，程靳顺势就把自己的虎口塞进了她嘴里。

隐约间，苏弥好像闻到了一股消毒酒精的味道，视线不经意朝那边的工作台上瞥了一眼，发现程靳原本站着的地方，不知道什么时候多出了一团用过的消毒棉球。

她又抬眼看了程靳一下，对上他漆黑深邃的双眸时，突然又感觉到胳膊上泛起一阵剧烈又细密的疼痛。

没再多犹豫，她直接咬上了程靳塞给她的虎口。

文身师看两人这状态，十分满意，手里动作没停，随口回应着苏弥的问题。

"我啊？我不如我妹妹，我没上过大学。"

"我上学那会儿念书不行，家里又太穷，我父母东拼西凑的，每天都在给我和我妹妹赚学费。后来我实在看不下去了，就说不念了，出来打工供我妹妹读书。不过我妹妹也挺给我争气的，学习越来越好，后来还兼职赚了点儿钱。当初知道我想弄这个小店儿的时候，她还给我拿了五万块钱当本金呢！她那时候才考上研究生，兼职赚的钱就不少了！厉害吧！"

文身师在提起他妹妹的时候，语气中全是骄傲。

苏弥不知道想到了什么，听完文身师的话，咬着程靳的动作顿了顿。

文身师还未察觉，依旧在自言自语。

"小时候还有人说我傻呢，没有哪家是男孩供个丫头片子念书的。但我觉得没什么，家人存在的意义不就是互相付出，一起相扶着过日子吗？谁家都这样吧？"

他说着，又问了苏弥一句："你这种小丫头，在家里也是个宝吧？"

程靳眉头微微皱了下，下意识看了苏弥一眼。

女孩子趴在那儿，微卷的睫毛覆盖在眼睑上，她没抬头，没人看得出来此刻她眼底涌动的情绪。

隔了几秒钟，她才说了句："啊，还行吧。"

苏弥臂膀上的那一片文身，大概洗了两个多小时。

结束的时候，程靳虎口那儿已经被她咬出了血印。

苏弥看见那两排整齐的牙印时，后知后觉有些不好意思。

"是不是挺疼的？等出去了我给你买点药吧。"

"这叫'爱的勋章'，不可能疼的，是吧？"

文身师抢着替程靳回答，心说：我都帮你这小伙子把话拉到这儿来了，但凡有点儿眼力见儿的绝对会知道怎么接下去！

哪想到，眼前这位少爷是个天才。

"没有，她劲儿太大了，咬得挺疼的。"

离开的时候，文身师交代了一些苏弥平时需要注意的事项。

大体和她当初文身时要注意的差不多，二十四小时之内别沾水，定期查看，如果有红肿或是过敏的现象，马上来他这边。

苏弥没太当回事儿，一边捂着胳膊，一边随意点点头。

倒是一旁的程靳听得还挺认真的。

他们后来和文身师告了别，推开门刚走出去没几步，后面的人像是忽然想到什么似的，马上又追了出来。

"你一周之后再过来啊！今天洗的这片儿还没好呢，洗下片儿时估计会更疼。"

他说完像不放心似的，也不等苏弥回应，直接转头看向程靳。

"你回去看着她点儿，一个小姑娘家家的，这么犟干什么啊？疼都不知道喊！"

程靳点点头："我会的，放心吧。"

等到文身师回店里之后，程靳侧过头看了旁边的苏弥一眼。

"听见了吗？"

苏弥抬头随便瞥了他一眼："啥？"

"人家说你，一个小姑娘家家的，这么犟干什么？"程靳边说边抬手敲了敲她的脑袋，"别整天连声疼都不会喊。"

苏弥没太在意他的话，重新低下头，视线又落回自己捂着手臂的那只手上面。

"喊疼的前提是旁边有人能听见，你看我旁边有人吗？"

其实程靳明白苏弥指的是以前，但他还是没忍住，回了一句："我不是人？"

苏弥听完，下意识瞪了他一眼。

"天都黑了，赶紧回去吧，别闹了。"

说完，她就率先往前头的片区走去。

程靳在原地看了她两秒钟，迈着长腿两三步便追了上去。

"以后，疼了、难过了，或者遇到没办法解决的问题、危险，都马上找我。"

苏弥依旧捂着手臂往前走，没出声。

前方是老城区这片最热闹的地方，越往那边走，各路推着车的小商贩和小杂货铺就越多。

霓虹璀璨，声音嘈杂。

程靳见苏弥一直没出声，抬手又朝她的后脑勺拍了一下。

"听见没？"

苏弥表现得有些不耐烦的模样，也没回头看他，像是敷衍似的，随口回了句:"行,再说吧。"

程靳没再追着多说什么,倒是苏弥又走了几步之后,忽然想起了之前文身师说过的话。

"你说文身店的那个大哥,为了供妹妹读书,自己早早就出来混社会了……这么多年,他后悔过吗?"

"不知道。"程靳说,"但是听他现在提起妹妹时的语气,就算后悔过,也是少数的时候吧。"

苏弥沉默了一会儿,接着像自言自语似的,小声念叨出一句:"那他妹妹还挺幸福的。"

程靳看向她。

女孩子此时依旧拿手捂着手臂,头微微垂着,看不出现在她脸上是什么样的神情,就好像是和平常差不多的模样。

程靳默了默,开口:"你怎么就知道他妹妹过得就幸福了?"

苏弥一开始还有些没反应过来他的话,顿了大概两三秒,抬头看他,有点迟疑:"啊?"

"你可以仔细想想,如果按照他说的,那他妹妹是顶着全家人的付出在念书,全家未来的发展,甚至希望,都压在了他妹妹一个人的身上。他妹妹除了要承受学业上的压力,还要背负来自家庭的压力。"

"满身都是包袱的人,你觉得她向前走的时候,可能不累吗?"

程靳的这些话让苏弥有些意外,她下意识眨了眨眼睛,反应了一会儿,才说:"你为了让自己人好过一点,真是什么损话都说得出来啊……"

"自己人"三个字显然让程靳有些愉悦,他漫不经心地扯了扯嘴角,垂眼睨她。

"自己人?"

苏弥也意识到了这三个字好像有点不太对劲,轻咳了一声,没打算再回应他的话,自顾自地向前走。

程靳悠悠闲闲地跟在她身后,路过小吃摊的时候,他问道:"花甲粉吃吗?"

"不吃。"

"鸡柳呢?这家的鸡柳好像炸得挺好的。"

"不吃!"

"臭豆腐呢?这家炸得还挺香的。"

苏弥脚步渐渐停下,最后停在了卖臭豆腐的摊位前。

"老板,一份臭豆腐。"

她说话的时候闷声闷气的,像是在和自己置气。

程靳看着觉得有些好笑,嘴边的笑意更浓了。

"老板,再加一份。"

苏弥已经很久没有系统的学习经历了。

当初在国外虽然也读书,但基本都是上一天课要请假半天的状态。

苏家的人一分钱也没打给过她,她需要生活,所以绝大多数的时间,她都在赚钱。

后面到了老头儿那边,日子才算稳定了些。

国外大多数学校对学生都是放养态度,教的东西还不如她在老头儿那里学到的多,所以久而久之,她对按部就班地上学这件事儿,就没多大的兴趣了。

现在突然给她这么一大摞学习资料,让她在一个月之内学完去考试,她的压力真不是一般的大。

不过好在美术是她从小接触到大的东西,复习资料里面有很多知识点她都了解。

但苏弥对任何事情都很认真,就算有的知识她看一眼就知道答案,她还是会把那些知识完完整整看完,并且都归类到一个区域,方便最后一起统一复习。

她定了每天早上六点的闹钟,铃声响起来之后,她几乎一秒都不会再耽搁,起床,洗漱,点外卖,吃早饭,然后就开始学习。

大概学到中午十二点,她才会捤捤懒腰从桌子前起身,继续点外卖。

等外卖的时间里,她也不闲着,要么是拿着笔记复习一遍今天看过的重点,要么就是拿着资料继续往下翻。

总之，她一天下来，除了睡觉，闲着的时间几乎没有。

手机也变成了"美食提供机"，除了点外卖，她几乎不玩任何软件，铃声也设置成了静音，有未接电话或是微信，她都会在晚上睡前统一回复。

不过，除了程靳每天都联系她，也没什么人天天找她。

这天，程靳又惯例在她吃晚饭的时间给她打了通电话，原本没想过她会接的，但听筒里嘟嘟响了半分钟之后，意料之外的，那头的人居然按了接听键。

女孩子有气无力的声音从听筒里传了过来——

"怎么了？"

程靳这会儿正在练车场，刚刚从赛道上下来，身上的赛车服都没来得及脱，倚着练车场外围的栏杆抽烟。

听见苏弥的声音之后，他意外地挑了挑眉。

"今天怎么这个点接电话了？偷懒了？"

苏弥的语气还是蔫蔫的，像是累坏了的样子。

"我劝你放尊重点，不要用质疑的态度和背了十六个小时《中国古代画论》的女孩子说话，很危险。"

程靳忍不住笑出了声。

要放平时，苏弥肯定白眼都翻到天上去了，但现在她连动动手指的力气都快没有了。

"我给你打电话没别的事儿，就是提醒你一下，约的下一次洗文身的时间到了。明天空出两个小时，我送你过去。"

"算了吧，都什么时候了，谁有空去洗文身？"苏弥说，"等考完试吧，反正明天洗和下个月再洗也没啥区别。我不嫌胳膊丑。"

"这么刻苦？"程靳问。

苏弥被他问起劲了："那不然呢？"

"哦，那中国山水画中，三远指的是哪三远？"

程靳这话题转得太突然了，苏弥都没立刻反应过来，几乎是下意识脱口而出。

"高远，平远，深远。"

"那澳大利亚悉尼歌剧院是由丹麦的哪位设计师设计的？"

"丹麦三十八岁的建筑师约恩·乌松。"

"《中国古代画论》中，《古画品录》提出的绘画要旨六法是指哪六法？"

"气韵声动，骨法用笔，应物象形，随类赋彩，经营位置，传移摹写。"

"那……"

程靳陆陆续续问了苏弥十几个问题，她都很快给出了答案，并且只错了一道。

这结果程靳其实是没想到的，他只知道苏弥画画工底了得，但是她平时学习到底是什么样子，他确实不太清楚。

所以今天这些问题她能对答如流，程靳还是挺意外的。

"外公这几天还在跟我念叨，怕你不好好复习，过不了入学考试。等我回头和他说说，估计他也能放心了。"

"所以你刚刚一直都在抽查？想替杜教授考考我？"

"也不算。"程靳在这头弹了弹烟灰，"我也挺想考考你的。"

苏弥有了些精神，声音也比刚刚大了点："不过，你怎么知道这么多关于美术专业的知识啊？你大学不是学的金融吗？"

"我全能。"

隔着电话，程靳仿佛都能从这几秒钟的沉默里面，看见苏弥无语的样子。

他忍不住笑了笑，刚想再跟她说点什么，女孩子在那头一声不吭的，直接挂了电话。

程靳笑得更厉害了，原本因为训练一天，脸上挂着的疲惫这会儿也被冲淡了。

旁边有别的车队的熟人经过，见他一个人轻笑，不免好奇地走上前。

"你笑什么呢？"

程靳笑着摇摇头："没事儿。"

那个熟人见他不想深说，也没在意，转念又想到了一件别的事，再次开口："哎，我看你最近训练结束休息的时候，好像老拿着几本资料在看啊，而且看得还挺认真的，看什么呢？"

"没什么，就家里的小朋友最近要考试，我陪着她一块儿复习一下。"

"谁家的小朋友啊，这么大面子？他考试，你这个大忙人还得陪着。"

程靳转头将烟头按灭，垂着头，不经意地回了句："我家的。"

时间一晃而过，很快就到了重华大学旁听生考试的那天。

考试前一天晚上，苏弥没有再像往常一样看资料看到半夜十一二点，外头天才黑下去，她就直接把书本一合，早早上了床。

当天晚上，苏弥难得睡了个好觉，而且一觉睡到天亮也没做梦。

早上的时候，如果不是有人早早就来敲她家的门，估计她会一觉睡到七八点。

她被敲门声吵醒时，外头才蒙蒙亮。

卧室的小阳台上面，有麻雀在叽叽喳喳，天际是一片深蓝色，远处天空带了些朝阳要升起前的泛红。

门口的敲门声还在继续，苏弥有点蒙。

她反应了一会儿，渐渐确定了确实是有人在敲她家的门，下意识看了眼墙上的挂钟，五点三十五分。

嗯，很好，距离她设置的起床时间，还有两个小时。

苏弥无语得很，原本想蒙上被子继续睡，不理会门外的人，但对方似乎很执着，无论她怎么装作听不见，都依旧隔两秒钟敲几下。

后来苏弥忍不了了，她气呼呼地把被子一蹬，连拖鞋都没穿，直接光着脚快步冲到了门口。

"谁呀？"

"你猜。"

这么欠的回答，除了程靳那位少爷，苏弥想不到第二个人。于是她没了防备的心思，直接倾身将门打开。

不过，让她意外的是，门外不止程靳一个人，老袁媳妇儿也来了。

"我说你这孩子怎么回事儿啊？今天要考试怎么还起这么晚呢？"

老袁媳妇儿是前几天和程靳他们吃饭的时候，听说苏弥最近在备考的事儿，问了考试时间后，便直接把日子记下了。

昨天晚上她就先联系了程靳，知道他肯定会送苏弥去考场，所以就定了今早和他一起过来的事儿。

苏弥其实对程靳的到来没感觉到意外，但是老袁媳妇儿跟着一块儿来了，她还是有点没反应过来。

"嫂子，"她喊了老袁媳妇儿一声，"你怎么也这么早就过来啦？"

"还早哇？你今天考试呢，你记不记得？"

老袁媳妇儿手里拎着一个白色的塑料袋，苏弥随意瞥了一眼，看上去里面像是装的都是食材。

胡萝卜、香肠、鸡蛋，还有现擀的手工面条。

老袁媳妇儿来过苏弥家，所以知道厨房在哪儿，也没跟苏弥客气，她自己率先换了拖鞋进去，然后直奔厨房。

她边走嘴里还边嘟囔："哪家孩子考试像你这么随意啊！都几点了，还不打算起呢……"

苏弥看了看她的背影，又看了看程靳，表情有点呆。

"我没记错的话，今天考试的时间应该是八点半吧？"

"对，所以现在已经不早了。"

程靳自己拿了双拖鞋，换好后，见苏弥还傻愣在原地不动，直接抬手握住她的肩，推着她转身。

"行了，你赶快去洗漱。"

这次苏弥倒是听话，"哦"了一声后，就直奔洗手间。

见她乖乖去洗漱了，程靳拿着手里的东西，走去了她复习的位置。

苏弥平时就在客厅的茶几和沙发上复习看资料，茶几上除了摞着杜教授给的那些书本，还有不少她自己新添的复习材料，文具也买了很多。

程靳看了看自己手里早早就替她买好的考试用具，忽然觉得有点多余。

苏弥洗漱完从洗手间出来之后，整个人也清醒了不少。

她看到程靳正一样一样替她往背包里装东西，便走了过去。

"你们真的就只是来叫我考试的？"

程靳一边往包里面放铅笔，一边回头看她一眼。

"不然呢？"

"那这也太早了吧,这才几点啊?"

老袁媳妇儿碰巧这时也从厨房走了出来,手里端着面条。

她听见苏弥的话之后,走过去狠拍了一下她的肩膀,说:"这都几点了,还早啊?怎么着,八点半考试,你是想七点半再起床吗?"

苏弥还真是这么想的。

她昨天晚上不止定了闹钟,还预订了那个时间段的早餐,准备外卖员把早餐送到之后,她就直接打个车,边往考场那边赶边吃东西。

不过,这计划她现在是不敢说出口的,生怕老袁媳妇儿再帮着程靳炮轰她。

"行了行了,快来吃饭吧。"老袁媳妇儿见苏弥不出声,赶紧把手里的碗放到茶几上,"我大姐家那小子每次考试,我大姐都给他煮晚双黄面,我看寓意还挺好的,今儿也给你煮了这个。"

苏弥的视线顺势向下,看向了茶几上的那碗面条。

第一眼瞧着,就是简单的香肠鸡蛋面,面汤上摆着一根香肠和两个荷包蛋,旁边还飘了几块切成菱形的胡萝卜。

挺简单清淡的一碗汤面,但是苏弥瞧见之后,难得地愣了愣。

她记得上小学的时候,听同桌提过这种面条,说是每次考试,同桌的妈妈都会给同桌煮。

那时候同桌学习也不错,每次领到考卷看到分数的时候,都会扬扬得意地说:"看吧,我就说我妈妈做的面条会保佑我拿一百分的!这次又灵验了!"

苏弥当时特别羡慕,小小的脑袋瓜里一直想着,要是有一天她也能吃到这种面条就好了。

这记忆久远到她连那个同桌的脸都记不清了,但那碗所谓的"满分面条",她倒是到现在还记得。

苏弥看着面条上腾腾升起的热气,总觉得心里头某一块被那些热气熏得湿漉漉的。

那碗面条,苏弥吃得有些慢。

倒不是她故意想细细品尝,就是不自觉想多吃一会儿。

面条很劲道，软硬刚好。香肠就是超市里卖的普通的鸡肉肠，一块五一根的那种。至于鸡蛋，老袁媳妇儿煮得很完整，一点破的地方也没有，最重要的是，里头是苏弥很喜欢的溏心。

老袁媳妇儿看苏弥吃得香，忍不住笑了。

"好吃吧？"

苏弥连连点头："很好吃。"

"好吃就行，好吃就行！有这面条加成啊，你今天的考试肯定顺顺利利！金榜题名！"

程靳在旁边听着也忍不住勾了勾唇，说："嫂子，你挺偏心的，以前车队的人都不知道你还会煮这东西呢，一次都没见你给我们煮过。"

"你可算了吧，你们跑比赛的吃什么一百分面条啊，回头真想讨个好彩头，我让你袁哥给你们一人烤根香肠！都给我拿第一！"

程靳笑意更深了："行，那我们等着了。"

后来，那碗面条见底的时候，苏弥家的门又被敲响了。

她意外地抬起头："还有人过来？"

程靳心里头有了猜测，但不怎么笃定，也没回应苏弥的话，径直走过去开门。

"还吃啊！还吃啊！都几点啦？"

这回来的人是杜教授，他拿着一沓试卷，抬手指了指苏弥和程靳。

"我不是跟你俩说了，让小姑娘半个小时之内就下楼吗？这都过了多久了，你们怎么还让她慢悠悠地吃饭啊！"

苏弥嘴里那口面条都不敢咽下去了，原本一点都不紧张的情绪，被老爷子一说，都变得有些紧绷了。

程靳有些无奈，对着杜教授说："外公，时间还早……"

"早什么啊！我不说了要留时间考考她吗？"

杜教授说着话，直接将目光转到了苏弥身上。

"之前让程靳拿给你的过往几年的入学考卷，你是不是都答过看过了？来，我考你几道题……"

老爷子是一点准备的时间都没给苏弥留，一股脑地一道题接着一道题，愣是把原本还挺温馨的气氛变成了考场气氛。

老袁媳妇儿都有些看不下去了，冲着程靳使了个眼色说先走。

又等了几分钟，见杜教授还没有停下的意思，程靳便出言阻止。

"外公，她饭还没吃完呢。"程靳语气中带着无奈。

杜教授原本还有好多题想考呢，突然被自家外孙打断，自然不开心。

"你就护着她吧！"他一脸嫌弃地看了眼程靳，又看了眼苏弥，"行了，我下楼去等你们。小丫头，你快点吃啊，回头在路上我再考考你。"

他说完就转身下了楼，走的时候，嘴里还念叨着："都这个节骨眼了，还吃得下去饭呢！"

苏弥看了眼自己手里之前没来得及放下的面条，抬头问程靳："我还有资格吃这个面吗？"

程靳睨着她，回道："你说呢？"

两人对视了几秒钟后，苏弥先忍不住笑了一下。

程靳也跟着一起笑了。

下楼的时候，苏弥第一时间就看见小区外停了一辆私家车。

不是程靳平时开的那辆，车型是比较复古的轿车款，看上去像是上了年纪的人会喜欢的风格。

"我今天没开车，是外公送我和嫂子过来的。"

这倒是让苏弥有些意外，要是这样的话，那这车就是杜教授的？

果然，她上车后就见杜教授坐在了驾驶座上面。

等他们坐进后排，杜教授顺着后视镜看了他们一眼。

"怎么还慢悠悠的？赶紧坐稳，把门关好。"

苏弥第一次感觉到诚惶诚恐，虽然她不像普通学生那样，见到师长心里头会局促不知所措，但让这位德高望重的老教授给他们当司机，还是挺让人紧张的。

她听了杜教授的话后，赶紧将车门关好。

"谢谢您送我去考试。"

杜教授在前面打火挂挡，听了苏弥的话，又顺着后视镜看了她一眼。

"不用谢，我只是要去上班，顺路捎上你们。"

程靳在一旁无奈得很："外公……"

杜教授还记得这臭小子刚刚打断自己的事儿，带了点小脾气地"哼"了一声，没再理会他们。

后来一路上，只要是等红灯的间隙，杜教授都会随机抽查几道试题。有了之前的经验，这次苏弥还算对答如流。

快到重华大学的时候，杜教授停下了抽考。

在问完苏弥最后一道题目，并听见她的回答时，杜教授沉默了一会儿。

"行了，往年考过的那些重要考点，我刚刚都问过了，剩下的，靠你自己吧。"

这句话让苏弥忽然有些惆怅，她也渐渐反应过来，这场关系她未来的考试，似乎真的马上就要开始了。

到达重华大学的时候，刚过早上八点。

学校门口，陆陆续续有家长来送学生过来考试，这画面苏弥以前经常见，就是没想到，今天自己居然也成了被送的那个。

杜老爷子把车停到了校外的公共车位上，临走前别有深意地看了程靳和苏弥一眼，说："时间可不早了，你这个臭小子少说两句，让她赶紧去考场。"

程靳无奈地点点头："行，您放心吧。"

等杜教授走后，程靳才将手里一直替苏弥拿着的背包交给她。

"包里面有所有考试要用的文具，还有一瓶水和几袋饼干。你们考两大节，中途休息的时候，拿出来吃点喝点。然后你考试的教室离厕所很远，如果想上厕所，打了交卷铃之后马上就要去，不然时间很赶……"

程靳原本还想再多交代点事情，但苏弥已经听不下去了。

"行啦，我都知道啦，你怎么跟个陪女儿高考的老父亲似的，絮絮叨叨。"

程靳神色一顿，再抬头看她时，眉梢微微挑了挑。

"老父亲?"

程靳语调故意拉长。

苏弥一听,也瞬间反应过来自己说错了话。

她没再给他继续开口的机会,抢过背包转身就跑。

"走了,拜拜!"

程靳赶紧喊了句:"苏弥!"

女孩子边跑边回头,回:"嗯?"

"好好考,等你的好消息。"

"啊,好。"

晨曦轻洒在校门外,金灿灿的阳光照耀着万物,这一刻,仿佛一切都透着生机,带着新希望的生机。

重华美术系这次的旁听生入学考试分两大节,时间分别是八点三十分到十点和十点三十分到十二点。

开考前,监考老师就让在场的考生将手机都调至关机模式,放到桌面上。其余电子设备一律在他们进门前就上交,考完交卷后再统一归还给他们。

苏弥按要求照做,接着又一一将考试所用的文具都拿出来摆好。

里面所有的东西都是双份的,有一份是自己之前准备的,另一份应该是程靳拿的吧。

碰巧这时考试铃声响起,苏弥下意识坐直身体,目不转睛地看向前方即将发卷的监考老师,不再多想任何事情。

印满试题的卷子从前向后依次传了过来,苏弥坐在教室中间的位置,拿到卷子后自留一张,又头也不回地往后传。

卷子第一道大题都是填空题,苏弥的视线落在第一道考题上——《中国古代画论》中,《古画品录》提出的绘画要旨六法是指哪六法?

她脑海中瞬间就想到了之前程靳突然抽查她的事儿。

没再犹豫,她拿起笔和答题卡,在最上方相对应的空白处,写下了那六个答案。

校外。

原本因为放假暂时清静了一段时间的校门口,这会儿挤满了来重华陪考的家长。

他们有的神情紧张,时不时往校内张望;有的则相对轻松一些,三五成群地说着话,一块儿消磨时间。

程靳原本是独自待在树荫下等着的,后来红毛给他打了个电话,说要过来。接着陆陆续续的,施展兄妹、老袁两口子……后来甚至丫丫父女也过来了。

程靳心里面其实早就把苏弥的事情当成了自己的事情,这会儿看见大伙都早早来到校门口陪他一起等,他直接说:"不说了苏弥得今天中午才能考完吗?我昨天在群里喊你们的意思是想中午约着一块儿吃个饭,也很久没聚一聚了,怎么现在就都来了?"

"我倒是想多睡一会儿,但我妈在我住院那阵儿,因为苏弥给我送了几次吃的东西,就对她印象贼好,搞得今天好像我亲妹子高考似的,她一大早就把我从被窝里揪起来了。不提前来这儿陪你等,估计她这一上午都不会让我消停。"先说话的是红毛。

随后,丫丫爸爸马上就把话茬接了过去:"对,丫丫也是,早上还没怎么睡醒呢,就吵着要来陪苏弥姐姐。"

不过也幸好今天是周末,丫丫不上幼儿园,不然丫丫爸爸还真不知道该怎么办。

施展兄妹在旁边相对沉默了一些,施施今天起得急,也没来得及洗脸化妆,这会儿头上罩了一顶帽檐挺宽的渔夫帽,脸上也戴了一个口罩,整个人几乎只有仰头的时候才能露出一双眼睛。

此时她拿着手机不知道在倒腾什么呢,没隔多久,大伙都感觉自己的手机响了两声。拿出手机来一看,发现是一个从未见过的群聊消息。

群名称还有点中二,是:小苏小苏你最强,小苏小苏你最棒。

红毛一脸受不了的样子,嫌弃地看向施施:"干吗呢你?咱们不是有车队的小群吗?苏弥不是在里头吗?"

"你懂什么！"施施的视线没离开手机，一直低着头，"'顺便'和'专门'对我们女孩子来讲，完全是两回事儿。这群我昨天晚上就想建了，但是怕小苏弥睡得早，咱们发了消息会打扰到她休息，就一直没建。"

她说完，又在那个新群里头发了一条消息。

施施：祝我们弥弥子今天考试顺利！考进重华！争当校花！钓学霸！

虽然她这一串祝福挺押韵的，但还是得到了大家一致的鄙视。

她哥哥在她身旁更是直接狠拍了下她的后脑勺，皱着眉问："你瞎发什么呢？"

说完，他还看了程靳一眼。

施施没理他们，揉揉脑袋，不以为意地说："喊，你们懂什么啊，这祝福才最实在。好了好了，该你们了，都赶紧发点吉祥话，等小苏弥考完开机之后，就能第一时间看见了。"

虽然这做法有点幼稚，但大家都还是按她说的陆陆续续发了几句祝福在群里。

丫丫最积极，拿着爸爸的手机，伸着小胖手点着屏幕：祝苏姐姐能考一百分！得小红花！

接着是施展和红毛——

金榜题名。

顺顺利利！考的都是你会的！

老袁两口子也都被施施拽进了群里，虽然人不在现场，但祝福倒也来得挺快的：

小苏弥，你吃了我煮的双黄面，今天绝对会拿双百的！不用担心！加油！

小苏妹子加油！

祝福陆陆续续在群聊里跳了出来，大伙等了一会儿，发现程靳一个字也没发的时候，都很默契地转头看向了他。

男生今天在T恤外头套了件夹克外套，头发前几天剪短了一些，整个人看起来又精神利落了不少。

"该说的，"感受到他们的目光，程靳不紧不慢地回了句，"我刚刚已经对着她说完了。"

别人倒没察觉出什么异样来，倒是施施一副受不了的模样，"咦"了一声："秀什么秀啊，我们又不是你情敌。"

程靳听了她的话，嘴角忍不住抬了抬。

时间一晃而过，考试结束的铃声悠悠响起。

施施没忍住，在听见打铃之后，第一时间又在群聊里发了消息。

施施：考完了吧，考完了吧？小苏弥，你开机了吗？

又等了大概五六分钟，苏弥终于在里头回应了。

苏弥：嗯……

这条微信发出来，程靳第一时间就轻皱起眉。

施施也感觉出来一丝不妙，说："完了完了，这一个嗯再加个省略号，我怎么感觉她像是没太考好的样子啊。"

红毛小声来了句："加一。"

施展看了他们一眼，说："人还没出来呢，先别瞎说。"

后来大伙儿都沉默了，气氛不自觉变得有些低沉。他们看着远处的校门，见陆陆续续有考生走出来，渐渐地也都提起了心。

过了大概十分钟左右，苏弥也出来了。

她应该算是出来很晚的考生了，出来的时候，校门口等着的家长已经少了一大半。

大家看见她时，都不自觉想瞧瞧这会儿她脸上到底是个什么样的表情。

不过，让他们失望了，苏弥走过来的时候，头一直低垂着，单手扶着背包的肩带，整个人看上去有些低迷。

程靳眉头皱得更深，他加快脚步迎上去。

"怎么出来得这么晚？"

虽然他比谁都着急知道这场考试的结果，但是他也时刻想着照顾苏弥的情绪。原本到嘴边的问题在见到苏弥的刹那，直接转了一圈，换成了这种无关紧要的话。

"没事。"苏弥摇摇头,同时也看见了那边等着的其他人,"先过去吧,一会儿再说。"

两个人走过去的时候,红毛先忍不住了,开口问了句:"什么情况啊?考得不太好吗?"

施施在后面听见他这话,气得恨不得把他手里拄着的拐杖踢飞。

她直接把红毛往旁边一拉,跑到了苏弥跟前:"你别听他瞎说,既然都考完了,咱们就不想了,安心等成绩。其他的,不管好的坏的,咱们都等到成绩出来之后再说。"

丫丫在一旁也疯狂地点头:"对的对的,我们表姐每次考试结束,她老师都会说叫他们回家好好玩两天!"

苏弥也不知道在想什么,表情不太明朗地看着他们。

"你们……没看见我发的群聊消息吗?"

大家都快担心死了,哪还有时间去管什么群聊啊。

不过,一旁的施展倒是在这时看着手机,念叨了一句:"你发了一个引用和一个表情?"

苏弥确实是发了这些,引用的是红毛的那句——"顺顺利利!考的都是你会的!"

而表情则是一个龇牙。

大家在看到那条回复之后,都后知后觉反应过来怎么回事儿了。

就丫丫还一脸蒙,问爸爸:"苏姐姐在说什么呀?"

苏弥直接上前,将孩子接了过来,轻捏了下她的小脸蛋儿。

"苏姐姐的意思是,今天考的都是我会的!"

她一边说一边轻笑,气氛也因为她的反应而变得明朗起来。

施施狠狠地松了口气,越过丫丫,轻拍了下苏弥的胳膊:"行啊,小丫头,现在都学会逗我们了?刚刚我脑子里一直在想,这段日子怎么带你走出考试失利的阴影呢!怎么现在你给我搞反转?"

苏弥被打得更想笑了,抱着丫丫东躲西藏。丫丫夹在中间,笑得也特别开心,清脆的笑声顿时在四周弥漫开来。

红毛实在饿得不行,见她们闹个不停,赶紧说:"行了啊!既然知道苏弥考得不错,那咱们就赶紧商量商量待会儿去吃什么吧,我快饿死了!"

"嫂子不都说了吗?苏弥考完咱们都去她那儿。"施施说。

"大中午的吃烤串?疯了啊?还不如去吃火锅。"红毛有些不满。

"大中午的烤串不能吃,就能吃火锅了?"

"怎么就不能吃火锅了?"

"那怎么就不能吃烤串了?"

丫丫被爸爸重新抱了回去,父女俩追赶上前。

渐渐地,苏弥和程靳被落在了后头。

两个人并肩走了一段路后,程靳先出了声。

"长本事了,都学会逗我们玩了。"

"那是,毕竟是马上要上大学的人了。"苏弥眼底都带着光,轻笑着,表情是难得的愉悦。

程靳也跟着笑了笑,片刻后,他又说:"那……恭喜?未来学妹。"

苏弥笑意更浓,转过身子,倒着向前迈步。

初秋的风轻轻划过树梢,女孩子额前的发丝随着微风轻摆,眼眸弯弯地看向身前的人——

"谢谢,未来学长。"

旁听生入学考试的成绩公布前一天,杜教授提前打听到了苏弥的成绩。

第七名,不是成绩最好的,却也很拔尖。

杜教授当时在办公室里特别开心,还一个劲儿说待会儿请在场的所有同事吃饭。

大家都和老爷子共事很久了,难得见他这个样子,一时之间还都挺意外。

"杜老,这个苏同学是您家里的晚辈吗?"

老爷子笑着摇摇头:"不是,就是我认识的一个小孩儿。不过……"

他故意顿了顿,微微摆正脸色。

"不过,这小丫头和我外孙挺熟的。"

听到他这句话大家就都差不多明白是怎么回事了,所有人都一个劲儿地说"恭喜恭喜",还有人带头喊了句:"怪不得杜老您这么上心呢,原来是外孙媳妇儿的事儿啊!哈哈哈。"

这话老爷子十分爱听,不过在外人跟前,他还是没将情绪全部外露。

感觉聊得差不多了,他跟那些同事摆摆手:"成了成了,我先忙我的事去了,不听你们瞎起哄了!"

出了办公室,杜教授脸上的笑意就止不住了。回去后,他第一时间给自家臭小子打了电话。

那头,程靳才刚刚起床,原本是想着吃了早饭就去训练的,不想外公的电话在这时打了过来。

老爷子开门见山地说:"我不管你今天有什么事情,都务必先推了,把小丫头带来重华,带着她熟悉熟悉学校,顺便帮我们系画点开学的迎新板报!都是准大一新生了,该给学校做点贡献了!"

程靳还有些没反应过来,问:"外公,你的意思是……"

"我的意思就是,你不用再天天缠着我问那小丫头的成绩了,现在具体成绩是多少还不清楚,但是入学这事儿,稳了!"

虽然早就预料了这种结果,但是真等到确定时,程靳心里头还是不免替苏弥感到欢喜。

挂了杜教授的电话后,他第一时间给苏弥打了过去。

苏弥因为之前复习差不多养成了晚睡早起的生物钟,现在每天即便是睡得再晚,早上六七点钟铁定要醒一回。

程靳打来电话时,她才刚接了外卖,准备吃早餐。

"什么十万火急的事情啊?这么早给我打电话。"

程靳笑着说:"没事儿,就是看看大学生醒了没。"

"神经病。"

苏弥翻了个白眼。

隔了两秒,她忽然反应过来了他说的话。

"你说什么呢?"

程靳笑意更浓,又道:"我刚刚不是说了吗?就是想看看大学生醒了没,要是醒了,就赶紧收拾收拾,待会儿跟我去重华,见见她未来的系主任,然后我再带着她好好熟悉一下学校,免得以后上学了再迷路。"

苏弥沉默了大概五秒钟才回应。

"五分钟。"

"你行了,好好收拾,再吃个饭,我一个小时之后再去接你。"

"哦。"

挂断电话前,程靳忽然又说了句:"这次真变成学妹了。"

苏弥没回应,拿着手机在床边坐了好一会儿,最后看着茶几上摆放的早餐,莫名其妙地傻笑了下。

她很少有这种情绪外露的时刻,平时在外头要么是真的不在意,要么就是装成不在意。

但这会儿她怎么也控制不住了,拿着手机向后一倒,左边翻一下,右边翻一下,最后改成趴在床上,把小脸埋在臂弯里。

苏弥将自己埋在黑暗里笑了好久好久。

半晌后,她转过头,拿起手机,笑着给程靳发了条微信。

苏弥:这次真的是学长好了。

─ 上册完 ─

有爱的青春陪伴者

赵十余

著

偏要

下

江苏凤凰文艺出版社
JIANGSU PHOENIX LITERATURE AND ART PUBLISHING

第六章
从我和你,变成我们

重华大学向来校内氛围极好。

每年临近开学的时候,学生会都会组织各系代表做好迎新工作。不过说是学生会组织,但其实大家在做这些事情的时候还是挺积极的,很多高年级的学生都非常踊跃地报名。

美术系的负责迎新板报,文学系的写迎新发言稿,体育系的帮助宿管阿姨接收即将要派发的床单被褥……

所以这次苏弥和程靳过来,重华校内比她第一次来时热闹不少。

两个人先到了杜教授的办公室。

老爷子拉着苏弥说了一个多小时的话,大体意思就是让她要戒骄戒躁,到了重华,就把之前在国外所有的东西都扔掉,别还当自己是那个在网络上小有名气的画家,在这里学习要带着虔诚的心,重新开始。

虽然苏弥不知道自己哪里让老爷子有了这种自己会"飘飘然"的误解,不过她最后还是耐心地听老爷子把话说完了。

出来的时候,程靳问她:"大学生第一次被系主任叫来谈话,感觉如何?"

"站得太久了,腰有点酸。"苏弥神色中带了些麻木,转头看程靳,"我之前是不是说错什么话了,为什么杜教授会对我有这种误解?我看起来会是那种有点小成绩就不知道东南西北的人?"

"不是,外公这一生为人师表,带过太多学生,比我们更了解人性。他能对你说那些话,说明他是真心希望你能成才。"

因为比常人更了解人性，所以也比常人更不相信人性。

老爷子见识过太多事情，活到现在，只想把所有学生的未来，在最开始的时候都摆正，尽可能地让他们走正道。

毕竟，谦逊才可长久。

苏弥理解，也赞同，但就是有点费腰。

她又看了程靳一眼，问：“你小时候也是被这么训话训过来的？”

“何止，我小时候不止要被外公训，爷爷那边训得更多，爷爷一直都比外公严厉。”

杜教授的理念是教书先教人，他觉得晚辈只要人品优异，有自己的事业做，那就算成功。

可是程老爷子不同，在他的世界里，只有变强，变得更强，站在高处，站在无人能及的高处，才算成功。

所以从小到大，在程靳的世界里，爷爷对他的要求一直比外公要多得多。

就算是后来已经定了他大哥程礼做程氏未来的管理者，爷爷还是要求他把大学读好，取得一些成就，才允许他继续自己的赛车梦。

"啊……"

苏弥听完，脑海中不由自主地就想起了之前在派出所见到的那位程氏掌舵人。

一身正装，略微苍老不苟言笑的脸，最重要的是，苏国群见到他，也下意识放低了姿态讨好。

单从这一点上来看，那位老人家绝对不可能是简单的人物。

两个人一边说话，一边不停地往前走。

前方是校务楼，重华的校长和领导办公的地方。

校务楼两侧有两面很大的展示板，将近两米长的玻璃罩里面，贴着不少重华优秀校友的介绍。

苏弥原本一点也不感兴趣，但路过的时候，她意外地在里面瞧见了程靳的照片。

照片上，男生的脸看上去要比现在稚嫩一些，眉毛浓密，双眼狭长深邃，不带一丝表情。

苏弥记得以前施施好像提过一嘴，说程靳上学那会儿，有个外号叫什么小冰山。

现在看这照片，还确实挺酷挺冷的。

照片下方，有几行小字。

2018年北城金融领域杰出贡献人员。
2019年国际金融比赛青年组金奖获得者。
2020年代表我校出国参加国际青年金融论坛演讲。

这一行行的荣誉，让苏弥着实是吓了一跳。虽然从别人口中得知过程靳大学生活应该挺精彩，但是她也没想过是如此精彩啊。

"我以为你当时读金融系就是闹着玩的呢。"

毕竟程靳那么热爱赛车，从旁观者的角度看，他应该是对除了赛车的所有东西都提不起兴趣才对啊。

"我也不想花那么大精力做这些，但是没办法，那个时候爷爷下了死命令，我只有在大学表现优秀，才允许我毕业了碰赛车。"

程靳小时候父母就意外去世了，身边的家长对他而言，每一个都很重要。爷爷虽然严厉，但是在他的生命中一直都是不可或缺的角色，他也明白老人的苦心，所以在很多事情上，只要不违背原则，他都会尽量满足爷爷的要求。

"你这是什么发展啊？如果我不好好学习，我就得放弃梦想，回去继承家业？"

"差不多。"

"可关键，你不是对金融不感兴趣吗？怎么能学得这么好啊？"

程靳随口一回，语气漫不经心："我不是和你说了吗，我全能。"

苏弥受不了了，转身想走。

就在这时，不远处忽然有两个小姑娘提着水桶和湿毛巾走了过来，其中一个还对另一个念叨："我真是服了你了，咱们还有那么多板报没画呢，你来擦什么展示板啊。就算是你家学长的那块脏了，你也不至于这么在意吧！过几天再擦呗！"

"不行，我不能让和他有关的东西有任何瑕疵。"

说这话的女孩子一头乌黑的直发，身上穿着白色的连衣裙，气质温婉，长相也文文静静的，看着很温柔。

苏弥总觉得自己好像在哪里见过她，但一时半会儿又想不起来。

没多久，就见那个女孩子朝他们这边看了过来，下一秒，她眼底露出惊喜。

"学长！"

苏弥转头看了程靳一眼，语气不太好地道："你这桃花怎么开得到处都是啊？"

程靳看着她，也不知道在想着什么，之后缓缓贴近，小声对她说："帮我赶赶？"

"收费！"苏弥莫名其妙地有些烦躁，语气也凶巴巴的。

"可以，要多少都行。"程靳语气很轻，他眼眸低垂着，眼底带着只有苏弥能瞧见的笑意，"要人也行。"

许温柔是重华大学美术系大三的学生。

苏弥之所以觉得许温柔眼熟，是因为前两个月，许温柔曾经在游乐园偶遇过他们。

那天苏弥和程靳一起带着丫丫去游乐园，许温柔在苏弥去厕所的时候，碰巧看见了程靳。

许温柔其实喜欢这位风云学长很久了，她当初刚来重华时，就经常能听说这位学长的传闻。

而她自己，因为长相温婉文静，还是学艺术的，刚一进校门，也吸引了不少同学的注意力。

其实许温柔在对待感情上面，一向是被动且谨慎的。可是不知道为什么，遇到程靳之后，她就变得大胆又主动起来。

每天按时给程靳送早餐，即便他一次都没有接受过，她还是不放弃。

知道程靳除了念书厉害，还是个优秀的赛车手后，每场有他的比赛她都去当观众。

她以为只要自己不放弃，就早晚会让程靳感动的。

可没想到的是，直到程靳大学毕业，他都没正眼瞧过她。

许温柔很难过，她以为自己和程靳注定要有缘无分时，无意间知道了他们系那位德高望重的杜教授，其实是他外公。

她也不知道怎么回事，在知道了这个消息后，莫名又觉得可能是上天觉得她太可怜，给她留了一丝继续接近程靳的机会。

于是从那时候开始，她就尽可能地去杜教授跟前混脸熟，即便身边的同学都说那位老人家的脾气有些古怪，她也无所谓。

她那时只想着，只要和程靳学长还有见面的机会，就是好的。

但让许温柔没想到的是，上次在游乐园偶遇过一次程靳以后，这次又能在重华再见到他。

她开心极了，这会儿看见程靳时，眼底都带着光。

"学长，好巧，我们又见面了。"

苏弥在旁边听着，下意识问了句："你们认识？"

"以前见过，"程靳连说话的时候都没多看许温柔一眼，而是侧过头看着苏弥，"不熟。"

这一句"不熟"让许温柔清醒了不少，同时，她也注意到了程靳旁边的女孩子。

如果她没记错，上次在游乐园偶遇程靳，他身边跟着的也是这个女孩子。

他们难道真有什么特殊的关系？

迟疑了一下，许温柔又对着程靳开了口："学长，你旁边这位是？"

苏弥原本还有点愁呢，心想：如果这姑娘一直不搭理自己的话，我怎么开口找存在感呢？

结果这就来活儿了。

她发挥了之前对付那个车模丁晴时的战斗力，装模作样地开了口："程靳哥哥，你没和别人说你谈了女朋友吗？"

"程靳哥哥"这四个字，苏弥倒是越叫越顺口了，今天甚至都没怎么犹豫，语气也真像普通小姑娘一样，软软的。

程靳听见，都感觉有些意外。

不过他只迟疑了片刻，接着便很配合地回了句："还没来得及。"

苏弥一副很乖很贴心的模样，点点头："哦，那你现在说吧。"

许温柔其实已经猜到了他们到底是什么关系，但是心底还是有不甘。

她甚至不想让程靳直接承认，也觉得男生一般不会喜欢被女朋友"逼"着在异性面前承认关系，于是她很"善解人意"地又对程靳开了口："没关系的，学长，你不想说也没关系。"

她说话时眼睛水汪汪的，看上去特别善解人意。

苏弥觉得自己要是男人，估摸着都得心动了。

但可惜，程靳并不是普通男生。

"没什么想不想说的，正常人应该都看得出来吧？"他边说，边揉了揉苏弥的头，还冲着苏弥笑了笑，"我女朋友。"

苏弥其实比谁都知道，程靳这姿态是做给对面的女孩子看的，但她还是莫名其妙地感觉到了一丝不自在，以及不知道怎么形容的暧昧感。

她迅速低下头，不再看他。

但这种反应在外人看来，就是害羞了。

许温柔心里更难受了。

理智告诉她，自己不应该再继续待下去了，但是她又舍不得就这么走。毕竟，现在想见程靳一面太难太难了。

她忍着难受，又勉强对着程靳笑了笑，想再和他多说几句话："学长，你这次回重华是有什么事情吗？是杜教授叫你来的吗？"

"算是吧，不过主要还是为了陪她。"

程靳的手一直没从苏弥脑袋上拿下来，说着话呢，又拍了她头顶两下。

"我家小孩儿马上要来重华念大一了，我陪她熟悉熟悉校区。"

许温柔看着程靳对苏弥亲密的姿态，难受得咬咬唇："那学妹和你一样，也是读金融系？"

许温柔其实到现在也猜不透，为什么苏弥可以，自己却不行。

不过她转念一想，也有可能苏弥是和程靳家世相当的女孩子，更或许他们只是被家里头安排在一起的，并没有太多感情。

联想到这些，许温柔心里头又燃起了不少希望。

如果真是这样，那是不是说明她还有机会？

"应该是读金融系吧？"

许温柔又重复了一遍。

其实许温柔更笃定了自己的想法，毕竟能和程家家世匹配的女孩子，家里应该不会让她太任性。重华的金融系在全国名气都很大，大家族送晚辈来这里学习，方便日后管理公司，也很正常。

那边，苏弥已经从刚刚奇怪的气氛中缓了过来。

在听见女孩子问到自己的事情时，本来想着回应一句的，可惜，程靳没给她机会，直接替她回答了。

"不是，她学美术。"

苏弥有点无语，侧过身，往程靳那边靠了靠，小声说："不是说让我帮忙赶桃花吗？怎么现在连话都不让我说了？"

程靳也低头往她跟前凑了凑，漫不经心地笑了笑。

"怕你加钱。"

苏弥暗暗翻了个白眼,不打算再搭理这个男人了,转身准备走。

许温柔看出了她的心思,也知道如果她走了,程靳肯定也不会再留下了,于是脱口而出:"学妹也是学美术的吗?那要不要留下来帮我们画一下迎新板报?"

许温柔旁边站着的朋友自然也听出了她的意思,赶紧跟着附和:"对,要是没事的话,可以跟我们一起来画迎新板报,挺能锻炼人的。"

苏弥明白怎么回事儿,考虑了几秒钟,不知道该不该浪费这个时间。

而那边的许温柔在看见她迟迟不回应之后,又咬了咬唇,说:"当然,画板报这种事情其实也挺考验功力的,一般新生确实很难胜任,学妹你如果害怕画不好的话,也可以拒绝。"

这话听得苏弥直接挑了挑眉,一瞬间就做了决定。

"没什么害怕的,你们如果真的需要帮忙,那就算我一个吧。"

说完,她又当着对面两个女孩子的面,转头拉过程靳的手,左右摇了两下,假装撒娇。

"程靳哥哥,你是不是没什么别的事情啦?没有的话,就也留下陪陪我吧。"

女孩子的手很软,程靳明显感觉到心里软了一块。

他不动声色地回握住苏弥的手,看着她,回道:"好。"

就这样,两个人跟着那两个姑娘一起折返,去了布置迎新板报的位置。

走过去的时候,程靳也一直牵着苏弥。

看见前面的两个姑娘距他们有了一段距离后,程靳小声对苏弥说:"你想干什么?"

"人家姑娘明显是想在你面前挑战一下我这个情敌呀,我得给她这个机会。"

苏弥说得随意,又晃了晃自己被程靳牵着的那只手。

"可以放开了啊,装装样子得了。"

说着,她微微用力,主动挣开。

掌心一瞬间有空落感，程靳下意识抬起手，看了一眼。

迎新板报的位置在重华的大门附近。

其实重华大学一共有四个门，东南西北都有，只不过这个是正门，大家也就习惯了叫这里大门。

迎新板报大概有十几米长，道路左右两旁都有。两米一块板的设计，发挥空间还是挺大的。

苏弥跟着许温柔她们走到这边时，第一眼就瞧见了地上的颜料桶和一些绘画工具。

她看了一眼，问许温柔："就用这些来画吗？"

"你如果需要更好的画具，我也可以尽力去帮你准备……"许温柔说这话的时候，目光一直看向程靳。

其实她对于苏弥很痛快地答应和自己一起画迎新板报这件事，还挺意外的。

毕竟女孩子一般都不想在自己喜欢的人面前丢脸，而苏弥只是一个刚准备上大一的新生，而自己已经在重华美术系待了近三年了。

创意上，她不敢说自己肯定会超过苏弥，但是单从画工来说，她有绝对的自信，自己会比苏弥要更稳更好。

想到这里，她甚至都有些迫不及待想在程靳面前和苏弥一块儿动笔了，她想让自己喜欢的人看一看，自己其实也有比苏弥厉害的闪光点。

而苏弥听了许温柔的话，倒没想太多，只简单回了句"不用"后，便主动去拿了画具。

"校领导有具体要求吗？"她问许温柔。

"有的，具体看你想画哪块。"

许温柔回应苏弥时，下意识看向了苏弥面前的那块空白板。

自己刚刚正在画她前面的那块，原本正头疼着该怎么处理呢，因为校领导要求这块板报上面要画一条中国龙，而且细节也要很惟妙惟肖的那种。

这不只是考验耐心,更考验功力。

她下意识就希望苏弥选那块,这样……对方完成不了的可能性,就又多了几成。

苏弥倒没太多想法,她抬抬手,还真就近指了自己面前那块空白板。

"就这个吧。"

许温柔还没反应,她的闺蜜倒先替她幸灾乐祸地暗笑了起来。

"你确定吗?"闺蜜打量着苏弥,目光中透着轻视,"这块板挺难画的。"

苏弥有点没明白:"啊?什么挺难的?"

许温柔暗暗碰了自己闺蜜一下,接过话茬,回应苏弥:"就是……这块板,校领导要求画中国龙,而且是突显细节的那种。"

言下之意,没有一定基础的人如果想画这个,确实是个不小的挑战。

许温柔又想到程靳还在这儿,于是把该说的都说完之后,又善解人意地补充了一句:"你如果觉得自己的水平还不太够的话,选其他的也是可以的。"

苏弥怎么可能听不出来许温柔话里话外的意思,心里头不免觉得好笑。

画条龙算什么,当初在国外的时候,老头儿为了磨她的基本功,可没少让她画复杂且细节烦琐的东西。

她印象很深的一次,老头儿要求她画一个年过百岁的老人肖像,不仅要逼真,而且还要能看清老人脸上的每条皱纹。

苏弥画好一次,被老头儿打回去一次,说不合格,要求重画。再画好一次,又被挑了些毛病,说还不行,继续重来。

这样的事情,老头儿对她做了没有一百次也有五十次了。不过也确实是因为这样,苏弥的基本功才会越来越扎实。

所以这会儿,她一点都没觉得为难,甚至心里头还挺期待的。

毕竟已经有两年没画过这种不需要动脑的东西了。

"不用，就这块吧。"

苏弥头也没抬，又挑了些自己能用得上的画具，直接开工。

许温柔显然没想到苏弥会答应得这么痛快，但是转念一想，或许苏弥就是初生牛犊不怕虎的心思，不管她画什么，单纯就是想在程靳面前表现一下呢？

如果真是这样……

许温柔克制住了自己的阴暗心思，又深深地看了程靳一眼，也转身去了自己准备画的白板面前。

程靳其实没怎么看过苏弥现场作画。

以前苏弥给丫丫妈妈画画在车队住的那几天，他很少会去她房间打扰，一般吃饭或者有别的事情，他都会先敲门，然后等她出来再说。

这会儿看苏弥拿起画具认真作画的样子，他还莫名有些期待，视线里也再无其他，只专心盯着苏弥的动作。

那边的许温柔显然也察觉到了这一点，才刚明朗一些的心情，忽然又有些低落。

站在她旁边的闺蜜暗暗握了下她的胳膊，小声对她说："你先别想其他的，好好把板报画好。待会儿那边草图出来了，她就要开始丢人了。先别急。"

许温柔听进去了闺蜜的话，稳了稳心思，更认真地将目光放在了自己面前的板报上面。

她现在只能赌，赌苏弥根本没有那么扎实稳定的基本功，也赌苏弥不如自己。

人在专注一件事情的时候，时间会过得飞快。

苏弥这头才打完草图，感觉好像并没有过去多久，但实际上差不多已经过了三个多小时。

她将草图收尾，然后举着画笔，左右动动脖子，简单看了一圈，发现没什么不满意的地方了,便暂时停笔,抬起了头。

苏弥其实在画的时候,完全没想起许温柔,也没想着和对方比拼什么。

不过这会儿她倒是后知后觉地想起来这茬了,于是转身朝许温柔那边看了看。

她原本以为许温柔已经打好草图准备上色了,毕竟许温柔选的那块没有自己这块麻烦。

但没想到回头看过去的时候,她发现许温柔的草图还只画一小半。

不仅如此,许温柔这会儿还正莫名其妙地看着自己。

苏弥有点不明所以,往程靳那边看了一眼,想用眼神问问怎么回事儿,不想他却先开了口。

"累了?"

"还行,就草图画好了,缓缓手。"

程靳递了杯奶茶给她:"喝点东西吧,三个多小时了,肯定早渴了。"

苏弥有点意外:"你什么时候去买这玩意了?我怎么不知道?"

"你从拿起画笔之后,连头都没抬过一下,"程靳有点无奈,"能知道什么?"

"喊,那说明我认真,不然能在这么短的时间里就把这么麻烦的草图画好吗?"

程靳看着她,眼底带着笑意,语气有些散漫,说:"嗯,我家小朋友天下第一棒。"

这"我家小朋友"几个字,瞬间又把苏弥拉回到了之前的气氛里。她也渐渐反应了过来,她和程靳似乎还要演会儿戏。

她一边脸热,一边暗暗瞪了程靳一眼。

这边,许温柔和闺蜜二人都将程靳和苏弥的互动看在了眼里,许温柔眼底浮出来的被打击的神色,此时更浓了。

其实在动笔之前,她也想过苏弥可能是有天赋的天才,或许自己会比不过。但是此刻她才明白,对方画工上的老练和扎实,显然除了天赋,还有持之以恒的努力。

这点，是让许温柔完全始料未及的。

一旁的闺蜜显然很了解许温柔，二人都没交流过，她就知道许温柔此时心里头有多难受。

她暗暗握了握许温柔的手，然后看向苏弥："真没想到呀，学妹，你看着年纪不大，性子倒是挺沉稳的。"

苏弥回了她一句："还行吧。"

接着，苏弥就将手里的奶茶重新递给了程靳，准备拿颜料桶，开始给板报上色。

"先不喝了，时间也不早了，我早点画完，免得天黑了还要赶工。"

程靳还没来得及回应，对面的许温柔的闺蜜像是想到了什么似的，眼神忽然微微波动了一下。

接着，她松开了许温柔，两步走到了苏弥跟前。

"学妹，你想要什么色系的颜料？这里面颜料挺乱的，我帮你挑吧。"

她一边说，一边从颜料桶里面拿东西，看样子倒真像是在热情地给苏弥帮忙。

"中国红？还是黄色？或者青蓝？"

她每说一个颜色，就把颜料往苏弥那边举一下，都是开过封的瓶子，瓶身和瓶口都挺脏的，她却像是没注意到一样。

苏弥皱着眉想往后退两步，却已经来不及了。

"或者是纯黑……啊！"

闺蜜手里的黑色颜料桶开口极大，她甩过去的时候，里面的颜料顺着她的动作就飞了出来。

她假装很意外的样子，手忙脚乱地把手里的东西全都扔掉，然后上前直接拿手给苏弥擦衣服。

苏弥今天穿了一件白色的卫衣，也没什么图案，颜料洒上去后，脏的地方十分突兀明显。

"不用了。"她皱了皱眉，向后躲了下。

一旁的程靳和许温柔都在这时走到了她们身边。

许温柔看见那一团脏兮兮的颜料时，第一反应是看程靳。

"学长，倩倩不是故意的，你……"她话说到一半，察觉自己的态度有问题，赶紧改口，"你和学妹别生气。"

程靳压根连个多余的眼神都没给她，冷着一张脸来到苏弥跟前。

"能处理干净吗？"他头也不抬，目光一直落在苏弥的衣服上。

说实话，其实苏弥现在是有点情绪的。可能自己经历得太多，在自己眼里，许温柔和她那个闺蜜就像比自己年纪还小的小孩子似的，所以她们做什么，在自己看来，都只是闹剧。

但现在这闹剧让自己平白无故赔了件衣服，怎么想都觉得吃亏。

于是苏弥想了想，只能把怨气都撒在程靳身上。

她暗暗瞪了他一眼，然后凑过去，用只有两个人能听见的声音说："我这衣服算'工伤'吧？你得赔。"

程靳见她还有心思开玩笑呢，就知道事情还不算严重。

他忍不住笑了笑，看着她说："行，到时候你说个数。"

这话让苏弥翻了个白眼，直起身没再理他。

一旁，许温柔那个叫倩倩的闺蜜还在卖力地给苏弥擦着衣服，但颜料向来都是怕涂抹的，她擦了那几下还不如不擦。

眼看脏污的地方越来越多，倩倩像是真有点慌了，下意识看了许温柔一眼。

见自己的好朋友还沉浸在难过里，她咬咬牙，狠了狠心，说："学妹，不然我带你去水房处理一下吧，这个颜料是水溶的，防水力没那么强，现在去洗洗估计还能洗得掉。"

苏弥原本想拒绝的，但是转念一想，就明白了怎么回事。

她看了许温柔一眼，见她还柔柔弱弱地看着程靳，莫名就起了些不耐烦的心思，于是，已经到了嘴边的拒绝，又瞬间被咽了下去。

顿了顿，她回道："行，走吧。"

苏弥答应得这么痛快，显然是倩倩没想到的，她按捺着眼底的兴奋，冲着许温柔使了个眼色后，拉着苏弥就想走。

旁边的程靳见状，皱着眉拉住苏弥。

"我陪你？"

苏弥看了他一眼，又看了许温柔一眼。

"你先处理好你的事儿吧。"

程靳和许温柔两个人留在原地。

难得有了独处的机会，许温柔当然会好好把握。

她想到了刚刚苏弥离开时对程靳的态度，下意识咬了下嘴唇。

"学长，是不是因为我，让学妹不开心了？"

这会儿程靳其实已经有些烦了，他把视线从苏弥的背影上收了回来，淡淡地看向许温柔，眼底再没有刚刚看着苏弥时独有的温度。

"你觉得呢？"

"我可以解释！"

"解释什么？"

"解释……解释倩倩不是故意的！"许温柔说，"解释……我们之间，只是我单纯地喜欢你。"

"不用了。"程靳说，"第一，我们之间本身就不熟，没必要拿这种事情去烦我家小孩儿；第二，你喜不喜欢我这件事，对我来说不重要，所以更不需要去解释什么；第三……"

他顿了顿，眼底的神色变得更凉。

"你那个朋友刚刚是不是故意的，大家心里都清楚。"

这边，苏弥被倩倩一路带去了最近的水房。

其实两个人走到一半时，倩倩就有些后悔了，心里头也涌出一丝愧疚。

后来，她看着苏弥在水龙头前面清理衣服，想了想，还是忍不住开了口:"刚刚对不起啊。"

苏弥从镜子里看了她一眼,没出声。

这会儿倩倩其实连和苏弥对视都觉得不好意思,她也没管苏弥是什么反应,自顾自地把想说的话都说了出来。

"我其实没什么别的坏心思,我就是想帮帮我的好朋友。我和她是室友,大一就认识了。从我们认识开始,我就知道她喜欢程学长,一直到现在……我看着太心酸了,而且刚刚你还在画画上面那么碾压了她,她心里头肯定更难受。我看不下去了,碰巧又看见你要拿颜料,一下子就起了心思。虽然感情里面没有先来后到,但是温柔那么深深地喜欢着程学长,我想让她至少有个能和程学长单独说话的机会,所以……"

苏弥真是听得火大又无语,都不知道该怎么形容这个女生的这番自白了。

说她聪明吧,她好像脑子太好的样子;说她傻吧,她又能挺机灵地在刚刚想出那种点子来把自己支走。

而且这人,说坏吧,她纯属是想帮朋友,现在又觉得不忍心,在这里和自己承认错误。

但是说好吧……

不行,苏弥想不下去了。

"所以,你就想用牺牲我的办法,来成全自己好朋友伟大的喜欢?"

身上的颜料越洗越脏,苏弥看着心烦得很,索性不再弄了,又对着水龙头冲了冲手,然后转身靠在洗手池的边缘。

"先不说你把我衣服弄脏这件事是对是错吧,单说你刚刚提到的,什么感情里面没有先来后到一说。"

苏弥靠在那儿,甩了甩手上的水,表情淡淡的。

"嗯,感情里面确实没有先来后到,但应该还有礼义廉耻吧?况且,这世上所有感情都是双向的。

"真要是那么论,那先来的,也是我。"

苏弥在水房的那通教育，让倩倩的双颊更热了。

回去的路上，她甚至连跟苏弥并肩走的想法都没有，一直低着头安静地跟在她身后。

苏弥也没怎么理会倩倩，可不知道怎么了，脑海里老是莫名其妙蹦出刚刚倩倩的那番话。

"从我们认识开始，我就知道她喜欢程学长，一直到现在……"

从大一到大三，两年的时间，那确实是喜欢得够深。

想起许温柔那副温温柔柔的模样，苏弥心底又涌出一丝莫名的烦躁。

她离开已经差不多二十来分钟了，两个人该说的话……应该都说完了吧？

苏弥脚下的步子不自觉加快，虽然她也不知道为什么，但此时此刻，她就是想快点回到程靳身边去。

两分钟的路，愣是让苏弥不到一分钟就走完了。

倩倩跟在她后头，为了保持和她差不多的速度，累得都有些粗喘。

回去的时候，苏弥看见程靳和许温柔两个人还站在原地，只不过气氛似乎有些微妙，程靳似乎在和那姑娘说着什么，而且那姑娘……

似乎还哭过了？

苏弥原本挺急促的脚步，在这时停了下来。

她不知道自己是该继续往前，还是别打扰他们。

而那边，程靳发现苏弥回来了之后，已经转头看着她了。

察觉她不动时，他主动上前迎了过来。

"没洗掉？"

苏弥摇摇头，视线落在了许温柔身上："这水溶的颜料好像不太水溶，防水性挺好的。不洗了，回头扔了吧。"

"嗯，我陪你去买新的。"程靳低头看她，"还想继续画吗？"

苏弥看着许温柔，突然觉得有点没意思，于是又摇了摇头，说："累了，回去吧。"

"行，那走吧。"程斩说着，就当着许温柔的面，重新牵起了苏弥的手。

程斩的手掌很大，几乎将苏弥的手全都包裹在掌心里。

苏弥不自在地挣扎了一下，发现他压根不给她挣脱的机会，还越握越紧。她侧头看了他一眼，不再动了。

眼见着程斩就要这么走了，苏弥又看了许温柔一眼，低声问道："不说点什么了吗？"

程斩头也没回，只紧了紧握着苏弥的那只手。

"不用，该说的都说完了。"

两个人走出了一段路后，苏弥才悄悄地回头看了一眼。

许温柔还站在原地，似乎没动过。倩倩站在她旁边，好像一直安慰着她。

苏弥回过头，目光下意识瞥到了握着自己的那只手，有些不自在地干咳了声。

"看不见了，松开吧。"

"再等会儿，等走到拐弯处。"

她倒也没反驳，注意力从两个人的手上挪开。

"那个……你们刚刚聊什么了啊？她怎么还哭了？"苏弥问话的时候，还装成不太在意的样子。

"没什么，她问我，是不是就喜欢你这个样子的。"

闻言，苏弥莫名有些紧张："啊？那你怎么说的？"

程斩脚步一顿，微微侧过身，垂眼看向她："我说，对，我就喜欢你这样的，只喜欢你这样的。"

苏弥当晚有些失眠了。

其实自她从国外回到北城后，很少有真正睡不着的时候。

尤其是从苏家老宅搬出来后，她心里头更踏实了些，睡眠质量也比之前更好了。

所以今晚翻来覆去一直没有睡意这事儿，还挺让她意外的。

又尝试了一会儿，闭着眼睛酝酿睡意，感觉实在是真的睡不着了之后，苏弥也不坚持了，直接起身开始换衣服。

睡不着就去吃夜宵，反正国内的治安比国外要好太多，她也不用害怕自己凌晨出门会不安全。

最近一直在吃外卖，老城区这边的小馆子苏弥已经很久没去光顾了。

下楼之后，感觉气温一下子就降了下去，苏弥下意识裹了裹身上的外套。

苏弥转了一圈，发现这个点还开着门的也就只有两家烧烤店。

好久没吃烧烤了，她选了自己刚回北城时吃的那家，拉开门走了进去。

屋里的气氛依旧热闹嘈杂，老板娘在吧台那边拿着计算器头也不抬地算账，听见响动，她抬头看了一眼。

"几位？"

"就我一个。"

"在这儿吃还是打包？"老板娘往屋里看了看，然后随手指了指角落里的一张空桌，"在这儿吃的话，请去那儿坐着吧。"

苏弥原本都想过去坐了，但不知为什么，她脚步忽然又顿住了。

"还是帮我打包吧，我带回去吃。"

老板娘没多想，推了张空白的菜单给她。

"想吃啥就写上面吧，酒水单点，一般的我们这儿都有。"

苏弥写了几样自己平时爱吃的，因为晚餐吃得挺饱，她就没点太多。到最后，看见酒水栏的时候，她犹豫了会儿，写了两瓶啤酒上去。

这家店烤串儿的速度不算慢，苏弥坐在门口的椅子上玩了会儿手机，感觉时间没过去多久，她的东西就全都烤好了。

苏弥拿着东西原本是想回家的，可不知道怎么回事儿，不知不觉的，她就走到了程靳那里。

车队的院子还和她第一次见到时的样子差不多，几辆看着就价值不菲的摩托车停在角落。别墅楼里则一片黑暗，看样子程靳应该是已经睡了。

猜到了这点之后，苏弥莫名踏实了一些。

她拎着手里的烤串儿，像以前一样，直接挑了个路灯下的位置，席地坐下。

坐好之后，苏弥后知后觉回忆起来，自己第一次在程靳家门口吃串儿的时候，似乎也是坐的这里。

她记得那时候自己才回到北城，没什么目标，也没有想要的生活，每天窝在苏家老宅里面，睡醒就吃东西，吃完又继续睡。

一转眼，都三个月了。

苏弥看了看地上的影子，脑海中回忆起当时自己在这儿自导自演的"小明同学和老师"的戏，下意识笑了笑。

她开了一罐啤酒，喝了两口之后，又四下看了一圈，确定这会儿没人经过这里后，从袋子里抽出了两根烤香肠。

她拿起其中一根，向前点了点，然后用自己正常的嗓音开口："程二少爷，你知不知道你有点烦啊？"

苏弥又拿起另一根香肠，嗓音压低了些，说："怎么？"

"我知道你是在演戏，但下次你能不能演技不要那么好啊？我有事儿没事儿还能想起来你说的话，还因为这个失眠。"

"我演技哪儿好了？"

"就……"

苏弥憋了半天，就算现在周围只有自己，她也没好意思把心里头想的那句话说出来。

忍了忍，她越想越气，索性直接把演程靳的那根香肠递到嘴边，狠狠吃了一大口。

"就你屁话多！"

苏弥吃完这根香肠，又拿起打开的那罐酒仰头喝起来，再放下的时候，酒罐已经空了。

这时，远处响起了一阵发动机的轰鸣声。

但苏弥笃定，不会是自己认识的那些人，所以她一动都没动，连头都没抬一下。

直到——

"你干吗呢？"

熟悉的声音在苏弥头顶响起，她吓了一跳，下意识抬起头。

程靳这会儿骑着他经常骑的那辆黑色摩托车，支着一条长腿，停在了苏弥跟前。他身上还穿着赛车服，看样子应该是才练车回来。

苏弥看着他，下意识脱口而出："你不是在家睡觉吗？"

程靳挑了下眉，微微低头看她，回道："谁和你说我在家睡觉了？"

确实没人和她说，是她自己猜的。

苏弥没话说了，就这么仰着脑袋和程靳大眼瞪小眼了一会儿，后来又觉得这么下去也不是个办法，索性直接拍拍屁股站起身。

程靳看着她，问："你要走？"

"啊，我吃得差不多了，该回去了。"苏弥说这话的时候其实有点心虚，但是她为了表现得自然一点，依旧还是迎着程靳的目光出声。

程靳看了一眼地上的一根空签子，顿了顿，也没拆穿她，只慢条斯理地来了句："我饿了。"

"嗯？"

"剩下的串儿你不吃的话，请我吃吧。"

"啊……行。"

"所以你再待会儿，陪我吃完。"

程靳边说边下来把摩托车停好。

苏弥见他来真的，有点慌了。

"不是，请你吃串儿可以，但我没说还带陪吃的业务啊。那个……你自己吃吧，太晚了，我真得走了。"

她边说边慌乱地往后退了一步，转身便想走。

但程靳压根不给她机会，一把就拽住了她的胳膊。

"你还知道太晚了？"程靳淡淡地看了她一眼，"等等，等吃完东西，我送你回去。"

其实程靳也不是非要吃这顿烧烤不可，他就是感觉苏弥今天怪怪的，想留下她看看到底怎么回事。

苏弥被程靳拉过去重新坐下。

又回到了原来的位置后，她心底复杂得很。

她觉得很奇怪，以前自己和程靳也经常一起单独吃饭，她从来没有过特别的感觉。

但是这会儿，他的存在感莫名其妙有些放大。

他拉开拉锁的声音、剥开食品袋拿烧烤的动静，甚至连他的赛车服细微摩擦的沙沙声，她都能听得一清二楚。

苏弥有些坐立不安，想走又不能走，没办法，她只好拿手肘碰了碰旁边那个男人的胳膊。

"不还剩下一罐啤酒吗？你不喝就给我。"

程靳看了眼旁边空掉的啤酒罐，回道："你不都喝了一罐了？太晚了，别喝了。"

她不喝难道就这么干坐着？苏弥压根挺不住，随口胡说了句："不行，我渴了。"

程靳看了她一眼，然后起身，从摩托车的右侧车把上取下了一个袋子。

"喝这个吧，预调酒，酒精度数低，口感和饮料差不多。"

今天去训练场的时候，场馆的保安大叔在门口摆了几箱这东西，说是家里在超市上班的亲戚有任务，麻烦大家帮忙买一点。

程靳对这种事情不太热衷，以往他都是直接给了钱，不拿东西的。但是今天看见那些花花绿绿的瓶子，他莫名就想到了苏弥喝酒时的样子。

所以付了钱之后，他反常地、当着所有人的面拿了两打，并装进袋子。

训练场里有很多他熟识的其他队成员，也是跟着一起参加过前不久城市赛的人，对他最近的绯闻也都略有耳闻。

看见他这么反常，那些人一个个都笑着调侃。

"我们程队现在真是不一样了啊，以前碰上这事儿他肯定扔了钱就走，今天听见保安大叔说，这预调酒年轻女孩子都喜欢，瞧瞧，都不嫌沉了。"

"那肯定的啊！人家家里还有小女朋友管着呢！这种预调酒，不得回去拿给小女朋友喝！"

当时程靳笑着听他们调侃，倒也没反驳。

毕竟，这酒，他是真的要给苏弥的。

当然，这中间的过程苏弥是不可能知道的。

她这会儿只想找点事做来缓解自己的不自在，见程靳递过来一瓶，也没多想，直接接过打开。

预调酒的度数不高，喝起来口感确实和饮料差不多，苏弥没太在意，时不时就往嘴边递上一口。

两个人就这么并肩坐在路边，地上的影子也并成一排，苏弥低着头，盯着面前那两团黑影，莫名感觉脑袋有些沉。

旁边的程靳还未察觉她的异样，沉默地吃了一会儿，接着开口打破了平静。

"你下午着急跑什么？"

苏弥的脑袋这会儿转得有些慢，程靳的话都说了好一会儿了，她才反应过来。

"啊……没什么，我着急回家上厕所。"

这答案程靳显然是不信的，他回过头想看着她再问一遍。

而此时的苏弥，正一手揉着太阳穴，一手撑着头，双颊浮起了不正常的红晕，像是醉酒了一样。

程靳将已经到嘴边的话又咽了下去，赶紧放下手里的东西，扶住了她的胳膊。

"喝多了？"

"一瓶饮料我怎么会喝多？就是感觉有点晕。"

苏弥吃力地撑着台阶，想证明一下自己没喝醉："你看着啊，我还能自己回家呢！"

看她这个状态显然已经醉了，程靳压根不信她，脑子里瞬间想到了之前红毛醉得不省人事的经历。

有些人的体质很奇怪，啤酒可能一箱箱地喝，白酒也能来上一两杯，但是如果把两种酒混合到一起，立马就醉。

虽然预调酒的度数很低，但从某个角度来说，它确实也不能算作饮料。想到这儿，程靳又问了苏弥一句："没两种酒一起喝过？"

此刻苏弥脑子晕晕的，根本听不进去程靳的话。

她狠狠地拍了下程靳拽着她的手，带着醉意，凶巴巴地来了一句："你松开，我要回家了！"

程靳确定眼前的女孩子已经喝多了。

他不想再在路边耽误时间，迅速起身，原本是想把地上剩下的烧烤和空着的啤酒罐都清理干净后就带苏弥走的，但是，他忽然又想起了些事情。

他手上的动作顿了顿，接着，回过身。

"说说吧，今天你到底怎么了？"

程靳一边说话，一边朝着苏弥那边靠近。

他一只手按着苏弥的手腕，力道不算大，却也让她挣脱不开。

男人比女孩子高了许多，他身子倾过去的时候，压迫感和侵略感瞬间笼罩着她。

苏弥感觉自己的反应更迟钝了。

她下意识往后仰了仰，可男人并没给她拉开距离的机会，她退一寸，他继续压过去一寸。

实在没了办法，苏弥便晕乎乎地挣扎着，想起身。

"你松开我！不然我喊非礼了啊！"

程靳莫名享受女孩子此刻的慌乱，他一动不动地盯着她，眼神淡淡的，开口："随便，也不是没喊过。"

苏弥有点生气，抬脚想踹他一下，但不想自己的腿才伸过去，身子就随着力道向后仰去。

眼见着她要倒下去的时候，程靳赶紧拉了她一把。

苏弥反应不及时，直接整个人都砸向了他怀中。

男人怀里带着浅淡的烟草味和洗衣液的清香，混合过的味道弥漫在苏弥鼻尖，她心里头的警钟声更响了，一门心思就想赶紧离他远点。

"你放开我！"

她也没抬头，挣扎着想让他放手。

程靳看见她现在的状态，也没了再问问题的心思，皱着眉，索性直接搂住她的腰。

"你安静点儿，我收拾收拾东西就送你回家。"

"不用你送！你放开我，我自己回去！"

苏弥现在是什么也听不进去的状态，她只能感觉到腰间程靳搂着自己的那条手臂越收越紧。她生怕再待一会儿，她把想说的、不想说的，全都胡乱地冲他说出口。

于是她在他怀里挣扎得更厉害了，想让他放手。

后来实在没办法，她醉醺醺地仰头瞧向他，说："你再不放手，我咬你了啊！"

程靳根本不在意她现在的话，保持着回身收拾东西的姿势，连看都没看她，直接回道："咬吧。"

苏弥见自己的恐吓没用，有点生气地瞪了他一眼，接着，猛地向前一扑，朝着男人的侧脸就凑了过去。

然而意外的是，程靳碰巧在这时回过了头。

那一瞬间，两个人的双唇毫无征兆地、没有一丝准备地碰在了一起。

下一秒，世界安静了。

苏弥当天晚上做了一个梦。

梦里面，她又见到了程靳的爷爷，那位不苟言笑的上位者。

老爷子坐在一辆豪华的私家车后座上，车门打开，他双手拄着一根紫木拐杖，依旧是之前那副严肃的神情。

苏弥记得自己应该是站在了车门旁边，不明所以地等着什么。

老爷子淡淡地看了她一眼，然后吩咐旁边的黑衣助理："给她拿五百万。"

老爷子说完这句话，又对苏弥说："你拿着这钱，离开我孙子。"

苏弥似乎有点蒙，她想解释点什么，但到最后，就只剩下一句："您误会了！我和程靳不是那种关系。"

她原本以为自己解释过了，老爷子应该可以放心了。

可哪想到老爷子听了她的话，立马翻脸。

"你这女娃什么意思？你都给我孙子亲了！你还不想负责？"

苏弥被吓得瞬间惊醒。

醒过来之后，她还没来得及反应，宿醉后的头痛就先找上了她。

胸口像塞了团东西一样闷，恶心想吐，但胃里却空空的，甚至饿得有些疼。

脑袋就更不用提了，太阳穴一直在突突地跳，跳一下就疼一下。

她忍着轻微的眩晕坐了起来，发现自己是在家中卧室里。

她记得昨晚自己有些失眠，然后下楼去买烧烤，之后走到了程靳家门口，以为他已经睡着了就坐下吃了一会儿，后来没多久，他就骑着摩托车回来了。

记忆渐渐回笼，苏弥一瞬间就想起了那个吻。

下一秒，她又重新摔回了床上，把脸埋到了被子里，崩溃地叫了两声。

这到底是什么狗血的发展啊！

手机在这时忽然响了起来，她拿起来，在看见来电人是谁的时候，像是摸到了烫手的山芋似的，瞬间又把手机扔了回去。

铃声响了大概一分钟，电话自动挂断后，手机才安静下去。

没多久，苏弥又听到叮叮两声，是微信消息的提示音，她不用猜也知道是谁，所以没第一时间拿起来看。

程靳给苏弥发完微信后，便收起了手机。

他现在正在程氏总部的办公大楼内，刚刚一直陪着哥哥在爷爷的办公室听训。这会儿爷爷好不容易忙起来了，哥哥也去开会了，他便出来想着给苏弥打通电话，瞧瞧她醒没醒。

其实这个时间，她就算醉得再厉害，应该也是醒了的。

可电话不接，微信不回……

程靳想到了另一种可能性，不自觉地笑了笑。

程礼的助理在此时走了过来。

看见程靳的表情，张助理稍稍松了口气。

其实今天这通电话，是他主动给程靳打的。他家小程总前几天因为航班延误，险些丢失了一份合约，那份合约保守估计会给程氏带来一季度的利润。

老程董知道后，今天就把小程总叫来训话。

张助理知道每次老程董训话都免不了大发雷霆，也知道老程董每次在程靳跟前还算懂得收敛，维持家里长辈该有的形象。

所以为了让他家小程总好过点，他才会出此下策。

毕竟这次合约出了问题，小程总比谁都难受，而且已经连续熬了三天三夜没休息过了，他实在不忍心再看见小程总被老程董骂得抬不起头的模样。

他原本以为叫来了程靳，事情就会差不多过去了。但没想到，这次老程董真的动了怒，不只是训了小程总，就连程靳也跟着一块儿被训了。

并且老程董还提到了程靳到现在还玩车队的事儿,还说程靳是在玩物丧志。

其实这种重话,老程董已经很多年没说过了。毕竟程礼和程靳当年都表现得非常不错,程礼在接管了程氏之后,一直管理得很好。而程靳也按照老程董的要求,在重华的金融系表现很出色。

老程董虽然希望家里的子孙都能成龙,却也明白很多事情不能一直硬着来。

所以可见这次他有多生气,才会旧事重提。

张助理原以为程靳被训过之后,出来肯定也要发些脾气,他已经做好了再挨一顿骂的准备,却不想程靳拿着手机不知道看见了什么,情绪似乎还不错。

张助理试探着上前,主动开口:"看什么呢?心情这么好。"

程靳笑着将手机收回衣兜里,说:"没事,在等一个人的微信。"

张助理看着他脸上的笑意,又猜道:"女孩子?"

"嗯。"程靳没否认。

张助理记性还不错,在确定是女孩子之后,一瞬间就想到了之前在游乐场碰到程靳的那次。

"是那次和你一块儿去游乐场的那个女孩子吧?酷酷的那个。"

程靳记不清苏弥当时的打扮了,但是他知道那人是他们刚认识那会儿,那个时候苏弥看起来确实挺酷的。

"对,是她。"程靳笑着说。

张助理察觉到程靳这会儿心情还不错,就调侃了两句:"都这么半天了,人家也没回你微信,你还笑得出来呢。"

程靳笑意更浓了:"没事儿,不回我的话,待会儿我去她家找她。"

张助理也跟着笑了笑。

短暂的愉悦后,他又想起了程礼的事情。

"待会儿你大哥开完会,你再陪他说说话。他最近被工作压得太累了,人瘦了不少,情绪看上去也有些低迷,我已经好久没见他轻松地笑过了。"

程靳脸上的笑意渐渐淡了下去,冲着张助理点点头:"好,我去他办公室等他。"

程礼的办公室,程靳很熟。

之前程礼刚来程氏那会儿,业务没有现在这么忙,程靳几乎每天都会来找程礼吃饭。

后来爷爷交给程礼的事情多了,他不是在开会就是在开会的路上,程靳知道自己再来会打扰,便没怎么再出现过。

张助理亲自把程靳送去了办公室,外面的小秘书是新来的,见到张特助带了个生面孔过来,直接站了起来。

"张特助,程总没在办公室。"

"我知道。"张助理在面对下属时,也有自己严肃的一面,"这位是我们程氏的二少爷,你认认脸,以后他来找程总,直接放行。"

小秘书一下紧张了起来,赶紧点点头。

程靳没太在意二人的对话,得到允许后,他便自顾自地走了进去。

程礼的办公室里,所有陈设还跟以前一样,程靳直接越过办公桌坐到了后面的椅子上。

"我就在这儿等他,你忙你的吧。"

张助理点点头:"那我先出去了。"

后来,程靳等了大概半个小时也不见哥哥回来,实在无聊,他又给苏弥发了条微信。

程靳:醒了就吃点东西。外面茶几上我给你泡了杯蜂蜜水,你试试温度,如果凉了就自己再泡一杯。

程靳顿了顿,又打过去了两个字。

程靳:还有……

但意外的是,这条发过去的时候,微信对话框里直接显示了红色感叹号。

对方拒绝接收您的消息。

程斩看着上面的感叹号都快气笑了,调出通讯录界面,试着拨打苏弥的手机。

果然,也被拉黑了。

他哭笑不得地看着手机,正想着如何联系她呢,目光无意向下,瞥见了程礼走的时候没来得及关上的抽屉。

程斩原本想直接帮哥哥把抽屉关上的,但微微倾身看过去之后,却在里面瞧见了几瓶药。

白色的瓶身,上面印着的都是英文,医学专业词汇,程斩大多数都看不懂。

他刚想把药瓶拿出来仔细看一看,程礼却在这时回来了。

程礼今天的精神状态不太好,很明显的一身疲惫,也比程斩上次见他时要瘦了不少。

程斩站起身,有点难受地喊了一声:"哥。"

程礼看向他,一边脱着西装外套,一边往这边走。

"你没回去?"

"没有,想跟你说说话。"

程礼没太在意,转身直接把外套挂到了办公桌旁边的衣架上。

回过头时,他一眼就瞧见了自己没关的那个抽屉。

他神色顿了顿,什么也没问,很自然地弯腰把抽屉推了进去。

"你今天怎么过来和我一起挨骂了?张助理给你打的电话?"

"嗯,不过他也是担心你,你回头别罚他。"

"我没那闲工夫。"程礼淡淡地笑了笑,然后拍了拍程斩的肩,"行了,起来吧,你哥要处理文件了。"

程斩皱了下眉，问："你不休息一下？张助说你已经三天三夜没好好休息了。"

"处理完我就睡，你不用担心。"

程礼一边说话，一边从桌上拿出了一沓文件。

见程斩还杵在旁边，他看过去一眼："行了，我知道你想说什么。哥没事，你不需要担心。"

程斩还是沉默着，一动不动。

程礼没了办法，只得像很多年前两个人在车队一样，闹着似的朝着程斩腿上踹了一脚。

"赶紧滚蛋，别在我这儿碍事。"

程礼已经很少在程斩面前表现出这个样子了。

程斩看得出来，哥哥在很努力地让自己看起来没问题，不需要他来担心。

程斩心里越发沉重，但是也不想再多说什么，毕竟现在自己再多做任何事情，可能对哥哥而言，都又多了层负担。

"那我走了。"

"嗯，走吧。"

程斩走了两步后，又往后看了一眼。

"哥，好好吃饭，好好睡觉。"

程礼的脸依旧埋在文件里，头也没抬："知道了，赶紧走吧。"

苏弥这几天一次门都没出过。

期间，重华大学那边给她打了电话，通知了她一些入学事宜。

其余的电话，她一概没接。

程斩来敲过几次门，但苏弥都装成不在家的样子混了过去。

其实她也觉得一直逃避不是办法，但是她实在没辙，这情况她以前压根没遇到过，根本不知道该如何应对。

就这样躲着躲着，一周快过去了。

这天中午，苏弥家门外又响起了一阵敲门声。

不过，和以往不同的是，这次的声音很急促，像是外头敲门的人有什么急事一样。

"小苏弥啊！你在家吗？我是施施！"

苏弥有些意外，她原以为又是程靳找过来了。

她刚想回应一句，忽然又敏锐地反应过来——

施施有可能是程靳找来糊弄自己开门的帮手吗？

想到这里，她又安静了下去。

施施在外头像是笃定了苏弥在家似的，敲门的声音一直没停。

"小苏弥呀，你要是在家就赶紧帮帮我。我哥知道我和车队的死对头谈恋爱的事儿啦！现在他跟疯了一样，说要打折我的腿呢！你快点给我开门，我来你这儿躲躲。"

苏弥一瞬间就想到之前在临市酒店走廊里看到的那一幕，有些将信将疑，还想继续装不在，却又怕施施说的是真的。

想了想，她趴在门板上，小心地问了句："外头就你一个人吗？"

"我的天啊！你在家呀！"施施说，"就我一个人，就我一个人！你赶紧给我开门吧，待会儿我哥找过来，我就完蛋了！"

苏弥骑虎难下，又犹豫了几秒钟，试探着打开了门锁。

然而，门板打开的那一刹，一只大掌直接从门外将其抵住。

苏弥发现不对劲的时候已经晚了，她一直躲着的那个男人，已经顺着空隙侧身进来。

像是怕苏弥再跑似的，男人连反应的机会都没给她，直接扣着她的手腕，将她按在门板前。

身后的大门应声关闭，施施的声音在门外再次响起——

"小苏弥，对不起，对不起！程二这个狗东西威胁我，说我今天如果不帮他，他就把我和车队死对头谈恋爱的事儿捅到我哥那里去。真对不起,我不想帮他骗你的,但我实在没办法了。"

"那个……你们好好聊聊,虽然我不知道你们两个发生了什么事情,但你一直这么躲着也不是办法。就这样,我先走啦!"

说实话,苏弥在这一刻心里全是无语。

但她没有任何办法,只能认命地看向面前这个男人。

她的两只手腕都被他死死扣着,丝毫动弹不得,强烈的压迫感和侵略感瞬间袭来。

苏弥下意识挣扎,换来的却是越来越紧的禁锢。

片刻后,就听程靳淡淡地出声。

"躲我?"

其实在苏弥的潜意识里,程靳虽然给人的第一印象又冷又酷,话还不多,但真正相处下来,会发现他其实很有共情能力,并且为人也特别仗义,挺好接触的。

她以前在和他相处的时候,大多数时间都很自在,甚至觉得他身上那种让人拘谨的异性气息都很少。

可此时此刻,那种感觉没了,取而代之的,是铺天盖地的强势气息,仿佛程靳原本就是这样一般,而且他似乎不再克制,堂而皇之地在苏弥的地盘上不停侵略。

苏弥看着他清淡的眉眼,莫名有些紧张起来。

她也不知道自己是怎么回事,直接喊了句:"学长……"

这两个字出来后,程靳一点反应没有,倒是她快被自己蠢哭了。

可没办法,话已经说出口了,再蠢她也要硬着头皮接下去。

她迫使自己迎上了程靳的视线,在他的注视下,缓缓地说:"学长,那天的事只是个意外。"

典型的"渣男"语录,程靳听着都快被气笑了。

他不再给苏弥低头逃避的机会,伸出手,捏着她的下巴,强迫她再次抬头。

程靳深邃漆黑的双眸紧盯着她，淡淡地出声："是不是意外，你说了不算。"

苏弥第一次经历这种事，说实话还有点被吓到。

她没了之前跟程靳相处时的那种怼天怼地的劲儿，这会儿听他说完话，只弱弱地回了句："可那本来就是意外啊。"

她说的时候，语气还挺无辜，但程靳不为所动。

他依旧看着她，问："不想负责？"

苏弥被"负责"二字弄得一噎。

想了半天，她又回了句："怎么负责啊？金钱赔偿？"

程靳没出声。

"啊，这个不行是吧……"

她尴尬地赔笑，接着脑袋里又闪过一个答案，她都没多想一下，直接脱口而出。

"那不然，你再亲回来？"

大概过了两三秒，苏弥忽然反应过来自己刚刚说了什么。

她觉得自己快要被自己的言论尴尬死了，低头在心里骂了自己好一会儿，才鼓足勇气抬头看向程靳。

但男人像是没有任何多余的反应一样，还是像刚刚那样安静地看着她。

苏弥忍不下去了，站在那儿，气冲冲地对程靳再次开口："大家都是成年人了，而且你也不可能是第一次被亲吧，有什么……"

程靳打断她的话，和她相比，语气稍稍平静些："是第一次。"

苏弥愣住："什么第一次？"

"第一次被亲。

"所以这个责，"程靳淡淡地垂眼看着她，"你必须负。"

苏弥这辈子都没这么无语过。

程靳已经走了,她家里再次恢复到之前的安静。

苏弥呆呆地坐在沙发上,脑海中还不断回忆着那个男人刚刚的话。

"我知道你一时半会儿接受不了这件事,我给你时间。但是你不能再逃避了,更不能一直躲着不见我。你刚刚也说了,大家都是成年人,成年人最重要的就是做事要有责任心。你应该不会让我失望的,对吗?"

苏弥现在想想那男人一副有恃无恐的样子,就气得有些牙痒痒。

对什么对啊?她刚刚还有些没反应过来,现在想想,他这不是拿她的失误反过来绑架她吗?真是一招好计谋啊!她要是想反击做点什么,就会直接被扣上个不负责的帽子了!

而且程靳到最后也没说她该怎么负责啊。

赔钱不行,亲回去更不行。

那她还能怎么办?

难道他想和她谈恋爱吗?

苏弥想到这个可能性的时候,愣了一下。

他说给她时间适应,适应什么?适应他们之间的关系转变?他真的想和她谈恋爱?

但是谈恋爱的两个人不是要互相喜欢吗?

程靳喜欢她吗?

时间过得很快,转眼就到了重华大学新生报到的日子。

因为重华大学每年的入学新生都非常多,所以校方一般会在正式开学的前几天,通知北城本地的学生先去学校办理入学手续。

就在昨天,苏弥也接到了让她去办入学手续的电话。她虽然只是旁听生,但是入学流程和普通新生基本上没什么差别。

所以她今天早早就起了床,带上东西,连饭都没吃,七点多就下了楼。

她接到电话这件事,跟谁都没说。可下楼的时候,她下意识又想到杜教授就在重华,学校什么时候下通知他应该比谁都清楚。

按照以往的事情发展，他知道了，就代表程靳肯定也知道了。

苏弥想到这儿就感觉有些头疼，自打那天见过面之后，程靳虽然没再找过她，但是电话啊、视频啊，几乎没断过。

有一天晚上，她实在忍不住了，问他："你到底想干吗？"

结果男人挺平静地回了句："让你赶紧习惯有我的日子。"

至于"有他的日子"是什么意思，苏弥心里头隐隐有了些猜想，却没再继续问出口。

苏弥走到了一楼，小心翼翼地往外看了一眼，楼栋口没有人。

以前程靳骑摩托来接她的时候，基本上都会在楼门口等她的，今天这儿什么也没有，是不是说明他根本不知道自己要去重华？

想到这里，苏弥莫名松了口气，再向外走的时候，脚步都轻松了不少。

但她万万没想到，那位大少爷今天是开车来的！

走出小区，在路边看见程靳平日里常开的那辆SUV后，苏弥下意识就想转身偷溜。

结果她步子还没迈出去呢，程靳的声音就追了过来："干吗去？"

苏弥没了办法，只能硬着头皮回过头。

她尴尬地笑，也不知道说什么，就随口来了句："挺巧啊……"

程靳一点面子没给她，淡淡地望过去，回道："不怎么巧，我一直在这儿等你。"

他今天穿了件黑色的高领夹克，头发又剪短了一些，整个人看上去比之前还要精神。

他见苏弥一直没出声，主动走了两步，上前，握住她的手腕。

"今天不到五点外公就喊我起床，叫我早点过来接你，说怕去晚了，到时候排队的人多。"

苏弥心里想着：我知道啊，所以我才早早就起床出门了。

她到底还是没出声，一直任由程靳拽着自己坐进车里。过程中她还仔细地感觉了一下，就很奇怪，明明以前他也经常像现在这样拉着她的手腕，可是她还是能感觉出来，此时此刻的氛围和以前不一样了。

程靳绕过车身，也从驾驶位那边上了车。

车门关紧，车内狭小的空间里，苏弥感觉那种让人不自在的气氛更浓了。

程靳没有立刻把车子开走，而是转过身，从后排座椅上拿过几个袋子放在了苏弥身上。

"这都是什么啊？"

袋子大多数都是牛皮纸的，苏弥只能感觉到袋子底部热乎乎的，隐约间还能闻到一些甜点香，还有小笼包的味道。

"早餐？"

苏弥挨个袋子打开来看，有面包、蛋挞、三明治，还有小笼包、炸糕和豆浆。最夸张的是，程靳居然还给她买了份热干面！

"你怎么买这么多啊？我怎么可能吃得完？"

程靳转头看了一眼她腿上的那些东西，没太在意地回了句："一路早餐店太多了，每次看见你喜欢的，就忍不住给你买回来。"

这话说得……苏弥都不知道该回什么了。

她抿了抿唇，看着腿上的那些早餐，没再开口。

片刻后，车子发动机的轰鸣声响起。苏弥以为程靳马上就会踩脚油门离开，但意外的是，程靳却在这时忽然朝副驾驶这边倾过身。

苏弥抬起头后吓了一跳，下意识地往后仰了下，急急地开口："干吗呀你？"

程靳没理她，继续自顾自地向前。

此刻两个人的距离大概只有一个拳头那么远，程靳向前靠，侧脸擦过苏弥唇边。

她僵硬地直直坐在那儿，一动也不敢动。

片刻后，就听嗒的一声响，副驾驶上的安全带卡扣成功卡进了卡槽里。

程靳回过身，脸庞挪到她跟前时，淡淡地看着她。

"你觉得呢?我要干什么?"

后来去重华的路上,苏弥一直侧着身子,面向副驾驶的车窗。

在路口等红绿灯的时候,程靳往她那边看了一眼。

女孩子映在车窗上的脸有些模糊,看不清她现在是什么神情,但是从她露出来的微微泛着淡红的耳根来看,程靳不难猜到她此刻在想些什么。

他没忍住,勾起嘴角笑了一声。

苏弥此刻神经极其敏感,就算旁边的人笑得很小声,还是被她发现了。

她像是被人踩着了尾巴似的,凶巴巴地回过头。

"你笑什么?"

程靳看她那个样子,笑得更厉害了,开口时,更是话里有话似的:"你猜我笑什么?"

苏弥一脸无语,不想搭理他。

到了重华大门口的时候,苏弥先下了车,没等程靳。

程靳倒也不急,慢条斯理地把车停好,下车的时候,发现原本已经走远的小姑娘又回来了。

程靳忍着笑,有点欠揍地明知故问:"不知道报名处在哪儿?"

苏弥瞪了他一眼,用他刚刚在车上说过的话怼他:"你猜呢?你猜我知不知道?"

程靳眉眼松散,笑意浮满了整张俊脸。

他朝她走近两步,像往常一样,抬手揉了揉她的脑袋。

"这样不挺好的吗?我是让你适应我的存在,又不是让你一直别别扭扭的不自在。"

苏弥往旁边躲了下,也没抬头,小声嘟囔了句:"我以前就挺适应的啊,是你一直奇奇怪怪的……"

"我说的适应,和以前那种不一样。"

"有什么不一样的啊?"

"你说的那种适应,是你和我。"

学校大门外人流嘈杂,他们两个混在中间,存在感都极其强。

可程靳好像任何事物都看不到一样,就那么专注地看着苏弥。

"而我说的适应,是让你适应'我们'。"

重华大学今天除了给新生办理入学手续,还有艺术系的青少年特招班的学生过来面试。

所谓特招班,就是给一些有条件的小孩子一个提前走进重华的权利。

这个特招班不只是名额有限、竞争激烈,且学费也非常昂贵。

苏家一直很想让苏时时拜到重华那位德高望重的杜教授门下,让她跟着杜教授好好进修美术。但奈何那个杜教授性格太古怪,之前苏国群求到了程老爷子那头,也没能让他降低标准收苏时时为徒。

没办法,苏家只能退而求其次,让他们家小公主和北城其他的孩子一样,过来重华面试这个特招班。

特招班每年只有一次报名机会,且每次只录取二十四个孩子。苏时时被家里人送来的时候,面试区已经挤满了学生和家长。

秦湘怡本身就是大家族出身,这几年因为照顾苏凡程才渐渐没有年轻时那么娇气了。

苏时时完全继承了她这点,看到这边人山人海的时候,厌恶之情直接浮在了脸上。

"妈妈,你说爷爷为什么一定要让我来重华读这个特招班啊?我是喜欢美术,但是我完全可以去国外进修呀!明明国外的艺术水平比国内的强多了……"

苏时时这话说得有些不过脑子,秦湘怡连忙四下看了看,接着轻轻拍了下她的手臂。

"你这孩子!什么话能说,什么话不能说,你现在还不知道吗?这话要是让你爸爸或者爷爷听到,他们非得教训你不可!"

"这不是他们没在这里嘛。"苏时时有点委屈,却是一副敢怒不敢言的样子,"我真的不想来这里。"

"听长辈的安排准不会出错的。你爷爷多厉害的一个人物啊,他的眼光绝对不会有问题。"

而且在秦湘怡看来,这重华的特招班也并非是随便什么人都可以进的,能留下的绝对是在北城有头有脸的家族的孩子。苏时时现在虽然年纪还小,但有些事情是可以提早安排的。

想到这儿,秦湘怡眼底的算计更浓了。她嘱咐苏时时一个人待一会儿,她先进去瞧瞧。

苏时时当然愿意,现在报名的那个教室里人那么多,她才不想和那些人挤在一块儿呢!

和秦湘怡分开后,苏时时就开始在报名处附近闲逛。

其实平心而论,如果爷爷他们非要她在国内读完大学的话,那重华确实是最好的选择了。而且她早就听人说过,重华现在校园内的建筑和设施都非常国际化,很多教授甚至还会被国外邀请过去演讲,分享教学经验。

想到这里,苏时时就想到了之前爷爷说的那个杜教授。

也不知道那个老头儿长什么样子,明明自己那么优秀的作品送到他那里,按照一般的老师来说,肯定非常乐意并且积极地把她收到门下做徒弟的,可那个老头儿居然那么不识抬举!

苏时时现在想一想,还是觉得很生气。

她四处闲逛,一个不留神,就走到了美术系新生报名处这边。

此时报名处已经挤满了人,甚至比特招班那边的人还要多。

苏时时大小姐的娇气病又发作了,刚要满脸嫌弃地转身,下一秒却忽然一愣。

不远处,自己最讨厌的那个丧门星正站在排队的新生中,她旁边站着的还是之前一直陪着她的男人,两个人看起来关系更亲密了。

这时，身边有人窃窃私语。

"听说前面那个穿黑夹克的男生就是重华19级金融系的传奇人物，我之前在校名人榜上看见过他，他代表重华获得过很多金融领域的奖项呢！"

"是吗？19级……那不是已经毕业了？怎么今天又来新生报到处了？"

"你没看人家旁边站着的小姑娘吗？他陪着那个女孩子来的吧？这位学长好像还是杜教授的外孙，如果真是这样的话，那这个小姑娘的身份肯定也不简单！"

"而且我听说啊，这次杜教授还选了个新生做'关门弟子'呢！"

"啧，有人脉真好啊，我也想跟着杜教授学习！"

苏时时也没管现在身处何地，听见旁边人的对话，气冲冲地发问："你们说的杜教授，是美术系的杜教授？"

被质问的两个人此时都很莫名其妙，用眼神询问对方认不认识这个没礼貌的小孩子。

而苏时时见她们没理会自己，嗓音又升上去不少："我问你们话呢！"

这一嗓子出来，周围不少人都朝这边看了过来。

苏弥和程靳排在前头，在听见后方有骚动时，也不由自主地回过了身。

苏时时个子不高，又在人群最末端，苏弥只能隐约瞧见那头围了几个人，但是里面站着谁，她一点也看不清。

她也没在意，重新回头又朝前看了看。

"怎么填个表也要排这么久啊？"

程靳看了她一眼："累了？"

"不是累，就是不喜欢排队。"

闻言，程靳沉默两秒没出声，回头看了看另一个方向，然后朝苏弥伸出手。

"身份证给我，你在这边排着，我去那边帮你领别的东西，到时候你填完信息表过去找我，估计我那头也就弄好了。"

苏弥有些迟疑，朝前面望了望："我这里不需要身份证吗？"

"这边是学生会和志愿者在负责，一般姓名和电话能对得上就行。"

"啊，那行。"苏弥没再犹豫，直接从包里翻出身份证，交到程靳手里。

程靳接过，扫了一眼上面的信息。

"12月9日的生日？"

"对啊！怎么了？"

"这个时间的，应该是……射手座。"

苏弥诧异地看了他一眼："你对星座还有研究呢？"

"施施上学那会儿老跟在我和施展屁股后头，她念叨念叨我就记住了。"程靳又看了一眼手里的小卡片，"以前她说这东西准，我和施展都不信，现在觉得确实有点规律可循。"

"什么意思？"

程靳看着她，笑了笑，回道："就是，我现在终于理解你为什么心这么宽广了。"

苏弥一下还有些没听明白他这话的意思，反应了两秒过后，立马变脸。

心用宽广来形容，不就是变着法子说她心大说她傻吗？

她气得想踹人，好在程靳反应快，一个后闪就躲开了。

他笑着拿着身份证离开，临走前还嘱咐苏弥好好排队。女孩子狠狠瞪了他一眼，没搭理他。

两个人的互动也算平常，但在这人群里，又显得有些扎眼。

许温柔作为学生会指派过来的美术系代表，在很早之前就看见了苏弥和程靳。二人的动作，她站在高处，当然也看得一清二楚。

这会儿她旁边站着学生会的另一个成员，名叫小莹，和她关系还不错，见她一动不动地盯着苏弥那边看，下意识也往那头看了一眼。

"你是不是也看见啦？你最崇拜的那位学长今天也来了。"

许温柔勉强扯出一抹笑意:"嗯……"

"我看他好像是跟一个新生一起来的,那个女孩子是不是他家亲戚啊?这大早上的,还送她来报到,关系肯定不一般。"

许温柔一点也不想让别人知道苏弥其实是程靳的女朋友,所以她默默垂下眼,小声说:"我不太清楚,但是我听系里的同学说,看到这个女孩子去过几次杜教授的办公室。"

"杜教授?"小莹眉头皱了皱,"关系户啊?"

小莹平日在学生会以正直严谨出名,私底下最瞧不起"不守规则"的人,所以这会儿听到许温柔的话,脸瞬间就垮了下去。

轮到苏弥的时候,她第一时间看见了许温柔。女孩子依旧是那副安静温柔的模样,她和许温柔对视了一眼,发现对方没有开口的意思,她也懒得出声。

"你好,我是这届新生苏弥,电话号码是……麻烦给我一张表格。"

小莹看了她一眼,语气不善:"身份证。"

苏弥有点意外:"我看前面的人报了姓名和电话就拿到表格了,还需要身份证吗?"

"我说需要就需要,你哪儿来这么多废话?"

苏弥有些无语,心道:这人态度怎么这么差,我什么时候得罪过她吗?

小莹见苏弥迟迟没动作,又出言冷嘲热讽:"不是吧,你不会以为找了关系考上了重华的旁听生,就走到哪儿都能靠关系了吧?或者你以为,你是程学长送来的新生,我们就能随随便便什么都不检查,直接恭敬地给你这个'关系户'放行?"

她这话说得有点狠,许温柔都开始有些担心事情会不会闹大,下意识往程靳那边看了一眼。

"小莹,差不多得了,后面还有人排着队呢。"

"差不多什么差不多啊?今天就得让她这种人长长记性,免得以后在学校里面兴风作浪,坏了我们重华的名声!"

苏弥原本以为这人只是刁难新生,但渐渐地,她发现对方明显是在刁难自己。

她很确定自己和对方并不认识,想来想去,那只剩下"程靳"这一个理由了。

苏弥单方面地把这次的事情扣到了程靳无数的烂桃花事件上面。

她忍着不耐烦,好脾气地回了句:"我的身份证现在在别人那里,我可以拿过来再领表吗?"

小莹一副明知故问的模样,看着苏弥:"你觉得呢?当然不能了!要再排一次队才行!"

说完,她又小声嘟囔:"哪儿哪儿都想投机取巧,真够恶心的!"

苏弥原本不想把事情闹大,但这会儿再也忍不下去了。

"说话要讲证据,我确实和杜教授认识,但那又怎样?该考的试,该做的题,我一个都没落下。还是说,在你眼里,只要别人和校内的领导或老师认识,那她就是靠关系作弊进重华的?无论她自身的能力如何、成绩如何。"

对方听了苏弥的话,冷笑一声:"你一个关系户,能有什么能力?"

苏弥简直要被气笑了,她突然想起之前自己和许温柔一起画过板报的事情,自己的能力如何,许温柔应该很清楚。

她下意识看了许温柔一眼。

而此时的许温柔也一下想起了苏弥在基本功上对自己的碾压,心里头闷闷的,情绪更加不好了。

但是她到底还是清楚现在是什么场合,也知道程靳就在不远处,随时有回来的可能。她只是想借别人的手打压一下苏弥,却不想让事情闹大。

于是她赶紧拽了拽小莹的衣袖,然后抽出一张信息表:"好了,别再说了,后面还有同学排着队呢。"

小莹十分不服气,看了许温柔一眼:"你怕她做什么啊?咱们按规矩办事,想通融就通融,不想通融就不通融,本来就是她没拿身份证啊。"

许温柔实在不想再在这件事情多纠缠,不等小莹同意,直接把表格递给了苏弥。

"拿着表格去旁边填信息吧,填好再回来交给我。"

苏弥淡淡地瞥过去一眼,沉默地把表格接过来,随口说:"谢谢。"

相比苏弥而言,程靳这边要顺利不少。

帮旁听生办理入学手续的老师和杜教授关系不错,程靳经常能见到他,所以对方也没太为难程靳,很痛快地就帮忙弄好了所有流程。

就是中途出现了些小插曲,那位老师在拿着苏弥的身份证给她核磁录入时,忽然发现她的身份证已经过期了。

"这都过期半个多月了啊……我今天先把她的身份信息录入电脑里,回头你赶紧带着她去办理新的身份证啊,不然以后也是个麻烦事儿!"

程靳先是对那位老师说了感谢,接着又接过苏弥的身份证,看着背面的证件日期,沉默了一会儿。

这时,旁边有人轻踹了他的鞋子一下,他下意识回过头,发现来人是苏弥。

程靳不动声色地把身份证放进了自己的口袋里,转身看向苏弥:"信息表填完了?"

苏弥凶巴巴地看着他:"你猜。"

女孩子这反应让程靳有些意外,他挑了挑眉,问:"谁又惹你了?"

苏弥本想把刚刚发生的事情全都告诉程靳的,但一想这周围全是人,已经到了嘴边的话又生生咽了回去。

她忍了忍,低头转身:"没什么,先出去再说吧。"

程靳看她这个样子明显不对劲,出来之后,找了个没人的角落,直接把她拉了过去。

"到底怎么了?"

苏弥也没打算默默忍耐,见他问起,便一股脑将怨气全都倒了出来。

"我也不知道你是有什么惊天的魅力，怎么就到处招这种烂桃花呢？我也真是有毛病，当初答应你假扮什么女朋友呢？现在骑虎难下了，烂桃花都砸到我身上了！"

女孩子说话的时候，小脸气鼓鼓的，是她平时少有的可爱模样。

程靳垂眼看着，心下越来越痒，忍了忍，最后还是没忍住，伸出手戳了戳她的脸蛋。

气氛在这时突然变得有些奇怪，苏弥那些还没说完的话，一下子又都被噎了回去。

好半晌，她才不自在地说了句："我在找碴，你能不能给点正常人该给的反应？"

程靳表情极为漫不经心，嘴边还带着笑。

"我这个反应怎么不正常了？"

苏弥觉得再这么聊下去，肯定又要回到之前那种古古怪怪的气氛里，于是连忙又把话题扯了回去："总之，我就是搞不明白，为什么陪你演了几场戏之后，该有的女朋友待遇我一样没有，但该替你面对的烂事儿我倒是一样没落下！"

"那你要假戏真做吗？"

苏弥一愣，万万没想到程靳会突然说这么一句。

远处人声嘈杂，初秋的朝阳带着暖意洒在校园的每个角落。苏弥能感觉到前方是金灿灿的一片，可自己却被程靳的身影罩得严严实实。

"换个身份，你没享受到的那些待遇就都有了。再有人烦你，你也可以找我……"隐约间，男人的声音中还带着一丝循循善诱，"给你撑腰。"

这四个字传到苏弥耳朵里后，她下意识愣了一下。

好半晌，她都没开口回应。

而程靳也像是不急，依旧站在她面前，就那么微微低着头看她。

不多时，程靳口袋里的手机忽然响了起来。

他看了一眼来电姓名，直接接起，抬手把手机放到耳边。

"嗯，在一起，重华……"

能看得出来这通电话应该不太重要，程靳接得有些应付，说话的过程中，他的视线也一直落在苏弥身上，没离开过。

"我问问她吧。"

他说完这句，把手机拿远了一些，头又微微低下去了一些，离苏弥更近了。

"施施说明天想约大家一起出去玩玩，短途旅行，当成你的毕业旅行。"

很多高中生在高考结束后都会跟着小伙伴出去玩一次。

苏弥不懂这些，但施施最爱搞这种事情，所以听说苏弥马上就要开学了之后，赶紧挤出时间，想帮她安排一场。

不过，苏弥这会儿脑子还有些迟钝，程靳的话她好像是听到了，但实际根本没听进去。

她下意识"哦"了一声，又随口回道："行。"

程靳以为她同意了，便又拿起手机，给了施施回复。

"真的呀？小苏弥真的同意去了呀？"施施很开心，"那你和她说，我待会儿就过去找她，还有礼物要给她！"

"待会儿见面你自己和她说吧。"程靳回道，"挂了。"

按灭手机之后，程靳又默默看了自己身前的女孩子几秒。

苏弥一直低着头，从他的角度，完全看不见她这会儿的表情和状态，只有眼睑上卷翘浓密的睫毛偶尔随着她眨眼的动作微微颤一下。

程靳没再继续之前的话题，而是直起身，随手敲了下她的脑袋，说道："先回去。"

"嗯……"

程靳直接转身先走，走了两步，见苏弥一直没跟上，又回头看过去。

"不走？"

苏弥后知后觉地"啊"了一声，也提起步子走了过去。

"来了。"

回去的路上,程靳再也没说之前的那些话,苏弥也渐渐缓过神来。

其实刚刚听见那句"给你撑腰"时,她特别意外,意外到心跳都加速了。

这种感觉很陌生,她感觉似乎有什么东西在不知不觉间慢慢失控。

但这会儿平静了,她又有些理解自己刚刚为什么反应那么强烈。

或许很大概率上,是因为她没见过世面,因为从来没有人对她说过这种话,她第一次听,对她而言,冲击力确实有些大。

又或许,刚刚程靳说话的时候,实在是离她太近了,她本来就不自在,再听见那几个字,反应肯定会很大……

就在她东想西想的时候,程靳已经把车子开到了她家楼下。

施施在挂了电话后,就赶紧叫了司机送她到苏弥家等着,看见程靳的车停下,她立马就迎了过去。

"啊……小苏弥,我来道歉了!"

其实那天骗了苏弥开门之后,施施心里头一直过意不去,想来想去,虽然苏弥没有表现出生气或是发火,但自己总归是错了。

所以她准备了好几天,终于把所有她能想到的东西都准备好了,才过来正式和苏弥说句抱歉。

苏弥下车之后,直接被迎面冲过来的施施狠狠抱住。

她下意识向后仰了仰,接着,就听施施在她耳边再次开口。

"小苏弥,对不起对不起,我想了好几天,觉得上次骗你开门的事儿确实是我太过分了,无论程二那个狗东西说什么,我都不该骗你的。你放心,下次再有这种事,我主动叫我哥来打断我的腿!"

施施噼里啪啦说了一堆,说完之后,像是生怕苏弥不信似的,指着程靳的鼻子又来了句:"下次你再威胁我也不管用了,以后我就是我们小苏弥的娘家人!只偏袒她!"

娘家人?

程靳听见这几个字的时候，挑了挑眉，看向苏弥。

苏弥像是也感觉到了什么似的，稍稍回过头，小心地往他这头看了一眼，在发现他也在看自己时，赶紧又把脸转了过去。

程靳忍不住笑了笑，怕苏弥又陷入不自在的情绪当中，不动声色地扯开话题："我看群里面，你们已经定好出行时间了？准备明天早上走？"

施施点点头："对，我哥和红毛都没事儿，就是丫丫和她爸爸时间不行，这次就不和我们一起去了。"

"那行，我先回去准备东西。"说着，程靳看向苏弥，"你也收拾收拾，明早我来接你。"

施施还有很多话想跟苏弥说，见程靳准备走，赶紧挥挥手。

"行了行了，你赶紧走吧，小苏弥这儿有我呢。你就是不来接，我也能带她一起去。"

程靳没再多说什么，又看了苏弥一眼，便转身回到车内，开车走了。

见他离开，苏弥明显感觉心里轻松了不少。

施施倒没注意她的状态，还在自顾自地说着："我给你准备了好多礼物呢，刚刚都让司机搬到你家门口了。走走走，我们先上去看看。"

就这样，苏弥被施施拉着回到了自己家的门口。

门外确实堆了很多东西，苏弥简单看了一眼，有新的文具、画具，还有衣服、鞋子、包包，甚至护肤品和首饰都堆了几套。

苏弥平日对品牌没什么追求，但在国外生活几年，也多多少少知道一些一线品牌的标识。

现在地上堆着的，几乎都是她在国外见过的那些。

她一时之间还有些不好意思，虽然之前那件事自己确实有些生气，但这几天几乎已经忘得差不多了。

她没想到施施还一直记得，甚至还搞了这么一出。

"其实之前的事，我已经不在意了。以后，你别再那样了就行，真的不用买这么多东西给我的。"

"那怎么行呢？你不在意是你不计较，但我做错了就是做错了。"施施难得很认真，"当时是我太自私了，只想为自己减少些麻烦，没为你考虑。真的很抱歉。"

苏弥没想到施施又这么认真地来了一番道歉，她想了想，也同样认真地回了句："好，我原谅你了。"

施施其实也没想过自己会得到苏弥这么正式的回应。

她看了苏弥两秒钟，接着一笑，说："我们两个好傻哦。"

苏弥也跟着笑了："确实不怎么聪明。"

施施买的东西太多，两个女生搬了好几趟才把东西全搬到屋内。结束后，施施直接往苏弥的大床上一瘫，一动都不想动。

"原本我还想着先回家收拾收拾行李，然后搬到你这儿明天一块儿走呢，现在一点心思也没有了。我待会儿给家里的阿姨打电话，叫她帮我收拾收拾送过来吧。"

苏弥原本都不太记得旅行这件事情，施施这么一提，她忽然也反应了过来。

"那个，我们明天去哪儿？"

"C市，离北城不远，还是旅游城市，我之前去过一次，风景不错，而且玩的地方也多。"

"已经都定好了？"

"是啊……"施施看了苏弥一眼，"你不想去吗？"

"不是不想去。"

其实苏弥挺想出去玩的，之前要是没有丫丫妈妈那件事，她不被程靳找到，估计她这会儿已经绕国内玩了小半圈了。

"那……"施施见她话说了一半，试探着猜测，"你是不想和程靳哥一块儿去？"

能不能别猜得这么准？

苏弥顿时都不知道该怎么回了。

"你如果不想和他一块儿去，也简单。我和他们说的是明天集合，然后开车去C市。要是不和他们一起去，咱们两个就悄悄地自己走，半夜就出发。"

提到这儿，施施还莫名有些兴奋，一下就从床上坐了起来。

"我还没坐过高铁呢！咱们这儿到C市没飞机，只能坐高铁，咱们两个坐高铁走吧！"

苏弥有些迟疑："这样不太好吧？"

"这有什么，我经常干临时变卦的事儿，他们估计早习惯了。"

施施边说边站起身，也不给苏弥反驳的机会，又道："就这么定了，我现在就先悄悄回家收拾行李，至于车票……回头你把身份证号发给我，我帮你订。到时候具体买了什么时间的票，咱们微信联系。"

苏弥根本没机会说"不"字，施施就风风火火地把一切都安排好了，临走前，施施还嘱咐她赶紧收拾行李。

这个决定太突然了，苏弥觉得有些刺激。

碰巧这时手机响了一下，她拿出来看了眼，是程靳发来的消息。

程靳：行李收拾好摆门口就行，明天我去帮你抬下楼。

苏弥短暂地心虚两秒，接着只简单地回了两个字：好的。

施施把两个人偷溜的时间改成了凌晨三点。

北城去C市的高铁每天只有两列，一列是中午的，一列就是这趟凌晨三点的。

苏弥没干过这种瞒天过海的事儿，所以下楼的时候，一直很心虚。

这会儿外头特别静，这个时间段，小区内的住户几乎都处于沉睡的状态，除了路灯，也很少有别的光亮。

苏弥临出门前，特意将手机调成了振动模式。她提着行李袋下楼时，手机在口袋里振了两下。

应该是施施，她停下脚步，拿出来看了一眼。

施施：小苏弥，我已经出发啦！马上去找你！

苏弥：好，不急。

她回复完，无意向上看了一眼。上面是她和施施昨晚的聊天记录，讨论了一些出行细节——

施施：行啦，已经决定了就别想那么多了，回头程靳哥真要算账，那我就把一切责任都揽在自己身上！

施施：反正咱们这次的出行目的就是——甩开那些臭男人！然后姐姐再带你去做点成年人该做的事情！

苏弥还没来得及细想所谓的成年人该做的事情是什么，身后忽然传来了一阵声响。

"不是说了，等出发的时候，我给你拎行李吗？"

这声音！

苏弥立即转身，果然，刚刚忽略的楼门旁边，这会儿正站着一个男人。

他看见苏弥停在原地不动，便起身朝她走了过来。

他来到她跟前，微微低着头，看了她一眼，语气闲闲的："还是说，你着急甩开我，然后去做点成年人该做的事？"

其实施施这次密谋做得很隐秘。她怕露馅，甚至回家连她哥的面都没见，借口说要早点睡。她一直等着施展睡着了，才从房间里悄悄摸出来收拾东西。

要怪就怪她百密一疏，忘了iPad上还一直登录着微信，而恰巧她的iPad今天被她哥借去刷些东西。

施展在看见两个姑娘的聊天记录之后，第一时间把截图发给了程靳，发完还不忘挑衅：你是不是不行啊？你家小孩儿都这么野了，不管管？

程靳：我就喜欢野的，有问题？

施展后来只回复了个省略号，结束话题。

但是这会儿真看见苏弥拎着行李，准备甩了他们独自和施施那个不着调的出去玩时，他心里头还是有点波澜的。

他站在苏弥跟前，低头看着她，又问："有什么想体验的成人活动？也和我说说，我也去体验体验。"

苏弥无语得很，虽然这件事情确实是她和施施不对，但怎么也不能输了气势吧！

想了想，她反客为主，瞪了男人一眼："我觉得三点多这个时间出门最吉利，所以我就这个时间走了，怎么了？倒是你，一个大男人在这儿搞什么守株待兔！欺负谁呢？"

程靳快被她这通歪理邪说逗笑了："倒打一耙？"

"这叫遇强则强。"苏弥回道。

程靳没心思再和她辩下去，倾身直接一把将女孩子的行李袋拿了过去。

"不管多强，你也歇了自己走的心思吧。两个女孩子去陌生城市不安全。"他边说边往前走。

"你说什么鬼话呢？"苏弥追上去，"我一个人在国外都活过来了，况且国内治安这么好……"

"那也不行。"

苏弥原本还有点心虚，这会儿被程靳左一个不行右一个不行搞出了些逆反心理，当即停下不走了。

"我不能和你走，我和施施约好了，要等她过来。"

程靳都没转身，脚步没停，语气闲闲的："你要是觉得她还有可能单独来找你，就在这儿继续等。"

苏弥家小区外头，停了一辆七座的商务车。

上车的时候，苏弥果然看见了施施，她正坐在第二排的里侧，施展坐在她身边。

她见到苏弥的时候，像看见了患难姐妹似的，一副有苦难言的模样。

片刻后，施施给苏弥发了条微信。

施施：这帮男人太不要脸了！

苏弥都不知道该回什么,想了想,随便发了个无语的表情后,便按灭手机。

程靳送苏弥过来之后一直没上车,在外头打着电话,像是在联系着什么。

苏弥四下看了看,最前面坐着司机和红毛,中间这排坐了施施和施展两兄妹,后面还有两排空位。

她迟疑了一下,选择了最后一排。

她喜欢坐靠窗的位置,坐进去之后,她直接把行李袋往自己旁边的座位上一塞,整个后排顿时满满当当。

她觉得自己的意图已经很明显了,正常人绝对会选择前一排的空位的。

然而那位程二少显然不那么正常,他上车之后直奔苏弥这里,看见行李袋时,二话没说,拎起来直接扔到了前排,然后扶着前排椅背,弯腰坐到苏弥旁边。

"我的行李先占了这个位置。"

程靳原本正低头拉开夹克拉链,听了苏弥的话,瞥了她一眼。

片刻后,他倾身向前,像模像样地冲着那个行李袋来了一句:"不好意思,我能和你换下位置吗?啊?你同意了?谢谢。"

苏弥简直是无语极了!

程靳看她一直瞧着自己不说话,笑了下,表情有点坏:"怎么了?我不是和它说了谢谢吗?"

苏弥不想再理他了,身子往里面缩了缩,将视线转向窗外。

今天给他们开车的是施展一直带着的司机,平日里施展很多行程都是他去接送,开车极稳。

时间太早,这一路上大家都很默契地没说话,车厢内气氛安静,不一会儿,所有人都有了些睡意。

苏弥原本也想睡一觉的,但是奈何旁边的人实在是太烦了!

相对前面而言，后排位置有点窄有点挤，程靳那两条腿本来就比一般人要长，这会儿挤在这个狭小的空间里，肯定会不自觉地往两边靠。

苏弥一退再退，感觉自己已经快缩到车窗外头了，但是程靳还是没有停下的意思。

程靳今天穿了一条黑灰色的牛仔裤，他的大腿倾斜，抵着前排的椅背，膝盖轻靠在苏弥的膝盖旁边。

其实苏弥任何细微的触感都感觉不到，但就是想逃。

她越来越往里面靠，整个身子缩成了一小团。

可即便这样，没过多久，程靳还是很自然地又靠过来。

苏弥看了他一眼，男人这会儿正抱着双臂，闭着眼睛，看上去也不知道是真睡着了还是在装睡。

苏弥原本想再忍一忍，可是越想越气，最后实在忍不下去了，她狠狠动了下自己那条和程靳挨着的腿，猛地撞了他一下。

下一秒，程靳像是被惊醒，突然睁开双眼，眼底还难得地带了丝茫然。

这反应是真睡着了？

苏弥立马回过头，也开始装睡。

旁边的人看她也在睡觉后，果然就没出声，再次闭上了眼睛。

她其实本来就很困了，眼皮合上之后就不想再掀开。

她最后努力往里面缩了缩身子，也没再管程靳是不是还会挤过来，彻底睡了过去。

苏弥的头是抵在车窗玻璃上的，中途偶遇坑洼路面，车子不受控颠簸了几下，她的脑袋也轻微撞了几下玻璃。

苏弥已经是浅睡的状态了，这会儿颠得她眉头皱起，眼看着就要被颠醒了，她的耳侧和玻璃中间突然插来了一只大手。

大手手心柔软，和冷硬的玻璃比，肯定要舒服不少。苏弥下意识把那只手当成了枕头，闭着眼睛找了个舒服的角度蹭了蹭。

前排的施施刚刚也被颠醒了，恰巧把二人的小动作看得一清二楚。

她看哥哥也没怎么睡,就悄悄凑过去,小声说了句:"你看程靳哥,睡着了还知道照顾人呢。"

　　施展随便回头看了一眼,略带不屑地回道:"睡着什么睡着,程二精着呢。"

　　尤其是润物细无声这种事儿,他最擅长了。

第七章
/ 程靳的女朋友苏弥

⋮

C市依山傍水，处处都是好风景。

虽然城市面积相较北城小了很多，但是市内外的风景区却比北城多不少。

施施这次选了一家林间酒店，位置不在C市市区，但是听网友介绍，单单是酒店附近的景区就够玩上三天了。

最重要的是，这家酒店有玻璃房单间，建在主楼区后的一片森林里面。

施施就是看中了这个玻璃房，感觉和小时候参加夏令营集体露营一样。估计苏弥没体验过那种感觉，所以她想让苏弥体验一把。

苏弥确实没露营过，也没住过这么贴近大自然的地方。

她跟在大家中间，往四周看去。

丛林环绕，棵棵树木都高到蔽日的程度。快到中午的阳光原本应该很炙热，但现在顺着树叶和枝干的缝隙中散落下来，只剩下斑驳跳跃的光亮。

苏弥想起了曾经看过的视频，说国外一户人家就住在森林里面，平时经常有小动物光顾他们的菜园，偶尔还会碰到松鼠。

这里松树也不少，会有松鼠吗？

她想得入神，压根没注意到脚下的台阶，眼看着要迈下去了，她卫衣的帽子忽然被人从后面拽了一下。

身体不受控地向后一仰，她感觉自己好像倒进了谁的怀里，还没来得及反应，就听红毛的声音在旁边响起。

"程二，你现在都这么明目张胆地耍流氓了吗？"

苏弥顺势转头看了一眼，果然，头顶上方是程靳的脸。

程靳没理会红毛的话，一把将苏弥扶起来之后，问道："想什么呢？台阶都看不见了？"

苏弥看了眼前方确实有台阶，还是那种最陡峭的石板台阶，很窄。

可想而知，如果刚刚她那一脚直接迈下去了，肯定摔得不轻。

苏弥看见红毛拄着的拐杖就有些后怕，要是程靳没拽她那一下，估计她过几天也要拄拐上学了吧。

"谢谢。"她站稳后，向前拽了拽衣服，又随口回答程靳刚刚的问题，"没想什么，就在想待会儿到房间那头会不会看见松鼠。"

红毛有点诧异。

程靳在听了她的话之后，也微微挑了下眉梢。

碰巧这时施施在前面喊了苏弥一嗓子，她应声走了过去，没再继续刚刚的话题。

程靳和红毛跟在后头。

看着苏弥的背影，红毛不由得感叹了一下："还以为像她这种酷妹，会和别的女孩子的喜好不同呢。"

喜欢那种毛茸茸的小动物，怎么看都不符合她这种酷妹的风格啊！

程靳没理会红毛的话，神色平静地继续向前。

只不过在路过林中一个卖杂货、饮料的铁亭子时，他多看了两眼上面摆着的松果。

新鲜松果，二十元一包。

苏弥是三天后正式开学，施施的计划是不去C市市区，就在酒店这片玩上三天，所以算下来时间不算赶。大伙儿在被酒店客服人员安排好房间之后，都先放松地睡了一觉。

毕竟都是凌晨两三点钟就起床了的人。

玻璃房和普通客房差不多，也分标间和大床房。两个女孩子要了间大床房，三个男生选了标间。

这家酒店是C市挺出名的五星级酒店，房间里一应设施都是最好的，床垫也很软很舒服。

苏弥躺在上面，一觉睡到了下午。

她醒过来时，已经有晚霞浮现。施施不知道什么时候出去了，这会儿房间内只有她一个人。

床头柜上放着酒店的宣传手册和他们提供的景区地图，苏弥拿起地图看了一眼，没记错的话，酒店客服人员在领他们来房间时，曾经说过这附近的山顶有一座庙堂。

老头儿一向对中国文化很感兴趣，也经常提起中国人的宗教信仰，说过有机会的话要看一看中国的庙堂和国外的教堂到底有什么区别。

苏弥想到之前答应过老头儿的那些事，丝毫没有犹豫，从包里翻出手机和一些零钱准备出门。

可这时，玻璃房外头忽然响起了一阵窸窸窣窣的动静，隔了几秒钟，还会出现咚的一声。

玻璃房里面拉着窗帘，遮光也保护隐私，苏弥迟疑了一下，将窗帘拉开了一道缝隙。

房间外头不知道什么时候洒了成堆的松果，几只松鼠正用小爪子抱着松果蹲在玻璃房外头啃，边啃边点头，模样可爱极了。

苏弥眼底闪过惊喜，立马打开房门，又怕惊动了那些小东西，出去时脚步都不自觉放轻了。

可能是景区这边经常有游客出入，小松鼠们都不太怕人，即便是看见了苏弥也像没看见一样，照样啃自己的。

苏弥小心翼翼地往前走，走到离自己最近的那只松鼠旁边时，又静悄悄地蹲了下去。

她下意识"咯咯"两声,想逗弄一下,可是即刻又反应过来,这好像是逗鸡的。

所以跟松鼠到底怎么沟通?

啾啾啾——好像是逗狗的。

咩咩——是逗羊的。

到后来,苏弥也不知道怎么想的,忽然鼻腔里挤出来一声:"哼——"

什么鬼,她这是学上猪叫了吗?

苏弥简直不敢相信,她就算不怎么聪明,也不能在看见这些松鼠之后变得这么蠢吧!

正想着,苏弥一直逗弄的那只小松鼠忽然抱着一只松果蹦蹦跳跳地往林子深处跑去,她下意识要去追,恰巧路过程靳他们那间玻璃房。

而更巧的是,程靳这会儿正坐在门口的台阶上抽烟。

他正闲闲地看着苏弥,双手揣在夹克口袋里,嘴里叼着烟,看着痞里痞气的。

苏弥保持着弯腰追赶的动作,看着程靳,问道:"你在这儿坐多久了?"

"没多久,"程靳把烟拿了下来,抬了抬嘴角,笑得有点欠儿,"但该看的都看见了。"

苏弥直起身,不太自然地晃了晃手臂:"我看见有好几只松鼠,你们这间房外头有吗?"

她说完,又想起了自己和施施屋外堆的那些松果,下意识看了一眼程靳他们房间周围。

但奇怪的是,他们这头什么也没有,别说松果了,清洁工把松枝都扫得一干二净。

她正疑惑呢,程靳回了她刚刚的话。

"没有,"他笑着说,"估计是嫌弃我们不会学猪叫吧。"

她真是受够了!受够了!

她刚想问一句他有完没完了，他们那间玻璃房里，红毛的大嗓门忽然传了出来。

"程二，你神经病啊！你买这么多松果堆房间里干什么啊！我拐杖都快没地方放了！"

苏弥先是一愣，立马就反应过来了。她倒是什么也没说，就抿着嘴低头憋笑。

程靳看得出来她什么意思，站起身走到她跟前，敲了下她的脑袋："你笑什么？"

"没事儿，就觉得你装得还挺像的。"

程靳也不在意，随便看了一眼，发现了她手里的那把零钱。

"你拿零钱准备干什么？"

"山顶不是有间寺庙吗？我准备去看看，顺便捐点香火钱。"

这回答让程靳有些意外，他问："你还信佛？"

"啊，不是，我敬畏神明，但是我只信自己。"

这话让程靳有片刻沉默。他看了她一会儿，又说："走吧，我陪你一起去。"

上山的路崎岖陡峭，即便是铺了石阶，依旧很难走。

两个人大概走了一个小时才到山顶，期间苏弥无数次想放弃，都被程靳拦住了。

他一开始是用哄骗的方式，一会儿说还有六百米，一会儿又说还有三百米，后来苏弥被他骗得都快哭了。在听见他保证只有最后五百米时，苏弥对他说："那你说，中国人不骗中国人。"

程靳有明显的迟疑，后来直接改口："网上说山上这间寺庙求佛抽签很灵验，都走到这儿了，再坚持会儿，上去抽个签。"

山顶的风景比山下好太多了。

晚霞密布，寺庙上方是一片片赤红的散云，像红色的烟雾。再旁边，是一棵百年老梧桐，树干粗壮，上面挂满了红色的祈愿牌和布条，此刻随着风左右晃动，偶尔还会传来一阵阵闷闷的撞击声。

虽然苏弥是坚定的唯物主义者，但此时此刻，她确实在这里感受到了一丝丝平时感受不到的佛性。

程靳看着苏弥一动不动地望着眼前的景色，好心情地出声："是不是庆幸刚刚没有半途而废？"

苏弥一下又想到之前他忽悠自己的话，不想理他，自顾自地往寺庙大门口走。

寺庙大门旁边有一座木亭子，里头有卖香烛和祈愿牌。

路过的时候，程靳问了苏弥一嘴："写个牌子挂上去？"

苏弥看了一眼："行，买一个吧。"

程靳挑了两个价位最高的，付完款之后，店家给了他们一人一支笔，并说道："牌子最好是抵着老梧桐的树干上写，这样更灵验。"

两人听完都照做了，走到老梧桐跟前，两人一左一右，抵着树干在牌子上写下了各自的心愿。

写好后，苏弥找了一根最低的树枝，踮着脚挂了上去。

挂好之后，她瞧了瞧程靳，发现他也写好了，正把牌子挂到了他那边。

进寺庙的时候，苏弥边走边问程靳："你许什么愿了？"

程靳不答反问："你呢？"

"我感觉自己最近很顺利了，太贪心会遭报应，就写了'风调雨顺，国泰民安'。"

"啊！"程靳也不知道想到了什么，片刻后又说，"祝你梦想成真。"

"谢谢。"苏弥有点无语，又问了一句，"那你呢？"

程靳看了她一眼，又重复了一遍刚刚的话，语气闲闲的："祝你梦想成真。"

神经病啊。

苏弥觉得莫名其妙，转身往里头走，不准备再理他了。

老梧桐的枝干上，一块镶着金边的木牌被风吹得微微摇摆。

木牌上面的字体苍劲有力，只有简单的一句话：祝我旁边的姑娘，梦想成真。

迈入寺庙大门，就是一个佛堂，里面尊放着的佛像大概有十来米高，肃穆庄严。

苏弥以往没参观过寺庙，只从书本上看过佛像的缩拍图，如今亲眼瞧见，心里头真的非常震撼。

她转头看了一眼程靳，发现他很稀疏平常地站在那儿，不由得小声问了他一句："你以前总来这种地方吗？"

程靳偏头回应她，同样也很小声："没有，很少。"

"那怎么就我一个人没见过世面的样子？"

程靳看了她一眼，没出声，转身往后堂走去。

两人又来到了后堂的沙弥室，这里每天都有师父领着小沙弥们念经，苏弥他们过去的时候，一阵阵低沉的诵经声嗡嗡传过来。两个人朝师父和小沙弥们的方向深深鞠了一躬。

苏弥几乎每个佛堂都会参拜，拿出来的零钱也都全捐到了功德箱内。她本来以为差不多可以走了，程靳却忽然指了指寺院角落里的竹亭。

"我刚刚问了，这间庙求签的地方在那儿，去求个签？"

苏弥瞥了他一眼："你还信这个？"

"所以只捐功德箱？"

顿了顿，程靳抬手敲了苏弥的脑袋一下："少废话，来都来了，去看看。"

苏弥其实一点也没有窥探未来的心思，一来她没那么相信命运，二来她觉得就算真的算出来什么事情，她现在也改变不，只能提前焦虑，徒增烦恼罢了。

但是程靳说得也挺对的，来都来了，去瞧瞧也没什么。

竹亭看上去有些年头了,周围的台阶已经被踩踏得没了棱角,有的地方还有缺块。

现在里面排队求签的人不多,苏弥和程靳大概只等了十分钟。

求签的男师父面相极为和善,看着他们两人走过来,张嘴就来了句:"两位小施主求姻缘签吗?"

苏弥本来最近和程靳单独在一起时就有些不自在,这会儿被师父一说,反应更大了。

"不是不是,师父,我俩各求各的!"

程靳看了她一眼,没太大反应。

倒是师父一脸可惜,小声嘀咕:"是吗?那可惜了,看你们的面相姻缘能挺合的……"

好在他声音不大,苏弥没怎么听清。

师父把签筒里的竹签全部摆放好,又整理了一下身后的签条,接着抬头问他们:"你们谁先来?"

苏弥举举手:"我先吧。"

程靳也没打算和她抢,往旁边退了退,给她让位置。

师父把签筒递给苏弥,说:"晃动签筒落签即可。"

苏弥照做,一开始不太熟练,怎么晃也晃不出签,后来师父指导了两次,她才勉强从签筒里面晃出来一支签。

师父拿到签后,明显眼前一亮。

"哦哟,上上签,雨过天晴,洪福在后!"

苏弥大概听出来是什么意思了,但还是不确定地问了一句:"是签面上的意思吗?"

"对,你这个女娃,福气在后头呢!"

苏弥不太相信这个,但是她和普通人一样都爱听好话,所以师父这话说完,她心情就变好了。

"你来吧。"

说着，她往旁边让了让，给程靳让了位置，然后就像有些期待似的，想看程靳抽什么签文。

程靳其实不想抽的，但是看苏弥这么兴致勃勃的，直接把拒绝的话咽了下去。

他比苏弥顺利一些，也没用师父手把手地去教，拿着签筒晃了没几下就晃出了签。

师父拿起签文，面容渐渐变得沉重。

"下签，有命无运，命与仇谋。"

苏弥有些意外，这签文的意思和字面是一样的吗？是说程靳命不好？

她不太相信自己的判断，小声问道："他这个签是不太好的意思吗？"

"嗯。"师父看了一眼程靳，神情高深莫测，"你生来应该命不错，但是运气不太行，平时做事是不是阻碍很多，偶尔还会遇到大障碍？"

程靳下意识挑了下眉，含糊地回了句："差不多。"

"那就是了，你这运势需要破，不然后面会越来越不顺。"师父指了指旁边的八仙堂，"里面有诵经施符的老师父，一千五百八十八元一份符咒，请回去可破你的下签运。"

闻言，苏弥有点无语。

她看了程靳一眼，程靳倒是没多大反应，脸上依旧是闲闲的表情。

她想了想，回身推着程靳就往外面走，说："师父，符咒先不用了，等哪天我们带够了钱再上来请吧！"

程靳被推得想笑，后来出了竹亭又走出很远的时候，苏弥终于放开了他。

"什么破签文啊，一点都不准！"

程靳回身敲了她一下："咱们还在神佛脚底下呢，别乱说话。"

"乱说什么啊，根本就是……"苏弥看着程靳，"你不觉得很扯吗？说我是有后福的人，说你未来坎坷……他要是把咱们两个的调换一下，我还勉强能相信。"

程靳笑了:"一开始只算你的运势的时候,我看你挺开心的啊。"

"你那不是说废话吗?谁听好话不开心啊?"苏弥瞪了他一眼,"你都未来坎坷了,还笑得出来啊?"

"那不然呢?我还哭啊?"程靳觉得苏弥这个反应还挺好玩的,又捏了捏她的鼻子,"倒是你,干什么呢?听说我运气不好了,替我着急了?"

苏弥马上否认:"我是怕你把坏运气传染给我!"

程靳笑得更欢了:"那不能,放心吧。"

两人后来说着话,又在寺庙外头走了一圈。

看着时间差不多了,程靳就说准备下山。

苏弥也不知道在想什么,好一会儿才回了他一句:"那个,我肚子有点难受,去上个洗手间,你先到门口等我吧。"

程靳没怀疑,点点头后,先独自去了寺庙大门口。

这会儿天边的晚霞已经逐渐散去,天幕上有几颗先跳出来闪烁的星星。

程靳拿出手机拍了张照片,想留着等苏弥出来给她看。

但是不知道为什么,他等了很久也没见苏弥出来。

程靳原本想打个电话给她,又怕她着急,想了想,他还是重新返回寺院内,准备直接去找她。

寺院里只有一间公共卫生间,刚刚两个人路过的时候程靳记下了大概位置,这会儿也没绕路,很快就到了。

程靳又在卫生间外头等了会儿,见天色越来越暗,苏弥还没任何要出来的迹象,便在微信上发了条消息。

程靳:半个多小时了,腿还不麻?

本以为这微信发过去,苏弥会回复几句,但她像是没看见似的,一直悄无声息,没任何动静。

程靳又等了几分钟,越发感觉不对劲,刚要给苏弥打个电话过去,忽然脑子里闪过一个可能性。

他直接转身，往刚刚抽签的竹亭方向走了过去，到了竹亭后往右拐了一下，去了那位师父说的八仙堂。

八仙堂里这会儿人很少，所以程靳过去之后一眼就看见了坐在里面的苏弥。她这会儿手里拿着些东西，正和堂里的师父说着话。

程靳走近时，就听她问："这个符纸是要摆在房间最高处对吗？然后那个圆圆的东西，贴在墙壁上就可以吧？"

施符的是位老师父，很耐心地回答了她所有问题，最后，又嘱咐一句："请符这种事，还是本人来最有诚意，如果你那位属虎的朋友方便，你还是让他自己再来一趟。"

闻言，程靳步子一顿。

属虎的朋友？

他属虎。

他还没来得及多想，苏弥在那头就又回了句："啊，这个不行，他前年出车祸摔断了一条胳膊和一条腿，现在还安着假肢呢，爬不了山。"

老师父当了真，"阿弥陀佛"了几句，随后，抬头看见了门外的程靳。

"这位施主，若要请符请到屋里来。"

苏弥下意识回过头，看见门口站着的是程靳时，着实吓了一跳。

"你怎么过来了？不是让你在门口等我会儿吗？"

程靳看着她，漫不经心地回道："站得久了，假肢有点儿难受。"

说着，程靳视线向下，看向苏弥手里的符纸。

苏弥也反应过来了，眼神有点不自在，随口解释："那个，今天庙里搞促销，请符买一送一，我想请一个，顺便就把你的一起请了。"

旁边的老师父听了她的话，直皱眉："小施主，佛主脚下，休得妄言。我们寺庙什么时候搞促销了？这是从来没有的事情！你不要乱说。"

后来下山的路，苏弥走得比上山还要煎熬。

无论她怎么说，怎么解释，程靳都一副应付她的样子。

她说到最后,都有些烦了,心里头也开始有些赌气,就随手把符纸往程靳怀里一扔。

"反正符我给你请了,怎么放置你自己看着办吧。"

她说完,脚步加快,越过程靳率先走去了前面。

程靳低头看了眼手里的东西,有折叠整齐的平安福,还有一些图案奇奇怪怪的黄色符纸。它们其实都轻飘飘的,可是莫名的,程靳就觉得它们在自己手心有了重量。

苏弥又走了两步,见身后的人还没跟上,回身喊了句:"快走啊!"

林间晚风轻拂,下山的台阶上飘落着些许金黄落叶,鞋子踩上去有轻微的咯吱声响。

程靳跟着苏弥踩过的地方一路追过去,伴着风声,回了她一句:"来了。"

晚上,酒店方组织了篝火晚会。

因为林间区域禁止明火,所以住在玻璃房的客人想参与活动,都要走到酒店特意安排的位置。

苏弥和程靳刚走到山下,就接到了施施的电话。

施施先打给了苏弥,但是苏弥的手机应该是没电关机了,后来她等了一会儿又给程靳打过去,响了半天才接。

程靳还没开口说话呢,施施就喊了起来:"程二!你把小苏弥拐哪儿去了?"

"有事儿?"程靳问。

"我和小苏弥说晚上带她去篝火晚会玩儿呢,这都几点了,马上开始了,你赶紧把人带回来。"

"嗯,知道了。"程靳挂了电话之后,转头问了苏弥一句,"你要和施施去参加篝火晚会?"

"啊……"苏弥这才想起来这件事,不由得脚步加快,"是不是时间到了？现在赶过去还来得及吗？"

苏弥以前就对这种活动挺感兴趣，但是一直没机会参与。这次施施提起篝火晚会的事情，问她要不要一起参加，她当时一点都没犹豫，直接答应了。

后来两个人加快了速度，赶回去时碰巧看见施施他们往外头走。

施展和红毛也来了，好像怕站的时间太久不方便，红毛还特意借来了一张轮椅。

"你俩什么情况啊？打电话打半天了，怎么才回来啊？酒店那边都催了好几次了。"

说话的是施施，而一旁的红毛听了她的话，则贱兮兮地撇撇嘴。

"要不怎么说你不懂事儿呢，人家两人出去肯定是有'重要'的事情要做，你老捣什么乱呢？"

红毛说的时候，把"重要"两个字咬得很重，大家都听得出来他意有所指。

苏弥瞬间又想到刚刚在寺庙里发生的那些事，有点尴尬。

程靳则淡淡地看了红毛一眼，说："你想多拄两个月的拐就直说。"

红毛一副受了惊吓的模样，看向施展。

"你听见了吗？他威胁我！我的好兄弟！他威胁我！"红毛装出一副要哭的样子，"我的真心算是错付了。"

施展也在旁边添油加醋："'男大不中留'，你该明白这个道理的。"

苏弥与程靳听完他们的话，都一副无言以对不想再开口说话的模样。

酒店方在户外停车场围了一块空地，作为活动场地。

他们几个人到了那边后，现场的人已经很多了。

酒店给大家提供了座位，但是没几个人坐在椅子上，全都拥到了篝火周围。

此刻天色昏暗，现场气氛很足，不远处有音响在放着歌，好像是不太知名的民谣音乐:"那远处的游子啊,是否会想家……"

篝火燃得浓烈,四周的温度明显比别处要高很多。

施施不甘心在后头待着,四下找了找,发现小主持台旁边还有一小块空着的位置,赶紧拉起苏弥往那头跑。

这地方有点偏,但胜在前面没人墙挡着,几个男生后来也跟着一块儿站了过来。

酒店方的主持人在这会儿走上台,拿着麦克风开始试音。

"喂喂,喂。"主持人应该是酒店的管理人员,打扮职业端庄,声音也很好听,"大家好,我是此次活动的主持人,我叫……"

后排坐在轮椅上的红毛听得有些百无聊赖:"这篝火晚会到底是玩什么啊?不会要听这大姐讲一晚上话吧?"

施施回头瞪了他一眼:"你小点声,我都看了,待会儿会有活动,好像还有奖品呢!里头有个小夜灯特别可爱,我得赢回来。"

红毛一脸诧异:"你还差个小夜灯?你这么有钱自己买一个呗。"

"你懂什么啊,自己买的和参加活动赢的能一样吗?"施施翻了个白眼,不再搭理他,回过头挽住苏弥的胳膊,"小苏弥,待会儿要是需要组队,你跟我一起去啊。"

苏弥倒是没拒绝,只不过后来游戏开始时,主持人要求的是情侣组队。

施施没办法,只能拉哥哥上去糊弄。

最先开始的游戏是"你比画我猜",考的是情侣之间的默契度。

苏弥原本以为施施和施展两个人是龙凤胎,绝对会比一般情侣要默契得多。但是谁能想到,两人居然一分钟内连一个词都没猜出来!

苏弥惊了,下意识问了旁边的程靳一句:"这游戏这么难的吗?"

"你觉得难?"程靳问。

"还好。"

"嗯,所以是他们兄妹太蠢了。"

苏弥有点看不下去他那副样子,斜了他一眼:"说得好像你多聪明似的。"

"我不聪明，但是我们两个上去应该会比他们兄妹强。"

苏弥脸上浮现一言难尽的表情。

"不信？"程靳笑着睨了她一下，"那不然你跟我上去试试？"

苏弥总觉得程靳像是故意挖坑让她跳似的，正犹豫呢，主持人在台上宣布这轮游戏结束。

施施和施展彻底被淘汰了，离开游戏区的时候，施施还挺依依不舍地看了奖品区一眼，像是很可惜她没能赢得相中的那个小夜灯。

回来之后，她趁着施展不注意，捶了他后背一下。

"你比画的那是什么鬼东西啊？人家说奶茶，你就直接说"初冬三件套"就行了呗，再不济就说我最喜欢喝的那个，一会儿给我搞个挤牛奶的动作，一会儿又像摘花似的，谁能看出来那是什么啊？"

施展对这个妹妹实在没办法，语气里满是无奈："主持人不说了不能说话吗？"

"那旁边的人都出声提示了，她也没说犯规啊。"

施展这回没话说了，因为确实如此，主持人虽然说了规则，可是也没有那么严格要求遵守。

施施气恼得很，视线还是一直往奖品区瞥，搞得苏弥都有点好奇她到底喜欢哪件奖品了。

"你喜欢的是哪个奖品啊？"苏弥问。

"就是那个雾蓝色的海豚小夜灯，之前他们准备奖品的时候，我看见酒店的人把那个小夜灯点亮了，天啊，太太太好看了！"

施施第一次用这么夸张的语气形容一件物品，显然她确实是很喜欢。

片刻后，她忽然看向苏弥。

"你和程靳试试？"

施施从小到大最拿手的就是撒娇磨人，苏弥架不住她拉着自己的胳膊一直摇啊摇的，实在被磨得没办法了，赶鸭子上架一样和程靳一块儿上了主持台。

这回参赛的只有三对情侣,其中一对是上一轮和上上轮的优胜者。那对情侣是两个小年轻,看着非常恩爱,也十分了解彼此似的,答题的时候默契十足。

主持人没有浪费时间,游戏规则前面已经说过两次了,所以这次她没再重复,数完倒计时后,她便说了"开始"。

苏弥站在了猜的那方,背对着提词板,程靳则站在她的正对面。

两个人之间隔了三四米远,天色比较暗,他们都看不太清彼此的脸。

游戏开始,提词板上出现了这轮游戏的第一个词:星辰大海。

那对年轻情侣同样也是男生比画女生来猜,男生在看见这四个字之后,不由得皱了皱眉。

他迟疑了一下,指了指天空,接着又做了一个游泳的姿势。

女生看着,很自信地回答:"遨游宇宙!"

主持人没浪费时间,直接说:"错,下一组。"

苏弥他们旁边的那对儿倒是没耽误,直接喊了"过",所以瞬间就轮到了程靳和苏弥。

苏弥其实已经有些紧张了,她紧盯着程靳,就见他很随意地向上指了指,又伸出一只胳膊,摆出了一个波浪的手势。

苏弥抬头看了一下,此刻满天繁星。

她又想到程靳最后比画的那个波浪,迟疑着答了一句:"星辰大海?"

主持人眼前一亮,说:"答对!下一题!"

施施和红毛他们在底下看得一愣一愣的。

红毛简单重复了一下程靳刚刚做过的动作,很疑惑:"这怎么就成星辰大海了?"

"我也想问。"施施说。

施展倒没多说话,但目光已经专注地落到台上了。

苏弥和程斩两个人后来一路过关斩将，一分钟内一共答出来十三道题，只错了两道，成绩差不多已经和之前那对小情侣持平了。

游戏到了最后时刻，主持人重新亮出提词板，上面写了"请符"二字。

"现在台上的两对情侣成绩持平，最后一题我们就改改规则，除了不能提及答案上面的字或谐音字，任何提示都可以。倒数计时！三！二！一！开始！"

苏弥不由得融进了紧张的气氛里，但是一瞧她身前的男人，像是依旧轻松的模样。

旁边的小情侣已经开始答题了，见程斩依旧不动，苏弥有些着急地催促："你干什么呢？快点说话呀！"

她说话的时候，目光还向旁边瞥了瞥。就见那个男生一会儿鞠躬一会儿比莲花手，女生猜了两个和神佛相关的答案，但都不对。

苏弥更急了，回头瞪了程斩一眼。

程斩见状，这才慢悠悠地吐出了几个字："买一送一。"

全场的人都有些意外，完全没明白程斩到底在说什么。

但苏弥瞬间懂了，直接答道："请符！"

"回答正确！游戏结束！恭喜第三组情侣，获得本轮游戏的第一名！"

下台的时候，工作人员直接把施施一直心心念念的那个海豚小夜灯交给了苏弥，这个小东西看着不起眼，拿在手里却十分有质感。开关按下，雾蒙蒙的光亮从小海豚的肚子里透出来，十分可爱治愈。

怪不得施施这么喜欢，苏弥想，这小东西确实挺好玩的。

旁边的小情侣这会儿看着苏弥手里的小夜灯，酸得不行。那个男生更是忍不住问了他们一句："为什么'请符'是买一送一啊？"

苏弥迟疑了一下，不知道怎么回应。

程斩倒是挺大方地直接开口："这是我们两个的秘密，不能说。"

苏弥噎了一下，瞥了他一眼，没理会他的话，转身先走了。

隔了两秒钟，程斳懒洋洋的声音在她身后响起。

"等我会儿。"

等什么等！

苏弥脚步更快了，重新回到了施施他们身边。

施施确实很喜欢那个小夜灯，晚上入睡前，放在床头把玩了很久。

苏弥其实也挺喜欢的，她躺在这边的床上，心里头还在盘算，等明天白天有空的时候，得去问酒店的工作人员，这个小夜灯能不能单卖。

那边，施施像是想起了之前的事情，开口问苏弥："最后一题你们两个怎么答出来的啊？'请符'怎么就成了买一送一了呢？这是什么梗啊？"

苏弥愣了愣，不知道该怎么解释，难道要跟施施复述一遍自己做过的蠢事？

显然不行。

碰巧这时，苏弥的手机忽然响起来，她像是找到了救星似的，连看都没看来电人是谁，很迅速地接了起来。

来电话的是程斳，他显然也没想到苏弥会接通得这么快，语气中都带着意外："还没睡？"

"啊，没有……"苏弥有些心虚地看着施施，"有事吗？"

"没睡就出来一趟，有东西要给你。"

"行。"

苏弥第一次答应程斳的要求答得这么利落，挂断电话后，她立马起身。

"我出去一趟，你待会儿困了就先睡哈，不用等我。"说完，她也不等施施再问其他，赶紧朝门口走去。

随即，就听身后响起了施施意味深长的声音："啧，女大不中留啊！"

苏弥出去的时候，程斩已经等在外头了。

他站在玻璃房外的射灯下，嘴里咬着烟，手里头正摆弄着一个小东西。灯下的影子被拉得老长，他的侧脸隐在暗处，轮廓线条更加分明。

听见响动，程斩回过身。

苏弥看见了他手里拿着的东西，有些意外。

"你怎么也有这个了？"

程斩拿着的不是别的，正是那个海豚小夜灯。

亮着雾蒙蒙光线的小海豚，此刻安静乖巧地趴在程斩手里，苏弥意外之余，还有些惊喜。

"跟酒店的人买的？"苏弥猜测着问了句。

程斩点点头："你不是也喜欢吗？我刚才睡不着，就去酒店大堂问了一嘴，他们准备的奖品还剩了一些，我就多出了些钱，把这个买下来了。"

他边说边把小夜灯交到苏弥手里。

苏弥接过之后，有点复杂的情绪忽然涌上心头，问道："你怎么知道我喜欢这个的？"

程斩回答："多看你几眼就知道了。"

"那你为什么要多看我几眼呢？"苏弥仰起头，第一次问这么直接的问题，"或者换句话说，你为什么对我这么好呢？"

夜色浓郁，繁星点点坠在夜幕里，四下静谧得除了风声，再无其他响动。

程斩沉默地看着苏弥，不多时，开了口："你真的不知道？"

他语气不重，但每个字都像是带着重量一样，一字一字地砸向苏弥。

"我为什么对你这么好，你真的不知道？"

苏弥从来不知道，原来有时候平静的提问会比步步紧逼的质疑还要可怕。

程斩问出那句"你真的不知道"时，苏弥脑子里其实已经涌出一个答案了。

这会儿外头非常静，偶尔有风吹树叶的沙沙声非常明显。

程靳一直看着苏弥，眼神淡淡的，没有压迫，但是苏弥还是感觉很不自在。

她以前遇到问题最常用的解决办法就是逃避，现在，她同样觉得这个方法可行。

虽然有点无赖的意思，但是能让她暂时不那么为难。

所以想到这里时，苏弥像是一下子有了解题思路一样，很积极地开口。

"什么知道不知道的，你不想说我就不问了。不过我刚想起来一件事，施施还等着我回去给她拿衣服呢，她去浴室泡澡的时候没拿衣服！我先回去了啊！"

她说完就想转身离开，可是程靳像是没听到她的话一样，依旧保持着刚刚的样子，就那么一直沉默地看着她。

苏弥被看得越发心虚，尤其他还一言不发的，她感觉气氛比刚刚还要糟糕。

"你……"

"我喜欢你这件事，让你这么为难？"

程靳这句话来得太突然了，苏弥压根没反应过来，呆呆地站在原地。

程靳不知道在想什么，又看了她两眼，接着低头从衣兜里掏出烟盒，声音很轻地说："算了，你回去吧。"

此刻苏弥感觉脚下像是有千斤重，她知道现在离开是最不明智的选择，可是真的留下来，她又不知道该说什么。

从那晚那个吻之后，苏弥就能感觉到程靳的变化。

虽然以前也有过若有似无的暧昧，可是他并没有太明显地显露过什么。

但是最近……

苏弥不是没有胡思乱想过，但是想来想去，想到最后，她都觉得不太可能。

倒不是说她觉得自己很差,而是客观来看,如果她是男生,绝对不会喜欢上自己这么个麻烦。

所以自然而然的,她把自己的想法当成了程靳的想法。

可现在,程靳不再含糊其词了,他明明白白地说出了"喜欢你"三个字。

程靳点燃了烟,已经抽了两口了,见苏弥还没走,淡淡地瞥过去一眼:"不走?"

苏弥没理会他的话,鼓足勇气,重新抬起头看向他。

"你刚刚算是告白吗?"

程靳夹着烟的手指一顿,深深地看着她。

片刻后,他回道:"算。"

苏弥张张嘴,脑袋里有片刻空白,接着,她胡乱地开口:"你不知道,我这人毛病特别多,我家里那一堆烂事儿你知道,然后我自己性格也很奇怪,我……"

她话还没说完,程靳就抬手直接将她的嘴巴捏住。

可能在外面待得有些久,他的指尖有点凉,苏弥感觉他好像带着气似的,她的上唇和下唇被捏得有点疼。

她这模样其实滑稽又好笑,可是程靳却丝毫笑意也没有。

"想拒绝我就直接拒绝,用不着一直贬低自己。你很好,这点毋庸置疑。"

苏弥形容不出来现在的感受,她知道此时此刻程靳心里面肯定不好受,他听出了她的话外音,听出了她的意思。

可是最后,他选择的,还是否定她对自己的否定。

他到现在还是在想着她。

说不感动是假的,苏弥知道,自己未来漫长的人生里,很难再遇到像程靳这么好的人了。

他太好了,可就是因为他太好了,她才不能接受。

她自己都觉得自己是拖累,她不想再拖累别人了。

想到这里，她看着他，认真开口："谢谢你的喜欢，但是我不能和你在一起。"

程斩像是料到了她的答案，没有丝毫意外。

只不过，他抓住了她话里的漏洞。

"是不能，而不是不想，对吗？"

苏弥下意识眨了下眼："啊？"

程斩没再给她继续思考的机会，又说道："行，我知道了，今晚的话你记着也行，忘了也行，随你。"

苏弥根本没反应过来，还没开口回应，程斩就伸手扳着她的肩膀，将她整个人转了过去。

"走吧，回去吧。"

那场旅行持续了三天，回去后，苏弥一直待在家里头没再出来。

而程斩，也一次都没联系过她。

说不失落是假的，但是苏弥接受能力很强，她从小到大最常经历的事情，就是身边的人来了又走。

如果说这次和以往有什么不同，可能就是程斩和他们都不一样吧。

不过，重华大学开学的前一天晚上，程斩忽然给苏弥发了条微信，问她：*你明天需不需要人送？*

苏弥看见他的头像旁边有小红点的时候，心里头动了一下，之后想了半天，回复了一句：*不用了，我自己去就好。*

苏弥等了一会儿，程斩都没有再回复。她看着对话框发了会儿呆，片刻后，按灭了手机。

第二天早上七点一到，苏弥的闹钟就准时响起来了。关掉闹钟后，她直接清醒，一刻没耽误地起床洗漱收拾。

她已经很多年没有这么积极过了，甚至去卫生间洗漱的速度都要比平时快了不少。

北城现在早晚温差已经有些大了，苏弥下楼走在小区里面的时候，明显感觉到一丝凉意。

她叼着面包片，抬手把身上外套的拉链拉好，接着将背包挎在了左边肩膀上，右手拿起嘴边的面包片。

这个时间正是早高峰，她等了一会儿才等到出租车。上车之后，她特意看了眼时间，七点三十六分。

路上施施给苏弥打了通电话，像是没睡醒似的，迷迷糊糊地说了句"开学快乐"，又说等苏弥放学了去接她。

苏弥还没来得及回应呢，施施就像着急继续睡似的，匆匆挂了电话。

莫名其妙的，苏弥又想到了程靳，下意识看了眼微信。

微信界面干干净净的，一条未读消息也没有，苏弥有短暂的失神。

出租车渐渐驶入了重华大学校区附近，苏弥让司机找了个方便停车的位置停下，下车后直奔校内。

今天除了新生入校，也是重华大学其他年级开学的日子。门口这会儿几乎都是学生和来送孩子的家长们，单独提着行李箱的人也不少。

进到校园内，四处可见抱着书本匆匆来去的学生，也有戴着耳机背单词或者练口语的……苏弥觉得新奇，路过时甚至还多看了他们两眼。

差不多八点十分的时候，苏弥终于到了自己的班级。

八点二十分的早课，这会儿到了不少人，教室里很热闹，大家似乎都在询问身边人的情况。

苏弥不想和不认识的人多说话，便找了个没人的小角落独自坐下。

他们班的班主任是个很有个性的中年男人，头发比一般男人要长，穿着打扮瞧着就是搞艺术的。他几乎是踩点进入教室，进去后先是拍了拍掌，让大家安静。

"大家好，我是你们的班主任，我叫刘想。"他边说边在黑板上写下自己的名字，"这个刘，这个想……你们平时可以叫我刘老师，也可以叫我老刘。"

老刘讲话干净利落，自我介绍完毕，就让在座的学生一一上台自我介绍。

苏弥坐在最后一排，轮到她的时候，黑板上已经写了不少名字了。

她从最后排往前面走，神色自然，没有一点局促。在场不少男生都被她吸引，有的甚至还光明正大地拿起手机对着她拍照。

苏弥没在意，径直走上讲台，拿起粉笔，姿态从容地在黑板上面写下了自己的名字，接着，转身面向台下。

"大家好，我叫苏弥。"

其实这几天重华一直都有人在嚼舌根，说今年大一的新生里有一个是杜教授"钦点"进来的学生。

话说得好听，但是大家都明白怎么回事儿。

尤其旁听生报到填写资料那天，学生会的人一闹，苏弥的名字当天就出现在校论坛上面了。

而论坛上面，最不缺的就是上纲上线的人。

所以在苏弥写下自己的名字，并自我介绍时，在场不少知情的同学都十分意外。

还没开学就和学生会的人叫板的那位，居然来了他们班级？这么巧？

老刘作为班主任，显然也有些意外，他一直听办公室的人讨论，说今年他们系大一的旁听生里有一个是杜教授认识的，但是他平时只关注自己的事儿，对这些八卦不感兴趣。

班级学生名单打印出来后，他忙着备课也没怎么注意过，所以完全没想到苏弥分到了他这里。

苏弥显然也没想到，自己会在还没上课之前，就在重华出了名。

她写完名字并且做完自我介绍后，原本想安静地回到座位上去，这时，不知是哪个不怕事大的同学忽然喊了句："是有杜教授撑腰，敢和学生会的学姐叫板的那位吗？"

这句话其实说得还挺委婉的，"走后门"三个字连提都没提，但是大部分人都明白是怎么回事儿了。

原本班上只有少部分人听说过苏弥的事情，这下子，全班同学看着她的目光好像都变了味儿。

苏弥听得出来对方来者不善，淡淡地看过去一眼。

说话的是个看上去有些吊儿郎当的男生，穿着打扮很潮，见苏弥瞧过来，还挑衅似的笑了下。

苏弥压根没在意，只是随口回了句："和学生会的人叫板，还需要有人撑腰？"

"反正我是不敢。"男生说。

"那是你。"苏弥神色淡淡地怼回去，没再搭理他，径直走回自己的位置。

男生倒也不生气，只是对着旁边的人无奈地耸耸肩，那表情仿佛在说，你看，人家后台太硬了，我们不行。

这个小插曲没有持续太久，最后老刘上台打了圆场。

大一新生第一节课其实最简单，全班同学都上台介绍一遍自己，老师再说一下需要同学注意的事情，基本也就快到下课时间了。

不过，老刘算是一门心思扑在教学上的班主任，在临下课前十分钟，还布置了一项作业。

"我相信来咱们班级的同学，都是有很强绘画功底的，可是具体什么样，我还想再看看。所以呢，我想布置一项作业，现在有两个选题……"

老刘一边说，一边在黑板上写出两个词，分别是"画展"和"福利院"。

"一周时间，根据这两个选题交上来两幅作业。可以两三名同学一组，到时候你们在作业上备注好就可以。"

老刘说完这些，朝着同学们拍了拍掌。

"好了，大家现在就可以找想组队的同学了。"

其实老刘完全可以只留一项作业，要学生们独立完成。但是他不仅想快速了解学生们的水平，还想让学生们尽快互相认识、加速交流。

同学们动作都很快，大部分人都第一时间完成了组队，其他人也都试探着问了身边的人，大多数都能组队成功。

而苏弥这里，一个人都没有。

其实倒也不是全班同学想一致排挤她，有的同学甚至还觉得她挺酷的，有些想了解她。

可是现在并没有摸清她到底是个什么背景，如果贸然接近，很难想象后面会发生什么事情。所以权衡下来，那些原本想了解苏弥的同学，也都打消了心思，老老实实找了别的同学组队。

教室里很快就三两成群，叽叽喳喳地讨论。但苏弥所在的角落特别安静，她也不太在意，一直在低头查着北城近期开画展的地址和福利院都在哪儿。

她再抬起头，见没一个人往她这边过来，默了默，起身朝老刘那边走过去。

"老师，作业有必须组队的硬性要求吗？"

老刘看了她一眼："没有。"

"也就是说，一个人完成也可以？"

"对。"老刘有些迟疑，"但是你要考虑清楚，一周两幅作业，并不是轻松的事情。"

"啊，那没事，我……"

"等等，等等！苏弥同学！"

苏弥话还没说完，突然被人打断，她转过头一看，发现过来了一个女同学。

这个女同学留着苹果头，看起来十分可爱。她越过不少人，走到了苏弥跟前。

"那个，苏弥同学，我想和你组队。"

苏弥有些意外地看了她一眼，又随意瞥了眼后面那些正悄悄看着她们这边的同学。

"你确定?"

苹果头很开心地点点头,笑着回道:"嗯嗯嗯!特别确定!"

苹果头名叫吴愿愿,是个很热情开朗的女孩子。

当天苏弥他们只上午有课,于是中午放学后,苏弥直接收拾东西准备回家。

吴愿愿应该也是走读生,苏弥快走到校门口的时候,她也追了出来。

"苏弥同学!"

苏弥听见有人喊她,下意识回头。

吴愿愿像是追了挺远似的,喘得很厉害。

"我的天啊,你走得也太快了!我追了你好久,喊了好几声你才听见!"

苏弥也没为她停下,只是脚步稍稍放慢了一些。

"你追我干什么?有什么事吗?"

吴愿愿有点诧异:"你别告诉我才出班级你就忘记作业的事儿了,我们是一组的啊,要商量时间一起完成作业!"

苏弥又看了看她,问道:"你真确定和我一组了?"

她这话问得其实别有深意,但是这个吴愿愿也不知道是真的没心眼还是装傻,硬是像什么也不知道似的。

"当然确定啊!我可是当着刘老师的面和你组队的!"

苏弥沉默了一会儿,接着一边朝前面走,一边说:"我电话是……"

吴愿愿听见,连忙拿出手机:"等等,等等,我记性不太好,你先别说,等我记一下。"

苏弥等她准备好之后,又重复了一遍。

"这个电话也是你微信号吗?"吴愿愿问。

"对,不过我的微信不怎么加生人,你如果是想商讨作业的事情,直接打电话就好。"

吴愿愿像是理解了似的,也没太在意,直接记下了苏弥的电话。

两个人边说边走,很快就到了学校大门口。

施施已经等在校门外有一阵子了,看见苏弥出来,她按了按喇叭,把车窗摇下来,喊了一声:"小苏弥!"

苏弥之前接到过她的电话,此时看见她也没太意外,径直朝那边走过去。

吴愿愿见状,主动和苏弥告别。

"那我先走啦!这几天咱们定个时间一起完成作业!"

苏弥"嗯"了一声:"走了。"

上车后,施施还挺新奇地往后瞧了瞧:"新交的朋友啊?"

苏弥也从倒车镜里面看了吴愿愿的身影一眼,淡淡地回道:"不是,只是同学。"

施施没再问,回头看向苏弥。

"怎么样?今天第一天参与集体生活,感觉如何?"

"还行。"

施施有点意外,又仔细看了她一会儿:"怎么回事儿?我怎么感觉你兴致不高呢?"

苏弥摇摇头:"没有,起太早的原因吧。"

施施将信将疑,启动车子。

后来驶入主干道时,她忽然又说:"程靳哥最近好像有比赛,他和你说了吗?"

"没有。"

"估计是怕你上学的时候分心吧,要是没比赛,你第一天上学接你放学这种事情,肯定轮不到我的。"

苏弥默默转头看向窗外,没再出声。

吴愿愿像是个行动派,第二天才下课,她就拦住苏弥,约苏弥去看画展。

"虽然老师给的是一周时间，但是咱们看画展就要小半天，然后回去画出成品也要两天，到时候还要去福利院，差不多要三天左右，所以感觉不能再拖了。"

苏弥倒是没异议，就算吴愿愿没来找自己，她今天可能也会去看画展。因为之前在网上查到的最近的展期，就是今天。

吴愿愿显然和苏弥查的是同一个，她带着苏弥去了北城市中心很有名的综合体大楼。那边走高端路线，经常举办画展、车展之类的，去参观的人不少。

最近大楼里面办展的很多，两个人要去的画展展厅在三楼，直梯维修，她们只能坐扶梯一层一层地上去。

一路上吴愿愿都在叽叽喳喳的，但是苏弥兴致缺缺，像是不太想和她交流太生活太私密的话题。但吴愿愿也没放弃，这个话题聊不起来就换下一个，一直不厌其烦。

苏弥心里头其实是有点不解的，后来坐上扶梯后，她终于忍不住回头看了吴愿愿一眼。

"你不害怕被我拖累吗？昨天的事情你应该都看见了吧？"

苏弥的话说得已经很明显了，正常人都听得懂。

吴愿愿当然也明白，但是她还是傻乐了一下。

"上学是为了学习、体验大学生活，你为什么要说拖累这个词啊？而且我和他们的想法又不一样，就算你认识杜教授，我也不觉得你是因为他的关系才通过了旁听生考试。重华如果真的存在这种'走关系'的模式，肯定早就爆雷了，不可能像现在这样，成为国内外都知名的百年名校。所以，你也别太在意那些人的看法啦！继续做自己！"

苏弥有些诧异对方会说出这番话，用奇怪的眼神看了她一眼。

不多时，二人到达二楼扶梯口，走上去后，碰巧看见了展台上有车模在跳舞。

最近北城举办了某摩托车大赛的区级分赛，主办方到达北城后除了举办比赛，还兼顾了推广摩托车这项极限运动的任务，特意选择了综合体大楼来办车展。

舞台上，车模们的着装和舞姿都非常热辣性感，她们每个人都穿着火红的超短赛车服连衣裙，搭配过膝的白色筒靴，一举一动都带着酷酷的媚劲儿。

要放在从前，苏弥肯定连看都不会多看一眼，但是自从认识了程靳那帮人之后，她再看到和摩托车相关的，都会不自觉地把视线瞥过去。

可就是这么一看，凑巧让她看见了之前那位"情敌"，丁晴。

台上的丁晴应该也看见了苏弥，眼底神色稍显意外。

苏弥没有因此停留，不过她和吴愿愿走了没几步，身后展台上的音乐就停了，又隔了几秒，她听见后面有人在喊："喂，小孩儿。"

苏弥没在意，后来还是吴愿愿感觉不对劲，回头看过去，然后拽了拽她。

"苏弥，后面好像有人喊你。"

苏弥回过头，发现是丁晴追了上来。

"你喊我？"苏弥问道。

"那不然呢？"丁晴挑了下眉，"我喊程靳家的小孩儿？"

苏弥不想多和她纠缠："有事吗？"

丁晴没直接出声，上下看了苏弥一眼，问："你来这儿看展？"

"对。"

吴愿愿感觉到气氛似乎不太对劲，故意提醒苏弥时间："苏弥，离画展闭展只有一个小时了，咱们得快点了。"

哪想到她这话说出来，苏弥还没来得及配合，丁晴倒是又出了声："看画展？都这种时候了，你还这么有闲情逸致？"

丁晴语气里带着很明显的嘲讽，苏弥不明白她到底想干什么，也懒得再应付，转身准备带着吴愿愿走。

但是丁晴依旧不依不饶，冷笑了一声："所以我是真不明白程靳找你这种小孩儿当女朋友干什么,他都躺医院里面了,你还有心思在这儿看展呢?"

苏弥诧异地睁大双眼,回头看她。

丁晴见苏弥这样的反应,问道:"你这是什么表情?怎么着,你男朋友住院你不会不知道吧?"

丁晴仿佛是察觉到了什么似的,视线盯着苏弥的脸一直没挪开。

苏弥也立马反应过来,说:"他住院我当然知道,只不过我有些好奇,你是怎么知道的。"

"区级分赛的时候,我就在现场。"

丁晴说得有模有样,仿佛亲眼看见了一般,但其实她当时只是听人说程靳赛前试车时出了点小事故,去了医院,那场区级分赛他就没参加。

具体发生了什么事情,程靳伤到什么程度,她一概没亲眼看见,也不知道。

苏弥按压住心里翻涌的情绪,随口"哦"一声。

"哦?"丁晴都快被苏弥的反应逗笑了,"你男朋友住院了,你就这么个反应?"

"所以你还知道他是我男朋友?"苏弥看着丁晴,"你既然还知道这点,就离他远点,也离我远点,烦。"

苏弥没再掩饰情绪,也没像之前在临市时那样客气。说完话后,她更是不管丁晴的反应,转身就走。

吴愿愿赶紧小跑着跟上。

两个女孩子再次坐上扶梯去到三楼,确定丁晴没再跟过来后,吴愿愿对苏弥说:"刚刚那个人不是说你男朋友住院了吗?你不然先去看看吧,画展我自己看,然后回头你再来补看一次,我们再一起讨论画什么。"

苏弥心里无数次生出了想转身离开的冲动了,这会儿她听见吴愿愿的话,脚步更是一顿。

可是她又想起了之前的事情,还有这几天程靳貌似在刻意"疏远"

她的态度，她忽然又冷静下来。

"没事，先看展吧。"

说完，苏弥控制住自己胡思乱想的心思，径直朝展区走。

不过，那场画展苏弥看得还是很心不在焉，她一边克制着自己的情绪和心思，一边又真的很担心程靳的状态。

终于熬到了结束，她匆匆和吴愿愿告别后，立马就给施施打了通电话，但是那头没人接。

微信里还有红毛和丫丫爸爸，可是她想来想去，还是没去问他们。

他们和程靳都是最亲密的兄弟，如果自己打电话或者发微信给他们，程靳肯定第一时间就会知道了。

到时候他会怎么想？

苏弥脑子乱得很，她根本不知道该怎么处理这件事，上了出租车之后，也没想到解决办法。

司机见她迟迟没开口报地址，终于忍不住问："姑娘，去哪儿啊？"

苏弥抿抿唇，好一会儿才低声开口："先回老城区那边吧……"

程靳这次的事故其实完全是意外。

丫丫今天不上幼儿园，她爸爸又有比赛，家里没人照顾她，她爸爸不得不把她带来赛场。

原本他们试车前，拜托了现场的工作人员帮忙照顾丫丫来着，但是小孩子好奇又有点顽皮，趁着工作人员不注意，就偷偷跑去了他们试车的地方。

当时他们车队的人虽然还没开跑，但是赛道上已经有了别的车，每一辆车都是高速行驶，又不是正式比赛，安保人员没有正规赛道上的多。等大家发现丫丫跑去赛道时，已经晚了。

幸好那会儿程靳在旁边检查车辆做最后的准备，丫丫跑过去的时候，他离得近，就连忙拉了一把。

只不过那会儿他的摩托车不是支起来的状态，脱手之后直接向下一砸，砸中了他另一只没来得及撤开的手。

其实按他自己的想法，虽然被砸的那只手确实很疼，但是还没到完全不能动的程度。

可是丫丫吓坏了，一个劲地说对不起，还哭喊着说要带程哥哥去医院。

程靳看着丫丫哭得抽抽搭搭的确实太可怜了，就答应了去医院检查。后来又怕丫丫爸爸多心，便说区级分赛不是单次晋级的制度，下周他去临市报名再参加比赛也可以。

这种解决办法终于让大家都放了些心。

他后来检查了一大圈，已经差不多天黑了。

红毛一直拄着拐杖陪程靳做检查，虽然腿脚不太方便，但也尽力地忙前忙后。

两人回去时，红毛还有些幸灾乐祸地调侃程靳。

"值班护士是你粉丝这件事，体验感怎么样？有没有被她的'爱'感动到？"

红毛边说边看了一眼程靳被包扎得像粽子的那只手，笑得更放肆了。

"要不是我跟主治大夫核对了两遍，确定你这手真的只是轻微擦伤的话，单看你这个包扎程度，我还以为你是粉碎性骨折了呢！哈哈哈。"

程靳脸上没什么表情，甚至有些烦躁。他习惯性地伸手掏烟，还是用被包扎着的那只手。

可想而知，得来的又是红毛的一阵嘲笑。

"不行了，你这个样子太好笑了！"

程靳像是忍不了了，低下头，有些不耐烦地开始拆绷带。

旁边的红毛笑着笑着，忽然想到了一件事，赶紧问道："不对啊，你今天比赛苏弥上学你没告诉她就算了，这个时间了，她应该早下课了吧？你都受伤了，没给她打个电话说一下？多好的装可怜机会啊！"

程靳淡淡地瞥过去一眼："你当我是你？"

那副模样，潜台词仿佛是在说——你当我是你？装可怜这种烂招儿，你觉得我会用？

然而没过多久，就听红毛在那头忽然说："哎？门口那儿蹲着的是苏弥吧？"

程靳拆着绷带的手一顿，下一秒迅速抬起头。

车队大门口，确确实实是苏弥蹲在那儿。她这会儿也不知道在想着什么，两只手肘都搭在膝盖附近，手里拿着手机在来来回回地按，像是想发送什么信息。

屏幕透着的光亮微微照在她脸上，片刻后，她又沉默地将屏幕锁屏按灭，眼睑低垂。

红毛不知道二人的情况，大大咧咧地喊了一句："小苏弥！"

苏弥显然吓了一跳，转头看了一眼，一下子就站了起来。

"你来了怎么不给我们打电话呢？"红毛拄着拐杖一跳一跳地过去，"等多久了啊？"

"没有，我也才到。"苏弥明显很不自在，说话的时候也没看程靳。

红毛天生粗神经，就这样了也没注意到不对劲，依旧说："我刚才还问程二呢，他这不管怎么说也算去了趟医院，你怎么一直没动静呢？"

"啊？"

苏弥迟疑了几秒钟，终于，还是抬头朝程靳那边看了一眼："是比赛的时候出了事故吗？严重吗？"

她这话像是对红毛说的，但是眼神却放在了程靳那边。

这时，演技爆表的程靳开口了："挺严重的，医生说骨裂了。"

路灯下，程靳缓缓伸出那只被包扎得很夸张的手，表情也十分低沉，眼底还泛着难得的软弱。

"特别疼。"

红毛今天算是见识到了，原来这位兄弟也是演技派。

程二明明前一分钟还因为手上的绷带碍着他抽烟而不耐烦地皱眉，

现在居然能这么不要脸又利用这点。

他考虑过绷带的感受吗？

红毛一脸复杂地看着程靳，但对方丝毫没在意，甚至连个余光都没给他，视线一直看着前方。

苏弥显然也没料到程靳会说出这样的话，一时又不知道该回些什么了。

隔了好一会儿，她才憋出来一句："是比赛中途受的伤吗？"

"不是。"

"哦。"

其实苏弥在来之前，经历了很长一段时间的思想斗争。

当然，说"斗争"有些严重，可她确实是纠结了很久。她甚至在家与车队之间往返了好几次，后来，她实在受不了了，索性一冲动直接把钥匙锁在了屋里，强迫自己做去找程靳的选择。

因为她家的备用钥匙放在了程靳那儿。

她不知道程靳具体在哪家医院，出来后就不知不觉走到了车队这边。看着院子里的老别墅漆黑一片，她便知道里面没人。

她又想了很久，蹲在台阶上准备给程靳打个电话的时候，他们就回来了。

然而她在来的时候，是万万没想到程靳会是这个样子。

路灯将几个人的影子拉长，落在路中央。

苏弥和程靳大概隔了五六米的距离，说了那句话之后，谁都没动。

气氛越来越奇怪，红毛察觉到不对劲，看了他们一眼。

"我说你们在这儿干吗呢？外头怪冷的，我还是个腿脚不方便的人，你们为我想想成吗？别再在这儿玩一二三木头人了，咱有什么话回去说呗！"

红毛的话还是挺管用的，三个人后来一块儿回了车队，进别墅之后，他随便找了个理由回到房间就没再出去。

不一会儿，程靳手机里收到了两条微信。

红毛：*不打扰，是我最后的温柔。*

红毛：*兄弟只能帮你到这儿了。*

程靳下意识看了一眼沙发上的苏弥。

女孩子像是极其不自在，有些僵直地坐在沙发上。

程靳顿了下，问她："喝什么？"

她立马回头看过来，见程靳抬着那只不太方便的手，赶紧拒绝："不用了，我不渴。"

程靳像是没听见似的，打开冰箱，弯着身子朝里面看。

苏弥有些看不下去，起身走过去。

她扶着小冰箱的门，看着程靳，说："我真不喝。"

程靳抬头看了她一眼："我喝。"

苏弥没动，看了一眼他被包扎的那只手后，轻轻推了他一下，接着也弯下身。

"喝什么？我给你拿。"

"一罐可乐、一瓶矿泉水吧。"

苏弥以为他说的矿泉水是给她拿的，于是想也没想，只拿了一罐可乐出来后，直接关了冰箱门。

"我不渴。"

程靳看了她一眼："矿泉水是我要喝的。"

苏弥认命地打开冰箱，再次弯腰，又从里面拿出来一瓶矿泉水，关上冰箱门后，将水递给程靳。

可对方没接，苏弥瞥了他一眼。

"你刚刚猜对了，矿泉水确实是要给你喝的。"

苏弥快忍不住了，她现在特别想打人。

程靳见着，忽然笑了下："不绷着了？"

苏弥表情一顿，有些不自在地挪开目光，直接拧开手里的矿泉水瓶盖，一边往沙发那边走,一边往嘴里灌了一口水。

程斩跟着一块儿走了过去,单手拉开了可乐罐的拉环:"你怎么知道我受伤了?"

他说着,也往嘴里灌了一口冰可乐。

苏弥眼神有些闪躲,只不过她没面对着程斩,他也没发现。

"你那只手包得那么明显,我看一眼就知道了啊。"

程斩抬起来的那只手一顿,可乐还举在嘴边。

"你不是特意来看我的?"

苏弥的眼神闪躲得更厉害了,干脆直接往沙发上一坐:"不是,我钥匙锁屋里了,备用钥匙只有你这儿有。"

她说完这些话,能感觉到程斩的目光一直放在她身上,所以她都没往后面看一眼。

隔了好一会儿,苏弥听见身后有了脚步声,没一会儿,又听见了类似钥匙碰撞的叮叮当当声。

然后,程斩的声音传了过来:"走吧。"

苏弥意外了一下,回头看过去。

程斩的视线和她对上,语气淡淡地说:"不是没带钥匙吗?走吧,送你回家。"

回去的路上,苏弥感觉到了气氛的不对劲。

程斩一句话也没再多说,就一直安静地走在她旁边。

苏弥其实还有话想问他,例如他受伤了这次比赛怎么办?再例如他的手伤得很严重吗?会不会影响到后面生活?

可是程斩这个样子,她一下子又什么话都问不出来了。

天气转凉,老城区这边不像夏夜里那般热闹,不过还是能看见一些在路边摆摊的小贩。

眼看着快到自己住的小区门口了,她脚步有些迟疑,转头看了一眼不远处的水果摊。

"那个……"

程靳停下看向她,没出声,像是等着她的下文。

"我给你买点水果吧?"苏弥说得有些犹豫,像是怕程靳拒绝似的,"一般探望病人不都要带点水果吗,正好碰见了,我去给你买一点吧。"

程靳没有顺着台阶就下,反而有些欠地来了一句:"你不是来取备用钥匙的吗?"

苏弥其实料到他会说这个,一瞬间也来了气:"你要不要?"

程靳又看了她几秒钟,接着率先转过身往小摊那边走。

见苏弥没动,他回过身,问:"不是要给我买水果?"

苏弥又瞪了他一眼,没再搭理他,快步从他身旁路过,走到水果摊边。

水果摊老板是位大叔,看见苏弥过来,很热情地打招呼:"姑娘,买水果啊?今天的水果都可新鲜了。"

苏弥"嗯"了一声,顺手从旁边拿了一个塑料袋。

"你看看这橘子,又大又甜!汁水还多!"

"橘子吃多了上火吧……"苏弥迟疑了一下,"我是给病人买。"

"啊,去看病号啊?看病号的话,可以买点苹果。梨也水灵灵的,很甜!"

苏弥回忆了一下,貌似没见过程靳吃这两样水果。

"他好像不爱吃这两样……"她边说边看,瞧见旁边的葡萄时,指了指,"今天的葡萄新鲜吗?"

"葡萄还行,是昨天进的货,你要是买的话,我算你便宜点!"

"昨天的呀?那算了,我再看看别的。"

程靳过来的时候,就看见苏弥和水果摊老板你一句我一句地讨论着小摊上的水果,然后就听那个大叔说:"哎哟,姑娘,你是要去看很重要的人吧?挑得这么精细!"

苏弥尴尬地笑了笑,回头看了一眼,见程靳已经过来了,立马又转了过去:"大叔,橙子是什么时候进的货呀?"

后来,苏弥挑了四样水果:红提、橙子、火龙果和西柚。

她走到程靳身边,打开袋子:"橙子和西柚是补充维生素 C 增加抵抗力的,火龙果是那个卖水果的大叔推荐的,说利于排便,然后红提我看挺新鲜的,也一起买了点……"

女孩儿说话的时候,程靳就站在旁边默默看着。

她一直低头看着手里的袋子,眼睫微垂,特别认真。

程靳又回忆起刚刚她和水果摊老板交流时的模样,不知想到了什么,眼底神色深邃。

苏弥也没想让程靳回应,自顾自地说完那些话之后,就想把东西都交给他。但是递过去之后,她忽然又看见了他受伤的那只手。

"对了,你那只手不能拎东西了。"她像是在自言自语,接着又说,"我给你送回去吧,然后你把备用钥匙给我就行了,我自己回来。"

她话说完,程靳却迟迟没给她回应。

她下意识抬头看了一眼。

此刻男人眼底像入夜后暗涌的海水一般,眸子比任何时候都要深邃。他就那么沉默地看着她,让人感觉到了一丝安静的压迫感。

苏弥倒也没害怕,就是有些不自在。

她问道:"怎么了?"

程靳没回答,又沉默了大概四五秒钟之后,忽然一抬手,拉住苏弥的手腕就往旁边无人的小巷里面走。

苏弥没来得及反应,就跟跟跄跄地被他拉去了巷子里。

接着,她整个人就被他堵在了墙角。

她手里的水果在匆忙中都掉在了地上,好几个橙子还滚了出来。

苏弥被吓了一跳,看着地上的东西,愣了一下,接着瞪向程靳,挣扎起来。

"你神经病啊!"

程靳没理会她的话，双手死死按住了她的两只手腕。

过程中，苏弥明显感觉到了程靳受伤的那只手也在用力，害怕他碰到骨裂的地方，不太敢动了。

她深深吸了口气，忍着心里头的火，尽量心平气和地说："放开我。"

程靳不为所动，依旧按着她。

他双眸一动不动地紧紧盯着她的眼睛，片刻后出声："丁晴给红毛发了微信，说了今天碰见你的事。"

程靳等了几秒，见苏弥一直不说话，继续说道："所以，你知道我受伤，但你假装不知道，为什么？"

苏弥完全没想过事情会这么发展，她张了张嘴，不知道该怎么说。

这次程靳显然一点余地也不想留了，步步紧逼："你不想让我发觉你在关心我，不想让我知道你还很在意我，或者换句话说，你忽然察觉到自己对我的关心，可能超出朋友的程度，你不知道怎么办，所以开始逃避、掩饰，对吗？"

苏弥此时此刻感觉自己好像被人看透了，任何想法、任何隐私都没有了。

她又急又气，下意识又开始挣扎。

"不知道你到底在说什么，我听不懂也不明白。什么超出朋友的程度？你的意思是我对你有了超出朋友的想法？"

这会儿女孩子的小脸已经涨得通红，她梗着脖颈，仰着头，狠狠瞪着他。

"你少自以为是了，我没有。"

程靳再也忍不住了，他俯下身，侧过头，狠狠堵住了苏弥的双唇。

小巷内漆黑安静，女孩子的双眸在黑暗中缓缓睁大。

时间仿佛在这一刻静止了，老城区内的喧嚣声渐渐远去，呼吸声像被封在了箱子里，一下一下的，越来越重。

好像过了很久，又好像只过了几秒钟，压着她的男人终于起了身，额头和她相抵，哑着嗓子说："我有。"

程靳做的一切都太突然。

突然压住她，突然不讲道理地吻过来，又突然起了身，突然说这种话。

苏弥整个人都处于懵懂的状态，除了被吻时身体下意识有了强烈的反应，她的大脑几乎一片空白。

巷子里依旧很静，没有任何人经过。

两个人额头相抵着，彼此略微粗重的呼吸声互相交缠，还夹杂着剧烈的心跳声。

苏弥感觉大脑好像有短暂的缺氧，她大口大口地喘息了很长时间之后，意识才慢慢回笼。

她刚刚是被强吻了？

不对，强吻好像要剧烈挣扎拒绝，但是她好像没有！

苏弥脑子很乱，已经不知道自己该是什么反应了，双臂又下意识开始挣扎，想挣脱身前男人的束缚。

但是程靳并没给她任何机会，她用力，他比她还用力，一丝一毫都不给她机会再逃跑。

苏弥挣扎到一半又想到他的手，还顾着他的伤："你能不能放开？我再用力的话，你的手很可能就……"

话说到一半，她像是反应过来了似的，表情变了变，然后瞪着他："你装的？"

程靳没回应她这个问题，依旧紧贴在她身前，禁锢着她不让她动弹。

苏弥见状，越想越气，挣扎得更厉害了。

"你是不是有病？你……"

她话未说完，程靳忽然出声："你喜欢我。"

很平静的语气，不是疑问，也不是试探，是肯定句。

苏弥被他的话弄得有些惊了，下意识挣扎得更厉害。

"你不会是觉得你刚刚亲了我，我没反手给你一巴掌就是喜欢你吧？

你少自以为是了!"

她着急解释的模样,程靳全都看在眼里。

他没急着和她争辩,而是安静地等着她把想说的话都说完后,才淡淡开口:"你到底在害怕什么?"

苏弥有些意外,问道:"什么?"

程靳像是在回答她,又像是顺着自己刚刚的话继续说:"喜欢上我这件事,对你来说这么可怕?"

这下苏弥彻底愣住了,她万万没想到,程靳会把她藏在心里很深的想法,这么干脆利落地扒出来。

确实,她确实是害怕。

除了觉得自己会成为他的累赘这件事,她还害怕再发展一段亲密关系。

苏弥渐渐垂下眸子,不再看他,整个人的状态很明显蔫了下去,不再像刚刚那样张牙舞爪地发怒生气。

又隔了好一会儿,她才出声:"不是喜欢上你可怕,而是和一个人又有了很深的羁绊才可怕。"

苏弥声音很轻,语气很低:"小时候我最喜欢妈妈,但是她不告而别了。后来我只有爸爸了,但是他也成了别人的爸爸。"

闻言,程靳明显一怔,低头看着她,下一秒,直接将她拉进怀里:"好了,别说了。"

苏弥真的很少有这么脆弱的时候,程靳有点后悔自己刚刚说了那些话,他好不容易看着她慢慢走出来,慢慢开始新生活,他不想她再因为任何事情变得不开心。

他下意识抱紧她,没缠绷带的那只手轻扣在她头顶,微微用力。

"别说了。"

他的怀抱很温暖,身上还有洗衣液的轻浅香气。

苏弥安静地趴在他怀里,眼睫下垂:"我也想再相信一次,可是太难了……太难了。"

程靳把她抱得更紧,没再说话。

画展的作业,苏弥和吴愿愿用了三天时间完成。

两个人从创意到构思再到画草图上色,配合得很顺利默契。

吴愿愿能感觉到苏弥的功底很深厚,甚至从方方面面来看,苏弥都比她要优秀很多。

这让她既惊讶又惊喜。

"我现在越来越庆幸和你一组了,感觉能向你学到很多东西!"

今天下课后,两个人便约着一起去福利院,准备完成第二项作业。

这几天,苏弥一直让自己沉浸在学习当中,别的事情一概不提不想,时间倒也过得很快。

她听了吴愿愿的话,也没出声。

吴愿愿像是已经习惯了她这个性格,倒也不在意,又说道:"而且你的创意也超级好,作业画完,我感觉自己好像只能帮忙弄点小事情……"

关于画展的作业,是苏弥提供的想法,她说想画得深一些,角度放小一些。

因为画展上有一幅画叫"表面",画纸上是乱七八糟的撞色打翻式泼墨,观展的人看到它的时候,都是小声讨论画家的想法,或是这画有几层深奥的含义,很少有人看见旁边那块小小的、标注着作品名称的名牌。

苏弥就想把这件事情放大,放到画里。

吴愿愿当时也觉得这个想法很棒,欣然同意。

苏弥这会儿听了吴愿愿的话,转头看了她一眼:"你说什么呢?草图是你打的,画展上也是你在记笔记。"

吴愿愿明白苏弥的意思,也没再反驳,下意识很愉悦地亲昵地挽住苏弥的胳膊。

但是苏弥却轻轻将胳膊一抽,没让她贴着自己,随口说了句:"我有点热。"

吴愿愿顿了下，却也像是习惯了似的，没太在意。

其实她看得出来，苏弥还是很排斥自己的亲近，但不是刻意讨厌那种，而是像给自己罩了一层保护网一样，把自己结结实实地罩在了里头。

只要苏弥不想，那别人就一丁点亲近她的机会也没有。

吴愿愿猜苏弥一定是经历过什么事情才会变成这样，她理解，也愿意包容。

想到这里，她脸上重新挂上笑意。

"地图上显示福利院距离地铁站只有七百多米，咱们应该快到了。"

"嗯。"

今天天气有些阴，天气预报显示晚上有雨。

两个姑娘到达福利院的时候，福利院的矮楼上碰巧有一大块乌云，让整个院子看着略微有些压抑。

福利院建在了北城偏西边的郊区，能看得出来，院里的建筑已经有些年头了，院子里的水泥地都已经开始开裂露出沙粒。

苏弥和吴愿愿两个人凑了几百块钱，给福利院的孩子买了些吃的东西和学习用品。她们本来以为买的东西已经很多了，可是看见里面的孩子，瞬间就发觉还是买少了。

孩子们都很可爱，性格各不相同，但大多数都还算活泼，能看得出来，福利院的老师和院长妈妈把他们照顾得很好。

孩子们似乎很喜欢有人来看他们，听院长妈妈说苏弥和吴愿愿是来看他们的，笑闹着乌泱泱地朝两个人扑过来了。

苏弥很少感受到这么单纯又热烈的情感，她意外之余还有些不知所措。

她旁边的吴愿愿倒是很从容的样子，甚至很快就和那些小孩子打成了一片。

院长妈妈似乎察觉出了苏弥的不自在,赶紧在旁边喊了句:"你们先别闹,让两个姐姐休息下。"

孩子们倒是听话,闻声都控制住了情绪,都纷纷退了两步。

苏弥暗暗松了口气。

吴愿愿看着苏弥一笑:"你别怕啊,他们都很乖的。"

她边说边拿起了她们买的那些东西,分了一大袋给苏弥。

"哪,你先给他们发点东西,熟悉熟悉之后就不会感觉不自在了。"

苏弥没出声,默默把东西接过来。她看向身旁那些小东西,发现一个个都期待地看着她时,心里头忽然又有了一种说不出来的感觉。

她拿出了一袋玉米软糖,拆开,举起一颗,问他们:"谁想吃糖呀?"

举手的小家伙很多,苏弥挨个发给他们。之后,她又拆开了一大袋沙琪玛,把同样的问题又问了一遍。

"这个呢?谁想吃?"

"我!"

"我也想!"

"姐姐姐姐,我想!"

不一会儿,苏弥就把袋子里的零食分完了。

几乎每个小朋友手里都拿了些好吃的,就只有一个小男孩手里空空的,什么都没有。

苏弥不免有些稀奇,她弯下腰,从自己兜里掏出来一支之前剩下的棒棒糖,递给他。

"小鬼,我看你每次一开始都举手来着,怎么后来又把手放下了?"

小男孩看着苏弥手里的棒棒糖,有些犹豫,像是想接又不想接的样子。后来还是院长妈妈过来,摸了摸他的脑袋喊他接下,他才接过来,并很礼貌地说了句"谢谢"。

院长妈妈是个年近五十岁的阿姨,瞧着慈眉善目,穿着也极其朴素。

"他叫小补,是院里面最懂事的孩子了。估计刚刚你分东西的时候,他看见旁边的弟弟妹妹哥哥姐姐们想吃,就想把自己的那份让给他们。"

这回答让苏弥很意外,她看了旁边的小补一眼,小男孩这会儿低着头,看不见他是什么表情,也不知道是被夸奖了害羞还是怎么。

苏弥看着他的头顶,总觉得有种说不出来的滋味。

后来,她趁着吴愿愿发文具的时候去了一趟厕所,再出来时,碰巧看见小补蹲在走廊拐角吃棒棒糖。

她想起了刚刚院长妈妈的那些话,缓缓走到了小补身边。

小补见到苏弥过来,立马站起来。

"姐姐好。"

苏弥蹲下身,视线和他持平。

"你这么小,学得这么懂事干什么啊?想吃糖就举手,不用谦让,也不要谦让,孔融让梨是美德,但怎么着也得先让自己舒服。"

闻言,小补愣了一下,看着苏弥,眼睛瞪得大大的。

"可是院长妈妈和老师们告诉我,只要懂事,就会有爸爸妈妈来接我们回家了,我想要爸爸妈妈。"

苏弥一愣,看着小男孩水灵灵的大眼睛,忽然心里面有些难受。

她其实很讨厌对别人说教,她觉得任何路都该自己去走。

可是这一刻,她真的有些忍不住了。

"没关系的,"她安慰似的拍了拍小补的脑袋,动作有些不太熟练,"就算没有爸爸妈妈也没关系的,你只要平安健康地长大了,一个人也可以好好过。"

她又揉了揉他的头顶,难得地带着大姐姐该有的温柔。

"相信姐姐,只要你努力,一个人也会过得很好的。"

苏弥回去的路上,脑子里一直想着小补的小身影。

同时,她也渐渐有了下个作业的构思。

她掏出手机,给吴愿愿发了条短信。

苏弥：主构图是小朋友趴着绳梯，上面有图书、高楼大厦，最上面是浩瀚无际的宇宙星辰，他很努力地向上。下面是一对父母朝着反方向走远的影子，隐晦些。这个构思怎么样？

吴愿愿像是正在玩手机，看到短信后秒回。

吴愿愿：你也太厉害了，这个创意真的好好。我之前只想到了画他们的集体生活，你这个……啊啊啊！我不知道怎么形容啦。

吴愿愿：好棒！

苏弥看到她也同意，一边低头走着，一边回了个"OK"的手势表情。

她余光注意到小区门口停了一辆私家车，但是也没太在意，依旧低头向前。

忽然，前方响起一道声音："小弥小姐！"

苏弥脚步一顿，抬头望过去。

前面站着的不是别人，正是苏凡程的助理，而那辆私家车的后排车门在这时也忽然从里面打开了。

苏弥许久不见的父亲，此刻，西装革履地出现在了她面前。

苏凡程最近一段时间真的太忙了，苏氏的一个项目和新政策起了冲突，几乎要被全面叫停。而那个项目是苏氏明年的主推项目，前期投入了很多资金，现在突然被中止，如果不想办法补救，那么损失就会极其惨重。

苏弥这边，他已经很久没顾及了。

以前的话，助理还会替苏凡程留心一下，但是最近助理一直跟着他东奔西跑，也没有多余的时间去考虑其他事情。

见到自己这个大女儿的时候，苏凡程心里久违地有了一丝愧疚。

但他表现得依旧淡漠沉静，还是平时和苏弥相处的那副模样。

"前段时间你进派出所的事情，我听说了，时时那边我已经说过她了，你别太往心里去。"

苏弥淡淡地看了他一眼："然后呢？你还有什么事儿？"

苏凡程眸色深深地看着苏弥，像是想到了一些事情，他开门见山地开了口："你和程家的那位小少爷，是什么关系？"

程靳平时太低调了，苏弥和他相处的时候，百分之九十九的时间里，都会忽略他是程家少爷这件事。

这会儿苏凡程提起来，她反应了两秒钟才想到他说的原来是程靳。

她不答反问："我和他是什么关系，和你有关系吗？"

苏凡程听了苏弥的话，下意识皱了皱眉头。

"你是通过他的关系才进了重华大学，又拜到了杜教授的门下？"

显然，苏凡程也不相信苏弥能通过旁听生的考试，凭着自己的实力考进重华。

但苏弥懒得再听他说任何废话，也不再给好脸色，淡淡地看着他："你到底想说什么？"

苏凡程对她的话不太理会，依旧自顾自地说着自己想说的。

"你知不知道，程家那位小少爷在圈子里面是出了名的叛逆，大学读完没有走家里铺好的路，而是舍弃了原本的专业去玩赛车，离经叛道的。现在程家的家业几乎都交给了他大哥打理，以后他会不会有继承权都是个问题。"

"所以呢？这和我有什么关系？"

"我知道他现在对你还不错，但他终究不是一个对的选择。"苏凡程看着她，语气别有深意，"你的人生道路还很长，不能被一时的好而蒙蔽了理智，搭上了自己的一辈子。"

苏弥真的觉得莫名其妙，她隐约间像是明白了苏凡程在说什么，想了想，笑了一声。

"是不是苏时时和你说了什么？我没猜错的话，她应该说我和程靳有什么不正当的关系吧？可能我说得有点委婉了，她说的应该是我被程靳包养了。"

苏凡程眼神变得深邃，眸底带了丝让人捉摸不透的城府。

"小时确实说了一些关于你们的事情，但是也不完全是因为自己。"顿了下，他又说道，"程靳应该是和他哥哥程礼说了些什么，程礼找到了你爷爷，他们拿这次苏、程两家的合作为筹码，向我和你爷爷提出了一些要求。"

苏弥眉梢微微挑了一下："关于我的？"

"对。"苏凡程看着她，"他们说，如果想两家的合作顺利进行，就让我们把你的户口迁出去，让你可以自由地对未来做出选择。"

苏弥显然没想到会是这件事，她甚至都不知道程靳是怎么发现她的户口有问题的。

她回忆着之前两个人在一起时的细节，想着会不会是有什么地方被她忽略了，却被程靳记在了心里。

苏凡程见苏弥迟迟没说话，忍不住又开口："你知不知道，他那种大家族的孩子，做的每一件事都是有目的性的。你觉得如果不是你身上有他所图的东西，他会这么全力地帮你？"

苏弥觉得苏凡程的话实在可笑，忍不住冷笑了一声。

"那你觉得我身上到底有什么是他所图的？家世？可是咱们家那位高高在上的苏董，见到程靳的爷爷都是毕恭毕敬的，其他的我也不觉得自己还有什么。"

苏凡程像是料定了苏弥在装糊涂，顿了下，索性将话全都挑明了。

"你现在还年轻，或许你的样貌和身材还能留住他两年，可是一旦你年纪大一点了呢？或者，他身边出现了对他更有吸引力的女孩子了呢？你现在这么依附他来生存，早晚会被他伤害的！"

"哦，我懂了，你是觉得我一无是处，除了外表，不可能有任何地方吸引到他，他格外照顾我，也是因为想，睡，我？"

最后那几个字，苏弥说的时候一字一顿，像是故意放慢了语速挑衅苏凡程一般。

苏凡程听得直皱眉。

"你不必对我有这么大的敌意。我知道以前很多事情、我的做法你不能理解,但是不管怎么说,我终归是和你有血缘关系的父亲,我对你做的一切,出发点都是为了你好。可程家那位小少爷就不一定了,他到底有什么目的,你根本猜测不到!"

苏弥觉得自己这位所谓有血缘关系的父亲越发可笑了。

"所以你的意思是,你为了苏时时,在我还没成年的时候就把我一个人赶到国外是为了我好,又或者,你想让我乖乖听话,故意一直卡着我的户口,也是为了我好。而程靳去你那里想帮我把户口要回来,却是别有用心。是这个意思吗?"

苏凡程的脸色有些难看:"事情不是这么比较的……"

苏弥没那个耐心听他多说了,直接出声截住:"我不想再听你废话了,我只相信我眼睛看到的和真切感受到的。"

她的眼神有点冷,一直看着苏凡程。

"谁对我是真心的,我比你清楚。"

苏弥和苏凡程最后不欢而散。

不过迁户口的日子,苏弥还是和他定了下来,在下周一。

见过苏凡程这一面后,苏弥说不清心里是什么感觉。

好像有些轻松,毕竟户口的事情解决了,那她就能重新办理身份证了,未来也不用太过担心别的乱七八糟的事情了。

可是除了这些,她心底好像又有些沉闷。

她蹲在自家楼门里的一楼台阶上,外头开始下起了小雨,淅淅沥沥的。此时正是下班、放学的时间,偶尔会有路人从楼门口经过。

苏弥拿着手机,反复点开微信,最后心一横,把微信关掉,直接打开了通讯录。

当听筒里响起嘟声时,苏弥忍不住有些紧张。自从在小巷子里发生那些事情之后,她和程靳一直没联系,她这会儿虽然有很多话想问他,却又不知道该怎么说出口。

越发觉得自己这通电话打得有些冲动了，她手忙脚乱地把手机从耳边拿下来，刚想按挂断，却不料那边的人忽然接通了。

"喂。"

苏弥有些慌张，拿着手机，不知道该不该将它重新放到耳边。

程靳格外有耐心，像是完全排除她是不经意按到的可能性，就这么一直沉默着等她出声。

苏弥又等了一会儿，看程靳丝毫没有挂断的意思，认命地重新把电话放到耳边。

"你怎么不挂？"

苏弥有点认命的架势，语气蔫蔫儿的。

"等着你说话呢，挂什么？"程靳嗓音低沉，语气相比苏弥要自然许多，"怎么了？"

他了解苏弥，自上次小巷里的事情之后，如果不是有很重要的事情发生，她是绝对不会主动给他打电话的。

所以，他断定了苏弥绝对有事。

苏弥在这边也没有否认，只不过她沉默了一会儿之后，再开口时没直接回答程靳的问题，而是说："我们见一面吧。"

程靳有些意外，看了一眼墙上贴着的苏弥的课表，问道："现在？"

"嗯。"

"好，等我吧，五分钟后到你家楼下。"

程靳说五分钟就真的是五分钟，苏弥挂断电话时是下午四点四十三分，程靳来的时候，正好四点四十八分。

苏弥见到程靳出现在自家楼门外，条件反射一般从台阶上站了起来。

然而她站起来后，后知后觉感觉到了脚有点发麻，下意识扶住了旁边的楼梯扶手。

程靳没出声，直接走到她跟前扶了一把。

"脚麻了？"

苏弥自己都有些无语，闷闷地"嗯"了一声。

出了楼门好一会儿，苏弥才彻底缓过来。

程靳见她没事了，主动放开手。

"放学不回家，在楼梯上蹲着做什么？"

苏弥低着头，没出声。

程靳感觉她有话想说，便没再说别的，安静地陪着她往前走。

天空这会儿越来越阴。

苏弥低着头走了一会儿后，脚步一顿。

"苏凡程来找我了。"

她突然开口，程靳还没太反应过来。

他想了一下，问道："你爸爸？"

苏弥点点头："对。"

程靳没太意外，"嗯"了一声，又问："怎么了？"

"他和我说，你和他提了我的户口问题。"

苏弥话说得隐晦，但是程靳一下就懂了。他依旧反应自然，回道："我和我哥提了一嘴，碰巧我们家和苏氏有合作，他就去帮我谈了。"

"啊，谢谢。"

雨丝渐渐密集，两个人走在路上，已经明显能感觉到有细密的雨点砸在脸上。

苏弥那句"谢谢"说完后，便没再出声。莫名其妙的，气氛静得让人有些不自在。

苏弥绞尽脑汁，想再说些什么，但是嘴巴像抹了胶水似的，一直开不了口。

程靳看了她一眼，隔了几秒钟后，忽然出声："下雨了。"

"啊？"苏弥有些呆，"啊，对啊，下雨了。"

程靳转头看向她："吃火锅吗？"

外面的雨越下越大，两个人到超市的时候，门口已经立了几把湿漉漉的雨伞。

苏弥也不知道怎么回事，为什么明明前几分钟他们还在讨论着户口的事情，现在就忽然来了超市买火锅食材。

程靳显然是认真的，走进超市之后，他直接拽了一辆购物车，带着苏弥直奔生鲜区域。

"真回车队吃火锅啊？"苏弥问。

程靳转头看了她一眼："你还有别的想吃的东西？"

"没有。"

"那就吃火锅。"

"哦。"

程靳见她那副样子，沉默了一会儿，然后推着推车向前，也没看她，又开了口。

"户口的事情，是因为之前我帮你办理入学的时候，发现你的身份证过期了，怕苏家人为难你，才找了我哥帮忙。

"一直没和你说是因为还不知道事情会不会顺利解决，怕你空欢喜一场。至于其他的……"

程靳一边说，一边打开冰柜，从里面拿出了几盒肥牛卷和肥羊卷。

他依旧没看苏弥，却像知道苏弥在想什么一样，又接着说道："我一直都希望你能过得自在些，把未来掌握在自己手里。当然，你也可以把我的这些想法当成喜欢你的一部分，但不需要当成负担。"

程靳微微倾身，超市上方明亮的灯光照在他头顶，让他的侧脸线条更显分明。

苏弥看着他，下意识问了一句："那如果我一直没办法回应你的喜欢呢？"

程靳瞥了她一眼，语气淡淡的："我什么时候要求你一定要回应了？

"我喜欢我的，回不回应是你的事。"

超市逛到一半时，程靳去了趟厕所。

他把推车交给了苏弥，走之前还嘱咐她，想吃什么就自己往里面添。

苏弥没什么食欲，推着推车又走了一圈，也没找到很想吃的东西。

后来逛到酸奶区时，她一个没留神，和一个小朋友撞上了。

小孩儿看上去只有七八岁的样子，一屁股坐在了地上，眼巴巴地瞧着苏弥。

苏弥赶紧上去检查他有没有受伤。

"你有没有哪儿疼啊？"

小孩儿摇摇头。

苏弥不太相信小孩儿的判断力，拉着他起来，又仔仔细细地检查了一遍："真没受伤吗？"

小孩儿又摇了摇头，想了想，说："不过，姐姐你把我撞倒了，你得对我负责。"

苏弥现在一听见"负责"这两个字，浑身就不自在。

她往四周看了看，问道："你爸爸妈妈呢？"

小孩儿立即冲着她"嘘"了一声，小声说："我和爸爸妈妈走散了，你小点声，别让坏人听见。"

苏弥有些意外："既然走散了你怎么不找他们呢？你一个人在这儿干吗呢？"

"我想找他们呀，但是失物招领的地方在七楼，我一个人坐电梯怕被坏人拐跑，所以就想找人陪我去。"

小孩儿笑眯眯地看着苏弥，又接着说道："我观察一圈了，就你看上去傻傻的，一看就不像会骗小孩的样子！所以我就来找你啦！"

搞了半天原来是故意碰瓷，苏弥有些无言以对。

她默默看了这个小孩儿两眼，接着说："我是不是还要觉得荣幸？"

"嘿嘿……"小孩儿憨憨地笑了笑,"不过不管怎么说,都是姐姐你撞的我,你需要负责的,要把我送去七楼哦。"

苏弥没再耽误时间,把推车藏在一个角落后,就直接领着小孩儿去了七楼的失物招领处。

她其实想给程靳打个电话的,但是又转念一想,觉得他似乎也不会回来得那么快,到时候自己再下去找到推车应该也可以。

七楼的失物招领处有广播,苏弥和超市的工作人员说了具体情况后,他们就帮忙广播了孩子的情况。

等待小孩儿父母过来的时候,苏弥也被他拉着没放。他说害怕有人过来冒领自己,到时候他一个人没办法反抗了。

苏弥觉得他聪明又机灵,一点都不像会被人贩子拐跑的样子。但是莫名的,她忽然想起来自己小时候的事,想拒绝的话就又有些说不出来了。

最后,她还是认命地陪着那个小孩儿坐到旁边的长椅上,一起等他的父母过来。

小孩儿明显有些话痨,坐下之后一直吧啦吧啦说个没完。

苏弥的心情本来就乱糟糟的,被他念得都有些心烦了。

这时,失物招领处忽然又来了一对母女,看样子像是丢了东西,都很着急的模样。

"您好,我想问问,最近有人捡到一对金耳环吗?扇形流苏的。"

工作人员听后连忙去找了找放失物的盒子,最后摇了摇头。

闻言,那位妈妈有些生气地拍了女孩子的胳膊一下,说:"刚给你买的金耳环,还没两天呢,你就给弄丢了!你说说你,逛个超市戴它做什么!"

"我喜欢啊,所以才想戴的。"女孩子咬咬唇,"其实我也害怕会弄丢,也纠结着要不要戴出来,早知道会这样,我就一直放在家里保存好了。"

苏弥听完,没太多想法,倒是旁边的小孩儿像个小大人似的,故作高深地摇了摇头。

"这个姐姐也太傻了。"

苏弥瞥了他一眼,等着他的下文。

"她的意思是早知道会丢,就不戴出来一直留着。可是很多事情,都是要开始了才会知道结果的呀,总不能考虑到一些不好的结果,就不开始了吧……"

小孩儿的话着实让苏弥愣住了,她下意识看了看那对母女,好半天没再出声。

程靳重新回到二楼超市的时候,碰巧遇见售货员推着一辆满满当当的推车走过来。

旁边站着的另一个售货员问道:"又是选了一堆东西不要的?"

"谁说不是呢!我看这个人是一样东西都没拿去结账,真是没素质!你看看这肉卷和丸子,都快化了!"

程靳往推车里看了一眼,越看越觉得眼熟,好像全是他刚刚放进去的东西。

他又四下找了一圈,发现苏弥没在这附近后,喊了那名售货员一声。

"不好意思,这辆推车应该是我的,刚刚我着急上厕所,就没来得及结账。"

售货员有些尴尬地"啊"了一声,把推车交到了程靳手里。

结账的时候,程靳给苏弥打了通电话,响铃从头响到尾,那边的人都没接。

他皱了皱眉,又拿着手机准备再打一次。

但就在这时,超市广播忽然响了起来——

"超市顾客程靳先生,您的女朋友苏弥正在七楼失物招领处等着您,请您听到广播后速到七楼认领。超市顾客程靳……"

广播重复了两次,一开始程靳还以为是同名同姓的人,所以并没在意。

直到——

"超市顾客程靳先生,您的女朋友苏弥正在七楼失物招领处等着您……"

后面的话和之前的一模一样,程靳这回结结实实地愣住了。

大概隔了十几秒,他终于明白过来是怎么回事了,疯了似的沿着扶梯一层一层跑了上去。

其实超市里有直达的直梯,但是程靳那会儿几乎可以说脑袋是处于宕机状态的,他心里只有一个想法,那就是快点见到苏弥。

至于其他的,他一概想不起来了。

他跑得急,到七楼的时候,已经微微有些气喘。

失物招领处就在扶梯的斜前方,程靳几乎一眼就看见了在旁边长椅上坐着的女孩子。

她双手扶着长椅边缘,两条腿轻轻晃着,低着脑袋,像是在想着什么。

程靳三步并作两步走到了她面前。

苏弥看着忽然出现在眼前的鞋尖时,晃腿的动作一滞。

片刻后,她缓缓抬起头。

程靳站在她面前,低头看着她,微喘着气。

隔了两秒钟,他问:"刚刚的广播……"

苏弥"啊"了一声,小声回道:"我让工作人员帮忙播报的。"

程靳没再说话,就那么深深看着她。

两个人又互相看了很久,苏弥才缓缓开了口。

"可能有些突然,但是我就是忽然想……"

她声音很轻,可是说得很认真。

周围来往的人不少,环境微微有些嘈杂,但奇怪的是,女孩子的声音还是极为清楚地落在了程靳的耳朵里。

"再信一次。"

第八章
我来了

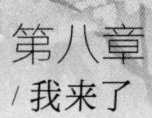

苏弥那天晚上做了一个梦。

梦里面,她变成了一头麋鹿,在黑暗的森林里不停地跑啊跑。

忽然,也不知道她撞到了什么东西,鹿角一痛,被迫逼停。

她在黑暗中眨巴眨巴眼睛,朝前面看过去,就见那边趴着一只懒洋洋的狐狸。那只狐狸看起来冷冷的,皮毛也是她从没见过的黑色。

狐狸像是在睡觉,被苏弥打扰到之后,懒懒地睁开了眼。

苏弥想绕过狐狸继续往前奔跑,却又忽然被他拦住。

"你想去找太阳?"

苏弥其实也不太清楚自己想要找什么,对着狐狸摇摇头:"我不知道。"

"不知道你跑什么?"

"不跑我也不知道该干什么别的事情呀。"

见她呆头呆脑的,狐狸缓缓站起身:"不知道干什么的话,那就和我走吧,我们一起去找太阳。"

"太阳是做什么的?"

"太阳可以照亮你未来的路。"

"照亮了又会怎么样?"

狐狸漫不经心地说道:"照亮了,那你就能看见小溪、河流,看见山川、大海,也可以看见红色的香槟花。"

苏弥又眨了眨鹿眼,有点天真地问:"那香槟花好看吗?"

"好看的,那是世界上最好看的花。"

"好吧,那我跟你走吧。"苏弥想了想,冲着狐狸笑了下,"如果到时候我得到了它,我就把它摘下来送给你。"

狐狸笑了,结果他笑着笑着,那张狐狸脸渐渐变成了程靳的样子。

后来,苏弥突然惊醒,醒过来的时候,情绪还有些沉浸在梦里没缓过来。

她大概缓了半分钟,接着记忆慢慢回笼,除了想起来梦境中发生的事情,还想起来了昨天的事情。

昨天那顿火锅最终还是没吃上,听到超市广播后,程靳太着急跑上去,没顾上去结账。等他们再回去的时候,推车里面的东西已经被售货员们摆回到原来的位置了。

他们和超市的工作人员道了歉,最后也没再买,直接回家了。

苏弥仔细回忆了一下,昨天出了超市,走在路上,上楼……好像这些事情都和平常差不多。

但是她又确确实实是和程靳确定了男女朋友关系。

苏弥摸出来手机,看了下时间,发现离自己定的闹钟时间还有近半个多小时。而打开屏幕解锁后,手机上的页面还是她昨晚在网页上搜索的词条:女生谈恋爱的注意事项。

所以说,感情这东西,是真的让人很上头啊。

大半夜的她猫在被窝里看的都是什么东西啊?神经病!

不过她虽然心里这么想,但视线还是不自觉又往网页上瞥了几眼。昨晚太困了,上面写的什么她都没记住。

第一条:在保持两性关系时,女方要保持高傲矜持的态度,例如:男朋友给你打电话或者发短信,不要秒回,不要让他觉得你的世界里只有他,你二十四小时都拿着手机等他。姐妹,记住我的一句话,男人不能惯,越惯越完蛋!

苏弥有点无语,谈个恋爱这么复杂的吗?

她刚想继续往下面看,手机屏幕上方忽然跳出来一条微信提醒。

是程靳发来的,一条十六秒的语音。

苏弥直接点开,熟悉的声音从听筒里面传出来。

"早餐挂门口了,醒了记得拿进去吃。还有样东西也一并给你放在门外了,记得拿。"

之后,对话框里又弹出来一张照片,背景就是苏弥家的大门,照片中央的门把手上,挂着一个白色的食品塑料袋。

单从照片上看,里面装着的东西应该不少。

苏弥本来想直接回复的,可是忽然又想起来了网页上的话,立马就收回了想敲字的手。

她重新切回到网页,有些心不在焉地继续向下看。后面几条具体内容她没太过脑子,更多的注意力还是留在了屏幕左上角的时间上。

当时间从"6:57"分变成了"7:02"时,苏弥终于忍不下去了,再次点开对话框。

苏弥:你还放什么了?

回复完,苏弥就忽然意识到一个问题——其实她刚刚完全可以先出去把早餐拿回来,然后再延迟回复的。

果然,恋爱使人神志不清。

她边想边跳下床,握着手机就往大门那边走。

这时,程靳的电话直接打了过来。

苏弥接通后,把手机放到耳边。

"喂……"

"你今天不是上午十点的课吗?"程靳招呼都没打,直接问,"怎么醒这么早?"

苏弥有些意外,一边开门,一边回:"你怎么知道我几点上课啊?"

哪料到，门一打开，刚刚在听筒那边说话的人突然出现在眼前。

程靳这会儿正轻倚着栏杆，姿态散漫闲适，手里拿着举在耳边的电话。

听见开门的动静后，他没什么意外的表情，直接直起身子。接着，他很自然地扶着门板边缘将门开得更大了些，拿着那一袋早餐，从苏弥身边走进屋内。

他走进去的时候，还顺便回了一句："我背过。"

苏弥愣了一下："啊？"

程靳转身看了她一眼，神色自然。

"我背自己女朋友的课表有什么问题吗？"

"没有。"

苏弥暗暗翻了个白眼，心想：这男人就算变成我男朋友了，也还是挺欠儿。

"没有就行，过来吃饭。"

苏弥用动作回应，直接关了门就朝他那边走去。她拉出椅子准备坐下的时候，忽然想起来一件事情。

"你刚刚不是说还有个东西要给我吗？东西呢？"

程靳头也不抬，回道："我啊。"

"对啊，就是你说的啊。"苏弥没理解，还以为他重复了一遍自己的问题。

哪想到，对方听完，抬起头看她，再次说了一遍："我啊，我说那个东西就是我啊。"

气氛有几秒钟的沉静。

之后，苏弥默默坐好，低头小声说了句："土狗。"

程靳本来在拿袋子里的早餐，听见苏弥说出口的那两个字，抬头看了她一眼。

碰巧，女孩子这会儿正拿着手机关后台小程序。关到网页的时候，她似乎怕现在正看着的网页丢了，悄悄点了收藏。

其实前后也就两三秒钟的事儿，苏弥完全没想过会不会被对面的男人看见，但是他还真就看见了。

"女孩子谈恋爱的注意事项？"程靳语气里含了点笑意，意有所指，"你洋气。"

苏弥忍不了了，瞪了他一下："你找女朋友就是为了和她抬杠的？"

"不是，是为了给她送早餐并送她上学的。"程靳嘴边的笑意渐浓，趁着苏弥不备，塞了个虾饺给她，"所以，快吃吧。"

两个人说说笑笑的，气氛倒也没有想象的那么尴尬紧张。不过后来，苏弥还是感觉到了两个人之间和平时不太一样的地方。

就例如以前程靳给她夹菜，她随便看一眼就往嘴里塞。

可是现在，她观察到他给她夹的东西其实都是她喜欢的那些食物了——虾饺、春卷、咸口的豆腐脑，以及撒着白糖的芝麻球……

苏弥甚至自己都不知道，这里面有哪些东西是她喜欢吃的。很可能是平时一起吃东西的时候，她多吃了两口就被程靳默默记住了。

苏弥忽然有些不自在了，原来他们两个人之间，从很久之前开始，就是他一直在默默付出了啊。

她低着头，闷闷地喝了一口豆腐脑。

从程靳的角度看，女孩子像是有心事似的。他刚想问问她怎么了，就见她的小手举起筷子，从餐盒里夹了一个灌汤包丢进他的碗里。

"你爱吃的，吃吧。"

程靳明显一怔，然后又笑了。

苏弥像是感觉到了什么似的，抬起头，正巧看见了他的笑容。

她总觉得他像是在笑自己，没忍住，问："你笑什么？"

"没事，就是觉得今天这个灌汤包比以往的好吃。"

苏弥其实听出来了他的意有所指，脸微微有些发热，用尽量自然的语气回了句："啊，是吗？"

要是换成平常，话题到这里大概就差不多结束了。

但是谁承想，程靳忽然又说："你尝尝？"

"啊？"苏弥见他说得认真，不好意思拒绝，"好。"

她握着筷子准备给自己也夹一个灌汤包，可就在她刚刚把灌汤包夹起来的时候，忽然感觉下巴一紧，接着，眼前一暗，在她还没反应过来时，双唇被人重重吻住了。

下一秒，她惊得连包子带筷子一块儿掉落在桌上，小脸微扬，就这么呆呆的任由面前的人肆意妄为。

不知道过了多久，程靳终于缓缓抬起了头。

他依旧和苏弥贴得很近，唇边微微勾起一点弧度，笑得有些吊儿郎当，还有些坏地问："是不是很好吃？"

这会儿苏弥其实神志还是不太清楚，可不知怎么的，她脑子里忽然就又闪过了那两个字：土狗！

时间过得很快，一转眼，苏弥的大学生活已经过了一周时间了。

第一天上课时，老刘留的作业要求就是在一周内完成，所以今天的下半节课，老刘特意抽出时间来点评班上同学的作业。

"刘昊和伍山雨这组，创意不错，基本功也很扎实，就是在色彩上面还不够大胆，毕竟平实。B。

"安南楠和许多这组整体都不错，但是创意有些陈旧。C+。"

老刘把同学们的作业做成了幻灯片，一张接着一张放映着，他戴着耳麦和话筒，很认真地打着分，同时也在帮同学们分析优缺点。

吴愿愿这会儿坐在苏弥旁边，略略有些紧张。

她轻轻拽了拽苏弥的衣角，小声说："这班上同学的作品都快点评一大半了，怎么还没到咱俩的啊？感觉刘老师越往后放分数越低呢，咱们的不会翻车吧？"

其实苏弥心里头也没底，她不太了解学校老师比较看重哪方面，而且她以前还养成了很随意的作画习惯，一般来说，比较偏学术派的老师，应该都不会太看好她的作品。

她心里估摸着，如果按照现在这个样子，她和吴愿愿的作业，应该最多只能得个C+吧。

"好了，班上大部分同学的作业我已经点评完毕了。大家都完成得不错，看得出来你们都用了心，只有个别同学随随便便应付了事……"

老刘一边说，一边朝讲台下某个方向看过去，他没有明说，但是从刚刚给的分数上看，大家也猜得出来他在指谁。

片刻后，老刘又说道："不过，这次我也看到了惊喜。"

说着，老刘按了下鼠标，将幻灯片翻到下一页。

吴愿愿看到图片时吓了一跳，赶紧拽了拽苏弥："苏弥，你快看！是咱们的作业！"

确实是她们的作业，而且还是福利院的那幅。

老刘的目光此时朝她们看了过来。

"这份作业，是苏弥和吴愿愿交上来的。无论是创意和基本功，在我这里都可以得到A+！"

老刘在讲台上很认真地点评着她们的作业，从整体构思创意再到细节，基本所有能说的优点全都说了个遍。

吴愿愿觉得受之有愧，后来老刘叫她们起来分享心得时，她首先就说了这幅作品大部分都是由苏弥单独完成的。

"刘老师，虽然我和苏弥是一组，但是这份作业确实和我没有太多关系。我只负责了后期的局部上色和细节修改，创意是苏弥单独想出来的，前期的线稿也是她独立完成的。"

吴愿愿这话一出，不只是老刘很意外，就连班上的那些同学也都不由自主地朝苏弥看过去。

新班级成立，大家能讨论的话题其实不多，所以当初苏弥的事儿基本就成了班上每个同学都可以悄悄聊几句的八卦。

有人说她是什么集团的千金，托了家里的关系找到杜教授，实力不行，却也通过了旁听生的考试，拿到了入学资格；还有人说她是靠男朋友攀上了杜教授这层关系，但是她男朋友到底是谁，大家还没扒到。

不过也有小道消息说报名那天，有人看见她和金融系那位传奇学长在一起，所以很可能那位学长就是她男朋友。

但是这些猜测都是没经过证实，大家也就都没再深想过。

可有一点，大家基本上都是心照不宣，那就是苏弥肯定不是凭实力进的重华。

所以这次老刘给了A+的作业居然是苏弥交上去的，绝大多数同学听见后都处于惊讶的状态。

老刘在听了吴愿愿的话之后，点点头。

"不错，苏弥同学的这幅作品完成度确实很好，下课后如果有同学想学习的话，可以来我这里领原件去打印彩图。"

这时，台下忽然有人出声了。

"老师，你就不再核对一下吗？现在投机取巧的人还挺多的。"

说话的是之前开学那天就找苏弥碴的那个男生，当初说苏弥托了杜教授的关系才进重华的也是他。

这个男生姓许，叫许时杰，平时在班上最活跃也最能挑刺，很多同学对他的看法都很复杂。

这会儿许时杰没管太多，很直白地又补充了一句："我看苏弥同学这幅作业的画风，总觉得好像在哪里见过似的。"

话都说到这个份儿上了，就差直接说"抄袭"两个字了，一般人都听得出来是怎么回事了。

苏弥倒是挺淡定，一点也不慌张，并且都不想解释。倒是她旁边的吴愿愿很着急，一直拽着她的胳膊。

"他这明显是在瞎话啊，你快点解释解释！"

苏弥表情没太多变化，轻声回道："和脑子有病的人论长短，我嫌浪费时间。快下课了，没必要耽误老师和大伙儿的工夫。"

吴愿愿觉得苏弥说得还挺对的。

大概又过了半分钟，下课铃就打响了。

离开前，老刘深深看了一眼许时杰，又看了一眼苏弥。

"我的课堂上，绝不允许抄袭的存在。但同时，任何事情都要讲究证据。如果有人对其他同学的作业产生疑问，可以自行找出证据去办公室找我。在那之前，我不希望听见任何没有证据的妄断和污蔑传出来，明白了吗？"

许时杰耸耸肩，一副吊儿郎当的模样，没再出声。

这节大课上完，差不多就到了午饭时间。苏弥没再多留，她和程靳约好了中午一起吃饭，她准备收拾收拾就打车去训练场找他。

出班级时，吴愿愿频频回头，然后拉着苏弥小声说："我感觉大家还是把许时杰的话当真了，好多同学都看咱们呢。"

苏弥压根不在意，随口回应："看就看呗，觉得我抄袭就拿出证据，不然看也是白看。"

吴愿愿觉得苏弥真的特别能抗压，这些事如果放在她身上，肯定早就遭不住了，但是苏弥还像没事人一样。

两个姑娘走到了校门外，就分道扬镳了。苏弥准备去候车区那边排队打车，而吴愿愿则在学校外找了家餐厅吃饭。

后来苏弥走到候车区的时候，意外碰见了程靳的那位温柔学妹，许温柔。

不过更让她意外的是，许温柔旁边站着的是许时杰。

苏弥下意识挑了下眉，原本她还没太在意那个男生时不时的挑衅，但现在这件事情就变得有点意思了。

许温柔看见苏弥时，明显也有些意外。她只迟疑了一下，就主动上前打招呼。

"苏学妹。"

苏弥点头回应:"学姐。"

许温柔依旧像以往那样,很温柔的样子。

她拉着许时杰走近,又对苏弥说:"啊,对了,这是我表弟,你们都是一个班的同学,应该早就见过了吧?"

苏弥还没来得及回应,许时杰就在旁边接话:"姐,你可能不清楚,苏同学现在已经是我们班的'风云人物'了呢。"

他阴阳怪气的,看着苏弥时,脸上的笑还带着深意。

"今天老师讲评作业,还拿着苏同学的作业当优秀范例呢,要我们都向她学习,把我都羡慕坏了。"

许温柔愣了愣,接着不太自然地笑了笑:"是吗?"

许时杰哼笑了声,没再说话。

其实他说这些是想让苏弥心虚惭愧的,毕竟他到现在也不相信那份作业是苏弥凭着自己的实力画出来的。

但是哪想到,苏弥听完他的话,反而还挺坦然的样子:"那你确实应该羡慕,毕竟我们组是全班唯一一个 A+,而你们组却是 D。"

许时杰有点绷不住了,脸色渐渐沉了下去。

旁边的许温柔见状赶紧出来打圆场,拍了他一下:"你真是 D?你等着,晚上我会给婶婶打电话的!"

苏弥懒得再听他们姐弟俩说话,正巧这会儿开来了一辆出租车,她出声问:"来车了,你们走吗?不走的话,我先走了。"

许温柔给她让了路。

看着苏弥上了车之后,许时杰终于忍不住了。

"姐,你对她那么客气干什么?现在全校都在传她是投机取巧进重华的,本身就不是什么光彩的事情,况且她还抢了你喜欢的人!"

许时杰对苏弥的敌意,其实绝大部分都是替许温柔打抱不平。他觉得自己表姐喜欢了好久的学长绝对是眼神有问题,不然怎么会放弃他表姐这样的女生,反而去喜欢苏弥呢?

而且他还护短，他看自己表姐受了委屈，就想替她找回去。但是吧，苏弥是女孩子，他就是再讨厌也知道不能随便对女孩子动手。所以他想了想，最后就选择了拿苏弥"走关系"进重华这事儿来挑事。

反正他也没撒谎，所有人都在说苏弥确实是靠着杜教授的关系才进重华的，这点无可厚非。

想到这里，许时杰又看了看许温柔，像是安慰似的。

"不过，姐你放心，她这次交的作业，我真的感觉有问题。按照她的水平，我觉得她不可能画出这样的作品。如果她真是模仿或者抄袭，那她早晚完蛋！"

许时杰说得兴奋，完全没注意到许温柔的表情。他没见过苏弥现场作画的样子，但是许温柔见过。

要说苏弥是抄袭的，她第一个觉得不可能。

所以这会儿听完自己表弟的话，许温柔隐隐有些不安。

如果再这么发展下去，苏弥很可能也会慢慢变成重华的风云人物。

那程学长离开苏弥的可能性就更小了吧？

城南的训练场上，程靳刚结束了一场小规模的训练赛。

他状态不错，发挥很稳定，直接拿了第一名。

结束之后，他看了眼时间，发现已经快到苏弥放学的时间了，便赶紧停好车去训练场里的食堂打饭。

这边食堂供应的饭菜味道不错，每餐都是三荤三素。

苏弥一直想来尝尝，所以这次程靳就没接她去外面吃，而是让她过来一块儿吃食堂。

这会儿食堂里面已经有不少人了，大多数都是认识的，他们看见程靳拿着两个餐盘时，都有些吃惊。

"天哪，程队长，你现在这么能吃的吗？"

程靳正看着食堂今天的饭菜，发现有道菜里面放了胡萝卜，有些纠结要不要给苏弥装呢。

听见这话,他随口回了句:"不是,待会儿我家小孩儿来找我,有份饭是给她打的。"

这话一出,起哄声顿时响起。

"现在秀恩爱已经不避讳人了啊!都秀到我们面前了?"

"就是,以前咱们程队还一直藏着掖着的,现在居然主动让他家小朋友过来一块儿吃饭,真是时间长了啊,哈哈哈!"

一时之间,食堂充斥着笑闹声。

不多时,忽然又有人说:"不对啊,咱程队有好事了还没请我们吃糖呢。"

程靳都被逗笑了,回道:"还没结婚呢,吃什么糖?"

"这叫恋爱糖,你们说对不对?"

那人一起哄,食堂里大多数人都喊了声"对"。

后来程靳没了法子,只好妥协。

他端着盛满饭菜的餐盘找了张干净的餐桌,坐好之后,给苏弥打了通电话。

苏弥这会儿已经快到训练场了,看见程靳来电话,还以为他想问自己到哪儿了,一时也没听他说话,直接抢答。

"马上就到了,马上就到了。"

"好,不急。"程靳一只手拿着手机,另一只手替苏弥挑着盘子里面的胡萝卜,头也没抬,"你去训练场旁边的小超市买点糖带过来。"

"买糖干吗?"

"这边有人找我们要糖吃呢。"

苏弥还是一头雾水:"啊?干吗找我们要糖吃?"

程靳下意识看了一眼前面那些还在时不时盯着他的人,忍不住勾起浅笑:"你说呢?"

这一句"你说呢"让苏弥的理解力瞬间提升,又听见听筒那头响起了哄闹声，她瞬间觉得脸颊的温度都开始上升了。

"哦，我知道了。"

她闷声闷气地回了一句之后就挂断了电话。

后来，她买了一大袋糖果，棒棒糖、跳跳糖到硬糖、软糖，什么都有。

其实除了黑雾车队的人，其他车队和燃车队的几个成员相处得还是很愉快的，而且程靳平时待他们也不错。

所以这会儿苏弥过来，他们除了瞎起哄闹两句，也没干什么太过分的事儿，而且看见女孩子真的很实在地提了一大袋糖进来，还都对她有了不错的印象。

程靳快步迎过去，随手把那袋糖接过来交给了身后的那些人，然后很自然地牵住苏弥的手。

"你到了怎么没给我打电话？"

"我知道食堂在哪儿啊，用不着你去接。"苏弥被身后那些带着八卦味道的目光弄得很不自在，又小声说，"好多人都在看呢，你先放开我。"

"看就看，他们是忌妒。"

程靳声音没刻意压低，那群人听见了，又有人大喊："程队，你可做个人吧！"

程靳漫不经心地笑着，没搭理他们，拉着苏弥去了他之前坐着的餐桌。

"外公刚刚给我打电话了，说刘老师下了课就去办公室和他说你这次的作业完成得非常好，能看出来你的基本功和水平都非常高。外公特别开心，特意给我打电话让我夸夸你。"

苏弥有些意外，完全没想到这种小事居然让杜教授知道了，更意外的是，他居然还因为她作业完成得不错而让程靳来夸她。

而更更更意外的是，程靳居然还当真了。

程靳从旁边拿过一个白色的小盘子，推到苏弥面前。

"喏，奖励你一朵小红花。"

苏弥低头看了一眼，发现盘子中央有几块胡萝卜，它们这会儿被摆成了花朵的形状，打眼一看，还真有些像小红花。

苏弥现在的心情非常复杂，觉得自己做了这种小事都被夸有点神奇，又对程靳的这份奖励有点无语。

这时，有人走了过来，把手里的一瓶饮料摆到了他们两个的桌子上。

"来，那些糖的回礼。"

苏弥看过去，过来的人她好像见过，应该是之前和程靳一起比过赛的人。

她客气地说了声："谢谢。"

那人还挺开心，又说道："小妹妹，你这几个月要做好准备了，按照你程靳哥哥现在的水平，明年开春的X方程式，你估计要上去做家属的赛后谢辞了。"

苏弥没怎么听懂，疑惑地问："赛后谢辞？"

"不会吧？程二没和你说明年开春X方程式又要报名了吗？这是我们这个圈子最牛的比赛了，是国际赛事，所有入选的选手都要出国参赛的那种！"

苏弥心里有了些底，后来那人走了之后，她赶紧问："他说的那个X方程式，是不是你最看重的那场比赛啊？"

"嗯，对我们这个圈子里的人来说，那场比赛确实是最重要的。"

"那你最近这么辛苦地训练，也都是为了那场比赛吗？"

"差不多，但不完全是，这几个月国内会陆续举办一些比赛，我也要参加。"

苏弥下意识回道："原来你们这行竞争也这么激烈啊，一年居然有这么多场比赛。"

程靳觉得好笑，抬眼看了她一下。

"所以你之前觉得我们很容易？"

"那倒也不是。"

苏弥回完这句之后，便不再多说什么。

她看程靳还在挑盘子里的胡萝卜,有些好奇地问:"你干吗呢?"

"你不是不吃胡萝卜吗?我帮你挑出来。"

苏弥有些意外,她确实不太喜欢吃胡萝卜,偶尔会自己挑一下,但也不是一口不吃的那种程度。

想着,她便说:"不用挑这么仔细,我也不是一口都不吃。"

她说着,像是要证明似的,抬手夹了一口,当着程靳的面咽了下去。

程靳有些意外,以往他们在一起时,他基本都避开带胡萝卜的菜,就是为了照顾苏弥,这会儿看她这样,他不由得笑了下。

"我家小苏同学今天怎么这么厉害,不仅作业得了 A+ 被老师夸了,就连胡萝卜都能吃了。"

程靳一边说,一边像哄小孩儿似的,伸手揉了揉她的脑袋。

苏弥有点蒙,一瞬间又觉得有些不可思议。

原来被人爱着的时候是这个样子啊,被老师表扬了会得到奖励,就连多吃一口胡萝卜也会被表扬。

程靳见她呆呆的不知道在想什么,出声问:"怎么了?"

她摇摇头,说:"没事,就忽然觉得……"

"嗯?"

"胡萝卜还挺好吃的。"

周一,苏弥趁着下午没课,早早就给苏凡程打了电话。

她已经很久没有主动联系过苏凡程了。

以前刚到国外时,她有想过打回去找他帮忙,但是想了想以前的事情,又觉得这电话打过去除了浪费钱,好像也没什么用。

久而久之,她就连他的电话号码也不记得了。

不过这次迁户口,她比苏凡程要急,所以那天分开前,她特意找苏凡程的助理要了号码。

原本她只是想要助理的电话,毕竟他们经常在一块儿,几乎找到助理就能找到苏凡程。但是没想到苏凡程当时听见之后,沉声报了自己的号码。

苏弥也不在意,她只想赶紧把户口的事情办好,然后拿着自己的单独户口去办理新的身份证。所以不管是苏凡程的号还是他助理的号,对她而言,基本上是没有差别的。

后来程靳陪着苏弥到达他们片区的政务大厅时,没想到苏凡程已经到了。

政务大厅的人很多,可能大多数人都会选择周一这天过来办理业务,每个窗口都在排长队。

苏弥原本以为苏凡程的时间宝贵,他肯定会找人办理。

但是意外的是,他看见苏弥来了之后,就沉默地跟着她一起排队。

排队的窗口是苏弥挑的,一个相对来说人数还算不太多的地方。她站在前面,程靳陪在她旁边,苏凡程和助理则站在他们后面。

程靳牵着苏弥的手,往前头看了看,见队伍还很长,怕等待时间太久,便说道:"我看好像还要很长时间,我去买点水吧,免得你待会儿渴。"

"不用,我从学校出来的时候,刚喝完一瓶水。"

程靳点点头,又想到了后排的人,礼貌地象征性问了句:"您呢?"

他这话是冲着苏凡程问的,正常人谁都听得出来他只是顺带问一句而已,但哪想到对方却回了句:"可以。但我只喝×牌的,你找找看附近的超市有没有这个牌子吧。"

苏弥有些无语,她完全不知道这个人在想什么,有点不耐烦地回头看了一眼。

"你不是带了助理吗?"

言下之意,想喝什么,让你自己的助理去买,在这儿使唤谁呢?

不过苏凡程的助理已经跟了他很多年了,比谁都了解他的脾气、习惯,这会儿都不用他开口,就明白怎么回事了。

苏弥刚说完,助理便赶紧把话接了过来。

"小弥小姐,你有所不知,最近咱们苏氏收购了一些中小型企业,很多人都对你爸爸有敌意,现在这边人多环境杂乱,我还是寸步不离地守在这儿比较好。"

听到这里,程靳大概明白苏凡程的意思了。他只看了对方一眼,接着低头轻声对苏弥说:"我记得临街有一家进口超市,我去那边应该能买到。你先在这里排着,有事随时给我打电话。"

他都这么说了,苏弥没办法,只好点点头。

程靳走了之后,苏弥便转了回去,认真地看着前方。

不多时,身后忽然传来了苏凡程的声音:"在重华那边,一切还顺利吗?"

周围环境嘈杂,苏弥一开始没太听清,苏凡程的助理又稍微大声地喊了苏弥一句,她才有了反应。

她重新回过头,随口回道:"怎么?"

苏凡程看着眼前这个早已长大的女儿,注意到她脸上的表情,忽然就不知道该怎么重复一遍刚刚的问题。

在他的印象里,苏弥除了还是小奶团时的样子,就只剩下她出国前,一边含着眼泪,一边瞪着他的画面了。

她当时刚被他打了一巴掌,眼底便再也没有小时候见到他时,软乎乎的带着天真笑意的目光了。

他清楚地记得,当时自己举起手时,她说过的话。

"你今天这巴掌如果打下来,可能以后你就没有我这个女儿了。"

当时苏凡程说不慌是假的,但是周围无数双眼睛在看着,他一直扮演着对苏弥不耐烦甚至还带着恨意的角色,他在苏家的羽翼还没丰满,他没办法停下。

所以就算心痛,他也只能狠狠地把那巴掌打下去。

后来苏弥也真的说到做到。

他原本在国外替她打点好了一切,却没想过自己那位"贤妻"会动了手脚，直接让他和苏弥整整失联了三个月。

等他的人再找到苏弥时，发现她自己已经在国外扎了根。而那段时间，也是苏凡程被盯得最紧的时候，秦湘怡时时刻刻派人暗中观察他的动向，就连他那位一直逼着他的父亲也在他身边插了"钉子"。

他没办法，只好先将苏弥的事情放一放，安心做事。

他原本是想，只要他成功了，只要他牢牢地把苏氏掌握在自己手中了，那么未来他做什么事情就都自由了，他想保护的人，也能光明正大地保护了。

可是万万没想到，看似很轻松的事情却这么难，苏弥已经静悄悄长成大人了，他还是不能光明正大地来保护她。

他知道这孩子恨自己，他也明白，这么久了她还在忍着不耐烦和他周旋，是因为户口还在苏家的原因。可是他更知道，一旦这个户口给了她，那她再回到苏家，再管他叫一声"爸爸"，就更难了。

而且更要命的是，当初为了带着苏弥一块儿回苏家，他曾经承诺过一些事情。现在眼看着要到兑现承诺的日子了，他不可能再选择牺牲苏弥去换取更多的时间。

所以前段日子他发了疯地工作，就是想用多一些资本去和自己那位父亲"谈判"。

不过，他万万没想到，事情居然在这种时候有了转机。

程靳出现了。

程靳带着关系着苏氏未来几年发展的项目来谈判，就是为了换取苏弥的"自由"。

说实话，他是惊喜的，也是感激的。

之所以惊喜，是他没想到苏弥会遇到程家二公子，并且对方还愿意为她过来提条件。

感激，则是他谢谢对方的突然出现，让自己不需要再为难接下来到底该怎么办。

只不过惊喜和感激之余，他也突然意识到，这件事情之后，苏弥可能真的不再需要他这个爸爸了。

苏凡程的心情很复杂，他一方面真心希望苏弥能在摆脱苏家之后过得好起来；另一方面，又害怕她在摆脱苏家之后，彻底从自己的世界消失。

想到这里，他眼眸深邃地看着苏弥。

"爸爸是在问你，这几天去上重华上学，感觉还好吗？"

这声"爸爸"让苏弥有些意外，她神情顿了顿，看了他片刻，回道："还行，挺好的。"

其实按照苏弥之前的性格，她这会儿肯定还会补充一句——毕竟是国内的知名大学，虽然只是旁听生，但肯定比读国外的一些野鸡学校要强。

但是她转念一想，眼前这个人再过一个小时可能就和自己没关系了，以后有没有见面的可能都不一定，她没必要再浪费那个时间。

所以她只淡淡地回了那么一句。

苏凡程看得出苏弥的态度，刚想再开口问些话，之前因为机器故障而暂停服务的窗口忽然重新亮起了"服务"的灯牌。

苏弥眼神很好，没等窗口人员通知，就直接跑了过去。

从苏凡程的角度看，苏弥像是很迫不及待的模样。她到了窗口询问了两句之后，直接从包里翻出自己的身份证交给工作人员，然后回头看过来。

"过来吧，这里也可以办迁户。"

苏凡程看着苏弥着急的样子，在原地站了两三秒，最后什么话也没再多说，沉默着走过去。

政务大厅的工作人员办理业务都很熟练，差不多只用了十几分钟，就把苏弥迁户口的业务办好了。

户口本不能当场就领，工作人员给了苏弥一张单子，说一周后拿着单子去现居地的所属派出所领取就行。

能看得出来，苏弥特别开心。她仔细地把那张单子收进了包包里，并客气地对工作人员说了"谢谢"。

他们出来的时候，正巧碰见程靳买水回来。

临街的进口超市说近不近，但说远也不算远。程靳看得出来苏凡程的意思，所以他在买东西的时候，故意多浪费了几分钟的时间。

只不过，他们的业务办理得这么快，也是他万万没想到的。

他先把那几瓶水交给了苏凡程旁边的助理，目光却一直看着苏弥。

"这么快？"

苏弥扬着头，满脸笑意，看向他："运气好，旁边原本暂停服务的那个窗口突然又能办理业务了，我就赶紧去了那边，还是第一个。"

她说话的时候，小脸微仰，脸上是她这个年纪该带着的轻松愉悦。

可是苏凡程已经很久没看见过了。

他的眼神深沉而复杂，半晌后开口："小弥，爸爸先走了。"

苏弥其实有些开心得忘了形，她短暂地忘记了身后还有两个人这件事情。所以听到苏凡程突然说话的时候，她有轻微的愣怔。

"啊……好。"

就两个字，甚至还带着一些下意识的生疏。

苏凡程觉得自己一刻也待不下去了，他没再多说，带着助理匆匆离开。

程靳没理会其他，他的全部注意力都放在了苏弥身上。

"这么开心？"他抬手捏了下女孩子的脸蛋，"身份证不是还没拿到吗？"

"当然开心啊，我自由了！"

苏弥其实很少有这么情绪外露的时候，她以往表现出来的都是超出年龄的成熟，像现在这样放肆的开心，真的算是头一次。

程靳见她这样，情绪也被感染，非常愉悦。

"那开心的小朋友，是不是要请我吃个饭啊？这大中午的，我从训练场赶过来陪你排队，饭都没吃。"

"那必须安排，吃什么你随便挑。"

两个人边说话边往外走。

苏弥像是忽然又想起了别的事情,说:"不过吃饭之后,你还得陪我去洗个文身。还是手臂上那些,今天最后一次了,文身店的老板说这次洗完,这条胳膊上就彻底一点印迹都看不到了。"

程靳说:"好。"

此时,一辆私家车一直悄悄跟在他们后头。

苏凡程坐在后排,淡淡地望着窗外的两个人。

前方是主路路口,苏弥他们已经右转了,眼看着左转的绿色箭头要亮起,助理小声提醒:"苏总,我们是回公司,还是……"

苏凡程又沉默了两三秒,接着,回过头,闭上了眼睛。

"你说我当初,是不是选错了?"

助理显然有些意外,表情微怔。他还没来得及回应,苏凡程便又开了口。

"算了,回公司吧。"

主路上车流不息,黑色的私家车缓缓向左行驶,车上的人和马路对面的苏弥一样,谁都没再回头。

11月16日,下午四点多,北城上空飘起了今年的第一场雪。

重华大学的很多学生都是从南方来的孩子,有的人甚至一次雪都没见过,所以在看见这场"初雪"时,很多人都很兴奋。

这其中,也包括了吴愿愿。

苏弥一直以为吴愿愿和自己一样都是走读生,因为每次放学,她都和自己一样出校门,并没有回宿舍。

后来一次巧合,苏弥才发现原来吴愿愿也是从外地来的,下课不回宿舍是因为要去兼职。

这会儿,吴愿愿带着从外面团好的雪球来教室里找苏弥。她在室外待了许久,鼻尖都冻红了,但是脸上的笑意丝毫没减。

"苏弥,我给你团了个雪球!"

吴愿愿捧着雪球走到苏弥跟前,献宝似的往她眼前一递。

苏弥有点无奈,一脸拒绝的模样。

"我谢谢你啊,这么冷的天你还想着给我送个雪球。"

她一边说着话,一边裹紧身上的白色毛呢外套,像是觉得还不够,又伸手拿起桌上的热奶茶喝了一口。

吴愿愿觉得苏弥现在的样子太好笑了,说:"你真不出去看看啊?现在外头的雪特别大,超级漂亮。"

"不看,我怕冷。"

两个女孩子说说笑笑的工夫,上课铃就打响了,这节是老刘的大课。课程内容讲完之后,大概还剩下几分钟时间,老刘敲了敲黑板,声量提高了些。

"大家注意一下,我说个事儿。"

教室里暖气供应得很足,这会儿上了几十分钟的课,大家都有些昏昏欲睡了。

老刘扫了一眼,又拿着粉笔重重地敲了一下。

"自下周起,咱们重华每年一次的校内绘画大赛就要开始报名了。没有硬性的报名要求和限制,想参加的同学去我办公室填报名表就可以。截止日期是下个月12号,所以大家有大半个月的考虑时间。"

重华作为历史悠久的名校,就算是校内的比赛,每一场也都办得极为正规隆重,所以大多数同学对这场比赛还是很期待的。

老刘走后,吴愿愿就拉着苏弥,问她打算什么时候报名。

苏弥迟疑了一下,也没具体回应,只说道:"我再想想吧。"

吴愿愿倒也没在意,转头又问了她另外一个问题:"那下个月你生日想怎么过呀?"

苏弥有些意外,看了吴愿愿一眼。

"你怎么知道我下个月过生日?"

"老刘的办公室里有咱们班所有同学的资料啊,我有一次送东西的时候看见了。"吴愿愿解释道,"不知道你想怎么过,但是我看别人过生日都是请一大堆人一起玩的,你如果也想的话,那我去……"

吴愿愿本来想说,如果苏弥想人多热闹的话,她去帮忙请班上的同学。

可是她话还没说完,就忽然被苏弥截住:"不用了,我没有过生日的习惯。"

吴愿愿有些意外,脸上的表情渐渐滞住。

苏弥能看得出来,自己那句话说出去后,吴愿愿心里头很失望。

可是没办法,她确实没有过生日的习惯,尤其吴愿愿还只是她才认识了两个月的同学。

她可以跟任何人维持表面上的和谐,但是走心的话,她还是对所有靠近她的人都带着警惕。

这是很糟糕的习惯,但是她暂时还没办法改变。

吴愿愿沉默了几秒钟后,眼底带着失落看向她:"苏弥,你……"

苏弥等着吴愿愿的下文,但是吴愿愿迟迟没把想说的话说完。

末了,她只补充了句:"算了,没什么。"

苏弥看着吴愿愿,第一次对她有了些莫名的愧疚。

当天放学的时候,程靳过来接苏弥。

苏弥到了校门口,一眼就瞧见了程靳。

那会儿外头还飘着雪,脚下已经堆积了厚厚的一层,鞋子踩上去,脚底下就会发出咯吱咯吱的声音。

远处白茫茫的一片,世界仿佛裹上了冬衣。

程靳今天穿了一件黑色的呢大衣,原本就很标准的身材这会儿瞧着更打眼了。他手里撑着一把黑色的大伞,半张脸被口罩遮着,只有一双眼睛和半截高挺的鼻梁露了出来。

来往的学生很多,不少人都注意到了他,也有几个人认出了他就是那位传说中的金融系的传奇学长。

只不过，这位学长现在看着太过淡漠，身上的气息虽然不带什么攻击性，但就是莫名让人不敢轻易靠近。

后来苏弥出现，大家眼睁睁地看着她走到了程靳的身边，又很自然地把自己的背包交给了他，并且两个人还牵了手！

那一刻，所有人心里就只剩下一个想法——原来苏弥是"关系户"这个传言，并不是空穴来风啊。

不过，两位当事人倒不是很在意这些路人的想法。

"你今天怎么没开车啊？"苏弥问。

程靳这会儿正给她拍脑袋上的雪花，随口回了句："下这么大的雪肯定会堵，就没开。"

苏弥听了也觉得有道理，便没再追问。

过了会儿，程靳像变魔术似的从衣兜里拿出来了一个烤红薯，用牛皮纸包着，摸上去还热乎乎的。

这段日子程靳几乎一有时间就会来接苏弥放学，每次都会带些小零食或者甜点让她在回去的路上吃，一开始苏弥还有点不适应，现在已经习惯了。

这会儿看见烤红薯，她也没太惊讶，接过来之后，慢条斯理地剥开最上面的皮。

冒着热气的金黄薯肉看着就特别诱人，苏弥低头咬了一口，有些意外地挑了挑眉。

"这么甜？"她小声嘟囔了一句，转头把烤红薯朝程靳嘴边凑过去，"你尝尝，可甜了。"

程靳明显迟疑了一下，朝旁边瞥了一眼，接着黑色大伞向下，遮住了一道风景。

他很自然地弯下身，歪着脑袋，亲了一下苏弥的嘴角。

片刻后，程靳才直起身松开了她。

苏弥有点蒙,微微瞪起双眼,问:"你突然亲我干吗?"

她边说边四下看了看,像是有些怕被人看见。

程靳倒是自然多了,又抬手给她理了理围巾,回道:"我的女朋友,我想什么时候亲就什么时候亲。"

苏弥被堵得有些说不出话,顿了顿,她拉起程靳的手,迅速走到旁边的一条巷子内。

小巷里此刻一个人也没有,皑皑白雪覆盖了厚厚一层,甚至连多余的脚印都没看见。

程靳被自己家小朋友用力拉着向前走,正有些不明所以的时候,就见女孩子突然脚步一停,然后把他往墙边一推,又一把拽住了他的衣领。

漫天飘散的雪花。

厚重白雪上踮起的脚尖。

一高一矮紧贴着的两道身影。

以及,被动作有些生疏的苏弥堵住的嘴唇……

大黑伞缓缓落下,掉在地上,雪花一片一片飘下,不一会儿就把伞面上也铺满了一小层。

这回换程靳发蒙了,他靠着墙愣好一会儿都没反应过来。

苏弥和他分开后,他垂眼睨了过去。

苏弥见他这样,直接用他说过的话堵了他的嘴。

"看什么?我的男朋友,我不也是想什么时候亲就什么时候亲吗?"

苏弥学以致用,成功让程靳吃了一回瘪。

后来一路上,女孩子都因为刚刚的计谋得逞而很兴奋。程靳见她这样,倒也没再多说什么。

老城区离重华大学不算近,两个人今天没开车,又不想堵在半路,所以只能选择坐地铁。

因为天气恶劣,今天地铁站的人比平时多了不少,地铁上几乎是人挤人的状态。

不过，苏弥被程靳很安稳地护在了怀里，倒也没感受到有多挤。

只不过……

苏弥有点烦躁地从地铁车窗的倒影里瞧着程靳，说："你能不能别压着我了？"

程靳这会儿下巴正垫在苏弥头顶，听了她的话，只懒懒地换了个姿势，却没离开的意思。

"不行，这姿势挺舒服的。"

你舒服我不舒服啊，大哥！

苏弥瞪了他一眼，但到底什么也没做，继续顶着他的下巴站在那儿。

"外公今天打电话说重华要举办一场校内绘画比赛，他希望你能参加。"

关于苏弥"走关系"这件事的流言，其实一直没彻底消失过，杜教授虽然不在意，但有些担心苏弥在校园里的处境。

毕竟有的时候，口水也能淹死人。

所以杜教授希望苏弥能通过参加这次校内赛取得一些成绩，这样那些流言就可以不攻自破了。

苏弥当然也明白这点，但是她想了想，还是说："我再想想吧，反正离报名截止时间还有大半个月呢。"

闻言，程靳也没再继续这个话题。

反倒是苏弥，忽然想到了吴愿愿的事儿，随口和他提了起来。

"比赛的事情不算什么，现在让我有点头疼的，是那个最近和我走得比较近的同学。"

苏弥把吴愿愿想给她过生日的事情都和程靳说了。

程靳听完之后，低声问她："现在你还是不能相信别人吗？"

苏弥完全没想到程靳会这么一针见血地指出问题所在，不由得愣了下，没出声。

地铁迎着冷风呼啸向前，广播里开始通知下一站的乘客准备下车。

地铁门没过多久便应声打开，乘客来来往往的，周围变得嘈杂混乱。

苏弥看着窗外，好半晌才小声说了句："我再试试看吧。"

程靳知道她说试试看的意思。

试试看再相信一下，相信靠近她的人不是每个都揣着刀，相信这世界的善其实是大于恶的。

他有些心疼，一点都不希望自己家的小孩儿因为别人的错，而不得不对着全世界做复健。

他搂住她，轻声说："没关系，我知道我家苏同学选择全心全意相信我已经很难了，别人的话相不相信都可以。"

苏弥也不知道自己是不是被感动了，被搂住的时候，姿势有些僵硬。

隔了好一会儿，他们都快到站了，才听她在程靳怀里闷闷地吐出来一句话。

"也没有全心全意相信你。"

见程靳一直看着车窗上她的影子，苏弥有些心虚，不自觉声音就降低了些。

"你也有变成渣男的可能性。"

程靳狠狠噎住了。

其实对过生日这件事情，苏弥很早之前就期待过了。

她和苏时时的生日没相差几天，那位正儿八经的苏家小姐每年生日都会大张旗鼓地操办，所以苏家上下基本上提前几天就要准备。

忙碌之中，也就很少有人记得苏弥的生日了。

后来去了国外，苏弥每天能活下去吃饱饭就已经很好了，生日什么的，她自己都不想着过。

这次回国了，想着她生日的人倒是多了。

距离苏弥生日还有十天的时候，施施和丫丫就来给苏弥送礼物了。

丫丫送了她一个粉色的礼盒，里面装着一张生日贺卡，还有一个贴满水钻闪闪发光的发卡。

贺卡上面，歪歪扭扭地写着生日祝福，看得出来，小朋友准备得很用心。

施施则更简单粗暴一些，十套冬季的新衣服新鞋子，还送了一大堆苏弥常用的画具和学习用品。

"知道9号那天你得和程靳哥一块儿过，所以我和丫丫今天就把礼物送来了。提前祝你生日快乐！健健康康！顺顺利利！"

那个时候的苏弥其实心里也想着，或许今年的生日会因为有了程靳而有所不同。

可让人意想不到的是，苏弥生日的前几天，程靳他们突然收到消息，往年要二月末才开始报名的X方程式国际摩托车比赛将报名时间提前了，想参赛的车手们需要在十二月初就抵达M国面试，获取参赛资格。

这场比赛对程靳有多重要，苏弥当然知道。

所以在得到这个消息的时候，她马上就和程靳说，让他安心准备比赛，不要管她。

程靳要走的那天，怕他想到自己生日的事情，她还补充了一句："反正我也没期待过什么生日惊喜，你不用担心我会失落或者难过，不存在的。"

程靳怎么可能相信她的话，但是这次比赛确实也特别重要，他没有任何理由再错过了。

不过他临走前，还是送给了苏弥一份礼物。

一个特别大的纸袋，重量不轻，苏弥拿到手的时候，有些好奇，想把里面的东西拿出来，却被程靳阻止了。

"回去再看。"

这会儿机场人来人往，全是送行的或是赶飞机的人。因为这次比赛是需要积分的，而积分得靠平时比赛的成绩积累，燃车队里面除了程靳，其他成员的积分全都不够，所以这次只有他一个人出行。

不过来送他的人倒是很多,有燃车队的成员、老袁两口子,几乎和程靳关系近一些的,这次都过来了。

不过大家都很识趣,把该表达的祝福表达完毕,就都上了车,留了些时间给程靳和苏弥。

程靳此刻握住了苏弥的一只手腕,又重复了一遍刚刚的话:"回去再看。"

"哦。"

苏弥虽然好奇,但也没那么着急,听了他的话之后,乖乖地把袋子合上了。

"我听老袁他们说,这次比赛国内外关注你的人很多,你压力肯定很大,但你还是尽量放轻松,就当热身考试了。考得好自然挺好的,考得不好就下次继续努力。"

程靳看着她那副担心自己的模样,觉得好笑,眼神不自觉就变软了,他什么也没说,轻轻拽过她的手臂,安静地将她拉进怀里。

嘈杂的人群喧闹声和来往车辆的发动机轰鸣声在两个人身边环绕,苏弥靠在程靳怀里,难得有些不知所措。

"小孩儿,谢谢你。"

"啊?谢什么?"

"谢谢你没有让我在你和这次比赛之间做选择啊。"程靳抱紧了她,声音更低了,"你都不知道,在听见报名提前这事儿的时候,我特别担心。"

因为那会儿红毛一直跟他念叨,说他完了,一般女孩子都很在乎生日,尤其他们刚交往。

程靳当时倒没把红毛的话当真,可是后来还是忍不住一直去想。

"担心什么?"苏弥窝在他怀里,说话的声音闷闷的,"担心我让你在我和梦想里头二选一啊?"

程靳没说话,差不多就是默认了。

"如果我是娇生惯养长到了十八岁的话,那估计会像你想的那样,但我不是。"

苏弥顿了下，片刻后又说道："我知道这世界上有很多比感情更重要的事情，如果这件事换作是我，我也会做同样的选择，所以没关系的。而且我也确实没期待过生日惊喜，你不需要内疚。"

程斩没出声，只是搂着她的双臂收得更紧了。

不多时，苏弥也缓缓伸出双臂，回抱住了他。

"所以，你要加油哦！"

回去的时候，是施展开的车，红毛坐在副驾驶位，老袁两口子坐在后排，苏弥则坐在了他们旁边。

老袁媳妇儿似乎怕苏弥会在心里生闷气，上了车之后就开始开导她，一会儿和她解释 X 方程式是他们每个赛车人的梦想，一会儿又跟她说程斩这几年有多难。

苏弥其实挺无奈的，怎么解释说自己不在意都不行，还是后来老袁看不下去了，说了他媳妇儿两句，对方才渐渐歇了下去。

"但是你嫂子有一句说得挺对的，程斩确实特别在意这场比赛。"

这回说话的是老袁。

苏弥听完，点了下头，接话道："我知道，这场比赛三年才会举办一次，当然重要。"

"不不不，小苏弥，程二在意的可不是这个！"

前头的红毛这会儿也回过了头，把话接了过去。在家养病的这段时间，他原本的一头红色非主流长发已经染回了黑色，并且也剪短了。冷不丁一瞧，有点帅哥那味儿了。

他看向苏弥，表情认真。

"如果真是因为时隔三年才会举办一次的比赛，那程斩这次肯定选择放弃，留下来陪你，但是现在的情况其实远比你想的要复杂多了。"

当初程礼走的时候，外界就经常讨论同样身为豪门少爷的程斩又能坚持多久。

后来，燃的成员要么转业要么退役，或是被其他车队挖走，这件事情就又被大众重提。

现在燃车队能参加比赛的，除了程靳，还有丫丫爸爸、红毛和施展，可是丫丫爸爸年纪也不小了，他现在还能再坚持坚持，可是以后呢？

燃已经面临着成员短缺，没有新鲜血液的问题了。而这个问题，关乎着燃的未来。

这个车队从开办到至今，承载了太多人的梦想，程靳不想让它在自己手里消失。

所以，这次 X 方程式，是他出头的机会，也是能让燃重生的机会。

只要他在决赛上取得成绩，那么无论是赞助商，还是有潜力的车手，就都会把目光重新放到燃上面。

他想让燃重生。

那天红毛的话，让苏弥沉默了好久。

其实之前她隐约感觉到程靳因为车队而承担的包袱，但是她从来没想过，这个包袱会这么重。

回到家时，她没忍住，给程靳发了条微信。

苏弥：你累不累啊？

微信发过去片刻，她忽然想到这会儿程靳乘坐的飞机已经起飞，手机应该关机了。犹豫再三，她还是将那条消息撤回。

北城到 M 国每周有一趟直飞的航班，差不多十九个小时才能到达。程靳那边落地时，北城这头已经是第二天清晨了。

苏弥起床洗漱准备上学的时候，程靳的视频打了过来。

M 国现在是晚上，程靳一个人拉着行李，似乎在机场等出租车。

"微信上面撤回什么了？"

苏弥"啊"了一声，想了想，瞎编了一个理由。

"我听说M国的东西巨难吃,昨天晚上我点了一个超级好吃的外卖,想发张照片馋你一下,后来想想太残忍了,就撤回了。"

程靳听得直笑,散出来的白色雾气,隔着屏幕苏弥都看见了。

她没忍住,问了句:"那头也很冷啊?"

"嗯,和家那边的温度差不多,昨天好像还下了雪,外头积雪挺多的。"

苏弥皱了皱眉:"那你穿得够厚吗?别因为温差感冒了,耽误面试。"

程靳挑了下眉,问:"我怎么觉得你比我更在意面试结果呢?"

"那不然呢!"苏弥说,"大老远跑过去,机票都没人报销,不成功的话也太亏了!所以!必须给我成功!"

程靳脸上的笑意更浓:"行,听我家小孩儿的,必须成功。"

说完,他话题一转,又问了句:"礼物拆了吗?"

"还没。"

苏弥昨天回来就一直在想红毛说的那些话,她把那个装礼物的袋子扔到沙发上就没再碰过,也忘了看里面到底是什么。

这会儿忽然被问起来,她莫名就有些心虚。

显然程靳也有点意外,眉梢又微微挑了一下。

"怎么回事儿?这不是你的风格啊。"

苏弥没搭理他,擦了一把脸之后,拿起手机直接去了客厅。

那个装着礼物的袋子这会儿正安安静静躺在客厅沙发上,黑色的,尺寸偏大。

"你到底买的什么啊?"苏弥把电话放到了旁边,一边拆着包装袋,一边问。

还没等程靳回答,苏弥就已经把里面的盒子拿出来了。

做工很精细的硬壳礼盒,白色的,上面还系着一个金色丝带系的蝴蝶结。

苏弥打开,发现里面的东西更不简单。

"这是什么啊?怎么里面还有这么多盒子啊?一号、二号、三号……

什么啊？"

"倒计时盲盒，施施说最近很流行这个，我就也定制了一套。"

"那这个号码是什么意思……啊！这是对应的日期？"

"嗯，每个盒子里面都放了礼物，从一号到三十一号。"

程斩语气里带着笑意，低声说道："拆吧，每天拆一个，拆着拆着，我就回家了。"

程斩的飞机是在M国当地时间凌晨两点多落的地。

他和苏弥通完电话之后，算了下时差，又给他大哥程礼也打去了电话。不过听筒里的嘟声从头响到尾，他大哥也没有接。

他倒是没多想，这个时间段，他哥要么是在开会，要么是在开会的路上。

这会儿没听见电话，可能就是在会议上静了音。

后来在去酒店的出租车上，程斩想了想，还是给程礼发了条微信。

程斩：大哥，我到M国了。

就简单的几个字，没头没尾，可是程斩知道大哥一定会懂。

从机场到酒店的路上，人烟稀少，没过多久，出租车就上了立交桥。

桥下是M国最长的一条江，这会儿江面一片沉黑，暗涌微微翻滚着，仿佛看不到尽头。再远一些，是高耸的楼林，一片片通明的灯火在那些楼林中亮起。

司机是个金头发白皮肤的M国大叔，他似乎载过很多国外的人，所以看见程斩这张异国面孔，并没有表现得太好奇或是意外。

"嘿，小伙子，我看你像是中国人？"司机用英文问了程斩一句。

程斩同样用英文回应："是的，我是中国人。"

司机像是很惊喜，一路上拉着程斩聊了很多关于中国的话题。车载音响里放着轻快的爵士乐，司机有些壮硕的身体偶尔还会跟着节奏动来动去。

要到达目的地时，司机忽然又问了程斩一句："那你来M国干什么呢？"

"追梦？"程斩说完，自己忍不住先笑了下，"是不是有点俗气？"

"不，这一点也不俗。"

到达程斩订的酒店门口，司机停下了车。

他单手扶着方向盘，看向程斩，认真地说："小伙子，祝你好运！"

程斩住的酒店，就在这次赛事举办方选择的报名地点附近。

由于这边位置很偏，离市中心很远，所以周围就只有这一家环境还算可以的酒店。

世界各国很多来参加报名的车手都住进了这家酒店，程斩在办理入住手续时，就碰到了几个曾经一起比赛过的熟人。

然而让他意想不到的是，重星的那个方燃，居然就住在他对面。

方燃以前很活跃，只要有比赛，基本都会来挑衅程斩或是燃的成员几句。但是自打和施施谈了恋爱之后，他似乎低调了不少。

所以第二天晚上，程斩准备出去吃饭，打开门瞧见方燃的时候，意外得很。

方燃显然也有些惊讶，他知道程斩会过来，也猜到了程斩有百分之九十的可能会住在这里，但是怎么也没想过，程斩会住在自己对面。

"什么鬼啊，怎么感觉你好像阴魂不散呢？"方燃用略夸张的语气对程斩开口。

程斩睨了他一眼，一边反手将门关好，一边随口回道："这句话应该由我说吧？"

程斩今天换了一身白灰色的棉服和牛仔裤，里面是连帽卫衣，看着舒服又随性。

而方燃则跟他完全相反，一条黑色的铅笔裤，高帮马丁靴，上身是黑色T恤，外加一件黑色的皮衣，整个人远远瞧着就骚里骚气的。

后来他们谁都没再开口搭理对方，共同沉默地上了电梯，又很巧地，一起去了酒店楼下的餐厅。

这会儿正是晚饭时间，餐厅里的人很多，只有角落里还剩下一张空桌子。

方燃看了一眼，又回头看了看程靳。

"一起？"

程靳也斜了他一眼："那不然你等位？"

点完餐，方燃大大咧咧地往椅背上一靠，姿态有些吊儿郎当。

"如果不是因为施施，你以为我能这么忍你？"

程靳把棉服往旁边的椅子上一搭，又从衣兜里掏出了烟和打火机，偏头点燃后，咬着烟，含混不清地回了句："所以？"

方燃吃了两回瘪，真的不想再理他了。

后来牛排端上来时，方燃已经拿起刀叉准备开吃了，可程靳不知道抽什么风，居然对着餐盘拍了两张照片，之后又像是给谁发过去了一样。

没多久，程靳的手机响了两声，他看着消息，嘴角缓缓开始上扬。

"你这心够大的啊！"方燃实在忍不住了，拿着叉子有一下没一下地扎着牛排，"你知不知道，这次张麟也来了？"

程靳动作一滞，眼皮抬了一下，看向他，没说话。

方燃像猜到了程靳会是这个反应，把叉子一扔，向后靠了靠，又说道："我也是今天白天出去的时候碰见他们了，才知道黑雾的人也住这家酒店。"

他提到的张麟，就是黑雾车队现在的车队长兼老板。以前他和程礼发生过大过节，所以导致后来黑雾和燃也成了势不两立的死对头。

程靳一直没说话，方燃倒也不急，隔了片刻，他又问了句："不过当年的事儿我没亲眼瞧见，只是听说。张麟那条腿，真是因为你哥折的？"

他话音刚落，餐厅的玻璃门忽然又被人从外头推开，又进来几个亚洲面孔。

方燃坐的位置正巧对着大门，他不经意抬了抬眼，接着低骂了句："我的天哪，这么巧吗？"

程斩看了他一眼，见他的眼神一直没往回收，也想回头看一眼。

方燃的表情一下子变得有些古怪，又低声喊了一句："你别回头！"

程斩顿了顿，心里已经大概猜到了进来的人是谁。

他没有听方燃的劝，转过了头，表情淡淡的。

现在门口站着的，正是黑雾那帮人，他们以张麟为首，大概进来了七八个。

门口接待他们的服务生用英文说着现在餐厅内的情况，表达了歉意之后，又询问他们是否要留下来等位。

张麟本来是想转头询问那些小弟的意思，哪料到，眼神一动，碰巧就和程斩的视线撞了个正着。

张麟这个人本就长着一副阴柔的面孔，最近几年又常年不外出运动，这会儿他看见程斩，要笑不笑地扯了扯嘴角，整个人瞧着阴森森的。

方燃像是浑身上下都不自在似的，缩了缩肩膀，小声嘀咕："这人现在怎么跟电视里面那些太监似的，也太瘆人了。"

只见下一秒，张麟冲着服务生指了指程斩这边，不知说了什么，片刻后，他便领着黑雾的那帮小弟朝这边走了过来。

"小程队，这么巧啊？"张麟微笑着站在他们桌前，又看了方燃一眼，"方燃也在啊，没想到你俩关系这么好？我还一直以为，你们像外头传的那样，因为第一第二的事而水火不容呢。"

他说话时，语气温和随意，瞧不出一丝一毫刻意挑拨的意思。

如果是真的有过节的两个人，估计这会儿各自心里的那股火已经被悄无声息地点燃了。

不过好在方燃不傻，听了张麟的话，要笑不笑地回了句："我以为张老板您已经隐迹了呢，没想到这次在国外倒有幸瞧见您亲自带队了。"

说着，方燃向下瞥了一眼。

"不过，您这腿还好吗？这跋山涉水的，也太辛苦了吧？"

张麟的右腿，有半条裤管是空着的。他这会儿单手拄着拐杖，看上去比正常人要狼狈一些。

他身后的那帮人在听到方燃的话时，都面露凶色，纷纷摆出一副随时都能撸起袖子挥拳头教训人的样子。

可张麟不以为意，看着方燃时，笑意更浓了。

"重星这两年势头挺猛的，方燃你作为主力也得好好加加油了，可不能一直坐在千年老二这个位置上了，到时候我都替你老板丢人。"

这话一出，方燃的脸色果然变了变。而黑雾那群人，则很配合地哈哈大笑了起来。

张麟没在方燃身上浪费太多时间，他转头看向了一直坐在旁边沉默着的程靳。

"不过，有些东西其实也挺玄的，就好像咱们小程队，个人成绩一直不错，战队却越来越不行了……"张麟意有所指似的，装模作样地前后看了看，"这次不会就只有小程队一个人来这边了吧？燃的其他成员一个都没跟着过来吗？"

这时，张麟身后的一个人极其配合地回了一句："头儿，你不知道吗？燃现在除了咱们小程队，就只剩下三个车手了，有一个腿还折了，不知道要养到猴年马月才能参赛呢！"

"是吗？"张麟面上像是有些惋惜，语气却听着特别愉悦，"我记得当初程礼走的时候，燃在圈子里的风头正盛啊，这怎么才几年的工夫，就没落成这个样子了？"

他说着，又看向了程靳："小程队，你一定很难受吧？"

张麟这个人，一直都深谙打蛇打七寸的道理。虽然这几年他一直没怎么在圈子里露脸，但是该知道的信息，他一点也没落下。

他和程礼有那么深的过节，程礼退圈了，他肯定就把目光转到了程靳身上。

谁让这两人是兄弟呢？感情又那么好。

如今，程礼一手建立的战队渐渐没落，程靳身为接手的人，又是程礼的弟弟，肯定自责又难受。

张麟找不到程礼，就只能把恨转嫁到程靳身上。

所以他说的话，一字一句，几乎都在故意往程靳的痛点上踩。

程靳明白，所以压根不在意他的话，他甚至都没理会张麟，淡漠着一张脸，拿起旁边的棉服，平静地站起了身。

张麟见程靳这个样子，仿佛看到了当初程礼和自己打交道时的模样。

那个时候，程礼也是这么不把他放在眼里，高高在上的，无论自己如何挑衅，对方都像看跳梁小丑一般平静。

这让张麟突然之间就怒火中烧，表面的和气再也维持不住了，阴森地瞪向程靳。

"这么多年过去了，你们兄弟还是对我连一点愧疚都没有？我因为这条残废的腿，一辈子都不能再摸摩托车了！"

程靳随意地睨了他一眼："所以呢？"

张麟烦透了程靳这副神色，他狠狠咬着牙，盯着程靳，恨意几乎溢满了眼底。

"没什么所以，我只是想告诉你……"

他边说，边拄着拐杖往程靳那边靠了靠，语气更阴森。

"你和你哥都小心着点，我这条废了的腿，"他咬字很沉，一字一句都像是从牙缝里挤出来的一样，"早晚要跟你们拿回来的。"

餐厅幽黄的灯光打下来，程靳眼眸低垂着，表情很淡："行，我等着。"

拆拆乐的乐趣，苏弥第一天就体会到了。

一号盲盒的礼物是朵带着桃子香气的永生花，麋鹿造型，白粉色，很俗，却被她摆到了床头。

二号盲盒呢，程靳给她准备的是一张玩具城的通行卡。那张卡算是那家玩具城的超级 VIP 卡，进去购买任何商品都不需要再付费了。

苏弥当时还有些奇怪为什么程靳要送她这个，没过多久忽然想起来，他们之前似乎一起看过一部动漫，里面的主人公拥有神奇的能力，脑袋里想什么，就能得到什么。

那个时候她边看边感叹，如果她小时候也有这种超能力就好了。那时候她很羡慕苏时时有很多好看的洋娃娃，她要是有超能力的话，就不用羡慕别人了。

苏弥以前对着程靳时，纯属想到什么说什么，压根没走心，也没当真。却不想，程靳都记在了心里。

所以当她拿出那张通行卡，以及程靳附在上面的字条时，莫名觉得好笑又好哭。

当天下课，苏弥就打车去了那家玩具城。其实她只是想随便逛逛的，却不想后来被一个小男孩儿挑衅，她一个冲动，买了一大堆玩具、糖果之类的东西。

那个小男孩的身板又胖又圆，虎头虎脑的，能看得出来是在宠爱中长大的。

小男孩看苏弥只逛不买，实在忍不住，憨憨地问了句："姐姐你是不是很穷啊，连买玩具的钱都没有吗？"

苏弥一愣："啊？"

"爷爷说，只有没用的大人才会没钱。"小男孩很欠地伸出一根手指，在脸上来回划，"羞羞羞，没用的大人羞羞羞。"

苏弥没反驳他，只是面无表情地挑了一大堆玩具装进推车里。

结账的时候，她还故意排到了那个小男孩的旁边。

小男孩看到那一车的玩具十分意外，拉着她的手，问道："姐姐，你怎么又变得这么有钱啦？"

苏弥垂眼瞧了瞧他，然后将那张通行卡递给收银员，接着用很稀松平常的语气对他说:"我没钱,但是有卡。我男朋友说,只有没用的小孩才会连玩具卡都没有,你不会没有吧?"

说着,她还复制了小男孩刚刚的动作,面无表情地拿食指碰了两下脸。

"羞,羞,羞。"

小男孩呆呆地看了她两秒钟,接着,就见他嘴一咧,哇的一声大哭了起来。

其实事后想一想,苏弥也觉得自己特别幼稚,但是,特别好玩特别开心也是真的。

第二天有早课,苏弥起得比平时要早很多。她算了算时差,程靳应该还没睡,所以起床后,她一边洗漱,一边拨通了他的电话,想着和他说一说玩具城的事儿。

电话响起来的时候,程靳正在窗边抽烟。看见苏弥打电话过来,他其实是有些犹豫的。

想了想,他还是接起来了。

"起床了?"

他嗓音低沉,语气和平时有些不太一样。

不过苏弥这会儿正刷着牙,没太听仔细,只模模糊糊辨别出了他说的是什么。

"对啊,今天有早课。"

刷完牙,苏弥没再着急弄别的,转过身靠着洗漱台,把手机举到了耳边。

"我跟你说,我昨天去玩具城的时候,碰见了个小胖墩……"

苏弥分享得很投入,叙述完过程后,又问:"你猜我后来和他说了什么?"

程靳在那边吸了最后一口烟,一边吐着烟雾,一边将烟头按在了烟灰缸里面。

片刻后，他问："嗯，说什么了？"

苏弥在这时才恍惚察觉到了程靳的不对劲。

"你不开心？"

程靳也没藏着掖着，直接说："嗯，有点。"

苏弥有些意外："报名的事情出了问题吗？"

"没有，报名很顺利，已经走了大部分网络流程，顺利的话，7号就可以去面试。"

"那挺好的呀，你为什么还不开心啊？"

程靳顿了一下，到底还是没选择全部告诉她。

"有点别的事情，不过也不是很重要，你不用多想。"

苏弥听出来了程靳的犹豫，她明白有时候不想说话的心情，想了想，决定不再问了，开始转移话题。

"其实M国的夜景挺美的，尤其是靠江的地方。你要不要出去走走，换换心情啊？"

听筒那边有短暂的沉默，隔了几秒钟，程靳忽然不着边际地问了一句："我没记错的话，你之前住在廉租街那边？"

"对啊。"

程靳没再出声。

片刻后，听筒里头传来了窸窸窣窣的动静。

苏弥问："你干吗呢？"

"穿衣服啊，你不是建议我出去看夜景吗？"

苏弥后知后觉好像意识到了什么，赶紧又问："你不会是要去廉租街那边吧？"

"嗯。"

"去那儿干吗呀？"

"看夜景。"

后来，直到程靳坐上出租车，苏弥都还在苦口婆心地劝着他。

"那边真的不安全,你相信我。尤其这个时间,除了小混混,肯定还有很多醉汉,你一个人过去真的很危险。"

程斩完全不在意,随口回道:"你之前不也是一个人住在那儿吗?"

苏弥见说不通,又低声来了一句:"那边有人摸屁股。"

程斩愣了几秒才反应过来:"我又不是女生。"

"我说的那个人,就是个大姨,"苏弥语气幽幽的,"专门摸男生屁股。"

这个理由也没能挡住程斩的脚步,出租车行驶在路上,大概只用了十几分钟就到了廉租街。

程斩下车后,一眼望过去,堆满垃圾的巷子口、破败残缺的台阶、随处可见的"瘾君子"和醉汉……

即便已经有了心理准备,但在看到这种场景的时候,他心里还是忍不住发沉。

"你当初在这里住了多久?"

"大半年?具体多久不记得了。"

苏弥见程斩已经到了廉租街,便没再像之前那样继续劝他。

她重新把手机架到了洗脸池上面的架子上,打开水龙头开始洗脸。

她边洗边回忆着廉租街的一切,片刻后,隔着一阵水声对程斩说:"你看看街口是不是还放着两块大石头?"

"嗯,还在。"

"追着男生摸屁股的大姨就经常坐在那儿。"

"现在没人。"

"是吗?"苏弥语气略带可惜,"那还挺不凑巧的。"

程斩没理会她这个话题,问:"你当时住几号?"

"不记得了,不过我住的那户门前有很多藤蔓,窗户都被绿叶挡住了。啊!还有还有,大门是紫色的。"

这个搭配有些奇怪,程斩心里微微诧异,甚至有些怀疑苏弥是不是记错了。可是他才往巷子深处走了没两步,她描述的那户人家就渐渐出现在了视野里。

他朝那边看了一眼:"窗户外还锁着一辆没有前轮的自行车?"

"对对对!"苏弥有点意外,"这都多久了,自行车还在那儿呢?"

"缺一个前轮,偷去也没用吧?"

"也对哦。"

苏弥小声嘟囔着她当时住在廉租街的事情,程靳边走边听,恍惚间,他好像真的能看见有个不大的小姑娘,天天在这个巷子里来回穿梭。

"那时候为了不让自己显得那么正常,还生怕被哪个小混混盯上,文了满手臂的文身之后,我又学着抽烟。我记得当时啊,我人生中的第一支烟,就是在那条街最里面的拐角那里抽的,那天风可大了,我怎么点也点不着,后来好不容易点燃了,我还不敢往嘴里放。"

程靳听着她的话,顺着巷子一直往里面走。果然,走到街尾时,他瞧见了一个极其不显眼的拐角。

那个拐角算是半封死的,用几块破败的木栅栏隔着,感觉轻轻一推就可以推倒。而木栅栏那头是临街的一户人家,家门口拴着几条凶神恶煞的恶犬。

看见有生人过来,那几条恶犬全都疯了似的狂吠,还一直朝程靳这边扑。如果不是绳子拴得还算结实,很有可能恶犬就这么扑过来了。

听见了狗叫,苏弥连忙问:"你是到巷子那头了吗?那你千万别再往前了啊,巷子拐角和另一个胡同就隔了几块破木头,我在那儿的时候就很破了,现在都不知道什么样子。另一边有几条很凶的狗,看见生人就龇牙咧嘴的,特别吓人,你别往那头去了啊。"

苏弥以前经常和那几条狗打交道,因为二房东偶尔会带男人回家,她一个小孩儿在不方便,所以有时候会赶她出去待几个小时。

那时候苏弥没有地方可去,外面天气还冷,她想找个地方躲风便摸到了那里。

刚开始的时候,那几条狗也冲着她狂吠,一副想生吞了她的样子。

后来它们见她的次数多了，后来再瞧见是她时，便都懒洋洋地趴到地上，不再出声。

虽然知道它们伤人的概率不大，可苏弥还是不想让程靳有一丝一毫被伤害到的可能。

不过程靳好半天没出声，也不知道听没听进去她说的。

正当苏弥想再叫他一声的时候，程靳忽然开口："你之前经常在这里待着吗？"

"啊？哪里？"

"就是木栅栏这里。"

苏弥神色顿了下，怕程靳担心，下意识就扯了谎："没有啊，我就去过一次，发现那儿有几条狗，我就不再去了。"

程靳眸色渐深，眼眸低垂着，视线落在了栅栏旁边的墙面上。

凹凸不平的墙面上有几排汉字，字体有些稚嫩，程靳却认出了是苏弥写的。

好冷啊，他们什么时候才会结束啊？

抽烟好难，学不会。

大黄、二黑、三胖其实也不是很凶，下次带点方便面碎屑过来给它们吃吧。还要带毯子！不然在这儿过夜太冷啦！

程靳蹲在那里，满脑子都是一个瘦瘦弱弱的小姑娘窝在这里，一边避着风雨，一边熬着时间的画面。

他目光渐渐向下，在墙角下方，有着苏弥写的最后一排字。

算了，没人会来的。

那头，苏弥出了门，准备去公交车站。

下楼的时候,她随口和程靳抱怨:"最近早高峰,咱们这边都没有出租车过来,我前天等了快半个小时,最后实在没办法了,就坐公交车走了。"

隔了几秒钟,程靳才缓缓开口回她:"是吗?等得很辛苦吧?"

"对啊,所以我今天干脆不等出租车了,直接去公交车站!"

苏弥踩着清晨的曙光出了小区,而她不知道的是,远在几千里外的夜幕下,程靳凝视着她几年前写在墙上的字,心底微沉。

片刻后,他拿起地上的石头,在最后那一排字下面加了一行。

我来了。

——算了,没人会来的。
——我来了。

程靳当天在廉租街晃悠了快一个小时。

直到苏弥到了学校,开始上课之后,他才挂断电话往回走。

已经凌晨两三点钟了,但是廉租街依旧有不少人。很多人看见程靳这张陌生又突出的异国面孔,都不怀好意地吹起了口哨,像是想吓他似的。

但是程靳连目光都没斜一下,走到街边,直接拦了一辆路过的出租车便走了。

回酒店的路上,司机看见程靳这张异国面孔,还拉着他聊天。

后来快到目的地时,他忽然高声喊了一句:"哦,我的上帝!那边的大楼好像起火了!"

程靳闻声抬头,路口前方五十米左右,一栋建筑的中间楼层正冒着滚滚的黑烟,楼下站满了围观群众。

程靳眉头不由得深皱,没看错的话,起火的应该是他住的酒店。

"上帝!是你要去的酒店起火了!"

由于酒店周围拉了警戒线，司机只能在附近找了个地方停车。

下车后，程靳马上往酒店走去，脚步加快。大楼中央现在还是黑烟滚滚，走近后，他甚至都能闻到呛人的烟味儿。

酒店负责人这会儿正在旁边跟警察叙述情况，程靳路过时，隐约听见了"小孩子""打坏了监控"之类的语句。因为他所有的行李都在酒店的房间里，他这会儿便没心思听这些，加快步伐往那边走去。

方燃此刻也在，他看见程靳之后，立马情绪很激动地用英文大喊："警察！警察！不用找了，那个房间的住户在这里！"

程靳连忙走近，问方燃："怎么回事？"

"失火了……"方燃看着他，神色有些凝重，"你的房间失火了。"

苏弥是踩着点进的班级。

今天上早课的老师是位满头白发的老教授，姓王。

他和杜教授关系特别好，也从杜教授那里听说了苏弥的事情，所以平时上课对苏弥格外"照顾"。

只不过他的"照顾"和普通的照顾不太一样，别的同学迟到早退甚至没来上课，他可能都笑呵呵的不说什么，可是到了苏弥这里，要求就全部变严格了。

不来上课是不可能的事情，迟到早退更是单独留堂一对一批评。

苏弥今天虽然不算迟到，但是在老教授那里，踩点进教室就算消极应对学习。

所以免不了的，下课后，苏弥又被留堂批评了一顿。

"你说说你呀，怎么上课越来越不积极了呢？昨晚是不是又熬夜了？也像别的小姑娘追剧、看小说到后半夜？"

老教授是南方人，不过很早就在北城扎根了，所以现在的口音是北方腔里面又夹杂着点南方味儿。

苏弥每次听着都想笑，却又忍着不敢笑。

听完老教授的问题，苏弥回道："没有，就是早上有点别的事情耽误了会儿。"

"什么事情能比学习更重要？尤其你这个年纪！"

老教授嗓音走高，说完可能也察觉到了不太对，又深深叹了口气。

"我说这么多都是为了你好，你是个好孩子，应该也明白。"

"啊，我知道。"

"知道就好。"老教授想着这件事说得差不多了，就直接翻了篇，提起了另一个话题，"我问了你们刘老师，他说今年的校内绘画比赛你还没报名，怎么了？是遇到什么困难了吗？"

苏弥摇摇头："那倒没有，就是还在犹豫要不要参加。"

老教授一听，被气得胡子都快竖起来了。

"你说说你这孩子到底怎么回事儿！这两三个月你们班的气氛你还没感觉到吗？外头的谣言都疯传成什么样了？这次校内赛是多好的证明机会啊，你还有什么可犹豫的呢？"

这些苏弥当然懂，可也正是因为这些，她不想再出什么风头或者搞什么竞争，她比谁都希望能安安静静地上完这四年的大学。

老教授像是从她犹豫的表情里看出了她的心思，片刻后，语重心长地对她说："孩子，这世上很多时候都是树欲静而风不止，你一直逃避并不是什么好的选择。"

苏弥从教室出来的时候，发现吴愿愿正在等她。

上次的事情过后，其实苏弥已经能感觉到吴愿愿的疏远了。

不对，说疏远好像也不太对，因为还没到那个程度，就是很多时候，吴愿愿都比之前有分寸感了。

以前不管是不是涉及隐私的私密话题，吴愿愿想到了就会刨根问底，除非苏弥明确表达了不想说，她才不会继续问。

还有，以往无论是课间休息还是中午放学，她能黏着苏弥就黏着苏弥，偶尔她有什么事情需要办,也会想方设法地撒娇喊苏弥陪着她。

但是最近几天,这些情况都没有了。

两个姑娘上课的时候还是会坐在一起,老师布置的任务或者是学习重点,她们也还是会交流。可是课外时间,苏弥能明显感觉到吴愿愿不一样了。

所以这会儿出来,见到吴愿愿在等自己的时候,苏弥心里微微有些意外。

"那个……我没什么事,就是刚刚收拾东西的时候,不小心把你的笔记收到包里了,然后看你还在和王老师说话,就想着在这里等一会儿。"

吴愿愿边说边把本子拿出来递给苏弥。

苏弥接过之后,吴愿愿说了"再见"就准备走。

苏弥想到之前的事儿,忍不住喊了她一声。

"那个……"

吴愿愿回头,有些疑惑地看向苏弥。

苏弥犹豫了好几秒后,才缓缓出声:"我打算报名参加校内赛了,想再去一趟福利院取材,你要一起吗?"

吴愿愿一愣,接着像是不知所措似的点点头:"啊……好啊。"

两个女孩子是坐公交车去的福利院。

这一路上,吴愿愿没有像上次那样叽叽喳喳个不停,而是出奇地安静。

苏弥其实没经历过这种情况,她只擅长把亲近的人推远,却没学过怎么修复关系。

所以后来她也没出声,就那么靠着椅背闭目养神。

到了福利院,她们再一次被孩子们包围之后,情况才好了一点。两个人的注意力全都放在了孩子们的身上,没别的心思去别扭。

小补依旧安安静静地站在最后面,只不过他这次看见苏弥的时候,眼里不自觉溢出来了惊喜和喜悦。

后来苏弥趁别人不注意的时候拉着他去了后院。

"我不是和你说了吗,不要一直懂事。刚刚你明明想跟着他们一起扑过来的,怎么后来又站到后面去了?"苏弥刮了刮他的鼻尖,"又让着他们?"

小补摆摆手:"没有没有,我没有想让他们!就是不想和他们一起挤过去,怕把姐姐挤摔了。"

苏弥都不知道该说什么了。她没再继续这个话题,而是问了些学习和生活上的事情。

一大一小两个人的"悄悄话"大概说了十几分钟,后来苏弥再把小补送回去时,发现吴愿愿已经不在院子里了。

她一开始没太在意,又和院长妈妈聊了聊孩子们的近况,之后说想以福利院为题材,画一幅作品去参加校内赛。

院长妈妈听完特别开心,拉着她又仔细说了很多福利院的情况,希望对她有所帮助。

感觉时间差不多了,苏弥便和院长妈妈以及那些孩子道了别。

临走前,她故意磨蹭了几分钟,想等一等吴愿愿,但是吴愿愿不知道去了哪里,一直没回来。

苏弥不想再等了,背起背包便准备自己坐车回家。

天色渐渐暗了下去,福利院周围都是漆黑的小巷。苏弥路过一条巷子时,忽然听见里面有轻呼声。

她转头看过去,发现一直没见着的吴愿愿,这会儿就站在小巷里面。

而她身旁还多了几个面生的女孩子。

那些女孩子穿着打扮都偏成熟性感,黑丝袜、大波浪,脚下还都踩着近十厘米高的高跟鞋。

也不知道怎么回事,吴愿愿这会儿被她们堵在了墙边,气氛看起来有些不对。

"怎么,这么久没见,你就不认识老朋友了?"

说话的是几个女孩子里面为首的那个，像是头目。

她边说边拿做了长指甲的手指去点吴愿愿。

吴愿愿一直低着头，苏弥看不清她是什么神色。

巷子里光线很暗，她们站在深处，让气氛看上去更加紧绷压抑。

苏弥皱着眉，也没管太多，低声喊了一句："吴愿愿？"

这一声显然把巷子里面的人都惊到了。

吴愿愿回过头，看见来人是苏弥时，表情顿时慌张起来。

"你是要回家了吗？你先走吧，不用等我了，我遇到了……"她有些紧张，说话时还带了颤音，"遇到了几个朋友。"

她显然没说实话，苏弥看得出来。

而那几个女孩子在看见苏弥之后，也都来了兴趣。

为首的那个不怀好意地笑了笑，问："哟，这是咱们小愿愿的朋友吗？不简单啊，不仅上了名牌大学，还交到朋友了？"

"谁跟她是朋友了？"

吴愿愿立马否认，并且看向苏弥的时候，表情也变了变。

"我和她只是一个班的同学，算不上朋友！"吴愿愿像是真的不耐烦了，又冲着苏弥喊，"你快走吧，我不是说了不用等我吗？快走！"

面对这种情况，苏弥要是再不明白怎么回事就是傻了。

她站在原地沉默了几秒钟，淡淡地开口："你们想要什么？"

为首的女孩子意外地挑了下眉，接着又笑了一下。

"你们看看，你们看看，咱们小愿愿这个同学，可比她明白多了。"她边说边拍着吴愿愿的头顶，像是拍狗一样，"我们姐几个就是没钱啦，想找小愿愿要点花花。"

苏弥一句废话都不想多说，冷着一张脸，看着她们："你们把她放了，钱我有。"

其实按照苏弥以前的习惯，这钱不可能给。但是吴愿愿明显已经被折磨了很长时间，苏弥不想再让她受到惊吓。

那几个女孩子听完苏弥的话,很默契地对视了一下,接着都笑了。

她们把苏弥喊到了身边,并且要她拿出手机打开支付软件。

苏弥全程照做,而吴愿愿一直在旁边给她使着眼色,她就像没看见一般。

成功转账的页面弹出之后,那个为首的女孩子笑得更欢了。她一副胜利者的姿态,又拍了拍吴愿愿的脸。

"你说你有这么有钱的朋友,怎么不早点告诉我们啊?早知道我们就不在你身上浪费时间了。"

她说着,还故意似的咳出了一口痰吐到吴愿愿脚边,羞辱的意思极强:"穷鸡。"

她转头又看向苏弥,表情瞬间变了变。

"美女,咱们加个微信啊?我看你挺有爱心的,以后我们姐几个要是再遇到什么困难,就联系你帮帮我们。"

苏弥不想再多说,随口回了一句:"不了,微信不加陌生人。"然后就去扶吴愿愿,想带她走。

她扶起吴愿愿手臂的时候,吴愿愿下意识躲了一下。

苏弥像是想到了什么,皱着眉,迅速撸起吴愿愿的袖子。

宽大的袖口一寸寸向上缩,原本干净白皙的手臂上,此刻布满了青紫的瘀痕。

苏弥的脸色顿时冷了下去。

"她们弄的?"

吴愿愿还没出声,身后的那些人倒是先接了话茬。

"是我们招的,但也是她自找的哦。"为首的那个女孩子轻飘飘地笑了笑,"你也知道,这世上从来都是一个巴掌拍不响的。"

她说完哈哈笑了两声,旁边的几个女孩子也跟着一块儿大笑起来。

但她们没看见的是,苏弥的脸色已经冷到了冰点,在她们还没反应过来时,苏弥忽然迅速转身。

为首的女孩子还在笑,但是下一秒,她就察觉出了不对劲。

刚刚看着还瘦小文弱的苏弥,此刻忽然拽住了她的衣领,并在她还没反应过来时,反手就扇了她一巴掌。

这一巴掌有多重,恐怕只有那个女孩子自己知道。她耳边传来了嗡嗡的耳鸣声,脑袋有一瞬间空白。

下一秒,就见苏弥掐着她的脖子,凉凉地问:"我这个巴掌,响吗?"

苏弥把吴愿愿从那条小巷里带出来之后,直接去了附近的药店。

她很熟悉这种小伤该用什么药,所以进去之后,她直接找店员要了碘伏和瘀青膏,又顺便给吴愿愿买了些助眠的东西。

毕竟她每次受到惊吓后都会整宿整宿的睡不着。

苏弥从药店出来的时候,吴愿愿正抱着膝盖坐在路边的台阶上。

街边霓虹闪烁,正是晚上下班的时间点,来往行人很多。大多数人都步履匆匆,走过吴愿愿身边时,仍会不着痕迹地看她一眼。

苏弥只顿了一下脚步,接着就闷声走到吴愿愿身边,弯下身,陪她一起坐在了台阶上。

北城的冬天很冷,现在是十二月初,夜晚的温度已经直逼零下十五度。

一坐在这台阶上,好像有冷气从屁股下面往上冒。

苏弥冻得直皱眉,本来想和吴愿愿说换个地方坐,但是转头一看她现在这个状态,又把那些话都咽回去了。

"你跟她们以前就这样?"

苏弥边问,边把吴愿愿的手拉了过来。

她下意识放轻动作,一点点把吴愿愿的袖口撸起,之前那些一块一块的青紫又一点一点出现在了她的视线里。

可能时间久了些,瘀痕的颜色看着比刚刚还要深,面积也比刚刚大了一圈。

苏弥看得直皱眉。

吴愿愿在听了苏弥的话后,有些没反应过来,问道:"什么以前就这样?"

"还能哪样?打不还手,骂不还口啊。"苏弥有些恨铁不成钢,抬起眼皮来看了她一下,"你平常不是挺能叽叽喳喳的吗?怎么就怕那几个小混混啊?"

吴愿愿把头埋得低低的:"那她们不是人多吗?"

"那你就不会喊人?你不是有我的电话吗?我还在福利院,你打个电话我马上就能过去。"

吴愿愿张张嘴,像是想说什么,但最后还是忍住了。

苏弥看不见她的脸,也没看出她的犹豫,还以为她一直没说话。

苏弥不擅长应对沉默尴尬的气氛,以往如果有这种情况,她早就抬起屁股转身走人了。

可是现在显然不太行。

街口的风刮得倒也不算太大,但因为气温低,刮在脸上就像细刀子划过一样。

吴愿愿被苏弥撸着袖子上药,也不知道是冷的还是疼的,忍不住抖了两下。

苏弥手上的动作明显放得更轻了。

吴愿愿愣愣地看着脚下的马路,隔了一会儿,终于开口了:"其实,我也是在福利院长大的孩子。"

这一句话,让苏弥愣了好几秒。

她抬头看了一眼吴愿愿,见吴愿愿似乎还想继续说,就没出声。

片刻后,吴愿愿果然又开了口。

"院长妈妈说,我是冬天被送过去的。"

那时候她被裹了一件露了棉花的大衣,里头就围了一层桌布。院长妈妈发现她的时候,她已经被冻得小脸苍白、嘴唇发紫了。

后来院长妈妈顶着大雪送她去了医院,医生和护士抢救了半个晚上才把她的命捡回来。

"他们说，包着我的那件大衣里面，还有一个空了的钥匙链，上面有个绣着'愿'字的吊坠，院长妈妈就顺势给我起了'愿愿'这个名字。

"吴呢，则是跟了院长妈妈的姓。那个院里面的孩子，几乎都姓吴。"

其实吴愿愿发自内心地觉得在院里的日子还挺好的，吃穿虽然都很简朴，但是至少很快乐。

再后来，上了初中，她的生活就变了。

因为她的学习成绩一直不错，无论是小学还是初中都是市重点。那个时候班上几乎没人知道她是福利院的孩子，也没人戴有色眼镜看她。

只不过噩梦从初三上学期忽然开始了。

当时班上有几个同学一直不太喜欢她，私下里经常编排她。

今天那几个女孩子中的头目，就是当年那些同学中的一个。

那时候她还不像现在这么嚣张，因为重点初中的尖子班里，除了成绩优异的孩子，还有很多家庭背景很深的同学。那个女孩子早早就接触了社会，比别人更了解这方面的事情。

所以她根本不敢对吴愿愿怎么样，顶多是言语上阴阳怪气几句。

吴愿愿听听就过，压根不当真。

变故发生在三个月后。

那天吴愿愿正常放学，然而也不知道怎么回事儿，就在福利院附近碰到了同学。本来吴愿愿可以不搭理她转身就走的，可是院里的一个妹妹恰巧撞了对方一下。

这一撞，让吴愿愿不得不上前把小孩子护到身后，同时，也将吴愿愿是福利院孩子这件事捅了出来。

那之后，整个年级全都是风言风语，那些原本就看不惯吴愿愿的女同学，自然不再手软。

几乎整个初三下学期，吴愿愿都在被校园暴力侵害着。

她原以为上了高中就好了，日子就会好起来了。可是让人万万没想到的是，一直带头欺负她的人，会和她上同一所高中，并且很快组织了一个新的小团体，依旧在校内横行霸道。

　　吴愿愿那个时候被她们欺负得不敢多说话，每天上课下课都待在教室里，晚上放学也早早就跑出去了，生怕单独遇见那些人。

　　但即便这样，那些人依旧没放过她。

　　她偶尔还会带着伤回去，院长妈妈问她怎么回事，可是她不想给院里面添任何麻烦了，所以都是忍着不说。

　　说到这里，吴愿愿勉强笑了下："那时候受伤已经不算什么了，要瞒过院长妈妈才是最难的。"

　　苏弥回想起了第一次和吴愿愿去福利院的画面，问道："你说的院长妈妈，和我们之前见过的那位是同一个人吗？"

　　吴愿愿摇摇头，目光落在了前面。

　　"带我们的院长妈妈年纪太大了，我们院也因为年头太久，很多基础设施都跟不上，所以后来就和这个院合并了，院长妈妈也就退休了。"

　　"那你现在不在这边住？"

　　"我成年之后，户口就单独办好了，我便出来单过了。"

　　自己有了赚钱的能力，她就想自己养活自己，没有必要再赖在院里不走。

　　"啊，怪不得这边福利院的人都不认得你。"

　　"嗯，我没和他们提起过，只是攒些钱就会来看看院里的孩子们。不过他们年纪太小了，早把我忘了。"

　　苏弥听到这里，不自觉看了她一眼。

　　"这么看，你心确实挺大的，遭了那么多事儿，性格还能这么好。"

　　吴愿愿摇摇头："不是，我以前不是这样的。"

　　被欺负的第一年，她能明显感觉到自己慢慢变得阴郁寡言了。就连回到福利院里，她也很难快乐起来，平时更是能不说话就不说话，很少和人交流。

改变是发生在高二那年。

文理分班考试之后,她去了文科班,新同桌是以前一班的班长,很活泼可爱的一个姑娘。

这个姑娘像是和谁都可以聊得来,即便是和吴愿愿第一次见面,也能像是遇到了老朋友一样。

她每天都逗吴愿愿笑,尽可能地和吴愿愿黏在一起。在她的影响下,吴愿愿慢慢变回了以前那个正常的女孩子。

可是后来,那帮人还是找上门来。

吴愿愿害怕极了,她怕那些人当着同桌的面羞辱她,更怕那些人把她是孤儿的事情再次宣扬出去。

她怕平静的日子还没过几天,就招来更多莫名其妙的排挤和敌意。

只不过让人没想到的是,当那些人对她的同桌说出以往的事情之后,同桌非但不惊讶,甚至还一副早就知情的模样。

面对那些人的恶行,同桌表现得也很理智。她掏出不知道什么开始录像的手机,当着那些人的面,迅速把刚刚录下来的视频发到了校园邮箱内。

校方一向对校园暴力事件很重视,这条视频一经上传,那几个一直欺负吴愿愿的女孩子就都得到了休学处分。

事后,吴愿愿问过同桌到底怎么回事。

对方笑眯眯地冲她说:"因为我很小的时候被别人治愈过啊,所以第一次见你那个样子,我就也想做一次帮助别人的角色。现在想想,我真棒!"

讲到这里,吴愿愿也低笑了一声:"她真的是一个很好的女孩子,后来上高中的那段日子,我也是托了她的福我的高中生活才从不堪回首慢慢变得满是回忆。只不过高中读完,她就被家里面安排去国外念书了。"

临别的当晚,两个刚成年的小姑娘一人喝了一瓶啤酒。醉醺醺的时候,同桌迷迷糊糊地和她交代了一大堆事情。

"你若再被欺负要及时和老师说,不要一个人忍着闷着。实在不行就拨打国际长途找我说,然后我找我爸妈帮你!"

吴愿愿那时只觉得好笑,没当过真。

后来一晃两个多月过去,她如愿上了大学。当她看见苏弥被班上的同学欺负时,第一时间就想到了当初的自己。

她以前被人照亮过,自然而然的,现在也想再照亮其他人。

所以,在所有人都孤立苏弥的时候,吴愿愿去了她的身边。

当天晚上,苏弥把吴愿愿送回了家。

小姑娘住在城东的郊区,位置离市中心很远,但是房子很新,家具家电都很齐全,看着还算舒服。

路过楼下超市的时候,苏弥买了一些面包、方便面和小零食给她,本来想着陪她到睡着再走的,但是没待太久,她就起身要送苏弥下楼。

"这边不好打车,你还是早点走吧,太晚的话我怕不安全。"

苏弥想了想,或许自己在这儿她也会觉得不方便,所以没反驳她,转身和她一起下了楼。

这会儿外头飘起了小雪,吴愿愿陪着苏弥一起等出租车的时候,忽然出声问了一句:"我之前查天气预报了,你生日那天会下雪呢。"

她说这句的时候,低着头,看也没看苏弥一眼。

苏弥转头瞧她。

不多时,出租车来了,苏弥招手拦下。上车前,她说:"如果那天下雪了的话,就一起吃火锅吧。"

12月9日,北城天气阴转小雪,最高气温 -8℃,最低气温 -21℃。

今天周末,苏弥难得休息,她昨晚就提前取消了闹钟,准备一觉睡到下午。

可是她忘记手机没设置静音这回事儿,早上还在梦里的时候,就忽然被铃声吵醒。

发来的是条视频申请，苏弥迷迷糊糊地点开看了一眼，是程靳。

两个人已经好几天没有视频通话了，最近要么因为时差问题匆匆聊两句微信，要么就是打一会儿电话。

所以这会儿他发来视频，还是这个时间点，苏弥一下子就精神了。

她随便扒拉两下头发，拥着被子坐起身后，点了接通键。

视频那头依旧是直男角度拍摄，手机的位置比较低，不过好在程靳底子好，那张脸和平时瞧着也没差到哪里去。

"小寿星还没醒？"

程靳应该是在外面，头发被风吹得微微向一边扬，穿着毛衣和羽绒服，甚至帽子、围脖也全都戴在了身上。

苏弥没搭理他的话，反问："你这是在哪儿呢？"

"M国啊，市中心的罗鹿大街。"

苏弥刚刚其实在暗暗猜测程靳是不是回国了，所以此刻听见他的话，心里头控制不住有一瞬间失落。

"哦，那你打电话干吗呀？"

程靳挑了下眉："你不记得今天几号了？"

"记得啊，9号。"

"那你说我打电话过来干什么？"

苏弥一脸无语："哦，谢谢，同乐。"

虽然程靳没有明确说出"生日快乐"这四个字，但是苏弥也猜得差不多了，直接抢答回复。

程靳瞧着她的模样，忍不住笑了笑。

"今天的礼物拆了吗？"他问。

苏弥摇摇头："我才醒来啊，直接接你电话来着，哪有时间拆？"

"那现在去拆吧。"

直到挂了电话，苏弥还有些不敢相信，程靳打这通视频电话就是为了叫她起床去拆礼物。

苏弥重新躺回床上,翻来覆去的,睡不着了,她烦躁地蹬了两下被子之后,认命地起床。

这会儿手机里已经集满了祝福短信,有各个软件和银行的,还有吴愿愿和施施他们发的。

她挨个看完,都回了"谢谢"。

昨夜又下了一晚上的雪,窗帘拉开,外头现在一片银装素裹。积雪压在枯枝上,沉甸甸的,要坠不坠。

苏弥站在窗边发了会儿呆,之后便慢吞吞地走去客厅,拿起那盒拆拆乐里面的9号,准备拆今天的礼物。

9号这天的盒子是大红色的,不知道是有意安排还是巧合,瞧着还挺喜庆。

盒子很轻,苏弥递到耳边摇了摇,没有太大的声响,只有细微的沙沙声。

她很疑惑,皱着眉头拆开,结果,意想不到的是,里面竟然是一张电影票。

12月9日。

19点18分。

《恐怖眼》。

直到站在电影院外的时候,苏弥都还想不通为什么程靳会在生日当天送她一张电影票当生日礼物。

而且还是恐怖电影!

苏弥吃方便面没有调料包的时候都没这么无语过。

她本来想打电话问问程靳那家伙怎么想的,但是不知道为什么,他的手机一直处于关机状态。

时间拖来拖去的,就拖到了晚上。

苏弥和吴愿愿吃了一顿火锅之后,本来是打算打车回家的,可是上了出租车她又翻出那张电影票看了看,最后还是一脸烦躁地麻烦司机掉头去了电影院。

这部电影是老片翻拍的,苏弥进影厅时,发现里面几乎是满座状态了。她本来还想随便找个位置坐下的,现在不得不按号找座。

7排9号座。

她一级一级地往上走,心里默数着排数。

1,2,3,4……7,到了。

座位号相对来说比刚刚简单些,因为这会儿这排一眼望过去,只有一个空位了。

她抱着爆米花和可乐一路弯着腰走了过去,放好东西坐稳后,电影便开场了。

片子开头的恐怖气氛就很浓,伴着幽幽的音乐声,放慢的长镜头一点一点向一座废弃的老宅推近,嘎吱一声,老宅大门缓缓打开,四处挂着白布、燃着白色蜡烛的庭院出现在银幕中央。

苏弥虽然不信怪力乱神那些,但是总归平时也不经常看这些恐怖类型的东西,这会儿老觉得心里毛毛的,背后发凉。

她想拿起手边的可乐喝一口,却在摸过去的时候,莫名其妙摸了个空。

苏弥转头看过去,发现自己那杯动都没动过的可乐,这会儿正被旁边的男生拿在手里。

男生侧着头,戴着影院统一发放的立体观影眼镜,下巴上还卡了一个黑色口罩。

苏弥有点无语,想了想,还是咽不下这口气,捅了对方的胳膊一下,凑过去小声问:"你买可乐了吗?"

男生明显顿了一下,学着她也往前凑了凑,回道:"没有啊。"

男生的声线和语气像是故意压低了,隐约间有些耳熟,可是苏弥此时被气到了,压根没管这些细节。

"那你在这儿喝什么呢?"

男生像是意识到了不对劲,看了一眼手里的可乐,接着拿出手机。

"加个微信?回头我把可乐钱转给你。"

苏弥平时在街上经常被人搭讪,这招也有人用过,所以听见对方这话,她瞬间更无语了,看了他一眼之后没再搭理他,也没再提可乐的事情。

后面两个人倒还算相安无事。

影片过半,恐怖的氛围越来越浓,银幕上突然出现了鬼影,那一瞬间,影厅里尖叫声无数。

其实苏弥也被吓了一跳,但是她的反应相对来说淡定一些。只不过和她比,旁边那个男生就要夸张点,不只是死命拽住了苏弥的胳膊,甚至整个人都快挂在她身上了。

苏弥实在忍无可忍,甩了几次没甩开他之后,咬着牙说道:"我男朋友是跆拳道黑带。"

男生明显愣了愣,还没反应过来,就听苏弥又补充了句:"我教的。"

短暂的沉默后,男生像是特别愉悦地笑了笑,之后起了身,没再继续刚刚的动作。

后来直到散场,他都安安静静的,没再烦苏弥。

苏弥本以为今天差不多就这样了,起身准备离开的时候,还低头给程靳发了条微信。

苏弥:我谢谢你啊,在我生日这天请我看恐怖片,真是毕生难忘呢。

最后还有个"可爱"的表情包。

虽然还没用多久手机,但是女孩子最擅长用的表情包和阴阳怪气她倒学得很快。后面那个可爱的表情,明眼人一瞧就知道不对劲。

这时,身后忽然传来一阵轻笑。

苏弥本就心气不顺,下意识回头瞪了一眼。

那个男生此刻缓缓将观影眼镜摘下,并冲着苏弥扬了扬手机。

"怎么个毕生难忘法啊?跟我说说?"

放映厅里面的观众一个个朝外头走,昏黄光线下,两个人就站在那里。

苏弥看着原本应该还在异国他乡的人忽然出现在眼前,意外得一句话都说不出来了。

程靳看着她呆呆愣愣的模样,忍不住又笑了笑,倾身朝她贴近。

"还有,你什么时候把我教成跆拳道黑带了?我怎么不知道?"

苏弥一时没反应过来。

毕竟她怎么也不会想到,明明上午打电话时还在国外的人,现在会突然出现在自己面前。

其实电影看到中途时,她转头看过去,有怀疑过旁边的男生是不是程靳。但是当时这人很淡定地把口罩往上一拉,鼻梁上还架了一副观影眼镜,一张脸几乎被遮得严严实实,压根没给她机会多看一眼。

苏弥后来一想,早上那通视频,程靳身后的背景明显还是国外的建筑,街边的指示牌之类的都是英文,天色虽然不像黑透了的样子,可也绝对不是白天的模样啊。

"怎么回事?你不是上午还在国外吗?你就算那个时间在 M 国登机也不可能这个时间赶回来啊!而且 M 国直飞国内的飞机一周不是只有一趟吗?不是今天啊。"

程靳看她那副不可置信的模样就想笑,捏了下她的脸,回道:"直飞的航班每周只有一趟这种事你都知道了?看来我家小孩儿最近没少关注我的事情啊。"

苏弥一瞬间有些不自在,瞪了他一眼。

"要你管。"

程靳脸上的笑意更浓了,又回道:"我买了别国的票转机,然后那边和咱们国内时差五个小时,那个时间刚好是还没天亮的时候。我算了算时间,就给你打了那通视频。"

"所以你折腾这么一大圈,就只是为了让我意外一下?"

程靳语气自然:"这叫惊喜。"

苏弥沉默地看了他几秒钟，然后默默地吐出两个字："土狗。"

后来两个人一起坐上了出影院的电梯。

这会儿人已经没有电影刚散场时那么多了，电梯里只有他们两个。

进电梯之后，程靳很自然地牵住了苏弥的手。

电梯门缓缓合上，片刻后，他清楚地看见苏弥转头看了他一眼。

他忍着笑，一本正经地将视线一直落在电梯不断变小的数字上。

直到数字从两位数变成一位数，再变成"1"，又听见叮的一声时，他才有了别的动作。

只见他迅速倾过身，在苏弥完全没防备的时候，亲了一下她的双唇。

他速度太快，除了那一瞬间突然逼近又离开的气息，苏弥几乎什么都没感觉到。

电梯门再次缓缓打开，程靳像什么也没发生似的，拉着苏弥的手就往外走。

外面还飘着小雪，昏黄路灯下，雪花打着转儿，一片挨着一片往下落。

影院外的台阶上，站着一位卖烤红薯的老大爷，他身前的铁桶开着盖儿，冒着热气。

"吃烤红薯吗？给你买一份？"

"啊，好。"

苏弥答得有些慢，但是语气很平和自然。

这让程靳更奇怪了。

按理说，刚刚自己偷亲那一下，按照苏弥平时的样子，她肯定会踹他或者踩他一脚，最不济也要瞪他一眼或者骂他一句。

可是她直到现在都什么也没有做，这让程靳有点……

所以后来看着苏弥乖乖吃起烤红薯之后，他还是忍不住问了一句："你没什么想说的？"

苏弥头也没抬，注意力全在手里冒着热气的烤红薯上面，眼眸低垂："说什么？"

"刚刚电梯里的事情……"程靳动作自然地帮她扯了扯红薯皮,"什么反应都没有?"

"你想要什么反应?"

程靳似乎认真思考了一下,隔了两秒钟,试探着吐出几个字:"打我一下?"

苏弥真想把白眼翻到天上去了,她暗暗低骂:"神经病。"

接着,没走两步,她忽然像是又想到了什么,神色忽然变得有些不自然。

"那个你是不是想让我对刚刚电梯里的事发表点想法啊?"苏弥也没看程靳,目光胡乱地往街边瞅,"既然你想听,那我就勉强回答一下吧。"

她边说边拉起程靳的手腕,往大厦旁边走。

女孩子刚刚一直握着热气腾腾的红薯,这会儿整个掌心都是热乎乎的。程靳仔细感受着她的温度,并没有注意到前方的环境越来越暗。

苏弥一直将他带到了大厦旁边的一处小角落里,角落上方是消防安全梯,旁边放着一个超大号的垃圾桶。

程靳看着四周,有些不明所以。

这个时候,苏弥忽然低声开了口。

"刚刚在电梯里,你亲我的那一下,我有点感觉……"

这是女孩子第一次在他面前吞吞吐吐,低着头,看起来极其不自然。

程靳正奇怪着,就见苏弥忽然缓缓抬起头,又踮起了脚。

"没亲够。"

这三个字,像带着电流一样钻进了程靳的耳朵里。

他起初愣了下,然后向旁边看了一眼。

女孩子一直不敢抬头,眼皮轻轻低垂着,耳尖微微泛红。

只是她不知道,现在这些对程靳来说,都像上好的兴奋剂一样。

无形的针管顺着他的耳道扎进他的皮肤,又迅速透过身体的每一寸血脉,顷刻之间,血液疯了似的沸腾,心拼了命地狂跳。

他忍不住了,也不想忍了,反手握紧苏弥的手腕,一个转身,迅速调换了二人的位置,在苏弥还没反应过来的时候,狠狠堵住了她的双唇。

这次的吻,和以往的每一次都不太相同。

苏弥从发愣渐渐变成了回应,并且在后来的后来,还抽出自己的双臂,缓缓搂住了程靳的脖颈。

裹了雪的风缓缓从二人身边吹过,他们像是很冷,又像是很热。

步履声、风声、叫卖声,所有的声音在这一刻都像是隔了很远很远一样,而他们的呼吸声却被无限放大。

也不知道隔了多久,程靳才缓缓抬起头。

苏弥此刻一双眼睛湿漉漉的,睫毛上都像是挂着水汽。

程靳还没见过她这个模样,心念一动,忍不住又低头啄了下她软乎乎的双唇。

苏弥被亲得下意识眨了下眼睛。

程靳轻笑着抵住她的额头:"这次够了吗?"

第九章
苏弥的身世

其实程靳今天会回到北城这件事情，施展和红毛前一天就收到消息了。

本来程靳是打算回来直接和苏弥单独在一起的，可是红毛他们非要张罗着吃顿饭，一是给苏弥庆祝生日；二呢，也是想打听打听程靳在国外的情况和进度。

吃饭的地点定在了市中心的一家火锅店，红毛提前订了位置，还叫火锅店的工作人员帮忙布置了包房。丫丫和她爸爸给苏弥买了蛋糕，是丫丫选的，粉嫩粉嫩的美少女风格，好看又可爱。

这会儿离约好的时间已经过去半个小时了，见两个主角还没要过来的意思，红毛实在忍不住，想给程靳打通电话。

不过老袁媳妇儿是明白人，见状赶紧阻止。

"你一个单身大老爷们儿懂什么啊？人家小两口都多久没见着了，刚回来不得腻乎腻乎？"老袁媳妇儿抢过红毛的手机之后，直接把屏幕往桌上一扣，"要我说，咱们就先吃，边吃边等得了。"

"哪有那么多话聊啊？而且都知道咱们搁这儿等着呢！"红毛不死心，探过身子，还想把自己的手机抢回来，"打个电话问问就知道怎么回事了！"

铺满红油和辣椒的汤底这会儿在桌子中央冒着热气，整间包房被熏得暖烘烘的。老袁媳妇儿和红毛两个大嗓门你一句我一句的，一直没停，屋里的气氛又高涨了不少。

程靳和苏弥过来的时候,看见的就是这么一番热闹的场景。

他们牵着手,一前一后推门而入。

程靳笑了笑,问:"说什么呢?这么热闹。"

"你们可算来了。"红毛这回直接把炮火转到了他们身上,"刚刚我说要给你们打电话问问什么情况,怎么迟到这么久还没来,结果嫂子就说你们现在肯定干柴烈火、如胶似漆呢,让我别打扰你们。"

老袁媳妇儿真的快被红毛气死了,她越过老袁,一把就揪住了红毛的耳朵,说:"你哪只耳朵听我说他们干柴烈火了?你自己瞎咧咧能不能别带上我!"

"哎哎,疼,嫂子,疼!"

"疼就对了!让你长长记性!"老袁媳妇儿像还不解气似的,又拧了一圈,接着有些尴尬地抬头看向苏弥和程靳,"你俩别听他瞎咧咧啊,嫂子可没说那些。"

苏弥其实被红毛说得有些心虚,这会儿站在那儿双颊发热,不自在地冲着老袁媳妇儿笑了下。

程靳倒是表现很自然,牵着苏弥往空着的位置走,过去的时候还不忘拍了一下红毛的脑袋。

"我不是说了,电影几点散场我没记住,约好的时间只是大概,什么时候和你确定就这时候来了?"

红毛一脸无语,也就是说,现在话都被程二这个狗东西说了,然后揍都是他自己挨了呗?

他真想给这狗东西一个大嘴巴子。

这个小插曲倒没有太影响大家的心情。

苏弥这个主角来了之后,他们的注意力全都放在她身上了。

丫丫爸爸笑得一脸温和,回身拿出了他和丫丫准备的蛋糕,递给苏弥。

"小苏,生日快乐。蛋糕是丫丫选的,你瞧瞧喜不喜欢?"

苏弥忙把蛋糕接过来,赶紧点点头:"喜欢的,喜欢的。"

丫丫听了她的话,很开心地冲爸爸说:"你看!我就说苏姐姐会喜欢的吧!你还不相信!"

苏弥笑着看了眼小丫头,没忍住,伸手掐了下她的脸颊。

"之前不是和施施姐姐一起送过生日礼物了吗?怎么又给姐姐买了蛋糕呀?"

"因为过生日都要吃蛋糕的呀!"古灵精怪的丫丫大眼睛转了一圈,接着悄悄地贴到苏弥身边,"苏姐姐,我找蛋糕店的阿姨要了三套蜡烛呢,你可以吹三次蜡烛许三次愿望啦!"

苏弥看着小孩子认真的模样,感到既意外又暖烘烘的。

她摸摸丫丫的脑袋,同样认真地回道:"是吗?那谢谢丫丫啦!"

"不用谢,不用谢!这个小秘密是施施姐姐告诉我的。"

苏弥一听这个,下意识回头看了一圈。

"施施没来?"

一直在旁边沉默的施展,此时听见苏弥的话,开了口:"我之前给她发消息了,她说会晚点到,叫我们先吃。"

哪想到,施展话音刚落,包厢的门便再次被人推开。

施施一脸急色,带着一身寒气从外头走了进来,看见程靳时,她立马就问:"程靳哥,你在M国住的酒店失火了?"

这一句话,让屋内的气氛瞬间变了。

施展皱起眉头,起身走到施施身边,拽过她:"一进门就疯疯癫癫说什么呢?"

"谁疯疯癫癫了?"施施很不服气,看向程靳,"我这儿有现场一手消息,有人告诉我,程靳哥住的那家酒店着火了,而且起火点还是他的房间!"

这一句话,瞬间激起千层浪。

大伙儿的注意力一下子从施施那边转到了程靳身上。

红毛第一个忍不住了,问:"程二,什么情况?施施说的是真的?"

其实酒店房间失火的事情,程靳压根不想和他们提。

一来事情已经解决了,并没有耽误他在M国的事情,也没耽误他回来,二来他也不想苏弥和其他人有多余的担心。

可是施施既然已经当着大家的面把话都说了,那他再遮遮掩掩,反而会让大家胡乱猜疑。

所以迟疑了片刻,他还是回了句:"真的。"

听了他的话之后,苏弥第一时间转头看向他。

施施立马又说道:"你看!我就说吧!"

方燃比程靳提前两天回国,他处理完车队的事情,今天便有时间出来和施施约会。

其实这事儿程靳一开始也嘱咐过方燃,让他不要胡说,可是他实在忍不住啊,尤其这事儿还这么脏!

"方……"施施刚说出一个字就感觉不对劲,赶紧改口,"就我一个朋友,这次不也去了国外吗?然后正好和程靳哥住一家酒店。他们说这次的事儿不是意外,是有人在程靳哥那间屋子纵火!"

在场的人无一不是满脸吃惊。

沉默片刻后,红毛先忍不住骂了一声:"哪个孙子?"

相较他来说,老袁和施展更沉稳一些,他们对视了一眼后,施展低声问道:"黑雾那帮人?"

程靳没出声。

施施见状,又替他答了句:"不只是黑雾那帮狗东西,这次张麟也去M国了!"

这个名字一出现,大家脸上的意外更明显了。

这次是老袁先忍不住了,大声道:"那个杂种怎么还不死?都折了一条腿了,居然还有心思为非作歹!"

"恐怕就是因为那条腿,他这次才想害程靳吧。"接话的是丫丫爸爸,他的声音很低,看着明显是知道一些事的。

此时，因为他的话，气氛再次变得有些沉闷压抑。

程靳不想这样，他看了看自己身旁的女孩子，说道："事情已经过去了，别提了，大家赶紧吃饭吧。"

"过去什么啊！他这次都敢在你房间放火了，后面还会不会做出什么丧心病狂的事情谁都不知道！"红毛明显气得不行，"那个狗东西，当初总使些不干净的手段搞事儿，现在还是这么脏！"

他说完，又像想起来什么似的，赶紧抬头问程靳："你就这么放过他了？"

听到这里，一直在旁边沉默着的苏弥忽然又抬起了头。

"没有！程靳哥以牙还牙了！"

施施也不知道是听到了什么，提到这里的时候，特别兴奋。

"我听说黑雾那帮人是雇了几个国外的小混混和流氓，就是那种只要没有实质证据，连警察都拿他们没太多办法的无赖，花了钱让他们给程靳哥的房间点了火。不过程靳哥也没惯着黑雾那帮人，也去雇了那帮人，背地里把黑雾那帮人都教训了！"

当时警察调取监控，发现在起火的前几分钟，几个小混混嘻嘻哈哈地跑去了那层楼的走廊，并且拿着嚼过的泡泡糖，把每个角度的监控摄像头都粘了个遍。

而那之后，程靳的房间就失火了。

警方的后续调查因此被迫中断，但是有经验的老警察曾私底下偷偷和酒店的人透露过，如果不是入住那个屋子的人和那些小混混有过节，那么百分之九十的可能，是有人花了钱雇他们作恶。

毕竟那些都是亡命之徒，只要有钱，什么事他们都可以答应。

程靳听了这个消息之后，沉默着，没说什么。

只不过隔了两天，方燃听说黑雾车队的人遭遇了街头暴力事件，张麟当场被打得头破血流，代表黑雾参赛的那名车手更是折了一条腿，需要静养几个月。

施施叙述完这些事情之后,大伙儿都下意识看了程靳一眼。

其实这么多年,黑雾那帮狗东西没少给他们燃添堵,但程靳一般都是睁一只眼闭一只眼,能过去就过去了。

看样子,这次是真的把他惹急了,他不想再惯着他们了。

这会儿包厢里只有桌子上的火锅还在咕嘟咕嘟发着声响,大家心里都揣着事儿,一时都没了动静。

片刻后,施展平静地出声:"你是不是听错了?你程靳哥和我说,换了酒店之后,连黑雾那帮人都没见过,怎么可能找人回击他们?"

"听错什么呀?我……"施施一时没反应过来,可是看见她哥的表情之后,瞬间就明白怎么回事儿了,"啊,我好像是听错了。"

她说完,又看向程靳。

程靳这会儿像没事人一样,微微垂着眼,两只手在桌子下方慢条斯理地捏着苏弥的手心。

后来,没人再提起这个话题,在大家的努力下,气氛慢慢恢复成了原本的热闹。

聚餐结束的时候,施施偷偷把苏弥拉到了旁边,说了两句悄悄话。

"我跟你说啊,程靳哥刚遇到这种事情,再厉害的人肯定也是心有余悸的,你好好安抚安抚他的情绪啊,尽可能温柔一点。"

她还温柔一点,她都快被他气炸了好吗?

她不给他二次伤害已经算她脾气好了!

几个人开了两辆车,出了火锅店后,大家还讨论着哪辆车去送程靳和苏弥。

结果程靳在台阶上和他们挥了挥手,直接拒绝。

"挺晚了,你们都走吧,我俩自己能回家。"

一听这话,老袁媳妇儿一副她都懂的表情,笑着推了推身边的老袁和红毛:"行了行了,人家小年轻有手有脚的,怎么都能回家,咱们就别跟着瞎操心了。都散了吧,赶紧的!"

一旁的施展像是有话要和程靳说,表情欲言又止。

只不过,后来他还是选择了沉默。

他喊了旁边的施施一声:"走了。"

施施又悄悄朝苏弥动了动嘴,无声地强调了一遍让她温柔一些。

苏弥当作没看见,后来只剩下她和程靳两个的时候,瞬间臭脸。

程靳觉得好笑,转过身在她旁边倒着走,一边还弯下腰,往她面前凑。

"这是谁家小孩儿啊?怎么这么不开心?是不是家长没给你买糖吃?跟哥哥走,哥哥带你去超市。"

苏弥心烦,抬手推了他一把。

但程靳并没有在意,被推开后又凑了过来。

"怎么啦?遇到什么烦心事了?跟哥哥说说,哥哥帮你解决。"

苏弥脚上穿着白色雪地靴,脚步在这一刻停了下来,板着一张脸,看向程靳。

"男朋友很烦怎么解决?"

"就这个问题?简单,换了他就行了。"

说着,程靳又漫不经心地弯下腰往苏弥跟前一凑,嘴边含着笑:"你看看哥哥怎么样?不然你和我交往吧,我保证不烦人。"

苏弥狠狠瞪了他一眼之后,起身就想走,但是刚走了两步,像是还不解气似的,又转头踩了他一脚。

这一脚是真的结结实实踩下去的那种,程靳的脸色瞬间都变了。

苏弥也没管他,继续自顾自地往前走。

后来大概又过了十几秒,程靳慢慢追了上来,并且在身后拉了拉她。

苏弥连看都不想看他,挣扎着想甩开他的胳膊,但是哪想到越甩越紧,最后直接被他捆住双臂,固在了身后。

半空中还飘着小雪,路灯照下来的昏黄光线将盖了雪的街边映得很温柔。

两个人正巧站在路灯下方，一个气呼呼地瞪着眼，一个温柔地含着笑。

"好啦，"程靳低头抵住苏弥的额头，蹭了蹭，"我知道错了。"

苏弥依旧赌气，暗暗地翻了个白眼，也没看他。

程靳越瞧她那个模样，嘴边的笑意越浓。

"我真错了，真错了，你别生气了。"

苏弥最终还是忍不住抬头看向他。

"是谁之前说，以后我们是一伙的。我理解的一伙的，应该是不管好的坏的，都要一起承担。"

程靳下意识反驳："当时在国外，怕你担心，而且也没有……"

他话还没说完，发现苏弥脸色不对，立马改口。

"好了好了，我知道了。以后好事要说，坏事要说，遇到危险更要和你说。"

苏弥听了这话，表情才缓和了一些。

程靳赶紧顺势抱住她，然后从衣兜里拿出手机，悄悄按亮手机屏幕。

23点58分，再过两分钟，今天就结束了。

他将苏弥抱得更紧，一只大掌牢牢固在她的后脑勺上，下巴轻放在了她的头顶。

"还有两分钟，我家小孩儿的生日就要过完了啊……"

听到这话，苏弥忽然有些不自在，在他怀里闷闷地出声："干吗？"

"不干吗啊，就是忽然想起来，我好像还没给我家小孩儿生日祝福呢。"

"哦……"苏弥抿着唇，在他怀里笑了下，也伸出手，回抱住了他。

程靳笑意更浓，扶着苏弥的脑袋，低头吻了下她的头顶。

接着，他顶着雪花和微风浅笑出声。

"祝我家小朋友，生日快乐，年年平安，岁岁喜乐。"

以后所有日子，都能年年平安，岁岁喜乐。

当晚，程靳将苏弥送回家之后，便一个人回到了车队别墅。

红毛因为腿伤，这几个月一直都住在家里，所以现在车队这里，到了晚上基本上就只有程靳一个人。

别墅内一片漆黑，程靳开门进去后，先将大厅的灯全部打开。

他去厨房接了一杯水，刚要喝的时候，手机忽然响了两声。

是微信提示音。

他知道这会儿苏弥应该在洗漱，不会给他发消息，所以也没急着看。慢条斯理地将那一杯水喝完之后，他才把手机拿出来，按亮屏幕。

是红毛在他们车队小群里发的群消息，一个网页链接，之后他又疯狂@程靳和所有人。

红毛：都快来看！

红毛：X方程式的预选赛参赛车手名单公布了！中国区的！程二的名字在第一位！

从满屏的感叹号上来看，就能看出来红毛有多兴奋。

紧接着，是苏弥给他的回复。

苏弥：这不是应该的吗？有什么可大惊小怪的。

程靳看见这一行字的时候，脑子里瞬间就出现了她敲字时的画面，嘴角不禁上扬，紧接着，他也跟着发了同样的文字。

程靳：这不是应该的吗？有什么可大惊小怪的。

其实苏弥发的那条消息已经让群里的人有些受不了了，但是因为人家是小姑娘，又是程靳的女朋友，大家也不好多说什么。

但是当事人也说这个，那他们可忍不了了啊！

就见程靳那条消息下面，跟了一大排问号。

红毛：？

施施：？

施展：？

老袁两口子也凑热闹似的跟了一下。

最后，是丫丫发的一个萌萌的兔子表情，脑袋上也挂了一个问号。

程靳这回笑得更厉害了，又跟他们扯了几句皮之后，忽然想到一件事，随手将红毛发在群里的网页链接转发给了哥哥程礼。

他和程礼差不多有一个多月没怎么联系了，他忙着准备报名的事情，还花了心思想该怎么给苏弥过生日。每次闲下来之后，都时间很晚了，他想给哥哥发消息，又害怕耽误哥哥休息。

所以这么一来二去的，也就这么久没联系了。

程靳想到这里，又在那条链接后面加了行文字。

程靳：哥，我成功进入预选赛了。

他其实完全没想过这个时间点程礼会马上给他回复，所以发完之后，他便想把手机扔到一旁去洗手间洗漱。

但是让人没想到的是，对话框上方忽然出现了"对方正在输入"的字眼。

程靳有点意外，也有点兴奋，一秒钟也没等，直接把电话拨了过去。

听筒里面的嘟嘟声大概响了三四秒才有人接通。

程靳笑着叫了句："哥！"

那边的人犹豫了片刻才回应他："小靳啊，不好意思，你大哥还在开会……"

电话那头说话的人是张助理，他语气略带歉意："小程总的手机刚刚放在我这儿了，我看见了你的微信，本来想替他回你一句恭喜来着，没想到你的电话就直接打过来了。"

程靳听了张助理的话，下意识看了眼墙上的挂钟。

凌晨 2 点 32 分。

这个时间……

"你说我大哥现在还在开会？这个时间？"

"对……"张助理语气有些犹豫，但最后还是继续说道，"最近有好几个项目都压到了小程总这里，他已经连续熬了好几个大夜了，基本上每天都是天亮了才眯一会儿，然后早上八点多再准时起来开早会。"

程靳眉头不自觉皱起。

"为什么项目都压到你们这儿了？爷爷呢？"

"老程董最近身体不太舒服。"张助理的话说了一半，似乎意识到不太对，赶紧又补充，"不过你不用担心，医生说他老人家没有大毛病，平时多注意饮食和休息就没问题了。只不过那之后，他对小程总要求更严苛了，给的压力也更大了。"

其实站在老程董的角度看，张助理能理解老人家的做法。可是站在小程总的角度看，张助理心里就只有心疼二字了。

程靳一阵沉默，好半晌都没出声。

张助理渐渐意识到自己好像说了太多不该说的，赶紧又说："没事儿，你也不用太担心你大哥，其实按照咱们程氏的规模，他未来接手之后，早晚都是要承担这种工作量的，现在早适应其实也有好处。之前他自己也是这么说的，还叫我不要和你多嘴，应该就是怕你担心。所以小靳啊，今天这话你听听就过了，千万别去问小程总或者去和老程董说什么啊，不然事后我肯定要被训了。"

程靳"嗯"了一声，和张助理说了再见便挂了电话。

外头夜色沉沉，他顺着厨房的窗子朝外看了一会儿后，提步回到了房间。

他房间书架的角落里一直摆放着一个盒子，盒子体积不小，但里面只放了两张小字条。

是他哥哥给的。

他摊开了其中一张，看着上面的字，脑海中又浮现出了当年的画面。

那个时候程氏出现了商务危机，公司聘请的一名高管带着一些核心资料逃去了国外，并将那些资料全部卖给了国外的对手公司。

那次打击对程氏非常致命，如果不是爷爷手腕强处理危机的能力也很厉害的话，很可能就没有现在的程家了。

不过也是那次之后,爷爷给兄弟俩下了死令,他要兄弟俩自己商量,必须选出一个进到程氏,跟在他身边当接班人培养。

那个时候的程靳还是哥哥的跟屁虫,每天除了车队和比赛,什么事都不想。

他们接到爷爷的消息之后,哥哥当时就问他是什么想法。

程靳那会儿笑嘻嘻地回了句:"我当然不想去当什么接班人了,我还想继续比赛,继续拿奖,然后带着燃站在世界顶端!"

程礼当时深深地看了他一会儿,接着淡淡地笑了笑:"巧了,我也是。"

后来,程礼建议他们用抽签来决定谁回程氏,谁留在车队。

程靳当时很听程礼的话,程礼说什么,他就听什么,所以一点意见都没有,直接同意。

一场车队团体赛之后,程礼趁着大家都在吃吃喝喝,悄悄把程靳拉到了旁边。

桌子上这会儿一片狼藉,边缘有一杯喝了一半的酒,还有几粒掉落的花生米。

程礼将写好的字条叠成两个小小的长方形,放到了桌子边缘。

"这两张字条上面,一个'yes'一个'no',抽到'yes'的就回家跟爷爷学做生意,以后接手程氏;抽到'no'的就留下,继续把燃做大做强。你小,让你先抽。"

程靳没多想,随便选了一张,打开一看,瞬间一脸惊喜。

"是'no'!哥!我抽了'no'!"

程礼看着他,眼眸沉静又深邃,好半晌才低头笑了笑。

"行吧,你运气好,爷爷那边,我去。"

当时的程靳完全没想过,这一张小小的字条,就把他和哥哥的人生完全割裂开了。

而更让他没想到的是,他哥哥留在桌面上的那张一直没打开的字条,其实上面的字也是"no"。

重华每年的校内赛都会在圈子里引起不小的关注。
今年也不例外。
圈内的主流杂志早早就在副刊上刊登了重华校内赛的消息,还有一些公众号和圈内的网站也都发了帖子。
而重华大学的校内网,今年也早早就因为绘画赛的事情炸开了锅。
倒也不是为别的,而是今年忽然新加的一条评审规则。

　　除校方固定的评审团队,学生会也会选出十名美术系的优秀同学来共同参与评审,以确保此次比赛的公平公正。欢迎美术系的各位同学踊跃报名。

校方账号发出来的帖子,普通学生没办法评论,所以大家几乎全都去匿名发帖。
一时之间,重华校内网出现了好几个飘红的讨论帖,大家全都在暗暗猜测这条新规到底怎么回事儿。
后来,也不知道是谁忽然提起了苏弥,话题一下子就转到了她身上。
匿名同学1:所以这新规是为她而设的?会不会太夸张了点?
匿名同学2:夸张什么呀,重华建校都多少年了,校内赛的评委什么时候有过普通同学了?现在这位"后门公主"一来,一下子就多了条评审规则,肯定是校领导看不下去了,准备整治了!
匿名同学3:事情还没结论呢,你们就又是点名又是起外号的,这素质令人有点堪忧啊。
讨论跟帖的层出不穷,一时之间,整个美术系,甚至整个重华,都知道了苏弥这号人。
当天,杜教授将苏弥叫去了他的办公室。

苏弥敲门进去的时候，老爷子还像往常一样，一边拿着自己的保温杯喝着热茶，一边批阅文件资料。

见苏弥进来，他顺着眼镜上方的缝隙瞧了她一眼。

"你这孩子，都快放寒假了，我不叫你，你也不知道来看看我？"

"这不是为了避嫌吗？"

苏弥心想，"走后门"三个字都快印在她脑门上了，她再来老爷子这边晃悠，那不是给那些人坐实这些猜测的机会吗？

哪想到，杜教授在听了她的话之后，脸色一变，语气有点严厉："你不会这一学期都在在意这些风言风语，没有认真上课吧？"

"那倒没有，我成绩还行。"

杜教授深深看了她一会儿，接着语重心长地说："你没忘了来重华的目的就行，看到今天校方发的有关校内绘画比赛的帖子了吗？"

"看见了。"

"里面多了一条新的评审规则，也看见了？"

"嗯，也看见了。"

话说到这儿，杜教授沉默了片刻，又说道："知道那条新规是谁建议加进去的吗？"

苏弥想都没想，直接回道："我知道，一定是您建议的。"

杜教授就喜欢小丫头这聪明劲儿，闻言，笑了笑。

"所以，你明白怎么做了吗？"

苏弥没出声，但是心里已经有了答案。

老爷子的苦心她当然懂，关于她的流言一整个学期都没断过，无论怎么解释，现在别人心中肯定已经对她有了根深蒂固的印象。

而现在，最好的反击方式，就只有用专业知识和实力证明自己了。

所以无论是为了她自己，还是为了老爷子的名声，这场比赛，她都必须要赢。

临近重华校内赛作品提交截止的前几天,苏弥都还忙碌着比赛要交的作品。

她没有把半成品带到学校,而是利用放学时间回家画。而在学校休息期间,她就随便在纸上乱画一些细节草稿图之类的。

吴愿愿在这期间做好了一个好朋友该做的一切事务——下课期间尽量不打扰她,有时候还会利用空闲时间外出给她买一杯奶茶或是带点午饭回来。

吴愿愿看得出来苏弥有多看重这次比赛,当然,别人也看得出来。

这"别人"当中,也包括一直找苏弥碴的那个许时杰。

他这次申请报名做了学生组的评委。当选第一天他就在班上大肆宣扬,说自己一定会认真评选,做这次校内赛的守门人,不会让任何水平不够的作品出现在领奖台上。

说这话的时候,他还别有深意地看了一眼苏弥,目光中带了丝嘲讽。

只可惜,苏弥那会儿正在琢磨草图上的一个小细节,理都没理他。

不过许时杰一直没放弃在苏弥这里找存在感的机会。

这会儿,吴愿愿刚从外头带了午饭给苏弥,小声喊了一句让她吃了饭再画,一旁的许时杰恰巧路过,跟在吴愿愿身后哼笑。

"这不知道的,还以为咱们这公用教室是人家大小姐的卧室呢,说话这么小心?"

吴愿愿现在看见许时杰就烦。

自打他加入了学生评审团之后,举手投足间全是"官威",说话聊天也是很讨人厌的腔调。尤其是对着苏弥,他有事没事就嘲讽两句,甚至好几次还劝她弃赛。

吴愿愿看不下去,和许时杰争论过两次,但是并没能让他收敛,反而越来越放肆。

苏弥这会儿把他当空气,连头都没抬一下,依旧一脸平静,低头干自己的事情。

倒是吴愿愿，听见许时杰的话又有些烦。

"小不小心是我的事情吧？没人要求你和我一样，所以你也没必要又拿这个找碴。"

许时杰看了她一眼，最后将视线落在了苏弥身上。

"这就算找碴了？那你们可得好好准备了，过几天评选的时候，我会'找碴找'得更严重！"

他走之后，吴愿愿气得嘟嘟囔囔："他一个大男生怎么性格比女孩子还不如啊？我就没见过他这样的！"

苏弥还是没抬头，随口回了句："你搭理他干什么。"

"气人啊！"吴愿愿叹了口气，"也不知道学生会那帮人怎么选的，他这种水平为什么会进评审团啊？也亏得这次比赛全部是匿名参赛，不然我真怕他给你使绊子，影响到后面的比赛结果。"

"使绊子有可能，但是影响应该不至于，他没那么大影响力。"

专业的教师团队评审之后才会轮到学生团队，且学生团队一共有十个人，他一个人的意见对结果影响真的不算大。

不过苏弥也并没有因为他一个人就掉以轻心，这次校内赛是全年级都会参加的比赛，人多，又没有固定的命题和要求，越是这样，就越要认真。

想到这里，苏弥团了团手里刚刚画完却还是不太满意的草稿纸，准备继续磨。

苏时时作为重华青少年特招班的尖子生，这次校内赛当然也是报了名的。

公布成绩当天，她便叫秦湘怡替她挑了件惹眼漂亮的衣服，说打算上台领奖的时候让全校人都眼前一亮。

自己的女儿，秦湘怡当然是百依百顺。

只不过她看见苏时时那副笃定自己会获奖的模样，还是忍不住笑着点了点她的脑门儿。

"你怎么就这么肯定自己会获奖呀？"

"我就是知道！"苏时时在镜前比对着两套衣服，心情很好，"我和学生会有个姐姐关系很好，我平时经常给她送礼物，所以这次校内赛的很多消息她都会直接告诉我。我和她说了我画了什么，虽然她不能决定比赛成绩，但是至少帮我提前看到结果了。"

说着，她还扬了扬下巴，一副很骄傲的模样："她说我获得了少年组第一名。"

秦湘怡也一脸惊喜："是吗？我宝贝这么厉害？"

"那是！"

苏时时被夸奖得笑眯眯的，突然，又像是想到了什么事情，脸色微微一变。

"那个丧门星这次好像也参赛了。不过听学姐说，他们班有个学生评委看她特别不顺眼，肯定不会让她获奖的。"

秦湘怡心猛地一跳，下意识看了眼房门，然后走到苏时时跟前，小声说："不是和你说了，以后不要再提她了。她已经不是我们苏家人了，户口都迁走了，和我们没有任何关系了！"

苏时时有些委屈："我知道啊，这不是现在只有我们两个吗……那我就是讨厌她，就是恨她！凭什么爸爸喜欢她不喜欢我？凭什么那个姓杜的教授也把我拒绝了，却收了她做徒弟？"

苏时时年纪小，而且确实对苏弥意见很大，只要一提起苏弥，难免有些失控。

秦湘怡了解自己女儿的脾气，赶忙蹲下身安抚起来："妈妈知道，妈妈都懂。但是你也得换个角度想，你现在拥有的，她可能一辈子都不能拥有。你住在大房子里，她却只能住廉价的出租屋；你每天有司机接送、阿姨伺候，她只能自己一个挤公交车回家。而且再拿这次比赛来说，我的宝贝获了奖，她却可能连个优秀的名额都排不上……这么想想，她是不是连被你提起来都不配了?"

秦湘怡语气温温柔柔的,话却说得一句比一句歹毒。

苏时时像是被顺了毛似的,表情恢复正常模样,笑着点点头。

"对,她现在就是丧家犬,连被我提起来都不配!"

母女俩相视一笑,不多时,苏时时的房门忽然被推开,苏凡程走了进来。

"保姆说你想见我。"苏凡程话说到一半,看见苏时时穿得花枝招展后,不由得眉头一皱,"你上学就穿这个?"

苏时时其实很怕苏凡程,尤其怕被他训话,所以这会儿听见他问,立马回应:"不是不是,是今天有颁奖典礼,我才穿这身的!"

苏时时说到这儿,抿了抿嘴唇,略带期待地看向苏凡程。

"爸爸,我这次在重华的校内赛里获了奖,我很希望你和妈妈能出席颁奖典礼,看我上台拿起奖杯。你可以抽时间去重华一趟吗?"

苏凡程眼底闪过一丝不自然的情绪,片刻后,沉声问道:"校内赛?全校吗?"

苏时时连忙点头:"是的!全校!我获得了全校的少年组第一名!"

苏凡程又沉默片刻,接着点点头。

"可以,回头你把具体时间发到我助理的手机上,我安排时间。"

苏时时很兴奋,眉眼带笑的样子像是高兴得马上要跳起来了似的。

后来她蹦蹦跳跳地出了门,秦湘怡将她的开心看在眼里,自然也跟着心情愉悦。

她见苏凡程不知道在想着什么,没有要立刻离开的意思,便大着胆子上前,从身后抱住了他。

"凡程,我们小时很久没有这么开心了。这次你答应了她的请求,她是打心底里高兴。"秦湘怡抱着苏凡程的腰,脸颊轻贴上他的背,"我也很高兴。"

苏凡程站在前面,眼神淡淡的,听了她的话,表情也没多大变化,说:

"是吗？"

秦湘怡将他的腰抱得更紧了："我们一直这样好不好？以后我们一家三口，一直这样，好不好？"

苏凡程不自觉皱起眉，眼底浮出了些不耐烦。

他没回答秦湘怡的话，抬手直接将她的双手扯开，甚至都没转身，冷冷地沉声说了句："公司还有早会，我没时间耽搁，早饭你自己吃吧。"

秦湘怡受不了他又是这副冷冰冰的模样，在他要走的时候，拽了一下他的手臂。

"凡程，这么多年了，你还是不能全心全意地接受我吗？"

苏凡程回过头，表情冷淡地睨着她。

"我并不认为我作为丈夫有哪里做得不合格。"

秦湘怡受不了他这个眼神，冷冰冰的，就好像看的根本不是与他同床共枕的妻子。

她越发控制不住自己的情绪，有些激动起来。

"是！你作为丈夫很合格。可是我想要的一直都不是一个丈夫，而是爱人！和我相爱厮守的爱人！"

其实秦湘怡很小的时候就偷偷喜欢上苏凡程了。

他们相差很多岁，年节走动的时候，大人们坐在桌上商谈新一年的商务合作，他们这些孩子就在别处一起玩。

那时候苏凡程是他们中间最大的大哥哥，个子高，长得好。

而秦湘宜只是一群小孩子里面最不起眼的那个，圆圆胖胖的，长得丑，还只会哭鼻子。

那个时候苏凡程是真的温柔啊，秦湘宜被别的孩子欺负了，他会笑着替她反击回去，还会因为她说喜欢吃橙子，就连着剥三四个橙子给她吃。

蠢蠢欲动的种子什么时候埋在心里的她不知道，她只记得从那之后，她只喜欢他一个人。

可是后来，她听到了苏凡程和一个特别普通的女人私奔的消息。

她绝望、不解，把自己关在房间里整日不吃不喝。再后来，听说他和那个女人结了婚，有了孩子，她的心更凉更透了。

本来她已经渐渐接受家里的安排，去相亲接触别的男人，可是似乎上天也同情她，忽然就安排了一出意外！

那个女人走了，自己喜欢的人也回到了苏家，虽然带了个孽种，但是至少自己还有机会啊！

想到这里，秦湘怡眼眶都有些微微泛红。

"凡程，这么多年了，我怎么做的你看不到吗？还是说，你根本没对那个女人死心？"

苏凡程冷着一张脸，没出声。

秦湘怡见状，更加激动了："你果然没死心！可是你还能怎么办呢？她就是背叛了你！就是走了！甚至给你留下的孩子……都不是你的！"

苏凡程瞬间变了神色："你胡说什么！"

"我有没有胡说你比谁都清楚！当年你为什么忽然回苏家，你以为我不知道吗？"秦湘怡咬着牙，"苏弥，根本就不是你的女儿！"

校内赛结果公布当天，重华内外一片热闹。

主校区的两条主路两侧全都搭起了展示板，每块展示板上都放着一幅优秀作品，算是这次校内赛的"优秀奖"。

此次校内赛一共有一千四百多幅作品参赛，一等奖一名，二等奖三名，三等奖十名，优秀奖则是一百名，其余的作品便视为被淘汰。

这会儿主路上全都是观展的学生，苏弥和吴愿愿挤在他们中间，偶尔也会遇到她们的同班同学。

吴愿愿这次也参加了校内赛，只不过她的作品有些普通，所以她压根没想过会获得好名次，而是一个劲儿朝优秀奖的展示板上瞧，看看能不能瞧到自己的作品。

现在主路上人太多了，很多展示板前面都被围得水泄不通，里面到底贴着哪幅画、谁的作品,一时半会儿还真看不出来。

吴愿愿努力挤了两次都失败了,之后她转过身,冲着苏弥叹了口气。

"算了,保守估计我也是被淘汰的命运了,你的画又不可能在这些展板里头,我不看了。"

苏弥看了她一眼,也不知道说什么好,想了想,回道:"你的不一定被淘汰,我的也不一定就不在这里面。"

吴愿愿意外地眨了下眼睛:"怎么可能呢,你以往的作品都很优秀啊,连老师都夸!而且……"

吴愿愿说到这里,忽然想起这次的评审机制,再一想到学生会那帮人和许时杰的嘴脸,顿时也有些没底了。

虽然说评审都是匿名进行的,可是……

吴愿愿越想越没底,瞬间又变成了一副准备"战斗"的样子。

"不行,我还得挤挤,不找我自己的了,找找你的!"

说完,她忽然想起来还不知道苏弥这次的作品画了什么,赶紧又问了句:"你画了什么啊?"

苏弥刚要回应,身后忽然传来了一道声音。

"你们不是挺自命不凡的吗?这怎么还在优秀奖的区域找你们的了?"

许时杰最近特别阴魂不散,只要看到苏弥就会冷嘲热讽。苏弥懒得搭理他,他就找吴愿愿的碴。

两个女孩子闻声下意识回头,但在看见来人是他时,都不想搭理。

只不过,这次他身边还跟着许温柔。

许温柔依旧是老样子,逢人就笑,见到苏弥时,微微扬起嘴角打招呼:"学妹。"

苏弥简单点点头,拉着吴愿愿就想走。

许温柔赶紧喊了她一声:"哎,苏学妹!"

苏弥回头,又看向许温柔:"有事吗?"

许时杰看苏弥这个样子，立马皱起眉："我表姐怎么说也是你的学姐，你什么态度？"

苏弥斜了他一眼，说："那不然我回家洗个澡，熏香三天三夜再来和她说话？"

"你……"

许时杰气不过，差点上前，好在许温柔中途拦了他一下。

"好了，小杰，别闹了。"

她说完，也没管许时杰的反应，微笑着对苏弥说："小杰从小就喜欢维护我，习惯了，你别介意。"

许温柔话说得漂亮，但吴愿愿有些听不下去了。

"维护你应该是你被欺负的时候吧？现在这样子……"她低下头，暗暗翻了个白眼，"到底是谁欺负谁啊？"

苏弥听见吴愿愿的话，差点没忍住笑出声，心想：这小东西平时不声不响的，真到关键时刻，说话还挺噎人的。

许温柔显然也被噎住了，表情微微一僵。

不过她调整得很快，又变成了刚刚温婉的模样。

"你们是在找自己的作品吗？现在人多，不如你们说一说自己画了什么，作品名称叫什么，我和时杰帮你们回忆一下。"

她的潜台词其实很明显了，毕竟她和许时杰这次都是学生会选出来的学生评委成员，对于他们点评过打过分的作品，基本上都有印象。

一旁的许时杰在听见许温柔的话之后，哼笑了声："姐，你当某些人是你呢？这次比赛可是完全的公平公正，像你这种真正有实力的获奖无可厚非，但是她……"

他边说边看向苏弥，冷笑着又"哼"了一声。

苏弥真的不想再和这姐弟俩浪费时间，随便扔了句"不用"后，拉着吴愿愿便走。

两个姑娘向前还没走两步，吴愿愿就忍不住想吐槽。

"这个学姐看着温温柔柔的,没想到一会儿拿软刀子内涵你,一会儿又显摆她和她弟都是学生评委。我的天哪,我在旁边都快看不下去了!就这样的,还想和你抢男朋友呢?真是有毛病!"

苏弥压根不想搭理那对姐弟,但这会儿听见吴愿愿的话,忍不住笑了:"别瞎说。"

说完,她还顺手掏出手机,给程靳发了条微信。

苏弥:遇到情敌了怎么办?

五分钟之后,程靳给她回复了。

程靳:这不是对方应该想的问题吗?以我家小孩儿的战斗力,她们应该为自己担心。

苏弥忍不住低笑。

一旁的吴愿愿见着,唉声叹气地撇撇嘴。

"怎么办,我也想谈恋爱了。"

苏弥抽空回了她一句:"不是有人在追你吗?"

听了这话,吴愿愿的表情变得有些不自然。

"算了吧,那个黄毛非主流,我和他谈恋爱的话,都不敢把他带回去给院长妈妈看。"

"头发颜色又没什么,你喜欢就行呗。"

"喜欢什么啊,我才不喜欢。"吴愿愿说完,看了眼手机,神色一变,有些着急,"快快快,快到点了,我们赶紧去礼堂,去晚了该没有座位,咱们只能站过道上面了!"

校内赛的颁奖典礼这次在学校的礼堂内举行,吴愿愿说这话的时候,离颁奖时间还有大半个小时。

可是等她们跑过去时,里面已经坐满了人。

苏弥看了一眼,小声念叨:"咱们没迟到好像也只能坐过道上了。"

吴愿愿有些自责,后悔没早点拽着苏弥过来。

她一边想,一边拉着苏弥往前走,嘴里还小声嘟囔:"没事儿,过道的位置选好了也一样！快快快，我看前面第二排那儿就挺好，咱们赶紧把那个位置占上！不然待会儿也没了！"

苏弥有些无语，抢座位她能理解，可抢过道位置又是什么操作啊？

不过几分钟过后，苏弥就有些理解了。

她看着连过道都坐满了人的礼堂，一时之间有些说不出话来。

吴愿愿在旁边一脸得意，说："你看，我有先见之明吧？咱们这位置选得多好。"

苏弥还有些没反应过来："咱们系的同学有这么多吗？"

"艺术系的同学不多，但是架不住有些人叫了家长过来啊！"吴愿愿说着，指了指旁边的方向，"你看那边，好多大人呢。"

苏弥看了一眼，又问："学校允许家长来观礼？"

"只要是咱们系的同学就可以吧，不过很多同学都是外地的，估计也不想让爸爸妈妈来回折腾，但是很多走读生都把家长叫来了，咱们班就有好几个呢！"

她话音刚落，就听见那头有人小声喊着："苏氏的老总也来了！谁的家长啊？"

苏弥眼皮一跳，转过头往礼堂大门口望去，果然是苏凡程和秦湘怡。

他们旁边还跟着苏弥那位许久未见的便宜妹妹——苏时时。

苏弥有些意外，来重华这两个月，她并没有见过苏时时，也不知道苏时时现在也在重华读书。

她想了想，问吴愿愿："那个小孩儿，是特招班的？"

"看着只有十多岁，应该就是特招班的学生。"

苏弥又淡淡地看了那边一眼后，便回过头不再关注，倒是旁边有人一直在讨论着那一家三口。

"那个小孩儿我早听说了，据说绘画天赋特别高，教她的老师都逢人就夸她呢。"

"真的假的？那这次少年组的获奖名次，肯定有她一个了？"

"我感觉不只是有名次了,估计拿个少年组第一都不是问题。"

"唉,为什么世界上老有这种让人忌妒的人存在啊?家世好,学习也好,羡慕。"

"嗯,我也很羡慕。而且最重要的是,她爸爸是苏氏的老总,那么忙的人这次还抽空来参加颁奖典礼,估计就是不想错过自己女儿上台领奖的样子吧。"

"就是就是。"

那边,苏时时仿佛察觉到了周围的目光,脊背一下子挺得更直,下巴也微微扬起,保持着最好的状态。

旁边的秦湘怡微笑着问:"今天来看颁奖的人这么多,待会儿我们坐哪里呀?"

"妈妈你别担心,我找学生会的学姐要了前排的位置,都留好了!"

苏时时边说边把苏凡程和秦湘怡往前排领,最后很巧的是,他们在第二排的过道停了下来。

这会儿第二排的中间确实空出来三个位置,苏时时端着神态,一路念着"不好意思,让一让",将后面的两个大人带到了座位前。

她原本想直接坐下的,可是一转头,忽然就瞧见了坐在过道里的苏弥。

她吓了一跳,下意识拽了旁边的苏凡程一把,想让他先坐下。

苏凡程是从公司赶过来的,身上还穿着西装,表情依旧像往常那般严肃,这会儿突然被苏时时拽了一下,一时没反应过来,狠跌到了椅子上。

苏凡程皱了皱眉,刚要出言教训苏时时,转头的刹那,忽然瞧见了苏弥。

他心里很兴奋,刚想出声,就见苏弥表情淡淡的,将头转了过去。

苏时时略紧张地扯了扯苏凡程的衣袖,小声问:"爸爸,你在看什么呢?"

苏凡程收回目光,也没看苏时时,语气低沉地回道:"没事。"

校方将颁奖时间设在了上午十点三十分。

时间一到,便有主持人带着微笑上台。

首先颁发的是少年组奖项。

苏时时获得了少年组第二名的成绩。

上台领奖时,她一边笑着举起奖杯,一边感谢秦湘怡和苏凡程。

"最后,我要感谢我的爸爸妈妈。谢谢他们让我在一个充满爱和鼓励的环境里长大,无论我做什么选择,他们都会在背后默默支持我。谢谢他们!"

秦湘怡在座位上激动得捂住了半张脸,一副要哭出来的样子。而她旁边的苏凡程相对来说就很冷漠了,甚至还不自觉皱了皱眉头,时不时朝苏弥那边看一眼。

台上的苏时时将他的举动看得一清二楚,险些变了神色,好在她最后忍住了,一直保持着微笑直到下台。

重新回到座位时,她故意绕了一圈,准备从苏弥这边的过道往里面走。

相比苏弥此刻的狼狈,苏时时确实是满身光鲜,不仅身上穿着高定服装,手里还拿着只属于胜利者的奖杯。

苏时时和苏弥擦肩而过的刹那,真的觉得自己已经赢了。

想到这里,苏时时斜视了苏弥一眼,瞧见她表情不对时,还以为她被自己气到,一时只觉得更加爽快。

但苏时时不知道,苏弥当时坐得左脚有些麻了,苏时时走过去的时候脚步很慢,苏弥一直皱眉其实是因为这个。

后来连吴愿愿都看出了一些不对劲,悄悄问苏弥:"你和她认识?"

"谁?"

"好像开屏了似的小公主。"

"刚刚领奖的那个?"

"对。"

"不认识。"

"那她老看你干什么啊？"吴愿愿有些迷惑，"难道也是被你的美貌吸引？"

这一句话逗得苏弥差点笑喷。片刻后，她看向主席台，随口回了句："可能吧。"

颁奖仪式进行过半时，苏弥旁边的两个预留位置来了人。

很巧的是，过来的人是许温柔和许时杰姐弟。

许时杰这会儿看见苏弥坐在过道时，更加趾高气扬。

不过现在人多，而且还在进行颁奖仪式，他再怎么想嘲讽也忍住了，只是别有深意地冲着苏弥冷笑了下。

许温柔也冲着她们点点头，然后姐弟俩一块儿落座。

台上的颁奖仪式还在继续。

现在颁发的是二等奖，一共三个获奖名额。

说实话，无论是之前展板上的优秀奖还是后面一些别的奖项，吴愿愿都没太当回事儿。

可是现在要开始颁发二等奖了，她忽然有些紧张。

虽然她也很认可苏弥的画工和实力，可这次校内赛毕竟是全校范围的，很多高年级的学长学姐也会参加。

重华是最不缺优秀人才的地方，吴愿愿相信自己的朋友有实力拿奖，可是那个最高的奖杯，她还是没太敢想。

但是二等奖就不一样了，二等奖有三个名额，吴愿愿觉得以苏弥的实力，这三分之一的机会，她绝对有可能把握住。

所以当主持人说要颁发二等奖时，吴愿愿比什么时候都紧张，一个劲儿地在心里祈祷，希望自己的朋友能出现在名单里。

相比她而言，苏弥就轻松很多。

一旁的许时杰看见吴愿愿的表情，不由得又是一阵冷笑。

他们其实早就打听到了二等奖的三位获奖者分别是谁了，里面根本没有苏弥。

不多时，就听台上的主持人缓缓念出了二等奖三位获奖者的名字。

"获得二等奖的分别是，大三 A 班的许温柔同学，大三 C 班的刘冉存同学，还有大二 A 班的张章同学！让我们恭喜他们！"

礼堂内爆发出雷鸣般的掌声。

吴愿愿在掌声中，慢慢浮出了失望的表情。

她转头看了一眼苏弥，害怕她也难过失落。

但是不知道苏弥是真的不在意，还是假装不在意，这会儿并没有任何异样神色。

旁边的许时杰也瞧见了这点，在恭喜完他姐姐许温柔并目送她上台领奖后，终于忍不住了，笑着嘲讽了一句。

"咱们苏大小姐怎么还这么淡定啊？你不会还在等着一等奖吧？你觉得你有那实力吗？呵！"

苏弥没搭理他，依旧表情很淡地撑着下巴望向台上。

许时杰看着她这副神情，气得牙痒痒。

"我问你话呢！你不会真以为自己能获得一等奖吧？！"

与此同时，在校领导给二等奖获得者颁发完奖杯和奖状之后，主持人的声音再次在台上响起。

"好了，激动人心的时刻到来了！下面，让我们宣布此次校内绘画比赛，一等奖的获得者……"

主持人拿起手里的信封，拿出里面印了名字的红纸，片刻后，微笑地冲着台下说："获得一等奖的是，大一 A 班的苏弥同学！"

嘈杂的气氛瞬间安静了，在场很多认识苏弥的人，在这一刻，表情都变得很精彩。

苏弥缓缓起身，接着回过头，冲着许时杰轻描淡写地说了一句："不然呢？"

——你不会真以为自己能获得一等奖吧？

——不然呢？

苏弥这次的作品延续了之前福利院的故事，只不过画风和调色方面更大胆和梦幻了些。

而这次比赛为了保证公平公正的原则，每个参赛的学生，都会领到一个和作品相对应的参赛号码，除了班主任和他们自己，不会有第二个人知道哪幅画是自己的。

所以学生团的评委，虽然一直很好奇苏弥的作品，却始终没真正确定过哪幅画是她的。

但是他们怎么也想不到，那幅在评审阶段就被他们从心底里认可，并且一步一步送上第一名位置的作品，居然就是苏弥的！

尤其是许时杰，他更是接受不了！

本来他去参选学生团评委，就是为了能够针对苏弥。

可现在这个结果又算什么？他自己亲手把讨厌的人送去了领奖台？

许时杰气得差点失控，他眼睁睁看着苏弥走上台，但是除了狠狠抓紧扶手，他什么也做不了。

当然了，现场心情复杂的人不止许时杰，还有刚刚领完奖，还没从台上下来的许温柔。

苏弥神情自然地走到台上，一点怯场的表现也没有。

路过许温柔身前时，也不知是故意还是无意，苏弥稍作停顿，轻声说了句："麻烦让让。"

许温柔不自觉地捏紧了拳头，僵硬地维持着脸上的笑意，向后退了一步。

苏弥表情很淡，也没多看她一眼，径直越过她，站到了属于自己的位置上。

颁奖的老师将奖杯和证书送到了苏弥手里后，主持人又请她说一说获奖感言。

礼堂在这一瞬间变得异常安静，苏弥作为获奖同学代表上台，追光灯的光束在这一瞬间全部打在了她身上，其他地方很自然地暗了下去。

麦克风有嗡的回音，苏弥走过去，微微弯下腰。

"首先要谢谢学校，谢谢老师，谢谢为这次比赛付出的所有人，大家辛苦了。"

她先说了些官方感谢，之后顿了顿，再次开口。

"还有，挺不好意思的。"

苏弥捧着奖杯，目光淡淡地从台下那些质疑过、攻击过她的人身上一一扫过。

"没搞砸这次比赛，让某些人失望了。"

出了礼堂之后，吴愿愿一直在苏弥身边兴奋地叽叽喳喳。

"你刚刚也太酷了吧！我特意看了一下许时杰的脸色，都快绿了，哈哈哈！"

苏弥其实心里很爽，但是现在人多，她也不好意思表露出来，只能看了眼旁边的路人之后，让吴愿愿小点声。

"大声小声有什么的，他又不在这儿。"吴愿愿一点收敛的意思都没有，"其实现在想一想，他忙活了一大圈，甚至还搭上了自己期末的复习时间，没事儿还要去学生会帮忙，然后亲手把你送上了全校第一的位置，我的天哪，他好可怜啊！"

苏弥这回真受不了了，抿着嘴强忍着没笑出声。

"行了，别说了。"

碰巧许时杰和许温柔这会儿也走了出来，路过两个姑娘身边时，许时杰狠狠撞了一下吴愿愿的肩膀，撞得她一个趔趄差点摔倒。

之后，他头也不回地就走了，一点歉意也没有。

苏弥皱了皱眉，冷眼看过去，刚要叫住许时杰时，后面的许温柔突然出了声。

"这位学妹没事吧？"许温柔走上前佯装关心，虽然像是在关心吴愿愿,但是话是对着苏弥说的,"时杰刚刚和我说着急办点事情,走得急,撞到了这位学妹,我替他道歉。"

在场的都是明白人,怎么回事儿大家都看得出来。尤其是吴愿愿,听见许温柔这话时,都快被恶心吐了。

"哦,没关系,他现在心情不好,我们能理解。"

许温柔被吴愿愿一噎,脸色变了变。

片刻,她又笑了下:"还没恭喜苏学妹,这次校内赛拿了第一名,真厉害!"

苏弥也同样"礼貌"地回应:"学姐拿了第二,也很厉害。"

许温柔像是知道她会说这个似的,微微一笑,也没反驳,继续道:"不过我听时杰说,苏学妹在开学时交的第一份作业就是和福利院相关的作品,这次也是这个主题,是因为喜欢吗,还是因为熟悉呢?"

许温柔话里有话,在场的人谁都听得出来。

苏弥也不傻,听了她的话,毫无遮掩地问:"学姐问这个是听说什么了吗?"

许温柔的表情一下子变得有些不自然,她确实是听说了一些事情,而且还是刚刚才听说的。按照她平日里的性格,没有依据的话她就算听了也不可能乱传。

可是刚刚也不知怎么了,她看见苏弥捧着奖杯,一路被人羡慕着,又想到苏弥刚刚没把自己放在眼里的态度,她就完全控制不住,一股脑地把没求证过的事情全都当众说了出来,让苏弥难堪。

可是她万万没想到,苏弥会这么淡定坦然,仿佛一点也不在乎自己的话似的。

她想了半天,最后眼神飘忽地对苏弥说:"我就是听说,学妹好像从小没在父母身边长大,所以以为你是……"

许温柔的潜台词再明显不过,旁边的人听得出来,苏弥也听得出来。

片刻后,苏弥直接笑出了声:"我是无父无母,但也不是必须要去福利院吧?学姐,你这个想法多少有些狭隘了啊。"

她说完,还笑着拍了拍许温柔的肩膀。

那一瞬间,旁边所有围观的同学仿佛都将目光从苏弥那儿转移到了许温柔身上。

许温柔感觉十分难堪。

她低下头,跟苏弥说了句"对不起"后,便匆匆跑开。

吴愿愿之前一直在旁边听着,这会儿见找事的人走了,赶紧把苏弥拉到旁边。

"你和她说什么乱七八糟的呢?什么无父无母啊?"

"没事,以后再和你说。"

吴愿愿下意识看了一眼旁边还没走的那些同学,也意识到现在不是说话的好时机。

她没再多问,自言自语一样轻声嘟囔了一句:"也不知道她从哪儿听来的闲话。"

苏弥闻声,也没太在意,刚要转身,无意间又看向了礼堂门口。

苏家一家三口这会儿正在礼堂门前和一位特招班的老师说话,苏凡程站在最外边,往这边瞧也最方便。

仿佛感觉到了有人在看这边,苏凡程转头看了一眼。

对视的一刹那,苏弥将目光收了回来。

接着,她轻声对吴愿愿说:"走吧。"

秦湘怡对这次比赛苏时时的成绩很满意,连带着对他们班的老师也多了几分真诚的笑意。

她没注意到苏凡程的动作,挽着他的胳膊,轻轻靠在他的肩头。

"谢谢老师,我们夫妻俩今天会在家里为小时准备庆祝派对,您如果有时间的话,可以来参加。"

特招班的老师是个明白人,也知道这对夫妻的身份,所以听了这话,他微笑着拒绝。

"不了，我晚上还要留在学校加班，校内赛是结束了，但是期末考试马上又要开始了。谢谢你们的好意。"

他边说，边笑着摸了摸苏时时的脑袋。

"苏时时很优秀，这个年纪有这样的成绩已经很难得了，相信假以时日，她一定会在绘画领域大放异彩的。"

秦湘怡最喜欢听别人夸奖她的孩子，所以脸上的笑意更浓了。

送走老师后，苏家一家三口也并肩往校外走。

苏凡程还是以往那副淡漠平静的神情，可是即便如此，秦湘怡也十分满足了。

早上两个人因为苏弥身世的问题发生了激烈的争吵，秦湘怡一度以为苏凡程不会出席这次的颁奖活动了，可是后来时间快到了，他又打了电话回来。

那一刻的秦湘怡，真的有种受宠若惊的感觉。她从来没想过会有这么一天，苏凡程和她吵了架摔门离开后，还会主动打电话回来。

其实她也想过，苏凡程对这次颁奖活动这么积极，有可能也是因为苏弥。

可是她不在乎，那么多年她都忍过去了，她相信他总有一天会回心转意，真正回到她们母女身边的。

想到这里，她的心情更加愉悦，挽着苏凡程的胳膊更加用力，一脸甜蜜地仰着脑袋。

"凡程，你晚上早点下班好吗？我们给小时开一个庆祝派对！"

苏凡程沉默着将她的双臂推开，还是平日里那副冷漠的表情："不了，晚上有应酬。"

秦湘怡表情一滞，旁边的苏时时原本期待的神色，一瞬间也消失了。

苏凡程没理会她们母女的反应，整理了一下外套和衣袖，便迈着步子先走了。

旁边有人目睹了刚刚他们一家三口交流时的样子，一时之间都窃窃私语起来。

苏时时有些受不了，咬着牙，问秦湘怡："所以爸爸还是喜欢那个丧门星对吗？无论我什么样子，在他心里，都比不上那个丧门星，对吗？"

秦湘怡还记得此刻身处重华校内，生怕苏时时失控，赶紧拽着她走到了一处角落里面。

接着，秦湘怡抱住苏时时，像是安抚似的，揉了揉她的头。

"我的小时很棒，比全世界的小孩都要厉害。你不要瞎想，那个丧门星跟你没法比。"

"可是爸爸还是喜欢那个丧门星啊，我今天都看见了，苏弥上台领奖时，爸爸眼睛里全都是欣慰和骄傲，而且还跟着大家一起鼓掌。我领奖的时候，他都没鼓掌，他的目光也是冷冰冰的！"

秦湘怡不知道说什么好，她没办法解释，因为苏时时说的事情，她也看见了。

苏时时此刻也不知在想什么，表情越来越愤恨："所以，就算那个丧门星根本不是爸爸的孩子，他也还是那么喜欢她，对吗？"

秦湘怡吓了一跳，下意识捂紧苏时时的嘴，紧张地左右看了一圈。

"你在哪里听到这件事的？"

苏时时狠命挣开秦湘怡的手，大吼："我就是听见了！那个丧门星根本不是爸爸的孩子！可爸爸还是因为她而冷落我们！"

苏时时越想，心里头那股气就越严重。

最后，她没选择继续忍耐，而是像疯了似的，顺着学校主路追了出去。

这会儿苏凡程才到校门外的停车处，助理将 iPad 递给他，似乎有着急的事情需要他马上处理。

助理一抬眼，就瞧见苏时时追了出来。

"小时小姐？"

苏凡程闻声，皱着眉头回过身。

在瞧见苏时时气喘吁吁的样子时，他再次眉头深皱。

"有什么事吗？"

苏时时没再像往常那般胆怯，直接迈到苏凡程身前，仰着头对他说："爸爸，我希望你晚上可以回家陪我。"

苏凡程显然对她的话题不感兴趣，没有多看她一眼，低头对着iPad继续处理的公事，随口回了一句："叫你妈妈陪你，我晚上有应酬。"

"你上午不也有很多事情吗？可你还是挤出时间来学校参加颁奖活动了！"苏时时咬着唇，强忍着神色，又问，"所以你这次过来，根本不是为了我，而是为了那个丧门星，对吗？"

"丧门星"这三个字让苏凡程的脸色瞬间变冷，他显然知道苏时时在说谁，抬起头，语气严厉地问她："这种话谁教你的？"

苏时时没有了往日对苏凡程的那般又爱又惧，梗着脖子继续喊："不用谁教我，我自己本来就知道！苏弥就是我苏家的丧门星！原本我还觉得，因为我和她都是你的女儿，所以我才一直比不过她，你就算心里真正喜欢的是她，我也没有办法。可是事实根本不是这样！她根本不是我们苏家的人！也不是你的女儿！"

苏时时的这番话让旁边的助理心头一惊，他下意识看向苏凡程。

果然，下一秒，响起啪的一声！

苏凡程很少有像现在这么动怒的时候，他咬着牙，狠狠瞪着苏时时。

"你给我闭嘴！"

苏时时偏着头，满脸不敢置信。

也不知过了多久，她才缓缓重新站直身体。

"之前看见你打苏弥的时候，我还在偷笑，心里想着自己永远不可能变成她那个样子，也永远不可能被你动一根手指头。可是现在看，我还真是不如她。"

苏时时边说边冷笑，那一瞬间，看她的眼神，仿佛已经不再是一个十几岁出头的孩子。

接着,她又像疯了似的,朝着反方向跑开。

助理在旁边有些着急,问苏凡程:"苏总,小时小姐这样不行啊,我派人去追回来吧!"

苏凡程冷眼看着小女儿越跑越远的身影,表情没有一丝丝变化,也没有因为那一巴掌而感到愧疚。

"不用。"

可他不知道的是,苏时时跑开没多久,就当街拦下了一辆出租车。

当司机问她想去哪里时,她带着满脸的恨意,说出了老城区的一处地址。

而那里,正是苏弥住的小区。

苏弥他们班下午没课,所以从重华出来后,她便直接坐车回了家。

今天程斩有很重要的训练,提前和她打了招呼,说不能去学校陪她,可能见面也要很晚。

她上楼前,直接在楼下打包了饭菜,想着中午简单吃一点,晚上再去训练场找程斩。

可是谁承想,她拧开家里的门锁,打开大门后,就听见屋内传出了响动。

然后,她便看见原本应该还在训练场里面训练的人,这会儿正穿着围裙在厨房里面挥着木铲。

苏弥有点惊喜,把奖杯往沙发上一扔,直接跑过去跳到了他身上。

是小动物的那种抱法,从前面扑过去,双手搂住了他的脖颈,双腿则缠住了他的腰。

"你不是说今天白天没时间吗?"

最近两个人单独相处时,苏弥偶尔会这么热情。一两次之后,程斩渐渐也就习惯了,心里头也暗暗开心。

他将手里的木铲往锅里面一扔,又暂时关了燃气,接着便搂紧苏弥的腿根。

"我后来看了一眼你的课表,发现你下午没课,猜你中午会回来吃饭,就想着回来弄点吃的陪你一起吃。"

"那你也太好了。"苏弥搂着他的脖子,笑眯眯的。

程靳对他家小孩儿现在的转变很欣喜,虽然对外还不是很明显,可是两个人在一起的时候,她已经渐渐开始情绪外露了,甚至能很自然地做出一些亲密的举动。

想到这儿,程靳就忍不住逗逗她。

他向上掂了掂,将苏弥抱得更紧,接着,额头朝她的额上一贴。

"那我这么好,我的女朋友有什么奖励吗?"

他说话的时候声音很低,轻轻将气息喷洒在苏弥脸上。苏弥一瞬间就有些想入非非,表情开始变得不自然。

等了几秒钟,见她没反应,他又蹭了蹭她的脸颊。

"嗯?"

"对我好不是你应该做的吗?"苏弥实在忍不住了,垂着眸子也没看他,小声嘟囔,"对女朋友好一点就要奖励,不要脸……"

程靳被她的反应一噎,还没想好怎么回呢,就见女孩子忽然朝他的唇凑近,亲了一下。

苏弥看了他一眼:"行了吗?"

程靳原本没想太多,但这会儿被她磨得有些难受,尤其在看着她的眼神时,更是有种控制不住想吞噬的冲动。

"好像不太行。"

苏弥还没反应过来,就感觉眼前忽然暗了下去,双唇一热。

后来苏弥回过神时,发现自己已经躺在了客厅的沙发上。

她租的这个房子,房东留下的沙发不算太大,两个人要侧身躺着才能完全躺下。

她被程靳护在里侧,整个上半身完完全全被他抱在怀里,很有安全感的姿势。

两个人的心跳这会儿都异常快,苏弥将头轻轻靠在程靳胸前,听见里面咚咚咚的声响,莫名有些享受。

此刻屋内安静的气氛中透着暧昧,程靳一下一下抚着她的头发,不多时,又轻吻了下她的头顶。

"拿到校内赛第一名的苏同学,有什么获奖感言吗?"

苏弥有些意外,从他怀中抬起了头。

"你怎么知道我拿第一名了?"

"外公一个小时前发了朋友圈,还特意@了我和他的几位老朋友。"

苏弥有点蒙:"啊?他之前交代我说,无论什么成绩都要低调啊……"

程靳用没什么意外的语气回道:"老爷子一向严于律人,宽以待己。"

程靳闭着眼睛将她搂紧,又问了一遍:"我们小冠军今天领奖的时候开心吗?"

"没怎么感觉开心,但是很爽。"

苏弥聊起这个,一下子就想到了今天那些期待她淘汰的人的嘴脸,顿时来了兴致。

"你还记得之前一直在你跟前找存在感的那个学妹吗?她弟弟一直找我的碴,一会儿说我是走了后门,一会儿又说我怎么怎么的……"

苏弥支起胳膊,半撑着身子,脸上带了之前在学校里完全没有的表情,有点幸灾乐祸,又有点小骄傲。

"反正我当时表现得可淡定了,有一种十拿九稳我肯定就是第一名的样子,但其实我心里也没底。"

程靳一直默默听着她说话,末了,见她没声音了,问:"你说的男同学,是因为他姐姐才一直针对你?"

苏弥顿了一下:"也不只是他啊,班上不少同学都听说了我走后门的传闻,不过无所谓,他们影响不了我的校园生活!"

说着,她捧起他的脸,来回揉了揉:"所以你别听风就是雨的,这些事儿和你一点关系也没有。"

程靳忍不住笑了下,抬头亲了亲苏弥的唇。

"我家小孩儿真是长大了,现在都知道安慰我了。"

他话音才落,苏弥还未来得及回应,窗外忽然就传来了一阵喊声。

"苏弥!丧门星!你在哪儿?出来!你给我出来!"

这声音让两个人皆一愣。

片刻后,苏弥皱了皱眉:"好像是苏时时。"

"苏家的那个小姑娘?"程靳问。

"对,我那个便宜妹妹。"

外头的喊声一直没断,苏弥起身顺着阳台向下看了一眼。

苏时时这会儿正站在小区里,她应该是不知道苏弥具体住在哪栋楼里,像无头苍蝇似的,也不知道该去哪儿。

苏弥没太迟疑,直接起身。

"我先下去看看她发什么疯,你先吃饭。待会儿你是不是还要回训练场?"

"嗯,回去。"程靳顿了片刻,"确定不要我陪你下去?"

"不用,那小姑娘太难缠了,我一个人浪费时间就行了,你在家等我回来吧。"

也不知道苏弥说的哪句话让程靳舒服了,他眉宇舒展,微微笑了笑:"行,我在家等你。"

苏时时是自己坐出租车过来的。

之前只听说过苏弥搬到了这边,但是具体哪栋楼、哪一户,她一概不知。

现在完全是冲动之下发了疯,她真的受不了了,她一时一刻也忍不住了。

从小到大,所有人只看见了苏弥受她的欺负、一次次隐忍退让,可是没人想过她为什么会这样。

其实很小的时候,她并不像现在这样恨着苏弥的。她对这个同父异母的姐姐有着很多好奇心,她也想像其他小孩一样,和姐姐一块儿吃饭一块儿睡觉。

可是后来妈妈告诉她,爸爸因为苏弥和苏弥的妈妈,而不喜欢她和她的妈妈。

一开始,苏时时不太相信,她见过爸爸因为她而教训苏弥,甚至当着她的面将苏弥骂得连头都不敢抬。

她一直觉得爸爸爱自己胜过爱苏弥太多太多,所以妈妈说的话,她根本不信。

可是后来,她慢慢发现,事情可能和她想的不太一样。

爸爸经常会沉默地坐在窗边抽烟,一支接着一支。他的箱子里还收着一张裱着相框的照片,偶尔还会拿出来小心擦拭。

苏时时很好奇,所以有一次趁爸爸不注意,偷偷把那个箱子拿了出来。

她小心地将箱子打开,发现里面只装着一个相框。

相框是倒扣着的,苏时时当时还在猜想里面到底是什么照片能让爸爸如此珍惜。

可是她万万没想到,那相框里面,竟然是一张爸爸之前的全家福!里面有苏弥和苏弥的妈妈,两个人一个被苏凡程抱在怀里,一个站在苏凡程旁边,都是满脸幸福的模样。

而爸爸在照片里的笑容,是那么幸福,她也是第一次见。

苏时时当时完全接受不了这个现实,愤怒之余,一把就将那个相框摔得粉碎。

苏凡程闻声赶来,看见一地的玻璃碎片和压在下头的相片,第一次对着苏时时沉下了脸。

可是那时候苏时时还以为爸爸是爱着她的,所以有恃无恐,还不觉得自己有错,她甚至还对着苏凡程大喊大叫,质问他为什么还留着这种照片。

苏凡程当时什么话也没和她解释,只默默蹲下身开始收拾地上的照片和碎玻璃,然后头也不抬地对她说:"出去。"

苏时时不依不饶,甚至想用哭喊胡闹去换苏凡程的妥协,想让他把那张照片彻底扔掉。

可是苏凡程听见她哭,任何举动都没有,甚至还不耐烦地低吼道:"出去!"

苏时时吓了一跳,也是从那个时候开始,她突然明白,很多时候看上去的讨厌不一定是真的讨厌,看上去的喜欢,也不一定是真的喜欢。

所以自那之后,她便渐渐地对苏弥产生了敌意甚至恨意,她开始认可妈妈的话,默认她那个姐姐是想抢走她一切的坏东西。

她开始胡闹,开始欺负打压,甚至还会在背后暗暗羞辱苏弥。

可是不知道为什么,苏弥从来没真正和她计较过,也从来不为自己解释。

就这样,年复一年,苏时时在外面有了娇蛮跋扈的名声,而苏弥,则被人传得越来越可怜。

苏时时后来有些受不了了,她想快刀斩乱麻,想彻底把这个影响他们苏家的丧门星解决掉。

她和妈妈商量着演了一出戏,假装受伤陷害苏弥,把事情闹得大一些,严重一些,然后顺势将苏弥赶出苏家。

那时候苏时时以为苏弥只能乖乖就范,只能任由她们冤枉、摆布。

可是她万万没想到,自己设计的假伤会变成真伤,也没想到一直唯唯诺诺的苏弥会突然反击。

她计划的是陷害苏弥推她滚下楼梯,可是当事情发生时,不知道怎么就真的变成了苏弥推她滚下去。

苏弥那个时候的表情,她现在还牢牢记在脑子里,冷漠、低视,看着她像看着一只渺小的蚂蚁一样。

"你不是想把我赶出去吗？我成全你。"

苏时时当时又疼又意外，她甚至有些害怕，害怕苏弥会干出更吓人的事情。

好在妈妈在约好的时间里出现了，将剩下的戏码全部演完。

事后，妈妈问苏时时，为什么装装样子的假摔变成了真摔。

苏时时那会儿脑子还很蒙，她甚至有些怀疑自己是不是看错了、记错了，她怎么也不敢相信苏弥平时那副受气包的样子是装出来的，更不想让妈妈知道自己那么蠢，被一个丧门星欺负成这样。

所以这件事，她和谁都没说起过。

后来苏弥真的走了，被她和妈妈联手陷害出了国。她以为他们一家三口的生活要发生改变了，以为爸爸从今往后只爱她一个女儿了。

可是打那之后，爸爸变得更忙了。

他甚至连家都很少回，也很少来看她和妈妈。

她偶尔会看见妈妈偷偷掉眼泪，心里就越发难受，同时也将这份怨气都算到了苏弥身上。

她知道苏弥在国外的处境，所以一度以为苏弥会死在外面。

可是万万没想到，几年后，苏弥居然又回来了！

爸爸甚至还为了苏弥更加冷落妈妈和自己！

这让她怎么忍得下这口气！

尤其是今天在房门外偷听到苏弥根本不是爸爸的孩子这件事情后，她越发不甘心。

她想不通，她怎么也想不通！

明明她才是爸爸的亲生孩子，明明她比苏弥还要爱爸爸，可是为什么爸爸从来不多看她一眼？

为什么爸爸眼里，就只有那个丧门星？

想到这里，她的情绪再一次失控，她大吼着苏弥的名字，想让苏弥出来见自己。

苏弥从自己家楼门里出来时，就瞧见了苏时时像发了疯似的在小区内大喊大叫。

她有些厌烦，刚想出声，苏时时在这时碰巧回过了头。

两个人已经太久没有像现在这般单独相处了，苏时时看见苏弥的那一刻，脸色瞬间变得阴暗可怕。

苏弥没理会那么多，淡淡地看了她一眼，问："你喊什么？"

苏时时冷笑了一下，答非所问："你现在是不是得意坏了？在全校师生面前出尽风头，你肯定开心得不得了吧？"

"怎么，你羡慕啊？"

苏弥随口一回，哪想到却像踩到了苏时时的尾巴一样，她瞬间变得更加激动。

"我羡慕你？羡慕你什么？羡慕你没有妈妈疼爱，还是羡慕你是个没人要的野种？"

苏弥压根不想理会她，又说："你如果没有别的话说了，那我上去了。别在小区里面大喊大叫，再喊两声我就报警了。"

话说完，苏弥直接转身要走。

苏时时并不准备就这么放过她，又在她身后大喊："你没听见我喊你野种吗？没人要的野种！"

苏弥彻底不耐烦了，沉着脸回身问道："你什么意思？"

"你是真不明白，还是在装糊涂？野种！我说你是野种！"

苏时时满眼的恨意，咬牙切齿。

"野种的意思就是，你根本不是爸爸的孩子！"

这会儿小区里不少人家偷偷将窗户打开了一条缝隙，喜欢看热闹的人在听见苏时时的叫喊以及那一声"野种"之后，都燃起了八卦之心。

有的人甚至大剌剌地直接开了窗，往窗沿上一靠，等着底下的两个小姑娘继续。

苏弥显然没有心思去瞧别人，她听完苏时时的话之后，默默消化了几秒钟。

接着,她对苏时时说:"然后呢?"

苏时时没料到苏弥会是这个反应,更加愤怒了,情绪也更加激动。

"你没听懂我在说什么吗?我说你根本不是爸爸的孩子,你是你妈妈不知道和谁生的野种,你这么多年一直在鸠占鹊巢!"

苏弥表情微微有些变冷,她盯着苏时时,语气中带着警告:"你知道有些话不能乱说吗?"

"什么叫乱说?这是我亲耳听到爸爸妈妈提起的!"苏时时言之凿凿的,"你根本不是爸爸的女儿,爸爸是看你可怜,才把你带回了苏家!可是你根本不懂感恩,把原本属于我的东西全都抢走了!"

"那你觉得我抢了你什么?"苏弥语气淡淡地问。

苏时时咬着牙,恨恨地看着她。

"爸爸,你把爸爸抢走了!"

苏弥显然不知道该继续说什么了,她甚至开始怀疑苏时时此刻是否是正常的。

"我不想再和你浪费时间,无论你说的是真还是假,目前为止,和我的关系都不太大。我已经脱离了苏家,甚至已经说过了不再和你们苏家人来往。你差不多得了,别总上我这儿来找存在感了。"

她说完便想转身离开,但是苏时时显然不想放过她,上前几步,抬起手就想朝苏弥的脸上扇。

可是苏弥却没给苏时时任何机会,反手就拦住了她的手腕,并且微微用了力。

苏时时立马就感觉到了剧痛,她痛苦得想挣扎开,但是苏弥却没有马上放手。

"你可能忘了一件事,这里不是苏家,没人惯着你的脾气。"

苏弥语气渐冷,一点余地也没留地甩开苏时时,直接将她甩倒在地。

"趁我还给你脸的时候,滚。"

她说完，也没再管苏时时的反应，转身就走。

不多时，身后响起了苏时时崩溃的喊叫。

"你这个野种！我要去告诉爷爷，你根本不是我们苏家的孩子，我要让他修理你！你给我站住，你这个丧门星！"

苏弥连头都懒得回，冷着一张脸拐回了自己住的那栋楼里。

忽然，她脚步一顿，表情变了变。

"你怎么下来了？"

只见原本应该在楼上的程靳，这会儿正站在楼门前，嘴边叼着烟，神色淡淡的。

后面，苏时时的哭喊声还在继续。

苏弥连头都没回，径直往前走去。

"走吧，上楼。"

程靳听了她的话，也没急着转身，而是冲着她微微张开双臂。

"不着急，先抱一下。"

苏弥觉得有些无奈又好笑，她明白程靳的意思，说："你干吗啊？我又没事。"

"我知道，我有事。"程靳没放弃，依旧保持着那个姿势，"我让你抱抱我。"

苏弥这回彻底被他逗笑了，半刻也没迟疑，直接钻进了他怀里。

程靳的怀抱依旧温暖舒服，苏弥的侧脸轻靠在他胸前，感觉连身后苏时时烦人的叫喊声都小了不少。

隔了一会儿，程靳的声音从头顶传来。

"打算怎么处理？"

苏弥不想让程靳担心，随口回道："处理什么？你看我搭理她了吗？"

她虽然嘴上这么说，但是说一点不在意也是不可能的。

这么多年了，她从来都当苏凡程是父亲，就算后面失望难过，她也没怀疑过两个人在血缘上面有什么问题。

但是现在苏时时忽然说她不是苏凡程的孩子，这是怎么想都不能轻易忽略过去的事情。

即便她已经脱离了苏家，未来她也不想和苏家有什么牵扯，可她也不想心里头一直埋着这么一个疙瘩。

显然程靳察觉了她的想法，沉默片刻后，问道："你有你父亲的电话吗？"

"要他电话干吗？我又不好奇这事儿。"

说着，苏弥抬起头，在看见程靳安静注视着自己时，瞬间妥协。

"好吧，我其实也有点好奇。"

"那就给他打电话，约个时间仔细问清楚。"程靳抬手揉了揉她的脑袋，"别怕，我陪着你。"

苏弥想了想，最终还是按照程靳说的，给苏凡程打了通电话。

那头，苏凡程才从重华回公司，准备吃午饭。

苏弥的电话打过来时，他看到屏幕上的备注，下意识愣了片刻。

其实在苏弥有了手机之后不久，苏凡程就派人查到了她的号码，还把号码存进了通讯录里。

只不过他从来没想过，苏弥会主动打给他。

苏凡程一瞬间有些激动，他觉得之前和国外企业谈成合作时都没有现在开心。

他赶紧按了接听键："喂，小弥？"

苏弥显然没料到苏凡程会接得这么快，而且还知道是她的号码。

不过她没过多纠结这个问题，而是沉默片刻后，说道："苏时时刚刚来找我了。"

苏凡程脸上的表情滞住："她找你做什么？"

苏弥又沉默了几秒钟。

苏凡程察觉到了不对劲，刚想再问些什么，就听苏弥又说道："她说我不是你的女儿。"

苏凡程彻底愣住了，他完全没想过苏时时会和苏弥说这个。

"小弥，你别听你妹妹瞎说，你……"

"我们见一面吧，把该说的都说了。"苏弥没给他把话说完的机会，声音很轻，"这么多年了，有些话也该说清楚了。"

苏凡程直接定了当天下午的时间。

他选了一家苏弥小时候最喜欢的餐厅，提前和老板订了位置。

四人桌靠窗，窗外是临江大桥，在以前，桥面上过往的车辆是苏弥最喜欢看的景色。

稚嫩的声音仿佛又响起在耳边。

"爸爸爸爸，等长大了你也教我开车，然后我带着你和妈妈到处旅行！带你们买好看的衣服，吃好吃的糖果！"

那时候的苏弥真乖啊，笑起来的时候，整整齐齐的小牙露出来一排，乖巧又可爱，让人忍不住就想把全部的爱都给她。

可是现在，她对着自己却像对着陌生人，甚至眼底还充满了恨意。

想到这儿，苏凡程心里就充满了悔恨。

苏弥和程靳这个时候也到了，服务生领着他们过来时，苏凡程难得地有些手足无措。

他站起身，喊了一声："小弥。"

此刻苏弥内心的情绪有些复杂，其实刚刚进到餐厅时，她就隐约想起来这是小时候自己喜欢的一家餐厅。

她不知道苏凡程把见面地点定在这里是什么意思，也不明白他想干什么。

这会儿看着他，苏弥只简单地"嗯"了一声。

然后，她指了指旁边的椅子。

"我们是坐这儿吧？"

苏凡程连忙点头："对，这里我已经订好了，这几个位置都随便坐。"

苏弥闻声便拉着程靳坐下，举止亲密又自然。

苏凡程见状，不知道到底该给出什么反应。

苏弥显然不想浪费时间，坐稳后，直接开了口。

"我今天来找你，就是想知道苏时时说的那些话到底是怎么回事。那个孩子虽然平时做事没什么脑子，但是这种事情如果不是她听到了什么，估计也不会轻易就来找我说。"

她眸色淡淡地看着苏凡程，语气没什么温度。

"所以，我想知道到底是怎么回事。"

苏凡程看着苏弥如今的态度，心里说不出的难受。

他又看了眼对面的程靳，想了想，说道："你确定要有外人在旁边听着吗？"

"你如果觉得你接下来要说的事情是他不能听的，那我也不想听了。还有，"苏弥默默牵住程靳的手，"他不是外人。"

程靳转头看了一眼自家小孩儿，她这会儿就像个小战士似的，牵起他，不想让任何人质疑他。

他不自觉地低头笑了笑，用大掌回握，牢牢地将苏弥的手握在手心里。

苏凡程被苏弥的态度一噎，瞬间有些讪讪的。他看向程靳，还想指望对方能自觉些，给他们父女留出独处的空间，可是程靳一直低着头，连瞅都没瞅他一眼。

苏弥见苏凡程迟迟不开口，有些没耐心了，看着他，问："你到底想不想和我聊之前的事情？要是不想聊，我们就走了。"

"别……"苏凡程有些急了，难得苏弥肯心平气和地坐下和他说会儿话，他当然不想错过机会，"你想知道的，爸爸都会告诉你的。"

说到这里，他看向苏弥，认真地一字一句道："首先，爸爸能肯定的是，你就是我的亲生女儿，这点毋庸置疑。"

得到这个答案后，苏弥反倒有些一头雾水了。

其实来的路上，苏弥已经思考了一下苏时时说的那些事情的可能性，得出的结论是，她很有可能真的不是苏凡程的亲生女儿。

因为印象里，在她的妈妈消失之前，苏凡程对她都非常好，他尽到了作为父亲的所有责任，并且那段日子苏弥也是真的幸福。

转折点就是从她妈妈消失，苏凡程带着她回了苏家之后。

苏凡程渐渐像变了一个人，完全没有了之前慈父的模样，看着苏弥时，眼神里也隐约有着恨意。

现在想一想，如果苏时时的话是真的，那么这种转变也算合情合理。

毕竟，苏凡程曾经为了苏弥的妈妈放弃过一切，如果到头来只得到了背叛，谁都会承受不了。

可是现在，苏凡程竟然否定了苏时时的话，这让苏弥有些意外。

想到这里，苏弥又问："那苏时时说的又是什么意思？我不觉得她会信口胡说。"

"这中间有误会，那孩子估计是早上听见了我和她妈妈吵架时说的话，才会对你说那些。"

"所以到底是怎么回事？"苏弥追问。

苏凡程微微有些迟疑，末了才说道："你还记得小时候你被人拐走的那件事吗？"

记得，怎么会不记得？

那是苏弥小时候最黑暗的一段回忆，至今她甚至连一些细节都记得一清二楚。

"你提这件事做什么？我们今天聊的话题，难道和这件事有关系？"

片刻后，苏凡程给了她肯定的答案。

"有。确切地说，后面所有的一切，都是这件事情引起的。"

苏弥失踪的时间里，苏凡程和苏弥的妈妈楚晓都急疯了。尤其是楚晓，她几乎每晚都睡不着，每天都活在自责里面。

那个时候的苏凡程也着急，毕竟那么小的孩子，如果失踪超过一定的时间，再找回来的可能性就很小了。所以没办法，他只能回到苏家，找父亲求助。

那个时候，苏凡程心里想的是，就算父亲再怎么恨他责怪他，也不会在这种时候不伸手援助。

他猜得也没错，后来苏国群果真动用了苏家的关系，帮忙将苏弥找了回来。

只不过和苏弥一起回来的，还有一份亲子鉴定。

"那个时候，你爷爷拿着一份亲子鉴定给我看，上面显示你和我并非父女关系。"

苏弥没有太大的反应，只"啊"了一声："你信了？"

苏凡程不知道该怎么和她说，他望向窗外，回忆起那时候的事情。

"我不想相信的，可是你妈妈忽然在那个时候不告而别了。"

楚晓的离开，对苏凡程算是致命一击。

他不明白前不久还说要陪他一辈子的女人，为什么说走就走。

也是那个时候，他的父亲苏国群，忽然给他说了楚晓的"故事"。

苏国群说，楚晓很早之前就有青梅竹马的恋人，只不过迫于两人背景太过悬殊而分开。遇到苏凡程后，楚晓又偶遇了曾经的恋人，两个人发现谁都没有忘记过彼此，就偷偷地又走到了一起。

而苏弥，其实就是那位青梅竹马的孩子。

这个"故事"一开始苏凡程是不相信的，可是慢慢地，在发现楚晓真的一走了之不再回来的时候，他开始相信父亲所说的。

后来，他带着苏弥回到了苏家，渐渐接受父亲安排的一切，工作、婚姻、人际交往和应酬。

他不再像之前那般什么事情都和父亲逆着来。

偶尔在家里见到苏弥，他心里也全是复杂的情感。

他觉得是不是亲生的女儿无所谓，反正这个孩子从出生就在他身边，就算没有血缘关系也还是他的女儿。可是再想一想，他又觉得苏弥好像是他的耻辱柱，是楚晓背叛他而留下的证据。

所以后来，苏凡程对苏弥所做的一切，都是纠结和矛盾的。

他没办法再像以前那样全心全意地疼爱这个孩子，又没办法真的扔下她不管。

直到苏弥上初中的时候，事情才出现了转机。

一个一直替苏国群做事的秘书，因为一次失误而被辞退，对方求苏国群不成，便把目标转到了苏凡程身上。

苏凡程那时已经不像以前那样容易心软，他和苏国群学了一手公事公办的本领，连话都不想听完，就准备将那人赶出去。

可是那人在出去前，忽然和他说了句莫名其妙的话。

"您真的相信您的女儿不是您亲生的吗？"

苏凡程一瞬间愣住了，看向那人时，眼神也异常可怕。

"你最好知道自己在说什么！"

那人一点都不畏惧，甚至还带了几分真诚。

"苏总，您相信我！当初您和您妻子的事情，其实都是苏董一手策划的！"

当初的事情全部是那人经手操办的，他说苏弥被拐乃至后面失踪被卖去大山，其实都是苏国群策划的，目的就是为了逼迫楚晓离开。

苏国群深谙人性，从调查中就不难看出楚晓有多爱这个女儿，所以就先找人拐走了苏弥，在楚晓妥协答应离开之后，再假惺惺地把苏弥"救"回来。

当然，如果楚晓一直没有妥协，那么苏弥很有可能就一直留在大山里面了。

苏凡程听见这个消息后，完全不敢相信。他知道父亲在商场上杀伐果决，可是没想过，父亲对待自己的亲人也可以这么狠心！

后来为了弄清那人的话到底是真是假，苏凡程还偷偷去验了一下他和苏弥的 DNA。结果，果然如那个人所说，之前的亲子鉴定是假的，苏弥根本不是什么背叛的产物，她就是他苏凡程的女儿！

苏凡程那个时候整个人都是蒙的，回到苏家这些年，他基本上是用对楚晓和苏弥的恨在做支撑。

现在突然告诉他，其实他的妻子没背叛过他，他的女儿是亲生的，那他这几年又算什么？

苏凡程一时接受不了这件事情，想带着苏弥一走了之。可是那个时候的苏弥已经被他冷落得没了小时候的天真可爱，甚至在看着他时，眼里只有冷漠。

他知道，那孩子被自己伤透心了。

没办法，他只能退而求其次，继续和苏弥留在苏家，用自己的方法保护她。

苏国群当初答应苏凡程带着苏弥一起回来的条件，是打算让苏弥成年后去和别家联姻。

联姻对象身患残疾，但因为是早就约定好的事情，苏国群没办法推托，所以就只能拿苏弥去充数。

苏凡程那时候就想，女儿恨他就恨他吧，他先让她安稳长大，然后再慢慢掌握整个苏氏，直到他羽翼完全丰满，再一并算之前的账。

可是他没想过时间一晃，就是几年的时间。

这期间苏弥出了国，父女俩的关系因为这件事情变得更加恶劣。很多次午夜梦回，苏凡程都梦见小小的苏弥哭着说恨他。

那个时候苏凡程真想一个冲动就将所有真相全部告诉苏弥，可是他又怕这个孩子性子烈，会因为这些事情去找她爷爷理论。

如果这样的话，那他这么多年的隐忍和辛苦，就全都白费了。

所以日复一日，年复一年，他始终在外人面前装成一开始的模样，对苏弥冷眼相待。

他觉得，自己的伪装就是对苏弥最好的保护。

"大概就是这个样子……我不知道小时的妈妈为什么也知道了这件事情，应该是你爷爷和她提的吧。"

秦湘怡自嫁过来之后，就暗示过几次苏弥的身世，只不过那时候苏凡程对她什么感情也没有，自然也没认真听过她的话。

苏弥一直沉默着，不知道在想些什么。

末了，她问苏凡程："所以，这么多年，你就是因为那些自以为是的保护，才让我活得那么辛苦？"

苏凡程一听这话，有些着急："你听我说，小弥，爸爸当时的处境真的没办法……"

苏弥根本不让他把话说完，冷冷地打断他。

"我不想听任何没用的解释。我成年了，明白很多事情有时候确实身不由己，可是更知道，只要想做的话，就肯定能有解决的办法。既然你没做，说明你就是不想。"

"我没有。"

"你知道吗？跟刚刚听到的事情相比，其实我倒真挺希望你不是我父亲。毕竟前者是没法选择的，后者却是在你选择之后一手造成的局面。"

"别总拿着对我好这套理论说事情，我从来不觉得对谁好需要建立在伤害她的基础上。"

苏弥语气冷到了极点，她看着苏凡程，字字都像带了刀子一样："这样冠冕堂皇的理由，让人恶心。"

第十章
/ 原来有的梦，真的可以成真

:

从那家餐厅出来后，苏弥和程靳直奔停车场。

坐上副驾驶位之后，苏弥一直很沉默，一句话也没说。

程靳理解她现在的状态，所以也很配合地没开口打扰她，给了她一些消化情绪的时间。

车子缓慢驶入主干道，苏弥偏头看着窗外。

其实当初在国外，苏弥每每走投无路，坐在床上整夜整夜睡不着的时候，也曾经想过，为什么生活会忽然变化这么大。

她不理解为什么妈妈突然消失，也不理解为什么苏凡程看着她时，眼底除了冷漠，还有恨意。

时隔这么久，她现在终于懂了。

可是懂了之后，剩下的只有可笑了。

苏凡程口口声声说是为了她好，为了她能一直留在苏家留在他的身边，他才选择暂时隐忍，暂时装聋作哑。可是他从来没想过，她是否想留在苏家，也从来没想过，跟苏家大小姐这个可有可无的头衔相比，她更喜欢以前那种自由自在的生活。

而且她到现在也想不通，就算苏凡程有自己的想法，他也完全可以先将一切都告诉她，让她明白，其实自己的爸爸还是站在自己这边的。

可是他什么也没做。

他明明什么都可以做的，却什么也没做。

她理解不了，也没办法去原谅。

车子一路平稳向前，路过路口的时候恰巧红灯亮起，程靳踩了一脚刹车，接着转头看过去。

苏弥还在看着窗外愣神。

程靳看了一眼她的手，悄无声息地握了上去。

他手心的温度让苏弥瞬间回过神，她回过头看了他一眼。

"你已经快十分钟没理你的男朋友了，再这样小心我告你冷暴力。"

苏弥听得出来程靳想逗自己开心，将身子往那边一倾，脑袋搭在了他的肩头。

"以后如果发生了什么事情，你会以对我好的名义而离开我吗？"

苏弥声音很轻，片刻后，她又问了一句："会像他们一样吗？"

她没说"他们"是谁，可是程靳明白，她在说她的父母。

他向前倾了倾身子，将她抱紧。

"你觉得我会和他们一样吗？"

怀里的女孩子有片刻沉默，接着回道："你不会。"

程靳挺满意她的答案，笑了笑，顺着她的话也语气坚定地回了一句："嗯，我不会。"

校内赛颁奖典礼结束后，苏弥班级里的气氛一直都奇奇怪怪的。

可能大家谁都没想过，苏弥真的会凭借自己的实力拿到全校第一名，并且还是在今年这种多了一组学生评审团的情况下。

这让很多曾经质疑过，甚至背后说过她闲话的同学都很尴尬。

不过好在很快就期末考试了，教室里的学生大多数时间都在闷头学习，那种尴尬的气氛渐渐冲散了不少。

备考期间，苏弥在吴愿愿那里听到了一个消息：苏时时休学了。

"我听别人说，那天还是她爸爸来给她办的休学手续呢！好像是想让那个小姑娘出国读书，所以特招班那边就不能去了。"

当时苏弥正埋头看着期末重点，瞧着对吴愿愿的话一点兴趣也没有，连头都没抬一下,随口回了一句:"是吗?"

吴愿愿也没指望她能回应什么,自言自语地又来了一句:"唉,好羡慕他们有钱人啊!"

苏弥抬头看了她一眼,拿着手里的笔敲了她脑袋一下。

"羡慕什么,赶紧复习。"

时间飞速前进,期末考试过后,寒假如期而至。

今年重华正巧定在了12月31日那天放假。

12月31日当天,老刘组织了这学期最后一次聚餐。

苏弥以往有几次都找理由推托了,但这次说什么老刘都不许她缺席。

饭桌上,老刘总结了所有人这学期的表现,特别的语重心长。

讲到苏弥时,他显然有些犹豫。

"老师一直相信你在绘画方面的实力,也相信你在未来会越做越好。这学期你方方面面表现得都很棒,我以作为你的老师而感到骄傲。"

苏弥曾经得到过很多赞美和夸奖,但是像今天这样的,她还是第一次听见。

她有些不知所措,隔了两秒钟,起身微微朝老刘鞠了一躬。

"谢谢刘老师。"

这一鞠躬让气氛一下子又变了,老刘也有些不知所措,想了想,也冲她弯了弯腰。

后来开饭时,吴愿愿凑到苏弥跟前,小声对她说:"你和刘老师刚刚有点傻。"

苏弥其实也很尴尬,一直没抬头,听见吴愿愿的话之后,回道:"自信点,把'有点'换成'非常'。"

热热闹闹的聚餐进行了四五个小时,从天亮到天黑,结束的时候,每个人脸上都挂了不少笑意。

苏弥也挺开心,她很少像今天这样这么融入班集体,许多平时不太敢和她说话的同学,今天也都凑过来和她聊了一两句。

她习惯了独来独往,但是如果能融入集体并且还开心的话,她现在也愿意去尝试一下。

出了餐厅,苏弥一眼就瞧见了等在外面的程靳。

这会儿男生等在路灯下,外头飘着小雪,他黑色的大衣上面落了一些星星点点的雪花。他低着头,手里拿着手机,模样很认真,也不知道是在给谁发消息。

隔了几秒钟,苏弥就听见自己衣兜里的手机响了一下。

程靳:还要多久啊?我给你买了烤红薯,再不出来就要凉了。

苏弥不自觉笑了下,在屏幕上敲了几个字给他发过去。

苏弥:你转身。

下一秒,程靳迅速转过身,脸上的表情有些意外。

然后,他笑着朝这边走了过来。

苏弥旁边有很多班上的同学,其中有不少人都认识程靳。这会儿瞧见他来接苏弥,大家很默契地相互看了一眼。

苏弥没在意别人的目光,对程靳说:"我不是说了自己回去吗?"

"我又没答应。"程靳从衣兜里拿出了之前买的烤红薯,递到了苏弥手里,"拿着,外面太冷了,暖暖手。"

老刘恰巧也在这个时候从餐厅里走出来,看见程靳后,立马上前。

"我刚刚去结账,服务员说已经有人把账结好了,问了半天人家才告诉我是你结的,你这孩子怎么回事?"

程靳笑了笑,说:"我就是想感谢刘老师和咱们班同学在这个学期对我家小孩儿的照顾。没多少钱,算我和苏弥请客了,您也别嫌弃。"

老刘哪能这么轻易地就同意,在餐厅门口说了半天要给程靳转账,后来还是程靳给杜教授打了电话,让老爷子说了两句,他才消停。

后来程靳和苏弥又与老刘聊了几句才离开。

苏弥看了一圈,发现程靳好像没有开车过来。

"你没开车?"

"没有,天气预报说晚上有雪,就想着带你走回去。"

"啊……"

才走了两步,苏弥的手机忽然响了起来。

来电话的是吴愿愿,她的语气有些幸灾乐祸。

"天哪!你知道我刚刚看见什么了吗?许时杰的姐姐来了!聊了一圈问起你男朋友了,我们说走了之后,她脸上那个表情那叫一个精彩!"

"她这么闲?"

从看见程靳到现在,不过也就十几分钟,许温柔怎么就忽然过来了?

"好像是他们班也在附近聚餐吧,不过这都不重要!重要的是她那个表情!天哪,我真是替你笑死了。"

"笑死就笑死,但是不要替我,谢谢,我觉得不好笑。"

吴愿愿"啧"了一声:"行吧。不过怎么办啊,我才和你分开几分钟,就感觉有点想你了呢。没有你的寒假,我该怎么熬啊!"

"我不想你,再见。"

苏弥没再给吴愿愿说话的机会,毫不留情地挂断了。

不过下一秒,她直接打开微信,给吴愿愿发了一个大红包。

苏弥:新年快乐。

吴愿愿立马给她回了一条。

吴愿愿:好人一生平安!

苏弥不自觉地笑着,程靳在旁边看着她的模样,也不由得开心。

"今天跨年,准备怎么过?"

苏弥有点意外:"啊?不是明天才是元旦吗?跨年也要过?"

"我以前也不过这些乱七八糟的节日,但是有你了,我就想什么节日都和你在一起。"

程靳的语气轻松,就好像自己说的不是情话似的。

苏弥冲他弯了弯眼睛:"那我是不是又有礼物可以收了?"

自打上次收到倒计时盲盒之后,苏弥就有点爱上收礼物的感觉了。

她倒也不是想要什么东西，就是喜欢那种悬念感和惊喜感。

但是程靳显然没想到她会问这个，一时之间有些措手不及。他最近还在筹备年后国外比赛的事情，今天也是刚从训练场回来，完全没想到礼物这件事。

想了想，他只能套了一下网络上的俗梗，在苏弥伸出手之后，弯下腰，将下巴垫到了她的手心。

"把我自己送给你好不好？"

他说话的时候乖乖的，一张俊脸也没有了平时的痞劲儿，就好像一头被驯服了的狮子一样。

这让苏弥一阵无语。

想了想，她用力地抬了抬他的下巴。

"算了，勉强算你合格吧。"

程靳直起身，笑着揉了揉她的脑袋。

"谢谢我家小孩儿，回头礼物给你补双份。"

"用不着。"苏弥捧着烤红薯朝前走，"你真要想补偿，那今晚就给我包饺子吃吧。"

以往几年，苏弥最怕过节，那时候别人家都是团团圆圆热热闹闹的，每家每户的餐桌上几乎都有盘饺子来应节气。

她那个时候特别羡慕，还悄悄幻想过以后会不会也有人陪她过节，给她包饺子吃。

想到这儿，她在飘着小雪的路灯下回过身，笑眯眯地冲程靳说："要有虾仁的那种。"

苏弥想吃虾仁馅饺子的这个愿望很简单，程靳当然会满足她。

他牵着小姑娘，一路迎着雪花，去了就近的大超市。

很巧的是，正是之前苏弥播过广播的那家超市。

走到门口的时候，苏弥有点抗拒。

"不然咱们再走走？去别的地方看看？"

程斩一开始还没反应过来，问道："这儿怎么了？"

苏弥不知道该怎么解释，她人生中最大胆的一次表白就是在这儿，现在"故地重游"，就算没人会记得，她也会觉得很尴尬。

程斩看着她那副模样，渐渐也想到了怎么回事儿。

他勾起嘴角，有点欠地笑了下。

"你让人家帮你念广播的时候，怎么没见你尴尬呢？"

苏弥瞬间变脸："想打一架你就直说。"

程斩不再逗她，直接搂着她的脖子往里面走。

"走吧，没人认识你呀。"

两个人进了商场后直奔超市，马上元旦了，虽然没有春节那么年味儿十足，但是来采购的人也不少。

他们进去时，门口的购物车只剩下几辆。程斩顺手抽出来一辆，然后一手推着购物车，一手牵着苏弥走了进去。

超市里面四处张灯结彩，广播里放着的音乐都是"恭喜你发财"，入口的两侧更是放了一对一米多高的小老虎，它们脑袋上扣着瓜皮帽，穿着的衣服也是喜庆的红色，虎头虎脑的，特别可爱。

苏弥这会儿来了精神，她已经很多年没感觉到"年味儿"了，现在感受着四周喜气洋洋的气氛，心情也跟着变好了。

"要不怎么说环境真的会改变一个人呢，现在这样，谁走进这里头估计都会冲动消费吧。"

闻言，程斩转头看了苏弥一眼，还没出声，就见苏弥眼巴巴地看了过来。

"我也可以冲动冲动吗？"

程斩挑了下眉："你想怎么冲动？"

苏弥指了指门口，没出声。

程斩看过去，还以为她说的是门口摆放的糖果架子。

"想吃糖？"

苏弥摇摇头。

"奶茶？"

苏弥还是摇头。

程靳有点疑惑了，现在门口放着的几个货架上只有糖果和一个品牌奶茶，没有别的东西了。

"你指的不是门口吗？门口那块还有别的东西？"

"有呀。"苏弥继续指着那边，"那两只老虎不也在吗？"

程靳做梦也没想过，有朝一日，自己会厚着脸皮去和超市的工作人员商量，要买人家门口摆着的吉祥物。

一开始，超市的工作人员还以为这对小年轻在开玩笑，笑呵呵地聊了几句发现程靳和苏弥是认真的之后，他们表示有些为难，之后就把经理找了过来。

超市经理是个很面善的中年男人，他先是分别和苏弥、程靳握了握手，然后从自己员工那边了解了情况。

之后，他面露为难地说道："这对吉祥物是我们从外地托运回来的，你们如果喜欢，我可以把卖家的联系方式给你们，你们私下和那边联系购买就可以。"

苏弥一听，眼巴巴地看着那位经理，又问了一句："这对不能卖给我们吗？"

"倒也不是不能卖，就是……"

苏弥看经理面露为难，想了想，朝他那头走了两步。

"您跟我来这边一下。"

经理不明所以，但还是跟着她往旁边走了走。

"您看见我男朋友了吧？"苏弥对经理小声说，边说还边朝程靳那头指了指。

经理点点头："嗯，我看见了，怎么了？"

"他前不久撞了头,大夫说他的小脑会慢慢萎缩,简单点说就是会变傻子。刚刚来的时候,他看见了那对吉祥物,说很喜欢,我才想着给他买回家去。"

苏弥装作有些难过地低下了头:"我就是想趁着他的神志还算清醒的时候,多为他做些什么。"

程靳雇了一辆货车来载那两只小老虎,然后打了辆出租车跟在后头。

上车时,程靳没管前面的司机,直接把小姑娘搂过去,让她趴在自己腿上,不让她挣扎。

"来,说说吧,你和超市经理都悄悄说什么了?"

苏弥有点心虚地避开程靳的目光:"能说什么呀,就说我很喜欢很喜欢那对小老虎,希望他能卖给我呗。"

"你说了你很喜欢很喜欢,然后那位超市经理就对我说了'早日康复'?"程靳低下头,收着力咬了一下苏弥的鼻尖,"你觉得我会信?"

"他祝你早日康复了?我就说你感冒了而已,他怎么还祝你早日康复了?这也太客气了。"

程靳懒得再和她扯皮,又轻轻捏了下她的脸蛋。

"行了,赶紧想想两只老虎拉回去放哪里吧。你那个房子客厅不大,卧室也不大,这两个东西放哪儿都感觉有点碍事。"

"我什么时候说要拉回家去了?我是买来送你的。"

程靳有些意外:"送我?"

"对呀,放车队门口。"苏弥撑着身子坐了起来,又指了指前面货车车厢上的两只小老虎,"没看见它们手里拿着的对联上写的是什么吗?"

程靳顺着苏弥的手再次抬头,只见那两只小老虎这会儿被结结实实地绑着,身上落了不少雪花,但依旧能清晰地看见它们手里拿着的对联,以及对联上面的几个字——

出入平安。

程靳的表情微微滞住。

这时，小姑娘又在他旁边开了口。

"以后的每场比赛，我都希望你能平平安安地去，平平安安地回。"

苏弥很少表达这种心声，程靳回过头看到她仰着小脸，表情认真地看着自己，心底软得一塌糊涂。

他控制不住地在她唇上轻吻了一下，接着抵着她的额头，轻轻蹭了蹭。

"会的，一定会的。"

吉祥物最终就按照苏弥所想的，摆到了车队大门口。

苏弥刚进别墅去拿毛巾，准备擦一擦它们身上的灰尘，就听见手机在衣兜里响了两声。

拿出来一看，是程靳发的群消息。

程靳：看看我家小孩儿送我的新年礼物。@所有人

然后是三张图片。

苏弥有点无语，直接回了个问号过去。

苏弥：？

紧接着，底下一堆人也跟着发了一排问号。

红毛：？

施展：？

施施：？

丫丫爸爸：？

老袁：？

老袁媳妇儿：？

他们以为这种无声的回应可以让程靳闭嘴，可是得到的结果却是……

程靳：你们这是什么意思？忌妒？

这次无语的不只是苏弥了，群里安静了十几秒之后，就见红毛发来了一条几秒钟的语音。

"程二,你正常点行吗?别再骚下去了,我求你了!以前咱们燃那个冰山程队哪儿去了?"

程靳忍不住笑了下,低头在手机上打了几个字。

程靳:被我家小孩儿融化了。

几秒钟后,群内显示了一排系统消息。

成员施施已退出群聊。

成员红毛已退出群聊。

成员施展已退出群聊。

成员丫丫爸爸已退出群聊。

成员老袁已退出群聊。

成员老袁媳妇已退出群聊。

程靳在那边笑得更欢了。

苏弥实在忍不住了,开口:"你能不能别气人了?"

"没事儿,他们过会儿还得自己加回来。"

苏弥没再管他,继续朝里头走,可没走几步,就听身后忽然传来了熟悉的大嗓门。

"程二呢?赶紧给我滚出来!"

苏弥怎么也没想到,之前退出群聊的那些人,这会儿会齐刷刷地出现在她和程靳面前。

他们每个人手里都拎着不少食材,就连丫丫这个小不点也拿着个装着糖果的小袋子。

"苏姐姐!我们陪你和程哥哥过年来啦!"

原本略显空旷冷清的别墅,在车队成员全体到齐之后,立马变得热闹起来。

丫丫穿着一身红色的小裙子,像个福娃娃似的满屋跑。其他人则洗菜的洗菜,掌勺的掌勺,齐心协力地准备着今天的晚餐。

老袁媳妇儿问:"不是,门口那两个大家伙怎么回事儿啊?"

程斩低头切着土豆丝，很自然地回了句："不是说了吗？我家小孩儿送我的新年礼物。"

"谁问这个了？"老袁媳妇儿不想搭理程斩，转头看向苏弥，"小苏，你怎么想到送这个了？虎头虎脑的，还挺喜庆的。"

苏弥一听这话，来了精神："是吧，我在超市看到它们的时候也是这个感觉！"

"大过节的你们不出去约会，跑超市干什么去了？"

"买虾仁和馅料去了啊，原本打算今天包饺子吃的。"

苏弥说到这里，心里头还有些遗憾，她看着满厨房的食材，心想：今天可能吃不上饺子了。

"想吃饺子了啊？那简单啊，等着嫂子和你袁哥给你包啊！"

老袁媳妇儿说完，又喊了老袁一声："老袁！剁肉馅！"

"好嘞！这就来！"

苏弥有些意外，看着眼前这些人忙碌的身影，忽然觉得今晚头顶的灯光都莫名暖了一些。

所有饭菜都做好端上桌时，差不多是晚上八点多了。

苏弥心心念念的虾仁馅饺子摆在了正中间，这会儿正冒着腾腾的热气。

见苏弥眼巴巴地看着，老袁媳妇儿倒是直接，拿起筷子直接夹起一个递到了她嘴边。

"你跟我们还守什么规矩，想吃就吃。"

施施这会儿也立马接话："对啊对啊，我刚刚和丫丫在厨房都偷吃了两个大鸡腿。"

施展恰巧这时拿着碗筷从她身边经过，闻声敲了她的脑袋一下："你还好意思说，不带丫丫学点好的。"

施施委屈地揉了揉被敲的地方："都是自己人，有什么好注意的。"

这时红毛在旁边插话:"就是,都是自己人,没什么不好意思的,你看之前程二在群里都多恶心人了,他都没什么感觉呢!"

红毛见缝插针地损了程靳两句,程靳一点不在意,只讪讪地看了他一眼,问:"怎么,你真忌妒?"

红毛咬牙道:"大过节的,你别逼我动手。"

"说得好像你动手就能打过我似的。"

后来,这顿饭大伙儿热热闹闹地吃到了晚上十一点多,酒过三巡,大伙儿的眼神都开始变得有些迷离。

"说真的啊,我一开始真没想过苏弥会跟咱们混到一起。"红毛喝了酒,胆子大了不少,平时不敢说的话这会儿都敢说了,"我第一次看见她吧,就觉得这姑娘忒野了,后来又觉得她有点高冷。反正我怎么想,都没想过她会像现在这样,跟咱们坐在一起,成为咱们其中的一员。"

老袁媳妇儿大大咧咧地回了一句:"那是程二厉害,嗝……当初我还没看出来他有这个心思,还给小苏拉红线呢,现在想想,幸好没成……不然我不得被程二恨死。"

程靳弯着眼睛,眼底带了三分醉意和一些平时少有的温度。他这会儿双手拉着苏弥的一只小手,捏在手心里把玩。

"没事儿,嫂子,真成了我也把人抢回来。"

红毛大喊:"你当人不好吗?为什么老往畜生那边发展?"

程靳也不气,回道:"我乐意。"

丫丫在旁边已经困得不行了,小脑袋像小鸡啄米似的一点一点向下磕。

但是她还坚持着,因为她刚刚听施施说,跨年这天的零点,许的愿望都能成真。

很快就到了十二点。

墙上的挂钟当的一声响,新年换旧年。

外面很快就响起了噼里啪啦的鞭炮声，丫丫瞬间被惊醒，迷迷糊糊地看了眼时间。

"呀！十二点了，是不是可以许愿啦！"

施施在旁边很配合地点点头："对对对，可以许愿了。来来来，我们赶紧举杯吧！"

苏弥还有些蒙，不知道他们要干什么。

只见施施率先将自己的杯子举到半空，开口道："新年新气象！我希望新的一年，恋爱自由！"

施展在旁边瞪了她一眼，到底没在这个时候说她。

而施施见她哥没骂人，顿时松了口气，兴奋地推了推他。

"哥！哥！到你了，到你了！"

施展还算配合，也举起酒杯。

"新的一年，希望燃能重回顶峰。"

这句话一出，红毛也立马举杯："我也是，我也是！我也是这个愿望！"

接着是丫丫爸爸，他举起酒杯和施展、红毛说了同样的话。

"希望燃重回顶峰！也希望我们都能越来越好！"

一圈下来，大家又都多添了一杯酒，气氛变得更加热闹了。

此刻外面有人放起了烟火，大伙儿争相往窗外望去。

白色的火光在他们头顶炸开时，苏弥按捺着心底的兴奋，在大伙儿中间悄悄拉住了程靳的手。

程靳还仰头看着窗外，感受到苏弥手心的温度时，他头也没回，直接反握。

接着，他小声对她说："知道我刚刚许了什么愿望吗？"

"知道呀，不是祝我们梦想成真吗？"

"那是说出来的，我问的是心里面的。"

苏弥看向他的侧脸："什么？"

程靳低头回望，恰巧此时又一簇烟花升起，火光映亮了两个对望着的人。

"我许愿，希望往后余生，我和我家小孩儿都能在一起。

"岁岁年年。"

聚会结束的时候，大家最后一次举起了酒杯。

"新年快乐！敬新年换旧年！"

"敬明天依旧升起的太阳！"

"敬这无语又迷人的人生！"

轮到苏弥时，她想了想，发自内心地笑了下，然后像他们一样大喊道："敬一直喊放弃，却没真正放弃过的自己！"

苏弥曾经做过一个梦，梦里的她和一群人在一起，他们开心地说着话，肆意地喝着酒。

那时的她不知道那只是一个梦。

而醒来的她也不知道，原来有的梦真的可以成真。

二月伊始，北城的大街小巷都有了春天要来临的迹象。

这天，程靳回去后，发现许久未见的大伯父大伯母也过来了，一家人难得聚在了一起。

他们被程老爷子派去了外地管理分公司，基本上一年到头都回不了北城几趟。

这会儿他们二人正坐在客厅的沙发上喝茶，程老爷子也难得地没有忙碌工作上的事情，和他们一块儿坐着说闲话。

三人见有人进来，纷纷朝这头看了过来。

程靳笑着和他们打招呼："爷爷过年好，大伯父大伯母过年好。"

程靳的大伯母是个很温和的中年女人，瞧见程靳，笑了起来。

"你乖。"

程斩坐下后,倾身从茶几上拿了个橘子。剥皮时,他往四周看了看。

"我哥呢?"

大伯母一听他问起自己儿子,笑意更浓了。

"你哥早就来了,陪着我们和你爷爷聊了会儿天,就去楼上忙工作了。"

大伯父像是也有些骄傲似的,接着说道:"你哥现在是大忙人,咱们程氏总部百分之八十的项目都要经他审批了。"

程斩听得出来大伯父在说什么,其实就算他不说,自己也在年前听说了些消息。好像是爷爷最近在慢慢放权,渐渐开始放心地把公司全部交给哥哥管理了。

其实这对于一个公司的管理者来说,是件天大的好事。

可是如果这个人是大哥的话……

程斩莫名有些坐不住了,吃了个橘子后,就借了个由头匆匆上楼。

相比下面的客厅,楼上显得特别安静。

程礼办公的地方应该是爷爷的书房,程斩边猜想着边朝那边走去。

书房的门半掩着,程斩才一走近,就听见了他哥哥打电话的声音。

"F国那边的人有消息过来,就说我在出差,回国后给他们回电话……"

程斩装模作样地敲了敲门,接着便推开门走了进去。

程礼依旧一身正装,银灰色的西服平整利落,将他整个人衬得更加挺拔。

他听见响动后,回过头看了一眼。看见来的人是程斩,他便指了指旁边的沙发,示意程斩坐过去等一等。

但是程斩没听,而是直接走到他跟前的书桌旁,往桌沿边一靠。

程礼又看了程斩一眼,没管,又简单地和那头的人交代了几句之后,才挂断了电话。

"听说我哥升职了?"程斩见他挂了电话,立马就开了口,"过年都没给我红包,现在升职了是不是得给弟弟发个红包庆祝一下啊?"

程礼瞥了他一眼:"你还知道过年?那你给我拜年了吗?"

"我不是发了个表情包吗?"

"恭喜发财那个?"

"对啊。"

程礼都被他气笑了:"你是真好意思说啊,我那几天微信里上千条拜年短信,也就是你敢只给我发个表情包。"

程靳一点心虚的感觉也没有,依旧理直气壮的。

"那你不是忙吗?我之前几次打电话都是张助理接的,大过年的你还想让我再和人家拜个年?"

"我忙?不是你忙着陪小女朋友,没空搭理我吗?"

听见他提起苏弥,程靳一下子就收敛了。

"好好的提我家小孩儿干什么?她乖得很,跟她没关系。"

程礼最看不了他这副样子:"还没怎么样呢,就成你家的了?"

"怎么样也是我家的。"程靳分毫不让,"哪像你,都奔三了,身边连个人也没有。"

程礼不在意地笑了笑:"也快了吧。"

"什么情况?哥,你有喜欢的人了?"程靳特别意外。

不能怪程靳是这个反应,毕竟程礼每天只有工作工作工作,别说让他谈恋爱了,就单说他能私底下认识个女孩子,都是难上加难的事情。

"没有,爷爷想和孙家联姻,扩大咱们程氏的版图。好像定了下周三两家人见面。"

程礼语气云淡风轻的,仿佛说的不是自己的事情一般。

程靳脸上的表情一滞,没再出声。

程礼像也不在意,依旧是那副神色,问:"是不是要去参加比赛了?"

程靳知道程礼说的是 X 方程式的比赛,默认地点点头:"两个月后。"

其实要放在平时,他肯定兴奋地和哥哥聊起来了,但是今天丝毫提不起兴趣。

想了想,他又问道:"你想好了吗?"

程礼看了他一眼:"联姻的事儿?"

"对啊,你想好了吗?"

"有什么可想的,就按照家里安排的做呗。"程礼依旧一副不太在意的样子。

程斨有些受不了了,猛地站起身。

"有些话既然你不说,那我就替你去说。"

他说完便转身要走。

程礼没料到他会忽然冲动起来,连忙拦了他一把。

"急什么呢?先回来。"

程斨回头,没出声。

"赶紧坐下吧,我有什么需要你去帮我说的?"

程斨眸色深深地看着程礼,没说话。

程礼没搭理他,起身先去把书房的门关上,接着走到他跟前,问道:"带烟了吗?"

程斨抬眼看过去,沉默片刻,最后还是没出声,默默从衣兜里掏出烟盒跟打火机。

程礼前段时间戒了烟,这会儿复吸,一时间还有些不习惯,咬着烟下意识皱了皱眉。

"我这几天忙得头昏脑涨的时候,天天都想悄悄抽一支。现在终于抽上了,忽然又觉得好像也就那么回事儿。"

程斨总觉得程礼话里有话,果然,下一秒,程礼再次开口。

"我这两年,其实一直在吃药。我忘不了在燃的日子,忘不了和你们一起比赛的时候,每天晚上只要一想到这些,我就会整夜整夜地失眠。很多时候,我都不懂为什么我的日子莫名其妙就过成这样了。"

程斨眸色中闪过一丝痛苦,他其实也很多次想过哥哥的情况,可是每次除了无力,什么也做不了。

他甚至连哥哥的负面情绪都不能分担,这也是他一次又一次地拼命想让燃重新活过来的理由。

他知道哥哥放弃了多么重要的东西,他不想连哥哥留下的唯一心血也没留住。

"可是不知道从什么时候开始,我好像慢慢适应现在的日子了,和你们在一起的时光越来越模糊,我想起你们的时候也越来越少了。我每天除了工作还是工作,满脑子想的都是怎么把程氏变好,怎么让我们程家的名声在北城更加响亮。"

程礼语气轻松,将手里只抽了一口的香烟按灭:"呛人,不抽了。"

程靳说不出现在是什么心情,他总觉得哥哥是为了安慰他才说了这番话,可是看哥哥的神情,又觉得好像是真的。

"哥,你别骗我。"程靳语气很沉。

"骗你干什么?"程礼笑了笑,"人是会变的,我二十几岁想要的东西,不一定三十几岁也一定想要。以前想不透,所以就和自己较劲;现在想通了,日子就好过一点了。同样的话也送给你,别和自己较劲。我想开了,你也早点想开吧,别再把燃重回巅峰这件事当成你必须做的事情,以后的每场比赛,我都希望是你自己想跑,而不是为了什么而去跑。明白吗?"

从春节开始,苏弥就一直跟着程靳住在杜教授这边。

老爷子只有一个女儿,程靳的妈妈去世之后没几年,老伴儿也跟着走了。

所以每年春节基本上都是杜老爷子自己在家过,或者是程靳拉着他出去游玩。

今年有了苏弥,爷孙俩也算是安安稳稳地在家过了个团圆年。

只不过苏弥万万没想到,自己过来容易,再想回家就难了。

老爷子像是突然想到了老头儿之前对他的嘱托,开始管起了苏弥学习上的事情——

每天要交一幅基本功作业,一周一次户外写生,回来后还要完成他的随机命题考试。

苏弥觉得这个寒假过得比上学时还要辛苦,她每天都找各种理由想回家,但是杜老爷子也以各种理由不让她回家。

例如今天头疼需要人照顾啦,明天想吃饺子啦,后天又想吃白菜炖土豆啦……总之是苏弥这边一有动静,人家那头保准动静比她还大。

久而久之,她就认命了,把愿望从祈祷早点回家变成了祈祷早点开学。毕竟开学了,她忙起来了,他老人家也忙了。

今天程靳回程家赴宴,本来计划带着苏弥一块儿过去,但是苏弥和程家人都不认识,她实在不想尬聊,就扯谎说杜老爷子又给她留了一堆作业要完成,没办法抽身。

只不过她完全没想过自己会一语成谶,前脚程靳刚走,后脚杜老爷子就带着他的突击命题作业过来了。

"今天的命题作业是家,正好程靳那臭小子出去了,没人打扰你,赶紧画,画好了再出去写生。"

苏弥差点当场去世,不是昨天才考试吗?今天又来?

仿佛看出了她内心所想,杜老爷子眼睛一瞪。

"不这样还叫什么突击考试?让你摸到规律了你就没有时刻准备的心思了!好了,别浪费时间了,还是老规矩,两个小时!抓紧!"

苏弥绝望得狠,拿起手机,给程靳发了条微信。

苏弥:你什么时候回来?

程靳:怎么了?

苏弥把刚刚的事情简单地和他复述了一遍,接着又可怜兮兮地打出了几个字。

苏弥:救命啊!

程靳在那边隔了十几秒才回。

程靳：想我回去救你？

程靳：叫声老公听听。

苏弥：要点脸行吗？

片刻后，苏弥眼睁睁地看见微信对话框里面又跳出来几个字。

程靳：要脸做什么，要媳妇就行了。

X方程式中国区预选赛，程靳以赛区第一的好成绩，挺进了亚洲区小组赛。而三个月后，他再次以亚洲区第一的好成绩，挺进了半决赛。

其实这个成绩在国内而言，已经算是打破历史了。过去数十年里面，还没有一个中国人取得过这样的好成绩。

一时之间，程靳名声大噪，连带着他所管理着的燃车队也重登热门车队的行列。

与此同时，他的事情也传到了重华校内。从大一到大四的同学基本上都在疯传他的事迹，其中有些许夸大或离谱的部分，但大多数也都是事实。

甚至后来，连带着苏弥这位"家属"也被频繁提及。

不过一开始苏弥丝毫没在意，依旧照常上课、回家，平时做什么事也还是按着性子来，想怼就怼、想不搭理人就不搭理人。

可临近暑假前的期末考试时，论坛上忽然冒出了一个帖子，标题是"传奇学长和他的大佬娇妻"。

冷不丁一看，还以为这帖子是哪位网文写手串频了，把要更新的内容发到了学校内网里。可是点进去一看，却发现帖子主角居然是程靳和苏弥。

内容大概讲的是发帖者最近一直听说那位程学长的传奇事迹，有些好奇他为什么会喜欢平平无奇的女大学生苏某，所以就秉持着一颗八卦之心深入调查走访了一番。

谁知不查不知道，一查吓一跳，原来所谓的平平无奇的女大学生，其实早已在国外成名，是M国美术界一位很有名气的天才画家，并且师承享誉国际的著名画家LI！

一时之间这个消息在学校论坛炸开了锅。

其他系的同学还好，毕竟对美术圈的了解没有那么深，也不太清楚帖子中所提到的这两个画家都分别是谁，又在圈内有着什么样的地位。

可是美术系的同学就不一样了，他们可能对苏弥不那么了解，却没有一个人不知道LI是谁！

所以就导致帖子才发了几分钟，就在校论坛上面飘了红，且还跟了"HOT"的字样，跟帖人无数。

1楼：LI是谁啊？（不好意思，不关心美术界。）

…………

3楼：JW百科复制内容——LI，1956年出生于M国，从小便有极为惊人的绘画天赋，十三岁便破格被圣格丽罗岚艺术院校录取，同年，代表M国参加世界级绘画大赛，一举成名。他是现代绘画史上成绩最杰出的画家，并且创建了新的绘画流派。

4楼：天哪，别的不太清楚，可是圣格丽罗岚有多牛我还是听过的……那里盛产世界级的艺术家。咱们国家的老艺术家唐×和徐××两位老先生，都是毕业于那所学校！

…………

7楼：怎么有点不切实际的感觉？楼主怕是苏某本人吧，这种牛都敢吹？

8楼：回复7楼，还真不是，我查这些资料前是抱着……咳，你懂的。总之，我查到的就是这些，应该不会有错。

…………

13楼：回复8楼，就算你说的是真的，那你怎么证明苏某就是LI大师的徒弟呢？

14楼：回复13楼，LI大师曾经亲口承认过，国外的一位天才小画家是他最小的徒弟，且是中国人。而我后来调查的时候，发现去年咱们市举办过一场摩托车比赛，里面的场地涂鸦全是出自那位天才小画家之手。

…………

17楼：所以，所谓的天才小画家到底是谁啊？

18楼：回复17楼，qazwsxedcrfv。

19楼：楼上发的什么乱码？

20楼：回复19楼，不是乱码，是那位天才小画家的笔名。

底下的跟帖这回倒是很默契，都统一发了六个点。

吴愿愿急着要把这件事告诉苏弥，当时就刷到了这里，便没再继续关注后来帖子的走向。

"所以！苏弥同学，麻烦你回答一下我的问题。你，到底是不是那位天才小画家？"

吴愿愿说话时，手里拿着一个软抄本卷成的纸筒，像是替代了话筒一样递到苏弥嘴边。

苏弥往后退了退，说："拿开拿开，没看我忙着吗？"

最近重华要选拔去国际画联参赛的同学，全校只有三个名额。如果被选上的同学在赛程中表现优异或者获得名次的话，更是有机会被送去圣格丽罗岚做交换生。

而且此次选拔不设报名范围，哪怕是像苏弥这样的走读生，只要有实力，也可以报名。

以前这种事苏弥是不太敢想的，即使是成了老头儿的徒弟之后，她也从来没想过有朝一日可以去那里读书。

而现在，这样的机会就摆在她面前。

她怎么可能白白错过？

吴愿愿当然也知道苏弥的心思，可她实在是好奇。

"哎呀，求求你啦，你就告诉我嘛！我保证，你说完之后，我不会再烦你问别的问题了！我就是想知道那个帖子的真假。"

苏弥微微有些不耐烦，不想浪费时间。

"对对对，是我。那一堆乱码，就是我原本的笔名。"

与此同时，刚刚的帖子里面，忽然多了一条匿名回复。

113楼：别吵了！我刚刚从苏某和她闺蜜跟前路过，听见了苏某亲口承认，那一堆乱码的笔名！就是她的！那个天才小画家真是她！

其实这件事对于苏弥而言，一点影响也没有。

她不否认自己的过去，但是也并不觉得自己的过去会给自己带来什么。她想要的，依旧要很努力很努力才能得到，所以她压根没把那个帖子当回事儿。

可是让苏弥万万没想到的是，这件事最后居然还惊动了校方领导。因为知道苏弥和杜教授关系非同一般，所以校方领导还特意找了杜教授去谈话询问。

杜教授一五一十地说了自己和LI是老相识的事情，也说了苏弥与LI曾经是师徒关系的事。这件事让校领导大为震撼，最后甚至还提议设一期校报专栏，专门采访一下苏弥。

"你说，到底是为了什么采访我呢？简直是浪费时间啊。"

说话的时候，苏弥正窝在程靳怀里画草稿，而程靳则一边搂着她，一边拿着手机在看过往X方程式的决赛视频。

两个人前两天去配了同款眼镜，都是金丝边框架，戴在他们本就长相优越的脸上，更显斯文好看。

程靳听了她的话，将手机往旁边一放，另一只手臂也搂住了她，调整了一下她的坐姿，让她的脸朝向自己。

"被采访不好？"

"不好，浪费时间。"

"是吗?"程靳尾音拉长,又紧了紧抱着苏弥的手臂,"可是我倒觉得挺好的。我希望我家小孩儿能越来越好,被所有人都认可。"

"被校报采访也不代表就是被认可啊。"

"但至少会让他们知道,"程靳边说边低下头,轻蹭了蹭苏弥的鼻尖,"我家小孩儿其实超厉害。"

苏弥被他弄得心头软乎乎的,也点点头。

"行吧,那就让他们知道一下,我其实超厉害的!"

程靳笑了笑,抬手拨弄了一下她额前的碎发。

"对了,过几天就是七夕了,想怎么过?"

二月份的情人节,碰巧赶上了 X 方程式的中国赛区预选赛,程靳没有办法,只能和苏弥说了抱歉,并且承诺说所有惊喜和礼物会等到七夕一并补上。

眼看着只有几天就到七夕了,他不能再什么也不提。

他家小孩儿懂事归懂事,但他不能把她的退让和付出当成理所应当。

程靳的想法苏弥其实也知道一些,但是她不准备顺着他来。

"马上就要比赛了,你每天训练的时间都不够,还过什么七夕呀?等你比赛结束再说吧。"

"没事,空出一天的时间来陪你不算什么。"

"可是没有必要呀。"苏弥撑起身子,在程靳跟前坐直,和他面对面的,"你回忆一下,我们上个月才一起去过游乐园,然后前几天还一起看了一场电影。最近我基本上天天都会收到快递,都是你买给我的礼物……就算是过节,可能也就是这些活动,没有必要再挑一天再做一次。当然了,如果在你和我都没有事情的前提下,有些节日就必须过。可是,现在的情况不一样呀。"

苏弥表情认真地看着程靳,说:"我和你一样,想好好地经营我们之间的感情,可是我同样也知道,我们的人生,不是只有爱情。你有什么样的梦想,我都知道。我想要的未来是什么,我相信你也都懂。我觉得我们只有在这种前提下长久地支持和陪伴,才能走得越来越远。"

程靳看着她这副模样,实在忍不住,笑着捏了一把她脸颊上的软肉。

"我家小孩儿什么时候变成哲学家了?"

"什么哲学家,我说的是事实。"

程靳笑意更浓,一把又将她搂进自己怀里抱紧。

他将脸深埋进苏弥的颈窝,亲昵地蹭了蹭她白皙的脖颈。

"小孩儿。"

"嗯?"

"怎么办啊?我好像越来越喜欢你了。"

程靳声音闷闷的,带着外人少见的柔软和依恋。

苏弥也不知是听了他的话,还是被他来来回回蹭的,心头软得厉害。

想了想,她回道:"那真是巧了,我也是。"

苏弥的那则校报采访,最终在期末考试前夕刊登了。那期的校报,无论是电子版还是纸质版,阅读量都多得惊人。

而与此同时,苏氏的总经理办公室内,也出现了一张重华的校报。

校报是彩印的,正红色的标题打在了版块中央。

坐在办公桌前的苏凡程,此刻拿着校报,目光落在了采访的标题上面。

天才少女的求学之路。

上面的采访是问答模式,采访人所提的基本上都是一些常规问题,例如什么时候开始学画画呀,什么时候出国呀……苏弥在这些问题上,都是有问必答,没有丝毫遮掩的地方。

唯一一处不同,就是在采访人问到她为什么出国。

采访人:嗯,相信许多校友在了解到这里之后,都会和我有相同的疑问,那就是当初你为什么会在年纪那么小的时候就选择出国呢?是有什么特殊的原因吗？或者是为了更早实现自己的美术梦想？

苏弥：没有，小的时候哪有什么美术梦想啊？就是误打误撞，或者再具体点说，应该算是被逼无奈吧。

采访人：被逼无奈？那这么说，对你来说，小时候出国是一段负面的经历？

苏弥：负面谈不上，但初期的体验确实不太好。不过现在回忆起来，如果没有那次出国，我不会摆脱以前的生活，更不会摆脱一些我不太想要的羁绊。总体来说，算是值得我感谢的经历。

苏凡程将目光定在了"不太想要的羁绊"那几个字眼上面，良久没有出声。

站在办公桌旁的助理见状，低声出言提醒："苏总，董事会的时间要到了。"

最近苏氏内部发生大动荡，苏凡程在其中运作了不少，就等在今天的董事会上验收成果。

助理一直跟随着苏凡程，知道他要做什么。

所以今天这场会议的重要性，助理比谁都清楚。

助理正犹豫着要不要再叫一声的时候，苏凡程忽然开了口。

"你说，当年如果我不把那孩子送出去，不那么自以为是地觉得我可以把一切都做好，不……不那么对她，她是不是不会像今天这样恨我了？"

助理心下一紧，不知道该回应些什么。

"总裁……"

苏凡程似乎也没期待他会给自己回应，没继续刚刚的话题，又问："让你查的事情，进展得如何了？"

"暂时还没有实质性的进展，不过我们查到了夫人当年离开时所坐的航班，而那趟航班的目的地是 R 国。"

助理说的夫人，当然不是秦湘怡，而是当年被苏老爷子逼走的楚晓，也就是苏弥的妈妈。

"您放心,我已经派人去往R国了,相信很快就会有消息传过来的。"

说着,助理又看了眼手腕上的表,提醒着苏凡程:"苏总,离董事会开始只剩下五分钟了,咱们得出发了。"

苏凡程面无表情,问了一句:"老爷子到了?"

"到了。"

闻声,他眼神晦暗了一些,接着,起身整理了一番着装。

"走吧。"

有些账,是时候该清一清了。

北城的商界,近期发生了两件大事。

一件是苏氏的江山易主,苏国群一手建立苏氏并掌控总部坐在董事长的位置几十余年,期间并不是没有人想过撬一撬他的位子,但都被他一一击退了。

这么多年,苏国群也算是什么样的大风浪都见识过,却不想,最终在自己的亲儿子身上栽了跟头。

苏凡程也不知计划了多久,拉拢了众多股东让他们转投自己的营下,并且在苏国群毫无察觉的时候,将他拉下了董事长的宝座。

据外界传闻,那场董事会上,苏国群在得知自己即将下台时,大发雷霆,手里的拐杖一下一下甩在他的亲儿子身上,丝毫没有手软。

而苏凡程也没有任何退让,态度依旧恭敬,可是说的话做的事,依旧不顾任何情面。

据说后来苏国群被气得中了风,最近一直躺在医院的病房内不能动弹。而一向和苏家要好的秦家,也被苏凡程以各种名义清理出了苏氏总部。并且,他还给家里的妻子递了离婚协议。

秦湘怡辛苦维系这么多年,完全没想过最终会落得这种下场,她怎么可能心甘情愿地接受?后面的几天,她基本上天天都会去苏氏总部大楼堵苏凡程，就算看不见他的人也要闹一闹，完全没有了平日里端庄优雅的苏家夫人模样。

后来，苏家的小女儿不知因为什么，忽然被苏凡程送去了M国读书，秦湘怡见木已成舟，自己做任何事情都改变不了结局之后，也就收了心思，陪着女儿一道出国了。

这件事隔了几天才传到苏弥的耳朵里，她听完没有什么反应，只是沉默了一会儿。

程靳不想让她瞎想，紧接着又给她说了另一件事情。

"大哥和孙家的那位小姐，下周举办订婚宴。大哥特意嘱咐我，让我带着你一块儿过去。"

相比苏家的事情，显然这件事更能让苏弥的情绪有一些变化。

"你大哥订婚，出席的人应该不少吧？我去是不是不太合适啊？"

程靳瞧了她一眼，直接将人拥进了自己怀里。

"干什么？不想和我见家长？"

"啊？"苏弥有点尴尬地笑了笑，"跟这有什么关系啊……"

"在我看来，你的表情就是跟这个有关系。"

"真没关系……"

"没关系就行。"程靳捏了女孩子的脸颊一下，语气意有所指，"我还以为你想耍流氓，跟我谈一辈子恋爱不考虑结婚呢。所以小孩儿，你不会产生这个想法的，对吧？你不会对哥哥不负责的，对吧？"

苏弥真的快没话说了，怎么聊来聊去，他又能把话题聊到"负责"这上面来呢？

程靳见她不说话，一点思考的机会也不给她，低头轻蹭了蹭她的鼻尖，语气低沉，又像是故意带了些示弱的亲昵似的："嗯？我家小孩儿不会这样的，对吧？"

苏弥还能说什么？她以前怎么没发现这男人这么能卖惨装可怜呢？

"不会。"

程靳得到了满意的答案，碰了下苏弥的唇，笑道："我家小孩儿最乖了。"

程家和孙家都是北城有头有脸的大家族，两家联姻关系着两家未来的合作，所以就注定了这场订婚宴不会太低调。

有媒体提早就放出了消息，说程氏的那位小程总这次为了孙家大小姐孙婉风光地出席宴会，不仅腾出时间专门陪她去国外定制礼服，甚至就连订婚戒指也是用了他之前七千万拍下来的一颗粉钻，请了国际著名的珠宝大师进行打磨切割，做成了世界上独有的一枚钻戒。

原本还在嘲笑孙婉嫁到程家也是坐冷板凳的那些人，被这个消息狠狠打了脸。而孙家也因为程礼的举动，不再像以往那般轻视孙婉，就连嫁妆也比定好的多加了两成。

当然了，这些都是题外话。

对苏弥而言，无论是高定礼服，还是世界上独一无二的钻戒，跟她都没有太大的关系。

只不过订婚典礼当天，她跟着程靳一道过去时，还是被现场人山人海的观礼嘉宾给震撼到了。

"你大哥这是把生意场上所有的合作伙伴都请来了？"

苏弥边说边朝宴会大厅看，一眼望过去，密密麻麻的全都是身穿正装或礼服的男男女女，随便一个都是非富即贵。

程靳倒是一点不惊讶，甚至还有些习以为常。

"应该不是，估计只有一小部分吧。小时候爷爷办宴会的时候，来的人和现在一样多，我刚刚还看见几个人有点眼熟呢，应该是爷爷请来的。"

哦，对，忘记他们家是家族企业。

苏弥有些被震撼到，心里也萌生出了一丝退意。

"不然……你自己进去吧，我回车里等你。"苏弥不知道该怎么说，便随便扯了句谎,"就……我有人群恐惧症,这现场的人也来得太多了,我估计我进去会很难受,所以就别找麻烦了。"

程靳淡淡地睨了她一眼。

"我们之前约定过,再跟对方说谎,有什么惩罚来着?"

苏弥一下子反应过来,速度极快地将手背到了身后,护住了腰部下方的位置。

程靳见她这个反应,有些无奈地叹了口气。

他拉过她的手,稳稳地握进自己手心,不容她挣脱。

"小孩儿,我们是要一辈子在一起的,有些事情早晚你都要跟我一起面对。勇敢点,站在我身边一直陪着我,好吗?"

苏弥觉得程靳仿佛给她施了魔法似的,每当她有想放弃向前的念头时,只要他软声说几句话,哪怕她有任何抵抗的想法,也会瞬间举手投降。

这次,也不例外。

程靳牵着苏弥,一路越过人群走到了宴会厅中央。

程礼和孙婉两位主角这会儿正站在那儿陪两家的老人说话。

程靳很坦然地走了过去,先和程老爷子打了声招呼,又叫了声"哥",接着又朝孙婉喊了声"嫂子"。

这声"嫂子"可让孙婉有些受宠若惊,她冲着程靳得体一笑,然后保持着脸上的笑意往程礼那边靠了靠。

她小声问旁边的男人:"我是不是得给改口费啊?但我今天也没准备红包啊,转账行吗?"

她说着,心里头还打起了小算盘,又问:"十万块钱够吗?是不是有点小气啊?可是我的卡每天最高限额就是十万……"

程礼觉得好笑,朝旁边看了一眼,以同样的姿势,亲密地侧过头。

"那你求求我,我帮你付。"

孙婉也不知是被惊的还是被气的,眼睛一瞬间瞪得老大。

"姓程的!我劝你不要得寸进尺!"

两个人的举动被周围的人都看在了眼里，大家有的欣慰，也有的惊讶。

尤其是苏弥，她没记错的话，程靳说他这位小嫂子是家里给他哥指派的联姻对象，之前连见都没见过的那种。

怎么现在看，人家小两口感情还挺好的呢？

而两方家长在见到这一幕时，当然是欣慰的。

尤其是程老爷子，对这个大孙子向来是抱着严厉又愧疚的心思，一方面希望他能快速变成一个优秀的商人，一方面又觉得自己太过苛刻，让他没了这个年纪该有的轻松。

和孙家联姻，虽然是程老爷子特别希望的，可是他也想过，如果程礼很坚定地拒绝，或者有其他想法，那他也就妥协不再安排。

可是程礼没有，在听见他说了这个消息之后，程礼依旧像往日里听他安排别的工作一样，没有一点情绪上的波动，也第一时间答应了。

这让一向久居高位早已心硬如铁的老人，莫名生出了一丝心疼。

所以在后面的几个月时间里，他没再像往日一般催促程礼和孙家小姐的感情进度，也没过多询问。

可是让他意想不到的是，上个月程礼居然自己提出来想和孙婉订婚。

程老爷子意外又惊喜，在反复确认了程礼并没有意气用事或者别的什么原因之后，就和孙家那边通了电话，确定了订婚的事情。

而现在，看着这两个孩子举止亲密，自己的大孙子脸上也多了些往常没有的笑意，程老爷子终于是放心一些。

孙家的长辈在瞧见了程靳过来后，微笑着问："这位就是程老您家的二公子吧？"

程老爷子同样笑着回应："对，这是我家老二。旁边的是他女朋友。"

苏弥完全没想到老人家会突然点到自己，也没想到对方能这么轻易地在这种场合下承认自己的身份。

"看出来了，看出来了，这对小年轻瞧着就有夫妻相。早前就听说程老家的二公子生性洒脱,而且有自己的追求。程老真是有福气,无论是大公子还是二公子,都一表人才呢!"

"我哪有你厉害啊,把小婉培养得这么好……"

眼见着双方长辈又要开始新一轮的互相吹捧环节,旁边四个年轻人很默契,都悄悄退到了一边。

没长辈在旁边,孙婉很明显松了一口气。

她主动朝程靳伸出了手,客气地打招呼。

"你好,我是孙婉,你哥暂时的未婚妻。"

这"暂时"两个字用得有些微妙。

苏弥悄悄和程靳对视了一眼,忽然有些不敢说话了。

程礼则淡淡地侧头睨向孙婉。

"干吗?我又没说错话,本来就是暂时的呀……"孙婉脸上满是不服气的神色,丝毫没觉得自己有什么错,"有钱的男人最容易变坏了,你以后如果变成'渣男',你觉得我还能要你吗?"

苏弥有些吃惊,可转念一想,这说法好像也没错,所以这个"暂时"好像也没有用错。

程靳在一旁抿嘴偷笑,后来还不客气地和他哥说了句:"哥,你遇到对手了。"

程礼都快被自己的未婚妻气笑了,他没理程靳,看着孙婉,问:"你还想不想让我给你转账了?"

"啊……对对对!改口费!"

孙婉反应过来,也不再纠结暂时不暂时的问题,拖着程礼的胳膊,半央求半撒娇似的求他:"好啦好啦,我错啦,你根正苗红,生在红旗下长在春风里,你看上去就刚正不阿,所以你绝对不会变成'渣男'的!"

说完,她将小手朝程礼面前一摊,手心朝上。

"好了,该说的台词我都说完了,手机给我,我自己转。"

程礼照做,把手机给了孙婉。

她一边熟练地低头解锁操作，一边对程靳和苏弥说："我也没有你们微信，就拿你哥的手机建个小群哈……刚刚你们不是都管我叫'嫂子'了吗，我在群里转两个十万，就当给你们的改口费。"

苏弥惊得不行，都没问程靳的意见，直接开口拒绝："不用不用，我们又不是小孩儿了，不需要什么改口费。"

孙婉动作迟疑了一下，抬头看了苏弥一眼："是觉得钱少吗？那每个人再加十万？"

苏弥都不知道该说什么了，狠狠拽了拽程靳的衣袖，用眼神示意他赶紧说两句劝劝。

但程靳一脸淡定，安抚似的握住了苏弥的手。

"没事儿，反正用大哥的卡，大哥钱多得花不完，借嫂子的手给咱们花点儿，也是应该的。"

不知道为什么，苏弥忽然有些同情程靳他哥以后的生活了。

订婚宴大概持续了三个小时，孙婉在后面的时间里，基本上走到哪里都带着苏弥。

只要有人问起来，她就说小姑娘是自己未来的弟妹，她甚至还交代一些关系不错的人以后要多照顾苏弥。

苏弥能感受到这个女孩子的善意，所以即便有些尴尬和不好意思，她也没有在中途叫停。

订婚宴快结束的时候，苏弥被孙婉拉去了后方休息室。

孙婉一改刚刚端庄精致的模样，大大咧咧地将高跟鞋往旁边一踢，光着脚把自己摔进了沙发里。

"累死我了，这订婚果然不是人干的活儿……姓程的最好给我老实点，如果因为他的原因，我以后要再来一次的话，我肯定不会放过他的！"

苏弥觉得有些夸张，没多说话。

这时，孙婉的手机忽然响了起来。她当着苏弥的面，毫不避讳地接通。

"嗯，结束了，你们那边准备好了？行，不过我要多带个人过去。好，那待会儿见。"

电话打完，她像是瞬间满血复活似的，从沙发上坐起来。

"走，姐姐带你去'嗨皮'！"

苏弥不知道她要做什么，愣愣地"啊"了一声。

"啊什么啊呀？好时光可不等人！"

孙婉在那边穿好了鞋，又将礼服换了，接着一边扣着上衣扣子，一边走到苏弥跟前。

"跟姐姐走吧，今天有朋友要给我开一场单身派对，超热闹！现在宴会这边进行得差不多了，没有需要咱们两个的地方了，你就跟着我一起去那边玩吧。"

苏弥还是有些迟疑，想掏出手机问问程靳的意见。

哪想到她还没来得及将手机解锁呢，就被孙婉一把抢了过去。

"我的宝儿啊，咱们女生干什么事情，都是咱们的自由！你用不着事事都跟男朋友报备的，知道吗？你得活得自主一点，在恋爱关系里面，也要像一个女王一样，不要在意男人的意见，也不要在意他们的情绪，自私一点，好吗？"

孙婉看苏弥还是一副懵懵懂懂的模样，也没了继续说教的心思。

"算了，我跟你说再多都不如带你去亲身体验一遍。手机没收，回来之前我再给你！"

"哎……"

而两个女孩子大概消失了一个小时左右，程靳和程礼才有所察觉。

程靳倒不着急，因为他刚刚收到了他家小孩儿悄悄发来的消息，说陪着孙婉去参加一场派对了。

他知道他家小孩儿有分寸，不会做任何出格的事儿，所以一点都不担心。

相较他而言，程礼则有些坐不住了。

"你问问你女朋友，具体地址在哪儿，我们现在过去。"程礼说话时明显压着火气。

程靳瞧着新鲜，忍不住逗了逗程礼。

"哥，你没事儿吧？嫂子才和你订婚，你就把人家管得跟小孩儿似的？人家去参加个派对怎么了？不挺正常的聚会社交吗？"

程礼看着他，淡淡地开口："你觉得她们要去参加的，是正常的聚会社交？"

"不然呢？"

"那如果我说，这场正常的聚会社交是泳池派对呢？以及，她们还请了二十个当红男模呢？"

苏弥跟着孙婉过来的时候，设想过她会把自己带到什么地方。

KTV、高级会所，甚至包场的酒吧，苏弥都想到了，但是独独没有想过，这派对的地点，居然会在泳池旁。

孙婉的小姐妹见她们过来，简单打了几声招呼后，就直接带着她们去了休息区。

那里挂着各种款式的泳衣，琳琅满目的，其中最多的就是比基尼。

苏弥看到这种场景，立马心生退意。

"要不然……我找个角落，看着你们玩吧？给我一杯饮料或者啤酒都可以。"

孙婉的小姐妹微微诧异，看了孙婉一眼。

孙婉则一点丁退缩的机会都不给苏弥留，直接拉着她过去。

"宝贝，今天到了这里，就跟姐姐学，忘掉一切！忘掉那些男人！好好地享受，好好地'嗨皮'！"

苏弥都不知道该说什么了，主要是她并不觉得这种派对对她来说是享受啊……

后来迫于无奈，苏弥挑了一件相对来说没那么夸张的泳衣。

嫩黄色，上半身是抹胸样式，下半身是同款式的小裙子。

她找了个洗手间将泳衣换好，出来后，对着镜子照了照。

那边，已经跟程礼一块儿出了酒店的程靳，还在给苏弥打着电话。

但是电话那头依旧是无人接听的状态，再后来，那边的人似乎是烦了，索性直接关了机。

程礼在旁边斜了程靳一眼，平淡的语气里带了一丝幸灾乐祸。

"怎么，你家乖小孩不乖了？"

"那也比你家那个一直需要操心的强。"

在这个问题上，程靳似乎丝毫不想让，他哥说一句，他有一万句在等着。

两个男人无声对峙的时候，程靳的手机忽然响了起来。

他原本想着会不会是他家小孩儿的电话，但是拿起来一看，是一串陌生号码，心里的期待立马落空。

他随手按了接听键，将听筒放到耳边，还未开口，却意外地听到了熟悉的声音。

"程靳……"

程靳立马眼前一亮，身子不由得前倾坐直："你在哪儿？"

这通电话确实是苏弥打来的，只不过她的手机后来又被孙婉收走了，她在洗手间想来想去，最后还是决定找服务生借了手机，打电话给程靳求助。

听筒里，女孩子的声音很小，像是生怕被谁发现似的，偷偷摸摸地和程靳说着自己现在在哪儿。

末了要挂电话时，她又说："你快点来啊，我看刚刚走廊这边又过去一群男生，我怕嫂子发现我还没出去，会过来找我……"

程靳心里头像被灌了一万吨棉花似的，软得厉害。

他声音也不自觉地放轻，对苏弥说："好，你乖乖在原地等我，我马上就到。"

挂断电话后,程靳先把地址报给了司机,接着又以胜利者的姿态笑着看向程礼。

"我家小孩儿告诉了我她们的地址,不然你再给嫂子打一个电话,确认一下?"

程礼知道这臭小子是故意的,明知道现在孙婉根本不接自己的电话,还故意这么说。

片刻后,程靳又阴阳怪气地开了口:"不会吧?嫂子看起来很识大体啊,她不会连你的电话都不接吧?"

程礼要被自己这个弟弟气得无语了。

程家两兄弟的到来,让原本热闹和谐的泳池派对一下子陷入混乱之中。

穿着比基尼在泳池边跟男模一块儿热舞的孙婉,直接被程礼拦腰扛走。而程靳则是扫视了周围一圈,直奔休息区的洗手间。

苏弥这会儿还披着衣服,有些着急地坐在隔间里面等。她没换自己的衣服,怕孙婉临时过来找她没办法解释。

她正纠结着要不要再出去找服务生借个电话,打过去问问程靳到哪儿了,就听外头忽然传来了熟悉的声音。

"小孩儿,我来了,出来吧。"

苏弥有点开心,打开隔间的门就想往外走。但起身走了一半的时候,她忽然又发现身上的泳衣还没换。

于是,她赶紧朝外头喊:"你等等啊,我把泳衣换下来就出去!"

人已经找到了,程靳当然有耐心等。

只不过这个泳衣……

苏弥再次从洗手间出来,什么都还没来得及说呢,一下子就被一股熟悉的味道包围了。

程靳将她整个人困在了怀里，惩罚似的捏了捏她脸颊上面的软肉。

"背着我乱跑？"

"不是自愿的。"

"那换泳衣也不是自愿的？"

"后来不是马上就给你打电话了吗……"

苏弥既憋屈又无语，刚想抬头好好和程靳争论一番的时候，忽然瞧见程靳正扯着嘴角，模样有点坏。

"跟我装生气呢？"苏弥气得抬手拧了下他紧实的腰，"逗我玩有意思是吧？"

程靳一点不怕疼似的，连躲都没躲一下。

"没有，就是觉得……"他说着，将怀里的女孩子搂得更紧，"我家小孩儿怎么这么乖啊！"

他说话的时候，把下巴轻搭在苏弥的头顶，声音低沉，又带了些二人独处时才会有的亲昵。

苏弥听得胸口发软，再大的火气也都没了。

"知道就好，以后少气我。"苏弥也搂住程靳的腰，贴着他的胸口蹭了蹭，像只温软的小动物。

两个人后来没有理会程礼和孙婉，牵着手从后门直接离开了。

这会儿已经是晚上了，外头夜色升起，月亮高悬于夜幕中，旁边伴了几颗星。

苏弥脚上还踩着参加订婚宴时穿的高跟鞋，这会儿已经到了忍耐的极限，刚走两步脚底就开始犯疼。

程靳太了解她了，即便她走路的姿势没怎么变，也知道她现在是什么情况。

他一句废话都没说，直接蹲到了苏弥的跟前。

"上来，背你走。"

苏弥倒也一点没客气，很听话地爬上了他的背。

片刻后，地上的两道影子变成了一道，不紧不慢地继续向前。

过了一会儿，也不知道苏弥想起了什么来，忽然一笑。

"你说，如果早点让你大哥遇到这位孙小姐，他是不是就不会像个老头子的性格了？"

程靳有点意外，边走边问："我大哥像老头子？"

"怎么不像了？反正我见过他的那几次，就感觉他不太像刚三十岁出头的年纪，脾气、秉性啊，怎么说也得往四十五岁以上数了。"

"那也是接手程氏之后，把他磨成了这个性子。以前在车队的时候，他比任何人都肆意洒脱。"

"你看，那这不也正说明性格可以在外界的影响下，潜移默化地改变吗？"苏弥收了收搂着程靳脖颈的手，"我就觉得，如果那位孙小姐早到你哥身边的话，你哥肯定比现在爱笑多了。"

程靳想到了今天他大哥被孙婉偷溜的事气得咬牙又无可奈何的模样，忍不住勾了勾唇，赞同道："那倒是。"

片刻后，他又开口问苏弥："那你觉得，如果我们早一点遇到的话，会怎么样？"

"早一点遇到？多早？"

程靳想了想，轻声说："在你出国之前吧。"

身后的女孩子沉默良久，再开口时，声音比刚刚轻了一些。

"那个时候的话，你会帮我吗？"

被全校孤立，身边没有一个值得信赖的人，亲人不亲……

苏弥想到那些，心里头就涌出一股烦躁。

她刚想转移话题聊些别的，背着她的男人忽然又开了口。

"那你说，我是先帮你解决家里的事情，还是先帮你转学呢？"

程靳不知道，如果那个时候两人相遇，他会不会像现在这样喜欢她。

可是他能确定的是，他在知情的情况下，不会放任一个小姑娘被那么欺负。

"我初中读的是重华附中,那边支持初中生转学,而且成绩好的话,还可以直接保送重华的特招班。你那个时候文化课的成绩怎么样?"

苏弥不知怎么的,迷迷糊糊地就顺着他的话开始往下聊了。

"数学、语文都很好,英语也还行,不过物理差了点,每次都会拉下几分。"

"没事,可以把你转去物理老师做班主任的班级。重华附中还真有位教物理特别厉害的老师,以前带过我们班。"

"那如果我的物理成绩提高了,应该就能很轻松进到重华的特招班了吧?"

"我算算啊,你正常上高中的时候,我应该是刚上大一……"程靳说,"不过那时候你肯定还跟小豆苗似的,在我眼里只是个小屁孩,我应该不会对你有任何别的想法。"

苏弥不禁翻了个白眼:"喊,像谁稀罕似的?"

程靳笑了笑,没反驳她,接着又说:"重华不止有美术类的特招班,你想想,还有什么感兴趣的学科。"

苏弥很听话,真的思考了半天,除了画画,她还想学什么。

可是最终得出来的答案,却还是……

"应该没有了,画画是我小时候到现在最感兴趣,也是唯一喜欢的事情了。"

"嗯,如果还是选择美术的话,以你的天赋,肯定会被外公早早收入门下。我上大一那会儿,经常被外公叫去办公室帮忙干活,估计你这个小徒弟也逃不了这种命运。"

"干活就干活呗,整理资料或者评赏画册,都是我爱做的事情,我不会觉得是负担。"

程靳觉得好笑,心想:我家小孩儿还真是一板一眼地在计划怎么好好学习,天天向上啊。

"谁跟你说这个了？我的意思是说，我们都会经常去外公那里，肯定也会常常见面。"

苏弥有点惶恐的样子，说："大哥，我那时候还不到十八岁，我还是个孩子！"

程靳这下子真是一点聊下去的欲望也没有了，闷头背着她继续向前走，一句话都没再回。

苏弥看着他这副样子，着实好笑，搂着他的脖颈，轻轻蹭了蹭他的后脑勺。

"不过我觉得啊，以我们程学长当时的名气，我肯定也会做一个小小的崇拜者的，然后以你为目标，争取从特招班顺利考到重华美术系。不过那时候你已经毕业了吧，我表白的话，可能也找不到人了。"

"你不会去车队找我？再不济，可以去看我的比赛。"

"像那位许学姐一样？跟着你屁股后面跑，然后被你一次一次地拒绝？"

程靳难得有被他家小孩儿气炸的时刻，这会儿如果不是在大街上不太方便，他真想把她拉过来朝着她屁股打两下。

"你还没表白呢，就开始担心会不会被拒绝，这么看你也不是很喜欢程学长。"

苏弥被他这副阴阳怪气的模样逗笑了。

"天哪，程学长，你好幼稚！"

苏弥笑了一会儿，见程靳不搭理自己，也没急，只是慢悠悠地换了个语气，再次出声。

"其实换个角度讲，我一点也不想我们早点遇到。我太小了，你也太年轻了，那时候就算牵了手，也不一定会走得下去。"

"那是你这么觉得。"程靳沉声回应，"无论年轻还是成熟，我开始一段感情，就会抱着一直走下去的心。"

苏弥在背后抿着嘴偷笑，眼底坠了点点星光。

"那说好了啊，无论年轻还是成熟，无论是早一点遇见，还是现在才遇见。

"我们开始了，就要一直一直走下去哦。"

月色笼着万物，微风拂过，就听男人的声音在前面响起。

"好。"

这小半年，因为程靳的缘故，燃从无人问津变成了最炙手可热的车队。

红毛的腿彻底养好之后，一边做训练复健，一边打理着车队内的事务。

因为程靳现在全身心都投入到了X方程式的决赛准备当中，每天基本上都泡在了训练场上，暂时没有时间去管车队的事情。

红毛就暂代了车队的队长，平时有人打电话咨询或者来面试车手，都由他来接待。

按照红毛自己的话来讲，他这些日子，算是"翻身农奴把歌唱"了。

"你们是不知道我最近过得有多爽，好多以前看咱们燃就扬着鼻孔的人，最近都想应聘咱们队的车手呢！"

他说这话的时候，是在车队聚会上。

再过两天就是X方程式决赛的日子了，程靳需要提前赶往M国做赛前准备。

而苏弥也在前几天得到了好消息，她代表重华去国际画联参赛的作品，获得了国际赛组的二等奖。

跟着这个消息一块儿过来的，还有圣格丽罗岚大学的邀请函。

邀请函由校长亲自签发，他在信中恭喜重华大学此次在国际画联中取得了好成绩，同时也单独提起了苏弥，有意邀请她作为交换生去圣格丽罗岚读书。

这个消息于苏弥而言，当然是惊喜中的惊喜。

重华的同学们也都沸腾了，一时之间，都开始羡慕起苏弥来。

巧的是，苏弥定下来的飞去M国的日子，和程靳出发的时间差不多。

所以两个人后来商量了一下，最终将时间都定在了 7 月 23 日，一起踏上去往 M 国的飞机。

有小伙伴要远行，并且还都是去做有可能改变他们人生轨迹的大事，大家伙当然是想提前热闹热闹，顺便为他们饯行。

所以，就有了今天的聚会。

今天来的人很多，平时忙于店里生意的老袁两口子，听了程靳和苏弥要一块儿出国的事情，也都赶了过来。

此刻听见红毛的话，老袁媳妇儿也不禁解气道："他们可真有脸啊，以前瞧不上咱们车队，现在还好意思过来？要是我，都得找个地缝赶紧钻进去，省得丢人！"

"他们是瞧见咱们燃现在在国际上的知名度高了，又想到程靳开的条件比别的车队都要好，所以才厚着脸皮想转过来。"老袁在旁边说道。

"对对对，老袁说得对。"红毛连连点头，"不过我也得让他们知道啊，以前他们对咱们爱搭不理，现在咱们也是他们高攀不起的了！我提了不少高要求，还要过往的成绩履历。最重要的是，我说等程二比赛回来后，要亲自试试他们的速度。这些条件一提，把不少人都吓跑了，留下的几个，等程二回来再看看吧。"

红毛说到这里，忽然像想到了什么似的，嗓门一下子大了不少。

"对了！你们猜我后来还遇到谁了？李强！李强那小子！"

施施在旁边立马跳了起来。

"他也想转回来？天哪，他到底哪里来的勇气啊？怎么好意思的？"

他们聊车队的话题，苏弥一般情况是插不上嘴的，可是现在听着，这个李强绝对不是简单的人物。

她没忍住，偏头问程靳："李强是谁啊？"

程靳刚想开口回一句，就听见旁边的红毛替他跟苏弥说："那是个忘恩负义的人！以前也是我们车队的车手，后来收了黑钱在比赛的时候给程二使了绊子。本来那次比赛程二是稳进决赛的，可就是因为他，程二在小组比赛的时候就被淘汰了！"

苏弥脑子转得很快，听完红毛说的话，马上又问了句："黑雾的人指使的？"

"对！原本我们还想着不要错怪自己的兄弟，想好好问问他是怎么回事。可是那场比赛之后，他直接去了黑雾那边，再也没回来过！"

红毛一提到李强，还恨得牙痒痒。

"我觉得无论是我们还是程二，都没有任何对不起他的地方。当初他妈妈生病，程二拿着自己的积蓄给他妈妈垫了三十多万的手术费。这笔钱程二从来没找他要过，也说了以后有困难还是会继续帮助他的。可他倒好，后来为了一百万的转队费，直接把以前的弟兄卖得干干净净！"

"就是说啊，他都做过那种脏事儿了，怎么好意思还想回来的啊？"施施也在旁边跟着红毛一块儿义愤填膺，显然气得不行。

施展压着她的肩膀，示意她先坐好，有些无奈地开口："你们激动个什么劲儿？又不是说他来了就肯定要让他回来。程靳还没说话呢，你们先歇一会儿吧，行吗？"

这一句话，让大家把注意力都放到了程靳身上。

程靳淡淡地看了他们一眼。

"我看起来像慈善家？"

大家这才放下心来，继续聊起了别的事。

这场聚会后来硬生生被他们搞成了"围炉夜话"，每个人聊到兴奋的地方，都会举起杯子喝上两口。

他们畅想着程靳在 X 方程式的赛场上取得好成绩，也畅想着燃在未来会成为国内顶尖车队。

后来话题聊得远了，他们甚至还想到了程靳和苏弥结婚的事情。

"小苏弥毕业的时候，程二都是快奔三的老男人了吧？两个人如果那时候结婚……啧，便宜他了。"红毛先挑起了这个话题。

"二十七八岁就是老男人了?"丫丫爸爸这次难得没有站在红毛那边,"那个时候正是好时候。"

施施也赞同地说道:"对呀,对呀!而且我之前听网友说啊,情侣之间相处三年左右,如果关系还稳定的话,就可以考虑结婚了。小苏弥毕业的时候,他们在一起应该已经四年了吧?正好结婚。"

一说到这里,在场的所有人都特别活跃。

"真要结婚的话,我和老袁出场子和餐饮,不过你们袁哥只会做中餐,要是办太西式的婚礼,可能还得请一位西餐大厨。"老袁媳妇儿聊得投入,甚至还掏出手机翻起通讯录来,"我还真认识一个从国外回来的,专门做西餐的人,等我找找他的联系方式啊,看看能不能提前预约一下时间。"

丫丫也跟着凑热闹,小手举得高高的,软声软气地说:"我当花童!我当花童!"

施施一听,跟着也说:"那我肯定是伴娘了!"

"照你们这么说,那我和施展肯定就是伴郎了啊。"红毛越说越来劲,"当伴郎有什么好处啊?是不是可以不送红包了?"

苏弥看他们讨论得这么热闹,哭笑不得。

她拉了拉程靳的衣袖,小声对他说:"你说他们讨论得这么热闹,如果到那时候我们分开了怎么办?"

苏弥这话说得无心,却让程靳瞬间变了脸色。

"你有离开的打算?"

"我说如果。"

"没有如果。"

"哦。"

苏弥有点无奈,心想:这人怎么连玩笑都开不起了?

哪想到,没过多久,她的手指在桌子下面忽然被人勾了勾。

她看了一眼,发现勾她手指的是旁边的男人。

"干吗?"

程靳没说话，而是默默将一个可乐拉环递到她的手边。

"为了防止你再突发奇想，先把你订下来。"

苏弥一愣，脑子里忽然就蹦出了一个想法：这是……求婚？

"你这是在求婚？"

"嗯，答应吗？"

"多少有点草率了吧？"

程靳想了想，缓缓站起身。

旁边的人还热闹地说着话，对于程靳突然的动作也没太在意，还以为他想去厕所。

可哪料到，下一秒，男人忽然单膝下跪，以最虔诚的姿态半跪在苏弥跟前。

"苏小姐，我以我往后所拥有的一切向你起誓，无论这世界怎么变化，我爱你这件事，绝对不变。所以，你能给我一个机会，让我和你共度余生吗？"

现场霎时变得非常安静，大家都很意外，一动不动地看着眼前的主角。

程靳第一次做这种事，而且丝毫没有准备，心里也有些没底。

但他依旧保持着刚刚的姿态，认真地看着眼前的女孩子。

苏弥垂着双眸，也看着他。

过了好久，久到旁边的人都开始猜测苏弥是不是要拒绝的时候，她忽然开口了。

"我其实对婚姻一直都是懵懂和陌生的状态，我不知道什么样关系的人适合走进婚姻里面，也不知道什么样的人能够长久地维护好自己的婚姻，所以……"

她说到这里，微顿。

所有人的心此刻都吊到了嗓子眼，大家都害怕她会说出否定的话。

"所以，我如果答应你的求婚，以后能想吃烧烤就吃烧烤，想吃臭豆腐就吃臭豆腐吗？"

程靳微微愣了下，片刻后，他对她说："你想吃烧烤的时候，我会把臭豆腐也一起给你买好。如果回来的路上遇到烤红薯的摊位，我还会再带一份烤红薯回家。"

"和你结婚有这么多好事呀？"苏弥笑眯眯的，把自己的手伸到程靳跟前，"那我答应了。"

7月23日，星期一，天气晴。

苏弥和程靳订了上午九点多的机票，今天他们起了个大早，买了些包子、油条垫垫肚子后，就去往机场。

昨晚大家聚在一起聊天太开心了，后来又见证了程靳向苏弥求婚，气氛一时之间更加热闹，在场的所有人，除了丫丫，几乎全都喝得烂醉。

所以他俩也没想到，那些人还会起来送机，在他们登机前匆匆忙忙地赶来了。

"你们两个可真行啊！悄悄地就走了！不说好今天早上我和你袁哥再做点好吃的，给你们醒酒饯行吗？"

老袁媳妇儿有点生气，伸手在苏弥和程靳两个人的胳膊上分别打了一下。

程靳有点无奈，说："嫂子，我们又不是不回来了……"

"话不是这么说的呀，你们这次可都是要去做很重要很重要的事情，关系着你们的未来呢！"

说这话的是施施，她手里拿着两个红色的绒布袋子，像是福袋。

她将袋子分别交给程靳和苏弥，又对他们说："这是我之前在庙里求的，你们好好戴在身上啊，好运肯定会降临的！"

说完，她又上前单独抱了抱苏弥。

"下次见面应该是年底了吧？寒假的时候记得早点回来，我们会想你的。"

相比程靳，施施其实有更多的话想对苏弥说。

"小苏弥,祝你这次的 M 国之旅是开心的,是收获丰富的。"

苏弥的情绪被她感染,伸手回抱了一下:"会的。"

几个男生在旁边,没怎么在意她们小姑娘的相互低语。

红毛率先握着拳,伸到程靳面前。

"兄弟,等你的好消息!"

程靳也握紧拳头,和他碰了碰。

施展也伸出拳头:"一路顺风!"

程靳碰拳回应,认真地说:"好。"

停机坪上的天空,碧蓝如洗,万里无云。

苏弥和程靳两个人排在队伍前方,快轮到他们的时候,程靳忽然问了苏弥一句:"小孩儿,现在什么心情?"

苏弥想了想,摇头:"没什么心情。"

"那有没有什么想说的?"

"也没有。"

程靳笑着勾了勾唇,接着将一只手递到苏弥跟前。

"没什么想说的,那就继续一起走吧。"

向着更好更酷的未来,一起走吧。

世界予我无边黑暗。

可我偏要做自己的光。

番外一
/ 程礼

……

程氏最近准备涉足新兴产业，所以春节后，程礼变得比以往还要忙碌。

除去每天几个小时睡觉的时间，他基本上都在拜访、应酬和看文件合同中度过，有的时候甚至连午饭都是在车上解决的。

所以后来的相亲，他也是艰难地抽出来一个小时才过去。

相亲地点定在了孙家旗下的一家酒店里。

程礼按时到达了约好的餐厅，结果等了近半个小时，也不见对方出现。

他抬手又看了一眼腕上的手表，眉头不禁微皱。

离他十几米远的角落里，孙婉和闺蜜正偷偷摸摸地往程礼这头瞧。

孙婉便是这次和程礼相亲的孙家小姐，女孩子虽然躲在角落，但是明艳张扬的长相和一身名牌，也让她没办法真正低调。

旁边来往的人几乎都会下意识看她一眼，但是她这会儿浑然不知，毕竟，她正全神贯注地观察着程礼那边。

"婉婉，我看你差不多得了。迟到半个小时够可以了，别待会儿他等得不耐烦了，反手一个电话打到你舅舅那里。"

孙婉毫不在意道："随便，搅黄了这次相亲更好。"

闺蜜不知该继续说什么，孙婉家的事情，她算知情人。

孙婉的父亲当初是入赘孙家，和孙婉的妈妈结了婚。婚后二人甜蜜了一段时间，但是在孙婉五岁时，他们就感情破裂离婚了。

孙婉自然是跟着妈妈生活，母女俩后来去国外定居，一直到五年前，妈妈因病去世，孙婉才不得不回到孙家。

其实从表面看，孙家对于这个无父无母的小姑娘已经很好了，吃穿用度都是最好最贵的。可是渐渐地，孙婉发现她得到的一些东西，其实都暗暗标了价格。

想到这里，闺蜜用略带复杂的神色看了她一眼。

"婉婉……"

孙婉不想再继续这个话题，想了想，也没再继续耗着，起身将身上的东西交给了闺蜜。

"我过去了，你等我会儿啊，超过十分钟看我还没走就按照计划给我打电话！"

闺蜜老实地点头，目送孙婉朝程礼的方向走去。

"程先生？"

程礼闻声抬起头，孙婉的身影即刻进入他的视线里。

女生穿了一条纯白过膝短裙，外面套着一件短款的皮草外套。她腰肢纤细，光着的大腿也白晃晃的，十分惹眼。

察觉到了程礼的目光，孙婉将手里的包朝桌上一放。

"程先生不会像我家里的长辈那样，也觉得我穿着打扮不够大家闺秀吧？"她开玩笑似的开口，一边说，还一边还拉开手边的椅子落了座，丝毫没给程礼表现的机会。

不过孙婉这明晃晃的一刀刺过来，程礼还是听出来一点东西。

片刻后，他语气平淡地回道："没有，很好看。"

孙婉有点意外，一瞬间竟然不知道该接什么，因为在她的剧本里，压根没有程礼这种反应。

"谢谢。"

孙婉迟疑了一下，心想：计划A没成功的话，那就来计划B吧。

"场面话咱们两个也不用说了吧，大家都是成年人，开门见山比较不浪费时间。我知道你来这里和我见面的目的，也知道我们两家想启动合作。我没什么意见，反正我在家也就是个游手好闲每天只会花钱的废物，你只要在婚后能给我足够的钱供我挥霍就行了。

"我这个人呢，有点邋遢，家里要有四五个保姆伺候我，春夏我要去几次B国观看时装周，你到时候要多备几张没有额度的信用卡给我刷。还有啊，以后咱们的婚房不能太小，普普通通的那种别墅我住不惯，总感觉自己住的是用人房……哦，我还需要一个自己的菜场和果园，每天都需要最新鲜的蔬菜，外面买的不可以，我怕有公害……"

孙婉在这边滔滔不绝地说着，面上看着有些不知深浅，但其实心里面早就开始打鼓了。

她这要求……都作到这个份儿上了，一般人都不会继续聊下去了吧？

可是万万没想到，对面的程礼只是高深莫测地浅笑了一下，没有丝毫别的反应。

片刻后，见她没了声音，他才问："只有这些？"

"啊……暂时就这些。"

"哦，那没问题。除了你提到的，我还可以给你提供一架私人飞机和一艘游轮。婚后，我还可以将国外的一处私人岛屿过户到你名下，你随时都可以带着朋友去那里度假。还有任何要求你都可以提，只要我能办到，都会尽量满足你。"

程礼说话时，是带着笑意的，可他这副模样在孙婉眼里，就是赤裸裸的挑衅！

她这个人吧，什么都好，就是沉不住气。眼见着计划B也要失败了，她忍不住了，直接站起身。

"既然这样，那什么都不用说了，我们直接上楼吧！"

一直在角落里观察着二人的闺蜜，见到此情景，立马就拨通了孙婉的电话。

可那头的孙婉非但没接，甚至还当着程礼的面挂断了。

程礼这回倒有些摸不着头脑了,抬头看向她。

"上楼?"

"对呀,我在楼上有个套房。"

她边说边朝程礼这边倾身,裙子低低的领口下露出隐隐沟壑,这会儿在男人面前若隐若现。

"既然我们都没什么别的要求了,就做点成年人该做的事情咯。"

她一边说,一边拿指甲轻刮程礼的胸膛,每个表情和动作都像是设计好似的,姿势和神态都分外勾人。

躲在那边的闺蜜彻底惊住了,婉婉这是要干吗啊?

其实孙婉也不知道自己要干吗,当时那个情况,她就想"刚"一下程礼。

因为程礼看上去是很斯文正经的一个人,她之前调查出来的资料上也显示,他身边没有任何乱七八糟的异性。

这种洁身自好的男人,肯定对那种男女关系混乱的结婚对象没有兴趣。

所以她头脑一热,直接就演了一出她自己都没想到的戏码。

她原本以为程礼会一气之下转身就走,甚至连他把自己甩开推倒的情况都想到了。

可就是没想过……

他会十分自然且平静地跟着她……上楼!

两个人这会儿进了电梯,里面只有他俩。

原本还有些嚣张气焰的孙婉,在和程礼单独进入狭小的空间后,顿时心里头没了底。

电梯缓缓向上,不多时,就听叮的一声响,电梯门应声缓缓打开。

孙婉下意识看了一眼前面的程礼,只见男人没有丝毫犹豫,直接迈步走出了电梯。

见她没任何动作,他甚至还回过头看了她一眼。

"不走？"

孙婉勉强笑了笑："不好意思，最近减肥没怎么吃东西，有些低血糖，坐上电梯就头晕。"

"没事，我等你。"

正常人听见这种话，不是应该说"那算了吧"吗？

再不济也会因为她这番话，改口问"那不如改天"，怎么到了这男人身上，就完全变了呢？

孙婉渐渐意识到，自己似乎踢到了铁板。

可是现在为时已晚，骑虎难下，她亲口把人喊上来了，没办法叫停。

见她迟迟不动，程礼也不催，就站在那儿，慢条斯理地瞧着她。

后来，孙婉咬了咬牙，还是出了电梯。

孙婉的总统套房在第十六层的最里侧，此刻走廊幽静，鞋跟落在铺满地毯的地面上，连脚步声都几乎听不见。

越朝房间走近，孙婉的心跳就越快。

直到走到房门前停下脚步后，孙婉觉得自己的心跳已经快到了极点。

程礼此刻就站在她身后，她隐隐还能闻到他衣服上好闻的气味。

孙婉感觉自己全身上下，甚至连指间在这一刻都变得坚硬。

她下意识地想回头，可哪料到转身后离程礼更近了。

二人之间似乎只有两三厘米的距离，她抬抬手便能碰到他的胸膛。

"那个……我之前听舅舅说，你好像挺忙的，你如果想走的话没关系，我……"

她话还没说完，就听程礼截住她的话。

"不忙。"

孙婉仰头看着他，一时之间语塞了。

片刻后，她才慢了半拍似的回了个"哦"字。

现在这情况对孙婉来说，应该是伸头一刀，缩头还是一刀。

她咬咬牙，准备豁出去了。

门卡贴上感应器，电子锁自动开启的声音传来，孙婉握着门把手深吸一口气，接着推门走了进去。

程礼紧随其后，甚至还很贴心地直接带上了房门。

原本才下了决心的孙婉，在听见关门声之后，立马又慌了。

她急匆匆地回过身，脚下一个没留神，绊到了地毯，身子不受控地向前倾，直接跌落进程礼的怀中。

一切都发生得太过突然，程礼似乎也没想到会这样，大掌下意识就扶在了她的腰间。

他的掌心温热，隔着一层衣料，孙婉也能感受到他的温度，耳边是他强有力的心跳声——

咚咚咚……"

一声一声，听得她心有些乱。

忽然，一阵突兀的电话铃声响起，打破了此刻空气中流动的暧昧和紧绷。

是程礼的助理打过来的。

由于两个人离得太近，所以那头的人说了什么，孙婉都听得一清二楚。

"程总，下午会议时间快到了，您那边结束了吗？"

"嗯，结束了。"

"那我现在去酒店接您？"

"可以，直接把车停到酒店门口吧，我马上下来。"

挂掉电话后，程礼微微直起身，将孙婉扶了起来。

"初次见面，我和孙小姐相处得很愉快，我下午还有个会，今天就到这里吧。"

他转身就想走，忽然像是又想起了什么似的，再次转身。

"低血糖的话，吃颗糖吧。"

接着，就见他不知从哪里变出来一颗费列罗，拉起孙婉的手，放进了她的掌心。

程礼走了五分钟后，孙婉的闺蜜轻轻地敲响了总统套房的房门。

孙婉还在失神，看起来魂不守舍的，闺蜜看着她的模样，眼神变得复杂。

"婉婉，其实看男人主要还是看脾气、秉性，你们以后结婚的话，那方面……其实不太重要的。"

孙婉有点迷茫地抬头看向她，好半晌才愣愣地"啊"了一声。

"啊什么啊呀？你怎么了啊？那位程家大少爷到底怎么你了，你怎么魂不守舍的？"

孙婉的反应还有些慢，隔了好一会儿，她忽然对着闺蜜莫名其妙地来了一句："倩倩，我不太对劲。"

倩倩是孙婉闺蜜的小名，她听完孙婉的话，一头雾水："啊？"

孙婉没再回应她，又失神片刻，接着低下头，摊开掌心。

倩倩不明所以，跟着孙婉的视线一块儿看过去。

只见一颗普通得不能再普通的费列罗，此刻正安静地躺在她的手心里。

与此同时，张助理也接到了程礼。

他本来还在担心他家老板会很排斥这次见面，可是看后排那位的情绪，好像……也没那么差？

"程总，这次见面感觉怎么样？"张助理大着胆子问了一句。

程礼不知想到了什么，忽然笑了一下。

窗外风景闪过，程礼侧着头，轻声答了句："挺有意思的。"

番外二
毕业典礼

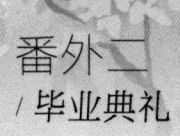

大四的毕业典礼上，苏弥作为重华校史上"最优秀的旁听生"，破格被选为毕业生代表之一，和其他毕业生代表一样，都要上台发言。

毕业典礼前一天，苏弥罕见地有些紧张，拽着程靳陪她来来回回地看明天要用到的演讲稿。

程靳看着她现在的模样，忍不住想笑。

"你平时那个天不怕地不怕的劲儿呢？"

"这和平时能一样吗？"苏弥瞪了他一眼，气呼呼的，"我可警告你，现在全校都知道我是你女朋友，明天如果出了什么问题，那丢脸的可不止我。"

程靳拉过她，在昏黄的灯影下亲了她一口。

"那我可太害怕了。"

苏弥懒得再和他贫，很自然地倚进他怀里，再次打开演讲稿。

大概过了一个小时后，见苏弥还没有休息的意思，程靳这才忍不住了，一把拉过她，强行把她按进被子里。

"我们的优秀校友同学，现在已经半夜十二点了，你如果再不睡觉，那明天有问题的可能就不是演讲稿，而是你自己了。"

程靳俯身，轻轻捏了下她软乎乎的脸颊，说："你不想明天挂着一对黑眼圈上台发言吧？"

苏弥伸手搂过程靳的脖颈，蹭了蹭。

"反正已经被你喂胖十多斤了，形象早没了，挂两个黑眼圈已经不算什么事情了。"

苏弥去 M 国做完了一年交换生回来后,程靳就把她接到自己身边照顾了。

这两年他不停地精进厨艺,变着花样给苏弥做饭吃,弄得苏弥比以前胖了十多斤。

"你个子高,以前太瘦了,现在这个体重最合适。"

"你少糊弄我了,我看你就是不想让我减肥。"

"没骗你,真的。"说完,他不知道想到了什么,倾身将脸庞贴到她耳边,轻声呵气,"我的宝贝现在的身材最好,而且只有我知道。"

苏弥一开始还没反应过来,待明白他说的话是什么意思后,脸颊瞬间热了起来。

"我求求你做个人行吗?"

程靳轻笑,一边贴着苏弥的脖颈轻吻,一边拉起被子。

第二天上午九点,重华大学大四生毕业典礼准时在学校礼堂举行。

重华作为百年名校,历届毕业典礼都非常盛大。

今年也不例外。

礼堂内挤满了来观礼的学生家长和毕业生,有些人来得较晚,已经没了座位,便都挤在了两侧的过道。

苏弥作为毕业生代表之一,待会儿要上台发言,所以被安排在了前排。

校长是一位挺面善的老者,看上去书卷气十足,率先上台发表祝词:"台下的老师们、同学们,你们好……"

校长声音有力,语调沉稳,前后大概讲了十分钟左右。

结束的时候,台下爆发出雷鸣般的掌声。

主持人上台又说了几句后,便继续往下走流程。

"下面,让我们有请大四美术系的苏弥同学上台发表毕业感言。"

苏弥深吸了一口气,站起身,缓缓走上台。

追光灯一路打在她身上，那短短的几秒钟里面，苏弥仿佛成了全世界最耀眼的存在。

"尊敬的老师们、亲爱的同学们，你们好，我是苏弥。"

"苏弥"这两个字，这几年已经在重华成为新的传奇。很多低年级学生都很崇拜这位学姐，偶尔在食堂或者路上碰见她，大家都会发到论坛上面炫耀。

所以这会儿，她说到自己的名字时，底下就响起了热烈的掌声。

程靳和燃的成员们，这会儿作为苏弥的家属，都在台下瞧着。

施施看见旁边几个鼓掌鼓得极其兴奋的男同学，不禁"啧啧"道："程靳哥，你小心点吧，我看你这潜在情敌可不少。"

程靳没多大反应，全部注意力都集中在苏弥身上。

他家小孩儿站在台上发着光，他眼里心里此刻已经容不下其他人或者其他事情了。

演讲差不多到了尾声，苏弥对着写好的演讲稿也差不多都讲完了。

程靳已经准备好要鼓掌的时候，就见苏弥缓缓将手里的稿件一放，望向台下。

底下乌泱泱的一片，苏弥看不太清每个人的脸，但是她知道程靳坐在哪里，所以第一时间朝那个方向看了过去。

"最后的最后，请允许我占用大家一分钟的时间，感谢一下我的男朋友。"

台下的人听到这里，都开始起哄。

苏弥在一片嘈杂声中，坚定地看向了程靳的方向——

"以前，我觉得我的世界算是灯灭了火熄了，我躺在黑暗里前进不了倒退也不行。我不知道怎么办，只能静静地等着被消耗，然后得过且过的，能继续一天是一天，能继续一年是一年。

"可是后来，我遇到了我的男朋友。他给了我无尽的关心和照顾，他让我知道，原来世界上可以有人无条件地对我好，也让我知道，原来我也配得上一个人全心全意的爱。"

苏弥说到这里，眼底明显开始湿润，她在台上和程靳遥遥相望。

"程靳，谢谢你来爱我。"

程靳不自觉地握紧双手，只见他的姑娘在台上很认真地看向这边，又一字一顿地说道："也谢谢你教会了我，成为自己的光。"

番外三
怀孕

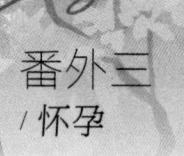

苏弥二十七岁那年意外怀孕了。

为什么要说是意外呢?

因为苏弥和程靳婚后一直做着措施,今年苏弥更是全国各地举办画展,忙得不可开交,一点没有想过做妈妈的事。

可是小生命就这么悄无声息到来了。

一开始,是程靳发现了一些异样。

他这两个月没有比赛,空闲时间多了一些。正巧赶着苏弥开画展,需要到处跑,他心疼自己家小孩儿,所以也跟着一块儿做空中飞人。

白天他陪着苏弥一起忙碌,晚上回了酒店,他也照常给苏弥做饭。

两个人结婚之后,苏弥基本上没再吃过外卖,就算程靳有比赛,也会提前把饭菜都做好,然后用便当盒一份一份装好,冷藏在冰箱里,苏弥饿了拿出来用微波炉热一热就可以。

可以这么说,苏弥的饮食习惯和饭量,程靳几乎比她自己还要了解。

所以在苏弥连着几天每顿吃两碗饭,并且口味大改,特别爱吃酸的食物之后,程靳立马就警觉了。

"你这个月,还没来……那个吗?"

听着程靳的问题,苏弥还有点没反应过来。

"哪个啊?"

"亲戚。"

"啊……没有啊,怎么了?"

程靳没再说话，只不过在吃完饭之后，默默出去买了一支验孕棒回来。

苏弥看见包装盒上"早早孕"的字样时，是蒙的状态。

"你神经病呀？没事儿给我这个干什么？"

程靳没多解释，只静静地看着她，语气坚定："去试试。"

"不是，你想多了吧，我最近因为办画展的事情压力大，亲戚来得晚也很正常呀。"

程靳依旧坚持："我知道，那也去试试。"

苏弥实在拗不过，只好无奈地听话进了卫生间。

结果再出来时，苏弥脸上的表情变得特别复杂。

"你说……验孕棒是不是也有不怎么准的时候？"

程靳听了她的话，看似冷静，实际上心里面已经乱成了一团麻。

"走，去医院。"

一路风风火火地出了酒店，到达医院时，程靳像是已经确定苏弥肚子里有了宝宝，上台阶时不自觉地掺着她。

急诊部刚好有妇产科的住院医生在，检查还算顺利。

"怀孕六周半，恭喜你们，要做爸爸妈妈了。"

后来两个人没急着回去，而是在医院的走廊长椅上坐了坐。

程靳心情特别复杂，其实他很开心这个小生命的到来，但是同时他也知道，目前苏弥的事业正处于上升期，如果暂停一年的话，后面的发展会怎么样，谁都没办法保证。

他太爱她了，也很想要一个属于他们的孩子，可是他也不想她为了这一切而牺牲自己的梦想和自由。

所以坐下后，他沉默了很久很久，最终才对苏弥开了口。

"你……"

苏弥也不知道想到了什么，打断他："你说我这么爱吃酸的，生出来的会不会是个男宝宝啊？"

程靳有点意外："你……打算留下这个孩子？"

苏弥听了他的话,瞬间变脸。

"你什么意思啊?我们结婚了,持证上岗,有了宝宝肯定要留下啊!怎么着?你不想负责?还想再玩几年?"

程靳快被她气笑了,赶紧解释:"我不是那个意思,我是觉得你的事业才刚刚稳步发展,这几年还是上升期……如果这时候要宝宝,可能会有影响。"

"影响什么呀?我怀着孕也可以办画展啊,谁规定孕妇不能继续画画了?"

"道理是这个道理,但是……"

"好啦,没有那么多但是,我也知道你在担心什么。我没觉得生宝宝就是牺牲我的事业和梦想,肯定会有一点影响,但是我觉得我一定都可以摆平的。"

苏弥说到这里,倾身轻轻抱住了程靳。

"程靳,虽然这个小生命的到来有些意外,可是从刚才到现在,我心里面没有一刻觉得他是累赘、他不该来。他是我们的宝宝,也是我们未来的家人,我期待着他在我的肚子里一天天长大,也期待以后你照顾我们两个的样子。所以,你不要有任何的顾虑了,跟着我一起期待他到来,好吗?"

程靳眼眶微湿,他以往人生里没有任何一刻比现在更开心、更感动。

他回抱住苏弥,轻轻地回了声:"好。"

番外四
养娃日记（上）

程知乐小朋友从出生开始，就集万千宠爱于一身。

他的太爷爷和大伯，在他出生的第一个月，一个人送了他一套海景别墅，一个人送了他一份股权持有书。

当然了，由于程知乐小朋友年纪太小，还没有任何认知能力，这些东西暂由他的爸爸妈妈代管。

而刚刚升级为父母的程靳和苏弥，一时也有些适应不了。

苏弥一脸的羡慕忌妒恨，轻点了下自己儿子的小脸，对他说："你这真是赢在人生起跑线上了，才一出生，就已经什么都不用发愁了。"

程靳看见她这个样子，不禁好笑。

"我怎么感觉你在吃儿子的醋啊？不然明天我也把我名下的股份转到你那里，让你也过过瘾？"

苏弥叹了口气，摇摇头。

"你不懂，我是怕他从出生开始就什么都有了，以后就不知道努力了。他爸他妈可都是苦过来的，他如果长成混吃等死的有钱人……唉，想一想我就好心痛。"

程靳没出声，却把苏弥的话牢牢记在了心里面。

而程知乐小朋友现在还不知道，就因为他妈妈的小小担忧，他本该无忧无虑的童年会变得充满坎坷和挑战。

别的小孩子还哭唧唧找奶喝的年纪，他已经知道了不能吵妈妈睡觉，有问题找爸爸或者自己解决。

三四岁的时候，他更是连一些简单的家务都学会做了。

妈妈在画画或者追剧的时候，他就学着爸爸的样子，给她备好零食和饮料。

他力气小，小手只能拿一两样东西，所以每次都要迈着小步子在客厅里来来回回跑好几次。

而每天早上，妈妈还在睡觉的时候，他也会乖乖地自己起床，换好衣服后，就直接去厨房找爸爸。

一般这个时候，程靳已经在准备早餐食材了，看见他过来，也会让他拿好自己的小梯子，爬上去站在案板前帮忙。

他年纪小，暂时动不了刀具，程靳就交给他一些择菜、清洗的工作，每次他完成之后，也会得到夸奖。

这样的事情基本上每天都在家里上演，也让苏弥有了一种生娃后比生娃前还要轻松的感觉。

甚至在某次采访中，听记者问到她生孩子对生活影响大不大时，她都回答——

"影响挺大的，以前只有我先生一个人做家务，因为家里就我们两个，我偶尔会觉得不好意思，就跟着一起做做。后来我儿子出生，家里的事情我几乎没再插手过，这两年我更是让他们爷俩养胖了十来斤。"

这报道一出，全世界都知道苏弥有一个超级乖巧的儿子了，很多同行都羡慕得不得了，纷纷向她讨要育儿心得。

她当时想了又想，实在不知道说什么，只能迟疑着说："可能……是我嫁了个好老公！"

"或者就是因为……我这几年命比较好，不止老公好，生的儿子也蛮厉害的。"

群众腹诽：好的，懂了，闭嘴吧。

番外五
养娃日记（下）

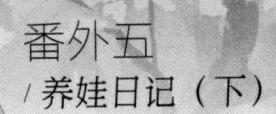

程知乐小朋友上幼儿园那年，苏弥迟到的慈母心终于渐渐复苏了。

眼看着小宝贝要开学，苏弥坐不住了，准备做些好吃的小零食，让他带去幼儿园。

三更半夜噼里啪啦的，自然吵醒了卧室里的爷俩。

程靳带着儿子一块儿爬下床，顺着光亮找到了厨房。

说实话，这个时间点，看见苏弥出现在厨房里面，他们两个可以说非常惊讶。

程知乐抬着小手揉了揉眼睛，奶声奶气地问："妈妈，你在干吗呀？"

苏弥正在照着手机 APP 上教的方法和面，听见儿子的声音，她赶紧回过头。

这会儿她脸上好几处都沾了面粉，胸前的衣襟也弄了一大块白，整个人看起来特别好笑。

看见程靳和儿子过来，她像是瞬间找到靠山似的，表情委委屈屈的。

"程靳，这个面我和不明白了，太难了……"

程靳有点无奈，放开程知乐，走上前。

"所以你在干吗？"

"我想做点小零食和甜品呀，明天知乐不是要上幼儿园了吗？我想让他带着，然后休息的时候分给小朋友们吃。"

程知乐惊讶得双眼不自觉睁大，快速跑过去拽住妈妈的手。

"妈妈，你是在为我做好吃的吗？"

苏弥顺势蹲下身,牵着儿子的小手。

"对呀,可是妈妈好笨哦,什么都学不会。"

程知乐眼底瞬间映出光亮:"没关系!爸爸什么都会,让他教你吧!"说着,他又拽了拽程靳的大掌。

"爸爸,你会教妈妈的,对吗?"

程靳垂眼看着底下的小豆丁,挑了下眉。

"你想让我教吗?"

"想呀想呀!"

程知乐迫不及待地回答道。

其实他早就羡慕别的小朋友了。以前出去郊游,他和别的小朋友玩,大家都说自己带了妈妈做的饭菜和小零食,只有他这里,要么是保姆阿姨做的,要么是爸爸做的。

他很早很早就想知道,妈妈做的饭是什么味道了。

可是他把这件事和爸爸说了之后,却直接被拒绝了。

"不是每个妈妈都要进厨房给小朋友做饭吃的,妈妈平时不是经常陪你画画?这是很多小朋友的妈妈都不会做的,所以你不必羡慕别人,说不定别人还在羡慕你呢。"

程知乐小小的脑袋瓜当时被绕得晕乎乎的,打那之后,他就再也没提过想吃妈妈做的饭这种话。

但是今天苏弥主动提起来了,他还是忍不住期待。

程靳看出来自己儿子的那点小心思,也没多说,只问道:"那你要不要帮我一起教教妈妈?"

"好呀好呀!我当然愿意啦!"

程靳很欣慰,照常让程知乐把自己的小梯子推过来,然后像之前一样,让他和自己并排站在灶台前。

程靳把围裙从苏弥身上卸了下来,又对她说:"没有多余围裙了,你先去旁边看着。"

程知乐也点点头，很开心的小模样。

"妈妈，你先去旁边吧，我和爸爸给你演练做小甜点的步骤！"

苏弥倒也没多谦让，很坦然地拿了把椅子过来，坐在厨房门口欣赏爷俩做东西。

程知乐这几年被程靳训练得很好，小小的身板，揉起面团也有模有样。

苏弥看着看着就来了困意，没一会儿就忍不住趴在椅背上睡着了。

程知乐看见了，刚要喊醒她，却被爸爸一把捂住嘴巴。

"妈妈睡着了要怎么办？"

"帮她把被子盖好。"

"那如果不是在床上睡着的呢？"

"叫爸爸，让爸爸来抱妈妈回房间。"

程靳听到这里，又问："那你刚刚为什么不叫我，而要叫妈妈？"

程知乐小小的脑袋里充满了迷茫。

"可是……可是妈妈还要和我们学习做甜点呀？"

"做甜点是今天必须要做的事情吗？"

程知乐想了想，摇摇头。

"那睡觉呢？是不是今天必须做的？"

程知乐点点头。

"所以，你觉得该叫醒妈妈吗？"

程知乐这回反应倒是很快，立马摇摇头。

"那爸爸现在带妈妈去睡觉，你留下来把剩下的做好？"

"好！"

就这样，程靳第四十八次忽悠行动，再次圆满成功。

- 下册完 -